HEYNE

黑暗森林

Liu Cixin

DER DUNKLE WALD

Roman

Aus dem Chinesischen von
Karin Betz

Deutsche Erstausgabe

WILHELM HEYNE VERLAG
MÜNCHEN

Die Originalausgabe ist unter dem Titel HEIAN SENLIN (黑暗森林)
2008 bei Chongqing Publishing Group in Chongqing, China, erschienen.

FSC
www.fsc.org
MIX
Papier aus verantwortungsvollen Quellen
FSC® C083411

Verlagsgruppe Random House FSC® N001967

Deutsche Erstausgabe 04/2018
Redaktion: Urban Hofstetter

Die Übersetzerin dankt dem Deutschen Übersetzerfonds e.V.
für die Förderung durch ein Arbeitsstipendium.
Printed in Germany
Umschlagillustration: Stephan Martinière
Umschlaggestaltung: Das Illustrat, München
Satz: KompetenzCenter, Mönchengladbach
Druck und Bindung: CPI books GmbH, Leck

ISBN: 978-3-453-31765-9

diezukunft.de

Inhalt

Personenverzeichnis

Chinesische Namen bestehen aus einem meist einsilbigen Familiennamen und einem Vornamen. Der Familienname wird immer zuerst genannt, dann der Vorname.

Organisationen

ETO	Erde-Trisolaris-Organisation
PDC	Planetenverteidigungsrat *(Planetary Defense Council)*
SFJC	Oberkommando der Weltraumflotte *(Solar Fleet Joint Conference)*

Personen

Luo Ji	Astronom und Soziologe
Ye Wenjie	Astrophysikerin
Mike Evans	Ein Anführer und Finanzier der ETO
Wu Yue	Kapitän der Volksbefreiungsarmee
Zhang Beihai	Politkommissar der Volksbefreiungsarmee, später der Asiatischen Weltraumflotte
Chang Weisi	General der Volksbefreiungsarmee, später Kommandeur der Weltraumstreitkräfte

George Fitzroy	General und militärischer Leiter des Hubble-II-Projekts
Albert Ringier	Astrophysiker, Erfinder von Hubble II
Zhang Yuanchao	Rentner, genannt Lao Zhang
Yang Jinwen	Ehemaliger Lehrer, genannt Lao Yang
Miao Fuqian	Bergbauunternehmer, genannt Lao Miao
Shi Qiang	Polizeikommissar, genannt Da Shi
Shi Xiaoming	Sohn von Shi Qiang
Gordon Kent	Operation Wandschauer
Isabella Sayi	Generalsekretärin der Vereinten Nationen
Frederick Tyler	US-Verteidigungsminister a. D.
Manuel Rey Diaz	Ehemaliger Staatspräsident von Venezuela
Bill Hines	Neurobiologe und ehemaliger Präsident der EU
Keiko Yamazuki	Neurobiologin und Ehefrau von Bill Hines
Vladimir Garanin	Amtierender Vorsitzender des Planetenverteidigungsrats
Ding Yi	Theoretischer Physiker
Zhuang Yan	Malerin
Ben Jonathan	Operation Wandschauer
Dongfang Yanxu	Kapitän des Raumkreuzers *Natürliche Selektion*
Major Xizi	Wissenschaftsoffizier der *Quantum*

DER DUNKLE WALD

Prolog

Die braune Ameise hatte schon vergessen, dass sie hier einmal zu Hause gewesen war. Für die im Dämmerlicht liegende Erde und die eben aufgegangenen Sterne mochte die seitdem vergangene Zeitspanne lächerlich kurz gewesen sein – für die Ameise war es eine Ewigkeit.

In jenen längst vergessenen Tagen war ihre Welt auf den Kopf gestellt worden. Erdreich war davongeflogen und hatte eine tiefe und breite Kluft hinterlassen. Dann war das Erdreich donnernd zurückgekehrt, die Kluft verschwand, und aus einem Ende der zuvor aufgerissenen Erde ragte ein einsamer schwarzer Felsblock auf. Tatsächlich passierte so etwas auf diesem ausgedehnten Territorium ständig, die Erde flog davon und kam zurück, Klüfte taten sich auf und schlossen sich wieder, und wenn alles vorbei war, ragten diese Felsblöcke empor wie Markierungen für die vorangegangenen Katastrophen. Gemeinsam mit ihren Gefährten hatte die Ameise die überlebende Königin in Richtung der untergehenden Sonne davongetragen und einen neuen Staat errichtet. Gerade war sie auf Nahrungssuche und nur zufällig in der alten Heimat gelandet.

Die Ameise gelangte an den Fuß des schwarzen Felsblocks, wo sie seine kolossale Präsenz mit den Fühlern ertastete. Die Oberfläche war hart und glatt, jedoch begehbar. Also lief sie hinauf, ohne bestimmte Absicht, einem willkürlichen Impuls ihrer primitiven Neuronenbahnen folgend. Einem Impuls, wie er jedem Grashalm innewohnte, jedem Tautropfen auf den Blättern, jeder Wolke am Himmel und jedem Stern hinter den Wolken. Der ursprüngliche Impuls war zwar absichtslos, doch aus einer Masse willkürlicher Impulse formte sich schließlich eine Absicht.

Die Ameise fühlte die Erde vibrieren. Aus der Art, wie die Erschütterungen zunahmen, schloss sie, dass sich ein anderes, riesiges Wesen auf sie zubewegte. Unbeirrt setzte sie ihren Weg den Felsblock hinauf fort. Im rechten Winkel zwischen dem Fuß des Felsblocks und der Erde hing ein Spinnennetz. Was das war, wusste die Ameise. Vorsichtig umschiffte sie die am Abhang klebenden Spinnenfäden und krabbelte an der Spinne vorbei, die mit eingezogenen Beinen auf jede Bewegung der Fäden lauerte. Jeder der beiden wusste von der Existenz des anderen, doch wie schon seit vielen Millionen Jahren gab es keinerlei Kommunikation zwischen ihnen.

Die Vibration erreichte ihren Höhepunkt – und brach ab. Das riesige Wesen war bereits am Fuß des Felsens angekommen. Die Ameise bemerkte, dass es noch gigantischer war als der Felsblock und ein großes Stück des Himmels verdeckte. Diese Wesen waren der Ameise nicht fremd, sie waren lebendig, das wusste sie, und sie tauchten häufiger auf diesem Gelände auf. Ihre Erscheinung stand in engem Zusammenhang mit den entstehenden und sich wieder schließenden Klüften und den am Ende darauf thronenden Felsblöcken.

Die Ameise kletterte weiter. Sie wusste, dass diese Wesen – von seltenen Ausnahmen abgesehen – keine Gefahr für sie darstellten. Eine solche Ausnahme widerfuhr der Spinne unten, als das Wesen offenkundig das Netz zwischen Felsblock und Boden bemerkte. Mit den Stängeln eines Blumenstraußes, den es in einer seiner Gliedmaßen hielt, fegte es die Spinne weg, sodass sie mitsamt ihrem zerrissenen Netz im dichten Gestrüpp landete. Anschließend legte es die Blumen behutsam am Fuß des Felsblocks ab.

In diesem Augenblick gab es eine neuerliche Erschütterung, die ebenfalls schwach begann und an Intensität zunahm. Die Ameise begriff, dass sich ein weiteres Lebewesen derselben Art auf den Felsblock zubewegte. Gleichzeitig entdeckte sie eine lange Furche, eine Vertiefung im Fels, die sich viel rauer anfühlte und auch von anderer Farbe war, gräulich-weiß. Sie folgte der Furche, die sie dank ihrer rauen Beschaffenheit viel leichter begehen konnte. An beiden Enden mündete sie in eine dünnere Vertiefung. Unten war es eine horizontale Rinne, von der die Hauptfurche aufstieg, und oben eine kurze Linie, die in einem engen Winkel zur Hauptfurche nach unten verlief. Als die Ameise wieder zurück auf die glatte, schwarze Oberfläche kletterte, hatte sie sich ein vollständiges Bild von der Form der drei zusammenhängenden Furchen gemacht: 1.

Das Lebewesen war plötzlich nur noch halb so groß, etwa genauso hoch wie der Felsblock. Es hatte sich offenbar hingehockt und gab den Blick auf den dunkelblauen Himmel frei, an dem bereits einzelne Sterne funkelten. Die Augen des Lebewesens waren auf den oberen Teil des Felsblocks gerichtet. Die Ameise zögerte einen Moment und entschied sich, besser nicht direkt in sein Blickfeld zu laufen. Stattdessen änderte sie die Richtung und bewegte sich nun in horizontaler Linie weiter.

Schnell stieß sie auf eine weitere Furche und trieb sich lange in der rauen Vertiefung herum, in der es sich wohlig krabbeln ließ. Außerdem erinnerte die Farbe sie an die Eier der Ameisenkönigin. Ohne zu zögern folgte sie der Furche abwärts. Diese entwickelte sich zu einer etwas komplexeren, gebogenen Form. Zuerst beschrieb sie einen vollständigen Kreis, dann verlief sie weiter in einem Bogen nach unten. Manchmal krabbelte die Ameise in einem ähnlichen Muster – wenn sie so lange ihrem Geruchssinn folgte, bis sie auf den Heimweg stieß. Ihre Neuronenbahnen vermittelten ihr ein Bild: 9.

Nun gab das vor dem Felsblock hockende Wesen eine Reihe von Lauten von sich, die die Verständnisfähigkeit der Ameise bei weitem überstiegen: »Das Leben selbst ist ein Wunder. Wie konntest du bloß nach etwas Bedeutungsvollerem suchen, wenn du nicht einmal das begriffen hast?«

Das Lebewesen machte einen Laut wie der Wind, der durch die Gräser fährt. Ein Seufzer. Dann richtete es sich auf.

Die Ameise krabbelte weiter parallel zum Boden und geriet in eine dritte Furche hinein, die erst annähernd vertikal verlief und dann eine scharfe Biegung machte. Im Ganzen sah sie so aus: 7. Die Form missfiel ihr. Solche abrupten Biegungen kündigten in der Regel Gefahren an.

Die Laute des ersten Lebewesens hatten die Erschütterungen übertönt. Daher bemerkte die Ameise erst jetzt, dass mittlerweile auch das zweite Wesen vor dem Felsblock angekommen war. Es war wesentlich kleiner und gebrechlicher als das erste und hatte schlohweißes Haar, das vor dem nachtblauen Himmel silbrig schimmerte, als wäre es mit den vielen funkelnden Sternen verbunden.

Das erste Wesen richtete sich auf, um das zweite zu begrüßen. »Dr. Ye, was ... Wie kommen Sie hierher?«

»Sind Sie ... Xiao Luo?«

»Luo Ji. Ich bin mit Yang Dong zur Schule gegangen. Wieso ... sind Sie hier?«

»Ich mochte diesen Ort schon immer, und er ist mit dem Bus gut zu erreichen. In letzter Zeit komme ich häufiger her, um ein bisschen spazieren zu gehen.«

»Mein Beileid, Dr. Ye.«

»Ach, das ist nun schon so lange her ...«

Die Ameise auf dem Felsblock wollte sich eigentlich gerade wieder nach oben wenden, doch da entdeckte sie eine weitere Furche vor sich, von derselben Form wie die 9, in der sie sich so wohl gefühlt hatte, bevor sie zu der 7 gekommen war. Also durchlief sie, statt senkrecht weiter zu krabbeln, die 9. Sie mochte diese Form lieber als die 7 oder die 1. Warum, konnte sie nicht genau sagen. Ihr Sinn für Ästhetik war primitiv und einzellig. Das behagliche Gefühl, mit dem sie vorhin durch die andere 9 gekrabbelt war, intensivierte sich noch. Auch diese Freude war ein primitiver und einzelliger Zustand. Die einzellige Natur dieser beiden Ameisensinne hatte sich nie weiterentwickeln können. So waren sie bereits seit hundert Millionen Jahren, und sie würden sich auch in den nächsten hundert Millionen Jahren nicht verändern.

»Dongdong hat oft von dir erzählt, Xiao Luo. Sie sagte, du arbeitest ... als Astrophysiker?«

»Früher, ja. Jetzt unterrichte ich an der Uni Soziologie. An Ihrer Universität, um genau zu sein, auch wenn Sie schon pensioniert waren, als ich dort anfing.«

»Soziologie? So ein krasser Fachwechsel?«

»Stimmt. Yang Dong sagte immer, ich wisse nicht, was ich wolle.«

»Sie hat mir immer erzählt, wie intelligent du bist.«

»Naja, bestenfalls schlau. Kein Vergleich mit Ihrer Tochter. Mir kam die Astronomie einfach wie ein stählerner Block vor, in den man nicht das kleinste Loch bohren kann. Soziologie ist eher wie ein Holzbrett, in dem man immer eine dünne Stelle findet, an der man durchkommt. Es ist nicht so kompliziert.«

In der Hoffnung auf eine weitere 9 setzte die Ameise ihren horizontalen Weg fort. Doch stattdessen traf sie auf eine gerade Rinne. Sie war wie die erste Furche, nur länger, und verlief parallel zum Boden. Außerdem hatte sie keine zusätzlichen Furchen an den Enden. Sie war ein –.

»Das dürfen Sie nicht so sehen. So ist das Leben. Nicht jeder kann wie Dongdong sein.«

»Ich bin einfach nicht ehrgeizig. Ich lasse mich eher treiben.«

»Wenn ich einen Vorschlag machen dürfte: Warum widmest du dich nicht der Kosmosoziologie?«

»Kosmosoziologie?«

»Den Begriff habe ich mir ausgedacht. Angenommen, im Universum gäbe es viele große Zivilisationen, womöglich so viele wie sichtbare Sterne. Unzählige Zivilisationen also, die zusammen die kosmische Gesellschaft bilden. Kosmosoziologie wäre dann die Wissenschaft von der Natur dieser universalen Gesellschaft.«

Die Ameise war nicht viel weitergekommen. Nach der »–«-Furche hatte sie auf eine behagliche 9 gehofft, traf aber auf eine 2. Sie begann mit einer angenehmen Kurve, am Ende machte sie jedoch einen genauso scharfen und furchterregenden Knick wie die 7. Das Vorzeichen einer unsicheren Zukunft.

Als sie auf die nächste Furche stieß, meinte sie, das sei nun die ersehnte 9. Doch die Kreisbahn, auf der sie lief, war eine Falle, denn die Rinne formte eine geschlossene 0. Sanfte Rundung, schön und gut, doch das Leben brauchte eine Richtung, man konnte doch nicht immer wieder an seinen Ausgangspunkt zurückkehren. Das begriff sogar eine Ameise. Obwohl noch zwei weitere Furchen vor ihr lagen, hatte sie das Interesse verloren und kletterte lieber weiter nach oben.

»Nun gut, aber … augenblicklich wissen wir nichts von einer anderen Zivilisation außer unserer eigenen.«

»Deshalb hat sich bislang auch niemand damit befasst. Das wäre dann deine Chance.«

»Faszinierend. Bitte fahren Sie fort, Dr. Ye.«

»Auf diese Weise könntest du deine beiden Fächer miteinander verbinden. Im Gegensatz zur Humansoziologie liefert die Kosmosoziologie mathematisch viel genauere Ergebnisse.«

»Wie meinen Sie das?«

Ye Wenjie deutete auf den Himmel, den im Westen noch die Abenddämmerung erhellte und wo nun die ersten Sterne leuchteten. Es fiel nicht schwer, sich daran zu erinnern, wie das eben noch sternenlose Firmament ausgesehen hatte: eine tiefblaue Leere in der Unendlichkeit oder ein Gesicht mit pupillenlosen Augen, wie bei einer Marmorstatue. Obwohl bislang nur wenige Sterne zu sehen waren, hatten die riesigen Augen Pupillen bekommen. Die weite Leere war gefüllt, und der Kosmos konnte sehen. Doch die Sterne waren klitzekleine, kaum wahrnehmbare silbrige Pünktchen, als wäre sich ihr Schöpfer nicht sicher gewesen. Es wirkte beinahe so, als hätte er dem Wunsch nicht widerstehen können, dem Universum Pupillen einzusetzen, gleichzeitig aber entsetzliche Angst davor gehabt, sie mit Sehkraft auszustatten. Zerrissen zwischen Wunsch und Widerwillen, hatte er das All riesig und die Sterne winzig gemacht und damit gezeigt, dass ihm die Vorsicht über alles ging.

»Überlege nur: Alle Elemente von Chaos und Beliebigkeit in der komplexen Struktur der Zivilisationen des Universums werden durch die enorme Distanz gefiltert, sodass die Zivilisationen von uns aus betrachtet über Parameter verfügen, die sich relativ leicht mathematisch erfassen lassen.«

»Aber sagen Sie mir, Dr. Ye, was ließe sich mit der Kosmosoziologie denn konkret erforschen? Es ist doch kaum möglich, Untersuchungen und Experimente durchzuführen.«

»Damit erhältst du ein rationales Ergebnis und kannst zunächst wie in der euklidischen Geometrie einige einfache, offensichtliche Axiome aufstellen und auf der Grundlage dieser Axiome eine ganze Theorie etablieren.«

»Das … klingt wirklich sehr spannend, Dr. Ye. Aber was wären die Axiome der Kosmosoziologie?«

»Erstens: Überleben ist das oberste Gebot jeder Zivilisation. Zweitens: Zivilisationen wachsen und dehnen sich ununterbrochen aus, aber die im Kosmos verfügbare Materie bleibt konstant.«

Nach wenigen Schritten hatte die Ameise festgestellt, dass es auch weiter oben Furchen gab. Ziemlich viele sogar, und sie waren kompliziert wie ein Labyrinth. Sie hatte ein gutes Gefühl für Formen und war sich sicher, auch diese neuen Strukturen erfassen zu können. Wegen der beschränkten Aufnahmekapazität ihres winzigen Neuronennetzes musste sie dafür jedoch zuerst die Formen vergessen, durch die sie zuvor gekrabbelt war. Auch die schöne 9, was sie allerdings nicht weiter bedauerte, denn das Vergessen gehörte nun einmal zum Leben. Es gab nur wenige Dinge, die sie nicht vergessen durfte – und die hatten ihre Gene im Speicherbereich der Instinkte abgelegt.

Nachdem sie ihre Erinnerungen gelöscht hatte, betrat die Ameise den Irrgarten und krabbelte durch Windungen und Biegungen, bis in ihrem schlichten Bewusstsein eine neue Form entstand: 墓. Dieses chinesische Schriftzeichen wurde *mu* ausgesprochen und bedeutete Grab, aber das wusste die Ameise natürlich nicht. Darüber geriet sie in ein weiteres Furchengebilde. Es war wesentlich unkomplizierter als das vorherige. Dennoch musste sie erst das *mu* aus ihrem Gedächtnis löschen, um mit ihrer Entdeckungsreise fortzufahren. Als es so weit war, durchlief sie eine wunderbare Vertiefung und fühlte sich dabei an den Hinterleib einer frisch verendeten Heuschrecke erinnert, die sie vor Kurzem entdeckt hatte. Diese neue Struktur hatte sie schnell erfasst: 之, die chinesische Besitzanzeige *zhi*. Auf dem Weg nach oben stieß sie auf zwei weitere Furchengebilde. Das erste bestand aus zwei kurzen, tropfenförmigen Vertiefungen mit einem Heuschreckenleib darüber: 冬. Es wurde *dong* ausgesprochen und bedeutete Winter. Das andere setzte sich aus zwei Teilen zusammen, die miteinander das Zeichen 杨, *yang* für Pappel ergaben. Das war die letzte Form und die einzige, die die Ameise von ihrer kurzen Kletterpartie im Gedächtnis behielt. All die übrigen interessanten Strukturen waren vergessen.

»Aus soziologischer Perspektive sind diese beiden Axiome ziemlich handfest … Sie haben sie so schnell formuliert, dass man meinen könnte, Sie hätten sie bereits im Kopf gehabt«, sagte Luo Ji überrascht.

»Ich habe darüber schon mein ganzes Leben nachgedacht, aber mit niemandem darüber geredet. Ich weiß auch nicht, warum ich jetzt darauf komme … Aber das ist noch nicht alles. Damit du aus diesen beiden Axiomen eine grundlegende Vorstellung von Kosmosoziologie entwickeln kannst, musst du nämlich noch zwei weitere wichtige Konzepte mit einbeziehen: Zweifelsketten und technologische Explosion.«

»Das sind äußerst interessante Begriffe. Könnten Sie sie mir erläutern?«

Ye Wenjie sah auf ihre Uhr. »Dazu ist leider keine Zeit. Doch du bist ein intelligenter Mensch und wirst zweifellos von selbst darauf kommen. Nimm diese beiden Axiome als Fundament für deine Forschung, dann wirst du eines Tages der Euklid der Kosmosoziologie sein.«

»Aus mir wird kein Euklid, Dr. Ye. Aber ich werde mir merken, was Sie gesagt haben, und den Versuch wagen. Allerdings kann es sein, dass ich dazu nochmal Ihren Rat brauche.«

»Ich fürchte, das wird nicht möglich sein … In dem Fall wäre es besser, wenn du vergisst, was ich gesagt habe. Aber es liegt bei dir, was du daraus machst. Ich habe meine Pflicht erfüllt. Auf Wiedersehen, Xiao Luo.«

»Alles Gute, Dr. Ye.«

Ye Wenjie verschwand in der Dämmerung und machte sich auf den Weg zu ihrem letzten Treffen.

Die Ameise kletterte weiter, in eine runde Senke hinein, auf deren glatter Oberfläche sich eine extrem komplizierte Form abzeichnete. Niemals würde sich ihr winziges Neuronennetz so etwas merken können. Die ungefähre Form, die sie erfasste, war für ihren primitiven Ästhetiksinn jedoch ähnlich betörend wie die »9«. Außerdem glaubte sie, in einem Teil des Bildes ein Augenpaar zu erkennen. Was Augen anging, war sie sensibel, denn ihr Blick verhieß normalerweise Gefahr. Mit diesen Augen war das allerdings anders, denn sie wusste, dass sie leblos waren.

Längst hatte sie vergessen, dass das riesige Lebewesen namens Luo Ji, während es schweigend vor dem Stein kniete, diese beiden Augen betrachtet hatte. Sie kletterte aus der Senke heraus und weiter nach oben, bis auf die Spitze des Felsblocks. Da sie sich nicht davor fürchtete runterzufallen, fehlte ihr auch das Bewusstsein dafür, hoch über ihrer Umgebung zu thronen. Der Wind hatte sie in der Vergangenheit schon oft von wesentlich höheren Orten heruntergeweht, doch dabei war sie jedes Mal vollkommen unversehrt geblieben. Ohne Höhenangst weiß man allerdings auch die Schönheit der Aussicht von oben nicht zu schätzen.

Am Fuß des Steingebildes war die Spinne, die Luo Ji mit dem Blumenstrauß zur Seite gefegt hatte, derweil mit dem Bau eines neuen Netzes beschäftigt. Nachdem sie sich viermal wie ein Pendel an einem schimmernden Faden vom Felsblock aus Richtung Boden geschwungen hatte, war sie bereits wieder mit dem Grundgerüst fertig. Und selbst wenn ihr Netz zehntausend Mal zerstört würde, würde sie es zehntausend Mal wieder aufbauen. Sie war deswegen weder wütend noch verzweifelt oder begeistert. So war das eben. Und das schon seit einer Milliarde Jahren.

Luo Ji hielt einen Moment inne. Dann ging auch er. Als die Erschütterungen des Bodens verebbt waren, krabbelte die Ameise auf einem anderen Weg den Felsblock wieder hinunter. Sie wollte jetzt nur noch rasch zurück zum Bau und dort berichten, wo ein toter Käfer zu finden war. Der Himmel war inzwischen dicht mit Sternen übersät. Am Fuß des Felsblocks kam sie wieder am Netz der Spinne vorbei. Wieder nahmen die beiden die Existenz des jeweils anderen wahr, beachteten einander jedoch nicht.

Weder Ameise noch Spinne wussten, dass sie abgesehen von der fernen Welt, die lauschend den Atem anhielt, soeben die einzigen Zeugen der Geburtsstunde der Kosmosoziologie geworden waren.

Nur wenige Stunden zuvor, in tiefer Nacht, stand Mike Evans am Bug der *Jüngstes Gericht*, während der Pazifik wie schwarzer Satin unter dem Sternenhimmel vorüberglitt. Evans mochte es, um diese Zeit mit der fernen Welt zu kommunizieren, weil sich der Text, den die Sophonen auf seine Netzhäute projizierten, so wunderschön vor dem nächtlichen Meer und dem Himmel abzeichnete.

> Das ist unsere zweiundzwanzigste Echtzeitkonversation. Es gibt gewisse Schwierigkeiten mit der Kommunikation.

»Ja, Herr. Ich habe bemerkt, dass Ihr einen Großteil des Datenmaterials über die Menschheit, das wir Euch geschickt haben, nicht wirklich verstehen konntet.«

So ist es. Du hast die enthaltenen Elemente wirklich sehr gut erklärt, aber wir sind nicht in der Lage, es vollständig zu verstehen. Manchmal scheint es, als gebe es etwas zu viel in eurer Welt, und dann wieder etwas zu wenig.

»Handelt es sich dabei um ein und dasselbe?«

Ja, doch wir wissen nicht, ob es etwas zu viel oder zu wenig ist.

»Wie kann das sein?«

Wir haben die Dokumente sorgfältig studiert und festgestellt, dass der Schlüssel zum Verständnis in den Synonymen liegt.

»Synonyme?«

In euren Sprachen gibt es zahlreiche Synonyme und Pseudosynonyme. Zum Beispiel enthielt das Chinesisch eurer ersten Nachrichten einige Begriffe mit derselben Bedeutung, wie »kalt« und »eisig«, »schwer« und »gewichtig« oder »weit« und »fern«.

»Und welches Synonympaar hat nun das Verständnis des Materials verhindert?«

»Denken« und »sagen«. Wir haben soeben erst überrascht festgestellt, dass das gar keine Synonyme sind.

»Nein, das sind keine Synonyme.«

Nach unserem Verständnis sollten sie das aber sein. »Denken« bedeutet, mit Denkorganen gedankliche Aktivitäten durchzuführen. »Sagen« bedeutet, den Inhalt der Gedanken einem anderen mitzuteilen. Für Letzteres benötigt man in eurer Welt sogenannte Stimmbänder, die die Luft in Schwingungen versetzen. Sind diese Definitionen korrekt?

»Das sind sie. Aber zeigt das nicht, dass ›denken‹ und ›sagen‹ keine Synonyme sind?«

Nach unserem Verständnis zeigt das, dass sie Synonyme sind.

»Darf ich kurz darüber nachdenken?«

Bitte sehr. Wir sollten beide darüber nachdenken.

Während der folgenden zwei Minuten betrachtete Evans, wie der Ozean unter dem Sternenhimmel wogte. »Welche Organe gebraucht Ihr zur Kommunikation, Herr?«

Wir haben keine Kommunikationsorgane. Unsere

Gehirne tauschen sich aus, indem sie unsere Gedanken der Außenwelt anzeigen.

»Gedanken anzeigen? Wie funktioniert das?«

Die Gedanken in unseren Gehirnen senden elektromagnetische Wellen im gesamten Frequenzspektrum, darunter auch im Bereich des sichtbaren Lichts. Sie können über ziemlich weite Entfernungen hinweg projiziert werden.

»Das heißt also, für Euch ist denken gleich sprechen.«

Deshalb sind das Synonyme.

»Aha … Doch selbst wenn das so ist, sollte es eigentlich das Verständnis der Dokumente nicht erschweren.«

Das ist richtig. Was Denken und Kommunikation angeht, sind die Diskrepanzen zwischen uns und euch gering. Wir alle haben ein Gehirn, und unsere Gehirne produzieren durch eine Unmenge neuronaler Verbindungen Intelligenz. Der einzige Unterschied ist, dass die elektromagnetischen Wellen unserer Gehirne so stark sind, dass sie von unserem Gegenüber direkt erfasst werden können. Weswegen wir keine Kommunikationsorgane brauchen. Das ist alles.

»Nein, ich glaube wir übersehen da etwas Wichtiges, Herr. Lasst mich noch einmal darüber nachdenken.«

Nur zu.

Evans verließ den Bug und spazierte über das Deck. Unterhalb der Reling hob und senkte sich lautlos der nächtliche Ozean. Er stellte sich ihn als denkendes Gehirn vor.

»Ich möchte Euch eine Geschichte erzählen, Herr. Um sie zu begreifen, müsst Ihr die folgenden Elemente verstehen: Wolf, Kind, Großmutter, ein Häuschen im Wald.«

Das sind alles sehr verständliche Elemente, abgesehen von der Großmutter. Ich weiß, dass dieser Begriff eine Form der Blutsverwandtschaft zwischen menschlichen Wesen bezeichnet und dass er sich üblicherweise auf eine Frau fortgeschrittenen Alters bezieht. Ihre genaue Position innerhalb des verwandtschaftlichen Beziehungsgeflechts bedarf jedoch näherer Erläuterung.

»Das spielt keine Rolle, Herr. Ihr müsst lediglich wissen, dass ihre Beziehung zum Kind sehr eng ist. Sie ist die einzige Person, der das Kind vertraut.«

Ich verstehe.

»Ich vereinfache die Geschichte ein wenig. Die Großmutter hatte etwas zu erledigen und ließ das Kind allein im Haus zurück. Sie schärfte ihm ein, die Tür verschlossen zu halten und sie niemandem außer ihr zu öffnen. Unterwegs begegnete die Großmutter einem Wolf, der sie auffraß und dann ihre Kleider anlegte. Danach ging der Wolf zu dem Häuschen, klopfte an die Tür und sagte: ›Ich bin es, die Großmutter, öffne die Tür.‹ Das Kind machte sie einen kleinen Spaltbreit auf und sah jemanden, der die Großmutter zu sein schien. Also öffnete es die Tür ganz, der Wolf kam herein und fraß das Kind auf. Versteht Ihr diese Geschichte, Herr?«

Ich verstehe überhaupt nichts.

»Dann stimmt meine Vermutung vielleicht.«

Der Reihe nach. Der Wolf hatte von Anfang an vor, in das Haus einzudringen und das Kind zu fressen, richtig?

»Richtig.«

Er hat mit dem Kind kommuniziert. Richtig?

»Richtig.«

Und genau das verstehe ich nicht. Um sein Ziel zu erreichen, hätte er nicht mit dem Kind kommunizieren dürfen.

»Warum?«

Aber das ist doch klar: Hätte zwischen den beiden Kommunikation stattgefunden, hätte das Kind doch gewusst, dass der Wolf hereinkommen und es fressen wollte, und es hätte ihm die Tür nicht geöffnet.

Nach einem kurzen Schweigen sagte Evans: »Ich verstehe, Herr. Ich verstehe.«

Was hast du verstanden? Versteht sich das nicht von selbst?

»Eure Gedanken sind für die Außenwelt unmittelbar zu erkennen, ihr könnt sie nicht verbergen.«

Wie könnte man seine Gedanken verbergen? Diese Vorstellung ist verwirrend.

»Ich meine damit, dass Eure Gedanken und Erinnerungen für die Außenwelt stets transparent sind, wie ein offenes Buch oder ein öffentlich vorgeführter Film oder ein Fisch in einem durchsichtigen Aquarium. Absolut sichtbar, sofort von der Außenwelt erfassbar. Hm. Vielleicht sind Euch ein paar der Elemente, die ich gerade erwähnt habe …«

Ich begreife sie alle. Aber ist das alles nicht selbstverständlich?

Evans schwieg eine Weile. Schließlich sagte er: »Das ist es also …

Wenn Ihr mit einem Gegenüber kommuniziert, ist alles, was kommuniziert wird, wahr. Ihr könnt weder lügen noch betrügen, also könnt Ihr euch wahrscheinlich auch keine komplexen Strategien ausdenken.«

Wir können nicht nur von Angesicht zu Angesicht kommunizieren, sondern auch über weite Distanzen hinweg. Mit den Begriffen »lügen« und »betrügen« haben wir ebenfalls Verständnisschwierigkeiten.

»Was ist das für eine Gesellschaft, in der alle Gedanken transparent sind? Welche Art von Kultur entsteht dadurch, und was für eine Politik? Ohne Intrigen und Täuschungsmanöver?«

Was sind Intrigen und Täuschungsmanöver?

Evans schwieg.

Die Kommunikationsorgane der Menschen sind das Resultat eines evolutionären Defizits, ein notwendiger Ausgleich dafür, dass eure Gehirne keine ausreichend starken Gedankenwellen produzieren können. Das ist eine eurer biologischen Schwachstellen. Gedanken direkt transparent machen zu können, ist eine wesentlich effizientere Form der Kommunikation.

»Ein Defizit? Eine Schwachstelle? Nein, Ihr täuscht Euch, Herr. Was das betrifft, seid Ihr vollkommen im Irrtum.«

Tatsächlich? Darüber muss ich nun einen Augenblick nachdenken. Schade, dass du meine Gedanken nicht sehen kannst.

Das Gespräch blieb für eine ganze Weile unterbrochen. Nachdem zwanzig Minuten lang keine Schrift mehr erschienen war, spazierte Evans vom Bug zum Heck, wo er einen Schwarm Fische beobachtete, der immer wieder aus dem Ozean sprang und dabei einen im Mondlicht silbrig schimmernden Bogen in die Luft zeichnete. Einige Jahre zuvor hatte er den Einfluss der Überfischung auf die Lebewesen an der Küste untersucht und dazu eine Weile auf einem Fischerboot im Südchinesischen Meer verbracht. »Die Parade der Drachenarmee« hatten die Fischer diesen Anblick genannt. Für Evans sahen sie aus wie Text, der auf das Auge der Meeresoberfläche projiziert wurde. Noch während er das dachte, erschien vor seinen eigenen Augen ein neuer Text.

Du hast recht. Wenn ich mir den Inhalt der Dokumente noch einmal vergegenwärtige, verstehe ich sie jetzt etwas besser.

»Ihr habt noch einen langen Weg vor Euch, mein Herr, bis Ihr die menschliche Natur wirklich begreifen werdet. Ich fürchte sogar, es wird Euch nie ganz gelingen.«

Stimmt, es ist wirklich sehr kompliziert. Immerhin weiß ich jetzt, warum ich zuvor nicht alles verstanden habe … Du hast recht.

»Ihr braucht uns, mein Gebieter.«

Ich habe Angst vor euch.

Die Konversation brach ab. Das war die letzte Nachricht, die Evans von Trisolaris erhielt.

Er stand noch eine Weile am Heck und sah zu, wie die schneeweiße Gischt hinter der *Jüngstes Gericht* in den Schemen der Nacht verschwand. Wie verflossene Zeit.

ERSTER TEIL

Die Wandschauer

面壁者

Jahr 3 der Krise

Abstand der Trisolaris-Flotte zum Sonnensystem:
4,21 Lichtjahre

Wie alt es aussieht …

Das war Wu Yues erster Gedanke, als er im flackernden Schein gleißender Lichtbögen beim Bau des riesigen Schiffes *Tang* zusah. Natürlich lag das nur an den zahllosen, unbedeutenden Flecken auf dem fast fertiggestellten Rumpf, die beim Zusammenschweißen der Manganstahlplatten entstanden waren. Er versuchte vergeblich, sich vorzustellen, wie neu und robust die *Tang* erst aussehen würde, sobald man ihr einen frischen grauen Anstrich verpasst hatte.

Soeben war für die Mannschaft der *Tang* das vierte Küstengewässermanöver zu Ende gegangen. Während dieser beiden Monate hatten sich die leitenden Offiziere des Schiffes, Wu Yue und der neben ihm stehende Zhang Beihai, in einer heiklen Situation befunden: Die Kommandeure befehligten den Gefechtsverband aus Zerstörern, U-Booten und Versorgungsschiffen. Doch da die *Tang* immer noch in der Werft lag, übernahm bei dem Manöver entweder das Trainingsschiff *Zheng He* ihre Position, oder es blieb eine Lücke in der Formation. Wu

Yue hatte oft auf die leere Stelle hinausgestarrt, wo die Wasseroberfläche von den Heckwellen der kreuz und quer fahrenden Schiffe aufgewirbelt wurde. Dieser Anblick hatte ihn an seinen eigenen Gemütszustand erinnert. Wiederholt hatte er sich gefragt, ob diese Leerstelle wohl jemals gefüllt werden würde.

Als er nun die unfertige *Tang* betrachtete, kam sie ihm nicht nur alt vor, sondern wie ein Sinnbild für Vergänglichkeit. Sie wirkte wie eine riesige, verlassene Festung, ihr fleckiger Rumpf wie eine bröckelnde Steinmauer und die vom Baugerüst herunterregnenden Funken wie Kletterpflanzen auf antikem Mauerwerk … Alles in allem sah sie wie ein archäologisches Fundstück aus und nicht wie eine Neukonstruktion.

Wu Yue machte dieser Gedanke Angst. Also wandte er sich an Zhang Beihai und fragte: »Geht es Ihrem Vater wieder besser?«

Zhang Beihai schüttelte sacht den Kopf. »Nein. Aber er ist stabil.«

»Sie sollten um Urlaub bitten.«

»Das habe ich bereits getan, als er eingeliefert wurde. Jetzt warte ich erst einmal ab und sehe dann weiter.«

Die Unterhaltung verstummte. So wie jedes Mal, wenn es persönlich wurde. Berufliche Gespräche fielen ihnen leichter, aber auch dabei schien immer irgendetwas zwischen ihnen zu stehen.

»Unsere Arbeit wird immer wichtiger, Beihai. Da wir uns diese Verantwortung teilen, sollten wir meines Erachtens mehr miteinander reden.«

»Wir reden doch schon genug miteinander. Hätten wir nicht so erfolgreich auf der *Chang'an* zusammengearbeitet, wären wir von denen da oben sicher nicht für die *Tang* abgestellt worden.«

Zhang Beihai lachte, als er das sagte. Doch es war die Art von Lachen, die Wu Yue nur schwer deuten konnte. Zhang Beihai konnte tief in die Herzen sämtlicher Besatzungsmitglieder blicken, egal ob Kapitän oder Matrose. Auch Wu Yue war für ihn wie ein offenes Buch.

Wu hingegen hatte keine Ahnung, was in Zhang vorging. Er war sich sicher, dass sein Lachen nicht aufgesetzt war, aber er machte sich keine Hoffnungen, je aus diesem Menschen schlau zu werden.

Für eine gute Zusammenarbeit war es nicht unbedingt nötig, dass man sich auch gut verstand. Zweifellos war Zhang Beihai der fähigste Politkommissar auf dem Schiff, er war sehr geradeheraus und analysierte alles gründlich bis ins kleinste Detail. Doch was in ihm vorging, blieb Wu Yue rätselhaft. Ständig kam es ihm so vor, als wolle Zhang Beihai ihm zu verstehen geben: *Mach ruhig, so ist es am besten oder zumindest einigermaßen in Ordnung. Aber eigentlich möchte ich es anders haben.* Anfangs war es nur ein vages Gefühl, doch irgendwann ließ es sich nicht mehr leugnen. Selbstverständlich verhielt sich Zhang Beihai stets mustergültig und korrekt, aber was ihn wirklich umtrieb … Wu Yue wusste es nicht.

Für Wu Yue galt der Grundsatz: Wenn man sich eine so gefährliche Aufgabe wie das Kommando über ein Schiff teilte, musste man sich in den anderen hineinversetzen können. Aber mit Zhang schien das unmöglich zu sein. Er hatte das Gefühl, dass Zhang ihm misstraute, und das kränkte ihn. Gab es denn irgendjemanden, der den schwierigen Posten eines Zerstörerkapitäns aufrechter und integrer versah als er? *Womit habe ich diesen Argwohn verdient?*

Als Zhang Beihais Vater für kurze Zeit ihrer beider Vorgesetzter gewesen war, hatte Wu Yue ihn auf die Verständigungsschwierigkeiten mit seinem Politkommissar angesprochen.

»Was soll's?«, hatte ihn der General freundlich gefragt. »Solange die Arbeit reibungslos funktioniert, ist doch alles bestens.« Und dann hatte er hinzugefügt: »Und um ehrlich zu sein: Ich verstehe ihn auch nicht.«

»Lassen Sie uns etwas näher herangehen«, sagte Zhang Beihai und deutete auf die im Funkenmeer gebadete *Tang*. In diesem Augenblick piepsten gleichzeitig ihre Handys: Eine SMS beorderte sie zurück zu ihrem Auto. Das verhieß nichts Gutes, da nur die Kommunikationsanlage im Wagen abhörsicher war. Wu Yue öffnete die Wagentür und nahm den Hörer ab. Der Anruf kam von einem Berater aus der Zentrale.

»Kapitän Wu, Eilbefehl an Sie und Politkommissar Zhang: Machen Sie sofortige Meldung beim Hauptquartier des Generalstabs.«

»Beim Generalstab? Und was ist mit den Truppenübungen der Fünften Flotte? Der halbe Gefechtsverband ist bereits auf See, und die übrigen Schiffe werden morgen dazustoßen.«

»Davon weiß ich nichts, aber der Befehl ist eindeutig. Die genaueren Details erfahren Sie vor Ort.«

Der Kapitän und der Politkommissar der noch nicht seetüchtigen *Tang* sahen einander an und erlebten einen der seltenen Augenblicke, in denen sie das Gleiche dachten: *Sieht so aus, als würde dieser Fleck Wasser für immer leer bleiben.*

Festung Greely, Alaska. Der Damhirsch, der eben noch sorglos über die verschneite Ebene getrabt war, erstarrte, als der Boden unter dem Schnee zu vibrieren begann. Vor ihm öffnete sich eine weiße Halbkugel. Der Damhirsch kannte dieses riesige, halb in der Erde vergrabene Ei schon seit Langem, aber er hatte immer das Gefühl gehabt, dass es nicht in seine kalte Welt gehörte. Das Ei brach auf, dichter Rauch und Flammen stiegen empor, und mit lautem Getöse schlüpfte ein zylindrischer Körper heraus, der nach allen Seiten Feuerbälle ausstieß und in enormem Tempo Fahrt nach oben aufnahm. Die Flammen wirbelten die Schneewehen der Umgebung in die Luft, von wo sie als Regen niedergingen. Sobald der Zylinder an Höhe gewonnen hatte, ebbten die Erschütterungen, die das Wild erschreckt hatten, wieder ab, und alles war so friedlich wie zuvor. Während der Zylinder im Himmel verschwand, hinterließ er einen ausgedehnten weißen Schweif. Es sah aus, als wäre die Schneelandschaft ein riesiges Wollknäuel, aus dem eine unsichtbare Hand einen langen Faden herauslöste.

»Verdammt!«, sagte Leitstandoffizier Raeder und knallte seine Computermaus auf den Tisch. »Hätte ich ein paar Sekunden mehr Zeit gehabt, hätte ich den Abschuss abgebrochen!« Er saß im mehrere tausend Kilometer entfernten Raketenabwehrkontrollraum der NORAD-Kommandozentrale. Die Anlage befand sich unweit von Colorado Springs, dreihundert Meter unter dem Gipfel des Cheyenne Mountain.

»Ich habe mir schon gedacht, dass da nichts ist, als der Systemalarm losging«, sagte Jones und schüttelte den Kopf. Er war für die Überwachung der Umlaufbahn zuständig.

»Und was greift das System dann an?«, fragte General Fitzroy. Die Abwehr von Atomraketen war nur eine der vielen Aufgaben in seiner neuen Funktion, und er hatte sich noch nicht komplett eingearbeitet. Fitzroy blickte auf die Monitorwand und suchte angestrengt nach der intuitiven grafischen Darstellung, die er von der NASA her kannte: eine rote Linie, die sich über die Weltkarte bewegte und eine auffällige Sinuskurve über der zweidimensionalen Projektion der Erdkugel beschrieb. Auch wenn Uneingeweihte damit nicht viel anfangen konnten, genügte sie, um zu begreifen, dass da etwas in die Luft geschossen wurde. Doch so leicht wurde es einem hier nicht gemacht. Die Linien auf den Bildschirmen bildeten ein undurchschaubares, abstraktes Durcheinander. Noch schlimmer waren die Bildschirme mit den schnell aufsteigenden Zahlenkolonnen, die ausschließlich die Leitstandoffiziere lesen konnten.

»General, erinnern Sie sich daran, wie im vergangenen Jahr die Reflexionsfolie auf dem Multifunktionsmodul der ISS ausgetauscht wurde? Dabei haben sie die alte Folie verloren. Und die hat jetzt den Alarm ausgelöst. Sie bewegt sich im Solarwind, knäult sich zusammen und entfaltet sich wieder.«

»Aber … die sollte dann doch in den Daten der Objektüberwachung aufgeführt sein, oder nicht?«

»Ist sie auch. Hier.« Raeder öffnete die entsprechende Seite mit der Maus. Unter einem Haufen komplizierter Texte, Daten und Graphen tauchte ein wenig aussagekräftiges Foto auf, das vermutlich mit einem gewöhnlichen geostationären Teleskop aufgenommen worden war. Es zeigte einen silbrig-weißen Fleck vor schwarzem Hintergrund. Wegen der starken Reflexion ließen sich keine Details ausmachen.

»Aber wenn Ihnen diese Daten vorgelegen haben, Major, warum haben Sie dann das Startprogramm nicht gestoppt?«

»Das System hätte die Datenbank mit den Angriffszielen

automatisch durchsuchen müssen. Menschliche Reaktionszeiten sind dafür viel zu lang. Aber es gibt Daten aus dem alten System, die noch nicht für das neue umformatiert worden sind, deshalb waren sie noch nicht mit dem Systemerkennungsmodul verknüpft.« Raeder klang ein wenig angespannt, und der Subtext war klar: *Reicht es nicht, dass ich Ihnen bewiesen habe, wie schnell ich eine manuelle Suche durchführen kann, an der selbst der Computer scheitert? Können Sie sich Ihre unqualifizierten Fragen nicht sparen?*

»General, der Befehl, das System scharfzuschalten, erging, nachdem der Nuclear-Missile-Defense-System-Computer den Abfangkurs berechnet hat«, meldete sich einer der diensthabenden Offiziere zu Wort. »Zu diesem Zeitpunkt war der Softwareabgleich noch nicht komplett.«

Fitzroy sagte nichts mehr. Das Geschwätz im Kontrollraum ging ihm auf die Nerven. Hier hatten sie also das erste Planetenverteidigungssystem der Menschheit, und es war nicht mehr als ein herkömmliches NMD, dessen Abfangkurse von den verschiedenen Kontinenten weg auf das All gerichtet worden waren.

»Wir sollten ein Erinnerungsfoto machen«, sagte Jones. »Es ist schließlich das erste Mal, dass die Erde geschlossen gegen einen gemeinsamen Feind losschlägt.«

»Kameras sind verboten«, erwiderte Raeder kühl.

»Wovon reden Sie überhaupt, Captain?«, sagte Fitzroy, der plötzlich wütend wurde. »Das System hat keinerlei feindliche Ziele ausgemacht. Von einem Erstschlag kann keine Rede sein.«

Verlegenes Schweigen. Dann sagte jemand: »Die Abwehrraketen haben nukleare Sprengköpfe.«

»Anderthalb Megatonnen schwere, um genau zu sein. Ja, und?«

»Es ist beinahe dunkel, und da sich das Ziel in unserem Blickfeld befindet, müssten wir die Blitze der Explosion erkennen können.«

»Das können Sie auf dem Monitor verfolgen.«

»Draußen im Freien ist es aber cooler«, sagte Raeder.

Jones sprang nervös auf. »General, ich … meine Schicht ist zu Ende.«

»Meine auch«, sagte Raeder. Das war reine Höflichkeit, denn Fitzroy war zwar ein hochrangiger Koordinator des Planetary Defence Council PDC, hatte aber keine Befehlshoheit über NORAD und das NMD.

Fitzroy winkte ab. »Tun Sie, was Sie nicht lassen können, ich bin nicht Ihr Vorgesetzter. Ich möchte Sie jedoch darauf hinweisen, dass wir langfristig zusammenarbeiten werden.«

Raeder und Jones rannten so schnell sie konnten vom Kontrollzentrum nach oben, wo sie durch die tonnenschwere strahlungssichere Tür auf den Gipfel des Cheyenne Mountain hinaustraten. Es dämmerte, und der Himmel war klar, aber vom Blitz einer Atomexplosion im All war nichts zu sehen.

»Dort sollte es eigentlich sein.« Jones deutete auf die entsprechende Stelle am Firmament.

»Vielleicht haben wir das Ziel verfehlt«, sagte Raeder, ohne nach oben zu schauen. Mit einem ironischen Grinsen fügte er hinzu: »Glauben die wirklich, dass sich die Sophon in eine niedrigere Dimensionalität auffalten wird?«

»Ich halte das für unwahrscheinlich. Dafür ist es zu intelligent«, sagte Jones. »Den Gefallen wird es uns kaum tun.«

»Das NMD richtet den Blick nach oben, als ob es nichts gäbe, wogegen wir uns auf der Erde zu verteidigen hätten! Selbst wenn die Terrorstaaten plötzlich alle zu Heiligen werden, gibt es immer noch die ETO, oder?« Raeder schnaubte. »Und sehen Sie sich den PDC an. Diese Militärs wollen doch bloß schnelle Ergebnisse sehen. Fitzroy ist auch so einer. Jetzt können sie behaupten, dass die erste Stufe des Planetenverteidigungssystems einsatzbereit ist, obwohl sie praktisch nichts an der Hardware verändert haben. Das ganze System soll nur verhindern, dass sich die Sophon nahe der Erdumlaufbahn in niedrigere Dimensionen entfaltet. Die dazu notwendige Technologie ist sogar noch primitiver als die zur Abwehr von Lenkflugkörpern, denn wenn das Objekt wirklich auftaucht, wird es sich über eine ungeheure Fläche ausdehnen … Aus diesem Grund habe ich Sie auch hier heraufgebeten, Captain. Was sollte diese Kinderei, diese Geschichte mit dem Erinnerungsfoto? Sie haben den General gegen sich aufgebracht. Sehen Sie nicht, was das für ein kleinkarierter Typ ist?«

»Aber … ich dachte, ich hätte ihm damit geschmeichelt.«

»Fitzroy ist eine der größten Marketingkanonen im gesamten Militär. Er wird einen Teufel tun und bei der Pressekonferenz zugeben, dass es einen Systemfehler gegeben hat. Stattdessen wird er, genauso wie die anderen auch, von einem erfolgreichen Manöver sprechen. Warten Sie's nur ab.« Raeder setzte sich auf den Boden, stützte die Hände hinter dem Rücken auf und starrte zurückgelehnt in den inzwischen sternenbedeckten Himmel. Sehnsucht lag in seinem Blick. »Wissen Sie, Jones, wenn die Sophon sich tatsächlich wieder entfaltet, haben wir die Chance, sie zu vernichten. Das wäre was!«

»Wozu soll das gut sein? Tatsache ist, dass die auf dem Weg in unser Sonnensystem sind. Aber wer weiß, wie viele ... Moment mal, warum sagen Sie eigentlich immer *sie* und nicht *es*?

Raeders Gesicht nahm einen verklärten Ausdruck an. »Gestern erzählte mir ein chinesischer General, der gerade in der Kommandozentrale angekommen ist, dass in seiner Sprache die Schriftzeichen für Sophon dieselben sind wie für den japanischen Frauennamen Tomoko.«

Am Vortag hatte Zhang Yuanchao seine Pensionsunterlagen abgegeben und der Chemiefabrik, in der er mehr als vier Jahrzehnte gearbeitet hatte, den Rücken gekehrt. Sein Nachbar Lao Yang nannte es den Beginn seiner zweiten Jugend. Sechzig sei, sagte er zu ihm, genauso wie sechzehn, ein wunderbares Alter, in dem man die Lasten seiner Vierziger und Fünfziger ablege, aber noch nicht so nachlasse und gebrechlich werde wie in seinen Siebzigern und Achtzigern. Das richtige Alter, um sein Leben zu genießen. Sein Sohn und seine Schwiegertochter waren fest angestellt, sie hatten zwar erst spät geheiratet, doch bald würde Zhang Yuanchao einen Enkelsohn in den Armen wiegen. Ohne die Abfindung, die sie beim Abriss ihrer alten Siedlung bekommen hatten, hätten Zhang Yuanchao und seine Frau sich ihre jetzige Wohnung nicht leisten können. Seit einem Jahr wohnten sie jetzt hier.

Im Grunde konnte er zufrieden sein. Was seine persönliche Situation anging, hatte Lao Yang zweifellos recht. Dennoch fühlte er, als er seinen Blick aus dem achten Stock in den blauen Himmel über der Stadt richtete, keinerlei Sonnenschein in seinem Herzen, von einer zweiten Jugend ganz zu schweigen.

Lao Yang, der eigentlich Yang Jinwen hieß, war ein pensionierter Mittelstufenlehrer, der Zhang Yuanchao ständig dazu riet, sein Rentenalter zu nutzen, um noch etwas Neues dazuzulernen. Zum Beispiel: »Das Internet. Das beherrschen sogar die kleinen Kinder, warum nicht du?« Zhang Yuanchaos größtes Versäumnis sei sein mangelndes Interesse an der Außenwelt. »Deine Alte kann sich wenigstens die Tränen abwischen, während sie vor dem Fernseher sitzt und sich diese albernen Seifenopern ansieht. Aber du guckst nicht mal Fernsehen. Du solltest dich mehr für Politik interessieren, nationale und internationale. Das gehört zum Leben dazu.« Dass Zhang Yuanchao ein waschechter Pekinger war, wollte man gar nicht glauben. Wo jeder Taxifahrer sich versiert über das politische Weltgeschehen auslassen konnte, wusste Zhang Yuanchao gerade einmal, wie der chinesische Staatspräsident hieß, beim Namen des Premiers musste er schon passen. Und er war stolz darauf. Er lebe als einfacher Mann ein solides und anständiges Leben, pflegte er zu sagen, was scherten ihn solche Belanglosigkeiten! Sie interessierten ihn nicht, und dass er sich nicht damit befasste, ersparte ihm eine Menge Kopfschmerzen.

Yang Jinwen, ja, der verfolgte die Politik mit großem Interesse und legte viel Wert darauf, allabendlich die Nachrichten zu sehen, sich online mit anderen Kommentatoren über die aktuelle Wirtschaftspolitik und das atomare Wettrüsten zu streiten, bis er rot anlief. Und was hatte er davon? Er bekam trotzdem keinen Cent mehr Rente von der Regierung. »Du spinnst. Das hat nichts mit dir zu tun, behauptest du?«, ereiferte er sich gegenüber Zhang Yuanchao. »Hör mal, Lao Zhang. Jede nationale und internationale Angelegenheit, jede politische Entscheidung, jede UN-Resolution hat etwas mit deinem Leben zu tun, direkt oder indirekt. Du meinst, die Invasion der USA in Venezuela ginge dich nichts an? Ich kann dir versichern: Das verändert deine Rentenentwicklung nicht nur um Centbeträge, glaub mir das.« Zhang Yuanchao hatte immer nur gelacht, wenn sein Nachbar sich so pedantisch echauffierte. Doch jetzt wusste er, dass Yang Jinwen recht hatte.

Es klingelte an der Tür, und als Zhang Yuanchao sie öffnete, stand Yang Jinwen vor ihm. Er wirkte sehr entspannt und aufgeräumt. Offenbar war er eben erst nach Hause gekommen. Zhang Yuanchao bat ihn herein und sah seinen Nachbarn an wie ein einsamer Wanderer in der Wüste, der endlich einen Gefährten gefunden hat und ihn nie mehr ziehen lassen will. »Ich habe nach dir gesucht, wo warst du denn?«

»Auf dem Markt. Deine Frau war auch da und hat eingekauft.«

»Warum ist das ganze Haus so leer? Ich fühle mich wie auf einem … Friedhof.«

»Ganz einfach. Weil heute kein Feiertag ist.« Yang Jinwen lachte. »Ha, dein erster Tag als Rentner! Ja, so fühlt man sich dann. Wenigstens warst du nicht der Chef von irgendwem, solchen Leuten geht es noch viel schlimmer. Daran gewöhnst du dich. Komm, mal sehen, was im Nachbarschaftszentrum los ist.«

»Nein, nein. Es ist nicht, weil ich jetzt Rentner bin. Es ist wegen … wie soll ich sagen, naja … der Weltlage.«

»Der Weltlage?« Yang Jinwen zeigte lachend mit dem Finger auf ihn. »Dass ich dich einmal das Wort ›Weltlage‹ benutzen höre!«

»Na gut. Bislang habe ich mich nie um die großen Zusammenhänge gekümmert, aber was jetzt passiert, das ist dann doch zu wichtig! Wer hätte das ahnen können?«

»Das ist schon witzig, Lao Zhang, ausgerechnet jetzt, wo ich gerade angefangen habe, mich für deine Denkweise zu erwärmen. Mich jucken diese Geschichten nämlich nicht mehr. Ob du es glaubst oder nicht: Ich habe seit zwei Wochen keine Nachrichten mehr gesehen. Früher habe ich mich dafür interessiert, weil ich meinte, dass man als Mensch Einfluss auf diese Dinge nehmen könnte. Aber das, was jetzt passiert … Da hilft uns keiner raus. Warum sich also deswegen auch noch verrückt machen?«

»Aber das kann man doch nicht einfach ignorieren. In vierhundert Jahren wird die Menschheit aufhören zu existieren!«

»Na und? Du und ich, wir werden so etwa in vierzig Jahren aufhören zu existieren.«

»Und unsere Nachkommen? Die werden ausgelöscht werden!«

»Das betrifft mich nicht im gleichen Maße wie dich. Mein Sohn ist in den USA verheiratet und will keine Kinder. Also, was soll's. Und die Familie Zhang kann immerhin noch ein Dutzend Generationen hervorbringen. Reicht das nicht?«

Zhang Yuanchao fixierte Yang Jinwen ein paar Sekunden lang. Dann blickte er auf seine Uhr und schaltete schnell den Fernseher ein, wo der Nachrichtenkanal gerade die wichtigsten Meldungen des Tages brachte:

Nach einem Bericht der amerikanischen Nachrichtenagentur AP hat heute, am 29., um 18:30 Uhr ostamerikanischer

Zeit das Nationale Raketenabwehrsystem der USA erfolgreich die Zerstörung eines in niedrigeren Dimensionen aufgefalteten Sophons im erdnahen Orbit getestet. Das war der dritte Test mit einer NMD-Abwehrrakete, seit das Frühwarnsystem das Weltall überwacht. Diesmal war das Angriffsziel eine Reflexionsfolie, die sich im vergangenen Oktober von der Internationalen Raumstation ISS gelöst hatte. Ein Sprecher des Planetenverteidigungsrates PDC sagte, die mit einem Sprengkopf ausgestattete Abfangrakete habe das dreitausend Quadratmeter große Objekt zerstört. Das bedeutet, dass das NMD-System ein Sophon zerstören kann, während es sich in die Dreidimensionalität auffaltet, also noch bevor es eine so große reflektierende Oberfläche entwickelt, dass es eine Bedrohung für die Bewohner der Erde darstellt …

»So ein Blödsinn. Warum sollte sich ein Sophon auseinanderfalten?«, sagte Yang Jinwen und griff nach der Fernbedienung in Zhang Yuanchaos Hand. »Schalt mal um auf den Sportkanal. Ich glaube, die wiederholen gerade das Halbfinale der Europameisterschaft. Gestern Abend bin ich auf dem Sofa eingeschlafen …«

»Das kannst du dir zu Hause ansehen.« Zhang Yuanchao gab die Fernbedienung nicht aus der Hand. Die Nachrichten liefen weiter:

Jia Weibins behandelnder Arzt am Militärhospital 301 bestätigte, dass der verstorbene Wissenschaftler an einer malignen Erkrankung des Blutes, besser bekannt als Leukämie, gelitten habe. Der Tod sei letztlich durch Organversagen und Blutverlust in der fortgeschrittenen Phase der Krankheit eingetreten. Nichts an den Umständen deute auf eine äußere Einwirkung hin. Jia Weibin, ein bekannter Experte auf dem Gebiet der Supraleitung, der viel zur Erforschung von Supraleitfähigkeit bei Raumtemperatur beigetragen hat, starb am 10. des Monats. Gerüchte, denen zufolge Jia bei einem Sophonenangriff ums Leben gekommen sei, werden als haltlos bezeichnet. Ein Sprecher des Gesundheitsministeriums versicherte, dass auch andere Todesfälle, die angeblich auf Angriffe von Sophonen zurückgingen, in Wahrheit auf gewöhnliche Krankheiten oder Unfälle zurückzuführen seien. Unser Reporter sprach darüber mit dem bekannten Physiker Ding Yi.

Reporter: Was halten Sie von der gegenwärtigen Panik in der Bevölkerung angesichts der Bedrohung durch Sophonen?

Ding Yi: Diese Angst entsteht aus einem Mangel an Wissen im Bereich der Physik. Wie Vertreter der Regierung und der Wissenschaft bereits mehrfach dargelegt haben: Ein Sophon ist ein mikroskopisch kleines Partikel, das aufgrund seiner Winzigkeit trotz seiner großen Intelligenz nur begrenzt Einfluss auf die makroskopische Welt nehmen kann. Im Wesentlichen bedrohen Sophonen die Menschheit nur insofern, als sie bei Experimenten in der Hochenergiephysik und in der weltweiten Quantenkommunikation falsche und chaotische Ergebnisse verursachen können. In seiner mikroskopischen Form ist ein Sophon nicht tödlich und zu keiner Art von Angriff fähig. Um einen signifikanten Effekt auf die makroskopische Welt auszuüben, müsste sich ein Sophon zunächst in eine niedrigere Dimensionalität auseinanderfalten. Und selbst dann wäre sein Einfluss immer noch sehr begrenzt, denn ein zu niedriger Dimensionalität entfaltetes Sophon ist auf makroskopischer Ebene sehr schwach. Außerdem verfügt die Menschheit mittlerweile über ein funktionsfähiges Abwehrsystem. Daher würden die Sophonen uns nur eine ausgezeichnete Gelegenheit zu ihrer Vernichtung geben, wenn sie sich auseinanderfalten würden. Ich denke, dass die Medien sich verstärkt darum bemühen sollten, diese wissenschaftlichen Erkenntnisse zu verbreiten und damit die völlig unbegründete Panik in der Bevölkerung einzudämmen.

Zhang Yuanchao hörte, wie jemand ohne anzuklopfen die Wohnung betrat und »Lao Zhang« und »Meister Zhang« rief. Er hatte den Neuankömmling bereits an den stampfenden Schritten auf der Treppe erkannt. Und tatsächlich trat nun Miao Fuqian ein, ein weiterer Nachbar auf ihrem Stockwerk. Er war ein Kohlenmagnat mit einigen Minen in der Provinz Shanxi und ein paar Jahre jünger als Zhang Yuanchao. Ihm gehörte auch noch eine größere Wohnung in einem anderen Stadtteil Pekings. In diesem Gebäude hatte er seine Geliebte aus Sichuan untergebracht, die ungefähr so alt war wie seine Tochter. Bei seinem Einzug hatten die Zhangs und die Yangs ihn, abgesehen von einer Auseinandersetzung wegen der Sachen, die er im Flur herumstehen ließ, nicht weiter beachtet. Doch dann hatten sie festgestellt, dass dieser Miao Fuqian zwar ein bisschen vulgär, aber ansonsten ganz in Ordnung war. Nachdem die Hausverwaltung ein oder zwei kleinere Dispute zwischen ihnen geschlichtet hatte, waren sich die drei Parteien allmählich nähergekommen. Obwohl Miao Fuqian die Geschäfte mittlerweile angeblich an seinen Sohn übergeben hatte, war er immer noch sehr viel unterwegs und verbrachte nur selten Zeit in seinem zweiten Zuhause. Meistens hatte sein Sichuanmädchen die Dreizimmerwohnung für sich allein.

»Dich habe ich ja seit Monaten nicht gesehen, Lao Miao, wo hast du denn zuletzt Kohle gescheffelt?«, fragte Yang Jinwen.

Miao Fuqian griff nach einem Glas, füllte es halbvoll mit Wasser aus dem Wasserspender und stürzte es gluckernd herunter. Dann wischte er sich über den Mund und sagte: »Ich habe Ärger wegen einer Mine … von wegen verdammte Kohle scheffeln. Wir sind im Krieg, so sieht es aus. Die Regierung macht ernst. Es war schon bei der bisherigen Gesetzeslage nicht einfach, aber nun werden die Minen wohl nicht mehr lange laufen.«

»Die Zeiten sind hart«, sagte Yang Jinwen. Er hatte die Fernbedienung erobert und hielt den Blick fest auf das Fußballspiel im Fernsehen gerichtet.

Der Mann lag schon seit Stunden bewegungslos auf dem Bett. Das Licht, das durch das Fenster des Untergeschosses fiel, war nur noch Mondlicht. Seine fahlen Strahlen zeichneten helle Punkte auf den Fußboden. Der restliche Raum lag im Schatten, und alles darin sah aus, als wäre es aus grauem Stein gemeißelt. Wie in einer Gruft.

Niemand würde je den richtigen Namen des Mannes erfahren, aber er sollte später als Wandbrecher Nummer 2 bekannt werden.

Wandbrecher Nummer 2 hatte in den vergangenen Stunden

sein Leben Revue passieren lassen. Nachdem er sich sicher war, nichts ausgelassen zu haben, wälzte er seinen beinahe vollständig tauben Körper herum, griff nach der Pistole unter dem Kopfkissen und setzte sich die Mündung bedächtig an die Schläfe. In diesem Augenblick erschien der Text des Sophons vor seinen Augen.

Nicht. Wir brauchen dich.

»Seid Ihr es, Herr? Ein Jahr lang habe ich jede Nacht geträumt, Ihr würdet Euch melden! Vor Kurzem hat es aufgehört, und ich habe geglaubt, dass ich einfach ein Mensch ohne Träume geworden bin. Doch das stimmt offenbar nicht.«

Das ist kein Traum. Wir reden in Echtzeitkommunikation miteinander.

Wandbrecher Nummer 2 lachte humorlos. »Gut, dann ist es also vorbei. Im Jenseits gibt es bestimmt keine Träume.«

Brauchst du Beweise?

»Dafür, dass es im Jenseits keine Träume gibt?«

Dafür, dass ich es wirklich bin.

»Schön. Erzählt mir etwas, das ich nicht weiß.«

Deine Goldfische sind tot.

»Na, das macht nichts. Wir werden uns bald im ewigen Licht wiedersehen.«

> Überzeuge dich selbst. Heute Morgen hast du gedankenverloren eine Zigarettenkippe weggeworfen, und sie ist im Aquarium gelandet. Das Nikotin war tödlich für die Fische.

Wandbrecher Nummer 2 öffnete die Augen, legte die Pistole weg und rollte sich aus dem Bett. Seine Lethargie war mit einem Schlag wie weggeblasen. Er tastete nach dem Lichtschalter, ging hinüber zu dem Aquarium auf dem kleinen Tisch und sah die fünf Teleskopaugen-Goldfische mit ihren weißen Bäuchen nach oben im Wasser treiben. Zwischen ihnen schwamm die halbgerauchte Zigarette.

> Ich gebe dir noch einen Beweis. Evans hat dir einmal eine verschlüsselte Nachricht geschickt, aber das Passwort wurde geändert, und er starb, bevor er dir das neue mitteilen konnte. Du konntest die Nachricht nie lesen. Ich verrate dir das Passwort: CAMEL. Die Zigarettenmarke, mit der du deine Fische vergiftet hast.

Wandbrecher Nummer 2 holte hastig seinen Laptop. Während er darauf wartete, dass das Betriebssystem hochfuhr, rannen ihm Tränen über das Gesicht. »Seid Ihr es wirklich, Herr? Seid Ihr das?« Er schluchzte.

Sobald der Laptop lief, öffnete er den Anhang der E-Mail mit einem speziellen Programm der ETO. Er gab das Passwort ein. Als die Datei aufging, war er schon nicht mehr in der Lage, sie richtig zu lesen, sondern warf sich auf die Knie und rief: »Herr! Ihr seid es tatsächlich!« Es dauerte ein wenig, bis er sich beruhigte. Aber schließlich hob er den Kopf und sagte mit feuchten Augen: »Ihr habt uns nie über den Überraschungsangriff auf die Versammlung unterrichtet, an der der Oberbefehlshaber teilnahm, und auch nicht über den Hinterhalt auf dem Panamakanal. Warum habt Ihr uns aufgegeben?«

Wir hatten Angst vor euch.

»Weil unsere Gedanken nicht transparent sind? Aber Ihr wisst doch, dass das keine Rolle spielt! All diese Fähigkeiten, die Euch abgehen – Betrug, Heuchelei, Verstellung, Irreführung – setzen wir zu Euren Diensten ein.«

Wir wissen nicht, ob das wahr ist. Und selbst wenn es so wäre, hätten wir trotzdem Angst. In eurer Heiligen Schrift kommt ein Tier namens Schlange vor. Wenn eine solche Schlange vor dir auftauchte und behauptete, sie sei dir zu Diensten, empfändest du dann keine Angst und keinen Ekel mehr vor ihr?

»Wenn sie die Wahrheit sagt, würde ich meine Angst und meinen Ekel überwinden und sie akzeptieren.«

Das ist nicht so leicht.

»Natürlich nicht. Ich weiß, dass Ihr schon einmal von dieser

Schlange gebissen worden seid. Als es möglich wurde, uns in Echtzeit zu verständigen, und Ihr uns detaillierte Antworten auf unsere Fragen gegeben habt, hättet Ihr uns viele Dinge nicht verraten müssen. Zum Beispiel, wie Ihr das erste Signal von der Erde empfangen habt, oder wie die Sophonen konstruiert sind. Wir nahmen es anfangs als besonderen Vertrauensbeweis, heute wissen war, dass das falsche Eitelkeit war. Es ist für uns einfach schwer zu verstehen: Warum habt Ihr Eure Informationen nicht stärker gefiltert? Schließlich habt Ihr doch nicht in transparenter Gedankenanzeige mit uns kommuniziert.«

Das wäre durchaus möglich gewesen, aber auch dann hätten wir nicht so viel verbergen können, wie ihr euch vielleicht vorstellt. Wir verfügen in unserer Welt durchaus über Formen der Kommunikation, die keine Gedankenanzeige nötig machen – besonders seit Beginn des Technologiezeitalters. Aber Gedankentransparenz ist ein fester Bestandteil unserer Kultur und Gesellschaft. Das mag für euch natürlich nicht leicht zu verstehen sein, genauso wie ihr für uns schwer verständlich seid.

»Ich kann nicht glauben, dass Ihr in Eurer Welt weder Betrug noch Intrigen kennt.«

Die gibt es bei uns auch, aber in einer wesentlich schlichteren Form als bei euch. Wenn wir Kriege führen, tarnen sich die Gegner auch. Doch wenn einer der Gegner Verdacht schöpft und direkt nach der

Wahrheit fragt, erhält er normalerweise eine ehrliche Antwort.

»Das ist unvorstellbar.«

Ihr seid für uns genauso unvorstellbar. Auf deinem Regal steht ein Buch mit dem Titel *Die Geschichte von den drei Reichen* …

»*Die drei Reiche* heißt es. Das könnt Ihr wahrscheinlich nicht verstehen.«

Etwas davon schon, so wie ein durchschnittlich intelligenter Mensch ein kompliziertes mathematisches Werk mit großer geistiger Anstrengung und unter Aufbietung seiner ganzen Fantasie ansatzweise verstehen kann.

»Dieses Buch behandelt allerdings die höchste Kunst menschlicher Intrigen und Kriegslisten.«

Aber wir haben Sophonen, die für uns alles Wissen der menschlichen Welt ausspionieren.

»Außer dem menschlichen Denken.«

Richtig. Sophonen können keine Gedanken lesen.

»Ihr wisst sicher von der Operation Wandschauer.«

Mehr als du. Damit soll demnächst begonnen werden. Und aus genau diesem Grund wende ich mich an dich.

»Was denkt Ihr darüber?«

Dasselbe wie du, wenn du eine Schlange siehst.

»Doch die Schlange in der Bibel brachte den Menschen die Erkenntnis. Aus der Operation Wandschauer werden dagegen ein oder mehrere für Euch schwer zu durchschauende und gefährliche Irrgärten entstehen. Wir können Euch helfen, aus ihnen herauszufinden.«

Die Unterschiede in der Transparenz des Denkens sind für uns nur ein Grund mehr, die Menschheit zu vernichten. Bitte helft uns dabei. Danach werden wir euch vernichten.

»Ihr drückt Euch etwas ungeschickt aus, wenn ich das so sagen darf, Herr. Mir ist klar, dass Ihr wegen der direkten Anzeige eurer Gedanken nicht anders könnt. Aber in unserer Welt äußert man sich, selbst wenn man seine wahren Gedanken mitteilt, etwas taktvoller. Was Ihr gerade gesagt habt, entspricht zum Beispiel zwar den Idealen der ETO, aber wenn Ihr es derart unverblümt formuliert, könnte es auf einige unserer Mitglieder abschreckend wirken. Und das hätte dann vielleicht unvorhersehbare Folgen. Andererseits werdet Ihr vermutlich nie lernen, Euch in dieser Hinsicht geschickter auszudrücken.«

Genau diese Art von verqueren Gedanken lässt die Kommunikation der menschlichen Gesellschaft und vor allem die literarischen Werke der Menschen wie ein seltsam gewundenes Labyrinth erscheinen … Soweit ich es beurteilen kann, steht die ETO kurz vor dem Zusammenbruch.

»Weil Ihr uns Stich gelassen habt. Diese beiden Angriffe waren fatal. Inzwischen hat sich die Erlöserfraktion in alle Winde zerstreut, und nur die Adventisten sind noch organisiert. Am schlimmsten war der psychologische Effekt. Aber das wisst Ihr bestimmt, Herr. Dass Ihr uns im Stich gelassen habt, fühlt sich an, als wolltet Ihr unsere Loyalität zu Euch prüfen. Um diese Loyalität weiter aufrechtzuerhalten, bedarf die ETO dringend Eurer Unterstützung, Herr.«

Wir können euch keine Technologie überlassen.

»Das ist auch nicht nötig, solange Ihr uns nur weiterhin Informationen durch die Sophonen zukommen lasst.«

Das ist kein Problem, nur muss die ETO zunächst den wichtigen Befehl, den du soeben gelesen hast, ausführen. Wir haben ihn noch vor Evans' Tod an ihn geschickt, und er hat dich dazu bestimmt, ihn auszuführen. Doch wegen des fehlenden Passworts kanntest du ihn bislang noch nicht.

Wandbrecher Nummer 2 erinnerte sich an die E-Mail, die er

eben auf dem Computer geöffnet hatte, und las sie sorgfältig durch.

Das ist doch sehr leicht durchführbar, oder?

»Das ist nicht allzu schwierig. Aber ist es wirklich so wichtig?«

Es war wichtig. Inzwischen ist es, aufgrund des Wandschauerplans der Menschheit, unglaublich wichtig.

»Warum?«

Es dauerte eine Weile, bis wieder Text erschien.

Evans hat gewusst, warum, aber er hat offenbar niemandem davon erzählt. Das war gut so. Ein Glück für uns. Jetzt müssen wir euch nicht mehr sagen, warum.

Wandbrecher Nummer 2 strahlte. »Herr, Ihr habt gelernt, Dinge zu verbergen! Ein wunderbarer Fortschritt.«

Evans hat uns einiges beigebracht, aber wir befinden uns noch am Anfang, oder, wie er es ausdrückte, auf dem Niveau eines fünfjährigen Menschenkindes. Dieser Befehl bezieht sich auf eine der Strategien, die wir nicht lernen können.

»Meint Ihr diese Forderung hier: ›Um Aufmerksamkeit zu vermeiden, dürft ihr nicht bekennen, dass die ETO der Verursacher war‹? Nun … wenn es um ein wichtiges Ziel geht, dann versteht sich das von selbst.«

Für uns ist das ein komplizierter Plan.

»Gut, ich werde es ausführen, wie Evans es getan hätte. Wir werden Euch unsere Ergebenheit beweisen, Herr.«

In einem abgelegenen Winkel des riesigen Universums aus Informationen, das in seiner Gesamtheit das Internet ausmachte, gab es einen abgelegenen Winkel, und in einem abgelegenen Winkel eines abgelegenen Winkels in diesem Winkel, in den Tiefen des abgelegensten aller Winkel also, lebte eine virtuelle Welt wieder auf.

In dieser mysteriösen, kalten Morgendämmerung fand sich keine Pyramide, kein UN-Gebäude und kein Pendel, nur eine weite und harte Ödnis erstreckte sich hier, wie ein Block eiskalten Metalls.

König Wen von Zhou erschien am Horizont, in einer zerschlissenen Robe mit einem schmutzigen Fell darüber. In der Hand hielt er ein Bronzeschwert. Sein Gesicht war so zerknittert und schmutzig wie seine Kleidung, doch sein Gesichtsausdruck war voller Lebendigkeit, und seine Pupillen reflektierten das Licht der aufgehenden Sonne.

»Ist hier jemand?«, rief er. »Hallo?«

König Wens Stimme wurde sofort von der endlosen Ödnis verschluckt. Er rief noch ein paar Mal, bevor er sich erschöpft zu Boden sinken ließ und den Lauf der Zeit beschleunigte. Dabei beobachtete er, wie die Sonnen sich in Sternschnuppen verwandelten und die Sternschnuppen in Sonnen. Die Sonnen der stabilen Zeitalter glitten über den Himmel wie die Zeiger einer Uhr. Während der Tage und Nächte der chaotischen Zeitalter verwandelte sich die Welt dagegen in eine riesige Bühne, deren Beleuchtung außer Kontrolle geraten war. Die Zeit raste vorbei, doch nichts geschah. Es blieb bei der endlosen, metallischen Ödnis. Die drei Sonnen tanzten in der Tiefe des Alls, und König Wen gefror zu einem Eisblock. Dann wurde eine Sternschnuppe zu einer Sonne, und als die riesige glühende Scheibe über ihn hinwegglitt, schmolz im Nu das Eis auf seinem Körper und verwandelte ihn in eine Feuersäule. Kurz bevor er endgültig zu Asche zerfiel, stieß König Wen einen langen Seufzer aus und verschwand.

Dreißig Offiziere der Armee, der Marine und der Luftwaffe starrten ehrerbietig auf das Abzeichen auf dem dunkelroten Stoff, einen silbernen Stern, der in vier Richtungen schwertförmige Strahlen aussendete, flankiert von den chinesischen Schriftzeichen für die Ziffern Acht und Eins. Es war das Wappen der chinesischen Weltraumstreitkräfte.

General Chang Weisi forderte die Anwesenden mit einer Handbewegung zum Hinsetzen auf. Nachdem er seine Mütze vor sich auf dem Konferenztisch abgelegt hatte, ergriff er das Wort. »Morgen Vormittag findet die offizielle Gründungszeremonie der Weltraumstreitkräfte statt. Erst dann werden euch die Uniformen und die Abzeichen überreicht. Dennoch gehören wir ab sofort derselben Waffengattung an.«

Sie sahen einander an. Unter den dreißig Anwesenden trugen fünfzehn die Uniform der Marine, neun die der Luftwaffe und sechs die der Armee. Als sie wieder zum General zurücksahen, hatten sie Mühe, ihre Verwirrung zu verbergen.

»Ein merkwürdiges Zahlenverhältnis, nicht wahr?«, bemerkte Chang Weisi und lächelte. »Ihr dürft den jetzigen Umfang des Raumfahrtprogramms nicht zum Maßstab für die zukünftigen Weltraumstreitkräfte nehmen. Die Raumschiffe der Zukunft werden wahrscheinlich noch viel größer sein und eine wesentlich größere Besatzung aufnehmen als die heutigen Flugzeugträger der Marine. Die zukünftige Weltraumkriegsführung wird von tonnenschweren, langlebigen Gefechtsplattformen abhängen, und die Kämpfe werden eher denen der Marine als der Luftwaffe ähneln – allerdings auf einem drei- statt einem zweidimensionalen Schlachtfeld. Genau aus diesem Grund müssen sich die Weltraumstreitkräfte im Wesentlichen aus der Marine heraus entwickeln. Ich weiß, wir alle sind davon ausgegangen, dass die Luftwaffe die Keimzelle sein würde. Daher sind die Genossen von der Marine wahrscheinlich auch noch nicht richtig vorbereitet. Aber das müsst ihr so schnell wie möglich nachholen.«

»Das kommt tatsächlich etwas unerwartet«, sagte Zhang Beihai. Wu Yue neben ihm blieb zwar völlig regungslos, doch Zhang Beihai hatte förmlich gespürt, wie soeben etwas in seinem geradeaus gerichteten Blick erloschen war.

Chang Weisi nickte. »Von der Marine in den Weltraum ist es de facto gar kein so weiter Schritt. Man sagt ja nicht ohne Grund ›Raumschiff‹ und nicht ›Raumflugzeug‹. Gerade weil der Weltraum und der Ozean in den Köpfen der meisten eng miteinander verknüpft sind.« Die Atmosphäre entspannte sich ein wenig. »Im Moment besteht die neue Waffengattung noch ausschließlich aus den einunddreißig Personen an diesem Tisch. Was die zukünftige Weltraumflotte angeht, laufen derzeit die Forschungen in allen relevanten Wissenschaftsbereichen auf Hochtouren, wobei der Schwerpunkt auf dem Weltraumlift und dem Kernfusionsantrieb für große Raumschiffe liegt … Aber das hat mit der Arbeit der Weltraumstreitkräfte nichts zu tun. Unsere Aufgabe besteht darin, ein theoretisches Grundgerüst für die Weltraumkriegsführung zu entwickeln. Da wir über diese Art von Kriegsführung bislang rein gar nichts wissen, wird das ein ausgesprochen mühsames Unterfangen. Aber mit unserer Arbeit schaffen wir das Fundament für die zukünftige Weltraumflotte. In dieser frühen Phase werden die Weltraumstreitkräfte also eher einer Militärakademie ähneln, und die Hauptaufgabe von uns allen wird sein, diese Akademie aufzubauen und anschließend eine große Zahl von Wissenschaftlern und Gelehrten dazuzuholen.«

Chang Weisi erhob sich und ging hinüber zu dem neuen Wappen. Was er als Nächstes sagte, sollte keiner der versammelten Offiziere jemals vergessen. »Genossen, die Weltraumstreitkräfte haben einen steinigen Weg vor sich. Vorläufige Annahmen gehen davon aus, dass die Grundlagenforschung auf allen Gebieten mindestens fünfzig Jahre dauern wird. Anschließend rechnen wir mit mindestens noch einmal hundert Jahren, bis die Technologie einsatzbereit sein wird, die wir für die Raumfahrt im großen Stil benötigen. Und sobald wir mit dem Bau der Weltraumflotte beginnen können, dauert es voraussichtlich weitere anderthalb Jahrhunderte, bis sie ihren geplanten Umfang erreicht hat. Summa summarum benötigen wir demnach dreihundert Jahre bis zur vollen Wehrtauglichkeit.

Ich bin sicher, Genossen, dass ihr alle begreift, was das bedeutet. Keiner der hier Anwesenden wird jemals ins All fliegen, und ganz bestimmt wird niemand von uns die Weltraumflotte sehen. Vielleicht nicht einmal das glaubhafte Modell eines kriegstauglichen Raumkreuzers. Die erste Generation von Offizieren und Besatzungsmitgliedern wird in zwei Jahrhunderten das Licht der Welt erblicken, und erst zweieinhalb Jahrhunderte danach wird die Weltraumflotte der Erde auf die der außerirdischen Invasoren treffen. Diese Raumschiffe werden von der fünfzehnten Generation unserer Nachkommen bemannt sein.«

Die Offiziere verfielen in ein langes Schweigen. Vor ihnen dehnte sich der bleierne Pfad der Zeit aus, der irgendwo in einer nebulösen Zukunft endete. Die Kürze des menschlichen Lebens peinigte sie wie nie zuvor, und in ihren Herzen und Köpfen hoben sie ab zum Flug durch die Jahrhunderte, um gemeinsam mit ihren Nachkommen in lodernde Flammen und Ströme von Blut einzutauchen. Inmitten der eisigen Kälte des Universums, wo dereinst sämtliche Soldatenseelen aufeinandertreffen würden.

Miao Fuqian lud Zhang Yuanchao und Yang Jinwen bei seiner Rückkehr wie üblich auf einen Drink in seiner Wohnung ein, wo das Sichuanmädchen bereits ordentlich aufgetischt hatte. Beim Essen brachte Zhang Yuanchao das Gespräch auf Miao Fuqians Versuch, am Vormittag Geld bei der China Construction Bank abzuheben. »Hast du's denn nicht gehört?«, sagte Miao Fuqian. »Die Leute haben sich totgetrampelt vor den Banken! Die stapelten sich vor den Schaltern übereinander.«

»Und dein Geld?«, fragte Zhang Yuanchao.

»Einen Teil konnte ich abheben, der Rest ist gesperrt. Verbrecher sind das!«

»Und wenn du nur einen Krümel deines Vermögens abbekommen hast, ist das immer noch mehr, als unsereiner überhaupt auf der Bank liegen hat.«

»In den Nachrichten hieß es, sobald die allgemeine Panik sich gelegt hat, würde die Regierung die Konten wieder freigeben. Zunächst vielleicht nur einen Teil, aber irgendwann wird sich die Lage ja wieder normalisieren«, sagte Yang Jinwen.

»Das will ich hoffen. Die Regierung hätte eben nicht so schnell vom Kriegszustand sprechen sollen, kein Wunder, dass Panik ausgebrochen ist. Jetzt denkt jeder zuerst an sich selbst. Wen interessiert schon die Verteidigung der Erde in vierhundert Jahren?«

»Wichtig ist eine ganz andere Frage«, warf Yang Jinwen ein. »Ich habe es schon einmal gesagt und kann mich nur wiederholen: Chinas Sparrate ist eine riesige Landmine. Stimmt doch, oder? Jede Menge Ersparnisse, wenig soziale Absicherung, die komplette Altersvorsorge der Leute liegt auf der Bank. Natürlich bricht beim kleinsten Windhauch eine Massenhysterie aus.«

»Und diese Notstandswirtschaft, was wird dabei wohl herauskommen?«, fragte Zhang Yuanchao.

»Das geht viel zu hopplahopp. Ich glaube kaum, dass irgendwer eine genaue Vorstellung davon hat. Die neuen Richtlinien der Wirtschaftspolitik werden gerade erst skizziert. Eins steht fest: Das wird kein Zuckerschlecken.«

»Kein Zuckerschlecken, ach was!«, sagte Miao Fuqian. »Als ob wir Alten nicht schon Schlimmeres erlebt hätten. Das wird vermutlich wieder so wie in den Sechzigern.«

»Mir tun die Kinder leid«, sagte Zhang Yuanchao und leerte sein Glas.

Die Nachrichtenfanfare lenkte ihre Aufmerksamkeit zum Fernseher. Ganz China war mit diesem Klang vertraut, der im Handumdrehen jeden dazu bewegte, alles stehen und liegen zu lassen und hinzuhören. Es war die Fanfare für die Sondermeldungen, die in diesen Tagen öfter als gewöhnlich über den Bildschirm flimmerten. Die drei Alten erinnerten sich noch gut daran, dass bis zu den Achtzigerjahren ständig solche Nachrichten im Radio und im Fernsehen kamen. In der langen Phase von Frieden und Wohlstand seither waren sie jedoch verschwunden.

Unser Korrespondent im UN-Sekretariat berichtet, ein Sprecher der UNO habe auf einer soeben beendeten Pressekonferenz verkündet, dass die Vollversammlung baldmöglichst zusammentreten werde, um das Problem des Eskapismus zu diskutieren. An dieser Sondersitzung werden auch die ständigen Mitglieder des Planetenverteidigungsrats PDC teilnehmen. Ziel wird sein, zu einer einheitlichen Haltung bezüglich eskapistischer Tendenzen in der Weltgesellschaft zu kommen und entsprechende, weltweit gültige Gesetze zu verabschieden.

Im Folgenden eine nähere Betrachtung zur Entstehung und Entwicklung des Eskapismus.

Der Eskapismus entstand im Zuge der Trisolaris-Krise. Seine Verfechter argumentieren, dass es angesichts der festgefahrenen Situation der Zukunftstechnologien sinnlos sei, eine Verteidigung der Erde und unseres Sonnensystems in viereinhalb Jahrhunderten zu planen. Überlege man, welche Technologien die Menschheit in den kommenden vier Jahrhunderten noch entwickeln könne, sei es realistischer, Raumfähren zu bauen, mit denen es einem kleinen Teil der Menschheit möglich wäre, in den Weltraum zu fliehen, um so die vollkommene Vernichtung der Menschheit zu verhindern.

Der Eskapismus skizziert drei Szenarien: Erstens eine neue Welt – das hieße, die Suche nach einem Planeten, auf dem Menschen überleben können. Zweifellos das Ideal, aber dafür wäre eine extrem hohe Reisegeschwindigkeit erforderlich, und der Flug würde sehr lange dauern. Wenn man vom Stand der Technik ausgeht, den die Menschheit in der Zeit der Krise erreichen kann, erscheint diese Option nicht realisierbar. Eine zweite Möglichkeit wäre eine Raumschiff-Gesellschaft – das hieße, die Raumfähren würden der Menschheit als dauerhafte Bleibe dienen, und die menschliche Zivilisation befände sich praktisch auf einer ewigen Reise. Diese Möglichkeit birgt dieselben Probleme wie die Idee der Neuen Welt, wobei der Schwerpunkt bei dieser Alternative auf den Technologien läge, die zur Schaffung eines geschlossenen Ökosystems nötig wären. Ein Raumschiff mit einer vollständigen Biosphäre übersteigt jedoch bei weitem die gegenwärtigen technischen Möglichkeiten. Option Nummer drei wäre ein vorübergehender Zufluchtsort. Sobald Trisolaris sich in unserem Sonnensystem niedergelassen hat, könnte ein aktiver Austausch zwischen den Trisolariern und den in den Weltraum geflohenen Menschen stattfinden. Darüber ließe sich eine Lockerung der Trisolaris-Politik gegenüber den Geflohenen und damit eine Rückkehr der verbliebenen

Menschheit in das Sonnensystem mit anschließender friedlicher Koexistenz erreichen. Obwohl die vorübergehende Flucht als der realistischste Plan gilt, bleiben auch bei diesem Ansatz immer noch zu viele Unwägbarkeiten.

Nicht lange nach dem Aufkommen des Eskapismus berichteten unterschiedliche Medien weltweit, dass die USA und Russland, die führenden Staaten im Bereich der Raumfahrttechnik, mit der Ausarbeitung von Geheimplänen zur Flucht in den Weltraum begonnen hätten. Obwohl die Regierungen beider Länder die Existenz solcher Pläne verneinten, gab es einen Aufschrei in der internationalen Gemeinschaft, der die Bewegung zur »Sozialisierung von Technologie« hervorbrachte. Auf der dritten Versammlung dieser Bewegung forderte der Sprecher der Entwicklungsländer, dass die USA, Russland, Japan, China und die Europäische Union ihre Technologien einschließlich der Raumfahrttechnik unentgeltlich für die internationale Staatengemeinschaft freigeben sollten, damit jede Nation eine faire Chance zum Umgang mit der Trisolaris-Krise erhalte. Die Unterstützer dieser Bewegung nannten hierfür einen Präzedenzfall: Zu Beginn des Jahrhunderts hatten die wichtigsten Vertreter der europäischen Pharmaindustrie hohe Lizenzgebühren für die Herstellung von hochmodernen Medikamenten zur Behandlung von AIDS verlangt, was zu viel beachteten Rechtsstreitigkeiten führte. Unter dem Druck der öffentlichen Meinung und angesichts der raschen Ausbreitung der Krankheit in afrikanischen Ländern verzichteten die Firmen noch vor Beginn der eigentlichen Gerichtsverhandlungen auf die Rechte an ihren Patenten. Die ultimative Krise, der sich die Welt nun gegenübersieht, gebiete einen entsprechend offenen Zugang zu Technologie als Geste der Verantwortung der Industrienationen gegenüber der Erde. Die Bewegung fand die geschlossene Zustimmung der Entwicklungsländer sowie einiger Staaten der EU, doch auf den UN-Versammlungen des Planetenverteidigungsrats PDC wurden sämtliche diesbezüglichen Initiativen abgelehnt. Auf der fünften Sondersitzung der Vollversammlung der Vereinten Nationen scheiterte ein gemeinsamer Vorschlag Chinas und Russlands zur »begrenzten Sozialisierung von Technologie« am Veto der USA und Großbritanniens. Die US-Regierung ließ verlauten, keine Form von sozialisierter Technologie sei realistisch, die Idee sei naiv und unter den gegenwärtigen Umständen habe die nationale Sicherheit der USA »gleich nach der Planetenverteidigung« oberste Priorität. Das Scheitern dieses Vorschlags spaltet die führenden Industrienationen und behindert die Pläne zum Aufbau der gemeinsamen Weltraumstreitkräfte.

Dass sich die Bewegung zur »Sozialisierung von Technologie« nicht durchsetzen konnte, hat weitreichende Konsequenzen. Denn nun weiß die Weltbevölkerung, dass der Traum von einer geeinten Menschheit sogar im Angesicht der verheerenden Trisolaris-Krise ein Hirngespinst bleiben wird.

Wenn die internationale Gemeinschaft die Kluft, die zwischen Industrie- und Entwicklungsländern wie auch zwischen den Industrienationen selbst entstanden ist, schließen will, wird sie nicht umhinkommen, eine einheitliche Haltung zum Eskapismus zu entwickeln. Das ist der Hintergrund, vor dem die gegenwärtige UN-Sonderversammlung stattfindet.

»Ach ja, wo wir gerade dabei sind …«, sagte Miao Fuqian, »was ich euch vor einigen Tagen am Telefon gesagt habe, stimmt tatsächlich.«

»Was war das?«

»Der Fluchtfonds.«

»Komm, Lao Miao, das glaubst du doch selbst nicht«, sagte Yang Jinwen. »Du bist doch sonst nicht einer, der sich so leicht verschaukeln lässt.«

»Nein, im Ernst«, sagte Miao Fuqian. Er senkte die Stimme und blickte von einem zum anderen. »Shi Xiaoming heißt dieser junge Kerl. Ich habe über verschiedene Kanäle seinen Hintergrund prüfen lassen. Sein Vater Shi Qiang arbeitet für die Sicherheitsabteilung des PDC. Früher war er Chef einer städtischen Antiterroreinheit, und jetzt ist er ein wichtiger Funktionär im PDC und verantwortlich für die Bekämpfung der ETO. Hier ist die Nummer seiner Abteilung, prüft es selbst nach.«

Während die beiden anderen einen Blick tauschten, griff Yang Jinwen nach der Flasche und schenkte sich ein Glas ein. »Und selbst wenn es wahr ist – wen kümmert das, ob es einen Fluchtfonds gibt? Wie könnte ich mir das leisten?«

»Genau. Das ist doch nur für euch Reiche«, brummte Zhang Yuanchao, der schon ziemlich betrunken war.

Yang Jinwen platzte der Kragen. »Wenn das wahr ist, dann wird unser Staat von einem Haufen Schwachsinniger regiert! Wenn einer flieht, dann sollte das die Elite unserer Nachkommen sein. Warum zum Teufel sollten nur die gehen können, die genug Zaster dafür haben? Was ist mit Leuten wie mir?«

Miao Fuqian lachte und zeigte mit dem Finger auf Yang Jinwen. »Ach, komm schon. Wir wissen doch alle, worum es dir wirklich geht. Du willst, dass es deine Nachkommen sind, die gehen dürfen, richtig? Nehmen wir deinen Sohn und deine Schwiegertochter. Beide promovierte Wissenschaftler und damit Mitglieder des Establishments. Und deine Enkel und Urenkel werden vermutlich ebenso zum Establishment gehören.« Er erhob sein Glas und nickte. »Aber genau genommen sollten doch alle gleich sein, oder? Auch für das Establishment darf es kein kostenloses Mittagessen geben, richtig?«

»Was willst du damit sagen?«

»Alles hat seinen Preis. So will es die Natur nun mal. Ich werde mein Geld in die Zukunft meiner Familie investieren. Und auch das ist ganz natürlich.«

»Warum sollte man so etwas mit Geld kaufen können? Die Eskapisten haben die Pflicht, den Erhalt der menschlichen Zivilisation zu sichern. Selbstverständlich sollte es sich dabei um die echte Elite dieser Zivilisation handeln. Ein paar reiche Säcke ins All schicken? Pah. Wozu soll das gut sein?«

Das aufgesetzte Lächeln war aus Miao Fuqians Gesicht gewichen. Erneut deutete er mit einem seiner dicken Finger auf Yang Jinwen. »Ich hab doch schon immer gewusst, dass du auf mich runterschaust. Ganz egal wie viel Geld ich mache, für dich bin und bleibe ich ein erbärmlicher Neureicher, stimmt's?«

»Was bist du denn sonst?« Der Alkohol beflügelte Yang Jinwens Streitlust.

Miao stand auf. »Das lass ich mir nicht bieten. Jedenfalls bin ich nicht derjenige, der deine Scheißlaune erträgt, ich …«

In diesem Moment schlug Zhang Yuanchao so heftig mit der Faust auf den Tisch, dass zwei der Gläser umfielen und das

Sichuanmädchen einen spitzen Schrei ausstieß. Er zeigte mit dem Finger erst auf den einen, dann auf den anderen. »Na toll, ihr beiden. Du bist die Elite der Menschheit und du, du bist ein reicher Sack. Und ich, was zum Teufel bin ich? Ein armer Arbeiter, weshalb es wohl egal ist, ob meine Nachkommen draufgehen, wie?«

Er war drauf und dran, den ganzen Tisch umzuwerfen, beherrschte sich aber und stürmte stattdessen aus der Wohnung. Yang Jinwen eilte ihm nach.

Wandbrecher Nummer 2 setzte gerade sehr vorsichtig neue Goldfische in das Aquarium. Genau wie Evans liebte er die Abgeschiedenheit. Aber er brauchte die Gesellschaft von nicht menschlichen Lebewesen. Oft redete er mit den Goldfischen. Das war wie mit den Trisolariern zu reden, den anderen Wesen, denen er den ewigen Fortbestand auf der Erde wünschte.

Ein Text des Sophons erschien auf seiner Netzhaut.

> Ich habe mich in letzter Zeit ständig mit *Die drei Reiche* befasst. Du hast recht: List und Betrug sind wie das Schuppenmuster einer Schlange.

»Wieder redet Ihr von der Schlange, Herr.«

> Je schöner die Muster auf einer Schlange, umso furchterregender sieht sie aus. Wir hatten uns bislang keine Gedanken um die Flucht der Menschen von der Erde gemacht, solange sie nur außerhalb des Sonnensystems bleiben. Doch jetzt haben wir unsere

Pläne geändert und entschieden, die Menschheit an der Flucht zu hindern. Einen Feind, dessen Gedanken uns völlig verborgen bleiben, ins Weltall fliehen zu lassen, ist zu gefährlich.

»Wisst Ihr schon, wie Ihr das tun wollt?«

Unsere Flotte hat ihre Pläne für die Eroberung des Sonnensystems bereits angepasst. Sie wird am Kuipergürtel in vier Richtungen ausschwärmen und so das Sonnensystem umzingeln.

»Sollte die Menschheit wirklich fliehen, wird Eure Flotte zu spät kommen, um das zu verhindern.«

So ist es, daher brauchen wir eure Hilfe. Die nächste Aufgabe der ETO ist es, die Fluchtpläne der Menschheit zu stoppen oder zu verzögern.

Wandbrecher Nummer 2 lächelte. »Keine Sorge, Herr. Einen Exodus im großen Stil wird die Menschheit niemals hinbekommen.«

Im Moment ist die technologische Entwicklung der Menschheit zwar eingeschränkt, aber vielleicht schafft sie es trotzdem, Generationenraumschiffe zu bauen.

»Das größte Hindernis für die Flucht ist nicht die Technologie.«

Die Uneinigkeit der Nationen etwa? Gut möglich, dass diese Sonderversammlung der Vereinten Nationen das Problem behebt. Und selbst wenn nicht, können die Industriestaaten ihre Pläne immer noch gegen den Widerstand der Entwicklungsländer durchsetzen.«

»Auch die Streitigkeiten zwischen den Nationen sind nicht das größte Hindernis.«

Was denn dann?

»Die Auseinandersetzungen zwischen den Menschen um die Frage, wer gehen darf und wer nicht.«

Das sieht für uns nicht nach einem Problem aus.

»Das dachten wir zunächst auch, aber es hat sich als unüberwindbare Hürde erwiesen.«

Kannst du mir erklären, warum?

»Obwohl Ihr mit der Geschichte der Menschheit vertraut seid, werdet Ihr das, was ich jetzt sage, wahrscheinlich nur schwer begreifen: Die Frage, wer gehen darf und wer nicht, rührt an grundlegende menschliche Werte. In der Vergangenheit haben diese Werte für den gesellschaftlichen Fortschritt gesorgt, doch angesichts der ultimativen Katastrophe erweisen sie sich als fatal. Gegenwärtig ist sich der Großteil der Menschheit noch nicht einmal darüber im Klaren, wie tief die Falle ist, in der sie steckt. Ihr könnt mir glauben, Herr: Kein Mensch wird dieser Falle entkommen.«

»Aus meiner Sicht haben Sie damit alle nötigen Fragen gestellt, Lao Zhang«, sagte Shi Xiaoming mit freundlicher Miene. »Nehmen Sie sich für die Entscheidung Zeit. Es handelt sich schließlich um keine geringe Summe.«

»Darum geht es nicht. Die Frage ist eher, ob es diese Pläne wirklich gibt. Im Fernsehen sagen sie …«

»Kümmern Sie sich nicht darum, was die im Fernsehen sagen. Vor zwei Wochen hat ein Regierungssprecher noch ausgeschlossen, dass die Bankkonten eingefroren werden, und jetzt sehen Sie ja, was passiert ist. Denken Sie vernünftig. Sie sind ein einfacher Mann und Sie möchten, dass Ihre Familie nicht ausstirbt. Was ist mit dem Präsidenten und dem Ministerpräsidenten? Werden die sich keine Sorgen um den Fortbestand der Chinesen machen? Oder die UNO um den Fortbestand der Menschheit? Die Sondersitzung der Vereinten Nationen wird die Fluchtpläne der Menschheit offiziell anstoßen. Da gibt es keine Zeit zu verlieren.«

Zhang Yuanchao nickte bedächtig. »So sieht es wohl aus. Aber mir scheint, dass es bis zu dieser Flucht noch eine ganze Weile dauern wird. Sollte ich mir wirklich jetzt schon darüber den Kopf zerbrechen?«

»Das ist ein Missverständnis, Lao Zhang. So lange kann das gar nicht dauern mit den Fluchtraumschiffen. Glauben Sie wirklich, die starten erst in drei- oder vierhundert Jahren? Wenn das so wäre, könnte die Trisolaris-Flotte sie ohne weiteres abfangen.«

»Wann werden sie denn starten können?«

Shi Xiaoming lehnte sich zurück. »Sie werden demnächst Großvater, richtig?«

»Ja.«

»Ihr Enkel wird den Start dieser Raumschiffe erleben.«

»Er wird an Bord eines solchen Raumschiffs sein?«

»Nein, das sicher nicht. Aber sein Enkel, der ja.«

»Das hieße …« Zhang Yuanchao rechnete nach. »… in etwa siebzig bis achtzig Jahren.«

»Etwas länger wird es schon dauern. Die Notstandsregierung wird die Geburtenkontrolle verschärfen und die Generationsintervalle auf etwa vierzig Jahre verlängern. Die Raumschiffe werden in ungefähr einhundertzwanzig Jahren starten.«

Zhang Yuanchao war immer noch skeptisch. »Das ist ziemlich bald. Können die so schnell gebaut werden?«

»Überlegen Sie doch einmal, wie die Welt vor einhundertzwanzig Jahren noch aussah, Lao Zhang. Da haben wir noch in der Qing-Dynastie gelebt! Damals dauerte die Reise von Hangzhou nach Peking noch über einen Monat, und der Kaiser musste tagelang auf seiner Sänfte bis zu seiner Sommerresidenz getragen werden. Heute reist man in weniger als drei Tagen von der Erde zum Mond. Die Technologien entwickeln sich rasant, und das bedeutet, dass die Entwicklung insgesamt immer schneller voranschreitet. Noch dazu investiert die ganze Welt ihre Mittel in die Raumfahrttechnik. Es steht völlig außer Frage, dass wir in einhundertzwanzig Jahren Raumschiffe bauen können.«

»Ist die Raumfahrt nicht ziemlich gefährlich?«

Shi Xiaoming winkte ab. »Schon, aber wird es auf der Erde

bis dahin nicht auch ziemlich gefährlich sein? Sehen Sie sich doch an, wie die Dinge sich verändern. Die wichtigsten Ressourcen des Landes werden für den Aufbau der Weltraumflotte eingesetzt, die weder eine Handelsware ist noch irgendeinen Profit abwirft. Das Leben wird also nur schlechter. Wenn man überdies die schiere Größe unserer Bevölkerung bedenkt, wird allein schon die Lebensmittelversorgung zu einem Problem. Ganz zu schweigen von der internationalen Situation. Die Entwicklungsländer haben keine Möglichkeit zur Flucht, und die Industriestaaten weigern sich, ihre Technologien zu teilen. Die ärmeren und kleineren Staaten werden sich das nicht gefallen lassen. Sie drohen jetzt schon damit, aus dem Atomwaffensperrvertrag auszusteigen. Und in Zukunft werden sie vermutlich noch radikalere Wege beschreiten. Wer weiß, ob wir in einhundertzwanzig Jahren, lange bevor die Außerirdischen kommen, nicht in einem verheerenden Weltkrieg stecken? Und wer kann sagen, welche Zukunft unsere Urenkel erwartet? Die Fluchtraumschiffe werden abgesehen davon auch anders aussehen, als Sie sie sich vorstellen. Kein Vergleich mit dem Shenzhou-Raumschiff oder der ISS. Diese Raumschiffe werden riesig sein, jedes wie eine ganze Stadt, und über ein geschlossenes Ökosystem verfügen. Die Erde im Kleinen sozusagen. Die Menschheit wird in diesen Schiffen ohne jede Versorgung von außen überleben können. Und vor allem wird dort der sogenannte Kälteschlaf möglich sein, bei dem ein Jahrhundert vergeht wie ein Tag. Das gibt es schon heute. Die Passagiere werden die meiste Zeit im Kälteschlaf verbringen, so lange, bis sie in einer neuen Lebenswelt landen oder zu einer Übereinkunft mit den Trisolariern kommen. Dann werden sie aufwachen. Ist das nicht viel besser, als auf der Erde leiden zu müssen?«

Zhang Yuanchao schwieg und dachte nach.

»Gewiss, um ganz ehrlich mit Ihnen zu sein«, fuhr Shi Xiaoming fort, »Raumfahrt ist eine gefährliche Sache. Niemand kann vorhersehen, auf welche Bedrohungen man im Weltall stoßen wird. Ich weiß, Ihnen geht es darum, Ihren Familienstammbaum fortzuführen, aber machen Sie sich nicht allzu viele Sorgen deswegen …«

Zhang Yuanchao starrte ihn an, als hätte er sich an einer Nadel gestochen. »Wie könnt ihr jungen Leute nur so reden? Warum sollte ich mir keine Sorgen machen?«

»Lassen Sie mich doch ausreden, Lao Zhang. So habe ich es nicht gemeint. Ich wollte gerade sagen, dass es auch dann sinnvoll ist, in diesen Fonds zu investieren, wenn Sie Ihre Nachkommen nicht in Raumschiffen ins All schicken möchten. Das garantiere ich Ihnen. Sobald er öffentlich gehandelt wird, wird sein Preis sofort in die Höhe schießen. Reiche gibt es viele, wie Sie wissen, und nur noch wenige Investitionsmöglichkeiten. Und Geld horten ist verboten. Außerdem: Je mehr Geld einer hat, umso mehr wird er ausgeben, um seinen Stammbaum zu erhalten, meinen Sie nicht?«

»Sicher, das ist mir klar.«

»Lao Zhang. Lassen Sie mich ganz ehrlich zu Ihnen sein. Der Fluchtfonds befindet sich gegenwärtig in einem vorläufigen Stadium. Bislang haben wir ihn noch nicht an externe Verkäufer rausgegeben, und auch im Haus dürfen ihn nur ganz wenige Auserwählte anbieten. Es war gar nicht leicht, Teil dieser erlesenen Gruppe zu werden. Jedenfalls … rufen Sie mich an, wenn Sie sich entschieden haben, und ich kümmere mich um die Formalitäten.«

Als Shi Xiaoming gegangen war, trat Zhang Yuanchao auf den Balkon und starrte in den Sternenhimmel, der wegen der Lichter der Stadt nur undeutlich zu sehen war. *Will ich euch wirklich an einen Ort schicken, wo ewige Nacht herrscht, liebe Enkel?*

Als König Wen von Zhou aufs Neue die trostlose Welt von *Three Body* betrat, ging gerade eine kleine Sonne auf. Sie wärmte zwar nicht sehr, aber sie erhellte die Ödnis, die immer noch völlig leer war.

»Haaallo! Ist hier jemand?«

König Wens Augen leuchteten auf, als er am Horizont einen Reiter auf einem galoppierenden Pferd erblickte. Schon von Weitem erkannte er, dass es sich um Newton handelte, und rannte ihm eifrig winkend entgegen.

Kurz darauf war Newton bei ihm und zügelte sein Pferd. Dann stieg er ab und rückte hastig seine Perücke zurecht. »Warum schreist du so? Wer hat wieder mit diesem verdammten Ort angefangen?«

Anstelle einer Antwort nahm König Wen Newtons Hand und begann, eifrig auf ihn einzureden. »Genosse, hör mich an, ich muss dir etwas sagen: Der Herr hat uns nicht verlassen! Besser gesagt, er hat uns verlassen, aber aus gutem Grund. Er wird uns noch brauchen, er …«

»Das weiß ich doch alles«, sagte Newton ungehalten und schob Wens Hand weg. »Die Sophonen haben es auch mir mitgeteilt.«

»Soll das heißen, der Herr hat an mehrere von uns gleichzeitig eine Nachricht geschickt? Wunderbar. Demnach wird der Kontakt zum Herrn nie wieder monopolisiert werden.«

»Gibt es die Organisation denn noch?« Newton wischte sich mit einem weißen Taschentuch den Schweiß von der Stirn.

»Natürlich. Die Erlöserfraktion ist nach dem globalen Streik völlig zusammengebrochen, die Überlebensfraktion hat sich abgespalten und ist zu einer unabhängigen Kraft geworden. Allein die Adventisten sind in der Organisation verblieben.«

»Der Angriff hat also die Organisation bereinigt. Das sind gute Nachrichten.«

»Da du hier bist, musst du zu den Adventisten gehören, doch du scheinst von nichts zu wissen. Bist du ein Einzelkämpfer?«

»Außer dir habe ich nur mit einem einzigen anderen Genossen Kontakt gehabt, und der hat mir nichts außer dieser Webadresse verraten. Ich bin diesem schrecklichen weltweiten Angriff nur mit knapper Not entkommen.«

»Deinen Überlebenswillen hast du ja bereits zurzeit des ersten Kaisers der Qin-Dynastie unter Beweis gestellt.«

Newton sah sich um. »Sind wir hier sicher?«

»Gewiss. Wir befinden uns auf der untersten Ebene eines vielschichtigen Labyrinths, das praktisch unmöglich zu entdecken ist. Und selbst wenn es jemandem gelänge, sich in diese Welt einzuhacken, könnte er unmöglich herausfinden, wo sich hier die anderen User aufhalten. Aus Sicherheitsgründen haben sich alle Zweige der Organisation voneinander isoliert und beschränken den wechselseitigen Kontakt auf ein Minimum. Wir brauchen einen Ort, an dem wir uns treffen und neue Mitglieder einführen können. Hier ist es grundsätzlich sicherer als in der wirklichen Welt.«

»Ist dir auch aufgefallen, dass die Angriffe gegen die Organisation überall auf der Welt nachgelassen haben?«

»Unsere Gegner sind clever. Sie wissen genau, dass sie allein über die Organisation an Informationen über den Herrn herankommen. Oder an die Technologie, die er uns vielleicht überlässt, auch wenn das sehr unwahrscheinlich ist. Aus diesem Grund lassen sie die Organisation bis zu einem gewissen Grad fortbestehen. Aber ich glaube, das werden sie bald bereuen.«

»Der Herr ist aber nicht sehr clever. Er versteht ja nicht einmal, was Cleverness ist.«

»Deshalb braucht er uns. Die Organisation ist immer noch wichtig, und das sollten sämtliche Genossen so schnell wie möglich erfahren.«

Newton bestieg sein Pferd. »Gut. Ich muss weiter. Erst wenn ich eindeutig weiß, dass wir hier sicher sind, kann ich länger bleiben.«

»Wir sind hier garantiert sicher, mein Wort darauf.«

»Wenn das stimmt, dann werden sich hier beim nächsten Mal mehr Genossen versammeln. Auf Wiedersehen.« Mit diesen Worten gab Newton seinem Pferd die Sporen und galoppierte davon. Als das Hufgeklapper verklungen war, wurde die kleine Sonne zu einer Sternschnuppe, und die Welt hüllte sich in Dunkelheit.

Luo Ji lag schlaff auf dem Bett und sah ihr mit schlaftrunkenen Augen zu, wie sie sich nach dem Duschen anzog. Die Sonne stand bereits hoch, und im gleißenden Licht, das durch die

Gardinen fiel, war sie nur als anmutige Silhouette zu erkennen. Wie in diesem alten Schwarzweißfilm …

Den Titel des Films hatte er vergessen. An ihren Namen sollte er sich jedoch erinnern. Wie hieß sie noch gleich? Nur ruhig, zuerst den Nachnamen. Zhang? Demnach wäre sie Zhang Shan. Oder war es Chen? Chen Jingjing? Nein, so hatten frühere Frauen geheißen.

Er hätte gern in seinem Handy nachgesehen, aber das steckte noch in seiner Hosentasche, und seine Kleider lagen auf dem Teppich. Außerdem würde er ihren Namen ohnehin nicht darin finden, sie hatten sich schließlich gerade erst kennengelernt. Er durfte jetzt bloß nicht wieder denselben Fehler machen wie neulich, wo er einfach nachgefragt hatte. Mit katastrophalen Folgen.

Der Fernseher lief, und er richtete seinen Blick auf das tonlose Bild. Auf dem Bildschirm sah man den Sicherheitsrat der Vereinten Nationen um einen großen, runden Tisch versammelt … Moment, das hieß jetzt nicht mehr Sicherheitsrat, aber auch der neue Name dieser Organisation wollte ihm partout nicht mehr einfallen. Was war in letzter Zeit nur mit ihm los?

»Stell das mal lauter«, sagte er. Nicht einmal ein Kosename kam ihm in den Sinn. Deswegen klangen seine Worte ein wenig grob, aber das kümmerte ihn gerade nicht.

»Scheint dich ja richtig zu interessieren«, sagte sie. Statt nach der Fernbedienung zu greifen, setzte sie sich und kämmte sich die Haare.

Luo Ji tastete auf dem Nachttisch nach dem Feuerzeug und einer Zigarette. Während er sie anzündete, streckte er die nackten Füße unter dem Laken hervor und wackelte zufrieden mit den Zehen.

»Seht euch das an. So ein Rüpel wie du nennt sich Professor?« Sie beobachtete im Spiegel, wie er seine großen Zehen abspreizte.

»Wissenschaftlicher Mitarbeiter«, korrigierte er, »ohne wesentliche Errungenschaften bislang. Aber nur, weil ich mir keine große Mühe gebe. Ich folge lieber meiner Inspiration … Manchmal komme ich durch einen spontanen Geistesblitz auf Dinge, für die sich andere ihr Leben lang das Hirn zermartern. Ob du es glaubst oder nicht, einmal bin ich fast berühmt geworden.«

»Wegen der Sache mit der Subkultur?«

»Nein, nicht deswegen. Etwas anderes, an dem ich parallel gearbeitet habe. Ich habe die Kosmosoziologie begründet.«

»Was?«

»Die Soziologie Außerirdischer.«

»Blödsinn.« Mit einem Kichern warf sie den Kamm beiseite und fing an, sich zu schminken.

»Hast du etwa noch nichts von dem neuen Kult um die Wissenschaftler mitbekommen? Beinahe wäre ich ein Star geworden.«

»Alienforscher gibt es inzwischen doch haufenweise.«

»Ja, weil so viel Mist passiert.« Luo Ji deutete auf das stumme Fernsehbild, auf dem immer noch die Versammlung am großen, runden Tisch zu sehen war. Ganz schön lang, diese Nachrichtensendung. Vielleicht eine Live-Übertragung? »Früher hat man keine Aliens erforscht. Stattdessen haben sich Akademiker durch vergilbte Papierstapel gewühlt und sind damit berühmt geworden. Aber irgendwann hatte die Öffentlichkeit genug von dieser kulturellen Leichenschändung. Und dann schlug meine Stunde.« Er reckte die nackten Arme Richtung Decke. »Kosmosoziologie, Außerirdische, unzählige Völker von Außerirdischen, mehr, als es Menschen auf der Erde gibt, Dutzende von Milliarden! Der Produzent von *Der Hörsaal* wollte mit mir eine Fernsehsendung machen, aber dann kam diese Geschichte, und so …« Er machte eine wegwerfende Geste und seufzte.

Sie hörte ihm gar nicht richtig zu und las stattdessen die Untertitel auf dem Bildschirm vor. »›Was den Eskapismus anbelangt, liegen sämtliche Optionen auf dem Tisch‹ … Was soll das denn heißen?«

»Wer sagt das?«

»Sieht aus wie Karnow.«

»Er sagt, dass man gegen den Eskapismus so entschieden vorgehen müsse wie gegen die ETO und dass man jeden, der eine Arche Noah bauen will, mit Lenkflugraketen abschießen solle.«

»Ganz schön drastisch.«

»Nein«, entgegnete er mit Nachdruck. »Das ist das einzig Richtige. Ich war von Anfang an dafür. Und selbst wenn es nicht dazu kommt … Am Ende wird sowieso niemand abhauen. Kennst du das Buch *Die driftende Stadt* von Liang Xiaocheng?«

»Nein. Das ist schon ziemlich alt, oder?«

»Stimmt, ich habe es als kleiner Junge gelesen. Shanghai droht im Ozean zu versinken, und eine Gruppe von Leuten geht von Haus zu Haus und sammelt sämtliche Rettungsringe ein, um sie zu vernichten. Damit keiner überlebt, wenn nicht alle gerettet werden können. Ich erinnere mich besonders an eine Szene, in der ein kleines Mädchen die Gruppe zu einem Haus führt und schreit: ›Die haben noch einen!‹«

»Du bist eines von diesen Arschlöchern, die immer an der Gesellschaft herummeckern müssen.«

»Blödsinn. Sieh mal, die Wirtschaftswissenschaften beruhen auf der Grundannahme des allgegenwärtigen menschlichen Profitstrebens. Ohne dieses Axiom würde ihr ganzes Denkgebäude einstürzen. In der Soziologie gibt es bislang noch kein solches Axiom, aber wenn, wäre es vielleicht noch düsterer als das der Ökonomie. Die Wahrheit watet immer durch Morast. Eine kleine Gruppe von Menschen könnte sich in Raumschiffen davonmachen, doch wenn wir es so weit kommen lassen, wozu dann das alles?«

»Was alles?«

»Wozu die Renaissance? Wozu die Magna Carta? Wozu die Französische Revolution? Hätten wir es bei einer Klassengesellschaft belassen, die von eisernen Gesetzen fixiert wird, dann würden zu gegebener Zeit diejenigen, die fliehen wollen, eben fliehen und die, die bleiben müssen, würden bleiben. Lebten wir noch in der Ming- oder Qing-Dynastie, dann würde ich abhauen, und du würdest bleiben. Aber so läuft das heute nicht mehr.«

»Ich wäre froh, wenn du jetzt gleich abhauen würdest!«

Insgeheim stimmt Luo Ji ihr zu. Für sie und ihn war es an der Zeit, getrennte Wege zu gehen. Auch mit all seinen bisherigen Frauen war er irgendwann an diesen Punkt gelangt. Diesmal war er ganz besonders stolz auf das Tempo, das er vorlegte. Sie kannten sich erst seit einer Woche, und die Trennung verlief so reibungslos wie bei einer Rakete und ihrer letzten Zündstufe.

»Das mit der Kosmosoziologie war übrigens nicht meine Idee, weißt du. Möchtest du wissen, von wem sie stammt? Ich verrate es nur dir. Du darfst dich aber nicht erschrecken.«

»Vergiss es«, gab sie zurück, »ich glaube sowieso nichts von dem, was du sagt. Außer einer Sache.«

»Na gut … Vergiss es. Was für eine Sache meinst du?«

»Komm, steh auf. Ich habe Hunger.« Sie las seine Sachen vom Teppich auf und warf sie aufs Bett.

Anschließend frühstückten sie im Hotelrestaurant. Die meisten der Gäste um sie herum wirkten sehr ernst, und hin und wieder schnappten sie Gesprächsfetzen auf.

Luo Ji wollte gar nicht hinhören, aber er war wie eine Kerze in einer Sommernacht. Die Worte umschwirrten ihn wie Mücken und bahnten sich einen Weg in seinen Kopf: Eskapismus, sozialisierte Technologie, ETO, Übergang zur Kriegswirtschaft, Äquatorialbasis, Neufassung der UN-Charta, PDC (*Richtig!*, dachte Luo Ji, *so nennt sich der Sicherheitsrat inzwischen.*), Frühwarnsystem bei Erdannäherung der Sophonen, Verteidigungsperimeter, unabhängiger Integrationsplan …

»Wir leben in ganz schön trüben Zeiten, oder?«, sagte Luo Ji. Er legte Messer und Gabel hin, mit denen er eben sein Rührei bearbeitet hatte.

Sie nickte. »Das kannst du laut sagen. Gestern im Fernsehen hatten sie eine Quizfrage, die war so was von idiotisch. Hand auf den Summer.« Sie spielte den Quizmaster und deutete mit der Gabel auf Luo Ji. »Eintausendzweihundert Jahre vor dem Ende der Welt lebt die dreizehnte Generation deiner Nachkommen. Richtig oder falsch?«

Luo Ji nahm die Gabel wieder auf und schüttelte den Kopf.

»Meine Nachkommen werden es sowieso nicht sein.« Er faltete die Hände wie zum Gebet. »Mein großartiger Stammbaum wird mit mir aussterben.«

Sie schnaubte verächtlich. »Du wolltest doch wissen, welchem deiner Sprüche ich glaube – der war's. Das hast du schon einmal gesagt. Genau so ein Typ bist du.«

Und deshalb wollte sie ihn verlassen? Er wollte lieber nicht nachfragen, um die Sache nicht unnötig zu verkomplizieren, doch sie schien seine Gedanken zu lesen.

»Ich bin auch so«, fuhr sie fort. »Das Schlimmste ist, wenn man sich selbst in anderen wiedererkennt.«

»Vor allem in jemandem vom anderen Geschlecht«, pflichtete Luo Ji ihr bei.

»Ich will mich ja nicht rechtfertigen … aber das ist ein ausgesprochen verantwortungsvolles Verhalten.«

»Was für ein Verhalten? Keine Kinder in die Welt zu setzen? Selbstverständlich ist es das.« Luo Ji deutete mit der Gabel auf die Leute um sie herum, die über die wirtschaftlichen Veränderungen sprachen. »Weißt du, wie die Nachkommen von denen da leben werden? Die werden als Sklaven in den Schiffswerften schuften, den Raumschiffswerften meine ich. Und sich mittags mit knurrenden Mägen in der Kantine mit ihren Schüsseln anstellen, dankbar für eine Kelle Reisbrei. Und wenn sie ein bisschen älter sind, ruft Vater Staat, nein, Mutter Erde: Wir brauchen dich! Und ab geht's in die ruhmreiche Armee.«

»Der Weltuntergangsgeneration wird es noch am besten gehen.«

»Da heißt es dann, in den Ruhestand gehen und auf den Jüngsten Tag warten. Was für ein Elend. Abgesehen davon werden wahrscheinlich schon die Großeltern dieser letzten Generation nicht mehr genug zum Essen haben. Wobei es wohl kaum so weit kommen wird. Schau dir doch an, wie verbohrt die Leute sind. Ich wette, die werden Widerstand leisten, solange es geht, und sich nur noch fragen, wie das Ende tatsächlich aussehen wird.«

Sie verließen das Hotel und gingen hinaus, wo die warmen Strahlen der Morgensonne sie umfingen. Die frische Luft duftete betörend süß.

»Zeit für mich zu lernen, was Leben heißt. Eine Schande, wenn mir das nicht bald gelingt«, sagte Luo Ji mit Blick auf den vorbeirauschenden Verkehr.

»Man kann nicht alles lernen«, sagte sie, während sie nach einem Taxi Ausschau hielt.

»Nun denn …« Luo Ji sah sie fragend an. Es war offenbar unnötig, sich an ihren Namen zu erinnern.

»Mach's gut.« Sie nahm seine Hand und drückte ihm einen flüchtigen Kuss auf die Wange.

»Vielleicht sehen wir uns einmal wieder.« Er bereute den Satz, kaum dass er ihn zu Ende gesprochen hatte. Bis hierhin war doch alles bestens. Bloß keinen Ärger heraufbeschwören. Aber seine Sorge war überflüssig.

»Das glaube ich nicht.« Mit diesen Worten machte sie so eilig auf dem Absatz kehrt, dass ihre Schultertasche hinter ihr hoch in die Luft schwang. Das war ein Detail, das sich Luo Ji hinterher wiederholt ins Gedächtnis rief, da er sich einfach nicht sicher war, ob sie das absichtlich getan hatte oder nicht. Er hatte bereits mehrmals zuvor beobachtet, wie diese auffällige Louis-Vuitton-Tasche hochschwang, während ihre Besitzerin sich umdrehte. Doch diesmal flog die Tasche geradewegs auf sein Gesicht zu, und als er ihr auswich, stolperte er über einen Hydranten und fiel auf den Rücken.

Dieser Sturz rettete ihm das Leben.

Zur selben Zeit hatte sich auf der gegenüberliegenden Straßenseite die folgende Szene abgespielt: Zwei Autos waren frontal kollidiert, und noch bevor der Lärm des Zusammenstoßes verklang, wich ein VW Polo scharf dem Unfall aus und raste direkt auf die Stelle zu, wo die beiden gestanden hatten.

Luo Jis Sturz geriet zu einem erfolgreichen Ausweichmanöver. Denn so streifte die vordere Stoßstange des Polo bloß den einen Fuß, der noch in die Luft ragte, und riss Luo Ji um neunzig Grad herum, sodass er auf die Rückseite des Wagens starrte. Vor Schreck überhörte er den dumpfen Knall des zweiten Aufpralls. Er sah nur, wie ihr Körper über das Auto flog und dahinter auf die Straße fiel wie eine knochenlose Puppe. Die Blutspur, die sie hinterließ, während sie über den Asphalt rollte, sah aus, als würde sie etwas bedeuten. Als er in das blutige Muster starrte, fiel ihm plötzlich ihr Name wieder ein.

Zhang Yuanchaos Tochter stand kurz vor der Entbindung. Sie lag bereits im Kreißsaal, während die Familie draußen im Wartezimmer zusammenkam, wo ein Video mit Informationen zur Gesundheitsvorsorge für Mutter und Kind lief. All das weckte in Zhang Yuanchao ein nie gekanntes Gefühl von Wärme und Menschlichkeit, ein Rest von Behaglichkeit des vergangenen Goldenen Zeitalters, der mit der fortschreitenden Krise bald ganz verschwinden würde.

Yang Jinwen betrat den Raum, und Zhang Yuanchao vermutete zuerst, er wäre gekommen, um bei dieser Gelegenheit ihr angeschlagenes Verhältnis zu reparieren. Doch als er Yang Jinwens Gesicht sah, wusste er, dass es um etwas anderes gehen musste. Ohne Hallo zu sagen, zerrte dieser ihn aus dem Warteraum hinaus in den Flur.

»Du hast dich doch nicht etwa in den Fluchtfonds eingekauft?«, fragte Yang Jinwen.

Zhang Yuanchao zuckte mit den Schultern und machte Anstalten, wieder hineinzugehen. Die Botschaft war eindeutig: *Was geht dich das an?*

»Hier, schau mal«, sagte Yang Jinwen, und reichte ihm eine Zeitung. »Von heute.« Die großen, schwarzen Lettern verschwammen vor Zhang Yuanchaos Augen.

UN-SONDERVERSAMMLUNG BESCHLIESST DIE RESOLUTION 117 UND ERKLÄRT DEN ESKAPISMUS FÜR ILLEGAL

Nun las er sich den ganzen Artikel aufmerksam durch:

> Mit überwältigender Mehrheit wurde auf der UN-Sondersitzung eine Resolution beschlossen, die den Eskapismus zu einem Bruch internationalen Rechts erklärt. Mit deutlichen Worten verurteilt die Resolution die Spaltung und die Unruhen, die der Eskapismus unter den Menschen entfacht hat, und beschreibt diese Bewegung als Verbrechen gegen die Menschlichkeit. Die Resolution fordert alle Mitgliedstaaten auf, so schnell wie möglich nationale Gesetze zu erlassen, um dem Eskapismus Einhalt zu gebieten.

Der chinesische Delegierte wiederholte in einer Stellungnahme die Position der chinesischen Regierung, die die UN Resolution 117 zum Eskapismus nachdrücklich unterstützt. Er übermittelte die Zusicherung der chinesischen Regierung, entsprechende Gesetze zu verabschieden und die bestehende Rechtsprechung anzupassen. China, so der Delegierte, wolle effektive Maßnahmen gegen die Ausbreitung des Eskapismus ergreifen. Er schloss seine Ausführung mit den Worten: »Es gilt, die Einheit und Solidarität der internationalen Gemeinschaft in diesen Zeiten der Krise hochzuhalten und an dem international anerkannten Prinzip des gleichen Rechts auf Überleben aller Menschen festzuhalten. Die Erde ist die gemeinsame Heimat ihrer Völker, und wir dürfen sie nicht aufgeben.«

»Das … was soll das?«, stammelte Zhang Yuanchao.

»Ist das nicht offensichtlich?«, antwortete Yang Jinwen. »Wenn du es dir richtig überlegst, muss dir doch klar sein, dass die Flucht in den Kosmos von vornherein zum Scheitern verurteilt war. Die entscheidende Frage wäre, wer gehen darf und wer bleiben muss. Hier geht es nicht um irgendwelche Ungerechtigkeiten, sondern ums nackte Überleben, und ganz gleich, wer gehen darf – Eliten, Reiche, einfache Leute –, solange irgendwer zurückbleiben müsste, wäre das der Zusammenbruch des grundlegenden Wertesystems der Menschheit und der ethischen Prinzipien. Menschenrechte und Gleichheit sind tief in unserem Denken verwurzelt. Ungleiche Chancen bezüglich des Überlebens sind die schlimmste Form der ungerechten Verteilung. Diejenigen Menschen und Länder, die zurückbleiben müssten, würden nicht einfach stillsitzen und auf den Tod warten, während es für andere einen Ausweg gibt. Es würde zu extremen Konflikten kommen, bis hin zu einem weltweiten Chaos, und am Ende würde keiner gehen! Die UN-Resolution ist sehr sinnvoll. Sag, wie viel hast du investiert, Lao Zhang?«

Zhang Yuanchao kramte nach seinem Telefon. Er wählte Shi Xiaomings Nummer, doch der war nicht erreichbar. Seine Beine drohten unter ihm wegzuknicken, und er ließ sich mit dem Rücken an der Wand hinabgleiten, bis er auf dem Boden saß. Er hatte vierhunderttausend Yuan verplempert.

»Ruf die Polizei! Zum Glück weiß dieser Kerl noch nicht, dass Lao Miao ganz fix herausgefunden hat, wo sein Vater arbeitet. Dieser Gauner entwischt uns nicht!«

Zhang Yuanchao saß nur da und schüttelte den Kopf. Er stöhnte. »Klar, ihn kriegen wir vielleicht, aber das Geld? Wie soll ich das bloß meiner Familie erklären?«

Ein lauter Schrei war zu hören und dann die Stimme der Krankenschwester: »Nummer neunzehn! Es ist ein Junge!«

Zhang Yuanchao sprang auf und stürzte ins Wartezimmer. Alles andere erschien ihm mit einem Mal unbedeutend.

Eine halbe Stunde hatte Lao Zhang gewartet. Eine halbe Stunde, in der weltweit wohl zehntausend Kinder geboren wurden, deren Schreie zusammengenommen einen beeindruckenden Chor ergäben. Das Goldene Zeitalter war zu Ende, und die harten Zeiten für die Menschheit fingen eben erst an.

Das Zimmer, in dem man ihn eingeschlossen hatte, lag im Keller, einem sehr tiefen Keller. Das war alles, was Luo Ji wusste. Im Aufzug (einem dieser selten gewordenen Aufzüge, die man manuell mit einem Hebel betätigte) hatte er gespürt, wie es nach unten ging. Und das altmodische mechanische Zählwerk, das die Minuszahlen immer weiter herunterzählte, hatte sein Gefühl bestätigt: Er befand sich im zehnten Untergeschoss!

Luo Ji nahm den kleinen Raum noch einmal in Augenschein: Ein Doppelbett, schlichtes Mobiliar und ein antiker Schreibtisch aus Holz ließen ihn eher wie eine Wachstube als wie ein Gefängnis wirken. Offensichtlich war hier schon lange niemand mehr gewesen. Die Bettwäsche war zwar frisch, die Möbel verströmten jedoch einen feuchten, modrigen Geruch.

Die Tür ging auf, und ein stämmiger Mann mittleren Alters betrat den Raum. Müde nickte er in Luo Jis Richtung. »Ich komme, um Ihnen etwas Gesellschaft zu leisten, Dr. Luo. Aber da Sie gerade erst angekommen sind, nehme ich an, dass Sie noch nicht kurz vor dem Durchdrehen sind.«

Angekommen. Luo Ji stieß sich an diesem Begriff, *heruntergeschickt worden sind* wäre treffender gewesen. Ihm war mulmig zumute. Seine Befürchtung hatte sich bestätigt. Obwohl die Männer, die ihn hergebracht hatten, sehr höflich gewesen waren, begriff er jetzt, dass sie ihn verhaftet hatten.

»Sind Sie Polizist?«

Der Mann nickte. »Ich *war* Polizist. Mein Name ist Shi Qiang.« Er setzte sich auf das Bett und zog ein Päckchen Zigaretten aus der Tasche.

Der Rauch kann hier nirgends abziehen, dachte Luo Ji, aber er wagte es nicht, sich zu beschweren.

Shi Qiang sah sich um, als hätte er Luo Jis Gedanken gelesen. »Eigentlich müsste es hier einen Lüftungsventilator geben.« Er zog an einer Schnur neben der Tür, und von irgendwoher hörte man das Summen eines Ventilators. Solche Schnurzugschalter sah man nur noch selten. In der Ecke bemerkte Luo Ji auch einen veralteten roten Telefonapparat, den eine dicke Staubschicht bedeckte.

Shi Qiang reichte ihm eine Zigarette, die er nach kurzem Zögern annahm. Nachdem sich jeder seine Zigarette angezündet hatte, ergriff Shi Qiang erneut das Wort. »Es ist noch früh. Sollen wir uns ein bisschen unterhalten?«

»Fragen Sie nur«, sagte Luo Ji. Mit gesenktem Kopf stieß er den Rauch aus.

»Was soll ich fragen?« Shi Qiang sah ihn irritiert an.

Luo Li sprang vom Bett auf und warf die Zigarette zu Boden. »Warum verdächtigen Sie mich? Es war ein Verkehrsunfall, sonst nichts! Die beiden Autos sind zusammengestoßen, und dann wurde sie von einem dritten Auto erfasst, das versucht hatte, den anderen beiden auszuweichen. Die Sache ist doch völlig klar!« Luo Ji streckte hilflos die Handflächen nach oben.

Shi Qiang sah ihn an. Seine müden Augen blitzten plötzlich auf und ließen eine fast schon gewohnheitsmäßige Bosheit erahnen, die sich hinter seinem Lächeln verbarg. »Das ist Ihre Version. Meine Vorgesetzten möchten nicht, dass ich mehr sage, und ich weiß auch nicht mehr. Und eben habe ich noch befürchtet, wir hätten gar kein Gesprächsthema. Kommen Sie, setzen Sie sich!«

Luo Ji setzte sich nicht. Stattdessen baute er sich vor Shi Qiang auf. »Ich kannte sie erst seit einer Woche. Wir haben uns in einer Bar in der Nähe der Uni kennengelernt, und an dem Tag, an dem der Unfall passierte, konnte ich mich nicht einmal an ihren Namen erinnern. Nun sagen Sie mir, was denn zwischen uns gewesen sein könnte, das überhaupt einen Verdacht rechtfertigt?«

»Sie konnten sich nicht einmal an ihren Namen erinnern? Kein Wunder, dass ihr Tod Sie wenig bekümmert hat. Sie erinnern mich stark an einen genialen Bekannten von mir.« Er lachte glucksend. »Ach ja, das schillernde Leben des Dr. Luo. An jeder Ecke lernt er eine Frau kennen. Fragt sich nur, was das für Frauen sind.«

»Ist das ein Verbrechen?«

»Natürlich nicht. Ich bin nur neidisch. Bei meiner Arbeit habe ich es mir zum Prinzip gemacht, niemals moralische Urteile zu fällen. Die Leute, mit denen ich es zu tun habe, bei denen brauch ich gar nicht zu nörgeln anfangen: ›Schau mal, was du angestellt hast! Deine armen Eltern! Was sollen bloß die Leute von dir denken?‹ … Dann könnte ich ihnen auch gleich eine Ohrfeige verpassen.«

»Ich möchte lieber über sie sprechen. Glauben Sie wirklich, ich habe sie umgebracht?«

»Sehen Sie mal, Sie haben damit angefangen, und jetzt reden Sie schon wieder davon, dass Sie sie vielleicht getötet haben. Wir unterhalten uns doch nur ein bisschen. Wozu die Eile? Dass Sie eher unbedarft sind, ist mir schon klar.«

Luo Ji starrte ihn an, und für einen Moment war das Summen des Ventilators das einzige Geräusch im Raum. Dann kicherte er nervös und hob seine Zigarette wieder auf.

»Luo Ji, mein Freund«, sagte Shi Qiang. »Mein Junge, das Schicksal hat uns zusammengeführt. Weißt du, ich hatte bereits sechzehn Fälle, die mit der Todesstrafe endeten, neun davon habe ich persönlich begleitet.«

Luo Ji gab ihm die Zigarette zurück. »Sie werden mich ganz sicher nicht begleiten. Wenn es Ihnen nicht zu viele Umstände macht, würde ich gerne meinen Anwalt sprechen.«

»Sehr schön, mein Junge!« Shi Qiang klopfte ihm auf die Schulter. »Ich habe etwas übrig für Entschlossenheit.« Dann trat er dicht an Luo Ji heran. »Du hast vielleicht schon so einiges erlebt«, sagte er durch eine Rauchwolke hindurch, »aber das hier … Ich bin hier, um dir zu helfen. Du kennst doch sicher den Witz mit dem Verurteilten, der sich auf dem Weg zur Hinrichtung darüber beschwert, dass es anfängt zu regnen. Und der Henker antwortet: ›Was kümmert dich das? Wir sind schließlich diejenigen, die wieder durch den Regen zurückmüssen!‹ Diese Haltung sollten wir uns zu eigen machen für das, was vor uns liegt. Du und ich. Gut. Wir haben noch Zeit, bevor es losgeht. Es ist besser, wenn wir jetzt schlafen.«

»Losgeht?«, fragte Luo Ji und starrte Shi Qiang erneut an.

Da klopfte es an der Tür, und ein energischer junger Mann kam herein und stellte einen Koffer ab. »Kommandant Shi, es ging schneller, als wir dachten. Wir brechen jetzt auf.«

Zhang Beihai stieß vorsichtig die Tür zum Krankenzimmer auf. Sein Vater saß aufrecht mit einem Kissen im Rücken auf dem Bett. Das goldene Licht der untergehenden Sonne, das zum Fenster hereinschien, verlieh seinem Gesicht Farbe, und er wirkte gar nicht so sehr wie ein Mann an der Schwelle zum Tod.

Zhang Beihai hängte seinen Hut an die Garderobe neben der Tür und setzte sich ans Bett. Er unterließ es, seinen Vater zu fragen, wie es ihm gehe, denn der alte Soldat würde ihm eine ehrliche Antwort geben, und die wollte er nicht hören.

»Ich bin den Weltraumstreitkräften beigetreten, Papa.«

Sein Vater nickte, blieb aber stumm. Für den Vater und den Sohn sagte die Stille mehr als Worte. Von klein auf hatte sein Vater ihn hauptsächlich wortlos erzogen. Seine knappen Äußerungen hatten ihm nur als Interpunktion zwischen den Schweigepausen gedient. Zhangs Vater hatte aus ihm den Mann gemacht, der er heute war.

»Es ist genau so, wie du vermutet hast: Sie machen die Marine zum Fundament der Weltraumstreitkräfte. Die Kriegsführung im Weltraum wird in Theorie und Praxis den Seeschlachten ähneln, heißt es.«

Sein Vater nickte. »Da haben sie recht.«

»Was soll ich tun?«

Jetzt ist sie heraus, die Frage. Eine ganze schlaflose Nacht lang habe ich darüber gebrütet, ob ich sie dir stelle, Vater. Als ich dich eben sah, habe ich noch einmal gezögert, denn ich weiß, dass es die Frage ist, die dich am meisten enttäuschen muss. Ich erinnere mich, wie ich nach dem Studium in die Offiziersschule der Marine eintrat, und du zu mir sagtest: »Du hast noch einen langen Weg vor dir, Beihai. Das weiß ich, weil ich dich immer noch ohne Weiteres verstehe. Was bedeutet, dass du noch zu simpel denkst. Wenn ich dich nicht mehr durchschauen und verstehen kann, aber du mich … Dann erst wirst du erwachsen sein.« Und dann bin ich erwachsen geworden, und es fiel dir schwer, deinen Sohn zu verstehen. Ich weiß, dass du das auch bedauert haben musst. Doch dein Sohn wird tatsächlich immer mehr zu dem Menschen, zu dem du ihn machen wolltest. Jemand, der nicht besonders nett ist, der sich dafür aber erfolgreich in der komplexen und gefährlichen Welt der Marine behaupten kann. Dass ich dir diese Frage stelle, zeigt dir zweifellos, dass du mit deiner dreißigjährigen Erziehung im entscheidenden Punkt bei mir gescheitert bist. Trotzdem, Vater, sag es mir bitte. Dein Sohn ist nicht so großartig, wie du denkst. Sag es mir, nur dieses eine Mal.

»Denk darüber nach«, erwiderte sein Vater.

Gut, Vater, das also ist deine Antwort. Du hast sehr viel gesagt, wirklich viel, diese drei Worte wiegen mehr als tausend. Du kannst darauf vertrauen, dass ich sie mir zu Herzen nehme. Doch ich bitte dich, sag es mir noch einmal deutlich, denn es ist so wichtig für mich.

»Und dann?«, fragte Zhang Beihai, seine Hände krallten sich in das Bettlaken. Sie waren so feucht wie seine Stirn.

Verzeih mir, Vater. Wenn die erste Frage dich schon enttäuscht haben mag, dann hat die zweite mich wieder zu einem Kind gemacht.

»Beihai, ich kann dir nur sagen, dass du gut darüber nachdenken musst.«

Danke, Vater. Das war eine deutliche Antwort. Ich habe verstanden.

Zhang Beihai ließ das Laken los, ergriff die magere Hand seines Vaters und sagte: »Da ich jetzt nicht mehr zur See fahre, kann ich dich öfter besuchen kommen.«

Sein Vater schüttelte lächelnd den Kopf. »Bei mir hast du nichts verloren, kümmere dich um deine Arbeit.«

Nachdem sie sich voneinander verabschiedet hatten, drehte Zhang Beihai sich an der Tür noch einmal um und sah seinen Vater an. Die Sonne war inzwischen untergegangen, und er saß im Schatten, doch Zhang Beihai sah an der gegenüberliegenden Wand ihr Nachglühen.

Kurz vor dem Erlöschen war die untergehende Sonne am schönsten. Ihr letzter Glanz tanzte auf den Wellen, die unablässig über den zornigen Ozean rollten, durch vereinzelte dunkle Wolken im Westen drangen die Strahlen und bildeten riesige goldene Lichtfackeln auf der Wasseroberfläche, wie vom Himmel gefallene Blätter. Der Rest war schon nachtschwarze Welt, ein Sturmtief hing zwischen Himmel und Erde, wie ein aus Geistern gewebter Vorhang, und nur die Blitze erhellten gelegentlich die schneeweiße, von den Wellen aufgeworfene Gischt. In einer der hellen Lichtfackeln hob ein Zerstörer mühsam den Schiffsbug aus einer tiefen Senke. Dann durchbrach er mit einem Donnerschlag die Wellenwand, sodass die Gischt hoch aufspritzte und gierig das Licht auffing, wie der sagenumwobene Riesenvogel Peng, der mit goldschimmernden Flügeln gen Himmel strebt.

Zhang Beihai setzte seine Mütze mit dem Abzeichen der chinesischen Weltraumstreitkräfte auf. *Wir denken gleich, Vater*, sagte er zu sich selbst. *Das ist ein Glück. Ich werde dir keine Ehre machen, dafür aber Frieden schenken.*

»Würden Sie sich bitte das hier anziehen, Herr Luo?«, bat der junge Mann, der gerade hereingekommen war und sich nun hinhockte und einen Koffer öffnete. Obwohl er sehr höflich wirkte, fühlte Luo Ji sich in seiner Gegenwart so unbehaglich, als habe er eine Fliege verschluckt. Doch als der junge Mann die Kleidung aus dem Koffer nahm, erkannte Luo Ji, dass es sich nicht um Sträflingsklamotten handelte. Es sah eher nach einer ganz normalen braunen Jacke aus. Er nahm sie entgegen und inspizierte das Material genauer. Es war relativ dick.

Shi Qiang und der junge Mann schlüpften in ähnliche Jacken, die sich allerdings in den Farben unterschieden.

»Ziehen Sie sie an. Leicht und bequem. Nicht wie die Dinger von früher, die einem die Luft abgedrückt haben«, sagte Shi Qiang.

»Kugelsicher«, erklärte der junge Mann.

Will mich jemand umbringen?, fragte sich Luo Ji, während er die Jacke anlegte.

Sie verließen zu dritt das Zimmer und gingen einen Korridor hinunter bis zum Aufzug. An der Decke verlief ein rechteckiger Kabelschacht aus Metall, und die Türen, an denen sie vorbeikamen, waren alle von der dichtschließenden, schweren Sorte. Auf einer der fleckigen Wände fiel ihm eine verblichene Parole auf. Auch wenn nur ein Teil davon leserlich war, erkannte Luo Ji sofort, dass sie aus der Kulturrevolution stammte: »Grabt tiefe Tunnel, legt Getreidevorräte an, strebt nicht nach Hegemonie.«

»Zivile Flugabwehr?«, fragte er Shi Qiang.

»Nicht die gewöhnliche, sondern Atombombenabwehr. Inzwischen ist das überholt, aber damals kam hier nicht jeder rein.«

»Wir sind also … in den Westbergen?«

Die anderen beiden antworteten nicht. Luo Ji hatte schon einige Geschichten von der geheimen Kommandozentrale gehört. Sie stiegen in den altertümlichen Aufzug, der mit schrillem Quietschen nach oben fuhr und von einem Militärpolizisten mit Maschinengewehr bedient wurde. Offenbar war er neu hier, denn er fummelte eine Weile an den Schaltern herum, bis er den Aufzug schließlich im Erdgeschoss zum Halten brachte.

Sie befanden sich in einer riesigen Halle mit niedriger Decke, einer Art Garage. Hier standen mehrere Autos, teilweise mit laufenden Motoren, die die Luft verpesteten und in deren Nähe einige Personen standen oder herumgingen. In der spärlich beleuchteten Halle waren sie nur als dunkle Schemen erkennbar. Erst, als einige sich in die Nähe der Lampe bewegten, identifizierte Luo Ji sie als bewaffnete Soldaten. Ein paar von ihnen schrien in ihre Funkgeräte und versuchten, den Lärm der Motoren zu übertönen. Ihre Stimmen wirkten sehr angespannt.

Shi Qiang führte Luo Ji zwischen den Autoreihen hindurch, der junge Mann dicht hinter ihnen. Wie die roten Rücklichter der Autos und das Licht der Lampe, das durch die Zwischenräume drang, auf Shi Qiangs Gestalt tanzten, erinnerte ihn an die schummrige Bar, in der er die Frau kennengelernt hatte.

Sie blieben vor einem Wagen stehen. Shi Qiang öffnete eine der hinteren Türen und ließ Luo Ji einsteigen. Das Auto war geräumig, doch seine ungewöhnlich kleinen Fenster verrieten an ihren Einfassungen, wie dick die Karosserie war. Ein gepanzertes Fahrzeug mit stark getönten Scheiben, vielleicht sogar bombensicher. Die Wagentür war angelehnt, sodass er Shi und den jungen Mann reden hörte.

»Sie haben eben angerufen, Herr Kommandant, um mitzuteilen, dass sie die Strecke noch einmal unter die Lupe genommen haben. Sämtliche Sicherheitskräfte sind in Stellung.«

»Die Strecke ist zu kompliziert, wir konnten das Ganze nur oberflächlich durchgehen. Das ist viel zu unsicher. Und was die Sicherheitsfragen angeht – wie gesagt, wir müssen uns in sie hineinversetzen. Wo würden Sie sich an ihrer Stelle verstecken? Besprechen Sie das noch einmal mit den Experten der bewaffneten Volkspolizei. Ach, und was ist mit der Übergabe?«

»Haben die nicht gesagt.«

»Diese Idioten«, schnaubte Shi Qiang. »Wie können sie das Wichtigste außer Acht lassen?«

»Die da oben möchten offenbar, dass wir die ganze Zeit dabei sind.«

»Meinetwegen bin ich mein Leben lang dabei, aber für die Übergabe brauchen wir eine klare Aufgabenverteilung. Da muss Linie rein, verdammt noch mal. Alles, was zuvor passiert, liegt in unserer Verantwortung, alles danach ist deren Sache.«

»Sie haben nichts gesagt …« Der junge Mann war hörbar verlegen.

»Zheng, mir ist schon klar, dass Sie einen Minderwertigkeitskomplex haben, seitdem Chang Weisi befördert worden ist. Seine ehemaligen Untergebenen meinen, sie müssten uns nicht mehr ernst nehmen. Aber wir müssen uns ernst nehmen, verflucht noch mal. Wer sind die denn? Standen die jemals unter Beschuss oder haben selbst auf jemanden geschossen? Wenn ich nur an den Zirkus denke, den sie beim letzten Mal mit ihrem High-Tech-Mist veranstaltet haben. Frühwarnsystem! Dass ich nicht lache. Und wer hat am Ende den Treffpunkt entdeckt und die Veranstaltung gesprengt? Wir. Hör mal, Zheng, ich habe mir den Mund fusselig geredet, um euch hierherzukriegen. Aber ich mache mir Sorgen, dass euch was passiert.«

»So sollten Sie nicht reden, Kommandant Shi.«

»Die Welt spielt verrückt. Verrückt, kapiert? Es gibt keine Moral mehr. Wenn etwas schiefgeht, schiebt man die Schuld immer auf die anderen. Also passen Sie gut auf. Ich sage das alles nur, weil ich nicht weiß, wie lange ich mich selbst noch halten kann. Und ich habe Angst, dass der ganze Schlamassel am Ende bei Ihnen landet.«

»Sie sollten an Ihre Gesundheit denken, Kommandant Shi. Haben die Oberen nicht eine Auszeit für Sie vorgesehen?«

»Vorher gibt es noch eine Menge für mich zu erledigen, zu Hause und beruflich. Und Sie glauben doch nicht etwa, dass ich alle hier im Stich lasse?«

»Um uns müssen Sie sich wirklich keine Sorgen machen. Sorgen Sie sich lieber um sich selbst. Heute Morgen hatten Sie schon wieder die Zähne blutig.«

»Ach, woher. Ich habe das Glück auf meiner Seite, wie Sie wissen. Drei der Schüsse, die auf mich abgegeben wurden, waren Blindgänger.«

Am Ende der Halle setzten sich die ersten Wagen in Gang. Shi Qiang schloss die Tür. Das Auto neben ihnen fuhr los, dann folgte ihr eigenes. Shi Qiang zog auf beiden Seiten die Vorhänge zu. Da auch die Trennwand zwischen den Vordersitzen und der Rückbank verdunkelt war, war Luo Ji die Sicht nach außen völlig versperrt. Shi Qiangs Funkgerät zwitscherte ständig, aber Luo Ji blieb unverständlich, worauf Shi mit seinen knappen Sätzen antwortete.

Nach einer Weile ergriff Luo Ji das Wort. »Die Angelegenheit ist komplizierter, als Sie sagten.«

»Stimmt. Alles ist jetzt kompliziert«, antwortete Shi Qiang abwesend. Seine ganze Aufmerksamkeit galt dem Funkgerät. Den Rest der Strecke sprachen sie kein Wort mehr.

Die Fahrt verlief ruhig und ohne Unterbrechungen. Nach etwa einer Stunde kamen sie zum Stehen. Beim Aussteigen gab Shi Qiang ihm mit einem Handzeichen zu verstehen, dass er im Wagen sitzen bleiben solle, und schloss die Tür. Luo Ji vernahm ein Dröhnen, das von oben zu kommen schien. Ein paar Minuten später öffnete Shi Qiang die Tür wieder und ließ ihn aussteigen. Erst jetzt begriff er, dass sie sich auf einem Flughafen befanden. Der Lärm war ohrenbetäubend. Über ihm schwebten zwei Hubschrauber und überwachten in entgegensetzten Richtungen das offene Gelände. Vor ihm stand ein großes Flugzeug, das wie eine Passagiermaschine aussah. Luo Ji konnte jedoch nirgends das Logo einer Fluggesellschaft erkennen. Gleich vor der Wagentür stand eine Passagiertreppe, über die Shi Qiang mit ihm das Flugzeug bestieg. Als er sich in der Tür noch einmal umwandte, bemerkte er die auf einem entfernten Flugfeld aufgereihten Kampfjets. Demnach war dies kein Zivilflughafen.

In der Nähe sah Luo Ji die Autos, die zu ihrem Konvoi gehörten und die Soldaten, die aus ihren Fahrzeugen gestiegen waren und einen Ring um das Flugzeug bildeten. In der untergehenden Sonne warf die Maschine einen langen Schatten auf die Startbahn, wie ein überdimensioniertes Ausrufezeichen.

Luo Ji und Shi Qiang betraten die Kabine. Drei Männer in schwarzen Anzügen begrüßten sie und geleiteten sie an der leeren vorderen Kabine vorbei, die wie in einem Passagierflugzeug mit vier Sitzreihen ausgestattet war. In der mittleren Kabine befand sich ein ziemlich geräumiges Büro, an das sich, wie er durch die halbgeöffnete Tür erkennen konnte, ein Schlafzimmer anschloss. Die Einrichtung war nichts Besonderes, aber sauber und ordentlich. Wären da nicht die grünen Sicherheitsgurte auf dem Sofa und den Stühlen gewesen, hätte man nicht geglaubt, an Bord eines Flugzeuges zu sein. Luo Ji war sich bewusst, dass es im ganzen Land nicht sehr viele solche Chartermaschinen gab.

Zwei ihrer drei Begleiter verschwanden durch eine Tür in die hintere Kabine, zurück blieb der jüngste. Er wandte sich an Luo Ji. »Bitte nehmen Sie Platz, wo sie möchten, aber Sie müssen angeschnallt bleiben, nicht nur während des Starts und der Landung, sondern den gesamten Flug über. Wenn Sie sich schlafen legen, dann verwenden Sie bitte zusätzlich den Schlafgurt. Alles, was nicht befestigt ist, darf nicht offen stehen bleiben. Bitte bleiben Sie die ganze Zeit über an Ihrem Platz oder in Ihrem Bett, und wenn Sie diese Kabine aus irgendeinem Grund verlassen müssen, informieren Sie bitte zuerst den Kommandanten. Hier ist der Knopf für die Wechselsprechanlage. Jeder Platz und jedes Bett hat einen. Sie müssen ihn beim Sprechen gedrückt halten. Wann immer Sie etwas brauchen, nehmen Sie bitte darüber mit uns Kontakt auf.«

Luo Ji sah Shi Qiang fragend an.

»Das Flugzeug muss eventuell ungewöhnliche Manöver ausführen«, erklärte der.

Der Mann nickte. »So ist es. Bitte lassen Sie mich wissen, wenn es Probleme gibt. Mein Name ist Xiao Zhang. Sobald wir in der Luft sind, bringe ich Ihnen das Abendessen.«

Als Zhang gegangen war, setzten sich die beiden auf das Sofa und schlossen die Sicherheitsgurte. Luo Ji blickte sich um. Abgesehen von den runden Fenstern und den leicht gebogenen Wänden wirkte der Raum so gewöhnlich und unspektakulär, dass er das seltsame Gefühl hatte, angeschnallt in einem Büro zu sitzen. Doch dann erinnerten ihn der Lärm der Triebwerke und die Vibration des Fahrwerks daran, dass er sich an Bord eines Flugzeugs befand, das gerade die Landebahn hinunterrollte.

Wenige Minuten später veränderte sich das Geräusch der Motoren, und die Beschleunigungskräfte drückten sie tief in das Sofa. Gleich darauf verebbte die Vibration, und der Fußboden des Büros kippte in Schräglage. Während das Flugzeug an Höhe gewann, erschien die Sonne, die beim Start bereits tief über der Erde gestanden hatte, wieder vor dem Fenster und tauchte die Kabine in das gleiche Abendlicht wie zehn Minuten zuvor das Krankenzimmer von Zhang Beihais Vater.

Als Luo Jis Flugzeug die Küste erreichte, nahmen zehntausend Meter unter ihm Wu Yue und Zhang Beihai gerade noch einmal die unfertige *Tang* in Augenschein. So nah würde Luo Ji den beiden Soldaten nie wieder kommen.

Wie bei ihrem vorherigen Besuch erblickten sie die *Tang* im schwachen Dämmerlicht. Aber der Funkenregen vor dem Schiffsrumpf fiel nicht mehr so dicht, und es leuchteten auch längst nicht so viele Lampen. Außerdem gehörten Wu Yue und Zhang Beihai nicht länger der Marine an.

»Das Verteidigungsministerium hat beschlossen, das Projekt *Tang* einzustellen, wie ich höre«, sagte Zhang.

»Was schert uns das noch?«, sagte Wu kühl. Sein Blick glitt von der *Tang* zum letzten Glühen der untergehenden Sonne im Westen.

»Seit wir den Weltraumstreitkräften beigetreten sind, haben Sie ständig schlechte Laune.«

»Und Sie wissen sicher auch, warum. Schließlich können Sie ja meine Gedanken lesen. Manchmal besser als ich selbst. Erklären Sie mir doch mal, was ich wirklich denke.«

Zhang Beihai sah ihn direkt an. »Sie sind deprimiert, weil

Sie an einem zum Scheitern verurteilten Krieg teilnehmen. Sie sind eifersüchtig auf die letzte Generation unserer Nachfahren, die jung genug sein wird, um am Ende in den Weltraumstreitkräften zu kämpfen und mit ihrer Flotte im Universum begraben zu werden. Sein Leben einem hoffnungslosen Unterfangen zu widmen ist etwas, das Sie nur schwer akzeptieren können.«

»Und was raten Sie mir?«

»Nichts. Sie glauben fest daran, dass allein Technik und technologische Überlegenheit über Sieg oder Niederlage entscheiden. Mir ist seit Langem klar, dass ich Ihnen diese Überzeugung nicht ausreden kann. Ich kann nur versuchen, den Schaden zu begrenzen, den diese Art zu denken verursacht. Abgesehen davon bin ich nicht davon überzeugt, dass die Menschheit in diesem Krieg chancenlos ist.«

Wu Yue gab seine steinerne Miene auf und erwiderte Zhangs Blick. »Sie waren einmal ein praktisch denkender Mensch, Zhang Beihai. Sie waren gegen die Konstruktion der *Tang* und haben bei zahlreichen Gelegenheiten vor Zeugen Zweifel am Aufbau einer Hochseeflotte geäußert. Sie meinten, sie entspreche nicht unserer nationalen Stärke. Sie sind der Meinung, dass unsere Marinestreitkräfte in den Küstengewässern bleiben sollen, wo sie von den Küstentruppen unterstützt und abgesichert werden. Eine Idee, die die jungen Hitzköpfe als lächerliche Schildkrötenstrategie abtaten. Aber Sie haben darauf beharrt. Woher nehmen Sie also auf einmal das Vertrauen auf einen Sieg im Weltraumkrieg? Seit wann können Holzbarkassen einen Flugzeugträger versenken?«

»Kurz nach Chinas Befreiung hat die neugeschaffene Marine mit hölzernen Booten die Zerstörer der Nationalisten versenkt.

Und zuvor gab es Zeiten, in denen unsere Armee mit Kavallerie eine Panzerarmee bezwungen hat.«

»Das waren Wunder. Sie glauben doch nicht im Ernst, dass das als Militärtheorie taugt.«

»Auf diesem Schlachtfeld hilft der Menschheit die herkömmliche Kriegstheorie nicht weiter.« Zhang Beihai hob einen Finger. »Eine einzige Ausnahme von der Regel genügt.«

Wu Yue verzog den Mund zu einem spöttischen Lächeln. »Ach ja? Und wie könnte diese Ausnahme aussehen?«

»Selbstverständlich weiß ich nichts über den Krieg im Weltraum, doch wenn Sie ihn schon mit dem Kampf einer Holzbarkasse mit einem Flugzeugträger vergleichen möchten, dann glaube ich, dass man so eine Auseinandersetzung gewinnen kann, wenn man nur beherzt handelt und auf einen Sieg vertraut. Ein hölzernes Boot könnte zum Beispiel eine kleine Truppe von Tauchern tragen, die auf einen herannahenden Flugzeugträger warten. Sobald der Feind kommt, tauchen sie ab. Und während das Holzboot verschwindet, bringen sie eine Bombe am Rumpf des Flugzeugträgers an und versenken ihn … Das wäre zwar außergewöhnlich schwierig, aber nicht unmöglich.«

Wu Yue nickte. »Nicht schlecht. Das wurde bereits versucht. Während des Zweiten Weltkriegs haben die Briten diese Strategie gegen die *Tirpitz* angewandt, allerdings mithilfe eines Mini-U-Boots. In den 1980ern transportierten argentinische Spezialeinheiten während des Falkland-Krieges italienische Haftminen nach Spanien, um im Hafen von Gibraltar ein britisches Kriegsschiff in die Luft zu jagen. Und Sie wissen ja bestimmt, wie das ausgegangen ist.«

»Aber wir haben nicht nur eine kleine Holzbarkasse. Eine Atombombe mit ein- bis zweitausend Tonnen Sprengkraft kann so klein konstruiert werden, dass ein oder zwei Taucher sie unter Wasser bringen und an einem Flugzeugträger befestigen können. Und der wird dann nicht nur versenkt, sondern in Stücke gerissen.«

»Zuweilen entwickeln Sie eine blühende Fantasie«, sagte Wu Yue lächelnd.

»Ich glaube an unseren Sieg.« Zhang Beihai schaute hinüber zur *Tang*. Die Schweißfunken spiegelten sich in seinen Pupillen wie kleine Flammen.

Als auch Wu Yue den Blick wieder auf die *Tang* richtete, hatte er eine neue Vision: Das Schiff erschien ihm nicht länger wie eine alte Festung, sondern wie eine prähistorische Felswand mit einer Vielzahl tiefer Höhlen darin, und die Funken waren züngelnde Feuer innerhalb dieser Höhlen.

Nach dem Start und während des gesamten Abendessens verzichtete Luo Ji darauf, sich bei Shi Qiang nach dem Ziel ihrer Reise zu erkundigen. Und er fragte ihn auch nicht nach dem Zweck des Ganzen. Schließlich hätte der Polizist es ihm längst erzählt, wenn er gewollt hätte.

Einmal löste Luo Ji den Sicherheitsgurt und stand auf, um aus dem Fenster zu spähen, obwohl er wusste, dass in der Dunkelheit nichts zu erkennen sein würde. Doch Shi Qiang folgte ihm und zog mit den Worten, dort draußen gebe es nichts zu sehen, die Blende herunter.

»Unterhalten wir uns doch ein wenig und gehen dann schlafen, einverstanden?«, fragte Shi Qiang und zog eine Zigarette aus der Packung. Doch dann erinnerte er sich, dass er sich in einem Flugzeug befand, und steckte sie wieder zurück.

»Schlafen? Das wird also ein langer Flug?«

»Ist doch egal. Es gibt Kabinen mit Betten. Die sollten wir nutzen.«

»Ihre Aufgabe ist lediglich, mich zu meinem Bestimmungsort zu begleiten, richtig?«

»Was beschweren Sie sich? Wir haben auch noch den Rückflug vor uns.« Shhi Qiang grinste selbstzufrieden. Sarkasmus schien ihm zu liegen. Doch dann wurde er wieder ernst. »Ich weiß nicht viel mehr über diese Reise als Sie. Außerdem darf ich Ihnen zu diesem Zeitpunkt noch nichts verraten. Aber nehmen Sie's gelassen. Am Übergabepunkt wird jemand sein, der Sie aufklärt.«

»Ich rätsele schon seit Stunden, doch mir fällt nur eine einzige Erklärung ein.«

»Heraus damit, dann werden wir sehen, ob ich dasselbe denke.«

»Die Frau, die gestorben ist, war eine ganz gewöhnliche Person, also muss irgendwer in ihrem sozialen Umfeld oder aus ihrer Familie etwas Besonderes sein.« Luo Ji wusste nichts über die Familie der Frau, so wie bei allen seinen Beziehungen. Er interessierte sich nicht dafür und vergaß immer sofort, was sie ihm erzählten.

»Wer? Ach, Ihre Geliebte? Vergessen Sie sie, die kümmert Sie doch gar nicht. Andererseits könnten Sie, wenn Sie mögen, gerne überlegen, ob sie irgendwelchen berühmten Persönlichkeiten ähnlich sah.«

Luo Ji rief sich verschiedene prominente Gesichter ins Gedächtnis, doch keins wollte passen.

»Lieber Herr Luo, können Sie gut bluffen?« Luo Ji bemerkte ein Muster in Shi Qiangs Art, ihn anzureden. Wenn er spottete, sagte er »mein Junge«, wenn er etwas ernster war, redete er ihn mit »Herr« an.

»Werde ich das denn müssen?«

»Selbstverständlich. Wie wär's, wenn ich es Ihnen beibringe? Ich bin natürlich auch nicht sehr gut darin. Meine Spezialität ist es eher, Betrugsfälle aufzudecken. Ich verrate Ihnen hier ein paar Tricks für das Verhörzimmer. Das könnte Ihnen später nützlich sein, wenn es darum geht herauszufinden, was gespielt wird. Ich kann Ihnen natürlich nur die Grundzüge vermitteln. Die Kniffligeren sind nicht so leicht zu erklären. Fangen wir beim sanftesten Trick an, der auch der einfachste ist: die Liste. Das heißt, sämtliche Fragen auflisten, die mit dem Fall zu tun haben, eine nach der anderen zu stellen und die Antworten des Verdächtigen aufnehmen und dann wieder von vorn beginnen und auch hier die Antworten aufzeichnen. Man kann Fragen, wenn nötig, beliebig oft wiederholen, und dann die verschiedenen Antworten vergleichen. Wenn der Verdächtige immer wieder neue Antworten auf dieselbe Frage gibt, weiß man, dass er lügt. Wie gesagt, ein einfacher Trick, aber nicht zu verachten. Man muss schon in Kreuzverhör-Techniken geschult sein, um dem standzuhalten. Der beste Weg, mit der Liste umzugehen, besteht darin, gar nichts zu sagen.«

Shi Qiang fuchtelte beim Sprechen unbewusst mit seiner Zigarette herum, doch dann steckte er sie wieder weg.

»Fragen Sie doch. Es ist schließlich ein Charterflug, vielleicht ist Rauchen gestattet.«

Shi Qiang hatte sich so in Fahrt geredet, dass Luo Jis Unterbrechung ihn etwas aus dem Konzept brachte. Luo Ji schien es plötzlich, als meine er es mit seinem Vortrag ernst. Oder er hatte einfach einen ungewöhnlichen Sinn für Humor. Als Shi Qiang den roten Knopf neben dem Sofa betätigte, erklärte Xiao Zhang über die Gegensprechanlage, er könne tun, was ihm beliebe. Also zündeten sie beide sich eine Zigarette an.

»Die nächste Technik ist nicht ganz so sanft … Können Sie bitte den Aschenbecher herholen? Er ist festgesteckt, Sie müssen ihn anheben … Ja, genau so. Gut. Diese Technik nennt man Schwarzweiß. Dafür braucht man eine ganze Reihe von Helfern, und sie ist etwas komplizierter. Zuerst sind die bösen Bullen dran, meistens braucht man mindestens zwei davon, und sie sind ziemlich fies zu Ihnen. Manche beschimpfen Sie nur, andere werden handgreiflich, aber fies sind sie alle. Es geht ihnen nicht nur darum, Ihnen Angst einzujagen. Vor allem sollen Sie sich alleingelassen fühlen und glauben, dass die ganze Welt sich gegen Sie verschworen hat. Dann kommt der nette Bulle, nur einer, er sieht freundlich aus und pfeift die fiesen Bullen zurück. Er sagt ihnen: *He, das ist ein Mensch, der hat Rechte, was fällt euch ein, ihn so mies zu behandeln?* Die fiesen Bullen sagen, er solle sich raushalten, er behindere ihre Arbeit. Aber er bleibt hartnäckig und sagt: *Das könnt ihr nicht machen!* Und die Fiesen antworten: *Wir wussten doch schon immer, dass du nicht die Eier für diesen Job hast. Wenn du's nicht draufhast, dann zieh Leine.* Der gute Bulle schirmt Sie mit seinem Körper ab und sagt: *Ich sorge dafür, dass die Rechte dieses Mannes gewahrt bleiben!* Die fiesen Bullen sagen: *Morgen bist du weg vom Fenster, das garantieren wir dir!* Dann räumen sie wutschnaubend das Feld. Danach sind Sie zwei allein, und der nette Bulle wischt Ihnen das Blut und den Schweiß ab und sagt: *Keine Angst,* und: *Sie haben das Recht, die Aussage zu verweigern.* Und so wird er ganz schnell, wie könnte es anders sein, Ihr einziger Freund weit und breit, und sobald er anfängt, Fragen zu stellen, brechen Sie Ihr Schweigen … Diese Technik funktioniert vor allem bei Intellektuellen sehr gut. Im Unterschied zur Liste klappt sie jedoch nur, solange Sie nicht erkennen, was gespielt wird.«

Shi Qiang war offenbar ganz in seinem Element. Beinahe schien er seinen Gurt zu öffnen und aufstehen zu wollen.

Luo Ji dagegen fühlte sich, als sei er in ein Eisloch gefallen.

Als Shi Qiang sein Unbehagen bemerkte, hielt er inne. »Schon gut, reden wir nicht mehr über Verhöre, auch wenn es Ihnen nützlich sein könnte. Das kann man sich ohnehin nicht alles auf einmal merken. Ich wollte Ihnen nur verraten, wie man Leute täuschen kann, darum merken Sie sich eins: Wirklich scharfsinnig ist man nur, wenn man sich seinen Scharfsinn nicht anmerken lässt. Das ist nicht wie im Film. Die wahrhaft Gerissenen sitzen nicht den ganzen Tag im Schatten herum und machen einen auf cool. Sie lassen nicht durchblicken, dass sie ihr Hirn benutzen. Stattdessen wirken sie eher unbedarft und unschuldig. Manche sind klebrig süß, andere eher draufgängerisch oder schmierig. Entscheidend ist, dass die Leute dich für uninteressant halten. Besser noch, sie verachten dich oder lehnen dich ab, dann betrachten sie dich nicht als Problem. Du bist für sie nur ein Besen in der Ecke. Die Krönung ist, wenn sie dich gar nicht bemerken und behandeln, als gäbe es dich gar nicht, bis zu dem Augenblick, wenn du ihnen den Todesstoß versetzt.«

»Werde ich jemals ein solcher Mensch sein müssen … oder sein können?«, unterbrach ihn Luo Ji.

»Wie gesagt, ich weiß nicht mehr über das hier als Sie. Aber ich habe so eine Ahnung, dass Sie zu genau so einem werden müssen. Sie müssen das hinbekommen, Herr Luo!« Shi Qiang schlug ihm vor Aufregung mit solcher Kraft auf die Schulter, dass Luo Ji vor Schmerz zusammenzuckte.

Sie schwiegen und starrten in die aufsteigenden Rauchkringel, die in einem Abzugsgitter an der Decke verschwanden.

»Scheiß drauf. Legen wir uns auf Ohr«, sagte Shi Qiang schließlich und drückte seine Zigarette im Aschenbecher aus. Er schüttelte den Kopf und lächelte. »Ich fasele vor mich hin wie ein Idiot. Lachen Sie nicht über mich, wenn Sie daran zurückdenken.«

In der Schlafkabine legte Luo Ji die kugelsichere Weste ab und streckte sich in dem mit Gurten am Bett befestigten Schlafsack aus. Shi Qiang half ihm, die Gurte festzuziehen und legte ein Pillendöschen auf den Nachttisch.

»Schlaftabletten. Nehmen Sie welche, wenn Sie nicht schlafen können. Ich habe nach Alkohol gefragt, aber es hieß, es gebe keinen.«

Er erinnerte Luo Ji noch daran, dem Kommandanten Bescheid zu geben, falls er aufstehen wolle, und wandte sich zum Gehen.

»Herr Polizist«, rief ihm Luo Ji nach.

Shi Qiang drehte sich in der Tür halb zu ihm um. »Ich bin kein Polizist. Die Polizei hat mit dieser Sache nichts zu tun. Jeder nennt mich Da Shi.«

»Gut. Also, Da Shi, als wir uns gerade unterhalten haben,

fiel mir wieder ein, was Sie als Erstes zu mir gesagt haben. Eigentlich haben Sie auf etwas geantwortet, was ich gesagt habe. Ich habe von ›der Frau‹ gesprochen, und Sie wussten im ersten Moment nicht, von wem ich rede. Das heißt, sie spielt bei dieser Angelegenheit keine besondere Rolle, richtig?«

»Sie sind einer der gelassensten Menschen, die mir je begegnet sind.«

»Ich bin eben ein Zyniker. Mich kümmert in dieser Welt nicht sehr viel.«

»Wie auch immer, ich habe noch nie jemanden getroffen, der in einer Situation wie dieser gelassen bleiben konnte. Vergessen Sie einfach, was ich vorhin gesagt habe. Ich albere nur manchmal so herum.«

»Sie versuchen lediglich, mich abzulenken, damit Sie in Ruhe Ihre Mission erfüllen können.«

»Es tut mir leid, wenn ich Ihnen Flausen in den Kopf gesetzt habe.«

»Worüber sollte ich mir Ihrer Meinung nach jetzt Gedanken machen?«

»Zu viel denken schadet nur. Sie sollten jetzt besser schlafen.«

Da Shi verließ den Raum. Als er die Tür geschlossen hatte, war es dunkel, abgesehen von einer kleinen roten Lampe am Kopfende des Bettes. Das allgegenwärtige Hintergrundgeräusch der brummenden Triebwerke war jetzt überdeutlich zu hören, als dränge es wie ein tiefer Gesang der endlosen Nacht durch die Außenwand des Flugzeugs.

Plötzlich hatte Luo Ji jedoch das Gefühl, dass das Geräusch tatsächlich von irgendwo weit draußen komme. Er öffnete den Schlafsack und kletterte hinaus, dann schob er die Blende über dem Fenster am Bett hoch. Der Mond schien über den Wolken, die wie ein unermesslich weiter, silberner Ozean aussahen. Über dem Wolkenteppich sah er noch etwas anderes, von dem ein ebenfalls silbriges Licht ausging, vier schnurgerade Linien, die vor dem Hintergrund des Nachthimmels ins Auge stachen. Sie bewegten sich mit der gleichen Geschwindigkeit voran wie das Flugzeug, und ihre langen Schweife versiegten langsam in der Nacht. Vier silberne Schwerter, die über den Wolken flogen. Luo Ji musterte die Spitzen der Linien und erkannte deutlich vier metallisch schimmernde Objekte. Düsenjäger. Und er ahnte, dass auf der anderen Seite vier weitere flogen.

Luo Ji zog die Blende herunter. Nachdem er in den Schlafsack zurückgekrochen war, schloss er die Augen und zwang seinen Kopf abzuschalten. Schlafen wollte er nicht, nur endlich aus diesem Traum erwachen.

Mitten in der Nacht war das Arbeitstreffen der Weltraumstreitkräfte noch in vollem Gange. Zhang Beihai schob das Arbeitsblatt und die Dokumente auf dem Tisch beiseite, erhob sich und ließ den Blick über die müden Gesichter der Offiziere schweifen. Dann wandte er sich an Chang Weisi. »Herr Kommandeur, erlauben Sie mir, bevor wir Bericht erstatten, meine persönlichen Ansichten darzulegen. Meiner Meinung nach hat die Heeresleitung die politische und ideologische Schulung der Streitkräfte zu kurz kommen lassen. Typischerweise ist die politische Abteilung die letzte, die auf dieser Konferenz ihren Bericht vorstellt.«

Chang Weisi nickte. »Da stimme ich Ihnen zu. Die Politkommissare haben die Arbeit noch nicht aufgenommen, daher liegt die ganze politische Arbeit noch in meiner Hand. Jetzt, wo wir endlich in allen Bereichen loslegen, können wir diesem Punkt in der Tat kaum die nötige Aufmerksamkeit widmen. Dafür sind im Wesentlichen Sie und die anderen Spezialisten zuständig.«

»In meinen Augen ist die gegenwärtige Situation gefährlich, Herr Kommandeur.« Einige Offiziere hoben die Brauen. »Ich bitte um Vergebung für meine deutlichen Worte. Doch da wir nach diesem langen Konferenztag alle sehr müde sind, würde mir sonst keiner mehr zuhören.« Einige lachten, doch der Rest dämmerte nach wie vor schläfrig vor sich hin. »Nun, ich bin ernsthaft besorgt. In dem uns bevorstehenden Kampf ist das Kräfteverhältnis so unausgewogen wie nie zuvor in der Geschichte der Menschheit. Daher glaube ich, dass in Zukunft nichts so gefährlich für die Weltraumstreitkräfte sein wird wie Defätismus. Wenn sich diese Haltung ausbreitet, wird sie nicht nur die Moral der Soldaten aufweichen, sondern auf lange Sicht sogar zum Zusammenbruch der gesamten Weltraumverteidigung führen.«

Chang Weisi nickte erneut. »Ganz meine Meinung. Defätismus ist zurzeit unser größter Feind. Die Militärkommission ist sich dessen voll und ganz bewusst. Deshalb kommt der politischen und ideologischen Arbeit in den Streitkräften eine wesentliche Rolle zu. Sobald die Basiseinheiten der Weltraumstreitkräfte aufgestellt sind, wird die Arbeit noch komplexer und schwieriger werden.«

Zhang Beihai schlug seine Arbeitsmappe auf. »Hier also der Bericht meiner Abteilung: Seit Gründung der Weltraumstreitkräfte lag der Schwerpunkt unserer politischen und ideologischen Arbeit auf einer Untersuchung der generellen ideologischen Einstellung der Soldaten und Offiziere. Da sich die Organisation dieser neuen Abteilung mit nur wenigen Mitgliedern und wenigen Verwaltungsebenen noch ziemlich bescheiden ausnimmt, wurde die Untersuchung mittels persönlicher Kontakte und informeller Treffen durchgeführt. Außerdem wurde ein entsprechendes Forum im Intranet eingerichtet. Die Ergebnisse dieser Untersuchung sind beunruhigend. Defätistisches Denken ist vorherrschend und breitet sich zunehmend unter den Truppen aus. Die Geisteshaltung einer nicht unerheblichen Zahl von Kameraden ist von Angst vor dem Feind und einem Mangel an Vertrauen in die Zukunft der Kriegsführung geprägt. Die Quelle für den Defätismus liegt in blinder Technologiegläubigkeit und der Unterbewertung beziehungsweise der gänzlichen Aufkündigung des Glaubens an menschlichen Geist und Initiative in der Kriegsführung. Er ist die Folge einer Entwicklung, die blind der Idee vom Triumph der Technik folgt und glaubt, dass Waffen alles seien. Diese Vorstellung grassiert in jüngster Zeit im Militär, insbesondere unter den Offizieren mit hohem Bildungsgrad. Der Defätismus kann innerhalb der Truppe in folgenden Erscheinungsformen auftreten. Erstens: Ein Kamerad betrachtet seine Aufgabe innerhalb der Weltraumstreitkräfte als einen ganz gewöhnlichen Job. Solche Kameraden erfüllen ihre Aufgaben zwar durchaus gründlich und verantwortungsvoll, aber ohne große Begeisterung und Sendungsbewusstsein. Und sie zweifeln an der Bedeutung ihrer eigenen Arbeit. Zweitens: Ein Kamerad wartet passiv ab. Diese Kameraden glauben, dass das Ergebnis des Krieges von Wissenschaftlern und Ingenieuren abhängt. Dass die Weltraumstreitkräfte ein Hirngespinst bleiben werden, solange noch kein wesentlicher Durchbruch in der Forschung und den Schlüsseltechnologien geschafft ist. Diese Kameraden sind sich nicht sicher, wie wichtig die derzeitige Arbeit der Weltraumstreitkräfte ist, mit dem Resultat, dass sie ihre Aufgaben im Zusammenhang mit dem Aufbau dieses Militärzweigs ohne jeden Innovationsgeist erfüllen. Drittens: Ein Kamerad hegt unrealistische Vorstellungen und bittet darum, die nächsten vierhundert Jahre im Kälteschlaf verbringen zu dürfen, um dann an der finalen Entscheidungsschlacht teilnehmen zu können. Eine Reihe jüngerer Genossen haben diesen Wunsch bereits geäußert, und einer hat sich sogar schriftlich darum beworben. Oberflächlich betrachtet, scheint diese Einstellung begrüßenswert. Dieser Wunsch, ganz vorn an der Front dabei zu sein. Doch im Grunde ist auch sie eine Form des Defätismus. Ohne Vertrauen in den Sieg und in die Bedeutung unserer gegenwärtigen Arbeit, klammern sich diese Kameraden an die Soldatenehre. Sie wird für sie zur einzigen Säule, die sie in ihrem Leben und in ihrer Arbeit trägt. Viertens: Das genaue Gegenteil davon, nämlich Zweifel an der Soldatenehre. Diese Kameraden sind der Überzeugung, dass der traditionelle Moralkodex des Militärs auf dem Schlachtfeld der Zukunft nicht mehr gelte und dass der Kampf bis zum letzten Mann obsolet geworden sei. Sie glauben, ein Soldat besitze nur Würde, wenn sie für andere sichtbar sei, und dass die Soldatenwürde daher im Falle einer Niederlage, nach der keine Menschen mehr im Universum übrig bleiben, bedeutungslos sei. Auch wenn nur eine Minderheit diese Ansicht vertritt, ist sie extrem schädlich, weil sie die Bedeutung der Weltraumstreitkräfte von Grund auf negiert.«

An dieser Stelle warf Zhang Beihai einen Blick in die Runde. Obwohl ihm ein paar der Anwesenden aufmerksam zugehört hatten, wirkten die meisten im Raum noch immer schläfrig und erschöpft. Er war sich sicher, dass sich das mit seinem nächsten Satz ändern würde.

»Ich möchte Ihnen das konkrete Beispiel eines Genossen nennen, der für eine dieser typischen Formen des Defätismus steht. Ich rede von General Wu Yue.« Zhang Beihai deutete mit der Hand auf ihn.

Schlagartig spitzten alle die Ohren. Irritiert blickten sie von Zhang Beihai zu Wu Yue, der ihren Blick gelassen erwiderte.

»Wu Yue und ich arbeiten schon eine ganze Weile zusammen in der Marine, und wir kennen uns sehr gut. Er hat einen ziemlichen Technologiefimmel. Er geht seinen Kapitänsposten von der technischen Seite an, oder, wenn Sie wollen, wie ein Ingenieur. Das ist an sich nichts Schlechtes, doch stützt sich sein militärisches Denken leider allzu sehr auf Technologie, und obwohl er es nicht offen ausspricht, ist er unbewusst der Meinung, dass technischer Fortschritt ein wesentlicher, wenn nicht gar der einzige entscheidende Faktor für eine effiziente Kriegsführung ist. Er leugnet den menschlichen Aspekt in der Schlacht, vor allem weil er nicht versteht, welche einzigartigen Vorteile unsere Armee dank ihrer besonderen historischen Erfahrungen hat. Seit er von der Trisolaris-Krise erfuhr, hat er das Vertrauen in die Zukunft verloren, und seit dem Eintritt in die Weltraumstreitkräfte ist seine Verzweiflung noch offenkundiger geworden. Er ist so tief in seinem gravierend defätistischen Denken verwurzelt, dass ich keine Möglichkeit für uns sehe, ihn dort herauszuziehen. Wir dürfen nicht vor strengen Maßnahmen zurückschrecken, wenn es darum geht, die weitere Ausbreitung des Defätismus unter den Truppen zu verhindern. Daher erkläre ich hiermit deutlich, dass ich den Genossen Wu Yue für die weitere Arbeit in den Weltraumstreitkräften für untauglich halte.«

Nun waren alle Augen auf Wu Yue gerichtet, der seinerseits auf das Emblem der Weltraumstreitkräfte auf seiner Kappe blickte, die vor ihm auf dem Tisch lag. Er wirkte so gelassen wie zuvor.

Während seiner ganzen Rede hatte Zhang Beihai nicht ein einziges Mal in Wu Yues Richtung geblickt. Nun ergriff er erneut das Wort: »Ich bitte Sie, Herr Kommandeur, und auch den Genossen Wu Yue sowie alle anderen Anwesenden um Verständnis für meine Sorgen. Es geht mir ausschließlich um die gegenwärtige ideologische Verfassung unserer Truppen. Selbstverständlich scheue ich nicht das direkte, offene Gespräch mit dem Genossen Wu Yue.«

Wu Yue hob eine Hand und bat um die Erlaubnis zu sprechen. Chang Weisi nickte. »Was Genosse Zhang Beihai soeben über meine mentale Verfassung gesagt hat, ist vollkommen zutreffend, und daher stimme ich seiner Schlussfolgerung zu. Ich bin nicht länger für den Dienst in den Weltraumstreitkräften geeignet. Ich werde mich dem entsprechenden Beschluss des Truppenkommandos fügen.«

Die Atmosphäre war angespannt. Einige der Offiziere warfen einen Blick auf Zhang Beihais Notizbuch und fragten sich, wer wohl noch darin stand.

Ein Oberstleutnant der Luftwaffe erhob sich. »Genosse Zhang Beihai, wir sind hier bei einem Arbeitstreffen. Das ist wohl kaum der richtige Rahmen für derlei Themen. Ich würde mir wünschen, dass Sie mit Ihrem Anliegen den üblichen Dienstweg einhalten. Oder halten Sie es wirklich für angemessen, so etwas in aller Öffentlichkeit zu besprechen?«

Zustimmendes Gemurmel von allen Seiten.

»Ich weiß, dass meine Bemerkungen gegen formale Prinzipien verstoßen, und ich bin bereit, die Konsequenzen zu tragen. Dennoch sehe ich es als meine Pflicht an, Ihnen allen den Ernst der Lage bewusst zu machen.«

Chang Weisi hob die Hand, um weitere Wortmeldungen abzublocken. »Zunächst einmal befürworte ich Zhang Beihais Verantwortungssinn und die Weitsicht, mit der er seine Arbeit angeht. Der Defätismus unter den Truppen ist eine Tatsache, mit der wir uns vernünftig auseinandersetzen müssen. Solange die große technologische Kluft zwischen uns und dem Feind fortbesteht, wird auch der Defätismus nicht verschwinden. Das lässt sich nur in langwieriger gewissenhafter Arbeit und mit verstärkter Diskussionsbereitschaft aller Beteiligten lösen. Abgesehen davon stimme ich dem Vorschlag des Genossen von eben zu: Fragen, die die persönliche Ideologie eines jeden betreffen, sollten vor allem im kommunikativen Austausch gelöst werden. Und sollte eine Anzeige nötig werden, muss sie über die angemessenen Kanäle der Organisation erfolgen.«

Vielen der Anwesenden entfuhr ein Seufzer der Erleichterung. Zumindest in dieser Sitzung würde Zhang Beihai ihre Namen nicht nennen.

Während er sich den unendlichen Nachthimmel über den Wolken vorstellte, fiel es Luo Ji schwer, seine Gedanken zu ordnen. Unwillkürlich landeten sie immer wieder bei der Frau.

Ihre Stimme und ihr Lächeln erschienen vor ihm in der Dunkelheit, und ihn befiel eine nie gekannte Traurigkeit. Als Nächstes folgten Selbstvorwürfe und eine Selbstverachtung, die er schon oft verspürt hatte, aber noch nie so heftig. Warum musste sie ihm gerade jetzt in den Sinn kommen? Bislang hatte er nur mit Angst und Schock auf ihren Tod reagiert und indem er sich selbst von aller Schuld freisprach. Und erst jetzt, da er wusste, dass sie für seine gegenwärtige Situation keine große Bedeutung hatte, opferte er ihr etwas von seiner kostbaren Traurigkeit. Was für eine Art Mensch war er eigentlich?

Aber so bin ich eben.

Durch das sanfte Schwanken des Flugzeugs im Luftstrom fühlte er sich wie in einer Wiege. Als Baby hatte er in einer Wiege geschlafen, das wusste er, da er sie eines Tages von Staub bedeckt im Keller seiner Eltern entdeckt hatte. Wenn er seine Augen schloss und sich das Paar vorstellte, das ihn darin geschaukelt hatte, fragte er sich: *Hast du, seit du diese Wiege verlassen hast, jemals für jemand anderen außer diesen beiden Menschen so etwas wie Zuneigung empfunden? Hast du in deiner Seele je irgendwem sonst einen dauerhaften Platz eingeräumt? Wenigstens einen klitzekleinen?*

Ja, fiel ihm ein, das hatte er. Einmal, vor zwei Jahren, hatte das goldene Licht der Liebe in seinem Herzen geschienen. Allerdings auf sehr rätselhafte Weise.

Angefangen hatte alles mit Bai Rong, einer Jugendbuchautorin, die zwar nur Hobbyschriftstellerin war, aber so erfolgreich, dass sie mit den Tantiemen mehr verdiente als mit ihrem Gehalt. Mit keiner der Frauen in seinem Leben hatte er so viel Zeit verbracht wie mit Bai Rong und hatte sogar überlegt, sie zu heiraten. Ihre Beziehung war ganz normal gewesen, nicht nennenswert intensiv oder in irgendeiner Weise unvergesslich. Aber die beiden hatten gefunden, dass sie zueinander passten. Zusammen fühlten sie sich entspannt und glücklich, und obwohl sie gewisse Vorbehalte gegen die Ehe an sich hatten, fanden sie es einen Versuch wert.

Auf Bai Rongs Wunsch hatte er all ihre Werke gelesen, die er zwar nicht besonders gut fand, aber auch nicht so grauenhaft wie viele vergleichbare Bücher des Genres, in die er zuvor einen Blick geworfen hatte. Ihr Stil war elegant und klar und sehr viel reifer als der vieler anderer Autorinnen in diesem Bereich. Aber der banale Inhalt der Romane wurde dem Stil nicht gerecht. Sie zu lesen war für Luo Ji, als betrachtete er Tautropfen auf dem Gras. Einfach und durchsichtig wie sie waren, erhielten sie ihre individuelle Farbigkeit nur durch die Brechungen des Umgebungslichts. So kullerten sie über die Blätter, schmolzen beim Aufeinandertreffen zusammen und trennten sich beim Herunterfallen wieder voneinander, bis sie in den ersten Minuten nach Sonnenaufgang gänzlich verdunsteten. Nach jedem Lesen fragte er sich: Wovon leben diese Leute bloß, wenn sie vierundzwanzig Stunden am Tag verliebt sind?

»Glaubst du wirklich, dass es im wahren Leben so eine Liebe gibt, wie du sie beschreibst?«, fragte er sie einmal.

Sie schlang ihm die Arme um den Nacken. »Ja.«

»Hast du sie bei anderen gesehen oder selbst erlebt?«

»Ich sage dir, die gibt es, so oder so«, flüsterte sie ihm geheimnisvoll ins Ohr.

Manchmal machte er ihr Vorschläge für die Romane, an denen sie arbeitete, oder bot an, sie zu überarbeiten.

»Sieht so aus«, sagte Bai Rong einmal zu ihm, »als seist du der talentiertere Autor von uns beiden. Du schreibst nicht die Geschichte um, sondern die Charaktere, das ist viel schwieriger. Jedes Mal verleihst du den Protagonisten mehr Tiefe. Dein Talent für literarische Charaktere ist erste Sahne.«

»Du machst Witze. Ich habe Astronomie studiert.«

»Na und? Wang Xiaobo war Mathematiker.«

Vergangenes Jahr hatte sie sich zu ihrem Geburtstag etwas von Luo Ji gewünscht. »Würdest du einen Roman für mich schreiben?«

»Gleich einen ganzen Roman?«

»Hm, ja. Wenigstens hundertfünfzig Seiten lang.«

»Mit dir als zentrale Figur?«

»Nein. Weißt du, ich habe eine sehr interessante Ausstellung männlicher Künstler gesehen, die alle jeweils die schönsten Frauen, die sie sich vorstellen konnten, gemalt haben. So sollte die Protagonistin deines Romans sein. Vergiss einfach die Wirklichkeit und erschaffe einen Engel. Die einzige Bedingung soll sein, dass sie deinem Ideal von weiblicher Perfektion entspricht.«

Bis heute hatte er nicht verstanden, was Bai Rong zu dieser Bitte motiviert hatte. Vielleicht wusste sie es selbst nicht. Im Rückblick würde er ihre Stimmung in diesem Moment als eine Mischung aus durchtrieben und unschlüssig beschreiben.

Also begann er, eine Figur zu entwerfen. Zuerst stellte er sich ihr Gesicht vor, dann gestaltete er ihre Garderobe, dann ihre Umgebung und die Menschen darin. Schließlich baute er die Figur in dieses Umfeld ein und ließ sie darin sprechen und agieren, ließ sie leben. Doch bald wurde es ihm langweilig, und er erzählte Bai Rong von seinen Schwierigkeiten. »Sie ist wie eine Marionette. Sie redet und handelt ganz nach meinen Vorstellungen, doch ohne einen Funken Lebendigkeit.«

»Dein Ansatz ist falsch«, sagte sie. »Anstatt eine literarische Figur zu schaffen, schreibst du eine Abhandlung. Was eine literarische Figur in zehn Minuten macht, mag das Ergebnis zehnjährigen Nachdenkens sein. Du darfst dich nicht auf die Handlung dieser Geschichte beschränken, sondern musst ihr gesamtes Leben im Blick haben, und das, was in ihre Worte fließt, ist nur die Spitze des Eisbergs.«

Also folgte er ihrem Rat, warf alles, was er geschrieben hatte, über den Haufen und stellte sich stattdessen das ganze Leben seiner Figur in all seinen Facetten vor. Er malte sich aus, wie sie an der Mutterbrust lag, energisch mit ihrem winzigen Mund daran saugte und zufrieden brabbelte, einem roten Luftballon auf der Straße hinterherjagte, ihn jedoch knapp verfehlte, hinfiel und weinte, als sie ihn davonfliegen sah, ohne sich bewusst zu sein, dass sie gerade ihre ersten Schritte getan hatte; wie sie durch den Regen lief und spontan ihren Schirm einklappte, um die Regentropfen zu spüren; ihren ersten Tag in der Grundschule, wie sie allein im fremden Klassenzimmer saß, ohne durch die Tür oder die Fenster ihre Eltern sehen zu können, und beinahe anfing zu weinen, bis sie bemerkte, dass ihre beste Freundin aus dem Kindergarten ganz in der Nähe saß, und wie sie dann wirklich weinte – aber aus Freude; ihre erste Nacht im Wohnheim an der Uni, wie sie auf ihrem Doppelstockbett lag und die Schatten der Bäume beobachtete, die das Licht der Straßenlaternen an die Decke warf … Er stellte sich ihr Lieblingsessen vor, die Farben und den Stil jedes einzelnen Kleidungsstücks in ihrem Schrank, die Dekohülle ihres Handys, die Bücher, die sie las, die Musik auf ihrem Mediaplayer, die von ihr besuchten Webseiten, ihre Lieblingsfilme; nie jedoch ihr Make-up, denn sie brauchte kein Make-up … Wie ein außerhalb der Zeit stehender Schöpfer verwebte er die verschiedenen Phasen ihres Lebens miteinander und fand nach und nach Gefallen am unendlichen Glück seiner Kreation.

An einem Tag in der Bibliothek stellte er sie sich vor einer Reihe von Bücherregalen vor, lesend. Er steckte sie in sein Lieblingsoutfit, sodass ihre zierliche Silhouette ihm noch lebendiger vor Augen stand. Plötzlich sah sie von ihrem Buch auf, warf ihm einen Blick zu und lächelte.

Er war überrascht. Hatte er ihr aufgetragen zu lächeln? Das Lächeln hatte sich sofort in sein Gedächtnis eingegraben wie ein Fleck auf weißem Schnee, unauslöschlich.

Die tatsächliche Wende kam in der darauffolgenden Nacht. Der Schneefall und der Winterwind waren heftiger geworden, die Temperaturen fielen, und von der Wärme seiner Wohnung aus hörte er das Heulen der Böen, das sämtliche anderen Geräusche der Stadt verschluckte, und beobachtete die Schneeflocken, die wie Sand gegen das Fenster prasselten. Draußen war alles von einem dichten Schneeteppich bedeckt. Es war, als gäbe es die Stadt nicht mehr. Das Uniwohnheim schien ganz verlassen inmitten einer riesigen Schneelandschaft zu stehen. Er kroch zurück ins Bett. Doch bevor er eindöste, überraschte ihn ein Gedanke: *Wäre sie jetzt da draußen, würde sie furchtbar frieren.* Dann ermahnte er sich: *He, das spielt keine Rolle, denn sie ist nicht draußen, solange du sie nicht dort hinplatzierst.* Doch genau das tat seine Vorstellungskraft, und sie lief weiter durch den Schneesturm, wie ein Grashalm, der jeden Moment davongeweht werden konnte. Sie trug immer noch den hellen Mantel und den roten Schal, mehr konnte er nicht erkennen durch das dichte Schneetreiben, wie eine kleine Flamme, vom Sturm gepeitscht.

So konnte er unmöglich weiterschlafen. Er setzte sich im Bett auf, zog sich an und wechselte auf das Sofa. Gern hätte er geraucht, doch er dachte daran, dass sie den Geruch nicht ausstehen konnte, und machte sich stattdessen eine Tasse Kaffee und trank in kleinen Schlucken. Er musste auf sie warten. Der Schneesturm und die Eiseskälte nagten an ihm. Zum ersten Mal in seinem Leben schmerzte ihn der Gedanke an jemanden, fühlte er solche Sehnsucht nach einem Menschen.

Als er dieses Sehnen beinahe nicht mehr aushalten konnte, war sie plötzlich da. Leise hatte sie sich genähert, ihr zierlicher Körper von einer dicken Kälteschicht umhüllt, doch inmitten der Kälte brachte sie einen Hauch Frühling herein. Rasch schmolzen die Schneeflocken in ihrem Haar zu schimmernden Tropfen, während sie ihren Schal ablegte und ihre Finger warmhauchte. Als er ihre Hände in seine nahm, um deren eiskalte Weichheit zu wärmen, sah sie ihn gerührt an und stellte ihm die Frage, die er ihr stellen wollte: »Ist alles in Ordnung mit dir?«

Er nickte unbeholfen und nahm ihr den Mantel ab. »Komm, wärm dich auf.« Er rieb ihr die runden Schultern und führte sie zum Kamin.

»Wie schön warm das ist. Tut das gut …« Sie kauerte sich auf den Teppich vor dem Kamin und sah mit einem glücklichen Lächeln ins Feuer.

Verdammt noch mal, was ist denn mit mir los? Luo Ji stand inmitten des leeren Zimmers. War es denn nicht genug, irgendwie hundertfünfzig Seiten zusammenzuschreiben, jemanden zu finden, der sie auf hochwertiges Papier druckte, mit Photoshop einen prächtigen Umschlag mit Klappentext zu entwerfen, das Ganze dann professionell binden und als Geschenk verpacken zu lassen und Bai Rong an ihrem Geburtstag zu überreichen? Wie konnte er sich so gefangen nehmen lassen? Erstaunt stellte er fest, dass seine Augen feucht waren. Und dann das: Ein Kamin! *Als ob ich je einen Kamin gehabt hätte! Warum kommt mir ein Kamin in den Sinn?* Doch schnell verstand er: Es war ihm gar nicht um den Kamin gegangen, sondern um den Feuerschein, denn im Schein eines Feuers sieht eine Frau am schönsten aus. Wieder dachte er daran, wie bezaubernd sie darin ausgesehen hatte …

Oh nein! Jetzt hör bloß auf, an sie zu denken, das geht nicht gut aus. Geh lieber schlafen.

Anders als erwartet, träumte er nicht von ihr. Er schlief gut und sah im Traum sein schmales Bett wie ein Boot auf einem rosafarbenen Meer treiben. Beim Aufwachen am nächsten Morgen fühlte er sich wie neugeboren, wie eine Kerze, die seit Jahren staubig herumgestanden hatte, bis sie endlich während des Schneesturms der letzten Nacht angezündet worden war. Aufgeregt lief er die Straße hinunter zum Vorlesungsgebäude, und trotz des milchtrüben Himmels nach dem Schneefall meinte er, kilometerweit sehen zu können. Auf den Pappeln entlang der Straße lag kein Schnee, nur ihre nackten Zweige reckten sich gen Himmel. Doch für ihn wirkten sie lebendiger als im Frühling.

Er betrat das Podium. Und da war sie, ganz wie er es sich erhofft hatte. Sie saß ganz hinten im Auditorium, allein in einer leeren Reihe, mit etwas Abstand zu den übrigen Studenten. Sie trug einen beigen Rollkragenpullover, und ihr leuchtend weißer Mantel und ihr roter Schal lagen auf dem Sitz neben ihr. Sie sah nicht nach unten und blätterte in den Seiten des Lehrbuchs wie die anderen Studenten. Vielmehr sah sie ihn an und schenkte ihm erneut ein Lächeln, wie ein Sonnenstrahl nach dem Schneesturm.

Er wurde nervös. Sein Puls raste, und er musste kurz durch die Nebentür nach draußen treten, um sich in der kühlen Luft zu beruhigen. Seit der Verteidigung seiner beiden Doktorarbeiten hatte er sich nicht mehr so gefühlt. Anschließend auf dem Podium gab er alles und erntete ungewöhnlich großen Applaus für seinen anekdotenreichen und wortgewandten Vortrag. Sie schloss sich dem Applaus nicht an und nickte nur lächelnd in seine Richtung.

Nach der Vorlesung ging er neben ihr die baumgesäumte Allee entlang. Er konnte hören, wie die Schritte ihrer blauen Stiefel im Schnee knirschten. Andächtig lauschten die Silberpappeln der lautlosen Konversation ihrer Herzen.

»Sie sind ein ausgezeichneter Redner, aber ich konnte nicht ganz folgen.«

»Das ist nicht Ihr Hauptfach, oder?«, fragte Luo Ji.

»Nein.«

»Nehmen Sie häufiger an Vorlesungen außerhalb Ihres Fachs teil?«

»Erst seit ein paar Tagen. Ich setze mich einfach in eine beliebige Vorlesung und höre eine Weile zu. Ich habe gerade meinen Abschluss gemacht und gehe bald weg. Plötzlich ist mir klar geworden, wie schön es hier ist, und ich möchte nicht fort …«

Drei oder vier Tage lang verbrachte er seine Zeit mit ihr, auch wenn es für andere so aussah, als sei er allein und spaziere ohne Begleitung durch die Gegend. Für Bai Rong hatte er eine einfache Erklärung: Er dächte über ihr Geburtstagsgeschenk nach. Und das war nicht einmal gelogen.

In der Silvesternacht kam er mit einer Flasche Rotwein, den er noch nie zuvor getrunken hatte, zurück in seine Wohnung, löschte das Licht und zündete auf dem Tisch neben dem Sofa ein paar Kerzen an. Als die drei Kerzen brannten, setzte sie sich schweigend neben ihn.

»Oh, sieh mal!«, rief sie und deutete mit kindlicher Freude auf die Weinflasche.

»Was?«

»Schau mal von hier, wo die Kerzen durchscheinen. Was für ein guter Wein.«

Im Kerzenlicht betrachtet, leuchtete der Wein tatsächlich in einem traumhaften, durchscheinenden Rubinrot.

»Wie eine tote Sonne«, sagte Luo Ji.

»So etwas darfst du nicht sagen«, erwiderte sie, so aufrichtig, dass es ihm das Herz brach. »Für mich ist es wie … die Augen der Abenddämmerung.«

»Warum nicht die der Morgenröte?«

»Ich mag die Abenddämmerung lieber.«

»Warum?«

»Wenn die Dämmerung versiegt, sieht man die Sterne. Wenn die Morgenröte vergeht, bleibt …«

»Dann bleibt nur das strenge Licht der Realität.«

»Ja, genau.«

Sie redeten über alles Mögliche, und stets waren sie sich einig, selbst in nebensächlichen Kleinigkeiten, bis die Flasche mit den Augen der Abenddämmerung ganz in seinem Magen verschwunden war.

Benommen lag er im Bett und beobachtete die immer noch brennenden Kerzen. Sie war aus dem Kerzenlicht verschwunden, doch er machte sich keine Sorgen. Solange er wollte, konnte sie jederzeit wiederkommen.

Da klopfte es an der Tür. Er wusste, dass das Klopfen echt war und nichts mit ihr zu tun hatte. Er ignorierte es. Die Tür ging auf, und Bai Rong trat herein. Als sie das Licht einschaltete, war es wie das graue Licht der Realität. Sie warf einen Blick auf den Tisch mit den Kerzen, dann setzte sie sich an sein Bett und seufzte. »Das geht ja noch.«

»Was geht noch?« Er hielt sich die Hand vor die Augen, weil ihn das grelle Licht blendete.

»Du bist noch nicht so weit, dass du ein zweites Glas für sie hinstellst.«

Er beschirmte weiter die Augen und erwiderte nichts. Sie zog seine Hände weg, und dann sah sie ihm gerade ins Gesicht. »Sie lebt, richtig?«

Er nickte und setzte sich auf. »Ich habe immer gedacht, dass eine Romanfigur von ihrem Schöpfer kontrolliert wird und immer nur das wäre, was der Autor sich vorstellt, immer nur das tut, was er möchte, so wie Gott mit den Menschen.«

»Von wegen.« Sie erhob sich und begann, im Zimmer auf- und abzugehen. »Jetzt begreifst du endlich, dass du falschgelegen hast. Das ist der Unterschied zwischen einem beliebigen Schreiberling und einem Schriftsteller. Der bestmögliche Zustand im literarischen Schaffensprozess ist, wenn die Romanfiguren im Kopf des Autors ein eigenes Leben entwickeln, wenn er sie nicht mehr kontrollieren kann und schon nicht mehr voraussagen kann, was sie als Nächstes tun. Wir können ihnen nur noch fasziniert folgen, sie beobachten und jedes Detail ihres Lebens festhalten wie Voyeure. So entstehen Klassiker.«

»Dann ist Literatur ein ziemlich perverses Unterfangen.«

»Das war es zumindest für Shakespeare oder Balzac, wenn du so willst. Die klassischen Figuren, die sie geschaffen haben, waren Geburten ihres geistigen Uterus. Aber solch eine Kreativität ist bei den heutigen Literaten nicht mehr zu finden. Sie bringen nichts als zersplitterte Fragmente und Missgeburten hervor, deren kurze Leben nur irrationale, obskure Zuckungen sind. Dann kehren sie diese Fragmente zusammen und verkaufen sie in einem Sack mit der Aufschrift ›postmodern‹, ›dekonstruktivistisch‹, ›symbolistisch‹ oder ›irrational‹.«

»Willst du damit sagen, dass ich zu jemandem geworden bin, der Literaturklassiker schreibt?«

»Wohl kaum. Du hast bisher lediglich eine Figur ausgebrütet, und zwar die einfachste, die man sich ausdenken kann. In den Köpfen der klassischen Autoren sind Hunderte, Tausende solcher Figuren entstanden. Sie haben das Bild ihrer Zeit geprägt. Und das schaffen nur übermenschliche Wesen. Trotzdem ist dir etwas gelungen, das nicht so leicht ist. Damit habe ich nicht gerechnet.«

»Ist es dir jemals gelungen?«

»Ein einziges Mal.«

Damit ließ Bai Rong es bewenden und wechselte das Thema. »Vergiss es«, sagte sie und schlang die Arme um ihn. »Ich will mein Geburtstageschenk nicht mehr. Komm einfach wieder zurück in die Realität, ja?«

»Und wenn es einfach so weitergeht, was dann?«

Sie betrachtete ihn ein paar Sekunden lang, dann ließ sie ihn los und schüttelte lächelnd den Kopf. »Ich wusste, dass es zu spät ist.« Sie nahm ihre Tasche vom Bett und ging.

Da hörte er, wie draußen Leute rückwärts zählten, vier, drei, zwei, eins. Aus dem Vorlesungsgebäude, von wo bislang Musik herübergeklungen war, ertönte schallendes Gelächter. Auf dem Leichtathletikfeld zündete man Feuerwerkskörper. Erst als er auf seine Uhr sah, fiel ihm ein, dass gerade das alte Jahr vorüber war.

»Morgen ist Feiertag. Was sollen wir unternehmen?«, fragte er. Er lag auf dem Bett, doch er wusste, dass seine Figur schon wieder neben dem nicht vorhandenen Kaminfeuer saß.

»Gehst du denn nicht mit *ihr* aus?«, fragte sie unschuldig und deutete auf die noch offen stehende Tür.

»Nein, nur wir beide. Wohin möchtest du gehen?«

Sie sah gebannt in die tanzenden Flammen und sagte: »Egal wohin. Es ist einfach eine schöne Idee, unterwegs zu sein.«

»Dann fahren wir einfach los und sehen, wohin es uns treibt?«

»Wunderbar.«

Am darauffolgenden Morgen fuhr er mit seinem Honda Accord vom Campus aus Richtung Westen, allein deshalb, um den zermürbenden Stadtverkehr zu vermeiden. Zum ersten Mal genoss er die Freiheit, einfach loszufahren, ohne Ziel. Als die Häuserreihen spärlicher wurden und die ersten Felder auftauchten, ließ er die Scheibe herunter, um die kühle Winterluft hereinzulassen. Der Wind spielte mit ihrem langen Haar, und ein paar Strähnen kitzelten ihn an der rechten Schläfe.

»Sieh mal, die Berge.« Sie deutete in die Ferne.

»Wir haben eine gute Sicht heute. Das ist das Taihang-Gebirge, es verläuft erst parallel zu dieser Straße, dann macht es einen Knick nach Westen und wir fahren direkt darauf zu. Ich würde sagen, wir sind jetzt in …«

»Nein, sag bloß nicht, wo wir sind. Sobald wir wissen, wo wir sind, wird die Welt so eng wie eine Landkarte. Wenn wir es nicht wissen, scheint sie unendlich zu sein.«

»Gut, dann geben wir uns mal alle Mühe, uns zu verfahren.« Er bog in eine weniger befahrene Straße ab, und nach einem kurzen Stück bog er erneut ab. Auf beiden Seiten war der Weg nun von endlosen Feldern gesäumt, auf denen noch Reste von Schnee lagen, etwa die Hälfte der Erde war davon bedeckt. Kein grüner Halm war zu sehen, trotz des strahlenden Sonnenscheins.

»Das typische Antlitz des Nordens«, sagte er.

»Zum ersten Mal habe ich das Gefühl, dass die Erde auch ohne Grün sehr schön sein kann.«

»Das Grün ist noch in den Feldern vergraben und wartet auf den Frühling. Der Winterweizen sprießt schon, wenn es noch ganz kalt ist, dann wird das hier ein Meer von Grün. Stell dir vor, diese ganze Ebene …«

»Es muss nicht grün sein, mir gefällt es so, wie es jetzt ist. Sieht das Land nicht ein bisschen aus wie eine Milchkuh, die in der Sonne schläft?«

»Wie?«, fragte er überrascht und sah erst sie an, dann die

schneefleckigen Felder rechts und links. »Du hast recht, so sieht es aus. Was ist denn deine liebste Jahreszeit?«

»Herbst.«

»Warum nicht der Frühling?«

»Frühling … Da drängen sich so viele Gefühle auf einmal auf, das ist irgendwie ermüdend. Der Herbst ist mir lieber.«

Er hielt den Wagen an und ging mit ihr zum Rand der Felder, wo die Elstern in der Erde nach Futter pickten. Erst als sie ganz dicht herankamen, flogen sie davon in die nahen Baumwipfel. Dann lief er mit ihr an einem beinahe ausgetrockneten Flussbett mit einem schmalen Wasserrinnsal in der Mitte entlang. Aber es war immer noch ein Fluss, also lasen sie kühle, glatte Kiesel aus dem Bett, warfen sie wieder hinein und sahen zu, wie das gelbe Wasser aus den Löchern spritzte, die sie ins dünne Eis brachen. Sie kamen zu einer Kleinstadt und verbrachten eine Weile auf dem Markt. Sie kniete vor dem Stand eines Goldfischverkäufers und konnte sich lange nicht vom Anblick der Fische in den gläsernen Bassins lösen, die wie flüssige Flammen in der Sonne leuchteten. Er kaufte zwei für sie und legte sie, wie sie waren, in dem mit Wasser gefüllten Plastiksack auf die Rückbank des Wagens. Die Fahrt ging durch ein kleines Örtchen, doch nichts erinnerte hier an das Landleben. Einfamilienhäuser wie Mietsgebäude waren nagelneu, vor zahlreichen Toren parkten Autos oder fuhren auf breiten, asphaltierten Straßen. Die Bewohner waren gekleidet wie Städter, einige der Mädchen sogar ziemlich schick. Sogar die Hunde waren die gleichen langhaarigen und kurzbeinigen Parasiten wie in der Stadt. Interessant war jedoch die große Bühne am Ortseingang … Sie wunderten sich, wozu ein so kleiner Ort eine so riesige Bühne haben sollte. Sie war leer, also kletterte er mit einiger Mühe hinauf und sang – mit dem Blick auf seine einzige Zuhörerin – eine Strophe aus dem Lied *Rjabinuschka*. Zu Mittag aßen sie in einem anderen Dorf, wo das Essen mehr oder weniger schmeckte wie in der Stadt, nur die Portionen waren doppelt so groß. Danach saßen sie schläfrig in der warmen Sonne auf einer Bank vor dem Rathaus. Schließlich fuhren sie weiter, ziellos wie zuvor.

Unversehens endete die Straße in den Bergen, die hier nicht weiter bemerkenswert waren, ohne tiefe Täler oder steile Abhänge und praktisch frei von Vegetation, abgesehen von vertrockneten Gräsern und Mönchspfefferranken zwischen grauen Felsen. Im Verlauf von Hunderten Millionen Jahren hatten sich die Berge, müde vom Stehen, hingelegt, waren unter dem Einfluss von Sonne und Zeit flach geworden und machten jeden, der sie durchstreifte, ebenso träge. »Die Berge hier sind wie alte Männer, die auf dem Dorfplatz in der Sonne sitzen«, sagte sie, obwohl sie in den Dörfern, durch die sie gekommen waren, keinen dieser Alten gesehen hatten. Niemand schien müßiger als diese Berge. Mehr als einmal war ihre Fahrt von einer Schafherde aufgehalten worden. Zumindest entlang der Straße tauchte die Art Dörfer auf, die sie sich vorgestellt hatten, mit Wohnhöhlen, Kaki- und Walnussbäumen, auf den Steindächern Haufen geschälter Maiskolben. Sogar die Hunde waren größer und grimmiger.

Immer wieder hielten sie auf ihrem Weg durch die Berge kurz an, und im Nu war es Abend geworden, die Sonne ging unter, und die Straße lag längst im Schatten. Luo Ji fuhr einen Kiesweg voller Schlaglöcher hinauf bis zu einem Kamm, auf den noch die Sonne schien, und sie beschlossen, ihre Reise hier enden zu lassen, den Sonnenuntergang zu betrachten und dann nach Hause zu fahren. Ihr Haar wehte im schwachen Abendwind, als ob es mit Macht die letzten goldenen Strahlen einfangen wollte.

Sie waren eben erst wieder auf der Autobahn, als das Auto liegen blieb. Die Hinterachse war gebrochen, und es blieb ihnen nichts übrig, als den Pannenservice zu rufen. Es dauerte eine Weile, bis Luo Ji von einem vorbeifahrenden Kleinlastwagen erfuhr, wo sie waren. Immerhin hatte sein Handy Empfang. Doch als er seinen Standort bei der Pannenhilfe durchgab, hieß es, es würde mindestens vier bis fünf Stunden dauern, bis der Pannenhelfer vor Ort wäre.

Nach Sonnenuntergang kühlte die Bergluft schnell ab. Als es rundum düster wurde, sammelte er ein paar trockene Maiskolben von den umliegenden Feldern und machte ein Feuer.

»Schön warm ist das«, sagte sie, während sie mit dem glückseligen Gesichtsausdruck ins Feuer starrte, den er vom ersten Abend kannte. Wieder war er fasziniert von ihrem Anblick im Schein des Feuers, überwältigt von einem nie gekannten Gefühl. Er fühlte sich selbst wie ein Feuer, und sein einziger Zweck bestand darin, sie zu wärmen.

»Gibt es hier Wölfe?«, wollte sie wissen und sah sich in der zunehmenden Dunkelheit um.

»Nein, wir sind im zivilisierten Norden Chinas. Es sieht zwar alles sehr verlassen aus, aber tatsächlich ist das hier eines der bevölkerungsreichsten Gebiete des Landes. Sieh doch, auf der Straße fährt alle paar Minuten ein Auto vorbei.«

»Und ich hatte gehofft, du würdest sagen, es gebe welche«,

sagte sie mit einem hinreißenden Lächeln. Dann schaute sie den Funken nach, die wie Sterne in den Himmel stoben

»Na gut, es gibt Wölfe, aber du hast ja mich.«

Sie schwiegen. Still saßen sie am Feuer und legten hin und wieder ein Bündel Stroh nach.

Später, er wusste nicht, wie viel Zeit vergangen war, klingelte sein Telefon. Es war Bai Rong.

»Ist sie bei dir?«, fragte sie sanft.

»Nein, ich bin allein«, sagte er und schaute auf. Er log nicht, er war tatsächlich allein, saß an einem offenen Feuer neben einer Straße im Taihang-Gebirge. Im Schein des Feuers sah er Steine und über ihm einen sternklaren Himmel.

»Ich weiß, dass du allein bist«, sagte sie. »Aber ist sie bei dir?«

Er hielt kurz inne, dann sagte er: »Ja«, und als er zur Seite sah, saß sie neben ihm, fütterte das Feuer mit Stroh und lächelte in die Flammen, die die Umgebung erhellten.

»Glaubst du mir jetzt, dass die Liebe, von der ich in meinen Romanen schreibe, existiert?«

»Ja, ich glaube dir.«

Als er diese vier Worte sagte, wurde ihm unmittelbar bewusst, wie groß die Distanz zwischen ihnen beiden wirklich war. Sie schwiegen eine ganze Weile, während die Funkwellen ihre hauchdünnen Fäden über die Berge spannen, um diesen letzten Kontakt aufrechtzuerhalten.

»Du hast auch einen, nicht wahr?«

»Ja. Schon seit langem.«

»Wo ist er jetzt?«

Er hörte sie kurz auflachen. »Wo könnte er wohl sein?«

Jetzt lachte auch Luo Ji. »Ja, wo wohl?«

»Nun. Ich gehe dann schlafen. Mach's gut.« Bai Rong legte auf. Damit war das Band, das sich über den Nachthimmel gespannt hatte, durchschnitten, und die beiden Menschen an seinem jeweiligen Ende blieben ein wenig traurig zurück. Doch mehr auch nicht.

Erst gegen Mitternacht kam schließlich der Pannendienst aus Shijiazhuang. Die beiden Techniker waren überrascht, ihn neben einem Feuer sitzend zu finden. »Ist Ihnen denn nicht kalt? Der Motor funktioniert doch, warum haben Sie sich nicht ins Auto gesetzt und die Heizung laufen lassen?«

Nachdem der Wagen wieder instandgesetzt war, brauste Luo Ji nach Hause, hinaus aus den Bergen auf die weite Ebene. Bei Sonnenaufgang erreichte er Shijiazhuang, und erst um zehn Uhr morgens war er schließlich zurück in Peking. Anstatt zur Universität fuhr er jedoch direkt zum Psychologen.

»Sie müssen ein bisschen die Balance zurückgewinnen, aber es ist nichts Ernsthaftes«, sagte der Arzt, nachdem er sich Luo Jis ausführlichen Bericht angehört hatte.

»Nichts Ernsthaftes?« Luo Ji riss die blutunterlaufenen Augen auf. »Ich bin hoffnungslos verliebt in eine fiktive Person aus meinem eigenen Roman. Ich war mit ihr zusammen, bin mit ihr verreist und habe ihretwegen sogar mit meiner echten Freundin Schluss gemacht. Und das scheint Ihnen nichts Ernsthaftes?«

Der Psychologe lächelte milde.

»Verstehen Sie nicht? Ich habe meine tiefsten Gefühle einer Illusion geschenkt!«

»Glauben Sie denn, dass das Objekt der Liebe bei anderen Menschen tatsächlich existiert?«

»Ist das eine Frage?«

»Sicher. Für die meisten Menschen existiert das, was sie lieben, nur in ihrer Fantasie. Das Objekt ihrer Liebe ist nicht der Mann oder die Frau aus der realen Welt, sondern was er oder sie in ihrer Vorstellung ist. Die echte Person ist nur eine Schablone für die Erschaffung eines Traummanns oder einer Traumfrau. Irgendwann entdeckt man dann den Unterschied zwischen der Schablone und dem Traumbild. Wenn man sich mit diesem Unterschied anfreunden kann, bleibt man zusammen, wenn nicht, trennt man sich. So einfach ist das. Sie unterscheiden sich von der Mehrheit der Leute nur in einem Punkt: Sie kommen ohne die Schablone aus.«

»Ich bin also nicht krank?«

»Nur insofern, wie es Ihre Freundin formuliert hat: Sie haben eine Gabe für Literatur. Wenn Sie das eine Krankheit nennen wollen, meinetwegen.«

»Aber ist es nicht ein bisschen arg, wenn die Vorstellungskraft so weit geht?«

»Nichts an Vorstellungskraft ist je zu arg, vor allem nicht, wenn es um Liebe geht.«

»Was also soll ich tun? Wie kann ich sie vergessen?«

»Das können Sie nicht. Also bemühen Sie sich besser gar nicht erst. Das würde nur zu unerwünschten Nebenwirkungen führen und dann womöglich zu echten mentalen Störungen. Lassen Sie der Natur ihren Lauf. Noch einmal: Versuchen Sie bloß nicht, sie zu vergessen. Es wird nicht funktionieren. Doch im Laufe der Zeit wird ihr Einfluss auf Ihr Leben geringer werden. Und ich finde, Sie haben Glück. Es ist doch wunderbar, verliebt zu sein.«

Das war also Luo Jis heftigste Romanze bisher, die größte Liebe seines Lebens. Danach begann er sein unbeschwertes Leben, ließ sich treiben, so wie an dem Tag, als sie mit dem Honda Accord losfuhren. Und genau so, wie der Psychologe vorausgesagt hatte, nahm ihr Einfluss auf sein Leben allmählich ab. War er mit einer echten Frau zusammen, tauchte sie nicht auf. Und irgendwann tauchte sie auch nicht mehr auf, wenn er allein war. Und doch wusste er, dass der verborgenste Teil seiner Seele ihr gehörte und sie für immer dort bleiben würde. Er sah sogar die Welt, in der sie lebte, deutlich vor sich, eine weiße Landschaft, über der allezeit silberne Sterne und ein Halbmond leuchteten, und immerzu fiel Schnee. In der Stille konnte man geradezu hören, wie die Schneeflocken auf den Boden auftrafen wie feiner, weißer Zucker. In ihrem eleganten kleinen Holzhaus saß die Eva, die sich Luo Ji aus den Rippen seines Geistes geformt hatte, und starrte still in die tanzenden Flammen eines Kaminfeuers.

Jetzt, allein in diesem geheimnisvollen Flugzeug, hätte er sie gerne bei sich gehabt, um gemeinsam mit ihr zu überlegen, was wohl das Ziel dieser Reise sei. Leider tauchte sie nicht auf. Noch immer konnte er sie entdecken, in einer weit entfernten Ecke seiner Seele, still vor dem Kaminfeuer und niemals einsam, denn sie wusste, dass ihre Welt in ihm lag.

Luo Ji griff nach dem Pillendöschen neben dem Bett, um mithilfe einer Tablette endlich Schlaf zu finden, doch in dem Moment, in dem er danach griff, flog es von der Konsole, genau wie seine Anziehsachen, die er über den Stuhl geworfen hatte, an die Decke flogen. Dort blieben sie für einige Sekunden kleben. Er selbst hob vom Bett ab, da aber der Schlafsack am Bett festgegurtet war, flog er nicht davon, sondern plumpste wieder zurück auf die Unterlage, genau in dem Augenblick, als auch die Dose wieder auf dem Nachttisch landete. Für eine kurze Weile fühlte er sich, als presse ihn etwas mit Gewalt auf das Bett, und er konnte sich nicht rühren. Die plötzliche Schwerelosigkeit und anschließende Hypergravitation machten ihn ganz schwindlig, doch dieser Zustand dauerte keine zehn Sekunden an, dann war alles wieder wie zuvor.

Vor der Tür glitten Schritte über den Teppich, im Korridor schien eine Reihe von Leuten in Bewegung. Dann ging die Tür auf, und Da Shi steckte den Kopf herein. »Alles in Ordnung, Luo Ji?«

Als Luo Ji bejahte, schloss er die Tür wieder, ohne hereinzukommen. Von draußen hörte er einen leisen Dialog.

»Beim Wechsel der Eskorte schien es ein Missverständnis gegeben zu haben, nicht weiter schlimm.«

»Was haben die da oben vorhin bei dem Anruf gesagt?« Das war Da Shis Stimme.

»Sie sagten, die Eskorte müsse in einer halben Stunde in der Luft auftanken und dass wir uns deswegen nicht beunruhigen sollten.«

»Im Plan war diese Unterbrechung nicht vorgesehen, oder?«

»Nein. Im Chaos von eben haben sieben der Begleitflieger ihre Ersatztanks abgeworfen.«

»Wozu die ganze Anspannung? Ach, was soll's. Sie sollten sich wieder schlafen legen. Regen Sie sich nicht auf.«

»Wie können wir in dieser Situation ruhig schlafen?«

»Stellen Sie eine Wache auf. Übermüdet sind Sie zu nichts zu gebrauchen. Vielleicht versuchen die, uns die ganze Zeit in höchster Alarmbereitschaft zu halten, aber ich habe eine andere Auffassung von Sicherheitsdienst. Wenn man an alles gedacht hat und alles Nötige getan hat, dann komme, was wolle. Mehr kann man nicht tun, oder? Bloß nicht verrücktmachen lassen.«

Als er »Wechsel der Eskorte« hörte, streckte Luo Ji die Hand nach der Blende aus und sah hinaus. Noch immer zog ein Wolkenmeer über den Nachthimmel. Der Mond neigte sich gegen den Horizont. Er fand die Kondensstreifen der Düsenjets, inzwischen waren es sechs mehr. Bei näherer Betrachtung stellte er fest, dass es andere Modelle waren als die vier, die er zuvor gesehen hatte.

Die Tür ging auf, und Da Shi streckte erneut den Kopf ins Schlafzimmer. »Luo Ji, mein Freund, das war nichts weiter. Machen Sie sich keine Sorgen, da kommt nichts mehr nach. Schlafen Sie ruhig weiter.«

»Ist denn noch Zeit zum Schlafen? Seit wie vielen Stunden sind wir unterwegs?«

»Wir haben noch ein paar Stunden. Schlafen Sie.« Da Shi zog die Tür zu.

Luo Ji drehte sich herum und nahm die Tablettendose in die Hand. Da Shi überließ nichts dem Zufall: Es lag nur eine einzige Tablette darin. Er nahm sie, starrte auf das rote Licht unter dem Fenster und stellte sich vor, es sei ein Kamin. Dann schlief er ein.

Als Da Shi ihn weckte, hatte Luo Ji sechs traumlose Stunden geschlafen und fühlte sich recht gut.

»Wir sind gleich da. Stehen Sie auf und ziehen Sie sich an.«

Luo Ji ging ins Bad, um sich frisch zu machen. Als er zum

Frühstücken in den Vorraum kam, befand sich das Flugzeug bereits im Sinkflug. Zehn Minuten später, nach fünfzehn Stunden Flugzeit, war die Maschine gelandet.

Da Shi stieg aus und ließ Luo Ji in der Maschine warten. Kurz darauf kehrte er mit einem großen, europäisch aussehenden Mann zurück. Er war elegant gekleidet und wirkte wie ein hochrangiger Funktionär. »Is this Dr. Luo?«, fragte der Mann vorsichtig, doch als er bemerkte, dass Da Shi Schwierigkeiten mit der englischen Sprache hatte, wiederholte er die Frage auf Chinesisch.

»Ja, das ist Luo Ji«, antwortete Da Shi, und stellte sie einander kurz vor. »Das ist Mr. Gordon Kent. Er ist hier, um Sie willkommen zu heißen.«

»Es ist mir eine Ehre«, sagte Mr. Kent mit einer leichten Verbeugung.

Als sie sich die Hand reichten, spürte Luo Ji, dass dieser Mann mit allen Wassern gewaschen war. Sein Auftreten war förmlich, doch in seinen Augen stand ein geheimnisvolles Glitzern. Der Blick dieses Mannes faszinierte Luo Ji. Ihm war, als sähen ihn gleichzeitig ein Engel und ein Teufel an. In dem Mann schienen eine Atombombe und ein ebenso großer Edelstein zu schlummern. Aus der komplexen Botschaft, die in Mr. Kents Blick lag, konnte Luo Ji nur eines mit Sicherheit schließen: Der gegenwärtige Augenblick war im Leben dieses Mannes von immenser Bedeutung.

Kent wandte sich an Da Shi. »Sie haben Ihre Sache außerordentlich gut gemacht. Ihr Teil der Aufgabe verlief reibungslos, die anderen hatten alle gewisse Probleme auf dem Weg hierher.«

»Wir sind den Anweisungen unserer Vorgesetzten gefolgt. So einfach wie möglich, hieß es.«

»Vollkommen richtig. Unter den gegebenen Umständen ist es umso sicherer, je weniger Zwischenschritte wir einbauen. Daher begeben wir uns jetzt auch direkt in den Sitzungssaal.«

»Wann beginnt denn die Sitzung?«

»In einer Stunde.«

»So knapp war unsere Zeit kalkuliert?«

»Wir haben den Sitzungsbeginn davon abhängig gemacht, wann die letzte Person eintrifft.«

»Gut. Wollen wir jetzt die Übergabe machen?«

»Nein. Sie sind immer noch für die Sicherheit dieses Mannes hier verantwortlich. Wie gesagt, Sie machen das am besten von allen.«

Da Shi schwieg und warf einen Blick auf Luo Ji. Dann nickte er. »Während wir uns in den vergangenen beiden Tagen mit der Situation vertraut gemacht haben, sind meine Leute auf einige Hindernisse gestoßen.«

»Ich garantiere Ihnen, dass das nicht mehr vorkommen wird«, erwiderte Kent. »Die hiesige Polizei und das Militär werden in vollem Umfang mit Ihnen kooperieren.« Er sah die beiden an. »Gut, lassen Sie uns gehen.«

Es war noch Nacht, wie Luo Ji feststellte, als sie das Flugzeug verließen. Ausgehend von ihrer Abflugzeit konnte er sich damit ungefähr ausrechnen, wo auf der Welt sie sich jetzt befinden mussten. Vor seinen Augen schienen sich die Geschehnisse vor ihrem Aufbruch noch einmal zu wiederholen: die Überwachungshubschrauber in der Luft, die im dichten Nebel nur als Schemen mit Blinklichtern auszumachen waren; die

Militärfahrzeuge, die das Flugzeug sofort umringten; die Offiziere, die mit Funkgeräten in Grüppchen zusammenstanden und diskutierten, wobei sie hin und wieder einen Blick in Richtung Passagiertreppe warfen. Donnernder Lärm brachte seinen Schädel zum Vibrieren, und selbst der unerschütterliche Mr. Kent hielt sich die Ohren zu. Sie schauten nach oben, wo ein diffuses Licht dicht über ihre Köpfe hinweg zog. Es waren die Düsenjets der Eskorte, die immer noch über ihnen kreisten. Der weiße Ring aus Abgasen, den sie in die Luft zeichneten, war im Nebel nur schwach zu erkennen. Er sah aus, als hätte ein Riese an genau dieser Stelle die Erde mit Kreide markiert.

Sie stiegen in einen offenkundig kugelsicheren Wagen, der am Fuß der Passagiertreppe wartete, und brausten davon. Die Vorhänge waren zugezogen, doch aus dem Spiel der Lichter draußen schloss Luo Ji, das sie sich in der Mitte eines Konvois befanden. Die ganze Fahrt über herrschte Schweigen. Luo Ji hatte keine Ahnung, wohin sie unterwegs waren, und obwohl dieser Teil der Reise nur vierzig Minuten dauerte, erschien er ihm wie eine Ewigkeit.

Als Kent verkündete, sie seien am Ziel, fiel Luo Ji als Erstes ein großer Gegenstand auf. Eine Skulptur, die vom Gebäude dahinter so hell erleuchtet wurde, dass sich ihr schattenhafter Umriss deutlich auf dem Vorhang abzeichnete. Die Form war unverkennbar: ein riesiger Revolver mit einem Knoten im Lauf. Luo Ji wusste jetzt, wo er war.

Beim Aussteigen fand er sich sofort von Männern umringt, die wie Sicherheitsleute aussahen, großgewachsene Männer, die trotz der Dunkelheit Sonnenbrillen trugen. Luo Ji konnte nichts von der Umgebung erkennen und wurde einfach von der Gruppe vorwärtsgeschoben. Dabei nahmen ihn die Männer so heftig in die Zange, dass seine Füße beim Gehen kaum den Boden berührten. Außer den Schritten um sich herum konnte er nichts hören.

Als er die bizarre Spannung kaum noch ertrug, traten die Männer vor ihm zur Seite, und er sah Licht vor sich. Auch die Übrigen hielten an und ließen Luo Ji, Da Shi und Kent alleine weitergehen. Sie betraten eine große, stille Halle. Sie war leer bis auf ein paar Wachen in Schwarz, die jeweils leise in ihre Funkgeräte sprachen, wenn die drei an einem von ihnen vorübergingen. Anschließend überquerten sie einen freischwebenden Balkon und hielten auf eine Glaswand zu, auf der in einem Gewirr aus Farben und Formen verzerrte Darstellungen von Menschen und Tieren abgebildet waren. Kurz davor bogen sie links in einen kleinen Raum ab. Als sich die Tür hinter ihnen schloss, wechselten Kent und Da Shi ein erleichtertes Lächeln.

Luo Ji sah sich um und stellte fest, dass der Raum recht eigentümlich war. Eine Wand war komplett von einem abstrakten Gemälde bedeckt. Es zeigte gelbe, weiße, blaue und schwarze geometrischen Formen, die sich ohne erkennbares Muster überlappten und über einem tiefblauen Ozean zu schweben schienen. Noch viel bemerkenswerter war jedoch der große Stein, der in der Mitte des Raums stand. Er war wie ein rechteckiges Prisma geformt und wurde von schwachen Lampen angestrahlt. Bei genauerem Hinsehen entdeckte Luo Ji rostige Streifen, die den Stein durchzogen. Außer dem Gemälde und der Skulptur gab es keine Einrichtungsgegenstände im Raum.

»Möchten Sie sich umziehen, Dr. Luo?«, fragte Kent auf Englisch.

»Was sagt er?«, fragte Da Shi, und als Luo Ji übersetzt hatte, schüttelte er energisch den Kopf. »Bleiben Sie einfach, wie Sie sind.«

»Es handelt sich aber um einen offiziellen Anlass«, versuchte sich Kent auf Chinesisch.

»Nein«, sagte Da Shi und schüttelte noch einmal den Kopf. »Niemand außer den Vertretern der Nationen darf die Halle betreten, auch nicht die Presse. Hier ist es sicher.«

»Ich habe gesagt: Nein. Wenn ich richtig verstanden habe, bin ich derjenige, der für seine Sicherheit verantwortlich ist.«

Kent gab nach. »In Ordnung. So wichtig ist es nicht.«

»Wäre es nicht besser, Sie würden ihm in groben Zügen erklären, worum es geht?« Da Shi deutete mit dem Kinn in Richtung Luo Ji.

»Ich bin nicht befugt, irgendetwas zu erklären.«

»Sagen Sie einfach irgendetwas.« Da Shi lachte.

Kent wandte sich Luo Ji zu, sein würdevolles Gesicht wirkte mit einem Mal angespannt. Unbewusst zupfte er seine Krawatte zurecht. Erst jetzt merkte Luo Ji, dass Kent bisher vermieden hatte, ihm direkt in die Augen zu sehen. Und auch Da Shi schien wie verwandelt, sein ständiges Grinsen war einem ernsten Ausdruck gewichen, und er wirkte ungewöhnlich nervös, während er Kent ansah. In diesem Augenblick verstand Luo Ji, dass Da Shi ihm die Wahrheit gesagt hatte. Der Polizist hatte keine Ahnung, warum sie hier waren.

»Dr. Luo«, begann Kent, »ich kann Ihnen nur eines verraten: Sie werden gleich an einer Sitzung teilnehmen, bei der es zu einer wichtigen Verlautbarung kommen wird. Sie selbst müssen dabei überhaupt nichts tun.«

Die drei Männer schwiegen. Im Raum war es so still, dass Luo Ji sein Herz laut schlagen hören konnte. Nun wurde ihm klar, dass dies hier das Meditationszimmer war. Die Skulptur in der Mitte war ein sechs Tonnen schwerer Stein aus reinstem Roheisenerz, ein Symbol für Zeitlosigkeit und Stärke. Sie war ein Geschenk aus Schweden gewesen. Ihm war zwar nicht nach Meditieren, aber er versuchte angestrengt, an gar nichts zu denken. Er hatte Da Shis Bemerkung vom Vortag noch im Kopf: *Zu viel denken schadet nur*. Er begann, die geometrischen Formen auf dem Gemälde zu zählen.

Die Tür ging auf, und jemand gab Kent ein Zeichen. Der wandte sich darauf an Luo Ji und Da Shi. »Zeit hineinzugehen. Niemand kennt Dr. Luo, deshalb wird es nicht auffallen, wenn ich gemeinsam mit ihm eintrete.«

Da Shi nickte und winkte Luo Ji lächelnd zu. »Ich warte draußen auf Sie.« Die Geste erfüllte Luo Ji mit einem Gefühl von Geborgenheit. Da Shi war sein einziger emotionaler Halt.

Dann folgte er Kent in den Sitzungssaal der Generalversammlung der Vereinten Nationen.

Der Saal war voll besetzt und summte von den Gesprächen der Delegierten. Zunächst beachtete ihn niemand, als er neben Kent den Mittelgang entlangging. Erst als sie sich den vorderen Reihen näherten, wandten sich einige die Köpfe nach ihnen um. Kent ließ ihn in der fünften Reihe Platz nehmen und ging weiter zu seinem eigenen Stuhl in der zweiten Reihe.

Luo Ji sah sich um an diesem Ort, den er bereits unzählige Male im Fernsehen gesehen hatte. Diese flüchtigen Bilder hatten ihn jedoch nie die Absicht der Architekten bei der Gestaltung dieses Saals erkennen lassen. Das hohe gelbe Wandrelief mit den Insignien der Vereinten Nationen, das direkt vor ihm den Hintergrund des Podiums bildete, war in einem akkuraten Winkel nach vorn geneigt, wie eine Felswand, die jederzeit vornüber kippen könnte. Die Kuppel, die einen Sternenhimmel nachahmte, war völlig losgelöst von der Struktur der Wände und hatte keinerlei stützende Funktion, sie wirkte eher wie ein schweres Gewicht, das destabilisierend auf den Wänden lastete. Der gesamte Saal vermittelte das alarmierende Gefühl, er könnte jeden Moment einstürzen. Unter den gegebenen Umständen schien es so, als hätten die elf Architekten, die das Gebäude Mitte des zwanzigsten Jahrhunderts geplant hatten, die gegenwärtige prekäre Lage der Weltgesellschaft auf wundersame Weise vorausgeahnt.

Luo Ji richtete die Aufmerksamkeit auf seine nähere Umgebung. Neben ihm unterhielten sich zwei Männer. Er war sich nicht sicher, welcher Nationalität sie angehörten, aber sie sprachen flüssiges Englisch.

»… Glauben Sie wirklich, dass ein Einzelner Geschichte schreiben kann?«

»Nun, das ist etwas, was wir weder beweisen noch widerlegen können, solange es uns nicht gelingt, die Zeit zurückzudrehen, ein paar große historische Gestalten zu töten und zu beobachten, wie die Geschichte ohne sie verlaufen wäre. Nach Lage der Dinge können wir nicht ausschließen, dass der Lauf der Geschichte von diesen Persönlichkeiten bestimmt wurde, von den Dämmen, die sie errichtet, und den Flüssen, die sie ausgehoben haben.«

»Aber man kann es doch auch so betrachten: Die Persönlichkeiten, von denen Sie sprechen, sind vielleicht nur im Flusslauf der Geschichte geschwommen. Ihre Namen sind lediglich wegen ihrer Schwimmweltrekorde und des damit verbundenen Renommees in die Geschichte eingegangen, aber den Flusslauf haben sie dabei nicht bestimmt … Na gut, so, wie es aussieht, scheint es wenig sinnvoll, sich darüber den Kopf zu zerbrechen.«

»Bleibt das Problem, dass während des gesamten Entscheidungsprozesses niemand die Frage von dieser Warte aus betrachtet hat. Die einzelnen Staaten scheinen sich allein dafür zu interessieren, dass die Kandidaten und Ressourcen gerecht verteilt werden.«

Der Saal verstummte, als Generalsekretärin Isabella Sayi das Podium betrat. Nach Corazon Aquino und Gloria Arroyo war sie die dritte Politikerin von den Philippinen, die es zu weltweiter Bekanntheit gebracht hat. Ihre Administration überspannte die Vor- und Nachkrisenzeit. Hätte die Wahl nur wenig später stattgefunden, wäre sie wohl nie Generalsekretärin geworden, denn eine zierliche Asiatin vermittelte in den Augen vieler nicht das Gefühl von Macht und Stärke, das die Welt sich angesichts der Trisolaris-Krise erhoffte. Ihre zarte Gestalt nahm sich gegen die schräge Klippe hinter ihr besonders klein und machtlos aus. Auf ihrem Weg zum Podium hielt Kent sie kurz an und flüsterte ihr etwas ins Ohr. Sie sah sich kurz um, nickte und betrat das Podium.

Luo Ji war sich sicher, dass sie nach ihm Ausschau gehalten hatte.

Am Rednerpult ließ sie den Blick einmal über die Delegierten schweifen und ergriff dann das Wort. »Die neunzehnte Versammlung des Planetenverteidigungsrats kommt jetzt zum letzten Punkt der Agenda. Ich werde die Wandschauerkandidaten bekanntgeben und den Beginn der Operation Wandschauer verkünden. Doch bevor wir dazu kommen, halte ich es für nötig, noch einmal auf die Entwicklung dieses Projekts zurückzublicken. Zu Beginn der Trisolaris-Krise haben es die ständigen Mitglieder des ehemaligen Sicherheitsrates in Dringlichkeitsverhandlungen konzipiert. Dabei sind sie von den folgenden Fakten ausgegangen: Seit dem Auftauchen der ersten beiden Sophonen hatten sich die Beweise verdichtet, dass ständig weitere in unser Sonnensystem vordrangen und die Erde erreichten. Ein Prozess, der auch heute noch andauert. Das macht die Erde für unsere Feinde zu einer vollkommen transparenten Welt. Wir sind für sie wie ein offenes Buch, in dem sie jederzeit alles nachschlagen können. Die Menschheit hat keine Geheimnisse vor ihnen. Die internationale Staatengemeinschaft hat kürzlich ein grundlegendes Verteidigungsprogramm ins Leben gerufen, das dem Feind sowohl in seiner generellen strategischen Ausrichtung als auch in seinen kleinsten technologischen und militärischen Details bekannt ist. Jedes Konferenzzimmer, jedes Regal, alle Festplatten und die Arbeitsspeicher sämtlicher Computer – es gibt nichts, was die Sophonen nicht einsehen können. Sämtliche Pläne, Programme, Einsätze, ganz gleich wie wichtig, sind für die vier Lichtjahre entfernte Kommandozentrale des Feindes im selben Augenblick sichtbar, in dem sie auf der Erde Form annehmen. Jede Kommunikation zwischen Menschen resultiert in Datenlecks. Wir müssen unser Augenmerk auf einen Punkt richten: Das Niveau strategischer und taktischer Finten steigt nicht unbedingt proportional zum technologischen Fortschritt. Uns liegen verlässliche Informationen vor, laut denen die Trisolarier durch direkte, offene Übertragung von Gedanken kommunizieren, was sie in puncto Tricks, Täuschung und Tarnung anfällig macht. Diesen einen großen Vorteil, den die menschliche Zivilisation gegenüber dem Feind hat, dürfen wir nicht verschenken. Die Begründer der Operation Wandschauer sind der Ansicht, dass parallel zum herkömmlichen Verteidigungsprogramm eine Reihe strategischer Pläne verfolgt werden sollten, die dem Feind verborgen bleiben müssen. Dazu gab es mehrere Vorschläge, von denen letztlich aber nur die Operation Wandschauer umsetzbar ist. An dieser Stelle muss ich eine meiner bisherigen Aussagen korrigieren: Die Menschheit hat nach wie vor Geheimnisse, verborgen im Inneren eines jeden Individuums. Die Sophonen können zwar unsere Sprache verstehen, und sie können in ultrahoher Geschwindigkeit gedruckte Texte und Informationen auf Computern oder Speichermedien lesen. Menschliche Gedanken aber können sie nicht decodieren. Solange wir nicht mit der Außenwelt kommunizieren, hat jeder von uns Geheimnisse vor den Sophonen. Darauf gründet die Operation Wandschauer. Im Kern geht es bei diesem Projekt darum, eine Gruppe von Personen auszuwählen, die strategische Pläne entwerfen und ausführen werden. Diese Pläne werden sie ausschließlich in ihren Köpfen entwickeln, ohne mit irgendjemandem darüber zu sprechen. Die wahren Absichten hinter diesen Plänen, die notwendigen Schritte zu ihrer Vervollständigung und ihre exakten Ziele werden in den Köpfen dieser Personen verborgen bleiben. Wir nennen sie Wandschauer, weil dieser alte asiatische Ausdruck für Meditierende den einzigartigen Charakter ihrer Aufgabe widerspiegelt. Während sie an der Ausführung ihrer Pläne arbeiten, werden sämtliche Gedanken und Taten, die die Außenwelt von den Wandschauern mitbekommt, falsch sein, ein sorgfältig konstruiertes Netz aus Tarnung, Irreführung und Täuschung. Und sie werden die ganze Welt täuschen, Freund wie Feind. So erschaffen sie ein enormes Labyrinth aus Illusionen, in dem unser Gegner möglichst lange herumirrt, ehe er unsere wahren strategischen Absichten erkennt. Den Wandschauern wird die Befugnis eingeräumt, einen Teil der weltweit vorhandenen militärischen Ressourcen zu mobilisieren und zu nutzen. Während sie ihre Strategien entwickeln und anwenden, sind die Wandschauer niemandem über ihre Aktivitäten und Befehle Rechenschaft schuldig, unabhängig davon, wie wenig nachvollziehbar ihr Verhalten auch erscheinen mag. Überwachung und Kontrolle des Wandschauerpogramms unterliegen dem UN-Planetenverteidigungsrat PDC, der einzigen Institution, die gemäß des Wandschauergesetzes der UNO ein Vetorecht gegen die Befehle der Wandschauer besitzt. Um die Kontinuität des Wandschauerprojekts zu wahren, werden die Wandschauer von der Kälteschlaftechnologie Gebrauch machen, um die Jahrhunderte bis zur entscheidenden Schlacht zu überbrücken. Wann und unter welchen Umständen sie aufgeweckt werden und für wie lange, entscheiden sie selbst. Das UNO-Wandschauergesetz wird in den kommenden vier Jahrhunderten international wirksam und den gleichen Geltungsrang haben wie die UN-Charta. In Verbindung mit den jeweiligen nationalen Gesetzgebungen wird es dafür sorgen, dass die Wandschauer ihre strategischen Pläne ausführen können. Den Wandschauern steht die schwierigste Mission in der Geschichte der Menschheit bevor. Sie werden ganz auf sich allein gestellt sein und ihr Inneres komplett vor der Welt und dem gesamten Universum verschließen. Sie werden nur mit sich selbst kommunizieren und ausschließlich bei sich selbst moralische Unterstützung finden können. Mit dieser großen Verantwortung auf den Schultern werden sie die vielen Jahre auf sich allein gestellt durchstehen. Lassen Sie mich ihnen dafür im Namen der Weltgemeinschaft meinen tiefsten Respekt aussprechen. Im Auftrag der Vereinten Nationen werde ich nun die Namen der endgültigen vier vom Planetenverteidigungsrat der Vereinten Nationen ausgewählten Wandschauer verkünden.«

Genau wie die restlichen Versammelten hatte auch Luo Ji ihren Ausführungen sehr konzentriert gelauscht. Mit angehaltenem Atem fragte er sich, was für eine Art Mensch mit dieser unvorstellbaren Aufgabe betraut werden würde. Sein eigenes Schicksal hatte er in diesem Moment völlig vergessen. Alles, was ihm widerfahren konnte, war, gemessen an diesem historischen Ereignis, nicht mehr als ein Klacks.

»Der erste Wandschauer: Frederick Tyler.«

Bei der Verkündigung seines Namens erhob sich Tyler von seinem Sitz in der ersten Reihe und stieg bedächtigen Schrittes die Stufen zum Podest hinauf, von wo er mit ausdrucksloser Miene auf die Versammlung blickte. Niemand applaudierte. Alle saßen schweigend da und starrten stumm auf den ersten Wandschauer. Tylers hohe, schlanke Gestalt und seine rechteckige Brille waren weltweit bekannt. Der erst kürzlich in den Ruhestand gegangene US-Verteidigungsminister hatte die Strategie seines Landes maßgeblich geprägt.

Seine ideologische Ausrichtung hatte er in einem Buch mit dem Titel *Die Wahrheit über Technologie* umrissen. Darin bezeichnete er kleine Staaten als die Hauptprofiteure technologischer Neuerungen. Die uneingeschränkten Bemühungen, mit denen die größeren Nationen den Fortschritt vorantrieben, ebneten seiner Ansicht nach de facto den Kleinstaaten den Weg zur Weltherrschaft. Da höher entwickelte Technologien die Vorteile der großen Länder hinsichtlich ihrer Bevölkerungszahl und Ressourcen irrelevant machten, konnten die kleineren Nationen immer mehr Einfluss auf die Welt nehmen. Eine Konsequenz der Atomtechnologie zum Beispiel sei, dass ein Land mit einer Bevölkerung von nur wenigen Millionen zu einer ernsthaften Bedrohung für ein Land mit Hunderten von Millionen Menschen werden konnte, was vor dem Atomzeitalter noch undenkbar gewesen sei. Eines von Tylers zentralen Argumenten lautete, dass die Vorteile eines großen Staates allein in Bereichen der Niedrigtechnologie bestünden und dass er daher durch den rasanten technologischen Fortschritt letztendlich geschwächt würde, während das strategische Gewicht der kleinen Staaten zunähme. Dadurch würden manche Nationen einen ähnlich jähen Aufstieg erleben wie einstmals Spanien oder Portugal.

Tylers Gedankengut bildete ohne Zweifel das theoretische Fundament für den US-amerikanischen Kampf gegen den weltweiten Terror. Doch er war nicht nur ein Stratege, sondern auch ein Mann der Tat und hatte für seine Entschlossenheit und seinen Weitblick angesichts ernster Bedrohungen mehrfach große öffentliche Anerkennung geerntet. Demzufolge gab Tyler, sowohl aufgrund seiner geistigen Tiefe als auch wegen seiner Führungsqualitäten, einen würdigen Wandschauer ab.

»Der zweite Wandschauer: Manuel Rey Diaz.«

Als der dunkelhäutige Mann mit der kräftigen Figur und dem störrischen Blick das Podest bestieg, war Luo Ji überrascht. Er gehörte nicht zu den Leuten, die für gewöhnlich vor der UN-Vollversammlung auftraten. Doch bei näherem Nachdenken ergab die Wahl durchaus Sinn. Es war so offensichtlich, dass er sich wunderte, warum er nicht gleich darauf gekommen war. Rey Diaz war der gegenwärtige Präsident Venezuelas, eines Landes, das unter seiner Regierung Tylers Theorie vom Aufstieg kleiner Staaten unter Beweis gestellt hatte. Er hatte die von Hugo Chavez initiierte bolivianische Revolution fortgeführt. In einer von Kapitalismus und Marktökonomie regierten Welt hatte er in Venezuela den von Chavez propagierten Sozialismus des einundzwanzigsten Jahrhunderts vorangetrieben, der einige Lehren aus der Erfahrung internationaler sozialistischer Bewegungen des vorangegangenen Jahrhunderts gezogen hatte. Er hatte damit überraschenden Erfolg gehabt und den Machtbereich seines Landes über die Staatsgrenzen hinaus ausgedehnt. Venezuela war für eine Zeit lang zu einem Vorzeigemodell geworden, einem Symbol für Gleichheit, Gerechtigkeit und Wohlstand für die ganze Welt. Andere Staaten in Südamerika zogen nach, und während einer kurzen Phase stand der Sozialismus auf dem Kontinent hoch im Kurs. Rey Diaz hatte nicht nur Chavez' sozialistische Ideologie geerbt, sondern auch seinen ausgeprägten Antiamerikanismus, und der USA war bewusst geworden, dass ihr Latino-Hinterhof jederzeit zu einer zweiten Sowjetunion werden konnte. Ein zufälliges Missverständnis verschaffte den USA die einzigartige Chance, auf breiter Front in Venezuela einzumarschieren, um –

wie erfolgreich im Irak vorexerziert – die Rey-Diaz-Administration zu stürzen. Doch mit diesem Krieg endete endgültig der Siegeszug der Westmächte gegenüber kleinen Dritte-Welt-Ländern, der nach dem Ende des Kalten Krieges begonnen hatte. Als die US-Armee in Venezuela eindrang, fand sie nirgends uniformiertes Militär vor. Die gesamte Armee war truppenweise in Guerilla-Teams aufgeteilt worden, die getarnt inmitten der Bevölkerung operierten und die ausschließlich die Vernichtung der feindlichen Kräfte zum Ziel hatten. Rey Diaz' Verständnis vom Krieg beruhte auf einer einzigen, klaren Idee: Moderne Superwaffen können zwar sinnvoll gegen Punktziele eingesetzt werden, doch für Bereichsziele ist ihr Nutzen nicht höher als der konventioneller Waffen, und ihre Kosten und ihre begrenzte Zahl machten sie im Wesentlichen ineffektiv. Er war ein Genie im kostengünstigen Einsatz von Hochtechnologie. Zu Beginn des neuen Jahrhunderts hatte ein australischer Ingenieur für fünftausend Dollar einen Marschflugkörper gebaut, um die Verteidigungsmöglichkeiten gegen den Terrorismus zu verbessern. Rey Diaz' Guerillatruppen waren mit zweihunderttausend dieser Raketen ausgestattet, und wegen der Massenproduktion war der Preis nochmal auf dreitausend Dollar pro Stück gesunken. Obwohl die Flugkörper aus kostengünstigen und leicht zu beschaffenden Teilen hergestellt wurden, waren sie komplett ausgestattet, unter anderem mit Radarhöhenmessern und Navigationssystemen. In einem Radius von fünf Kilometern betrug ihre Zielgenauigkeit fünf Meter. Ihre Trefferquote während des Kriegs lag zwar nicht höher als bei zehn Prozent, aber sie richteten auf Seiten des Feindes enorme Zerstörungen an. Andere massengefertigte High-Tech-Geräte, wie Patronen für Scharfschützengewehre mit Näherungszündern sorgten in diesem Krieg für ähnliche Erfolgsgeschichten. Während ihrer kurzen Zeit in Venezuela erlitt die US-Armee ähnlich hohe Verluste wie während des Vietnamkriegs und musste sich schließlich zurückziehen. Dieser Sieg von David gegen Goliath hatte Rey Diaz zu einem Helden des 21. Jahrhunderts gemacht.

»Der dritte Wandschauer: Bill Hines.«

Ein eleganter Brite erklomm das Podium, der neben dem kühlen Tyler und dem störrischen Rey Diaz wie ein Abbild von Kultiviertheit wirkte. Er entbot der Versammlung einen formvollendeten Gruß. Auch er war kein Unbekannter in der Welt, auch wenn ihm nicht dieselbe Aura anhaftete wie den anderen beiden. Hines' Leben ließ sich in zwei vollkommen unterschiedliche Phasen unterteilen. Er war der einzige Wissenschaftler in der Geschichte des Nobelpreises, der für ein und dieselbe Entdeckung gleichzeitig in zwei Disziplinen nominiert wurde. Bei seinen Forschungsarbeiten zusammen mit der Neurobiologin Keiko Yamazuki hatte er entdeckt, dass die Hirnaktivität bei Gedanken und Erinnerungen auf der Quantenebene und nicht, wie bis dahin angenommen, auf der Molekularebene zu finden war. Diese Entdeckung verortete die Gehirnmechanismen im Mikrozustand der Materie und degradierte die vorangegangene Forschung zum bloßen Versuch, an der Oberfläche der Neurobiologie zu kratzen. Die Ergebnisse bewiesen außerdem, dass die Fähigkeit zur Verarbeitung von Informationen im Gehirn von Tieren um ein Vielfaches höher war als bisher angenommen, was den langanhaltenden Spekulationen über die holografische Struktur des Gehirns neue Glaubwürdigkeit verlieh.

Für seine Entdeckung wurde Hines für den Nobelpreis in zwei verschiedenen Kategorien nominiert – in der Physik und in der Medizin. Seine Arbeit war zwar zu revolutionär, um tatsächlich mit einer der beiden Auszeichnungen geehrt zu werden, aber dafür ging der Medizin-Nobelpreis noch im selben Jahr an Keiko Yamazuki, die zu diesem Zeitpunkt bereits seine Frau war, für die praktische Anwendung der Theorie bei der Therapie von Amnesie und geistigen Krankheiten.

In der zweiten Phase seines Lebens wurde Hines Politiker und saß zwei Jahre lang als Präsident der Europäischen Kommission vor. Er erwarb sich den Ruf, ein umsichtiger und erfahrener Politiker zu sein, aber während seiner Amtszeit geschah nur wenig, bei dem er seine politischen Fähigkeiten hätte unter Beweis stellen können. Für die EU hatte er damals im Wesentlichen Transaktionen koordiniert und schien daher für die Bewältigung großer Krisen nicht genauso geeignet zu sein wie die anderen beiden Männer. Dennoch war Hines sicher sowohl wegen seiner wissenschaftlichen als auch aufgrund seiner politischen Verdienste ausgewählt worden. Eine ideale und äußerst seltene Kombination.

Von ihrem Platz in der letzten Reihe des Auditoriums aus sah Keiko Yamazuki, die weltbekannte Kapazität auf dem Gebiet der Neurobiologie, liebevoll zu ihrem Mann, der vorn auf dem Podium stand.

Die Versammlung wartete schweigend auf die Bekanntgabe des vierten Wandschauers. Die ersten drei, Tyler, Rey Diaz und Hines, standen für einen ausgewogenen Kompromiss zwischen den politischen Mächten USA, Europa und der Dritten Welt, daher war man gespannt auf die letzte Wahl. Während Luo Ji zusah, wie Sayi ihr Redemanuskript wieder in die Hand nahm, schossen ihm Namen von weltberühmten Persönlichkeiten durch den Kopf. Eine von ihnen würde der letzte Wandschauer sein. Er ließ den Blick über die Rücken der Männer und Frauen in der ersten Reihe schweifen. Dort, ganz vorne, hatten die ersten drei Wandschauer gesessen, bevor sie auf das Podium gestiegen waren, doch von hinten konnte er nicht erkennen, ob eine der Personen, die ihm vorschwebten, dort saß.

Sayi hob langsam die rechte Hand, und er sah deutlich, dass sie nicht auf einen Platz in der ersten Reihe zeigte.

Sie zeigte auf ihn.

»Der vierte Wandschauer ist Luo Ji.«

»Mein Hubble!«, rief Albert Ringier aus und schlug die Handflächen zusammen. In seinen tränenfeuchten Augen spiegelte sich der riesige, gleißende Feuerball, der donnernd in der Ferne auftauchte und wenige Sekunden später schon wieder verschwunden war. Er und die jubelnde Menge von Astronomen und Physikern um ihn herum hätten dem Abschuss eigentlich auf einer dichter am Ereignis platzierten VIP-Plattform beiwohnen sollen, aber irgend so ein verdammter NASA-Funktionär hatte behauptet, ihnen fehle dazu die notwendige Zutrittsberechtigung. Schließlich handele es sich bei dem Objekt, das in den Himmel geschossen wurde, nicht um ihres. Dann hatte der Funktionär sich umgedreht und wie ein unterwürfiger Hund eine Gruppe von stocksteifen Generälen in Uniform am Wachposten vorbei zur Aussichtsplattform geführt.

Ringier und seine Kollegen blieben gezwungenermaßen an diesem abgelegenen Flecken auf der der Abschussbasis gegenüberliegenden Seite des Sees, wo im vergangenen Jahrhundert eine Countdown-Uhr aufgestellt worden war. Diese Stelle war für die Öffentlichkeit zugänglich, aber so spät in der Nacht war außer den Wissenschaftlern kein Publikum hier.

Aus dieser Entfernung sah der Start aus wie ein beschleunigter Sonnenaufgang. Die Flutlichter folgten der Rakete nach dem Abheben nicht, sodass ihr massiver Rumpf abgesehen von den sprühenden Flammen nur verschwommen zu erkennen war. Aus dem Dunkel der Nacht brach die Welt in eine prächtige Lichtershow aus, die goldene Wellen auf die tintenschwarze Oberfläche des Sees zauberte, als ob das Wasser Feuer gefangen hätte. Sie sahen der aufsteigenden Rakete nach. Als sie durch die Wolken stach, tauchte sie alles in ein traumhaftes Rot, um dann im Himmel über Florida zu verschwinden. Schon hatte die Nacht die kurze Dämmerung wieder verschluckt.

Das Weltraumteleskop Hubble II war ein Modell der zweiten Generation mit einem im Vergleich zu den 4,27 Metern des Vorgängermodells stark vergrößerten Durchmesser von einundzwanzig Metern, wodurch man fünfzig Mal mehr erkennen konnte. Es war mit einem Objektiv ausgestattet, dessen einzelne Linsenkomponenten am Boden hergestellt und in der Umlaufbahn montiert wurden. Um sie komplett ins All zu befördern, waren elf Raketenstarts nötig. Dies war der letzte gewesen. Die Montage von Hubble II unweit der International Space Station ISS war beinahe abgeschlossen. In zwei Monaten würde es in der Lage sein, seinen Blick in die Tiefen des Universums zu werfen.

»Verdammtes Diebespack, schon wieder habt ihr mir so ein wunderschönes Ding gestohlen!«, schimpfte Ringier mit dem

Blick auf den großgewachsenen Mann neben ihm, dem einzigen der Gruppe, den der Anblick vor ihm völlig kalt ließ. George Fitzroy hatte schon zu viele dieser Raketenstarts verfolgt und hatte die ganze Zeit über rauchend an der Countdown-Uhr gelehnt. Seit der Beschlagnahmung von Hubble II fungierte er im Kontrollraum als offizieller Vertreter des Militärs, doch da er immer in Zivil herumlief, kannte Ringier seinen Rang nicht und redete ihn nie mit »Sir« an. Es genügte, einen Dieb einen Dieb zu nennen.

»Nun, Dr. Ringier, im Krieg hat das Militär das Recht, sich Material von der Zivilbevölkerung anzueignen. Abgesehen davon hat keiner von Ihnen eine einzige Linse dieses wunderschönen Dings geschliffen und keine einzige Schraube davon entworfen. Sie sind hier und können sich am Erfolg von Hubble II freuen. Ich sehe keinen Grund zur Klage.« Fitzroy gähnte demonstrativ. Er war es leid, sich mit diesem Haufen Nerds herumzuschlagen.

»Aber ohne uns Zivilisten gäbe es das Ding nicht! Mit diesem Teleskop kann man jede Ecke des Universums ausspähen, aber Kurzsichtige wie Sie wollen sich damit nur den nächsten Stern angucken!«

»Wie gesagt, wir befinden uns im Krieg. Ein Krieg zur Verteidigung der gesamten Menschheit. Auch wenn Sie vergessen haben sollten, dass Sie Amerikaner sind – daran, dass Sie ein Mensch sind, erinnern Sie sich doch noch, oder?«

Ringier brummte etwas. Dann schüttelte er seufzend den Kopf. »Was wollt ihr euch denn mit Hubble II ansehen? Es ist ja wohl klar, dass man Trisolaris damit nicht beobachten kann.«

»Wenn es nur das wäre«, erwiderte Fitzroy. »Die Öffentlichkeit glaubt, dass man dadurch die Flotte der Trisolarier erkennen kann.«

»Oh, toll!«, spottete Ringier.

Obwohl sein Gesicht im Dunkeln nicht gut zu erkennen war, ahnte Fitzroy die Schadenfreude in Ringiers Zügen, was ihn beinahe so nervte wie der beißende Geruch, der jetzt von der Abschussrampe herüberwehte.

»Sie sollten sich der Konsequenzen bewusst sein, Ringier.«

»Wenn die Öffentlichkeit so große Hoffnungen in Hubble II setzt, werden sie möglicherweise nicht glauben, dass der Feind tatsächlich existiert, bevor sie die Flotte der Trisolarier mit eigenen Augen gesehen haben.«

»Und? Das gefällt Ihnen?«

»Habt ihr den Leuten denn nicht die Wahrheit erzählt?«

»Natürlich haben wir das. Es gab vier Pressekonferenzen, in denen ich wiederholt erläutert habe, dass Hubble II zwar zu einer viel stärkeren Vergrößerung fähig ist als alle anderen Großteleskope, dass es aber trotzdem auf keinen Fall die Trisolaris-Flotte entdecken kann. Dafür ist sie zu klein! Einen Planeten in einem anderen Sonnensystem aufzuspüren ist wie von der Westküste aus eine Mücke auf einer Lampe an der Ostküste zu entdecken, aber die Trisolaris-Flotte ist vielleicht nur so groß wie eine Bakterie auf einem der Mückenbeine. Deutlicher kann man es ja wohl nicht erklären!«

»Das ist ziemlich deutlich, ja.«

»Aber die Leute glauben trotzdem, was sie wollen. Was will man da tun? Ich mache das hier nun schon eine ganze Weile, und noch nie gab es ein größeres Weltraumprojekt, das die Öffentlichkeit nicht missverstanden hat.«

»Ich sage schon lange, dass das Militär mit seinen Weltraumprojekten seine Glaubwürdigkeit verspielt hat.«

»Aber Ihnen glauben sie gerne. Nennt man Sie nicht einen zweiten Carl Sagan? Sie haben doch ein Vermögen gemacht mit diesen populären Astronomiebüchern. Helfen Sie uns. Das ist der Wunsch des Militärs, den ich hiermit offiziell weiterleite.«

»Wird das hier eine Art Geheimverhandlung?«

»Da gibt es nichts zu verhandeln. Es ist Ihre Pflicht als Amerikaner. Als Weltbürger.«

»Geben Sie mir etwas mehr Beobachtungszeit. Ich verlange ja nicht viel. Erhöht meinen Anteil auf zwanzig Prozent, okay?«

»Sie kriegen doch schon satte zwölfeinhalb Prozent. Und niemand kann sagen, ob das in Zukunft noch möglich sein wird.« Fitzroy wies mit der Hand in Richtung Abschussrampe, wo die verwehende Rauchfahne der Rakete eine schmutzige Spur über den dunkelblauen Nachthimmel zog. Im Licht der Rampenscheinwerfer sah sie aus wie ein Milchfleck auf einer Jeans. Der Geruch war jetzt noch ärger. Der Brennstoff für den Kopfteil der Rakete bestand aus flüssigem Wasserstoff und flüssigem Sauerstoff und sollte eigentlich nach gar nichts riechen. Offenbar war irgendetwas in der Senke unterhalb der Abschussrampe im Flammenstrahl verbrannt worden. »Das wird alles nur noch schlimmer, das garantiere ich Ihnen«, sagte Fitzroy.

Luo Ji hatte das Gefühl, das Gewicht der schrägen Klippe mit dem Symbol der Vereinten Nationen drücke ihn nieder. Er war wie gelähmt. Im Saal herrschte Stille, bis ihm schließlich jemand von hinten ins Ohr flüsterte: »Bitte, Dr. Luo.« Steif erhob er sich und ging mit mechanischen Schritten nach vorn. Auf diesen paar Metern fühlte er sich so hilflos wie ein kleines Kind und wünschte sich sehnlichst, jemand würde ihn an der Hand nehmen. Aber da war keine Hand. Nachdem er sich neben Hines auf das Podest gestellt hatte, drehte er sich zur Vollversammlung um. Zu den Hunderten von Augenpaaren, die jetzt auf ihn gerichtet waren, stellvertretend für die sechs Milliarden Menschen aus den über zweihundert Staaten der Erde.

Während der restlichen Prozedur fühlte er sich wie im Nebel. Anschließend wusste er nur noch, dass er eine Weile dort oben herumgestanden hatte und dann gemeinsam mit den anderen Wandschauern zu einem Platz in der Mitte der ersten Reihe geführt worden war. In seiner Verwirrung hatte er den historischen Augenblick verpasst, in dem offiziell der Beginn der Operation Wandschauer verkündet wurde.

Irgendwann danach – die Sitzung war offensichtlich zu Ende, und die Delegierten inklusive der drei Wandschauer links von Luo Ji erhoben sich von ihren Plätzen und verließen den Saal – flüsterte ihm jemand, wahrscheinlich Kent, etwas ins Ohr und ging dann ebenfalls. Schließlich war niemand mehr im Saal, außer ihm und der Generalsekretärin, die noch immer vor ihm auf dem Podium stand. Hinter ihr ragte die goldene Klippe auf.

»Sie haben vermutlich einige Fragen, Dr. Luo.« Sayis sanfte Stimme echote im leeren Saal wie ein Geist aus dem Äther.

»Das ist ein Missverständnis, oder?« Luo Jis Stimme, die ähnlich ätherisch klang, schien einem anderen zu gehören.

Die Botschaft von Sayis Lachen war eindeutig: *Glauben Sie wirklich, dass das möglich wäre?*

»Warum ich?«, fragte er.

»Die Antwort darauf müssen Sie selbst finden«, antwortete sie.

»Ich bin nur ein ganz gewöhnlicher Mensch.«

»Im Angesicht dieser Krise sind wir alle nichts als gewöhnliche Menschen. Doch jeder von uns erfüllt eine eigene Aufgabe.«

»Niemand hat mich vorab um meine Meinung gefragt, ich habe von nichts gewusst.«

Wieder lachte Sayi. »Ihr chinesischer Name bedeutet doch ›Logik‹, nicht wahr?«

»Das stimmt.«

»Dann sollten Sie doch in der Lage sein zu verstehen, warum es unmöglich war, die Personen, die diese Mission übernehmen sollten, im Vorfeld zu konsultieren.«

»Ich lehne ab«, sagte Luo Ji entschieden, ohne über die Worte der Generalsekretärin nachzudenken.

»Wie Sie wünschen.«

Diese prompte Antwort verwirrte ihn. Es dauerte ein paar Sekunden, bevor er fortfuhr. »Ich lehne den Status eines Wandschauers ab, ich weise jede damit verbundene Macht zurück, und ich werde keinerlei Verantwortung übernehmen, die Sie mir aufzwingen.«

»Wie Sie wünschen.«

Diese schlichte, unmittelbar erteilte Antwort, die so leicht und freundlich daherkam wie eine Libelle, die auf der Wasseroberfläche aufsetzte, raubte ihm den Verstand. Sein Kopf war vollkommen leer. »Ich kann also gehen?«, fragte er schließlich.

»Selbstverständlich, Dr. Luo. Sie können tun und lassen, was Sie wollen.«

Er drehte sich um und ging hinaus, an den langen, leeren Reihen vorbei. Dass es so einfach war, die Wandschaueridentität und die damit verbundene Verantwortung abzulegen, beruhigte ihn kein bisschen. Das war doch alles absurd, vollkommen irreal. Er kam sich vor wie in irgendeinem postmodernen Theaterstück ohne jede Logik.

Am Ausgang drehte er sich noch einmal um und betrachtete Sayi, die immer noch auf dem Podest stand und ihm nachsah. Vor dem Hintergrund der Klippe wirkte sie klein und hilflos, doch als sie seinen Blick bemerkte, lächelte sie und nickte ihm zu.

Er ging weiter, vorbei an dem Foucault'schen Pendel am Eingang, das die Erdrotation sichtbar machte, und stieß auf Da Shi, Kent und eine Gruppe von Sicherheitsleuten in schwarzen Anzügen, die ihn fragend ansahen. In ihren Augen las er mit einem Mal Respekt und Bewunderung. Selbst Da Shi und Kent, die bislang recht natürlich mit ihm umgegangen waren, versuchten gar nicht erst, ihre Emotionen zu verbergen. Luo Ji schritt wortlos durch die Gruppe hindurch und durchquerte die kahle Lobby, in der wie bei seiner Ankunft nur einige schwarzgekleidete Wachen postiert waren. Als er den Ausgang erreichte hatte, hielten Kent und Da Shi ihn auf.

»Brauchen Sie Personenschutz?«, fragte Da Shi. »Dort draußen könnte es gefährlich sein.«

»Nein. Gehen Sie mir aus dem Weg«, sagte Luo Ji und sah stur geradeaus.

»Gut, wir können nur tun, was Sie sagen«, sagte Da Shi. Er und Kent gaben den Weg frei, und Luo Ji trat vor die Tür.

Kühle Luft wehte ihm ins Gesicht. Der Himmel war noch

dunkel, aber die Umgebung war von hellen Lampen erleuchtet. Die Delegierten der Sondersitzung hatten sich zerstreut, und nur ein paar Touristen und Einheimische waren auf dem Platz. Die historische Sitzung hatte noch keine Schlagzeilen gemacht, niemand kannte ihn, und sein Erscheinen erregte keinerlei Aufsehen.

Und so bewegte sich der Wandschauer Luo Ji schlafwandlerisch durch eine absurde Realität. Er war derart benommen, dass er nicht mehr klar denken konnte, wusste nicht mehr, woher er kam und schon gar nicht, wohin er ging. Unversehens fand er sich vor einer Skulptur wieder, die auf einem Rasen stand. Als er mechanisch seinen Blick darüber schweifen ließ, erkannte er darin einen Mann, der mit dem Hammer ein Schwert bearbeitet. *Schwerter zu Pflugscharen*. Ein Geschenk der ehemaligen Sowjetunion an die Vereinten Nationen. Auf ihn wirkte die mächtige Komposition mit dem stämmigen Mann, dem Hammer und dem Schwert darunter, brutal.

Und in der Tat holte der Mann aus und schlug Luo Ji so heftig den Hammer gegen die Brust, dass er zu Boden fiel und ohnmächtig wurde, noch bevor er das Gras berührte. Es dauerte nicht lange, bis er benommen und mit Schmerzen wieder halb zu Bewusstsein kam. Taschenlampen blendeten ihn, und er musste die Augen schließen. Dann waren die Lichter weg, und er konnte die Gesichter über sich ausmachen. In einer Wolke aus Nebel und Schmerz erkannte er Da Shi und hörte im selben Moment seine Stimme. »Brauchen Sie Personenschutz? Wir können nur tun, was Sie sagen!«

Luo Ji nickte schwach. Dann ging alles Schlag auf Schlag. Er merkte, wie er auf eine Rettungstrage gelegt und aufgehoben wurde. Ein dichter Pulk von Menschen drängte sich um ihn, als befände er sich in einer Grube mit Wänden aus menschlichen Leibern. Das Einzige, was er sehen konnte, war der Nachthimmel, und nur die Bewegungen der Menschen um ihn herum verrieten ihm, dass er getragen wurde. Schon bald war er aus der Grube heraus, und auch der Nachthimmel war verschwunden. An seiner Stelle sah er die Deckenmaserung eines Krankenwagens. Er schmeckte Blut und übergab sich anfallartig. Sofort war jemand zur Stelle und fing sein Erbrochenes mit geübter Hand in einer Plastiktüte auf. Danach streifte ihm irgendwer eine Sauerstoffmaske über. Sobald ihm das Atmen leichter fiel, fühlte er sich besser. Bis auf die anhaltenden Schmerzen in der Brust. Als man ihm die Kleider an der Brust aufschnitt, stellte er sich in seiner Panik eine blutende Wunde vor. Doch offensichtlich war da keine, da er nicht verbunden, sondern nur in eine Decke gehüllt wurde. Kurz darauf hielt der Krankenwagen an, und er wurde hinausgetragen. Im ersten Moment sah er wieder den Nachthimmel über sich und dann die Decke einer Notaufnahme, schließlich das rote Licht der Computertomographie, das vom Kopf abwärts langsam über ihn hinwegglitt. Immer wieder blickte er in die Gesichter von Ärzten und Krankenpflegern, die schmerzhafte Untersuchungen an seiner Brust vornahmen. Erst als er schließlich die Decke eines Krankenzimmers über sich sah, kam alles zur Ruhe.

»Eine gebrochene Rippe und geringfügige innere Blutungen«, sagte ein bebrillter Arzt über ihm. »Nichts Lebensgefährliches. Sie sind nicht allzu schwer verletzt, aber Sie brauchen Ruhe, um die Blutung zu stoppen.«

Luo Ji wehrte sich nicht gegen die Einnahme der Schlaftabletten, die ihm die Schwester verabreichte, und schlief rasch ein. Zwei Bilder prägten seine Träume: das Podium des Sitzungssaals der Vereinten Nationen und der Mann aus der Schwerter-zu-Pflugscharen-Skulptur, der wieder und wieder seinen Hammer nach ihm schwang. Irgendwann gelangte er zu der verschneiten Hütte tief in seinem Herzen, in der die von ihm selbst erschaffene Eva von ihrem Platz vor dem Kamin aufstand, mit Tränen in den schönen Augen …

Als er erwachte, standen ihm selbst Tränen in den Augen, und auf seinem Kissen war ein nasser Fleck. Das Licht war gedimmt. Da er sie wach nicht mehr sehen konnte, schlief er rasch wieder ein, in der Hoffnung, zu ihr in die Hütte zurückzukehren. Doch diesmal hatte er keine Träume.

Beim Aufwachen wusste er, dass er sehr lange geschlafen haben musste. Er fühlte sich erholt, und obwohl die Schmerzen in der Brust immer wiederkehrten, war er jetzt sicher, nicht schwer verletzt zu sein. Als er sich aufsetzen wollte, hielt die blonde Krankenschwester ihn nicht davon ab, sondern richtete ihm nur das Kissen. Nach einer Weile betrat Da Shi das Zimmer und setzte sich zu ihm ans Bett.

»Wie geht es Ihnen? Mich haben sie dreimal angeschossen, als ich eine kugelsichere Weste anhatte. Das sollte also nichts Ernsthaftes sein.«

»Sie haben mir das Leben gerettet, Da Shi«, sagte Luo Ji kraftlos.

Da Shi winkte ab. »Das konnte nur passieren, weil dieser Job so unverhofft daherkam. Es blieb keine Zeit, wirksame Sicherheitsvorkehrungen zu treffen. Und wir müssen tun, was Sie sagen. Aber jetzt ist es ja überstanden.«

»Was ist mit den anderen drei?«

Da Shi verstand sofort, von wem er redete. »Denen geht es gut. Die waren nicht so unvorsichtig wie Sie und sind einfach allein herumspaziert.«

»Ist es die ETO, die uns töten will?«

»Wahrscheinlich. Der Attentäter wurde festgenommen. Ein Glück, dass wir Ihnen mit einem Schlangenauge gefolgt sind.«

»Einem was?«

»Einem ausgesprochen exakten Radarsystem, das imstande ist, anhand der Schussbahn den genauen Standort eines Schützen zu bestimmen. Der Attentäter wurde bereits identifiziert. Er ist ein professioneller Guerillero innerhalb der ETO-Miliz. Niemals hätten wir erwartet, dass er es wagen würde, so mitten in der Stadt anzugreifen. Das war purer Selbstmord.«

»Ich würde gern mit ihm sprechen.«

»Mit wem? Dem Attentäter?«

Luo Ji nickte.

»Gut. Das liegt allerdings außerhalb meiner Befugnisse. Ich bin allein für Ihre Sicherheit verantwortlich. Aber ich werde nachfragen.« Da Shi stand auf und ging hinaus. Er schien jetzt vorsichtiger und ernsthafter bei der Sache zu sein. Luo Ji musste sich erst noch daran gewöhnen, dass er nicht mehr so gleichgültig wirkte wie bislang.

Da Shi kehrte rasch wieder zurück. »In Ordnung. Sie können ihn hier oder woanders treffen. Der Arzt meint, Sie können ruhig schon wieder herumlaufen.«

Luo Ji wollte antworten, dass es ihm woanders lieber sei, und machte bereits Anstalten, sich zu erheben, doch dann überlegte er es sich anders und befand, dass es zweckdienlicher wäre, sich schwächlich zu präsentieren, und warf sich zurück ins Kissen. »Besser hier.«

»Sie sind unterwegs, es wird noch eine Weile dauern. Am besten, Sie essen erst einmal was. Sie haben seit einem Tag nichts mehr zu sich genommen. Ich kümmere mich darum.« Er verließ abermals den Raum.

Als er fertig gegessen hatte, brachten sie den Attentäter zu ihm herein. Er war ein gutaussehender junger Mann mit europäischen Zügen, aber das Auffälligste an ihm war das angedeutete Lächeln, das ihm ins Gesicht eingemeißelt zu sein schien. Er trug keine Handschellen, aber mit ihm betraten vier Männer das Zimmer. Zwei, die wie professionelle Personenschützer aussahen, setzten sich auf Stühle rechts und links von ihm, die anderen beiden bewachten die Tür. Luo Ji konnte nur erkennen, dass die Namensschilder auf ihren Anzügen drei Buchstaben aufwiesen, sie gehörten aber weder zum FBI noch zum CIA.

Er versuchte, so hinfällig wie möglich dreinzublicken, aber der Attentäter durchschaute ihn. »So schlimm kann es nicht sein, nicht wahr, Dr. Luo?« Er verzog die Lippen zu einem anderen Lächeln, das sich über sein Dauerlächeln legte, wie ein Ölfilm auf Wasser. »Tut mir sehr leid.«

»Es tut Ihnen leid, dass sie mich umbringen wollten?« Luo Ji hob den Kopf vom Kissen, um dem Attentäter ins Gesicht zu sehen.

»Es tut mir leid, dass ich Sie nicht getötet habe. Ich hätte nicht erwartet, dass Sie auf einer solchen Sitzung eine kugelsichere Weste tragen würden. Wer hätte gedacht, dass Sie Ihr Leben mit solcher Umsicht schützen. Sonst hätte ich gewiss panzerbrechende Kugeln verwendet oder einfach auf Ihren Kopf gezielt. Damit hätte ich meine Mission erfüllt, und auch Sie wären von dieser perversen Mission befreit gewesen, die kein Normalsterblicher erfüllen kann.«

»Ich habe mich bereits davon befreit. Ich habe der Generalsekretärin gegenüber den Status eines Wandschauers und alle damit verbundenen Rechte und Pflichten zurückgewiesen, und sie hat dem im Namen der UNO zugestimmt. Das konnten Sie natürlich bei Ihrem Mordversuch nicht wissen. Die ETO hat einen Attentäter vergeudet.«

Das Lächeln auf dem Gesicht des Attentäters wurde strahlender, wie wenn man das Licht eines Monitors heller stellt. »Sie sind witzig.«

»Was soll das heißen? Es ist, wie ich Ihnen sage. Wenn Sie mir nicht glauben wollen …«

»Ich glaube Ihnen. Sie sind trotzdem witzig«, sagte der Attentäter, immer noch mit demselben strahlenden Gesichtsausdruck. Luo Ji nahm dieses Lächeln nur unterschwellig wahr, aber es würde sich schon bald wie mit flüssigem Metall in sein Bewusstsein einbrennen und ihn sein Leben lang zeichnen.

Er schüttelte wortlos den Kopf und ließ sich seufzend in sein Kissen zurückfallen.

»Dr. Luo«, sagte der Attentäter, »ich nehme an, wir haben nicht viel Zeit. Und Sie haben mich doch sicher nicht herbestellt, um mir diesen albernen Witz zu erzählen.«

»Ich verstehe immer noch nicht, was Sie damit meinen.«

»Wenn das so ist, dann scheint mir Ihre Intelligenz für den Posten eines Wandschauers unzureichend, Dr. Luo Ji. Anders als Ihr Name suggeriert, denken Sie nicht gerade logisch. Ich habe mein Leben wohl tatsächlich verschwendet, wie es aussieht.« Der Attentäter wandte sich an die beiden Männer, die in Alarmbereitschaft hinter ihm standen. »Meine Herren, wir können gehen.«

Die beiden blickten fragend zu Luo Ji. Der winkte ab, und sie führten den Mann ab.

Luo Ji setzte sich im Bett auf und sann über die Worte des Attentäters nach. Etwas stimmte nicht, er wusste nur nicht, was. Er stand auf und ging versuchsweise ein paar Schritte. Das Einzige, was ihn beeinträchtigte, war der dumpfe Schmerz in der Brust. Als er zur Tür hinausspähte, erhoben sich sofort die zwei mit Gewehren bewaffneten Männer, die vor seinem Zimmer Wache hielten. Einer von ihnen sprach in das Funkgerät an seiner Schulter. Luo Ji sah einen hellen, sauberen Gang vor sich, der bis auf zwei weitere Wachposten am anderen Ende völlig leer war.

Er schloss die Tür, ging hinüber zum Fenster und zog die Vorhänge zurück. Von hier oben sah er, dass sich im gesamten Eingangsbereich des Krankenhauses bis an die Zähne bewaffnete Wachmänner drängten. Vor dem Gebäude parkten zwei grüne Militärjeeps. Ansonsten war bis auf das weiß gekleidete Krankenhauspersonal, das hin und wieder vorüberhuschte, niemand zu sehen. Schließlich bemerkte er noch zwei Personen mit Zielfernrohren auf den Gewehren, die vom Dach des gegenüberliegenden Gebäudes aus die Umgebung observierten, und er wusste instinktiv, dass auch auf dem Dach seines Gebäudes zwei solcher Scharfschützen postiert sein mussten.

Das war keine Polizei. Die sahen alle nach Militär aus. Er ließ nach Da Shi rufen.

»Dieses Krankenhaus untersteht strengster Überwachung, sehe ich das richtig?«, fragte er.

»So ist es.«

»Wenn ich Sie bitten würde, sämtliche Wachen abzuziehen, was würde dann passieren?«

»Wir würden tun, was Sie verlangen. Doch ich rate Ihnen dringend davon ab. Es ist augenblicklich viel zu gefährlich.«

»Zu welcher Abteilung gehören Sie? Was ist Ihr Auftrag?«

»Ich gehöre zur Sicherheitsabteilung des PDC, und ich bin zu Ihrem Schutz abgestellt.«

»Aber ich bin kein Wandschauer mehr. Ich bin ein ganz normaler Bürger. Selbst wenn ich mich in Lebensgefahr befände, wäre die Polizei dafür zuständig, nicht das Militär. Warum stehe ich noch immer unter dem Schutz des PDC? Und dann kann ich sie abziehen oder kommen lassen, wie es mir beliebt, was bemächtigt mich dazu?«

Da Shis Miene blieb ausdruckslos wie eine Gummimaske. »Wir folgen unseren Anweisungen.«

»Aber … wo ist Kent?«

»Steht draußen.«

»Er soll reinkommen!«

Da Shi ging, und kurz darauf trat Kent ein. Er war jetzt wieder ganz der elegante UN-Funktionär.

»Ich wollte mit meinem Besuch warten, bis Sie wieder ganz bei Kräften sind, Dr. Luo.«

»Was machen Sie hier?«

»Ich bin Ihr Standard-Verbindungsmann zum Planetenverteidigungsrat.«

»Aber ich bin kein Wandschauer mehr!« Luo Ji schrie es fast.

»Wurde die Operation Wandschauer in der Presse bekanntgegeben?«

»In der ganzen Welt.«

»Auch, dass ich abgelehnt habe?«

»Auch das natürlich.«

»Wie hieß die Verlautbarung?«

»Ganz einfach: Nach der Beendigung der UN-Sondersitzung lehnte Luo Ji seinen Wandschauerstatus und die Teilnahme an der damit verbundenen Mission ab.«

»Was also tun Sie noch hier?«

»Ich bin Ihr Kontaktmann zum PDC.«

Luo Ji starrte ihn ratlos an. Kent schien dieselbe undurchschaubare Gummimaske zu tragen wie Da Shi. Seine Miene verriet nichts.

»Wenn es weiter nichts gibt, empfehle ich mich. Ruhen Sie sich aus. Sie können mich jederzeit rufen.« Kent wandte sich zum Gehen.

Er war bereits in der Tür, als Luo Ji ihn zurückrief. »Ich möchte die Generalsekretärin sprechen.«

»Der Planetenverteidigungsrat ist die Institution, die die Operation Wandschauer befehligt und ausführt, ihr Oberbefehlshaber ist der jeweilige Vorsitzende des PDC. Die UN-Generalsekretärin hat keine Leitungsfunktion innerhalb des PDC.«

Luo Ji dachte kurz nach. »Ich würde dennoch gern mit der Generalsekretärin sprechen. Das sollte bei meinen Befugnissen doch möglich sein.«

»Wie Sie wünschen. Warten Sie einen Augenblick.« Kent ging hinaus und kehrte gleich darauf wieder zurück. »Die Generalsekretärin wartet in ihrem Büro auf Sie«, sagte er. »Gehen wir?«

Auf dem ganzen Weg bis hinauf in den vierunddreißigsten Stock des UN-Sekretariats blieb Luo Ji unter so strenger Sicherheitsaufsicht, dass er sich fühlte wie in einem beweglichen Safe. Das Büro der Generalsekretärin war kleiner als erwartet und sehr schlicht ausgestattet. Den meisten Raum schien die UNO-Flagge hinter dem Schreibtisch einzunehmen. Sayi stand auf und ging um den Tisch herum, um ihn zu begrüßen.

»Dr. Luo, ich hätte Sie gestern gerne im Krankenhaus besucht, aber Sie sehen ja …« Sie deutete auf einen Aktenstapel. Der einzige persönliche Gegenstand auf ihrem Schreibtisch war ein handgearbeiteter Stifthalter aus Bambus.

»Ich bin hier, um zu bekräftigen, was ich Ihnen nach der Sitzung gesagt habe, Frau Generalsekretärin«, sagte er.

Sayi nickte, erwiderte jedoch nichts.

»Ich möchte nach Hause. Sollte ich in Gefahr sein, informieren Sie bitte das New York Police Department, damit es sich um meine Sicherheit kümmert. Ich bin nur ein ganz gewöhnlicher Bürger und brauche nicht den Schutz des PDC.«

Wieder nickte Sayi. »Das lässt sich machen, doch ich möchte Ihnen raten, Ihre aktuellen Beschützer zu akzeptieren, da diese Männer speziell ausgebildet und zuverlässiger sind als das NYPD.«

»Antworten Sie mir ehrlich: Bin ich immer noch ein Wandschauer?«

Sie kehrte wieder hinter ihren Schreibtisch zurück und stellte sich lächelnd neben die UNO-Flagge. »Was glauben Sie?« Dann bedeutete sie ihm mit einer Handbewegung, auf dem Sofa Platz zu nehmen.

Das feine Lächeln auf Sayis Lippen war ihm vertraut. Es war

der gleiche Ausdruck wie auf dem Gesicht des Attentäters, es war das Lächeln, das er in Zukunft in den Augen und auf den Lippen eines jeden sehen würde, dem er begegnete. Bald würde es »das Wandschauerlächeln« heißen und so bekannt sein wie das Lächeln der Mona Lisa oder der Grinsekatze aus *Alice im Wunderland.* Sayis Lächeln wirkte immerhin tröstlich. Zum ersten Mal, seit sie ihn vom Podest aus zum Wandschauer ernannt hatte, fühlte er sich vollkommen ruhig. Bedächtig setzte er sich auf das Sofa.

Gütiger Gott.

Schlagartig begriff er, was sein Status als Wandschauer wirklich bedeutete. Sayi hatte ja gesagt, dass es ausgeschlossen gewesen wäre, vor der Nominierung die Zustimmung der Kandidaten einzuholen. Sobald der Status des Wandschauers vergeben worden war, gab es keine Möglichkeit, ihn zurückzuweisen oder aufzugeben. Nicht weil irgendeine Einzelperson Druck ausübte, sondern weil es in der Natur der Operation Wandschauer selbst lag. Sobald er ein Wandschauer war, wurde ein unsichtbarer und undurchdringlicher Schild zwischen ihm und dem Rest der Welt errichtet, die jede seiner Handlungen zu Handlungen eines Wandschauers machte. Und daher begegneten einem Wandschauer alle mit dem gleichen Lächeln, das besagte: *Wie können wir wissen, ob Sie nicht schon bei der Arbeit sind?*

Jetzt war ihm klar, dass sich die Wandschauer auf der seltsamsten Mission aller Zeiten befanden. Sie war von einer kalten und verdrehten Logik und fesselte denjenigen, der sie ausführte, so unnachgiebig wie die Ketten des Prometheus. Ein Fluch, den kein Wandschauer aus eigener Kraft zu lösen imstande war. Er konnte sich noch so bemühen, alles würde am Ende mit einem Wandschauerlächeln quittiert und der Natur der Operation Wandschauer zugeschrieben werden.

Wie sollen wir wissen, ob Sie nicht schon bei der Arbeit sind?

In ihm keimte eine Wut, wie er sie nie zuvor verspürt hatte. Er wollte hysterisch losschreien und Sayis Mutter beleidigen. Genau wie die Mutter der UNO sowie die Mütter sämtlicher Delegierter der Sondersitzung, der PDC, der gesamten Menschheit und schließlich die nicht vorhandenen Mütter der Trisolarier. Er wollte herumtoben und Sachen zertrümmern, die Akten von Sayis Tisch fegen, den Globus, den Stifthalter aus Bambus, und dann die blaue Flagge in Fetzen reißen ... Doch am Ende begriff er, wo er war und wem er gegenübersaß. Also beherrschte er sich und stand auf, nur um gleich darauf wieder schwer auf das Sofa zurückzuplumpsen.

»Warum ich?«, fragte er, das Gesicht in den Händen verborgen. »Anders als die anderen drei habe ich keinerlei Qualifikationen, kein Talent, keine Erfahrung! Ich war nie im Krieg und habe vor allem nie einen Staat regiert. Ich bin kein erfolgreicher Wissenschaftler, sondern nur ein armseliger Unidozent, der vor sich hin wurstelt und ab und zu mal einen lausigen Aufsatz schreibt. Ich lebe in den Tag hinein. Ich möchte keine Kinder, und der Fortbestand der Menschheit ist mir scheißegal. Warum ich?« Am Ende seines Monologs sprang er vom Sofa auf.

Sayis Lächeln war verschwunden. »Um die Wahrheit zu sagen, Dr. Luo – ich bin genauso verblüfft wie Sie. Das ist auch der Grund, weshalb Ihnen sehr viel weniger Mittel zur Verfügung stehen als den anderen Wandschauern. Sie zum Wandschauer zu machen ist das größte Wagnis der Geschichte.«

»Aber einen Grund muss es doch dafür geben, dass man mich gewählt hat!«

»Ja, aber es ist ein zweitrangiger Grund. Den wahren Grund kennt niemand. Wie gesagt, Sie müssen ihn selbst herausfinden.«

»Was ist mit dem zweitrangigen Grund?«

»Tut mir leid. Den darf ich Ihnen nicht mitteilen. Doch ich bin sicher, dass Sie ihn beizeiten selbst herausfinden werden.«

Luo Ji hatte das Gefühl, dass zwischen ihnen alles gesagt war. Er wandte sich zum Gehen. Erst an der Tür fiel ihm ein, dass er sich gar nicht verabschiedet hatte und drehte sich um. Sayi nickte ihm lächelnd zu, so wie sie es im Sitzungssaal getan hatte. Diesmal kannte er die Bedeutung dieses Lächelns.

»Es war mir ein Vergnügen, Sie wiederzusehen«, sagte sie. »In Zukunft jedoch gehört Ihre Arbeit zu den Zuständigkeiten des PDC, Sie werden also direkt an den Vorsitzenden des Planetenverteidigungsrats berichten.«

»Sie haben kein Vertrauen in mich, richtig?«

»Ich sagte bereits: Ihre Wahl ist ein einmaliges Wagnis.«

»Da haben Sie Recht.«

»Dass es ein Wagnis ist?«

»Nein. Mir nicht zu vertrauen.«

Luo Ji verzichtete auf die Verabschiedung und ging. Er fühlte sich wieder wie unmittelbar nach seiner Ernennung zum Wandschauer und ging ohne nachzudenken drauflos. Am Ende des Gangs betrat er den Aufzug und fuhr ins Erdgeschoss, wo er das Gebäude des UN-Sekretariats verließ und sich erneut auf dem Platz der Vereinten Nationen wiederfand. Die ganze Zeit über waren Sicherheitskräfte um ihn herum. Obwohl er sie hin und wieder genervt wegschubste, klebten sie an ihm wie Magneten und wichen ihm nicht von der Seite. Es war jetzt mitten am Tag. Da Shi und Kent kamen ihm auf dem sonnigen Platz entgegen und baten ihn, nach drinnen zu gehen oder so schnell wie möglich einen Wagen zu besteigen.

»Ich werde mein Leben lang die Sonne nicht mehr sehen, nicht wahr?«, fragte er Da Shi.

»Darum geht es nicht. Die Nachbarschaft wurde durchkämmt, Sie sind hier verhältnismäßig sicher. Aber es gibt eine Menge Touristen, die Sie erkennen könnten. Menschenmengen sind kein Spaß, und das sehen Sie vielleicht genauso.«

Luo Ji sah sich um. Für den Augenblick zumindest schien niemand sie weiter zu beachten. Er lief in Richtung des Gebäudes der Generalversammlung und betrat es ein weiteres Mal mit raschen Schritten. Sein Ziel war klar, und er kannte den Weg. Er schritt vorbei am leeren Balkon auf die schöne Glasmalerei zu. Dann rechts in den Meditationsraum. Er schloss die Tür und sperrte Da Shi, Kent und die Sicherheitskräfte aus.

Als er den rechteckigen Block aus Eisenerz zum zweiten Mal sah, war sein erster Impuls, mit dem Kopf dagegen zu rennen und allem ein Ende zu setzen. Stattdessen legte er sich auf die glatte Oberfläche des Steins, dessen angenehme Kühle ihm etwas von seiner inneren Gereiztheit nahm. Er spürte die Härte des Erzes, und seltsamerweise fiel ihm dabei eine Aufgabenstellung seines Physiklehrers in der Oberstufe ein: Wie macht man aus Marmor ein Bett, das sich beim Drauflegen wie eine traumhaft weiche Matratze anfühlt? Die Antwort lautete: Mache eine

Vertiefung mit den exakten Maßen eines menschlichen Körpers in den Marmor. Liegt man in dieser Vertiefung, verteilt sich das Gewicht ganz gleichmäßig, und es fühlt sich wunderbar weich an. Er schloss die Augen und stellte sich vor, wie er mit der Wärme seines Körpers das Eisenerz zum Schmelzen brachte und damit eine solche Vertiefung formte … Allmählich wurde er ruhiger. Nach einer Weile öffnete er die Augen und starrte an die kahle Decke.

Den Meditationsraum hatte Dag Hammarskjöld entworfen, der zweite Generalsekretär der Vereinten Nationen, der fand, dass die UN einen Raum zur Meditation fern von den historischen Entscheidungen des Saals der Vollversammlung brauche. Luo Ji hatte keine Ahnung, ob tatsächlich jemals ein Staatsmann oder ein Beauftragter der UN hier meditiert hatte. Sicher war nur, dass sich Dag Hammarskjöld bis zu seinem Tod im Jahr 1961 wohl nicht ausgemalt hatte, dass ein Wandschauer wie Luo Ji hier einmal seinen Tagträumen nachhängen würde.

Luo Ji hatte einmal mehr das Gefühl, in einer logischen Falle zu stecken und nicht mehr herauszukommen.

Also richtete er seine Aufmerksamkeit auf die Macht, die ihm verliehen worden war. Zwar war sie nach Sayis Worten die geringste unter den Wandschauern, aber dennoch standen ihm sicherlich unfassbar hohe Mittel zu Verfügung. Und vor allem musste er sich vor niemanden für ihren Gebrauch verantworten. Tatsächlich war ein wichtiger Aspekt seiner Mission, alle anderen über die Bedeutung seines Handelns im Unklaren zu lassen und obendrein alles daran zu setzen, Missverständnisse zu provozieren. So etwas hatte es noch nie gegeben. Vielleicht hatten die absoluten Monarchen in alten Zeiten über eine solche Macht verfügt, doch letztendlich mussten selbst sie darüber Rechenschaft ablegen.

Wenn diese besondere Macht alles ist, was ich habe, warum sie nicht nutzen?, dachte Luo Ji und setzte sich auf. Nachdem er eine Weile darüber nachgesonnen hatte, wusste er, was er als nächstes tun würde.

Er erhob sich von seinem harten Bett, öffnete die Tür und bat darum, den Vorsitzenden des PDC zu sprechen.

Der amtierende Vorsitzende, ein Russe namens Vladimir Garanin, war ein stämmiger, weißhaariger alter Mann. Sein Büro lag ein Stockwerk unter dem der Generalsekretärin. Als Luo Ji eintrat, schickte er seine Besucher, die Hälfte davon waren Uniformierte, hinaus.

»Ah, Dr. Luo. Ich hörte, dass Sie gewisse Schwierigkeiten hatten. Deswegen habe ich bislang noch keinen Kontakt mit Ihnen aufgenommen.«

»Was machen die anderen drei Wandschauer jetzt?«

»Sie bilden Generalstäbe, und ich würde Ihnen empfehlen, es ihnen schleunigst gleichzutun. Ich stelle Ihnen gerne Berater für den Anfang zur Verfügung.«

»Ich brauche keinen Generalstab.«

»Ach ja? Gut, wenn Sie meinen … Falls Sie es sich jedoch anders überlegen, kann man das jederzeit nachholen.«

»Könnte ich Papier und Stift haben?«

»Natürlich.«

Luo Ji blickte auf das Blatt Papier. »Haben Sie jemals einen Traum gehabt, Herr Vorsitzender?«

»Welche Art Traum?«

»Zum Beispiel, an einem vollkommenen Ort zu leben.«

Garanin schüttelte mit einem bitteren Lächeln den Kopf. »Ich bin gestern aus London angekommen. Ich habe die ganze Reise über gearbeitet und nach der Ankunft hatte ich nur zwei Stunden Schlaf, bevor ich ins Büro eilen musste. Wenn heute die routinemäßige Sitzung der PDC zu Ende ist, fliege ich über Nacht nach Tokio … Mein ganzes Leben besteht aus Herumjetten, und ich bin höchstens drei Monate im Jahr zu Hause. Was sollten mir solche Träume bringen?«

»In meinen Träumen gibt es viele solcher Orte. Ich habe mir den schönsten ausgesucht.« Luo Ji nahm den Stift und begann zu zeichnen. »Das ist ohne Farbe, also müssen Sie sich die Farben vorstellen. Sehen Sie die schneebedeckten Berge hier? Sie sind wie die Schwerter der Götter, wie die Elefantenzähne der Erde, und sie glänzen wie seidiges Silber vor dem blauen Himmel. Unfassbar blendend.«

»Ah«, sagte Garanin, der mit sorgsamer Aufmerksamkeit zusah. »Das ist ein ziemlich kalter Ort.«

»Falsch. Das Land unterhalb der schneebedeckten Gipfel darf nicht kalt sein. Das Klima ist eher mild. Das ist wichtig! Vor den Bergen liegt ein weiter See, und sein Wasser ist noch blauer als der Himmel, so blau wie die Augen Ihrer Frau …«

»Meine Frau hat dunkelbraune Augen.«

»Nun, das Wasser des Sees ist so tief, dass es fast schwarz wirkt. Noch besser. Um den See herum liegen Wälder und Grasland, wichtig ist, dass es beides gibt, nicht nur eins davon. Das ist der Ort: schneebedeckte Gipfel, ein See, Wälder und Grasland. Und alles in einem unberührten, urzeitlichen Zustand. Wenn man den Ort sieht, könnte man glauben, dass niemals ein Mensch einen Fuß auf diese Erde gesetzt hätte. Hier, auf dem Gras neben dem See, bauen Sie ein Haus. Es muss nicht besonders groß sein, doch es sollte vollständig und zeitgemäß eingerichtet sein, ob im klassischen oder modernen Stil ist egal, doch es sollte sich in seine natürliche Umgebung einpassen. Dann noch die nötige Ausstattung wie ein Springbrunnen und ein Pool, damit der Bauherr ein komfortables, aristokratisches Leben führen kann.«

»Und wer soll dieser Bauherr sein?«

»Ich natürlich.«

»Und was haben Sie dort vor?«

»Ein friedliches Leben führen.«

Luo Ji erwartete einen harschen Kommentar von Seiten Garanins, doch der nickte nur bedächtig und sagte: »Nach der Begutachtung durch das Komitee werden wir uns sofort darum kümmern.«

»Sie und das Komitee werden keine Fragen zu meinen Absichten stellen?«

Garanin zuckte mit den Schultern. »Das Komitee hat allein in zwei Punkten die Befugnis, die Aktivitäten der Wandschauer zu hinterfragen: überzogene Nutzung der zugeteilten Ressourcen oder Beeinträchtigung von Menschenleben. Davon abgesehen wären alle Fragen ein Verstoß gegen den Geist des Projekts. Ehrlich gesagt, ich bin sehr enttäuscht von Tyler, Rey Diaz und Hines. Wenn ich mir deren Vorgehensweise in den letzten Tagen ansehe, weiß doch jeder sofort, in welche Richtung ihre großen Pläne zielen. Sie sind anders. Sie verblüffen mich. So sollte ein Wandschauer sein.«

»Glauben Sie, dass der Ort, den ich beschreibe, tatsächlich existiert?«

Garanin lächelte das Wandschauerlächeln, und winkte ab.

»Die Welt ist groß. So einen Ort wird es sicher geben. Und ehrlich gesagt habe ich diesen Ort schon einmal gesehen.«

»Wunderbar. Sie können mir glauben, dass es zur Operation Wandschauer gehört, mir dort ein angenehmes Leben zu ermöglichen.«

Garanin nickte bedächtig.

»Ach, und noch etwas. Wenn Sie den passenden Ort gefunden haben, verraten Sie mir nicht, wo er sich befindet.«

Sagen Sie mir bloß nicht, wo! Sobald ich es wüsste, würde die Welt eng werden wie eine Landkarte. Wenn ich es nicht weiß, bleibt die Welt unendlich.

Garanin nickte wieder, augenscheinlich sehr zufrieden. »Es gibt noch etwas, Dr. Luo, was mir an Ihnen als Wandschauer gefällt. Ihr Projekt ist das kostengünstigste von allen, jedenfalls im Augenblick.«

»Wenn das so ist, wird meines auch in Zukunft nie die größten Kosten verursachen.«

»Dann sind Sie ein Segen für meine Nachfolger. Das liebe Geld bereitet uns nämlich Kopfzerbrechen … Die jeweiligen Abteilungen, die für die Ausführung zuständig sind, werden sich wegen der Details mit Ihnen in Verbindung setzen, vor allem wegen des Hauses, nehme ich an.«

»Ach, wegen des Hauses habe ich noch ein wichtiges Detail vergessen.«

»Bitte sehr.«

Luo Ji ahmte Garanins Lächeln nach. »Es muss einen Kamin haben.«

Nach der Beerdigung seines Vaters ging Zhang Beihai noch

einmal mit Wu Yue zu der Werft des Flugzeugträgers, wo die Konstruktion der *Tang* inzwischen vollständig eingestellt worden war. Keine Schweißfunken mehr auf dem Rumpf und keine Anzeichen von Leben weit und breit auf dem riesigen Schiff, das dort in der Mittagssonne lag. Wer es betrachtete, musste vor allem an Vergänglichkeit denken.

»Auch das ist tot«, sagte Zhang Beihai.

»Dein Vater war einer der weisesten Generäle in den obersten Rängen der Marine«, sagte Wu Yue. »Wäre er noch hier, wäre ich vielleicht nicht so tief gefallen.«

»Dein Defätismus hat eine rationale Basis, zumindest entspringt er deiner eigenen Vernunft, von daher kann dich niemand wirklich aufmuntern. Ich bin nicht hergekommen, um dich um Verzeihung zu bitten, Wu Yue. Ich weiß, dass du mich wegen dieser Sache nicht hasst.«

»Ich muss mich bei dir bedanken, Beihai. Du hast mich befreit.«

»Du kannst wieder zur Marine gehen. Die Arbeit dort passt doch ganz gut zu dir.«

Wu Yue schüttelte langsam den Kopf. »Ich habe bereits meine Entlassung aus dem Militärdienst beantragt. Wozu zurückkehren? Die Konstruktion neuer Zerstörer und Fregatten ist eingestellt, und es gibt keinen Platz mehr für mich in der Flotte. Soll ich mich in ein Büro des Flottenkommandos setzen? Vergiss es. Außerdem bin ich einfach kein guter Soldat. Ein Soldat, der nur in Kriegen zu kämpfen bereit ist, die man gewinnen kann, ist kein Soldat.«

»Wir können weder Sieg noch Niederlage vorhersagen.«

»Aber du glaubst an den Sieg, Beihai. Ich beneide dich darum, wirklich. Darauf bin ich geradezu eifersüchtig. Deine Zuversicht ist das größte Glück, das ein Soldat in unserer Zeit haben kann. Du bist wirklich der Sohn deines Vaters.«

»Hast du etwas Bestimmtes vor?«

»Nein, ich habe das Gefühl, dass mein Leben zu Ende ist.« Wu Yue zeigte auf die in einiger Entfernung liegende *Tang*. »Mir geht es wie diesem Schiff. Noch vor dem Stapellauf zum Wrack erklärt.«

Ein tiefes Rumpeln ertönte aus Richtung der Werft, und die *Tang* begann, sich langsam in Bewegung zu setzen. Um das Dock freizugeben, musste sie vorzeitig zu Wasser gelassen und zum Rückbau an ein anderes Dock überführt werden. Als ihr scharfer Bug das Wasser zerteilte, meinten Zhang Beihai und Wu Yue, so etwas wie Zorn zu spüren, der von dem Schiff ausging. Rasch stach es in See, wobei es hohe Wellen schlug, auf denen die anderen Schiffe im Hafen tanzten, wie als Tribut für den traurigen Koloss. Majestätisch kroch die *Tang* vorwärts, und es schien, als genieße sie die stille Umarmung des Meeres. Wenigstens einmal in seiner kurzen, abgebrochenen Karriere hatte das riesige Schiff das Meer gesehen.

In der virtuellen Welt von *Three Body* herrschte stockfinstere Nacht. Abgesehen von wenigen funkelnden Sternen war alles tintenschwarz, sodass nicht einmal der Horizont zu sehen war. Das leere Land und der leere Himmel schienen im Dunkeln miteinander zu verschmelzen.

»Spielleiter, Zeit für das Umschalten auf ein stabiles Zeitalter«, ließ sich eine Stimme vernehmen. »Sehen Sie nicht, dass wir eine Konferenz abhalten?«

Die Stimme des Spielleiters schien direkt aus dem schwarzen Himmel zu dringen. »Das kann ich nicht. Ein stabiles Zeitalter wird wahllos anhand des Kernmodells in Gang gesetzt. Manuell lässt sich da nichts machen.«

Eine zweite Stimme ertönte. »Dann erhöhe das Tempo, bis es stabiles Tageslicht gibt. So lange wird das nicht dauern.«

Die Welt raste vorbei, Sonnen glitten vorüber, und schon bald entschleunigte sich die Zeit wieder auf ihre reguläre Geschwindigkeit. Eine stabile Sonne erhellte die Welt.

»Gut«, meldete sich der Spielleiter. »Ich kann nur nicht vorhersagen, wie lange das anhält.«

Die Sonne schien auf eine Gruppe von Personen in der Ödnis herab, darunter einige vertraute Gesichter: König Wen von Zhou, Newton, Von Neumann, Aristoteles, Mozi, Konfuzius und Einstein. Sie standen Qin Shihuangdi gegenüber, der sich mit einem Schwert über der Schulter auf einem Felsen postiert hatte.

»Ich bin nicht allein«, sagte er. »Ich spreche im Namen der siebenköpfigen Führungsriege.«

»Wir kannst du schon von einer neuen Führungsriege reden, bevor sie endgültig festgelegt wurde?«, sagte einer, und es entstand aufgeregtes Gemurmel unter den anderen.

»Genug«, sagte Qin Shihuangdi und reckte mühevoll sein Schwert in die Höhe. »Lassen wir die Frage der politischen Führung einmal beiseite und befassen uns mit dringlicheren Angelegenheiten. Wir alle wissen vom Start der Operation Wandschauer, dem Versuch der Menschheit, durch verschlossenes, privates strategisches Denken der Überwachung durch die Sophonen zu entgehen. Da das transparente Denken des

Herrn dieses Labyrinth nicht zu durchdringen vermag, hat die Menschheit sich mit diesem Projekt einen Vorteil verschafft. Die vier Wandschauer stellen eine Bedrohung für den Herrn dar. In Übereinstimmung mit dem Beschluss der letzten Offline-Konferenz müssen wir nun umgehend die Operation Wandbrecher ins Leben rufen.«

Diese Worte wurden schweigend aufgenommen. Niemand machte irgendwelche Einwände.

»Für jeden Wandschauer werden wir einen Wandbrecher bestimmen«, fuhr Qin Shihuangdi fort. »Wie die Wandschauer des PDC werden auch die Wandbrecher autorisiert, sämtliche Mittel unserer Organisation anzuzapfen. Doch ihre größte Ressource werden die Sophonen sein, die alles, was die Wandschauer unternehmen, aufdecken. Nur ihre Gedanken bleiben ein Geheimnis. Daher ist es Aufgabe der Wandbrecher, die offenen und heimlichen Handlungen der Wandschauer mit Hilfe der Sophonen zu analysieren und die wahre Natur ihrer zugrundeliegenden strategischen Absichten frühzeitig zu erkennen. Die Führungsriege wird nun die Wandbrecher bestimmen.«

Qin Shihuangdi streckte sein Schwert aus und berührte damit Von Neumanns Schulter wie bei einem Ritterschlag. »Du bist der erste Wandbrecher, zuständig für den Wandschauer Frederick Tyler.«

Von Neumann kniete nieder und zeigte seine Ehrerbietung, indem er die sich die linke Hand auf die rechte Schulter legte.

Als Nächstes legte Qin Shihuangdi die Schwertspitze Mozi auf die Schulter. »Du bist Wandbrecher Nummer zwei, zuständig für Wandschauer Manuel Rey Diaz.«

Mozi kniete nicht nieder, sondern stand stramm und nickte ergeben. »Ich werde der Erste sein, der eine Wand bricht.«

Das Schwert berührte Aristoteles' Schulter. »Du bist der dritte Wandbrecher, zuständig für Wandschauer Bill Hines.«

Auch Aristoteles kniete nicht nieder. Stattdessen klopfte er seine Robe aus und erwiderte nachdenklich: »Ja, ich bin der Einzige, der seine Wand brechen kann.«

Qin Shihuangdi legte sich das Schwert selbst auf die Schulter und ließ den Blick über die versammelte Menge schweifen. »Wohlan. Wir haben unsere Wandbrecher. Ihr seid, wie die Wandschauer, die Elite der Elite. Der Herr sei mit euch! Mit Hilfe des Kälteschlafs werdet ihr die lange Reise bis zum Ende der Welt gemeinsam mit den Wandschauern unternehmen.«

»Ich denke nicht, dass wir den Kälteschlaf brauchen werden«, sagte Aristoteles. »Ich kann meine Mission noch vor dem Ende unserer gewöhnlichen Lebenszeit erfüllen.«

Mozi nickte zustimmend. »Wenn ich die Wand breche, werde ich meinem Wandschauer persönlich gegenübertreten und genießen, wie sich Angst und Verzweiflung in seinem Geist ausbreiten. Diesem Ziel widme ich gern mein restliches Leben.«

Von Neumann schloss sich den anderen beiden an. »Wir werden bis ins Kleinste alle Geheimnisse aufdecken, die die Wandschauer vor den Sophonen verbergen. Das wird unser letzter Dienst am Herrn sein, denn danach hat unsere Existenz keinen Sinn mehr.«

»Was ist mit Luo Jis Wandbrecher?«, fragte jemand.

Die Frage schien Qin Shihuangdi tief zu berühren. Er rammte das Schwert vor sich in die Erde und begann, konzentriert nachzudenken. Plötzlich sank die Sonne rascher, und die

Schatten verlängerten sich bis zum Horizont. Als sie halb untergegangen war, änderte sie abrupt die Richtung und hob und senkte sich mehrmals am Horizont, wie der glänzende Rücken eines Wals, der aus dem dunklen Ozean aufragt. Dabei tauchte sie die weite Ödnis und die Gruppe von Leuten in dieser kruden Welt abwechselnd in Licht und Schatten.

»Luo Ji ist sein eigener Wandbrecher«, sagte Qin Shihuangdi schließlich. »Er muss selbst herausfinden, welche Bedrohung er für den Herrn darstellt.«

»Wissen wir, ob eine Bedrohung von ihm ausgeht oder nicht?«, fragte jemand.

»Das weiß ich nicht, aber der Herr weiß es. Und Evans wusste es. Evans brachte dem Herrn bei, wie er dieses Geheimnis wahren kann. Doch er ist tot, und wir können es nicht wissen.«

»Heißt das, Luo Ji ist die größte Bedrohung unter den Wandschauern?«, fragte ein anderer zögerlich.

»Auch das wissen wir nicht, und nur eins ist gewiss«, sagte Qin Shi Huang und sah hoch zum Firmament, das zwischen Blau und Schwarz oszillierte. »Von allen Wandschauern ist er der einzige, der sich direkt mit dem Herrn messen wird.«

Arbeitstreffen der politischen Abteilung der Weltraumstreitkräfte

Nachdem Chang Weisi die Sitzung eröffnet hatte, blieb er eine ganze Weile still. Das war noch nie vorgekommen. Er ließ seinen Blick über die beiden Reihen Politkommissare am Konferenztisch schweifen und starrte anschließend in die Ferne. Dabei trommelte er mit dem Bleistift sacht auf die Tischplatte, und es schien, als wolle er wie mit einem Metronom den Takt seiner Gedanken vorgeben. Schließlich fasste er sich ein Herz.

»Genossen, ich bin der neue Kommandeur der politischen Abteilung der Streitkräfte. Vor einer Woche habe ich die Ernennung angenommen. Doch jetzt, wo wir hier versammelt sind, fühle ich mich unbehaglich. Mir ist plötzlich klar geworden, dass es sich bei euch um die am stärksten geforderte Gruppe der Weltraumstreitkräfte handelt. Das war mir bislang nicht bewusst, und dafür bitte ich um Verzeihung.« Er schlug die Akte vor sich auf. »Dieser Teil des Treffens ist vertraulich. Lasst uns einen offenen Meinungsaustausch führen, Genossen. Stellen wir uns vor, wir seien Trisolarier und jeder der anderen kann unsere Gedanken sehen. Das ist sehr wichtig für unsere zukünftige Arbeit.«

Chang Weisi sah jeden der Anwesenden einen kurzen Augenblick eindringlich an, doch keiner sagte etwas. Dann stand er auf und ging hinter den sitzenden Offizieren am Konferenztisch entlang.

»Es ist unsere Pflicht, unsere Streitkräfte in dem Glauben zu bestärken, dass wir diesen zukünftigen Krieg gewinnen werden. Nun, teilen wir selbst diese Zuversicht? Wem es von euch so geht, der hebe bitte die Hand. Und denkt daran, wir reden offen miteinander.«

Keiner meldete sich. Stattdessen starrten fast alle vor sich auf den Tisch. Chang Weisi bemerkte, dass nur einer geradeaus blickte. Es war Zhang Beihai.

Er fuhr fort. »Glaubt ihr, dass der Sieg möglich ist? Und mit möglich meine ich nicht eine winzige Chance vom Bruchteil eines Prozents, sondern eine reelle Wahrscheinlichkeit.«

Zhang Beihai hob die Hand. Er blieb der Einzige.

»Lasst mich euch zunächst einmal für eure Ehrlichkeit danken«, sagte Chang Weisi. Dann wandte er sich an Zhang Beihai. »Ausgezeichnet, Genosse Zhang. Erzähle uns, worauf sich deine Zuversicht stützt.«

Zhang Beihai stand auf, aber Chang Weisi bedeutete ihm, sich wieder zu setzen. »Das ist keine offizielle Besprechung«, sagte er, »nur ein offener Austausch.«

Zhang Beihai stand weiter stramm. »Es ist nicht möglich, Ihre Frage in wenigen Worten zu beantworten, Herr Kommandeur, denn Vertrauen bildet man in einem langen und komplizierten Prozess. Zunächst würde ich gerne etwas zu den Fehlannahmen sagen, die zurzeit unter der Truppe kursieren. Vor der Trisolaris-Krise erschien es uns allen am besten, die Zukunft des Krieges aus wissenschaftlicher und rationaler Perspektive zu betrachten. Diese Sicht hält sich bis heute hartnäckig, vor allem innerhalb der Weltraumstreitkräfte, wo sie durch den Einfluss zahlreicher Akademiker und Wissenschaftler noch verstärkt wurde. Wenn wir mit dieser Einstellung an einen interplanetaren Krieg herangehen, der in vier Jahrhunderten stattfinden wird, werden wir niemals Vertrauen in einen Sieg entwickeln können.«

»Ziemlich eigenartig, was Genosse Zhang da sagt«, warf ein Offizier ein. »Gründet sich unerschütterliches Vertrauen nicht auf Vernunft und Wissenschaft? Vertrauen, dass sich nicht auf objektive Fakten stützt, kann niemals unerschütterlich sein.«

»Dann sehen wir uns Wissenschaft und Vernunft doch einmal genauer an«, antwortete Zhang Beihai. »Unsere eigene Wissenschaft und Vernunft, wohlgemerkt. Der fortschrittliche Entwicklungsstand der Trisolarier zeigt doch, dass unsere Wissenschaft wie ein Kind ist, das immer noch am Strand Muscheln sammelt, ohne je das Meer der Wahrheit gesehen zu haben. Was wir im Rahmen unserer Wissenschaft und Vernunft als Fakten ansehen, sind vielleicht gar keine belastbaren, objektiven Fakten. Und wenn wir uns das klar machen, sollten wir lernen, sie gezielt zu ignorieren. Wir sollten die Veränderung der Tatsachen im Lauf ihrer Entwicklung betrachten und die Zukunft nicht aufgrund eines technologischen Determinismus oder mechanischen Materialismus abschreiben.«

»Sehr gut.« Chang Weisi ermunterte ihn mit einem Nicken fortzufahren.

»Wir müssen ein Vertrauen in unseren Sieg schaffen, das in unserer soldatischen Disziplin und Würde wurzelt! Als die chinesische Armee einmal unter extrem schwierigen Bedingungen einem mächtigen Feind gegenüberstand, schöpften die Soldaten ihr Vertrauen in den Sieg aus ihrem starken Verantwortungsgefühl für Volk und Vaterland. Ich denke, dass heute das Verantwortungsgefühl für die Menschheit und die Weltzivilisation das gleiche Vertrauen bewirken sollten.«

»Doch wie soll in diesem Fall die spezifische ideologische Arbeit aussehen?«, fragte einer der Offiziere. »Die Weltraumstreitkräfte sind sehr komplex aufgebaut, was sie auch ideologisch kompliziert macht. Das erschwert uns die Arbeit erheblich.«

»Es genügt, wenn wir uns für den Anfang mit den moralischen Problemen innerhalb der Truppe auseinandersetzen, denke ich«, sagte Zhang Beihai, »und zwar den großen: Zum Beispiel wurden uns unlängst Einheiten von der Luftwaffe und der Marineluftwaffe zugeteilt. Letzte Woche habe ich ihnen einen Besuch abgestattet und musste feststellen, dass ihr täglicher Drill viel zu lax ist. Und wir müssen uns auch mit den kleinen Dingen auseinandersetzen. Es treten nämlich immer häufiger Probleme mit der militärischen Disziplin auf. Zum Beispiel war kürzlich der vollständige Wechsel auf Sommeruniformen vorgesehen, doch sogar in den Hauptquartieren tragen viele noch immer ihre Winteruniformen. An dieser Haltung gilt es so schnell wie möglich zu arbeiten. Sehen Sie, die Weltraumstreitkräfte entwickeln sich immer mehr zu einer Akademie der Wissenschaften. Natürlich wird niemand leugnen, dass wir uns bei unserer gegenwärtigen Mission mit Militärwissenschaften befassen, aber trotzdem dürfen wir nicht vergessen, dass wir eine Armee sind, und zwar eine Armee, die sich im Krieg befindet!«

Die Diskussion ging noch eine Weile weiter, bis Chang Weisi schließlich an seinen Platz zurückkehrte. »Ich danke euch und hoffe, dass wir weiterhin so offene Diskussionen führen können. Lasst uns jetzt zum formellen Teil dieses Treffens kommen.« Er sah auf und bemerkte erneut Zhang Beihais festen Blick. Er erkannte darin eine Entschlossenheit, die sein Herz wärmte.

Zhang Beihai, ich weiß, dass du zuversichtlich bist. Mit einem Vater wie deinem ist das auch nicht anders zu erwarten. Doch die Dinge liegen nicht so einfach, wie du sie darstellst. Ich weiß nicht, worauf du dein Vertrauen gründest, und noch weniger, worauf du außerdem noch vertraust. Wie bei deinem Vater. Ich habe ihn be-

wundert, doch ich muss gestehen, dass ich ihn nie ganz verstanden habe.

Chang Weisi schlug das vor ihm liegende Dokument auf. »Die Forschung an der Weltraumkriegstheorie läuft auf Hochtouren, doch es ergeben sich bereits die ersten Probleme. Das Studium der interplanetaren Kriegsführung muss zweifellos auf einem bestimmten technologischen Entwicklungsstand fußen. Doch gegenwärtig stehen wir noch am Beginn der Grundlagenforschung, während der technologische Durchbruch erst in ferner Zukunft erreicht sein wird. Und damit fehlt unseren Forschungen das Fundament. Das Hauptquartier hat die Forschungspläne unter Berücksichtigung dieses Umstands revidiert und die Einheitsforschung im Bereich der Weltraumkriegsführung jetzt in drei Bereiche unterteilt, damit sie den verschiedenen technologischen Entwicklungsstufen, die die Menschheit in Zukunft möglicherweise erreicht, gerecht wird. Daraus ergeben sich eine Low-Tech-, eine Mid-Tech- und eine High-Tech-Strategie. Wir sind gerade dabei, diese drei Entwicklungsstufen zu definieren, und arbeiten auch daran, eine große Anzahl von Indexparametern für jeden wesentlichen Wissenschaftszweig zu bestimmen, wobei der Kernparameter die Schnelligkeit und die Reichweite eines Raumschiffs von zehn Kilotonnen bleibt. Die Low-Tech-Voraussetzung sieht so aus: Die Raumfahrt erreicht das Fünfzigfache der dritten kosmischen Geschwindigkeit, oder etwa achthundert Kilometer pro Sekunde. Sie ist nicht mit einem Lebenserhaltungssystem ausgestattet. Unter diesen Bedingungen beschränkt sich der Kampfradius des Raumschiffs auf das innere Sonnensystem Das heißt, bis zur Umlaufbahn des Neptun oder dreißig Astronomische Einheiten von der Sonne entfernt. Die Mid-Tech-Ebene: Die Raumfahrt erreicht das Dreihundertfache der dritten kosmischen Geschwindigkeit, oder viertausendachthundert Kilometer pro Sekunde. Die Raumschiffe sind mit partiellen Lebenserhaltungssystemen ausgestattet. Der Kampfradius dehnt sich in diesem Fall bis zum Kuipergürtel aus und schließt den gesamten Weltraum im Abstand von tausend AE zur Sonne ein. Die High-Tech-Ebene: Die Raumfahrt erreicht das Tausendfache der dritten kosmischen Geschwindigkeit, oder sechzehntausend Kilometer pro Sekunde, das entspricht fünf Prozent der Lichtgeschwindigkeit. Die Raumschiffe sind mit kompletten Lebenserhaltungssystemen ausgestattet. Unter diesen Bedingungen erweitert sich der Kampfradius bis zur Oort'schen Wolke, und wir befinden uns auf der Vorstufe zur interstellaren Raumfahrt. Da Defätismus für die bewaffneten Streitkräfte im Weltraum die größte Bedrohung darstellt, wird das politische und ideologische Lehrpersonal innerhalb der Weltraumstreitkräfte eine extrem hohe Verantwortung übernehmen. Um den Makel des Defätismus auszuradieren und dafür zu sorgen, dass die Forschung in die richtige Richtung geht, werden sich die politischen Abteilungen innerhalb des Militärs vollständig am Studium der Weltraumkriegsführung beteiligen. Alle heute hier Anwesenden werden sich einer Spezialeinheit zur Theorie der Weltraumkriegsführung anschließen. Auch wenn es einige Überschneidungen zwischen den Mitgliedern der drei Forschungsebenen geben wird, bleiben die Forschungsinstitute unabhängig und werden vorläufig als Institut für Low-Tech-Strategie, Institut für Mid-Tech-Strategie und Institut für High-Tech-Strategie bezeichnet. Bei unserem heutigen Treffen will ich von euch wissen, für welches Institut ihr euch entscheiden würdet, um entsprechende Empfehlungen für die nächste Sitzung zur Aufgabenverteilung in der Politischen Abteilung abzugeben. Ich bitte euch, mir eure Prioritäten mitzuteilen.«

Vierundzwanzig der anwesenden zweiunddreißig politischen Offiziere entschieden sich für das Low-Tech-Institut, weitere sieben für das Mid-Tech-Institut. Allein Zhang Beihai wählte das High-Tech-Institut.

»Sieht so aus, als ob sich Genosse Beihai für Science-Fiction begeistert«, witzelte einer und erntete vereinzelte Lacher.

»Meine Wahl ist die einzige Hoffnung für den Sieg«, erwiderte Zhang Beihai. »Nur auf diesem technologischen Stand hat die Menschheit eine effektive Chance, die Erde und das Sonnensystem zu verteidigen.«

»Wir beherrschen noch nicht einmal die kontrollierte Kernfusion. Wie können wir davon reden, ein zehntausend Tonnen schweres Raumschiff auf fünf Prozent der Lichtgeschwindigkeit zu beschleunigen? Damit wäre es zehntausend Mal schneller als die Lkw-großen Raumschiffe, über die die Menschheit heute verfügt. Das ist nicht einmal Science-Fiction, das ist reine Fantasie!«

»Aber haben wir nicht noch vier Jahrhunderte Zeit? Wir müssen mit dem potenziellen Fortschritt rechnen.«

»In der grundlegenden Physik kann es keinen Fortschritt geben.«

»Wir haben doch noch nicht einmal ein Prozent der Anwendungen ausgeschöpft, die bei den bestehenden Theorien möglich sind«, sagte Zhang Beihai. »Ich glaube eher, dass unser größtes Problem im Forschungsansatz des Technologiesektors besteht. Sie verschwenden zu viel Zeit und Geld auf die Low-end-Technologie. Zum Beispiel besteht überhaupt kein Grund, am Fissionsantrieb zu arbeiten, der auf Kernspaltung basiert. Trotzdem fließt momentan ein Haufen Forschungs- und Entwicklungsarbeit in seine Entwicklung. Und als ob das nicht schon schlimm genug wäre, laufen auch noch intensive Bemühungen um eine neue chemische Antriebsmethode! Stattdessen sollten wir alle unsere Ressourcen in die Entwicklung eines Kernfusionsantriebs stecken. Und zwar gleich in eine medienfreie Fusionsmethode, ohne Umweg über medienabhängige Motoren. Das gleiche Problem haben wir in anderen Forschungsbereichen. Geschlossene Ökosysteme zum Beispiel sind eine notwendige technologische Voraussetzung für interstellare Raumfahrt. Obwohl ihre Entwicklung nicht von physikalischer Grundlagenforschung abhängt, wird in diesem Bereich bislang nur sehr begrenzt geforscht.«

»Genosse Zhang Beihai hat hier mindestens einen Punkt angesprochen, dem wir uns aufmerksam widmen sollten«, sagte Chang Weisi. »Die militärischen und wissenschaftlichen Gruppierungen sind zu sehr mit dem Aufbau ihrer eigenen Arbeit beschäftigt und kommunizieren nur ungenügend miteinander. Glücklicherweise sind sich beide Seiten der Situation bewusst und planen gerade eine gemeinsame Konferenz. Zudem haben sie bereits spezielle Einheiten zur Verbesserung der Kommunikation zwischen den beiden Zweigen eingerichtet und entwickeln komplett interaktive Beziehungen zwischen der Raumfahrtstrategie und der Forschung. Der nächste Schritt wird die Entsendung von Militärfunktionären zu den verschiedenen Forschungsbereichen sein, um eine große Zahl von Wissenschaftlern in die Theorie der Weltraumkriegsführung einzubeziehen. Und doch können wir uns nicht hinsetzen und auf technologische Durchbrüche warten. Vielmehr müssen wir so schnell wie möglich eine eigene ideologische Strategie entwickeln und diese in jedem Bereich voranbringen. Dann möchte ich noch über eine andere Beziehungsebene sprechen, nämlich die zwischen den Weltraumstreitkräften und den Wandschauern.«

»Den Wandschauern?«, fragte jemand verwundert. »Werden die sich denn in die Arbeit der Weltraumstreitkräfte einmischen?«

»Im Augenblick gibt es dafür keine Anhaltspunkte, obwohl Tyler einen Inspektionsbesuch beim Militär plant. Doch wir müssen uns klarmachen, dass die Wandschauer diese Macht haben und jede Einmischung von ihrer Seite ungeahnte Konsequenzen für uns haben kann. Darauf müssen wir uns mental einstellen. Im Fall des Falles sollten wir die Balance zwischen der Operation Wandschauer und der üblichen Verteidigungsstrategie wahren.«

Im Anschluss an das Treffen saß Chang Weisi allein im leeren Konferenzzimmer und rauchte eine Zigarette. Der Rauch driftete in einen Sonnenstrahl, der durch das Fenster hereinkam, und schien noch einmal Feuer zu fangen.

Was auch immer geschieht, der Anfang ist gemacht.

Zum ersten Mal im Leben hatte Luo Ji das Gefühl, dass ein Traum wahr geworden war. Im Grunde war er davon ausgegangen, dass Garanin den Mund zu voll genommen hatte. Natürlich war es möglich, einen wunderbaren, unberührten Ort zu finden, doch er würde doch sicher nicht dem Ort seiner Fantasie gerecht werden. Doch als er aus dem Hubschrauber stieg, war ihm, als habe er eine Traumwelt betreten. Die schneebedeckten Gipfel in der Ferne, der See vor ihm, die Wiesen und der Wald daneben, alles war genauso wie auf der Zeichnung, die er Garanin gegeben hatte. Und noch besser. Denn die Vorstellung einer derart makellosen Umgebung hatte er sich selbst nicht gestattet. Alles war wie im Märchen. In der Luft lag eine leichte Süße, und es sah aus, als schiene selbst die Sonne mit äußerster Behutsamkeit, als gelänge nur ihr sanftestes, feinstes Leuchten hierher. Das Unglaublichste aber war das kleine Anwesen neben dem See und die Villa darauf. Kent, der ihn begleitet hatte, erklärte, das Haus sei Mitte des 19. Jahrhunderts erbaut worden. Es wirkte älter, und mit der Zeit hatte es sich immer besser in seine Umgebung eingefügt.

»Ich finde das nicht überraschend«, sagte Kent. »Manchmal träumt man von Orten, die es wirklich gibt.«

»Wohnt hier jemand in der Umgebung?«

»Niemand im Umkreis von fünf Kilometern. Danach kommen ein paar kleine Dörfer.«

Luo Ji nahm an, dass sie irgendwo in Nordeuropa sein mussten, doch er unterließ es zu fragen.

Kent brachte ihn zum Haus. Beim ersten Blick in das geräumige, europäisch anmutende Wohnzimmer erblickte Luo Ji den Kamin und davor einen sauber aufgeschichteten Stapel Feuerholz. Es stammte von Obstbäumen und verströmte einen angenehm frischen Duft.

»Der Vorbesitzer heißt Sie herzlich willkommen. Es ist ihm eine Ehre, das Haus einem Wandschauer zu überlassen.« Kent erklärte, dass das Anwesen noch mehr Annehmlichkeiten bot, als Luo Ji verlangt hatte: In den Ställen standen zehn Pferde, da man am einfachsten zu Fuß oder zu Pferd in die Berge gelangte. Außerdem gab es einen Tennisplatz, einen Golfplatz, einen Weinkeller, und am See ein Motorboot sowie mehrere Segelboote. Innerhalb seiner alten Fassade war das Haus von Grund auf renoviert und modernisiert. Sämtliche Zimmer waren mit Computern, Breitbandanschlüssen und Satellitenfernsehen ausgestattet. Zusätzlich gab es einen digitalen Vorführraum. Luo Ji bemerkte obendrein einen Hubschrauberlandeplatz, der ganz offensichtlich nicht gerade erst gebaut worden war.

»Der Mann hat Geld.«

»Nicht nur Geld. Er möchte seine Identität nicht preisgeben, aber Sie würden seinen Namen vermutlich kennen, wenn ich ihn verriete. Er hat das Gelände der UNO gestiftet Ein derart großes Vermögen haben noch nicht mal die Rockefellers gespendet. Ich erwähne das nur, damit Sie wissen, dass das Land und das Anwesen den Vereinten Nationen gehören. Sie haben ausschließlich das Wohnrecht. Aber es ist nicht so, dass Sie nichts bekommen. Der Vorbesitzer hat gesagt, er habe bei seinem Auszug sämtliche persönlichen Gegenstände mitgenommen, und alles, was er zurückgelassen hat, gehöre Ihnen. Allein die Bilder sollten eine Stange Geld wert sein.«

Kent führte Luo Ji durch sämtliche Zimmer des Hauses. Der Vorbesitzer hatte offenbar einen guten Geschmack, denn jedes Zimmer war schlicht, aber elegant eingerichtet. Ein Großteil der Bücher in der Bibliothek waren alte Bände in lateinischer Sprache. Die Bilder waren hauptsächlich Gegenwartskunst und wirkten dennoch kein bisschen deplatziert in der gediegenen, klassischen Atmosphäre. Ihm fiel vor allem auf, dass kein einziges Landschaftsmotiv darunter war, was auf eine reife ästhetische Sensibilität schließen ließ: Ein Haus, das mitten im Garten Eden lag, mit Landschaftsbildern auszustatten, wäre so witzlos, wie einen Eimer Wasser ins Meer zu schütten.

Zurück im Wohnzimmer ließ sich Luo Ji in den herrlich bequemen Sessel vor dem Kamin sinken. Er streckte die Hand aus, wobei er unabsichtlich einen Gegenstand streifte. Er nahm ihn hoch und betrachtete ihn genauer. Es war eine langstielige Tonpfeife, wie sie Angehörige der Oberschicht zu Hause schmauchten. Er musterte die leeren Regale an der Wand und stellte sich vor, was wohl zuvor darin gestanden hatte.

Kent kam herein und stellte ihm verschiedene Personen vor: Hausmeister, Koch, Fahrer, Stallbursche und Bootsführer hatten allesamt im Dienst des Vorbesitzers gestanden. Als sie wieder draußen waren, präsentierte Kent ihm einen Oberstleutnant in Zivil, der für seinen Schutz zuständig war. Nachdem der Oberstleutnant das Zimmer verlassen hatte, fragte Luo Ji nach Da Shi.

»Er hat die Verantwortung für Ihre Sicherheit abgegeben und ist vermutlich nach Hause abgereist.«

»Lassen Sie ihn den Platz dieses Typs von eben einnehmen. Er macht das bestimmt besser.«

»Das denke ich auch, aber er spricht kein Englisch. Es wäre schwierig für ihn, diese Aufgabe zu erfüllen.«

»Dann lassen Sie eben chinesische Wachleute statt der hiesigen herholen.«

Kent stimmte zu und ging hinaus, um einen Anruf zu tätigen. Luo Ji verließ ebenfalls das Haus und ging über den perfekt getrimmten Rasen auf einen Steg, der bis in die Mitte des Sees reichte. Mit der Hand am Geländer betrachtete er die Reflexion der schneebedeckten Gipfel auf der spiegelglatten Oberfläche des Sees. Inmitten von süßer Luft und Sonnenschein sagte er sich: »Was geht mich die Welt in vier Jahrhunderten an?«

Die Operation Wandschauer kann mich mal.

»Was macht der denn hier?«, zischte der Forscher vor der Datenstation leise.

»Wandschauer dürfen überall rein«, antwortete sein Kollege ebenso leise.

»Ziemlich öde, nicht wahr?«, sagte Dr. Allen, Leiter des National Laboratory in Los Alamos zu Rey Diaz, als er ihn an der Reihe von Computerterminals vorbeiführte. »Vermutlich sind Sie jetzt enttäuscht, Herr Präsident.«

»Ich bin kein Präsident mehr«, sagte Rey Diaz barsch, während er seine Umgebung in Augenschein nahm.

»Das ist unser Kernwaffen-Simulationszentrum. Los Alamos hat vier davon und Lawrence Livermore drei.«

Zwei Geräte, die weniger langweilig wirkten, weckten Rey Diaz' Interesse. Sie sahen neu aus, mit großen Displays und Steuereinheiten mit zahlreichen feinen Drehknöpfen. Er ging hinüber, um sie sich näher anzusehen, doch Allen hielt ihn zurück. »Das ist eine Spielkonsole. Die Terminals hier sind nicht zum Spielen gedacht, daher haben wir zur Entspannung diese beiden hier aufgestellt.«

Zwei weitere interessantere Objekte gerieten in sein Blickfeld. Sie waren durchsichtig, schienen komplex konstruiert und enthielten eine blubbernde Flüssigkeit. Wieder wollte Rey Diaz sie sich ansehen gehen. Allen hielt ihn diesmal zwar nicht zurück, schüttelte jedoch lächelnd den Kopf. »Das ist ein Raumbefeuchter. In New Mexico herrscht sehr trockenes Klima. Das daneben ist nur eine Kaffeemaschine. Mike, mach doch Mr. Rey Diaz bitte eine Tasse Kaffee … Nein, warte, nicht mit der da. Wissen Sie was, ich mache Ihnen einen Kaffee aus einer Spitzenmischung in meinem Büro.«

Rey Diaz blieb nichts weiter zu tun, als sich die vergrößerten Schwarzweißaufnahmen an den Wänden anzusehen. Er erkannte den hageren Mann mit der Pfeife als Robert Oppenheimer. Dann lenkte Allen seine Aufmerksamkeit zurück zu den schlichten Terminals.

»Diese Displays sind lächerlich«, meinte Rey Diaz.

»Aber dahinter steckt der leistungsstärkste Rechner der Welt. Er arbeitet mit dreißig Petaflops.«

Einer der Ingenieure wandte sich an Allen. »Doktor, der AD4453OG läuft jetzt.«

»Hervorragend.«

Der Ingenieur senkte die Stimme etwas. »Wir haben das Output-Modul abgestellt«, sagte er mit einem Seitenblick auf Rey Diaz.

»Lassen Sie es laufen«, sagte Allen, dann wandte er sich an Rey Diaz. »Wir haben nichts vor den Wandschauern zu verbergen, sehen Sie.«

Nun hörte Rey Diaz Reißgeräusche und sah, wie die Leute an den Terminals Papier zerrissen. Da er annahm, sie zerstörten Dokumente, murmelte er: »Haben Sie denn nicht mal einen Reißwolf?« Doch dann erkannte er, dass sie blankes Papier in

Fetzen rissen. Jemand rief: »Over!«, und alle johlten und warfen Papierfetzen in die Luft. Danach sah der ohnehin nicht sehr saubere Boden noch mehr wie eine Müllhalde aus.

»Das ist eine Tradition im Simulationszentrum. Als die erste Atombombe gezündet wurde, warf Dr. Fermi Papierfetzen in die Luft. Anhand der seitlichen Drift der Fetzen in der Schockwelle konnte er exakt die Sprengkraft der Bombe berechnen. Das machen wir jetzt so bei jeder unserer Simulationen.«

Rey Diaz wischte sich die Papierfetzen aus dem Haar und von der Schulter. »Ihr führt jeden Tag Atombombentests durch, aber für euch ist es wie ein Computerspiel. Das sieht bei uns anders aus. Wir haben keine solchen Supercomputer und müssen echte Tests machen … Wir machen das Gleiche wie ihr, doch am Ende stören immer die Armen.«

»Niemand interessiert sich hier für Politik, Mr. Rey Diaz.«

Rey Diaz beugte sich zu den Terminals hinunter, sah auf den Bildschirmen aber nichts als laufende Daten und wechselnde Kurvendiagramme. Als er endlich ein paar Grafiken entdeckte, waren sie nichtssagend abstrakt. Der Physiker vor dem nächsten Terminal, das er betrachtete, blickte zu ihm auf. »Falls sie so etwas wie einen Atompilz suchen, Herr Präsident … Den gibt es hier nicht zu sehen.«

»Ich bin kein Präsident«, wiederholte Rey Diaz und nahm die Tasse Kaffee, die Allen ihm reichte.

»Wir sollten uns darüber unterhalten, was wir für Sie tun können«, sagte Allen.

»Eine Atombombe entwickeln.«

»Sicher. Wir sind hier in Los Alamos zwar eine multidisziplinäre Institution, aber ich hatte mir schon gedacht, dass Sie deswegen hier sind. Können Sie mir Spezifikationen geben? Welcher Typ? Welche Reichweite?«

»Der PDC wird Ihnen demnächst die genauen technischen Anforderungen schicken, daher möchte ich nur ein paar Schlüsselinformationen geben. Große Reichweite, die größtmögliche. Zweihundert Megatonnen sind das absolute Minimum.«

Allen hob die Brauen, dann senkte er nachdenklich den Kopf. »Das braucht Zeit.«

»Haben Sie keine mathematischen Modelle?«

»Selbstverständlich. Wir haben Modelle für alles, vom Fünfhundert-Tonnen-Gehäuse bis zu riesigen Zwanzig-Megatonnen-Bomben, für Neutronenbomben, EMP-Bomben, aber die Reichweite der Explosion, die Sie erwarten, ist viel zu groß. Sie übersteigt das Zehnfache des weltgrößten Kernfusionsgeräts. Das erfordert einen ganz anderen Zünder und eine ganze andere Vorrüstung als für herkömmliche Atombomben. Und vermutlich auch eine ganz andere Struktur. Dazu haben wir kein passendes Modell.«

Danach unterhielten sie sich noch eine Weile über allgemeine Pläne für verschiedene Forschungsprojekte. Als sie sich schließlich voneinander verabschiedeten, sah Allen Rey Diaz eindringlich an. »Ich weiß, dass unter den Mitarbeitern des PDC die besten Physiker zu finden sind. Daher nehme ich an, dass sie Ihnen etwas über den Einsatz von Nuklearwaffen im Weltraumkrieg gesagt haben?«

»Sie können es gerne wiederholen.«

»Gut. Im Weltraumkrieg könnten Atombomben wenig effizient sein, da Kernexplosionen im Vakuum keine Schockwellen produzieren und lediglich unbedeutenden Druck durch das von ihnen generierte Licht, sodass sie nicht die mechanische Wucht einer Explosion innerhalb der Atmosphäre generieren. All ihre Energie wird in Form von Strahlung und elektromagnetischen Impulsen freigesetzt, und zumindest für uns Menschen ist die Technologie für strahlungs- und EM-sichere Abschirmung auf Raumschiffen ziemlich ausgereift.«

»Und wenn das Ziel direkt getroffen wird?«

»Dann ist es etwas anderes. In diesem Fall wäre Hitze der entscheidende Faktor, und das Ziel würde schmelzen oder verdampfen. Aber eine mehrere hundert Tonnen schwere Bombe wäre wahrscheinlich so groß wie ein Haus. Bei solchen Ausmaßen würde ein direkter Treffer schwerfallen, fürchte ich … Tatsächlich kann sich die mechanische Wirkung einer Atombombe nicht mit der einer kinetischen Waffe messen, und ihre thermische Zerstörungskraft ist nichts im Vergleich zu Gammastrahlen-Lasern.«

»Aber diese Waffen sind nicht einsatzfähig. Atombomben sind die stärksten ausgereiften Waffen der Menschheit. Und ihre Effektivität im Weltraumkrieg sollte sich doch eigentlich steigern lassen. Man könnte doch beispielsweise ein Medium hinzufügen, das Schockwellen erzeugt. Wie Kugellager, die man in eine Granate einbaut.«

»Eine faszinierende Vorstellung. Sie sind nicht umsonst ein Staatsmann, der von der Ingenieurtechnik kommt.«

»Ich habe Atomphysik studiert, weshalb ich eine Vorliebe für Atombomben habe. Sie geben mir ein gutes Gefühl.«

Allen lachte. »Fast hätte ich es vergessen. Es ist lächerlich, mit einem Wandschauer derlei Dinge zu diskutieren.«

Nun lachten beide, aber Rey Diaz wurde schnell wieder

ernst. »Sie behandeln die Operation Wandschauer wie etwas Mysteriöses, Dr. Allen, genau wie alle anderen. Die stärkste kampffähige Waffe der Menschheit heute ist die Wasserstoffbombe. Sich darauf zu konzentrieren ist doch logisch, oder? Ich halte meine Vorgehensweise für die richtige.«

Die beiden Männer hielten auf dem stillen Pfad unter den Bäumen an, den sie gegangen waren. Allen sagte: »Fermi und Oppenheimer sind auf diesem Weg unzählige Male spazieren gegangen. Nach Hiroshima und Nagasaki haben die meisten der Architekten der ersten Generation von Atomwaffen den Rest ihres Lebens mit Depressionen verbracht. Sie wären dankbar für die Mission, die die Atomwaffen der Menschheit nun vor sich haben.«

»Wie erschreckend sie auch immer sein mögen, Waffen sind etwas Gutes … Und bevor ich's vergesse: Bei meinem nächsten Besuch hier möchte ich niemanden Papierfetzen in die Luft werfen sehen. Wir sollten einen ordentlichen Eindruck auf die Sophonen machen.«

Keiko Yamazuki wachte mitten in der Nacht auf und fand sich allein im Bett, das Laken neben ihr war kalt. Sie stand auf, zog sich an und ging hinaus. Sie sah den Rücken ihres Mannes, der wie üblich im Bambushain hinter dem Haus saß. Sie lebten in England und Japan, aber Hines bevorzugte ihr Haus in Japan. Das Mondlicht des Ostens beruhige sein Herz, sagte er. In dieser Nacht schien kein Mond, der Bambus und Hines' Silhouette waren zweidimensional und sahen aus wie Scherenschnitte, die unter den Sternen hingen.

Hines hörte ihre Schritte, drehte sich aber nicht um. Keiko

trug in Japan seltsamerweise die gleichen Schuhe wie in England. Selbst in ihrer Heimatstadt trug sie nie Geta. Dennoch konnte er hier, anders als in England, ihre Schritte hören.

»Du hast seit Tagen nicht mehr richtig geschlafen, Liebster«, sagte sie. Ihre sanfte Stimme unterbrach das Zirpen der Grillen, und Stille legte sich über den Garten.

Sie hörte ihn seufzen. »Keiko. Ich kann das nicht. Mir fällt nichts ein. Wirklich gar nichts.«

»Niemand kann das. Ein ultimativer Plan für den Sieg existiert nicht.« Sie kam näher, doch noch immer trennte sie ein Vorhang aus Bambus von Hines. Der Bambushain war für beide ein Ort der Besinnung. Schon oft hatten sie darin Inspiration für ihre Forschung gefunden. Hier blieben sie in höflicher Distanz zueinander, passend zu einem Ort, der östliche Philosophie zu atmen schien. »Entspann dich etwas, Bill. Es genügt, dein Bestes zu tun.«

Er drehte sich um, doch in der Dunkelheit des Gartens war sein Gesicht nicht zu erkennen. »Wie könnte es genügen? Alles, was ich unternehme, verschlingt Unmengen von Geld.«

»Warum dann nicht genau diese Haltung einnehmen?«, antwortete Keiko prompt. Offenbar hatte sie schon selbst über die Frage nachgedacht. »Wähle eine Herangehensweise, die bei ihrer Ausführung einen Nutzen bringt, selbst wenn sie nicht erfolgreich ist.«

»Genau darüber mache ich mir Gedanken, Keiko. Mein Entschluss steht fest. Wenn ich selbst keinen Plan habe, kann ich anderen dabei helfen, einen zu finden.«

»Welchen anderen? Den anderen Wandschauern?«

»Nein, die sind viel besser dran als ich. Ich meine unsere

Nachfahren. Hast du darüber schon einmal nachgedacht, Keiko? Die natürliche biologische Evolution vollzieht sich in Zyklen von mindestens zwanzigtausend Jahren. Die menschliche Zivilisation aber ist nur wenige tausend Jahre alt und das Zeitalter der modernen Technik erst zweihundert. Das heißt, das Studium der modernen Wissenschaften wird vom Gehirn primitiver Menschen betrieben.«

»Und du möchtest mithilfe der Wissenschaft die Evolution des Gehirns beschleunigen?«

»Wir beide erforschen das Gehirn, und wir müssen uns mit aller Kraft darauf konzentrieren, es so weit zu verbessern, dass es imstande ist, den Planeten zu verteidigen. Wenn wir ein Jahrhundert lang hart daran arbeiten, können wir vielleicht die menschliche Intelligenz in einem Maße steigern, dass sich die Wissenschaftler der Zukunft aus dem Gefängnis der Sophonen befreien können.«

»Intelligenz ist ein vager Begriff in unserem Bereich. Was genau …«

»Ich spreche von Intelligenz im weitesten Sinne, nicht einfach von ihrer traditionellen Bedeutung als logisches Denken, sondern auch der Lernfähigkeit, von Vorstellungskraft und Erfindungsgeist. Und auch von der Fähigkeit, gesunden Menschenverstand zu entwickeln und Erfahrungen anzusammeln, ohne intellektuell an Vitalität einzubüßen. Dazu käme die Verbesserung von geistiger Ausdauer, damit das Gehirn immerzu denken kann, ohne zu ermüden. Schlaf überflüssig zu machen wäre ebenfalls eine Möglichkeit. Und so weiter.«

»Was braucht man dafür? Hast du denn eine ungefähre Vorstellung?«

»Nein, noch nicht. Vielleicht lässt sich das Gehirn direkt an einen Computer anschließen, der mit seinen Rechenfähigkeiten die menschliche Intelligenz erweitert. Oder wir schaffen eine direkte Schnittstelle zwischen menschlichen Gehirnen und verbinden ihr Denken miteinander. Oder wir entwickeln eine Möglichkeit, Erinnerungen zu vererben. Doch egal, welchen Weg wir beschreiten, um die menschliche Intelligenz zu steigern, zuallererst brauchen wir ein grundlegendes Verständnis von den Mechanismen des menschlichen Gehirns.«

»Genau das ist unser Forschungsgebiet.«

»Wir machen weiter wie bisher. Der wesentliche Unterschied ist, dass wir jetzt enorme Mittel dafür anzapfen können.«

»Ich freue mich, Schatz. Ach was, ich bin entzückt! Nur … ist dieser Plan für einen Wandschauer nicht ein bisschen …«

»Zu indirekt? Möglich. Aber überlege doch mal, Keiko. Die menschliche Zivilisation geht am Ende immer auf den Menschen selbst zurück. Wenn wir damit anfingen, den Menschen auf eine höhere Stufe zu heben, wäre das doch ein ziemlich weitreichender Plan, oder? Abgesehen davon … Was soll ich denn sonst tun?«

»Du bist toll, Bill.«

»Nimm einmal an, wir machen aus Neuro- und Kognitionswissenschaften ein Weltentwicklungsprojekt, in das wir unvorstellbar hohe Summen pumpen können. Wie lange würde der Erfolg auf sich warten lassen?«

»Ein Jahrhundert ungefähr.«

»Seien wir etwas pessimistischer und nehmen an, zwei Jahrhunderte. Dann hätten die hochintelligenten Menschen immer noch zwei Jahrhunderte übrig. Wenn sie dann ein Jahrhundert mit der Entwicklung revolutionärer Theorien und ein weiteres damit verbringen, aus diesen Theorien neue Technologien zu schöpfen …«

»Selbst wenn es nicht klappt, haben wir das gemacht, was uns wichtig ist.«

»Keiko, bleib bei mir bis ans Ende der Welt«, flüsterte Hines.

»Ja, Bill, für immer! Was wir haben, ist Zeit.«

Die Grillen im Bambushain schienen sich an ihre Gegenwart gewöhnt zu haben und nahmen ihr Zirpen wieder auf. Als ein sanfter Wind durch den Bambus wehte und das Licht der Sterne durch die Lücken zwischen den Blättern zuckte, konnte man meinen, der Chor der Sommerinsekten käme von ebendiesen Sternen.

Die Wandschauer trafen sich zu ihren ersten Anhörungen vor dem PDC. Rey Diaz und Hines hatten von der ersten Phase ihrer jeweiligen Projekte berichtet. Anschließend waren sie von den Repräsentanten der ständigen Mitgliedsstaaten des PDC diskutiert worden.

Rey Diaz und Hines hatten ihre Pläne während der ersten beiden Sitzungen vorgestellt, doch Tyler hatte sich mit seiner ersten Präsentation bis zum heutigen dritten Tag Zeit gelassen, weswegen die Delegierten nun besonders gespannt auf seine Einlassungen warteten.

Tyler begann mit einer kurzen Einführung. »Ich brauche eine bewaffnete Armee im Weltraum, die die Flotte der Erde ergänzt, aber unter meinem Kommando steht.«

Nur dieser eine Satz, und sofort flogen die Hände der anderen beiden Wandschauer in die Höhe.

»Mr. Hines und mir wurde bereits vorgeworfen, wir würden mit unseren Plänen die Budgets überstrapazieren«, platzte Rey Diaz heraus. »Doch Mr. Tyler möchte gar seine eigene Weltraumarmee. Das ist absurd!«

Tyler blieb gelassen. »Ich habe nicht von einer Weltraumarmee gesprochen. Ich beabsichtige weder Kriegsschiffe noch große Raumschiffe zu konstruieren, sondern ein Kampfgeschwader im Weltraum aufzubauen. Sie sollen jeweils etwa so groß sein wie ein konventioneller am Boden stationierter Kampfjäger mit nur einem Piloten. Wie ein Schwarm Mücken im Weltall. Deshalb nenne ich meinen Plan das Mückenschwarm-Projekt. Diese Flotte sollte mindestens so groß sein wie die der angreifenden Trisolarier. Tausend Schiffe.«

»Sie wollen mit einer Mücke ein Kampfschiff der Trisolarier angreifen?«, ließ sich einer der Delegierten abschätzig vernehmen. »Damit werden Sie denen nicht einen einzigen juckenden Stich versetzen.«

Tyler hob einen Finger. »Nicht, wenn jede dieser Mücken mit einer Hundert-Megatonnen-Wasserstoffbombe bestückt ist. Wofür ich die neueste Superbombentechnologie brauche … Lassen Sie Ihr ablehnendes Kopfschütteln, Rey Diaz. Sie haben gar nicht das Recht dazu. Nach den Prinzipien der Operation Wandschauer ist diese Technologie nicht Ihr Eigentum. Sobald sie entwickelt ist, habe ich das Recht, mich ihrer zu bedienen.«

»Ich frage mich nur, ob Sie nicht einfach meinen Plan plagiieren.« Rey Diaz starrte Tyler zornig an.

Tyler grinste sardonisch. »Ist jemand, dessen Plan man kopieren kann, noch ein Wandschauer?«

»Mücken können nicht besonders weit fliegen«, wandte Garanin ein, der amtierende Vorsitzende des PDC. »Diese Spielzeugkampfjäger können vermutlich nur innerhalb der Sonnenumlaufbahn des Mars zum Einsatz kommen.«

»Passt auf, gleich will er noch einen Raumschiffträger«, stichelte Hines.

Tyler ließ sich nicht beirren. »Das wird nicht nötig sein. Diese Weltraum-Kampfjäger lassen sich so organisieren, dass man das ganze Geschwader zu einer Einheit verbinden kann, einem dichten Mückenschwarm sozusagen, der selbst als Raumschiffträger fungiert und von einem externen Motor angetrieben wird oder von den Motoren eines kleinen Teils des Geschwaders. Bei mittlerer Reisegeschwindigkeit kommt dieser Schwarm genauso weit wie ein großes Raumschiff. Einmal auf dem Schlachtfeld, löst sich das Geschwader auf und agiert als Flotte unabhängiger Kampfjäger.«

»Ihr Mückenschwarm wird Jahre brauchen, um die Verteidigungszone an der Peripherie des Sonnensystems zu erreichen«, bemerkte jemand. »Ein Kampfpilot kann unmöglich so viel Zeit in einem Cockpit verbringen, in dem man nicht mal aufstehen kann. Gibt es in so einem kleinen Jet überhaupt genug Platz für Vorräte?«

»Kälteschlaf«, antwortete Tyler. »Die Piloten müssen überwintern. Damit mein Plan funktioniert, müssen zwei Technologien entwickelt werden: miniaturisierte Superbomben und miniaturisierte Kälteschlafeinheiten.«

»Ein paar Jahre lang in einem Metallkoffer überwintern, nur um beim Aufwachen einen Kamikazeangriff zu fliegen«, fasste Hines zusammen. »Die haben ja einen tollen Job, Ihre Mückenpiloten.«

Einen Augenblick lang wich der Enthusiasmus aus Tylers Gesicht, und er schwieg. Dann nickte er. »Ja, Piloten zu finden wird das Schwierigste an meinem Plan sein.«

Die Vertreter des Ausschusses erhielten weitere Details zu Tylers Plan, schienen aber nicht daran interessiert, die Diskussion fortzuführen. Der Vorsitzende erklärte die Sitzung für beendet.

»Ist denn Luo Ji noch immer nicht da?«, fragte der Delegierte der USA genervt.

»Er kommt nicht«, antwortete Garanin. »Er hat erklärt, es sei wichtig für seinen Plan, dass er abgeschieden lebe und nicht an dieser Anhörung teilnehme.«

Die Delegierten begannen zu tuscheln. Einige schienen verärgert, andere grinsten.

»Das ist doch ein Gammler, der taugt zu gar nichts!«, empörte sich Rey Diaz.

»Und was sind Sie?«, fuhr ihn Tyler an, dem nicht wohl dabei zu sein schien, dass sein Mückenschwarmprojekt von Rey Diaz' Superwasserstoffbombe abhing.

»Ich möchte Dr. Luo eher meinen Respekt aussprechen«, sagte Dr. Hines. »Er kennt sich selbst und seine Fähigkeiten, deshalb verzichtet er auf eine sinnlose Mittelvergeudung.« Er wandte sich an Rey Diaz. »Ich denke, Mr. Rey Diaz sollte sich bei ihm eine Scheibe abschneiden.«

Weder Tyler noch Hines wollten Luo Ji wirklich verteidigen. Alle merkten, dass es ihnen nur darum ging, ihre tief sitzenden Ressentiments gegenüber Rey Diaz zum Ausdruck zu bringen.

Garanin schlug mit dem Hammer auf sein Pult. »Meine Herren. Zunächst einmal sind Wandschauer Rey Diaz' Worte völlig fehl am Platz. Ich möchte Sie doch sehr bitten, den anderen Wandschauern mit Respekt zu begegnen. Aus dem gleichen Grund ermahne ich die Wandschauer Hines und Tyler. Ihre Äußerungen sind genauso unangebracht.«

»Herr Vorsitzender«, sagte Hines. »Der Plan von Mr. Rey Diaz entlarvt ihn als grobschlächtigen Soldaten. Wegen seines Atomwaffenprogramms hat die UNO sein Land direkt nach Iran und Nordkorea mit Sanktionen belegt. Kein Wunder, dass er bezüglich dieser Bombe einen gewissen Komplex hat. Es besteht kein wesentlicher Unterschied zwischen Tylers Mückenschwarm-Projekt und Rey Diaz' Wasserstoffbomben-Projekt. Beide Pläne sind enttäuschend. Die strategische Absicht liegt jeweils auf der Hand. Sie zeigen nichts von der Gerissenheit, die wir uns von der Operation Wandschauer erwarten.«

»Ihr eigener Plan, Mr. Hines, ist bloß ein naives Hirngespinst«, schoss Tyler zurück.

Nach der Anhörung gingen die Wandschauer in den Meditationsraum, ihren bevorzugten Ort im UN-Hauptgebäude. Ihnen kam es vor, als wäre dieser Ort der Stille eigens für Wandschauer konstruiert worden. Dort harrten sie schweigend miteinander aus, und jeder von ihnen spürte, was es hieß, vor dem ultimativen Krieg niemals ihre wahren Gedanken miteinander austauschen zu können. Der Block aus Eisenerz stand in ihrer Mitte, als würde er als stummer Zeuge ihre Gedanken in sich aufnehmen und sammeln.

»Haben Sie von den Wandbrechern gehört?«, fragte Hines leise.

Tyler nickte. »Die ETO hat es auf ihrer öffentlichen Webseite verkündet, und die CIA hat es bestätigt.«

Die Wandschauer verfielen erneut in Schweigen und stellten sich ihren jeweiligen Wandbrecher vor. Ein Bild, das ihnen wieder und wieder in ihren Albträumen erscheinen würde, denn der Tag, an dem ein solcher Wandbrecher tatsächlich auftauchte, würde vermutlich ihr letzter sein.

Shi Xiaoming rückte instinktiv in die Ecke des Bettes, als sein Vater hereinkam, doch Da Shi setzte sich ganz ruhig neben ihn.

»Keine Angst. Ich schlage dich nicht und schimpfe dich auch nicht. Mir fehlt die Kraft dazu.« Er zog ein Päckchen Zigaretten hervor, nahm zwei heraus und hielt eine seinem Sohn hin. Shi Xiaoming zögerte kurz, bevor er sie annahm. Nachdem sie sie angezündet hatten, saßen sie eine Weile schweigend da und rauchten. Dann sah Da Shi seinen Sohn an. »Ich habe einen Auftrag und werde bald das Land verlassen.«

»Was ist mit deiner Krankheit?« Shi Xiaoming warf ihm durch die Rauchschwaden einen besorgten Blick zu.

»Reden wir erst einmal über dich.«

Shi Xiaoming sah ihn flehend an. »Die werden mir ein schweres Urteil aufbrummen, Papa …«

»Jedes andere Vergehen, und ich könnte dich da rausholen, aber in diesem Fall läuft das nicht so, Xiaoming. Wir sind beide erwachsen. Wir müssen für unsere Taten Verantwortung übernehmen.«

Shi Xiaoming ließ verzweifelt den Kopf hängen und zog an seiner Zigarette.

»Ich bin auch daran schuld. Ich habe mich nie genug um

dich gekümmert, bin jeden Abend spät nach Hause gekommen, hab noch was getrunken und bin dann ins Bett. Nie bin ich zu den Elternabenden gegangen, und nie habe ich ein wirklich ernsthaftes Gespräch mit dir geführt. Ja, es stimmt: Wir sind selbst für unsere Taten verantwortlich. Das gilt auch für mich.«

Mit Tränen in den Augen drückte Shi Xiaoming den Zigarettenstummel auf dem Bettrand aus, als wollte er nicht nur die Glut, sondern die ganze zweite Hälfte seines Lebens auslöschen.

»Das Gefängnis ist wie ein Kurs in Kriminalität. Vergiss das Gerede von wegen Reform und versuch einfach, dich von den anderen fernzuhalten. Lerne, dich zu schützen. Nimm die hier …« Da Shi legte eine Plastiktüte auf das Bett. Darin lagen zwei Stangen Yun-Yan-Zigaretten. »Wenn du noch etwas brauchst, wird deine Mutter es dir schicken.«

Da Shi ging zur Tür. Dann drehte er sich noch einmal um und sagte zu seinem Sohn: »Xiaoming, vielleicht wirst du deinen Vater noch einmal wiedersehen. Wahrscheinlich wirst du dann älter sein, als ich es jetzt bin, und du wirst verstehen, wie mir im Moment zumute ist.«

Durch das kleine Fenster konnte Shi Xiaoming seinen Vater aus dem Untersuchungsgefängnis gehen sehen. Von hinten betrachtet sah er sehr alt aus.

In dieser Zeit allerhöchster Anspannung war Luo Ji der entspannteste Mann der Welt. Er spazierte am Ufer des Sees entlang, fuhr mit einem Boot hinaus auf das Wasser, ließ den Koch aus den Fischen, die er fing, und den Pilzen, die er sammelte, Köstlichkeiten zubereiten, schmökerte in der umfangreichen

Bibliothek, und wenn ihm das alles zu langweilig war, ging er hinaus und spielte eine Runde Golf mit den Wachen. Er ritt auf den Pferden durch das Grasland und über die Waldwege in Richtung der Schneegipfel, doch er kam nie bis zum Fuß eines Berges. Oft saß er auf einer Bank am See, betrachtete die Spiegelung der Berge im Wasser, ohne irgendetwas zu tun oder zu denken. So vergingen unbemerkt ganze Tage.

Er war die ganze Zeit über allein, ohne Verbindung zur Außenwelt. Zwar hielt sich auch Kent auf dem Anwesen auf, er hatte jedoch seinen eigenen kleinen Bereich und überließ ihn in der Regel sich selbst. Nur einmal hatte Luo Ji den zuständigen Sicherheitschef gebeten, dass die Wachleute ihm nicht auf Schritt und Tritt folgen sollten, und wenn das unvermeidlich sei, dann wenigstens so, dass er nichts davon mitbekam.

Er fühlte sich wie eines der Boote auf dem Wasser, die ruhig mit aufgerollten Segeln trieben und denen es gleichgültig war, wo sie vertäut waren und wohin die nächste Fahrt gehen würde. Manchmal, wenn ihm sein altes Leben in den Sinn kam, war er überrascht, dass er es sich nach so wenigen Tagen bereits nicht mehr vorstellen konnte. Das gefiel ihm.

Sein besonderes Interesse galt dem Weinkeller. Ihm war klar, dass die staubbedeckten Flaschen, die dort horizontal auf den Regalen lagen, ausschließlich Weine von exquisiter Herkunft waren. Er trank im Wohnzimmer, er trank in der Bibliothek, und manchmal trank er auf dem Motorboot. Nie zu viel, nur eben genug, um sich in diesem perfekten, halb trunkenen, halb nüchternen Zustand zu halten, in dem er dann die langstielige Pfeife des Vorbesitzers zur Hand nahm und entspannt vor sich hin paffte.

Selbst bei Regen, wenn es im Wohnzimmer kühl wurde, zündete Luo Ji nie den Kamin an. Die Zeit dafür war noch nicht gekommen, das wusste er.

Nie ging er ins Internet, sah nur ab und zu fern, doch nie die Nachrichtenprogramme und ausschließlich Sendungen, die nichts mit den gegenwärtigen Ereignissen oder dem aktuellen Tagesgeschehen zu tun hatten. Noch waren solche Programme zu finden, auch wenn sie gegen Ende des Goldenen Zeitalters immer seltener wurden.

Einmal machte er es sich bis spätnachts mit einer Flasche Cognac gemütlich, die dem Etikett nach fünfunddreißig Jahre alt war, zappte sich mit der Fernbedienung seines HD-Geräts durch die Sender und hatte gerade einige Nachrichtenkanäle übersprungen, als er an einer Nachricht der BBC-News hängenblieb. Es ging um die Bergung eines Schiffswracks aus der Mitte des neunzehnten Jahrhunderts, eines Klippers, der von Rotterdam nach Faridabad gesegelt und bei Kap Hoorn havariert war. Unter den Gegenständen, die man in dem Wrack entdeckt hatte, befand sich ein kleines, versiegeltes Fass sehr guten Weins, der nach Ansicht einiger Experten noch trinkbar war. Und nicht nur das. Nach drei Jahrhunderten Lagerung am Grunde des Ozeans sollte er sogar einen ganz unvergleichlichen Geschmack haben. Luo Ji zeichnete das Programm auf und rief nach Kent.

»Ich möchte dieses Weinfass. Kaufen Sie es für mich.«

Kent ging, um einen Anruf zu tätigen. Zwei Stunden später kam er wieder und sagte Luo Ji, der Preis sei erstaunlich hoch: die Gebote begannen bei dreihunderttausend Euro.

»Das ist doch kein Betrag für die Operation Wandschauer. Kaufen Sie es. Das ist Teil meines Plans.«

Und so wurde nach dem geflügelten »Wandschauerlächeln« eine weitere Redewendung geschaffen. Jedes Unterfangen, das offensichtlich absurd war und trotzdem ausgeführt werden musste, nannte man fortan »Teil des Wandschauerplans« oder einfach »Teil des Plans«.

Zwei Tage später lag das antike Fass, sorgfältig ummantelt, im Wohnzimmer der Villa. Luo Ji hatte einen Zapfhahn mit einem speziellen Spiralbohrer für Holzfässer im Keller gefunden. Er drehte ihn behutsam seitlich in das Fass und ließ das erste Glas volllaufen. Die Flüssigkeit war verführerisch smaragdgrün. Er schnüffelte daran und setzte das Glas an die Lippen.

»Ist das ebenfalls Teil des Plans, Dr. Luo?«, fragte Kent betont freundlich.

»So ist es. Teil des Plans.« Er blickte sich zu den Anwesenden um. »Raus mit euch. Alle raus.«

Kent und die anderen bewegten sich nicht.

»Es ist Teil des Plans, euch hinauszuschicken. Raus!« Er starrte sie wütend an. Kent schüttelte sachte den Kopf und führte die anderen hinaus.

Luo Ji nippte. Obwohl er sich einredete, der Geschmack sei himmlisch, wagte er keinen zweiten Schluck. Doch dieser eine war mehr als genug. Die ganze Nacht litt er an Brechdurchfall, bis er Galle in der Farbe des Weines spuckte. Er schaffte es nicht, sich aus dem Bett zu bewegen. Nachdem Ärzte und Spezialisten den Deckel des Fasses geöffnet hatten, entdeckten sie ein relativ großes Messingschild an der Innenwand, wie es damals üblich gewesen war. Im Laufe der Jahrhunderte hatten Wein und Messing, die normalerweise friedlich koexistieren, irgendeine unschöne Substanz miteinander gebildet, die sich im Wein aufgelöst hatte… Beim Abtransport des Fasses sah Luo Ji deutlich die Schadenfreude in Kents Gesicht.

Völlig erschöpft lag er im Bett und beobachtete, wie die Infusionsflüssigkeit in den Schlauch an seinem Arm tropfte. Er fühlte sich unendlich einsam. Ihm wurde klar, dass die sorglose Muße der letzten Wochen bloß die Leichtigkeit beim freien Fall in den Abgrund gewesen war. Jetzt war er unten aufgeschlagen. Doch er hatte diesen Augenblick kommen sehen und war darauf vorbereitet.

Tyler stand mit einem Schirm in der Hand im Nieselregen Kagoshimas. Zwei Meter hinter ihm stand Verteidigungsminister Koichi Inoue. Sein Schirm war geschlossen. Diesen körperlichen und mentalen Abstand zu Tyler wahrte er nun schon seit zwei Tagen. Sie befanden sich im Chiran Friedensmuseum zum Gedenken an die Kamikazepiloten. Vor ihnen ragte die Statue eines Piloten dieser Spezialeinheiten auf, daneben ein weißes Flugzeug mit der Nummer 502. Der Regen hatte die Denkmäler mit einer glänzenden Wasserschicht überzogen, die sie täuschend echt aussehen ließ.

»Ist mein Vorschlag nicht wenigstens der Diskussion wert?«, fragte Tyler.

»Ich empfehle Ihnen nachdrücklich, kein Wort darüber zur Presse zu sagen. Das wird Ihnen nur Ärger einbringen.« Inoues Worte waren so eisig wie der Regen.

»Ist das Thema denn immer noch so sensibel? Sogar heute noch?«

»Das Problem ist nicht der geschichtliche Hintergrund, sondern Ihr Vorschlag, die Kamikaze-Angriffseinheiten wieder aufleben zu lassen. Warum schlagen Sie das nicht den Amerikanern oder irgendeiner anderen Nation vor? Sind Japaner die Einzigen in der Welt, die aus Pflichtbewusstsein sterben können?«

Tyler schloss seinen Regenschirm und rückte näher an Inoue heran. Der wich zwar keinen Schritt zurück, aber es war, als hätte er eine Art Schutzschirm um sich herum, durch den Tyler nicht zu ihm vordringen konnte. »Ich habe nie gesagt, dass die zukünftigen Kamikazepiloten Japaner sein müssen. Es wird eine internationale Einheit. Doch da die Idee aus Ihrem großartigen Land stammt, wäre es doch nur logisch, sie hier wiederzubeleben.«

»Was soll diese Art des Angriffs in einem interplanetaren Krieg denn bewirken? Sie sollten sich bewusst sein, dass diese speziellen Angriffseinheiten nur selten siegreich waren und das Blatt der Schlacht kein einziges Mal gewendet haben.«

»Herr Minister, mein Weltraumgeschwader ist mit Superwasserstoffbomben ausgerüstet.«

»Wozu brauchen Sie dann Menschen? Können computergesteuerte Flieger den Feind nicht ebenso gut angreifen?«

Auf diese Frage schien Tyler nur gewartet zu haben. Er wurde ganz aufgeregt. »Genau das ist das Problem! Die heutigen Computer sind nicht dazu in der Lage, das menschliche Gehirn zu ersetzen. Und ohne große Fortschritte in der Grundlagenforschung werden wir keine weiterentwickelten Hochleistungsrechner wie zum Beispiel Quantencomputer konstruieren können. Doch das verhindern die Sophonen. Daher werden auch in vier Jahrhunderten die Fähigkeiten der Computerintelligenz begrenzt bleiben, und wir werden nicht ohne vom Menschen kontrollierte Waffen auskommen … Wenn wir ehrlich sind, stellt die Wiederbelebung der Kamikazegeschwader im Moment bloß ein moralisches Problem dar. Schließlich wird es noch zehn Generationen dauern, bis einer von ihnen in den Tod fliegt. Doch damit dann der richtige Kampfgeist herrscht, müssen wir heute damit anfangen, die Geschwader aufzubauen!«

Koichi Inoue drehte sich um und sah Tyler zum ersten Mal direkt ins Gesicht. Die Haare klebten ihm feucht an der Stirn, und die Regentropfen auf seinem Gesicht sahen aus wie Tränen. »Ihr Ansatz, Mr. Tyler, verstößt gegen die grundlegenden moralischen Prinzipien moderner Gesellschaften. Das menschliche Leben hat Vorrang vor allem anderen, und Staat und Regierung können von niemandem verlangen, eine Selbstmordmission auszuführen. Kennen Sie Yoshiki Tanakas Science-Fiction-Romanserie *Legend of the Galactic Heroes*? An einer Stelle sagt dort der Protagonist Yang Wenli: ›Das Schicksal des Landes hängt von diesem Krieg ab, aber was bedeutet das schon neben den Rechten des Individuums und der Freiheit? Gebt einfach nur euer Bestes.‹«

Tyler seufzte. »Wissen Sie was? Sie haben soeben Ihre wertvollste Ressource weggeworfen.« Mit diesen Worten spannte er den Regenschirm wieder auf, drehte sich um und stapfte wütend davon. Am Tor der Gedenkstätte angekommen, wandte er sich noch einmal um und sah Inoue immer noch vor der Statue im Regen stehen.

Während Tyler durch den rauen Meereswind lief, kam ihm ein Satz aus dem Abschiedsbrief eines Kamikazepiloten an seine Mutter in den Sinn, den er in der Ausstellung gesehen hatte:

Mama, ich werde ein Glühwürmchen sein.

»Es ist schlimmer, als ich dachte«, sagte Allen zu Rey Diaz. Sie standen neben dem schwarzen Obelisken aus Lavagestein, mit dem der Ground Zero des ersten Atombombentests der Menschheit markiert war.

»Handelt es sich wirklich um eine völlig andere Struktur?«, fragte Rey Diaz.

»Vollkommen anders als die gegenwärtig existierenden Atombomben. Das mathematische Modell dieser Bombe ist hundertmal komplizierter zu errechnen. Das ist ein riesiges Unterfangen.«

»Was muss ich tun?«

»Cosmo gehört zu Ihren Mitarbeitern, richtig? Sagen Sie ihm, er soll in mein Labor kommen.«

»William Cosmo?«

»Ja.«

»Aber er ist … er ist …« Rey Diaz runzelte die Stirn.

»Ein Astrophysiker. Fachmann für Sterne.«

»Was wird seine Aufgabe sein?«

»Das werde ich Ihnen erklären. Sie sind sicher der Meinung, eine Atombombe wird gezündet und dann explodiert sie. Doch tatsächlich läuft es mehr wie bei einer Verbrennung ab. Je größer die Reichweite, umso länger die Brenndauer. Eine Kernexplosion von zwanzig Megatonnen zum Beispiel entwickelt einen Feuerball, der zwanzig Sekunden andauern kann. Die von uns zu entwickelnde Superbombe hat zweihundert Megatonnen und einen Feuerball, der mehrere Minuten anhält. Überlegen Sie mal. Wie sieht der aus?«

»Wie eine kleine Sonne.«

»Exakt. Seine Kernfusionsstruktur ähnelt der eines Sterns,

er reproduziert die Sternentwicklung in einem stark verkürzten Zeitraum. Das heißt, dass unser mathematisches Modell für diese Bombe im Wesentlichen dem eines Sterns entspricht.«

Vor ihnen erstreckte sich eine weiße Sandfläche. In der Zeit kurz vor Sonnenaufgang konnte man nur wenige Details der Wüste ausmachen. Der Anblick erinnerte sie unweigerlich an den Ausgangspunkt von *Three Body*.

»Ich bin sehr aufgeregt, Mr. Rey Diaz. Verzeihen Sie mir unseren anfänglichen Mangel an Enthusiasmus. Inzwischen haben wir erkannt, dass dieses Projekt viel mehr umfasst als die bloße Konstruktion einer Superbombe. Wissen Sie, was wir da machen? Wir entwickeln einen virtuellen Stern!«

Rey Diaz schüttelte missbilligend den Kopf. »Was hat das mit der Verteidigung der Erde zu tun?«

»Beschränken Sie sich nicht auf Planetenverteidigung. Meine Kollegen im Labor und ich, wir sind immer noch Wissenschaftler. Abgesehen davon hat diese Sache durchaus praktische Bedeutung. Solange man die passenden Parameter eingibt, könnte der Stern ein Modell für die Sonne abgeben. Überlegen Sie nur. Es ist immer hilfreich, die Sonne in seinem Computerspeicher zu haben. Sie ist das größte kosmische Objekt in unserer Nachbarschaft, und wir könnten sie viel besser zu unserem Vorteil nutzen. Mithilfe dieses Modells könnten wir eine ganze Menge neuer Entdeckungen machen.«

»Der erste und wichtigste Nutzen der Sonne war, menschliches Leben zu ermöglichen und Sie und mich hierherzubringen«, entgegnete Rey Diaz.

»Aber neue Entdeckungen könnten der Menschheit aus dieser hoffnungslosen Lage heraushelfen. Daher habe ich Sie heute hierher eingeladen, um mit mir den Sonnenaufgang zu betrachten.«

Die Sonne lugte allmählich über den Horizont. Wie ein Fotoabzug in der Dunkelkammer gewann die Wüste an Gestalt und Rey Diaz stellte fest, dass dieser einst von Höllenfeuern verbrannte Ort inzwischen wieder spärlich mit Gestrüpp bewachsen war.

»Ich bin der Tod, ein Zerstörer der Welten!«, rief Allen aus.

»Wie bitte?« Rey Diaz wandte sich entsetzt um, als ob ihn jemand von hinten angeschossen hätte.

»Das hat Oppenheimer beim Anblick der ersten Kernexplosion gesagt. Ich glaube, es ist ein Zitat aus der Bhagavadgita.«

Die Sonnenscheibe im Osten wurde rasch größer und warf ihr Licht wie ein goldenes Netz über die Erde. Dieselbe Sonne hatte an jenem Morgen am Himmel gestanden, als Ye Wenjie in der Basis Rotes Ufer die Antenne justierte, und es war auch genau diese Sonne gewesen, die den Staub nach der ersten Atombombenexplosion beschien. Vor einer Million Jahren hatte der Australopithecus seinen tumben Blick auf diese Sonne gerichtet, genau wie hundert Millionen Jahre zuvor die Dinosaurier, und noch viel früher hatte das Licht dieser Sonne die Wasseroberfläche des urzeitlichen Ozeans durchdrungen und die ersten lebenden Zellen berührt.

»Ein Mann namens Bainbridge formulierte es ganz unpoetisch«, fuhr Allen fort. »›Jetzt sind wir alle Arschlöcher.‹«

»Wovon reden Sie?« Der Anblick der aufgehenden Sonne beschleunigte Rey Diaz' Atem.

»Ich danke Ihnen, Mr. Rey Diaz, dafür, dass wir von heute an keine Arschlöcher mehr sind.«

In überwältigender Feierlichkeit stieg die Sonne im Osten in die Höhe, als wollte sie der Erde sagen: Vor mir ist alles nur ein flüchtiger Schatten.

»Mr. Rey Diaz? Ist etwas nicht in Ordnung?« Allen sah, wie der Wandschauer sich zusammenkrümmte und sich mit einer Hand am Boden heftig übergab. Seine Haut war fahl, kalter Schweiß stand ihm auf der Stirn, und er war zu schwach, um seine Hand aus dem dornigen Gestrüpp zu lösen, auf dass er sich stützte.

»Gehen Sie schnell zum Wagen«, sagte er schwach. Er wandte den Kopf von der Sonne ab und hob seine andere Hand, um das Licht abzuwehren. Er war nicht in der Lage aufzustehen. Allen versuchte, ihm zu helfen, doch er vermochte den versteiften Körper nicht zu bewegen.

»Fahren Sie den Wagen her …«, keuchte Rey Diaz, mit der Hand vor den Augen.

Als Allen mit dem Wagen zurückkehrte, lag der Wandschauer auf dem Boden. Nur mit Mühe konnte er ihn auf den Rücksitz hieven.

»Sonnenbrille, ich brauche eine Sonnenbrille!« Rey Diaz krümmte sich und reckte abwehrend die Hände nach oben. Allen reichte ihm eine Sonnenbrille, die er im Handschuhfach gefunden hatte. Sofort beruhigte sich Rey Diaz' Atem etwas. »Ah, schon besser«, sagte er kraftlos. »Lassen Sie uns hier verschwinden. Schnell.«

»Was ist denn passiert? Was stimmt nicht mit Ihnen?«

»Es muss die Sonne sein.«

»Oh … Seit wann reagieren Sie allergisch darauf?«

»Seit eben.«

Die eigenartige Sonnenphobie, die Rey Diaz an diesem Tag befiel, ließ ihn nicht mehr los. Von diesem Moment an wagte er sich nicht mehr ins Freie, da er bei ihrem Anblick jedes Mal an den Rand eines geistigen und körperlichen Zusammenbruchs geriet.

»Der Flug war wohl sehr lang, so fix und fertig, wie du aussiehst«, war das Erste, was Luo Ji sagte, als er Da Shi sah.

»Stimmt. So gemütlich wie bei unserem gemeinsamen Flug wird's wohl nie wieder sein«, antwortete Da Shi und sah sich beeindruckt um.

»Nicht schlecht, was?«

»Grauenvoll«, erwiderte Da Shi kopfschüttelnd. »Nach drei Seiten hin Gehölz, sodass man sich leicht ans Haus ranpirschen kann. Und dann noch ein See. Mit einem Ufer so dicht vor der Tür ist es schwierig, sich gegen Taucher zu wappnen, die aus den Wäldern auf der anderen Seeseite kommen. Nur das flache Grasland ringsum ist nicht schlecht. Freie Flächen sind immer gut.«

»Geht's vielleicht ein bisschen romantischer?«

»Ich bin zum Arbeiten hier, mein Junge.«

»Ich habe ja auch romantische Arbeit im Sinn.« Luo Ji führte Da Shi ins Wohnzimmer, doch der wirkte nicht sonderlich beeindruckt von all dem Luxus. Luo Ji schenkte ihm aus einer Kristallkaraffe etwas ein, aber Da Shi winkte ab.

»Das ist siebenunddreißig Jahre alter Brandy.«

»Ich kann jetzt nicht trinken … Erzähl mir von deiner romantischen Arbeit.«

Luo Ji nippte an seinem Brandy und setzte sich neben ihn.

»Ich möchte dich um einen Gefallen bitten, Da Shi. Musstest du in deinem alten Job jemals das ganze Land nach einer bestimmten Person absuchen, vielleicht sogar die ganze Welt?«

»Ja.«

»Warst du gut darin?«

»Bei der Fahndung nach Personen? Klar.«

»Wunderbar. Hilf mir, eine Person zu finden. Eine Frau Anfang zwanzig. Es ist Teil des Plans.«

»Nationalität? Name? Adresse?«

»Kann ich dir alles nicht sagen. Die Wahrscheinlichkeit, dass es sie wirklich gibt, ist recht gering.«

Da Shi sah ihn fragend an. »Hast du von ihr geträumt?«

Luo Ji nickte. »Auch in Tagträumen.«

Da Shi nickte ebenfalls. Dann sagte er etwas, das Luo Ji nicht erwartet hatte: »In Ordnung.«

»Wie bitte?«

»Einverstanden, solange du mir sagen kannst, wie sie aussieht.«

»Sie, nun, sie ist Asiatin. Sagen wir Chinesin.« Luo Ji zog beim Sprechen Papier und Stift hervor. »Ihre Gesichtsform sieht so aus. Ihre Nase ungefähr so. Der Mund … Puh, ich kann nicht zeichnen. Und ihre Augen … Verdammt. Wie könnte ich ihre Augen zeichnen? Hast du nicht so ein Gerät, eine Software, mit der man ein Gesicht hochladen und dann Augen und Nase und so entsprechend der Beschreibung von Augenzeugen verändern kann, bis man ein exaktes Phantombild bekommt?«

»Sicher. So was habe ich hier auf meinem Laptop.«

»Dann her damit und lass uns zeichnen!«

Da Shi streckte sich auf dem Sofa aus und machte es sich

bequem. »Nicht nötig. Du brauchst sie nicht zu zeichnen. Rede einfach weiter. Lassen wir ihr Aussehen erst einmal beiseite. Erzähl mir besser, was für ein Mensch sie ist.«

Das ließ sich Luo Ji nicht zweimal sagen. Er stand auf und schritt rastlos vor dem Kamin auf und ab. »Sie … Wie soll ich sagen? Sie kam in diese Welt wie eine Lilie, die aus einem Müllberg wächst, so … so rein und zart, dass nichts um sie herum sie beschmutzen kann. Dafür aber verletzen. Ja, alles um sie herum könnte ihr Schaden zufügen! Sobald du sie siehst, möchtest du sie beschützen, nein, für sie sorgen und sie wissen lassen, dass du alles tun würdest, um sie vor der rauen und brutalen Wirklichkeit abzuschirmen. Sie, sie ist so … Ach, ich rede so einen Stuss. Ich kann mich nicht klar ausdrücken.«

»So ist das immer«, sagte Da Shi. Sein Lachen, das Luo Ji beim ersten Mal so grob und dämlich vorgekommen war, erschien ihm nun weise. Es beruhigte ihn. »Doch du hast dich deutlich genug ausgedrückt.«

»Okay, dann mache ich weiter. Sie … Aber was rede ich? Ganz gleich, was ich sage, es fällt mir schwer, sie so zu beschreiben, wie sie in meinem Herzen ist.« Luo Ji geriet ganz außer sich, es sah aus, als wolle er sich jeden Moment das Herz aus der Brust reißen, um es Da Shi zu zeigen.

Da Shi machte eine beschwichtigende Geste. »Vergiss es. Erzähl mir, wie es ist, wenn ihr zwei zusammen seid. So detailliert wie möglich.«

Luo Ji riss erstaunt die Augen auf. »Woher weißt du von uns beiden?«

Wieder lachte Da Shi. Dann sah er sich um. »Du hast nicht vielleicht irgendwo Zigarren?«

»Natürlich!« Luo Ji langte nach einer edlen Holzschachtel auf dem Kaminsims und zog eine dicke Davidoff heraus. Nachdem er mit einem noch edleren Zigarrenabschneider im Guillotinenstil das Mundstück entfernt hatte, reichte er Da Shi die Zigarre und gab ihm mit einem Zedernholzspan Feuer.

Shi Qiang nahm einen Zug und nickte zufrieden. »Fahr fort.«

Luo Ji überwand seine anfängliche Sprechblockade, und jetzt sprudelte es nur so aus ihm heraus. Er beschrieb, wie sie zum ersten Mal in der Bibliothek Gestalt angenommen hatte, wie sie während einer Vorlesung im Hörsaal aufgetaucht war, wie sie sich vor dem Fantasiekamin in seiner Wohnung getroffen hatten, wie schön der Widerschein des Feuers auf ihrem Gesicht ausgesehen hatte, insbesondere durch die Weinflasche hindurch. Wie die Augen der Dämmerung.

Begeistert rief er sich ihre Vergnügungsfahrt ins Gedächtnis und beschrieb sie minutiös. Die vom Schnee kuhfleckigen Felder, die Stadt und das Dorf unter dem blauen Himmel, die Berge, die sich wie alte Männer in der Sonne wärmten, der Abend und das Feuer am Fuß des Berges …

Als er fertig war, drückte Da Shi seine Zigarre aus. »Nun, das sollte reichen. Ich stelle jetzt ein paar Vermutungen über sie an, und du sagst mir, ob ich damit richtigliege.«

»Ja, bitte!«

»Ihr Bildungsstand: Sie hat mindestens einen Bachelorabschluss, aber keine Promotion.«

Luo Ji nickte. »Ja, genau. Sie ist gebildet, aber nicht so sehr, dass sie vor lauter Wissen ganz verknöchert ist. Gerade genug, dass es ihren Blick auf das Leben und die Welt schärft.«

»Sie stammt vermutlich aus dem Bildungsbürgertum und ist in Verhältnissen aufgewachsen, die man vielleicht nicht als reich, aber relativ gut situiert bezeichnen kann. Sie ist in der liebevollen Obhut ihrer Eltern aufgewachsen, jedoch ohne Kontakt zur Gesellschaft, insbesondere nicht mit den unteren Schichten.«

»Richtig, genau so! Sie hat mir nie von ihrer Familie erzählt, und davon abgesehen auch nichts über sich, aber so muss es sein.«

»Sag es mir, wenn eine der folgenden Annahmen nicht zutrifft. Sie trägt gerne – wie nennt man das – schlichte, elegante Kleidung, ein wenig schlichter als andere Frauen ihres Alters.« Luo Ji konnte gar nicht aufhören zu nicken. »Sie hat immer irgendetwas Weißes an, eine Bluse oder einen Kragen, das in starkem Kontrast zu ihrem übrigen Outfit steht.«

»Da Shi, du bist einfach …«, stieß Luo Ji voller Bewunderung hervor.

Da Shi machte eine abwehrende Geste und fuhr fort. »Zu guter Letzt ist sie nicht groß, so etwa eins sechzig, und ihre Figur ist, naja, ich nehme an, feingliedrig, als könnte ein Windstoß sie umwehen. Daher wirkt sie nicht ganz so klein … Mir fällt noch einiges andere ein. Ich bin dicht dran, stimmt's?«

Luo Ji war kurz davor, sich hinzuknien. »Mensch, Da Shi, ich werfe mich vor dir in den Staub. Du bist ja ein zweiter Sherlock Holmes!«

Da Shi stand auf. »Jetzt fertige ich das Phantombild an.«

Noch in derselben Nacht kam er mit dem Laptop zu Luo Ji. Als er das Porträt der Frau auf dem Bildschirm sah, starrte Luo Ji es wie gebannt an und sagte kein Wort. Da Shi, der offenbar nichts anderes erwartet hatte, nahm eine weitere Zigarre aus der Kiste auf dem Kaminsims, schnitt das Mundstück ab, zündete sie an und paffte. Nach ein paar Zügen ging er wieder zu Luo Ji zurück, der noch immer auf den Bildschirm starrte.

»Sag mir, was nicht stimmt, und ich passe es an.«

Nur mit Mühe löste Luo Ji den Blick vom Phantombild. Er erhob sich, ging zum Fenster und betrachtete die fernen, mondbeschienenen Schneegipfel. »Nichts«, murmelte er. Es klang, als träumte er.

»Das dachte ich mir«, sagte Da Shi und klappte den Laptop zu.

Luo Ji starrte weiter in die Ferne und sagte etwas, was Da Shi schon öfter gehört hatte: »Da Shi, du bist ein Teufel.«

Da Shi ließ sich erschöpft auf das Sofa fallen. »Dazu braucht es keine übernatürlichen Fähigkeiten. Wir sind beide Männer.«

Luo Ji drehte sich zu ihm um. »Aber jeder Mann hat eine ganz eigene Vorstellung von seiner Traumfrau.«

»Bei Männern eines bestimmten Typs unterscheiden sich die Traumfrauen kaum voneinander.«

»Trotzdem kann es doch nicht möglich sein, dass du sie so exakt hinbekommst!«

»Naja, du hast mir ja auch eine ganze Menge über sie erzählt.«

Luo Ji ging noch einmal zum Laptop und klappte ihn auf. »Schick mir eine Kopie.« Als Da Shi die Datei herunterlud und verschickte, sah Luo Ji ihn eindringlich an. »Kannst du sie finden?«

»Ziemlich wahrscheinlich. Aber ich kann auch nicht ausschließen, dass ich sie nicht finde.«

»Wieso?« Luo Ji sah Da Shi erstaunt an.

»Wie könnte ich bei so einer Sache hundertprozentigen Erfolg garantieren?«

»Nein, das meine ich nicht. Im Gegenteil. Ich habe erwartet, dass du sagst, es sei praktisch unmöglich, aber du würdest einen Zufallstreffer nicht ausschließen. Dass die Wahrscheinlichkeit, sie zu finden, vielleicht bei einem Zehntausendstel Prozent liege. Und damit wäre ich schon zufrieden gewesen.« Er sah sich noch einmal das Bild an. »Könnte es auf der Welt tatsächlich so einen Menschen geben?«

Da Shi runzelte die Stirn und lächelte. »Dr. Luo. Wie viele Menschen hast du im Leben gesehen?«

»Nicht so viele wie du natürlich, aber ich weiß, dass es auf Welt keinen perfekten Menschen gibt, schon gar nicht die perfekte Frau.«

»Wie du selbst gesagt hast, gelingt es mir öfter, aus Zehntausenden von Personen eine bestimmte herauszufischen. Und aus Erfahrung weiß ich, dass es da draußen alle Sorten Menschen gibt. Alle, mein Junge. Perfekte Menschen sogar, und perfekte Frauen. Du hast sie nur noch nicht getroffen.«

»Das ist das erste Mal, dass ich jemanden so reden höre.«

»Das liegt daran, dass jemand, der für dich perfekt ist, nicht unbedingt für andere perfekt sein muss. Deine Traumfrau hier – für mich hätte sie einige offensichtliche Makel. Die Chancen, sie zu finden, stehen also nicht schlecht.«

»Aber manche Regisseure suchen unter Tausenden von Schauspielern die Idealbesetzung für eine Rolle und finden sie nicht.«

»Diese Regisseure verfügen nicht über unsere speziellen Fahndungsmöglichkeiten. Wir sehen uns nicht nur tausend oder zehntausend oder Millionen Menschen an. Unsere Geräte und Techniken sind wesentlich raffinierter als die eines Filmregisseurs. Der Computer im Analysezentrum der Polizei kann, sagen wir, innerhalb eines halben Tages ein Gesicht mit hundert Millionen Gesichtern abgleichen … Der einzige Haken ist, dass das über meine Zuständigkeiten hinausgeht. Daher muss ich erst mit meinen Vorgesetzten Rücksprache halten. Wenn sie es genehmigen und mich damit beauftragen, werde ich tun, was ich kann.«

»Sag ihnen, es sei ein wichtiger Bestandteil der Operation Wandschauer und muss absolut ernst genommen werden.«

Da Shi lachte in sich hinein und ging.

»Wie bitte? Der PDC muss sie finden?« Kent suchte nach dem passenden chinesischen Ausdruck. »Seine Traumfrau? Jetzt reicht's aber mit diesem Typen, dem haben wir schon viel zu viel zugestanden. Tut mir leid. Ich kann dieses Gesuch nicht weiterleiten.«

»Damit verletzten Sie die Richtlinien der Operation Wandschauer: Ganz gleich, wie unverständlich der Befehl eines Wandschauers ist, er ist weiterzuleiten und auszuführen. Allein der PDC kann sein Veto einlegen.«

»Aber wir können doch nicht öffentliche Gelder darauf verwenden, dass er es sich wohl sein lässt wie ein Kaiser! Herr Shi, wir arbeiten noch nicht sehr lange zusammen, aber ich respektiere Sie sehr. Sie sind ein erfahrener und einfühlsamer Mann. Also sagen Sie mir die Wahrheit. Glauben Sie ernsthaft, dass Luo Ji die Operation Wandschauer durchführt?«

Da Shi zuckte mit den Schultern. »Ich weiß es nicht.« Er

hob die Hand, um Kents Einwand zu unterbinden. »Aber das liegt allein an meiner Unwissenheit und entspricht nicht der Ansicht unserer Vorgesetzten. Das ist der Unterschied zwischen uns beiden: Ich tue nichts anderes, als nach bestem Wissen und Gewissen meine Anweisungen zu befolgen. Sie dagegen sind einer, der immer alles hinterfragen muss.«

»Was ist daran falsch?«

»Es geht nicht um richtig oder falsch. Wenn jeder sich immerzu darüber im Klaren sein wollte, warum er eine bestimmte Anweisung ausführt, wäre diese Welt längst im Chaos versunken. Sie stehen im Rang über mir, Kent, aber letzten Endes sind wir beide nur Menschen, die Befehle befolgen. Wir müssen begreifen, dass es Dinge gibt, über die wir uns keine Gedanken zu machen haben. Es reicht, wenn wir unsere Pflicht erfüllen. Wenn Sie dazu nicht bereit sind, fürchte ich, dass Sie es nicht leicht haben werden.«

»Ich habe es jetzt schon nicht leicht! Soeben haben wir einen Haufen Geld für diesen elenden Wein ausgegeben. Ich frage mich nur … Ich meine, sieht der für Sie wie ein Wandschauer aus?«

»Wie sollte ein Wandschauer denn aussehen?«

Kent war einen Augenblick lang sprachlos.

»Selbst wenn es eine Art Schablone für einen Wandschauer gäbe, wäre Luo Ji nicht völlig unpassend.«

»Wie bitte?«, fragte Kent verblüfft. »Sie wollen doch nicht etwa sagen, dass Sie irgendwelche Qualitäten in ihm sehen?«

»Genau das sage ich.«

»Dann erklären Sie es mir. Verdammt, was sehen Sie in ihm?«

Da Shi legte ihm eine Hand auf die Schulter. »Nehmen Sie sich selbst, zum Beispiel. Würden Sie mit dem Titel Wandschauer gekrönt, würde aus Ihnen genau so ein opportunistischer Hedonist wie aus ihm.«

»Ich wäre schon längst zusammengebrochen.«

»Genau. Aber Luo Ji ist sorglos. Nichts kann ihm etwas anhaben. Kent, alter Freund, glauben Sie denn, er habe es leicht? Er ist aufgeschlossen. So nennt man das, und jeder, der Großes vorhat, sollte sich diese Offenheit bewahren. Einer wie Sie würde es nie zu etwas Großem bringen.«

»Aber er ist so … Ich meine … Wenn er so sorglos ist, wie passt er dann in die Operation Wandschauer?«

»Das erkläre ich Ihnen nun doch schon die ganze Zeit, und Sie haben es immer noch nicht begriffen. Ich sagte, ich weiß es nicht. Wie wollen Sie wissen, ob das, was der Typ gerade macht, nicht Teil des Plans ist? Noch einmal: Darüber bestimmen weder Sie noch ich. Um noch einen Schritt zurückzugehen: Angenommen, unsere Bedenken sind gerechtfertigt …« Da Shi trat dicht an Kent heran und senkte die Stimme. »Manche Dinge brauchen eben ihre Zeit.«

Kent starrte Da Shi nachdenklich an und nickte schließlich, auch wenn er sich nicht sicher war, dass er den letzten Satz ganz verstanden hatte. »Nun gut, ich leite es weiter. Aber würden Sie mich diese Traumfrau von ihm zuerst sehen lassen?«

Als er die Frau auf dem Bildschirm sah, hellte sich Kents Miene auf, und er rieb sich das Kinn. »Gütiger Gott … Auch wenn ich nicht glauben kann, dass ein solches Wesen unter den Menschen existiert, hoffe ich, Sie finden sie bald.«

»Sie empfinden es hoffentlich nicht als zu unhöflich, Leutnant Zhang, wenn ich mir in meiner Eigenschaft als Wandschauer erlaube, die politische und ideologische Arbeit Ihrer Truppe persönlich zu inspizieren?«, fragte Tyler, als er Zhang Beihai traf.

»Nein, Mr. Tyler. Wir kennen das bereits. Als ich noch Student an der Parteischule der Militärkommission war, kam einmal überraschend Donald Rumsfeld zu Besuch.« Zhang Beihai verhielt sich nicht so argwöhnisch und distanziert, wie Tyler es bei den anderen Offizieren erlebt hatte. Er wirkte sehr aufrichtig, was die Unterhaltung wesentlich erleichterte.

»Ihr Englisch ist hervorragend. Sie müssen von der Marine kommen.«

»Richtig. Die US-Weltraumstreitkräfte setzen sich sogar zu einem noch größeren Teil aus ehemaligen Marineangehörigen zusammen als wir.«

»Diese traditionsreichen Seestreitkräfte haben sicher nicht damit gerechnet, dass ihre Kriegsschiffe irgendwann in den Weltraum fliegen würden … Wenn ich offen zu Ihnen sein darf: Als General Chang Weisi Sie mir als den hervorragendsten Politfunktionär der Weltraumstreitkräfte empfohlen hat, nahm ich sofort an, Sie kämen von der Armee. Schließlich ist die Armee die Seele Ihres Militärs.«

Zhang Beihai war ganz gewiss anderer Ansicht, aber er lachte großmütig. »Die Seele ist in allen Waffengattungen immer die gleiche. Es sind die unterschiedlichen Kulturen der verschiedenen Waffengattungen, die die neu entstehenden Weltraumstreitkräfte aller Nationen prägen.«

»Mich interessiert Ihre politische und ideologische Arbeit. Ich würde gerne eine tiefgreifende Untersuchung durchführen.«

»Kein Problem. Ich wurde angewiesen, nichts aus meinem Arbeitsbereich vor Ihnen zu verbergen.«

»Ich danke Ihnen.« Tyler zögerte einen Augenblick, bevor er fortfuhr. »Ziel meines Besuchs ist, die Antwort auf eine bestimmte Frage zu erhalten. Zuerst würde ich gerne Ihre Ansicht dazu hören.«

»Bitte sehr, tun Sie sich keinen Zwang an.«

»Glauben Sie, dass wir den Kampfgeist früherer Zeiten wiederaufleben lassen können?«

»Was meinen Sie mit ›früheren Zeiten‹?«

»Eine lange Zeitspanne … Sagen wir, vom alten Griechenland bis zum Zweiten Weltkrieg. Entscheidend sind dabei für mich gewisse Gemeinsamkeiten, also zuvorderst Pflicht- und Ehrgefühl, und, falls nötig, die Bereitschaft, ohne Zögern sein Leben zu geben. Sie wissen sicher, dass es diesen besonderen Kampfgeist seit dem Zweiten Weltkrieg nicht mehr gibt. Weder in demokratischen noch in autoritären Staaten.«

»Die Armee rekrutiert sich aus der Gesellschaft, was bedeutet, dass dieser Geist der Vergangenheit in der ganzen Gesellschaft wiederbelebt werden müsste.«

»Da bin ich ganz Ihrer Meinung.«

»Aber das ist unmöglich.«

»Warum? Uns bleiben noch vierhundert Jahre. Genauso lange, wie die menschliche Gesellschaft gebraucht hat, um sich vom kollektiven Heroismus zum Individualismus zu entwickeln. Warum sollten wir uns nicht im gleichen Zeitraum wieder zurückentwickeln können?«

Zhang Beihai dachte einen Moment darüber nach. »Das ist eine interessante Frage. Ich denke jedoch, dass die Gesellschaft erwachsen geworden ist und nicht mehr in ihre Kindheit zurückkehren kann. In den vierhundert Jahren, in denen sich die moderne Gesellschaft entwickelt hat, hat es nichts gegeben, was uns mental oder kulturell auf eine solche Katastrophe vorbereitet hätte.«

»Woher nehmen Sie dann Ihre Zuversicht? Soweit mir bekannt ist, sind Sie durch und durch von unserem Sieg überzeugt. Was kann eine defätistische Weltraumflotte einem mächtigen Gegner entgegensetzen?«

»Sagten Sie nicht gerade, wir hätten noch vierhundert Jahre? Wenn wir uns nicht zurückentwickeln können, müssen wir eben entschlossen vorwärtsgehen.«

Zhang Beihais Antwort war sehr vage, doch mehr bekam Tyler auch im weiteren Verlauf des Gesprächs nicht aus ihm heraus. Aber er hatte das starke Gefühl, dass dieser Mann wesentlich tiefgründiger war, als er bei einem einzigen kurzen Besuch ausloten konnte.

Beim Verlassen der Zentrale der Weltraumstreitkräfte ging Tyler an einer Wache vorbei. Als sich ihre Blicke kreuzten, grüßte ihn der Wachposten mit einem zurückhaltenden Lächeln. Dergleichen hatte er bei den Armeen anderer Länder nie erlebt, wo die Wachleute immer geradeaus zu starren pflegten. Während er den jungen Mann ansah, kam ihm wieder die Zeile aus dem Museum in den Sinn: *Mama, ich werde ein Glühwürmchen sein.*

An diesem Abend regnete es. Es war der erste Regen seit Luo Jis Ankunft, und es wurde ziemlich kühl im Wohnzimmer. Als er vor dem kalten Kamin saß und auf den Regen draußen lauschte, stellte er sich vor, das Haus läge auf einer einsamen Insel inmitten eines dunklen Ozeans. Er ließ sich von der unendlichen Einsamkeit gefangen nehmen. Seit Da Shi fort war, befand er sich in einem Zustand gespannter Erwartung, und schon allein diese einsame Warterei löste Glücksgefühle in ihm aus.

Da hörte er ein Auto die Auffahrt heraufkommen und die Fetzen eines Gesprächs. Die sanfte, helle Stimme einer Frau, die »Danke« und »Auf Wiedersehen« sagte, ließ ihn zusammenzucken wie ein Elektroschock.

Genau diese Stimme hatte er zwei Jahre zuvor Tag und Nacht in seinen Träumen gehört. Sie hatte einen ätherischen Klang und war wie ein spinnwebfeiner Hauch am blauen Himmel, der den trüben Abend mit goldenem Sonnenlicht flutete.

Es klopfte zaghaft an der Tür. Starr saß er auf seinem Platz, unfähig, sich zu rühren, bis er schließlich den Mund aufbekam und »herein« sagte. Die Tür ging auf, und eine zierliche Gestalt betrat das Zimmer. Es sah aus, als würde sie mit dem Duft des Regens hereingeweht werden.

Das einzige Licht im Wohnzimmer kam von einer Stehlampe mit einem altmodischen Schirm, die nur eine kleine kreisrunde Stelle neben dem Kamin erhellte. Luo Ji konnte ihr Gesicht nicht erkennen, bemerkte aber ihre weißen Hosen und eine dunkle Jacke, die in auffälligem Kontrast zu ihrem weißen Kragen stand und ihn an Lilien erinnerte.

»Guten Abend, Herr Luo«, sagte sie.

»Guten Abend.« Luo Ji erhob sich. »Es war wohl sehr kalt draußen?«

»Nicht im Auto.« Obwohl er es nicht richtig sehen konnte,

war Luo Ji sicher, dass sie lächelte. »Aber hier drinnen …« Sie blickte sich nach allen Seiten um. »Hier ist es schon ein wenig kühl … Oh Verzeihung, Herr Luo, mein Name ist Zhuang Yan.«

»Hallo Zhuang Yan. Lassen Sie uns ein Feuer im Kamin anzünden.« Er kniete sich hin und schichtete ein paar der säuberlich gestapelten Holzscheite auf die Feuerstelle. »Haben Sie schon einmal einen Kamin gesehen?«, fragte er. »Hier, bitte, setzen Sie sich.«

Sie nahm auf dem Sofa Platz und war noch immer im Schatten. »Hmm … nur im Film.«

Luo Ji zündete mit einem Streichholz die Kienspäne unter dem Holzhaufen an. Die Flammen züngelten hoch, als wären sie lebendig, und ihr sanftes goldenes Licht enthüllte allmählich die Züge der Frau. Luo Ji hielt sich am Streichholz fest, bis es ihm die Finger versengte. Er brauchte den Schmerz, um sich zu vergewissern, dass er nicht träumte. Ihm war, als hätte er die Sonne entfacht, die nun auf eine real gewordene Traumwelt schien. Solange er in seiner Welt sie und das Licht des Kaminfeuers hatte, mochte sich die Sonne draußen ruhig für immer hinter den Wolken und in der Nacht verstecken.

Da Shi, du bist wirklich ein Teufel. Wo hast du sie gefunden? Wie hast du sie verdammt noch mal finden können?

Er löste den Blick von ihr. Als er wieder das Feuer ansah, traten ihm unwillkürlich Tränen in die Augen. So wollte er sich ihr nur ungern wieder zuwenden, doch dann wurde ihm klar, dass es nichts zu verbergen gab … Vermutlich würde sie ohnehin annehmen, die Tränen kämen vom Rauch, der ihm in die Augen biss. Er wischte sie mit dem Handrücken fort.

»Schön warm ist das … und so hübsch«, sagte sie mit einem lächelnden Blick ins Feuer.

Ihre Worte und ihr Lächeln ließen Luo Jis Herz erzittern.

»Warum ist das hier so … so …?«, fragte sie und ließ ihre Augen durch den schwach erleuchteten Raum wandern.

»Ist es anders, als Sie es sich vorgestellt haben?«

»Ja, es ist anders.«

»Ist es nicht …« Ihm fiel ihr Name ein, »nicht ›würdevoll‹ genug für Sie?«

Sie lächelte ihn an. »Mein Vorname Yan ist das Schriftzeichen für Farbe, nicht für Würde.«

»Ah, verstehe. Vielleicht denken Sie, hier sollte es eine Menge Landkarten geben und einen großen Bildschirm und einen Haufen uniformierter Generäle davor, und ich mittendrin, mit einem Stab, mit dem ich auf Dinge zeige?«

»Genau so, Herr Luo.« Ihr feines Lächeln wurde strahlend, wie eine aufblühende Rose.

Er stand auf. »Sie sind sicher müde von der Reise. Wie wäre es mit einer Tasse Tee?« Er zögerte. »Oder möchten Sie lieber Wein? Das ist gut gegen die Kälte.«

Sie nickte. »Gern.« Sie nahm das Glas mit einem geflüsterten Dankeschön entgegen und nippte daran.

Sie zu betrachten, wie sie dort unschuldig mit dem Weinglas in der Hand saß, berührte ihn tief. Sie trank, wenn er sie dazu aufforderte. Sie hatte Vertrauen in die Welt und kannte keinen Argwohn. Ja, die Welt hielt eine Menge Verletzungen für sie bereit, doch nicht hier. Hier kümmerte man sich um sie. Das war ihre Festung.

Er setzte sich zu ihr und sah sie an. »Was haben die Ihnen

erzählt, bevor Sie herkamen?«, fragte er so ruhig wie möglich.

»Dass ich zum Arbeiten hier bin, natürlich.« Ihr unschuldiges Lächeln brach ihm das Herz. »Herr Luo, woran werde ich hier arbeiten?«

»Was haben Sie studiert?«

»Chinesische Malerei, an der Akademie der Schönen Künste.«

»Aha. Und bereits abgeschlossen?«

»Ja. Ich habe eben meinen Bachelor gemacht und war auf der Suche nach einem Job, mit dem ich meinen Master finanzieren kann.«

Luo Ji ließ sich einen Augenblick Zeit zum Nachdenken, aber ihm fiel partout nichts ein, was sie tun könnte. »Nun, was Ihre Arbeit angeht … Darüber reden wir morgen. Sie sind sicher müde und sollten sich zunächst einmal ausschlafen. Gefällt es Ihnen hier?«

»Ich weiß nicht. Auf dem Weg vom Flughafen war überall dichter Nebel, und dann wurde es dunkel, daher habe ich gar nichts gesehen … Wo sind wir hier, Herr Luo?«

»Das weiß ich auch nicht.«

Sie nickte und kicherte in sich hinein. Sicher glaubte sie ihm kein Wort.

»Ich weiß wirklich nicht, wo wir sind. Die Gegend sieht nach Skandinavien aus. Ich könnte einen Anruf machen und es herausfinden.« Er griff nach dem Telefon neben dem Sofa.

»Nein, schon gut, Herr Luo. Es ist gut, es nicht zu wissen.«

»Warum?«

»Sobald man es weiß, wird die Welt eng.«

Mein Gott!, schrie er innerlich.

»Schauen Sie mal, Herr Luo«, rief sie aus, »wie hübsch der Wein im Schein des Feuers aussieht.«

Der Wein leuchtete in einem gleißenden Purpurrot, wie man es nur aus Träumen kennt.

»Wie sieht das aus für Sie?«, fragte er aufgeregt.

»Hmm … Wie Augen, finde ich.«

»Die Augen der Abenddämmerung, nicht wahr?«

»Die Augen der Abenddämmerung? Das ist sehr schön gesagt.«

»Morgenröte oder Abenddämmerung? Sie bevorzugen sicher die Abenddämmerung, nicht wahr?«

»Das stimmt. Woher wissen Sie das? Ich male gern den Sonnenuntergang.«

Ihre Augen leuchteten im Feuer wie Kristalle. Sie schienen zu fragen: *Stimmt etwas nicht?*

Am nächsten Morgen, nachdem das Wetter aufgeklart hatte, war es Luo Ji, als habe Gott sein Paradies für die Ankunft Zhuang Yans reinwaschen wollen. Als sie die Landschaft zum ersten Mal im Tageslicht sah, hörte Luo Ji sie nicht aufgeregt kreischen, wie Frauen ihres Alters es in einem solchen Moment oft taten. Stattdessen erstarrte sie vor diesem herrlichen Anblick in atemloser Ehrfurcht und brachte kein einziges Wort heraus. Sie war offensichtlich viel empfänglicher für die Schönheit der Natur als andere Frauen.

»Sie malen also gerne?«

Sprachlos starrte sie auf die fernen, schneebedeckten Berggipfel. Sie brauchte eine Weile, bis sie sich wieder gefasst hatte. »Oh ja. Wäre ich hier aufgewachsen, dann vermutlich nicht.«

»Warum das?«

»Ich habe mir oft wunderbare Orte vorgestellt, und wenn ich sie dann gemalt hatte, war es, als wäre ich dort gewesen. Aber dieser Ort hat alles, was man sich vorstellen, wovon man träumen kann. Wozu ihn also malen?«

»Das ist wahr. Wenn die Schönheit aus deiner Fantasie wahr wird, dann ist sie wirklich …« Seine Gedanken schweiften ab. Sein Blick streifte Zhuang Yan, ihre Gestalt vor dem Licht des Tagesanbruchs. Der Engel, der seinem Traum entstiegen war. Sanfte Glückswellen durchzogen sein Herz und kräuselten sich wie auf der glitzernden Oberfläche des Sees. Das entsprach wohl nicht ganz dem, was die UNO und der PDC bei der Operation Wandschauer im Sinn gehabt hatten. Wenn er jetzt sterben würde, wäre ihm das egal.

»Warum hat denn der viele Regen von gestern nicht den Schnee von diesen Gipfeln gewaschen?«, fragte sie.

»Es hat unterhalb der Schneefallgrenze geregnet. Auf diesen Bergen liegt das ganze Jahr über Schnee. Das Klima ist hier vollkommen anders als in China.«

»Waren Sie in den Bergen?«

»Nein. Ich bin noch nicht lange hier.« Ihm fiel auf, dass sie ihren Blick nicht von den Bergen losreißen konnte. »Mögen Sie Schneegipfel?«

Sie nickte.

»Dann lassen Sie uns hinfahren.«

»Wirklich? Wann?«, rief sie aus.

»Jetzt sofort. Es gibt eine einfache Landstraße, die zum Fuß der Berge führt. Wenn wir jetzt losfahren, sind wir abends wieder zurück.«

»Und was ist mit der Arbeit?« Zhuang Yan riss sich endlich von den Bergen los und sah Luo Ji an.

»Die Arbeit kann für den Moment warten. Sie sind doch gerade erst angekommen.«

»Nun …« Sie legte den Kopf schief, und sein Herz machte einen Sprung. Schon unzählige Male hatte er sie so gesehen. »Ich muss wissen, was ich hier tun soll, Herr Luo.«

Er sah in die Ferne und dachte eine Weile nach. »Das sage ich Ihnen, wenn wir in den Bergen sind.«

»Ausgezeichnet. Dann sollten wir aufbrechen, oder?«

»Ja. Es ist einfacher, wenn wir das Boot bis zum anderen Ufer nehmen und von dort losfahren.«

Sie gingen bis ans Ende des Stegs. Der Wind stand günstig, wie Luo Ji bemerkte. Sie konnten das Segelboot nehmen. Abends würde der Wind drehen, und sie könnten genauso gut zurücksegeln. Er nahm ihre Hand, um ihr auf das Boot zu helfen. Das war das erste Mal, dass er sie berührte, und ihre Hände waren genau wie jene, die er einmal in der Winternacht seiner Fantasie umschlossen hatte, zart und kalt. Freudig überrascht sah sie zu, wie er das Ballonsegel hisste. Als sie ablegten, tauchte sie die Finger ins Wasser.

»Das Wasser des Sees ist sehr kalt«, sagte er.

»Aber so sauber und klar!«

Wie deine Augen, dachte er. »Warum mögen Sie Schneegipfel so gerne?«

»Ich mag chinesische Tuschmalerei.«

»Was hat das mit schneebedeckten Bergen zu tun?«

»Kennen Sie nicht den Unterschied zwischen traditioneller chinesischer Malerei und Ölmalerei? Ölgemälde leuchten in starken Farben. Ein alter Meister sagte einmal, in Ölgemälden ist Weiß so wertvoll wie Gold. In chinesischer Malerei ist das anders. Da gibt es sehr viele weiße Stellen, die weißen Stellen formen das Bild. Die Landschaft ist das, was diese weiße Fläche begrenzt. Sehen Sie sich diesen schneebedeckten Gipfel an. Sieht er nicht wie die weiße Fläche auf einem chinesischen Landschaftsbild aus?«

So viel hatte sie bislang noch nie geredet. Sie hielt dem Wandschauer einen Vortrag, ergoss einen ganzen Wortschwall über ihn und ließ ihn wie einen dummen Schuljungen aussehen, ohne sich zu fragen, ob das angemessen war.

Du bist wie die weiße Fläche in einer chinesischen Tuschmalerei – rein und doch voller Schönheit, dachte er, während er sie betrachtete.

Sie legten an einem Pier auf der anderen Seite an, wo ein Jeep mit Faltdach neben den Bäumen parkte. Der Fahrer, der ihn dort abgestellt hatte, war verschwunden.

»Ist das ein Militärjeep? Ich habe unterwegs Truppen von Soldaten gesehen. Wir mussten drei Straßensperren passieren«, erzählte sie beim Einsteigen.

»Das macht nichts. Die lassen uns in Ruhe.« Er ließ den Wagen an.

Die Straße, die durch den Wald führte, war eng und holprig, aber die Fahrt im Jeep fühlte sich ruhig an. Im Wald, wo der Morgendunst sich noch nicht gelichtet hatte, durchstach die Sonne die hohen Kiefern mit Lichtspeeren, und selbst durch das Motorengeräusch hindurch hörten sie die Vögel zwitschern. Eine sanfte Brise erfasste ihr Haar und wehte es ihm ins Gesicht. Das Kitzeln ließ ihn an ihren Ausflug vor zwei Jahren denken.

Nichts an ihrer Umgebung war so wie im Taihang-Gebirge und auf der schneeverwehten Steppe Nordchinas, und doch knüpfte sein Traum von diesem Ausflug so nahtlos an die Wirklichkeit dieses Tages an, dass es ihm schwerfiel zu glauben, dass das hier tatsächlich passierte.

Er sah zu Zhuang Yan hinüber, die ihn ebenfalls ansah. Offenbar schon lange. In ihren Augen lag Neugier, gemischt mit Gutmütigkeit und Unschuld. Sonnenstrahlen tanzten über ihr Gesicht und ihren Körper. Als sich ihre Augen begegneten, senkte sie den Blick nicht.

»Können Sie die Aliens wirklich besiegen, Herr Luo?«

Ihre kindliche Art war überwältigend. Niemand sonst würde einem Wandschauer eine solche Frage stellen. Und dabei kannten sie sich erst seit so kurzer Zeit.

»Die Grundidee der Operation Wandschauer ist es, die wahre Strategie der Menschheit in den Gedanken einer einzelnen Person zu verbergen, dem einzigen Ort der Welt, den die Sophonen nicht ausspionieren können. Dafür mussten sie ein paar Leute auswählen. Das bedeutet aber nicht, dass diese Leute Übermenschen sind. Es gibt keinen Übermenschen.«

»Aber warum wurden Sie ausgewählt?«

Diese Frage war noch dreister als die vorherige, doch aus ihrem Mund klang sie ganz natürlich. Durch ihr transparentes Herz drang jeder gleißende Sonnenstrahl direkt hindurch und brach sich in allen Farben des Lichts.

Luo Ji bremste und brachte den Wagen zum Stehen. Sie sah ihn überrascht an, während er geradeaus auf die Sonnenflecken auf der Straße vor ihnen starrte.

»Wandschauer sind die am wenigsten vertrauenswürdigen

Menschen der Geschichte. Die schlimmsten Lügner der Menschheit.«

»Das ist ihre Pflicht.«

»Aber, Zhuang Yan, ich will Ihnen die Wahrheit sagen. Bitte glauben Sie mir.«

Sie nickte. »Reden Sie weiter, Herr Luo. Ich glaube Ihnen.«

Für eine ganze Weile sagte er nichts, wodurch das, was er schließlich murmelte, noch mehr Gewicht bekam. »Ich weiß nicht, warum man mich gewählt hat.« Er drehte sich zu ihr um. »Ich bin nur ein ganz gewöhnlicher Mensch.«

Abermals nickte sie. »Das muss sehr schwer sein.«

Diese Worte und ihr unschuldiger Blick trieben ihm Tränen in die Augen. Seit seiner Ernennung zum Wandschauer war sie die Erste, die das erkannte. Die Augen dieser Frau waren das Paradies für ihn. In ihrem Blick lag nicht der typische Ausdruck, mit dem alle anderen die Wandschauer bedachten. Ebenso paradiesisch war ihr Lächeln. Kein Wandschauerlächeln, sondern ein reines, unverfälschtes Lächeln, wie ein sonnengetränkter Tautropfen, der sanft in den trockensten Teil seiner Seele sickerte.

»Es wird schwer, aber ich möchte es gerne leichter machen …«, sagte er und startete den Motor. »Das ist alles. Hier endet die Wahrheit. Jetzt kehren wir zum Modus ›Wandschauer‹ zurück.«

Schweigend fuhren sie weiter, bis die Bäume sich lichteten und über ihnen der blaue Himmel auftauchte.

»Ein Adler! Schauen Sie mal, Herr Luo!«, rief Zhuang Yan

»Das da drüben sieht nach einem Reh aus«, versuchte er, sie schnell abzulenken, da er wusste, dass das da oben kein Adler war, sondern eine kreisende Überwachungsdrohne. Bei ihrem

Anblick fiel ihm Da Shi ein. Er zog sein Telefon heraus und wählte.

Da Shi antwortete sofort. »He, Bruder Luo. Du erinnerst dich also noch an mich, ja? Aber sag mir zuerst, wie macht sich Yan Yan?«

»Gut. Wunderbar. Hervorragend. Ich danke dir.«

»Gut zu hören. Scheint, als habe ich meine letzte Mission erfüllt.«

»Wieso letzte Mission? Wo bist du?«

»Zurück zu Hause. Ausschlafen. Ich bereite mich auf den Kälteschlaf vor.«

»Was?«

»Ich habe Leukämie. Ich reise in die Zukunft, um geheilt zu werden.«

Luo Ji machte eine Vollbremsung. Zhuang Yan stockte der Atem. Kurz sah er sie besorgt an, aber da alles in Ordnung war mit ihr, nahm er das Gespräch mit Da Shi wieder auf.

»Wie … Wie ist das passiert?«

»Ich habe mich wohl bei einer früheren Mission zu hoher Strahlung ausgesetzt. Vergangenes Jahr wurde ich dann krank.«

»Meine Güte. Ich habe doch hoffentlich nicht deine Behandlung verzögert?«

»Bei so etwas spielt Verzögerung keine Rolle. Wer weiß, was die in der Zukunft für Medizin haben?«

»Es tut mir aufrichtig leid, Da Shi.«

»Ach, das macht doch nichts. Berufsrisiko. Ich habe dich nicht weiter damit belästigt, weil ich dachte, dass wir uns ohnehin einmal wiedersehen. Doch falls wir das nicht können, möchte ich dir noch eins sagen.«

»Bitte sehr.«

Nach längerem Schweigen sagte Da Shi: »Wie heißt es bei den Konfuzianern … ›Es gibt drei große Vergehen gegen das Gebot des Respekts gegenüber den Eltern: Das schwerste ist, keine Kinder zu haben.‹ Luo, mein Bruder, ich zähle auf dich, was das Überleben meiner Nachkommen in vierhundert Jahren angeht.«

Das Gespräch war unterbrochen. Luo Ji sah hinauf zum Himmel, von dem die Drohne verschwunden war. Dieser wie reingewaschene blaue Himmel da oben war der Spiegel seiner Seele.

»War das Herr Shi?«, fragte Zhuang Yan.

»Haben Sie ihn kennengelernt?«

»Ja. Er ist sehr nett. Am Tag vor meiner Abreise hat er sich versehentlich die Hand aufgerissen, und es hörte gar nicht mehr auf zu bluten, es war unheimlich.«

»Oh … Hat er etwas zu Ihnen gesagt?«

»Er sagte, Sie seien mit der wichtigsten Arbeit auf der Welt betraut, und bat mich, Sie dabei zu unterstützen.«

Inzwischen hatten sie den Wald vollständig hinter sich gelassen, zwischen ihnen und den Bergen lag nur noch Grasland. In dieser Komposition aus Hellgrün und Silberweiß wirkte die Welt rein und klar. Mehr und mehr wie die Frau neben ihm. Ihr Blick verriet eine gewisse Melancholie, und er hörte sie leise seufzen.

»Ist etwas nicht in Ordnung, Yan Yan?« Zum ersten Mal nannte er sie bei diesem Kosenamen. *Wenn Da Shi sie so nennen darf, warum nicht auch ich?*

»Wie schön unsere Welt ist. Doch bei der Vorstellung, dass

eines Tages niemand mehr sie in dieser Schönheit betrachten wird, werde ich ganz traurig.«

»Aber was ist mit den Aliens?«

»Die machen sich bestimmt nichts aus Schönheit.«

»Warum nicht?«

»Mein Vater sagt, dass Menschen, die empfänglich für Schönheit sind, von Natur aus gutmütig sind. Wer nicht gut ist, hat auch keinen Sinn für Schönheit.«

»Ihre Einstellung gegenüber der Menschheit beruht auf rein rationalen Erwägungen, Yan Yan. Für sie geht es um die Verantwortung für das Überleben ihr eigenen Art, das hat nichts mit Gut und Böse zu tun.«

»So habe ich das noch nie gehört. Sie werden sie zu Gesicht bekommen, nicht wahr, Herr Luo?«

»Vielleicht.«

»Wenn sie wirklich so sind, wie Sie sagen, und wir sie in der letzten Schlacht besiegen, dann … Nun, könnten Sie …?« Sie zögerte, legte den Kopf schief und sah ihn an.

Beinahe hätte er gesagt, dass die Wahrscheinlichkeit dafür praktisch gleich null sei, doch er fragte nur: »Könnte ich was?«

»Warum muss man sie hinaus ins Weltall jagen und sterben lassen? Könnte man ihnen nicht ein Stück Land zuteilen und sie friedlich neben uns weiterexistieren lassen? Das wäre doch wundervoll!«

Luo Ji musste sich zusammennehmen und brauchte einen Augenblick, bis er auf den Himmel zeigte und sagte: »Ich bin nicht der Einzige, der gehört hat, was Sie sagen, Yan Yan.«

Nervös schaute sie nach oben. »Ach, stimmt. Wir sind sicher von lauter Sophonen umgeben.«

»Wer weiß, ob es nicht der höchste Herr der Trisolarier selbst war, der Ihnen zugehört hat.«

»Und Sie lachen mich mit ihm zusammen aus, oder?«

»Nein. Wissen Sie, was ich denke, Yan Yan?« Er spürte den Drang, ihre zarte linke Hand zu nehmen, aber er hielt sich zurück. »Ich glaube, der einzige Mensch, der tatsächlich eine Chance hat, die Welt zu retten, sind Sie.«

»Ich?« Sie lachte schallend.

»Ja, Sie. Nur, dass Sie allein nicht ausreichen. Besser gesagt, es gibt nicht genug Menschen wie Sie. Würde nur ein Drittel der Menschheit denken wie Sie, dann würden die Trisolarier womöglich mit uns über eine friedliche Koexistenz auf der Erde verhandeln. Aber so, wie die Dinge stehen ...« Er seufzte.

Zhuang Yan versuchte ein Lächeln. »Ich bin auch kein einfacher Mensch, Herr Luo. Nach dem Examen war ich wie ein Fisch, der in den Ozean hinausschwamm, in trübe Gewässer, wo ich nichts sehen kann. Ich wollte weiter hinaus in klarere Gewässer, doch irgendwann hatte ich keine Kraft mehr ...«

Ich wünschte, ich könnte dir weiterhelfen, dachte er.

Sie fuhren jetzt bergauf, und mit zunehmender Höhe wurde die Vegetation karger und brachte das nackte, schwarze Gestein zum Vorschein. Zwischenzeitlich wirkte die Gegend wie eine Mondlandschaft. Doch schon bald erreichten sie die Schneegrenze, alles wurde weiß, und prickelnde Kälte lag in der Luft. Er hielt kurz an und holte aus einer Tasche auf dem Rücksitz Daunenjacken, die sie überzogen, bevor sie weiterfuhren.

Wenig später kamen sie an eine Straßensperre, mit einem

auffälligen Warnschild: VORSICHT, LAWINENGEFAHR! KEINE DURCHFAHRT. Sie stiegen aus und liefen durch den Schnee.

Die Sonne hatte den Zenit längst überschritten und warf bereits Schatten auf den verschneiten Abhang. Der unberührte Schnee hatte eine bläuliche Farbe, beinahe fluoreszierend. Die schroffen Berggipfel in der Ferne lagen noch im Sonnenschein und glänzten silbrig nach allen Seiten, als ob nicht die Sonne, sondern diese Berge schon immer die Welt erhellten.

»Jetzt ist das Gemälde komplett leer«, sagte er und breitete die Arme aus.

Zhang Yan war ganz versunken in dieser weißen Welt. »Ich habe tatsächlich schon einmal so ein Bild gemalt, Herr Luo. Aus der Distanz betrachtet, sieht es aus wie ein leeres Blatt Papier, doch bei näherer Betrachtung würden Sie in der unteren linken Ecke ganz feines Schilf entdecken und die schwindenden Umrisse eines Vogels in der oberen rechten. In der weißen Mitte zwei unendlich winzige Personen … Es ist das Bild, auf das ich am meisten stolz bin.«

»Ich kann es mir vorstellen. Es ist bestimmt großartig … Nun, Zhuang Yan, jetzt wo wir in dieser weißen Welt angekommen sind, möchten Sie sicher erfahren, worin Ihre Arbeit besteht?«

Sie nickte, wirkte aber etwas verängstigt.

»Sie kennen die Operation Wandschauer und wissen, dass ihr Erfolg von ihrer Undurchsichtigkeit abhängt. Im Idealfall versteht niemand auf der Welt oder auf Trisolaris, was der Wandschauer vorhat, außer ihm selbst. Wie unverständlich Ihnen Ihre Arbeit auch vorkommen wird, Zhuang Yan, sie ist ganz bestimmt von Bedeutung. Versuchen Sie nicht, sie zu verstehen. Tun Sie einfach Ihr Bestes.«

Sie nickte, zunehmend nervös. »Ich verstehe.« Dann musste sie lachen. »Ach, nein, ich wollte sagen: Ich weiß.«

Wie er sie dort im Schnee stehen sah, verlor das Weiß jede Dimension, die Welt um sie herum löste sich auf, und sie war das Einzige, was darin existierte. Vor zwei Jahren, als die literarische Figur, die er erschaffen hatte, in seiner Fantasie zum Leben erwacht war, hatte er zum ersten Mal ein Gefühl dafür bekommen, was Liebe ist. Und jetzt, im leeren Raum dieses großen Landschaftsgemäldes, begriff er ihr wahres Geheimnis.

»Ihre Arbeit, Zhuang Yan, besteht darin, sich selbst glücklich zu machen.«

Sie machte große Augen.

»Sie müssen die glücklichste und zufriedenste Frau auf Erden werden. Das ist Teil der Operation Wandschauer.«

Das Licht des Berggipfels, der die Welt zum Leuchten brachte, spiegelte sich in ihren Augen, wie driftende Wolken am Himmel trübten kurzzeitig widerstreitende Emotionen ihren klaren Blick. Der Schnee verschluckte sämtliche Klänge der Außenwelt. Geduldig wartete er ab, was sie dazu sagen würde. »Gut … Was also soll ich tun?«, fragte sie schließlich mit einer Stimme, die von weit her zu kommen schien.

Luo Ji wurde ganz aufgeregt. »Alles, was Sie wollen! Morgen oder schon heute Abend können Sie gehen, wohin Sie wollen und tun und lassen, was Sie wünschen, leben, wie es Ihnen gefällt. Als Wandschauer kann ich Ihnen helfen, all Ihre Wünsche wahr werden zu lassen.«

»Aber ich …« Sie sah ihn hilflos an. »Ich brauche doch gar nichts, Herr Luo.«

»Das kann gar nicht sein. Jeder braucht irgendetwas. Sind nicht alle Menschen, Männer wie Frauen, ständig wie besessen auf der Suche?«

»Ich weiß gar nicht, ob ich je nach etwas gesucht habe.« Zhuang Yan schüttelte langsam den Kopf. »Ich glaube nicht.«

»Gewiss, Sie sind eine unbeschwerte junge Frau. Doch auch Sie haben Träume. Sie lieben die Malerei. Wäre es nicht Ihr größer Wunsch, einmal in der größten Galerie oder dem wichtigsten Kunstmuseum der Welt ausgestellt zu werden?«

Sie lachte Luo Ji aus wie ein dummes Kind. »Ich male für mich, Herr Luo. Über so etwas habe ich mir nie Gedanken gemacht.«

»Nun gut. Haben Sie schon einmal von Liebe geträumt?«, fragte er, ohne zu überlegen. »Ihnen stehen jetzt alle Möglichkeiten offen, sie zu finden.«

Die untergehende Sonne zog ihr Licht von den schneebedeckten Gipfeln ab. Zhuang Yans Augen verdunkelten sich und ihre Gesichtszüge wurden weich. »Herr Luo«, sagte sie mit sanfter Stimme, »als ob das etwas wäre, wonach man suchen könnte.«

»Das stimmt.« Er wurde ruhiger. »Wie wäre es damit: Denken Sie nicht auf lange Sicht, sondern einfach nur an morgen. Wo möchten Sie morgen hingehen? Was möchten Sie machen? Was könnte Sie morgen glücklich machen? Etwas wird Ihnen schon einfallen.«

Sie dachte nun ernsthaft nach. »Wenn ich es Ihnen sage, könnten Sie es wirklich wahr machen?«, fragte sie schließlich zögernd.

»Selbstverständlich. Was möchten Sie?«

»Also dann … Würden Sie mit mir den Louvre besuchen?«

Als man Tyler die Augenbinde abnahm, kniff er instinktiv die Augen zusammen. Trotz der hellen Lampen, die man an den Felswänden der Berghöhle angebracht hatte, war es hier dunkel, ziemlich dunkel sogar, weil die Wände das Licht verschluckten. Es roch nach Desinfektionsmitteln, und er bemerkte, dass die Höhle wie ein Feldlazarett eingerichtet war. Voller Aluminiumbehälter mit ordentlich verpackten Tabletten, Sauerstoffflaschen, kleinen UV-Desinfektionsgeräten, einer Reihe tragbarer Operationsleuchten, die keinen Schatten erzeugten, und verschiedenen anderen medizinischen Vorrichtungen, die aussahen wie Röntgenapparate und Defibrillatoren. Alles wirkte, als wäre es eben erst ausgepackt worden und könnte jederzeit wieder verstaut werden. Fast hätte Tyler die zwei Sturmgewehre übersehen, da sie eine ähnliche Farbe hatten wie die Felswand, an der sie lehnten.

Eine Frau und ein Mann gingen an ihm vorbei. Ihre Mienen waren ausdruckslos. Obwohl sie keine weißen Kittel trugen, handelte es sich bei ihnen zweifellos um eine Ärztin und einen Krankenpfleger.

Das Bett, das in der Nähe des Höhleneingangs stand, war durch und durch weiß: Hinter den weißen Vorhängen lag ein alter Mann unter einer weißen Decke. Auch sein Bart war weiß, ebenso wie der Turban, den er trug, und selbst sein Gesicht – alles war weiß. Doch das Licht in diesem Bereich war wie sanfter Kerzenschein, der einen Teil der weißen Pracht in Zwielicht tauchte und dem Rest einen sanften goldenen Schimmer verlieh, sodass die Szene aussah wie eine Heiligendarstellung auf einem klassischen Ölgemälde.

Tyler hätte am liebsten ausgespuckt. *Verdammte Scheiße. Wer hätte das gedacht?*

Er versuchte, die Schmerzen in seiner Hüfte und in den Oberschenkeln zu überwinden, indem er sich dem Bett in würdevollen, gemessenen Schritten näherte. Dann stand er vor dem Mann, nach dem er und seine Regierung so viele Jahre inbrünstig gefahndet hatten. Unglaublich, dass er ihm nun tatsächlich begegnete. Er betrachtete das bleiche Gesicht des alten Mannes, das genau so war, wie die Medien es immer beschrieben: das mildeste Antlitz der Welt.

Was war der Mensch doch für ein sonderbares Wesen.

»Es ist mir eine Ehre, Sie kennenzulernen«, sagte Tyler mit einer leichten Verbeugung.

»Die Ehre ist ganz meinerseits«, erwiderte der Alte höflich. Er bewegte sich nicht, und seine Stimme war hauchdünn, aber sie klang, als würde sie niemals brechen. Wie ein kraftvoller Spinnenfaden. Der alte Mann wies auf das Bettende, und Tyler nahm behutsam Platz, unsicher, ob das nicht allzu vertraulich war. Aber es gab keinen Stuhl. »Sie müssen erschöpft sein«, sagte der alte Mann. »War das Ihr erster Ritt auf einem Maulesel?«

»Oh nein, ich … ich bin schon einmal im Grand Canyon auf einem geritten.« *Auch wenn mir meine Beine damals nicht so weh getan haben.* »Wie geht es Ihnen?«

Der alte Mann schüttelte bedächtig den Kopf. »Wie Sie sehen, habe ich nicht mehr lang zu leben.« Seine Augen blitzten schelmisch auf. »Sie müssen so ungefähr der letzte Mensch auf

Erden sein, der möchte, dass ich eines natürlichen Todes sterbe. Tut mir sehr leid.«

Die Ironie in seinen Worten versetzte Tyler einen Stich, doch es war die Wahrheit. Dass dieser Mann an einer Krankheit oder Altersschwäche sterben könnte, war einst seine größte Sorge gewesen. Der Verteidigungsminister hatte bei jeder Gelegenheit dafür gebetet, dass ihn ein amerikanischer Marschflugkörper oder die Kugel einer Spezialeinheit träfe, selbst wenn es nur eine Minute vor seinem Tod geschähe. Ein natürlicher Tod wäre der größte Triumph dieses Mannes und ein Symbol für ihr Versagen im Kampf gegen den Terror. Und nun stand er kurz vor diesem Sieg.

Es hatte durchaus einige Chancen gegeben: Einmal hatte eine Drohne sein Bild im Hof einer Moschee in den Bergen Nordafghanistans aufgeschnappt. Einfach die Drohne auf ihn stürzen zu lassen, hätte Geschichte geschrieben, vor allem, weil sie an diesem Tag mit Hellfire-Raketen bestückt gewesen war. Aber der junge diensthabende Offizier brachte, nachdem er die Identität zweifelsfrei bestätigt hatte, nicht den Mut für eine eigenmächtige Entscheidung auf. Stattdessen hatte er seine Entdeckung auf dem üblichen Befehlsweg weitergeleitet, und als sie erneut nachsahen, war der Mann bereits verschwunden gewesen. Tyler, der damals zu Hause aus dem Schlaf gerissen worden war, hatte sich darüber so sehr geärgert, dass er ein wertvolles Kunstwerk aus chinesischem Porzellan zerschmetterte.

Tyler wollte dieses unerquickliche Thema lieber vermeiden, also zog er seine Aktentasche hervor und legte sie auf das Bett. »Ich habe ein kleines Geschenk für Sie«, sagte er, während er die Tasche öffnete. Er nahm ein paar gebundene Bücher heraus. »Das ist die jüngste Ausgabe in arabischer Sprache.«

Mit Mühe streckte der alte Mann eine Hand aus, die so dünn wie ein schmaler Ast war, und nahm den untersten Band. »Ach, ich habe nur den ersten Teil gelesen. Die anderen Bände habe ich zwar besorgen lassen, kam aber nie dazu, sie zu lesen, und habe sie irgendwann verloren … Wunderbar, ich danke Ihnen. Ich freue mich sehr darüber.«

»Ein Gerücht besagt, dass Sie Ihre Organisation nach diesen Romanen benannt haben.«

Er legte das Buch beiseite. »Lassen wir das Gerücht ein Gerücht bleiben. Ihr habt Reichtum und Technologie. Wir haben nichts als Legenden.«

Tyler nahm den Band, den der Alte hingelegt hatte, und sah ihn an wie ein Priester mit der Bibel in der Hand. »Ich bin hier, um Sie zu einem Hari Seldon zu machen.«

Wieder blitzte der Schalk in den Augen des Mannes auf. »Wirklich? Was soll ich tun?«

»Ihre Organisation aufrechterhalten.«

»Bis wann?«

»Bis in vierhundert Jahren. Bis zur letzten Schlacht.«

»Und Sie halten das für möglich?«

»Ja, falls sie sich weiterentwickelt. Lassen Sie die Seele und den Geist Ihrer Organisation die Weltraumstreitkräfte infiltrieren, und sie wird auf immer in deren Reihen fortbestehen.«

»So? Und warum gefällt Ihnen diese Vorstellung?« Der Sarkasmus in der Stimme des alten Mannes war unüberhörbar.

»Weil sie eine der wenigen bewaffneten Kräfte der Menschheit ist, die Menschenleben als Waffe einsetzt. Sie wissen, dass die Sophonen unsere Grundlagenforschung blockieren, und dass den Entwicklungen im Bereich der Informationstechnologie und der künstlichen Intelligenz dadurch entsprechende Grenzen gesetzt sind. In der letzten Schlacht werden die Weltraumraketen immer noch von Menschen gesteuert werden. Und dafür brauchen wir Soldaten, die bereit sind, ihr Leben zu geben.«

»Was haben Sie mir außer Büchern noch mitgebracht?«

Nun hielt Tyler nichts mehr auf dem Bett. »Kommt darauf an, was Sie brauchen. So lange Sie mir den Fortbestand Ihrer Organisation zusichern, kann ich Ihnen alles geben, was sie brauchen.«

Der alte Mann bedeutete ihm, sich wieder hinzusetzen. »Sie tun mir leid. Nach all den Jahren wissen Sie immer noch nicht, was wir wirklich brauchen.«

»Dann sagen Sie es mir.«

»Waffen? Geld? Nein. Was wir brauchen, ist viel wertvoller. Die Organisation existiert nicht auf der Grundlage der hehren Ziele eines Hari Seldon. Die bringen keinen vernünftigen Menschen dazu, für so etwas zu sterben. Die Organisation besteht fort, weil sie etwas besitzt, das wie Blut und Atemluft für sie ist und ohne das sie sofort eingehen würde.«

»Wovon reden Sie?«

»Hass.«

Tyler schwieg.

»Einerseits ist unser Hass auf den Westen dank unseres gemeinsamen Feindes zwar nicht mehr ganz so groß. Andererseits sind die Bürger des Westens aber nun mal Teil der menschlichen Rasse, die die Trisolarier vernichten wollen. So gesehen wäre es eine Freude für uns, gemeinsam mit ihnen zugrunde zu gehen. Deswegen empfinden wir keinen Hass auf die Trisolarier.« Der alte Mann breitete die Arme aus. »Sehen Sie, Hass ist ein Schatz, der wertvoller ist als Gold und Diamanten, und schärfer als jede andere Waffe der Welt. Doch nun gibt es ihn nicht mehr. Und es liegt nicht in Ihrer Macht, ihn uns zurückzugeben. Daher wird die Organisation, genau wie ich, nicht mehr lange überleben.«

Tyler schwieg.

»Was Hari Seldon betrifft, würde ich seinen Plan ohnehin als unmöglich bezeichnen.«

Tyler seufzte und setzte sich wieder auf das Bett. »Wissen Sie etwa bereits, wie der Roman ausgeht?«

Der alte Mann hob überrascht eine Augenbraue. »Nein, weiß ich nicht. Es ist einfach meine Meinung. Wie? Geht Seldons Plan denn am Ende nicht auf? Dann wäre der Autor wirklich ein außergewöhnlicher Mensch. Ich hätte erwartet, dass er der Geschichte ein Happy End verpasst. Allah sei mit ihm.«

»Asimov ist vor vielen Jahren gestorben.«

»Ach, die Guten sterben immer jung. Er möge einen Platz im Himmel haben, in welchem auch immer …«

Auf dem Rückweg waren Tylers Augen nur zeitweise verbunden. So hatte er die Gelegenheit, die steilen, kargen Berge Afghanistans zu sehen. Der junge Mann, der sein Maultier führte, vertraute ihm sogar so sehr, dass er sein Sturmgewehr, griffbereit für Tyler, am Sattel hängen ließ.

»Haben Sie mit diesem Gewehr schon einmal jemanden getötet?«, fragte Tyler.

Der junge Mann verstand kein Englisch. Und so antwortete an seiner Stelle ein älterer, unbewaffneter Mann. »Nein. Es hat lange keine Gefechte mehr gegeben.«

Der junge Mann sah Tyler fragend an. In seinem knabenhaften Gesicht spross noch kein Bart, und seine Augen waren so klar wie der blaue Himmel Zentralasiens.

Mama, ich werde ein Glühwürmchen sein.

Noch erschöpft von seiner langen Reise, präsentierte Tyler bei der vierten Anhörung der Wandschauer seinen revidierten Mückenschwarm-Plan. »Jeder Kampfjäger meines Geschwaders muss mit zwei Kontrollsystemen ausgestattet werden, einem für Pilotensteuerung und einem für den Drohnenmodus. Der Wechsel auf Drohnenmodus würde mir die Kontrolle über sämtliche Soldaten der Flotte erlauben.«

»Wow, Sie geben ja wirklich alles.« Hines grinste.

»Ich werde in der Lage sein, den Mückenschwarm zu dirigieren und als Ganzes in die Kampfzone zu steuern. Dort lasse ich die Kampfjäger ausschwärmen und neue Formationen bilden. Sobald sie auf die feindliche Flotte treffen, werde ich die Waffeneinheit in jedem Jäger dazu autorisieren, eigenständig Angriffsziele zu identifizieren und das Feuer zu eröffnen. Ich gehe davon aus, dass sich die derzeitige KI-Technologie trotz der blockierten Grundlagenforschung während der nächsten drei Jahrhunderte noch so weit entwickeln wird, dass das machbar ist.«

»Das heißt, Sie wollen bis zur ultimativen Schlacht überwintern und sich dann direkt der Flotte der Trisolarier stellen?«

»Was bleibt mir anderes übrig? Wie Sie wissen, war ich vor

kurzem in Japan, in China und in Afghanistan. Nirgendwo konnte ich finden, wonach ich suche.«

»Und Sie haben sogar eine gewisse Person besucht«, warf ein US-Repräsentant ein.

»Richtig. Ich habe ihn getroffen. Allerdings …« Tyler stieß einen tiefen Seufzer aus. »Dabei kam nichts raus. Ich bin bemüht, eine Flotte unbeirrter Kämpfer aufzubauen, sollte mir das jedoch nicht gelingen, werde ich sie persönlich in die letzte Schlacht führen.«

Niemand sagte ein Wort. Sobald es um die entscheidende Schlacht ging, zogen alle es vor zu schweigen.

»Ich habe noch eine Ergänzung zur Operation Mückenschwarm«, fuhr Tyler schließlich fort. »Ich möchte bestimmte Himmelskörper im Sonnensystem erforschen, in Regionen, die ich bestimme. Darunter den Jupitermond Europa, diverse Kometen und den Zwergplaneten Ceres im Asteroidengürtel.«

»Was hat das mit den Weltraumstreitkräften zu tun?«, fragte jemand.

»Muss ich diese Frage beantworten?« Tyler sah fragend den Vorsitzenden an.

Niemand sagte etwas. Natürlich musste er nicht.

»Zuletzt möchte ich noch eine Empfehlung aussprechen. Der PDC und sämtliche Staaten der Erde sollten ihre Angriffe auf die ETO reduzieren.«

Rey Diaz sprang von seinem Stuhl auf. »Mr. Tyler, selbst wenn Sie behaupten sollten, das sei Teil des Plans, möchte ich diesem ungeheuren Vorschlag entschieden widersprechen!«

Tyler schüttelte den Kopf. »Das ist nicht Teil des Plans und steht in keinem Zusammenhang mit der Operation Wandschauer. Der Grund für meinen Vorschlag liegt auf der Hand: Wenn wir mit den Angriffen auf die ETO in der bisherigen Weise fortfahren, werden wir sie eventuell innerhalb von zwei oder drei Jahren eliminieren und damit die einzige direkte Kommunikationsleitung zwischen der Erde und Trisolaris kappen. Damit würden wir die wichtigste Informationsquelle über unseren Feind verlieren. Sie begreifen sicher, was das für Auswirkungen hätte.«

»Sie haben Recht«, pflichtete ihm Hines bei, »aber dieser Vorschlag darf nicht von einem Wandschauer kommen. Wir drei bilden in den Augen der Öffentlichkeit eine Einheit. Mit dieser Forderung würden Sie unser aller Ruf schädigen.«

Die Anhörung endete in fruchtlosen Debatten. Man kam lediglich überein, die drei Revisionsvorschläge Tylers zu überprüfen und der PDC auf ihrer nächsten Sitzung zur Abstimmung vorzulegen.

Als alle anderen schon gegangen waren, blieb Tyler allein im Sitzungssaal zurück und sah sich im leeren Saal um. Da fiel ihm ein Risikofaktor ein, den er bislang völlig ausgeblendet hatte: Er musste dringend einen Arzt oder einen Psychologen aufsuchen, und einen Spezialisten für Schlafforschung.

Er brauchte jemanden, der verhinderte, dass er im Schlaf redete.

Gegen zweiundzwanzig Uhr gingen Luo Ji und Zhuang Yan auf den Eingang des Louvre zu. Kent hatte ihnen empfohlen, den Besuch auf den späten Abend zu verlegen, um die Sicherheitsvorkehrungen zu erleichtern.

Zuerst sahen sie die Glaspyramide, die durch die beiden Gebäudeflügel des Palasts vom Lärm des nächtlichen Paris abgeschirmt wurde. Sie glitzerte im wässrigen Mondlicht, als bestünde sie aus Silber.

»Sie wirkt geradezu außerirdisch, nicht wahr, Herr Luo?«, fragte Zhuang Yan.

»Das empfindet jeder so«, sagte Luo Ji. »Noch dazu hat sie nur drei Seiten, sieh mal.« Kaum hatte er die Worte ausgesprochen, bereute er sie auch schon. Er hatte keine Lust, jetzt über dieses Thema zu reden.

»Auf den ersten Blick wirkt sie ziemlich deplatziert, aber je länger man sie betrachtet, umso mehr wirkt sie wie ein integraler Bestandteil des Orts.«

Eine gelungene Verbindung zweier völlig unterschiedlicher Welten. Luo Ji behielt den Gedanken für sich.

Dann wurde die Pyramide von innen erleuchtet und strahlte nicht mehr mondsilbern, sondern in prächtigen Goldtönen. Gleichzeitig schossen aus den umliegenden Teichen Fontänen in den Himmel, hohe Säulen aus Licht und Wasser.

Zhuang Yan sah Luo Ji irritiert an. Offensichtlich erschreckte es sie, dass der Louvre bei ihrem Eintreffen plötzlich zum Leben erwachte. Begleitet vom plätschernden Geräusch des Wasser stiegen sie in der Pyramide hinab bis zum Cour Napoléon und betraten das Museum.

Sie begannen im größten Saal. In dem zweihundert Meter langen, gedämpft beleuchteten Raum hallten ihre Schritte laut durch die Leere. Besser gesagt, nur Luo Jis Schritte, wie er sofort bemerkte, denn Zhuang Yan bewegte sich lautlos wie eine Katze. Oder wie ein Kind, das ein Zauberschloss betritt und fürchtet, die bösen Geister darin zu wecken. Er verlangsamte seine

Schritte – nicht, um die Kunstwerke zu betrachten, die ihn kein bisschen interessierten, sondern um mehr Abstand zwischen ihm und ihr zu schaffen und ihren Anblick in dieser künstlerischen Umgebung zu genießen. Um die Schönheit dieser ostasiatischen Frau inmitten von Statuen griechischer Götter, von Engeln und der Heiligen Jungfrau und umgeben von klassischen Ölgemälden zu bewundern. Genau wie die Glaspyramide im Hof fügte auch sie sich schon bald perfekt in die Szenerie ein und wurde Teil dieser himmlischen Kunstgefilde. Ohne sie würde diesem Ort etwas fehlen. Ganz berauscht von dieser traumhaften Vision, ließ Luo Ji still die Zeit verstreichen.

Irgendwann fiel Zhuang Yan wieder ein, dass sie nicht allein war, und sie wandte den Kopf und schenkte Luo Ji ein Lächeln, das ihn wie ein Lichtstrahl traf, der aus einem Gemälde des Olymps in die Welt der Sterblichen drang.

»Ich habe einmal gelesen, dass selbst ein geübter Betrachter ein ganzes Jahr brauchen würde, um sich sämtliche Bilder hier anzusehen«, sagte er.

»Ich weiß«, sagte sie nur, aber ihr Blick fügte hinzu: *Was soll ich machen?* Dann richtete sie ihre Aufmerksamkeit wieder auf die Bilder. In der ganzen Zeit hatte sie erst fünf gesehen.

»Macht ja nichts, Yan Yan. Ich kann ein Jahr lang jeden Abend wieder mit dir herkommen«, rutschte es ihm heraus.

»Wirklich?«

»Wirklich.«

»Warst du denn schon einmal hier?«, fragte sie ihn.

»Nein, aber als ich vor drei Jahren in Paris war, habe ich das Centre Pompidou besucht. Ursprünglich hatte ich angenommen, du würdest lieber dorthin gehen.«

Sie schüttelt den Kopf. »Ich mache mir nichts aus moderner Kunst.«

»Aber das hier …« Er streifte mit seinem Blick die Darstellungen von Göttern, Engeln und Marien ringsum. »Ist dir das nicht ein bisschen zu alt?«

»Sehr alte Kunst mag ich auch nicht so. Am liebsten sind mir Kunstwerke aus der Renaissance.«

»Die sind aber auch schon ziemlich alt.«

»Auf mich wirken sie aber nicht so. Die Maler dieser Epoche haben als erste die menschliche Schönheit entdeckt, sie malten selbst Gott als freundliche Person. Beim Betrachten dieser Bilder spüre ich, dass sie die gleiche Freude an der Malerei hatten wie ich, als ich zum ersten Mal die schneebedeckten Berge und den See sah.«

»Gut, allerdings ist uns der humanistische Geist der großen Renaissancemeister nun zum Verhängnis geworden.«

»Meinst du wegen der Trisolaris-Krise?«

»Ja. Du hast sicher mitbekommen, was in letzter Zeit los war. In vier Jahrhunderten wird die Welt nach der Katastrophe vielleicht ins Mittelalter zurückfallen, und die menschliche Natur wird erneut unterdrückt werden.«

»Und der Kunst steht ein langer, finsterer Winter bevor, richtig?«

Als er in ihre unschuldigen Augen blickte, verzogen sich seine Lippen zu einem sarkastischen Lächeln. *Dummes Kind, du sorgst dich um die Kunst. Doch wenn die Menschheit überhaupt überleben wird, wäre die Rückkehr zu einer primitiveren Gesellschaftsform noch der geringste Preis, den sie zahlen müsste.* Laut sagte er: »Wenn es so weit ist, gibt es vielleicht eine zweite

Renaissance, und du kannst die vergessene Schönheit wiederentdecken und malen.«

Ihr Lächeln hatte jetzt etwas Melancholisches. Nur zu gut verstand sie, was Luo Ji mit seinen tröstenden Worten wirklich sagen wollte. »Ich frage mich nur: Was wird nach der entscheidenden Schlacht mit all diesen Kunstwerken geschehen?«

»Darüber machst du dir Sorgen?« Bei der Erwähnung der entscheidenden Schlacht zog sich sein Herz zusammen. Doch da sein letzter Versuch, sie aufzuheitern, misslungen war, hoffte er, diesmal erfolgreicher zu sein. Er nahm sie bei der Hand. »Komm, wir gehen in die Abteilung für asiatische Kunst.«

Vor dem Bau der Pyramide war der Louvre ein riesiges Labyrinth gewesen. Die Suche nach einer bestimmten Galerie hatte immer einen langen und umständlichen Umweg bedeutet. Inzwischen war es möglich, vom Cour Napoléon unterhalb der Pyramide aus zu jedem Raum des Museums zu gelangen. Luo Ji und Zhuang Yan gingen zurück zur Eingangshalle, folgten der Beschilderung zu den Kunstsammlungen aus Asien, Afrika und Ozeanien, und landeten in einer Welt, die völlig anders war als die Galerien mit klassischer europäischer Malerei.

Luo Ji zeigte auf die Skulpturen, Malereien und antiken Fundstücke aus Asien und Afrika. »Das alles wurde vermeintlich rückständigen Kulturen von sogenannten fortschrittlichen Kulturen genommen, manches erbeutet, anderes geraubt oder unterschlagen. Doch sieh es dir an. So konnten sie alle hervorragend konserviert werden. Selbst während des Zweiten Weltkriegs hat man sämtliche Objekte an einem sicheren Ort verwahrt.« Sie standen vor einer hinter Glas gesicherten Wandmalerei aus Dunhuang. »Allein wenn man sich vorstellt, wie viele Kriege und Unruhen unser Land durchgemacht hat, seitdem der daoistische Priester Wang Yuanlu diese Schätze den Franzosen überließ! Wären diese Malereien in Dunhuang geblieben, wer weiß, ob sie heute noch so gut erhalten wären.«

»Ob die Trisolarier das kulturelle Erbe der Menschheit bewahren werden? Die haben schließlich überhaupt keinen Respekt vor uns.«

»Weil sie uns als Ungeziefer bezeichnen? So einfach ist das nicht, Yan Yan. Weißt du, worin sich die höchste Wertschätzung für ein Volk oder eine Zivilisation ausdrückt?«

»Nein. Worin?«

»Vernichtung. Das ist die größte Wertschätzung, die einem Volk zuteilwerden kann. Nur von einer Zivilisation, die man wirklich respektiert, kann man sich bedroht fühlen.«

Schweigend durchschritten sie weiter die vierundzwanzig Ausstellungssäle mit asiatischer Kunst, durchstreiften längst vergangene Welten, während sie in Gedanken gleichzeitig in der düsteren Zukunft waren. Ohne es zu bemerken, hatten sie die Säle mit den ägyptischen Altertümern erreicht.

»Weißt du, wer mir hier in den Sinn kommt?«, versuchte Luo Ji das Gespräch auf ein unbeschwerteres Thema zu bringen, als sie vor einem Glassarg mit der goldenen Maske eines mumifizierten Pharaos standen. »Sophie Marceau.«

»Wegen *Belphégor oder das Geheimnis des Louvre*, stimmt's? Sophie Marceau ist einfach umwerfend. Sie sieht ein wenig asiatisch aus, nicht wahr?«

Womöglich irrte er sich, aber er meinte, einen beleidigten, beinahe eifersüchtigen Unterton in ihrer Stimme zu hören.

»So schön wie du ist sie ganz gewiss nicht, Yan Yan.« Gerne

hätte er angefügt: *Selbst wenn sie so schön wäre wie alle Kunstwerke hier zusammengenommen, würdest du sie mit deiner Schönheit in den Schatten stellen.* Doch er wollte nicht sarkastisch klingen. Ein schüchternes Lächeln huschte wie eine Wolke über ihr Gesicht. Es war das Lächeln, das er aus seinen Träumen kannte.

»Lass uns wieder zu den Ölgemälden gehen«, sagte sie sanft.

Zurück im Cour Napoléon hatten sie vergessen, welchen Weg sie zuerst genommen hatten. Die Beschilderung wies zu den drei größten Schätzen des Museums, der *Mona Lisa*, der *Venus von Milo* und der *Nike von Samothrake*.

»Sehen wir uns die *Mona Lisa* an«, schlug er vor, und sie gingen in die entsprechende Richtung.

»Unser Professor erzählte einmal, dass er nach einem Besuch im Louvre regelrecht angewidert von der *Mona Lisa* und der *Venus von Milo* gewesen ist«, sagte sie.

»Warum das?«

»Weil all die Touristen nur wegen dieser beiden Kunstwerke kommen und sich überhaupt nicht für weniger berühmte Werke interessieren, die ebenso große Kunst sind.«

»Dann gehöre auch ich zu den großen Kulturbanausen.«

Das berühmte unergründliche Lächeln lag hinter dickem Panzerglas und war viel kleiner, als Luo Ji es sich vorgestellt hatte. Selbst Zhuang Yan schien nicht sonderlich begeistert.

»Bei ihrem Anblick muss ich an euch alle denken.«

»Uns alle?«

»Die Wandschauer meine ich.«

»Was hat sie mit den Wandschauern zu tun?«

»Naja, ich denke … Es ist nur so ein Gedanke, lach mich

bitte nicht aus. Ich frage mich, ob wir nicht eine Form der Kommunikation finden könnten, die nur Menschen verständlich ist, den Trisolariern aber niemals zugänglich sein wird. Dann wäre die Menschheit frei von der Überwachung durch die Sophonen.«

Luo Ji sah Zhuang Yan nachdenklich an, dann blickte er auf die *Mona Lisa*. »Ich verstehe, was du meinst. Ihr Lächeln hat etwas, das die Sophonen und die Trisolarier niemals verstehen werden.«

»Genau. Der Gesichtsausdruck des Menschen, besonders die Augen, transportiert subtile und komplexe Botschaften. Ein Blick, ein Lächeln kann so viel beinhalten! Und nur der Mensch kann die Information darin verstehen, allein der Mensch besitzt diese Art von Sensibilität.«

»Das ist wahr. Eins der größten Probleme künstlicher Intelligenz ist die Wiedererkennung von Gesichts- und Augenausdruck. Manche Experten meinen, Computern werde es niemals möglich sein, Augen zu lesen.«

»Wäre es nicht möglich, eine mimische Sprache zu entwickeln und sich nur mit dem Gesicht und den Augen zu verständigen?«

Luo Ji dachte ernsthaft darüber nach, dann schüttelte er lächelnd den Kopf und zeigte mit dem Finger auf die *Mona Lisa*. »Wir können ja nicht einmal ihr Lächeln verstehen. Die Bedeutung ihres Lächelns scheint, je länger ich sie betrachte, jede Sekunde eine andere zu sein.«

Zhuang Yan wirkte so aufgeregt wie ein Kind. »Aber genau das bedeutet ja, dass der Gesichtsausdruck tatsächlich sehr komplexe Informationen übermitteln kann.«

»Auch Informationen wie: ›Das Raumschiff hat die Erde mit Ziel Jupiter verlassen‹?«

»Als der Urmensch zu sprechen anfing, ging es auch nur um einfache Botschaften, vielleicht waren sie sogar noch simpler als Vogelrufe. Danach wurde die Sprache immer komplexer.«

»Okay. Dann lass uns mal versuchen, einen einfachen Gedanken allein mit der Mimik zu übermitteln.«

»Einverstanden!« Sie nickte enthusiastisch. »Wir überlegen uns jeder eine Botschaft, und dann tauschen wir sie aus.«

Luo Ji wartete einen Moment. »Gut, ich habe meine.«

Sie brauchte etwas länger, dann nickte sie ebenfalls. »Gut, fangen wir an.«

Sie starrten einander an, aber es dauerte keine halbe Minute, bis sie fast gleichzeitig losprusteten.

»Meine Botschaft war: ›Ich lade dich heute zum Abendessen auf den Champs-Élysées ein‹«, sagte Luo Ji.

Sie krümmte sich vor Lachen. »Meine war: ›Du solltest … dich mal rasieren‹!«

»Es geht hier um das Schicksal der Menschheit, wir müssen uns zusammenreißen«, sagte Luo Ji und versuchte, sein Lachen zu beherrschen.

»Diesmal ist Lachen streng verboten!«, sagte Zhuang Yan ernsthaft, wie ein Kind, das die Spielregeln neu festlegt.

Sie stellten sich mit den Rücken zueinander und dachten jeder für sich an eine Botschaft. Dann drehten sie sich um und sahen sich in die Augen. Zuerst musste Luo Ji abermals ein Lachen unterdrücken, doch das legte sich schnell – denn Zhuang Yans klare Augen brachten einmal mehr alle Saiten seines Herzens leise zum Klingen.

So standen der Wandschauer und die junge Frau mitten in der Nacht im Louvre und fixierten einander, verschränkten ihre Blicke miteinander vor dem Lächeln der *Mona Lisa*.

Hatte der Damm in Luo Jis Seele zuvor bereits ein winziges Loch bekommen, dann wurde es jetzt durch ein stetes Rinnsal weiter aufgebrochen. Aus dem Rinnsal wurde ein reißender Strom. Erschrocken versuchte er, das Leck zu flicken. Aber vergeblich. Der Zusammenbruch war unvermeidbar.

Dann hatte er das Gefühl, auf einer hohen Klippe zu stehen, und die Augen der Frau wären der tiefe Abgrund darunter. Er stellte sich vor, dieser Abgrund wäre von einem schneeweißen Wolkenmeer bedeckt, aber die von allen Seiten einfallenden Sonnenstrahlen verwandelten es in eine Sinfonie aus prächtigen Farben. Er spürte, wie er ganz, ganz langsam hinabschlitterte und nicht in der Lage war, aus eigener Kraft anzuhalten. Panisch schüttelte er die Glieder, versuchte Halt zu finden, doch unter ihm war nur noch rutschiges Eis. Immer schneller glitt er hinab, bis ihm schwindlig wurde und er in den Abgrund stürzte. Die erste Freude am freien Fall verwandelte sich im Bruchteil einer Sekunde in den größten Schmerz.

Die Züge der Mona Lisa verzerrten sich. Auch die Wände verzogen sich, schmolzen zusammen, während der Louvre in sich zusammensank. Das herabstürzende Gemäuer verwandelte sich in rotglühende Magma. Doch als sie über ihre Körper hinwegfloss, fühlte sie sich so frisch und kühl an wie der Frühling. Sie stürzten gemeinsam mit dem Louvre und dem schmelzenden Europa hinab ins Zentrum des Planeten, wo die Welt um sie herum explodierte und in einem kosmischen Feuerwerk auf sie herabregnete, bis die Funken erloschen und das All durchsichtig war wie Kristall. Aus glitzernden Lichtstrahlen webten die Sterne einen riesigen, silbrigen Teppich, die Galaxie vibrierte in den Harmonien der wunderbarsten Musik, die Sterne verdichteten sich zu einer aufwogenden Flutwelle, der ganze Kosmos schien sich über ihnen zusammenzuballen … Schließlich löste sich alles auf, im schöpferischen Licht der Liebe.

»Wir müssen Trisolaris beobachten, und zwar sofort!«, sagte General Fitzroy zu Dr. Ringier. Sie standen eine Woche nach der Fertigstellung von Hubble II im Kontrollraum des Weltraumteleskops.

»Ich fürchte, das wird nicht möglich sein, General.«

»Ich habe den Eindruck, dass die momentan laufenden Beobachtungen nicht mehr als das Privatvergnügen von euch Astronomen sind.«

»Wenn es möglich wäre, wäre ich mit meiner Arbeit längst fertig, aber Hubble II befindet sich noch in der Testphase.«

»Sie arbeiten für das Militär. Von Ihnen wird nichts anderes erwartet, als Befehle auszuführen.«

»Niemand außer Ihnen gehört hier zum Militär. Wir führen die geplanten Tests der NASA durch.«

Der General milderte seinen Ton etwas. »Könnten Sie nicht Trisolaris zu Ihrem Versuchsobjekt machen?«

»Unsere Versuchsobjekte sind sorgfältig ausgewählt worden, klassifiziert nach Abstand und Helligkeit. Und die Versuchsreihe ist so ökonomisch konzipiert, dass das Teleskop sämtliche Tests in nur einem Umlauf absolvieren kann. Wenn wir Trisolaris jetzt observieren wollten, müssten wir es um fast dreißig

Grad und anschließend wieder zurück drehen, General. Und so ein Riesending zu bewegen, kostet eine Unmenge Treibstoff. Wir sparen dem Militär viel Geld.«

»Dann wollen wir uns doch mal ansehen, wie Sie es sparen«, sagte Fitzroy und zog seine Hand hinter dem Rücken hervor. »Das hier habe ich gerade auf Ihrem Computer entdeckt.« Es war der Ausdruck eines Fotos, auf dem eine Gruppe von Leuten zu sehen war, die aufgeregt nach oben blickten. Das Bild war aus der Vogelperspektive aufgenommen und zeigte unverkennbar das Team dieses Kontrollraums. In der Mitte stand Ringier, umringt von drei Frauen in aufreizenden Posen, vermutlich die Freundinnen einiger Teammitglieder. Sie befanden sich auf dem Dach des Institutsgebäudes, und die Aufnahme war gestochen scharf, wie aus einer Entfernung von zwanzig bis dreißig Metern gemacht. Der einzige Unterschied zu einer gewöhnlichen Fotoaufnahme war die komplizierte Zahlenreihe am oberen Ende. »Sie stehen hier auf dem höchsten Punkt des Gebäudes, nicht wahr, Dr. Ringier? Da oben gibt es doch keine große Schwenkstange wie auf einem Filmset, mit der Sie Selfies machen, oder? Nun erzählen Sie mir gerade, dass es viel Geld kostet, Hubble II um dreißig Grad zu schwenken. Wie viel kostet es dann, es um dreihundertsechzig Grad zu drehen? Abgesehen davon wurden diese zehn Millionen Dollar nicht investiert, damit Sie aus dem Weltall nette Fotos von Ihrem Team und Ihren Freundinnen schießen können. Soll ich Ihnen eine Rechnung über diese Summe ausstellen?«

»Selbstverständlich werden wir Ihrer Anweisung Folge leisten, General«, sagte Ringier hastig, und seine Ingenieure machten sich umgehend an die Arbeit.

In Windeseile wurden die Koordinaten in der Datenbank des Objekts angepasst. Draußen im Weltall begann der riesige Zylinder von zwanzig Metern Durchmesser langsam zu rotieren, und auf dem Bildschirm im Kontrollraum konnte man seinen Schwenk über den Sternenhimmel verfolgen.

»Sehen wir, was das Teleskop sieht?«, fragte Fitzroy.

»Nein, das ist nur das Bild, das wir vom Ortungssystem bekommen. Das Teleskop schickt uns Einzelaufnahmen, die erst entwickelt werden müssen, bevor wir sie uns ansehen können.«

Fünf Minuten später war der Schwenk beendet, und das Kontrollsystem bestätigte die vollzogene Neupositionierung. Nach weiteren fünf Minuten wandte sich Ringier wieder an seine Ingenieure. »Gut. Jetzt zurück in die Ausgangsposition.«

»Wie? Das war's schon?«, erkundigte sich Fitzroy verblüfft.

»Ja, die Bilder werden jetzt verarbeitet.«

»Können Sie nicht noch ein paar mehr machen?«

»Wir haben zweihundertzehn Aufnahmen mit zahlreichen verschiedenen Brennweiten gemacht.« In diesem Augenblick war das erste Bild entwickelt, und Ringier zeigte auf den Bildschirm. »Sehen Sie, General. Hier haben Sie ein Bild vom Feindesland, auf das Sie so scharf waren.«

Fitzroy erkannte nichts außer der Gruppe dreier Lichtringe vor einem schwarzen Hintergrund. Sie waren verschwommen wie das Licht von Straßenlaternen im Nebel. Das also waren die drei Sterne, die über das Schicksal zweier Zivilisationen entschieden.

»Demnach können wir den Planeten nicht wirklich sehen.« Fitzroy konnte seine Enttäuschung schwer verbergen.

»Natürlich nicht. Selbst wenn das hundert Meter dicke

Hubble III fertiggestellt ist, werden wir Trisolaris nur aus wenigen fixen Positionen heraus betrachten können, und auch das nur als winzigen Punkt ohne genauere Details.«

»Aber da ist noch etwas anderes, Doktor. Was glauben Sie, ist das hier?« Einer der Ingenieure wies auf eine Stelle unweit der Lichtringe.

Fitzroy beugte sich dicht an den Bildschirm, entdeckte aber nichts. Das Objekt war so klein, dass nur ein Spezialist es erkennen konnte.

»Es hat einen größeren Durchmesser als der Planet«, sagte ein anderer Ingenieur.

»Der Durchmesser ist nicht sicher zu bestimmen«, konstatierte Ringier. »Offenbar ist die Form des Objekts sehr unregelmäßig.«

Sie zoomten die Stelle so weit heran, bis sie den ganzen Bildschirm einnahm.

»Es ist ein Pinsel!«, rief General Fitzroy aufgeregt.

Laien benannten Dinge spontan häufig treffender als Experten, weshalb auch die Experten gern die Perspektive von Außenstehenden einnahmen, wenn sie nach Namen für bestimmte Phänomene suchten. Und so hieß die Erscheinung künftig »Pinsel«. Der General hatte es auf den Punkt gebracht: Es handelte sich um einen kosmischen Pinsel. Eine ganze Gruppe kosmischer Borsten ohne Griff, um genauer zu sein. Man hätte sie auch als abstehende Haare betrachten können.

»Sieht aus wie ein Kratzer in der Beschichtung«, meinte Ringier. »Ich hatte bereits in der Machbarkeitsstudie angemerkt, dass es beim Aufbau der Linse Probleme geben könnte.« Er schüttelte genervt den Kopf.

»Sämtliche Beschichtungen wurden rigoros inspiziert«, sagte ein anwesender Spezialist von der Linsenfirma Zeiss. »Unmöglich, dass es zu einem solchen Kratzer gekommen sein sollte. Es kann sich auch nicht um eine andere Art von Trübung der Linse handeln. Wir haben schließlich bereits Zehntausende von Testbildern erhalten, und keins davon wies einen solchen Fehler auf.«

Stille legte sich über den Kontrollraum. Alle liefen zusammen und starrten auf den Bildschirm, bis es so eng wurde, dass einige das Bild auf weiteren Monitoren aufriefen. Die Atmosphäre war spürbar verändert. Plötzlich herrschte Anspannung unter den Leuten, die eben noch ganz träge von den ermüdenden Tests gewesen waren. Nun schien es, als hätte sie ein Fluch ereilt, der sie vollständig lähmte, außer ihre immer größer werdenden Augen.

»O Gott!«, entfuhr es mehreren Anwesenden gleichzeitig.

Die eben noch erstarrte Truppe schnatterte auf einmal wild durcheinander. Doch die wenigen Gesprächsfetzen, die Fitzroy aufschnappte, waren ihm zu technisch.

»Ist da Staub im Umfeld des Objekts? Prüf das mal …«

»Nicht nötig. Damit bin ich schon durch. Wenn man die Absorption der radialen Sternenbewegung im Hintergrund beobachtet, liegt sie bei maximal zweihundert Millimetern. Vielleicht ist es ein Kohlenstoffmikropartikel, F-Grad-Dichte.«

»Kann einer etwas zum Effekt des Hochgeschwindigkeitsaufschlags sagen?«

»Dass der Schweif sich entlang der Aufprallachse ausbreitet, ist sicher, aber der Ausdehnungsbereich … haben wir ein mathematisches Modell dafür?«

»Haben wir, einen Augenblick … Hier. Aufschlaggeschwindigkeit?«

»Das Hundertfache der dritten kosmischen Geschwindigkeit.«

»Ist sie schon jetzt so hoch?«

»Das ist nur eine vorsichtige Schätzung … Der Wirkungsquerschnitt des Aufschlags ist gemäß … Doch, das stimmt so. Die Schätzung müsste ungefähr hinhauen.«

Da alle Teammitglieder an ihren Monitoren beschäftigt waren, wandte sich Ringier an General Fitzroy. »Könnten Sie versuchen, die Anzahl der Borsten des Pinsels zu zählen?«

Fitzroy nickte und machte sich an die Arbeit.

Der Computer brauchte jeweils vier bis fünf Minuten für die einzelnen Berechnungen. Da es zu einigen Fehlermeldungen kam, stand das Ergebnis erst nach einer halben Stunde fest.

»Der Schweif zerstreut den Staub über einen maximalen Durchmesser von zweihundertvierzigtausend Kilometern und ist damit zweimal so groß wie der Jupiter«, sagte der Physiker, der das mathematische Modell durchlaufen ließ.

»Passt.« Ringier reckte beide Arme nach oben und schaute an die Decke, als wollte er durch sie hindurch in den Himmel starren. »Damit ist es bewiesen.« Man konnte hören, wie seine Stimme bei diesem Satz zitterte. »Okay, es ist bewiesen, nun gut«, murmelte er dann, wie für sich selbst.

Wieder wurde es ruhig im Kontrollraum. Diesmal war die Stille bedrückend. Gerne hätte Fitzroy eine Frage gestellt, doch angesichts der ernsten Gesichter und hängenden Köpfe um ihn herum bekam er den Mund nicht auf. Dann ertönte ein Schluchzen. Einer der jungen Männer hielt sich die Hand vor das tränenüberströmte Gesicht.

»Lass es gut sein, Harris. Du bist ja nicht der Einzige hier, der's nicht glauben wollte«, sagte jemand. »Es ist für uns alle schwer.«

Der junge Mann blickte aus roten Augen in die Runde. »Ich weiß, das Skepsis nur der eigenen Beruhigung dient, aber ich hätte lieber ruhig weitergelebt … Mein Gott, nun ist mir nicht einmal mehr das vergönnt.«

Erneut herrschte Stille.

Dann fiel Ringier wieder ein, dass Fitzroy da war. »Lassen Sie es mich Ihnen erklären, General. Die drei Sonnen sind von interstellaren Staubteilchen umgeben. Offenbar haben mehrere Objekte mit sehr hoher Geschwindigkeit diesen Staub durchstoßen. Bei diesem Hochgeschwindigkeitsaufprall haben sie einen Schweif hinterlassen, der sich weiter ausgedehnt und inzwischen einen Durchmesser von der doppelten Größe des Jupiter erreicht hat. Die Unterschiede zwischen diesem Schweif und dem Staub in der Umgebung sind minimal und aus der Nähe nicht zu erkennen. Man kann sie nur von hier aus, vier Lichtjahre entfernt, sehen.«

»Ich habe die Borsten gezählt … es sind etwa tausend.«, sagte Fitzroy.

»Natürlich, das entspricht unseren Annahmen. General, was wir hier sehen, ist die Flotte der Trisolarier.«

Was das Weltraumteleskop Hubble II an diesem Tag entdeckt hatte, lieferte den endgültigen Beweis für die Trisolaris-Invasion und machte die letzten Illusionen der Menschheit zunichte.

Eine neue Welle von Verzweiflung, Panik und Ratlosigkeit läutete die endgültige Phase eines Lebens in der Trisolaris-Krise ein. Harte Zeiten brachen an. Das Rad der Geschichte hatte eine ruppige Wendung genommen und war auf einen neuen Pfad abgebogen.

Die einzige Konstante in einer sich ständig verändernden Welt blieb die Geschwindigkeit, mit der die Zeit voranschritt. Fünf Jahre vergingen wie ein Wimpernschlag.

ZWEITER TEIL

Der Fluch

咒语

Jahr 8 der Krise

Abstand der Trisolaris-Flotte zum Sonnensystem:
4,20 Lichtjahre

Tyler war in letzter Zeit ziemlich unruhig. Trotz vieler Rückschläge war sein Mückenschwarm-Plan schließlich vom PDC genehmigt worden, und die Entwicklung der speziellen Weltraumjäger hatte begonnen. Die Blockade durch die Sophonen verlangsamte den technischen Fortschritt allerdings gründlich. So blieb der Menschheit nur die stete Verbesserung ihrer Steinzeitwerkzeuge. Für die Raumfahrt bedeutete das die Weiterentwicklung chemisch angetriebener Raketen. Tylers Zusatzprojekt, die Beobachtung von Europa und Ceres sowie verschiedener Asteroiden, wirkte so befremdlich, dass man weithin annahm, er habe es nur angeregt, um seinem allzu offensichtlichen Plan eine geheimnisvolle Aura zu verleihen. Da es sich aber problemlos in das allgemeine Verteidigungsprogramm einbauen ließ, erhielt er auch dafür die Freigabe.

Nun konnte Tyler nur abwarten. Und so blieb er zu Hause und führte zum ersten Mal, seit er fünf Jahre zuvor zum Wandschauer ernannt worden war, ein normales Leben.

Unterdessen standen die Wandschauer zunehmend im Rampenlicht. Sie waren unversehens zu modernen Erlöserfiguren geworden, und es entstand ein regelrechter Wandschauerkult. Sie wurden sogar zu Superhelden in Science-Fiction-Filmen. Hartnäckig hielt sich das Gerücht, die Wandschauer würden über übernatürliche Kräfte verfügen. Da konnten die UNO und der PDC so viel dementieren, wie sie wollten. Doch dass sie in den Augen der Massen als einzige Hoffnung der Menschheit galten, stärkte ihr Ansehen und verhalf ihnen zu weitreichendem politischen Einfluss, sodass sie nahezu ungehindert auf öffentliche Mittel zugreifen konnten.

Die einzige Ausnahme bildete Luo Ji. Er lebte abgeschieden von der Welt und zeigte sich niemals in der Öffentlichkeit. Keiner wusste, wo er war und was er tat.

Tyler bekam Besuch. Sein Haus wurde, wie das aller Wandschauer, umfassend bewacht, und jeder Besucher musste sich einer strengen Sicherheitsüberprüfung unterziehen. Beim Anblick des Besuchers in seinem Wohnzimmer war sich Tyler jedoch sicher, dass der Mann schnell durchgewinkt worden war. So einer war gewiss für niemanden ein Sicherheitsrisiko.

Trotz des heißen Tages trug er einen zerknitterten Anzug mit einer dazu passenden Krawatte, und der altmodische Zylinder, den er vermutlich aufhatte, um seiner Erscheinung einen förmlichen Anstrich zu verleihen, wirkte geradezu peinlich. Mit formalen Anlässen schien er sich in der Tat wenig auszukennen. Der Mann wirkte ausgemergelt und unterernährt, und seine dicken Brillengläser saßen erdrückend schwer auf der blassen Nase in diesem hageren Gesicht. Der dürre Hals, der aus dem viel zu groß wirkenden Anzug ragte, vermochte kaum das Gewicht seines Kopfes zu tragen.

Mit dem geschulten Blick des Politikers identifizierte Tyler ihn sofort als Angehörigen der armseligsten sozialen Schicht, deren Armut eher geistiger als materieller Natur war, als einen dieser kleinkarierten Spießer, wie Gogol sie in seinen Romanen so treffend karikiert hatte: Kleinbürger, die trotz ihrer erbärmlichen gesellschaftlichen Stellung um ihr Ansehen besorgt waren und ihr ganzes Leben mit der peinlich genauen und pünktlichen Verrichtung trivialer Dinge verbrachten. Sie scheuten jede Kreativität und waren stets bemüht, bloß keine Fehler zu machen. Dabei fürchteten sie so sehr, unangenehm aufzufallen, dass sie nicht einmal einen Blick nach oben durch die gläserne Decke zu den höheren sozialen Schichten riskierten. Tyler hatte für diesen Menschenschlag nur Verachtung übrig. Man konnte gut und gerne auf sie verzichten, und der Gedanke, dass sie die Mehrheit der Weltbevölkerung ausmachten, die er retten sollte, verursachte ihm Übelkeit.

Der Mann war sehr zögerlich eingetreten und wagte sich nicht weiter voran, als fürchtete er, den Teppich mit seinen schmutzigen Schuhen zu verunreinigen. Er nahm den Hut ab und sah den Hausherrn unter ständigen Verbeugungen durch seine dicken Brillengläser an. Tyler war entschlossen, ihn gleich nach dem ersten Satz abzuweisen, denn was immer der Mann vorzubringen hatte, es konnte nicht von Interesse für ihn sein.

Doch dann erhob der armselige Mann seine brüchige Stimme. Was er sagte, traf Tyler wie ein Blitzschlag, und beinahe hätte er sich in einem plötzlichen Schwindelanfall auf den Boden gesetzt.

»Wandschauer Frederick Tyler, ich bin Ihr Wandbrecher.«

»Wer hätte gedacht, dass wir eines Tages eine solche Schlachtkarte betrachten würden?«, rief Chang Weisi beim Anblick einer Darstellung des Sonnensystems im Maßstab von 1:1012. Der Monitor, auf dem sie gezeigt wurde, war so groß wie eine Kinoleinwand und nahezu vollständig schwarz, bis auf den winzigen Punkt in der Mitte, der die Sonne war. Am Rand der Abbildung lag der Kuipergürtel. Sie zeigte die Ansicht des Sonnensystems aus einem Abstand von 50 AE oberhalb der Ekliptikebene und gab exakten Aufschluss über die Umlaufbahnen von Planeten und Monden und auch die Stellung bekannter Asteroiden. Zudem war es möglich, die zukünftigen Positionen der jeweiligen Himmelskörper im kommenden Jahrtausend abzubilden. Die Beschriftung war gerade ausgeschaltet, aber bei genauem Hinsehen konnte man dank der Helligkeit des Displays Jupiter als verschwommenen, winzigen Leuchtpunkt erkennen. Die anderen sieben Planeten waren aus dieser Distanz gar nicht auszumachen.

»Ja, wir stehen vor gewaltigen Veränderungen«, sagte Zhang Beihai. Soeben war die Sitzung des Militärs zur Evaluierung der ersten Weltraumkarte zu Ende gegangen, und nur sie beide waren im weitläufigen strategischen Konferenzsaal zurückgeblieben.

»Haben Sie bemerkt, was für Augen unsere Kameraden beim Anblick dieser Karte gemacht haben, Oberst?«

»Natürlich habe ich das. Es ist nur verständlich. Die haben eine Weltraumkarte erwartet wie die aus den gängigen Astronomiebüchern, bunte Billardkugeln, die um einen Feuerball kreisen. Erst wenn sie sich einer Karte im tatsächlichen Maßstab gegenübersehen, begreifen sie die Größe des Universums.

Denn egal, ob die Schiffe von der Marine oder der Luftwaffe stammen, die weiteste Distanz, die ihre Schiffe zurücklegen können, entspricht nicht einmal einem Pixel auf diesem Display.«

»Sieht so aus, als habe der Blick auf das Schlachtfeld der Zukunft bei unseren Kameraden nicht gerade Zuversicht oder Leidenschaft geweckt.«

»Womit wir wieder beim Thema Defätismus wären.«

»Über die Auswirkungen des Defätismus möchte ich im Augenblick nicht reden, Herr Kommandeur, verschieben wir das auf eine offizielle Besprechung. Es geht mir um ein anderes Thema …« Er lächelte zögernd, was sonst gar nicht seine Art war.

»Hört sich an, als ob Sie etwas ziemlich Unorthodoxes zu sagen hätten.« Chang Weisi wandte sich ihm zu und lächelte ebenfalls.

»So ist es. Oder etwas noch nie Dagewesenes jedenfalls. Ich möchte eine Empfehlung aussprechen.«

»Bitte sehr. Kommen Sie zur Sache. Nicht dass man Sie dazu ermuntern müsste.«

»Jawohl. Nun, in den vergangenen fünf Jahren gab es nur wenig Fortschritt bei der Planetenverteidigung und der Raumfahrtforschung. Der aktuelle Stand der Technik – die kontrollierte Kernfusion und der Weltraumlift – stecken noch in den Kinderschuhen, ohne Aussicht auf baldige Verbesserungen. Und was die Entwicklung von Raketen mit höherer Schubkraft angeht, gibt es ebenfalls eine Menge Probleme. Wenn das so weitergeht, wird unsere Weltraumflotte, selbst in der Low-Tech-Variante, für immer Science-Fiction bleiben.«

»Sie haben sogar das High-Tech-Szenario gewählt, Genosse Zhang. Sie müssten sich mit den Regeln wissenschaftlicher Forschung auskennen.«

»Gewiss tue ich das. Forschung geschieht in Sprüngen, und ein qualitativer Wandel wird nur durch langfristige, quantitative Zunahme dieser Sprünge erreicht. Durchbrüche in Theorie und Technik erfolgen dann zumeist explosionsartig … Doch wie viele Menschen verstehen dieses Problem so gut wie ich, Kommandeur? Gut möglich, dass wir in zehn, zwanzig oder fünfzig Jahren, vielleicht sogar in einem Jahrhundert immer noch auf keinem einzigen wissenschaftlichen oder technischen Gebiet einen größeren Durchbruch erzielt haben werden. Und wie weit wird der Defätismus dann erst verbreitet sein? Wie wird es um die moralische und geistige Verfassung der Weltraumstreitkräfte bestellt sein? Finden Sie, dass ich mit meinen Überlegungen zu weit gehe, Kommandeur?«

»Was ich an Ihnen sehr schätze, Zhang Beihai, ist, dass Sie, bei allem, was Sie tun, immer langfristig denken. Das ist eine Seltenheit unter den politischen Funktionären des Militärs. Fahren Sie fort.«

»Nun, ich kann nur über meinen eigenen Wirkungsbereich sprechen. Was passiert, wenn sich die eben erwähnten Annahmen bewahrheiten? Mit welchen Schwierigkeiten und Zwängen werden es unsere zukünftigen militärischen Politkommissare dann zu tun bekommen?«

»Die entscheidendere Frage ist, wie viele ideologisch gefestigte Politkommissare dann noch in den Streitkräften dienen werden«, ergänzte Chang Weisi. »Um den Defätismus einzudämmen, müssen wir zuerst selbst vom Sieg überzeugt sein.

Das wird in unserer hypothetischen Zukunft nicht einfacher werden.«

»Genau das ist meine Sorge, Kommandeur. Wenn es so weit ist, werden die Politkommissare in den Weltraumstreitkräften der Aufgabe nicht gewachsen sein.«

»Was also raten Sie?«

»Schicken Sie ihnen Verstärkung!«

Chang Weisi sah ihm in die Augen und wandte sich dann wieder zu dem großen Monitor um. Er zoomte die Sonne heran, bis ihrer beider Schulterklappen ihr Licht reflektierten.

»Was ich sagen will, ist …«

Chang Weisi hob die Hand. »Ich weiß, was Sie sagen wollen.« Dann verkleinerte er die Darstellung wieder, bis die gesamte Karte das Display füllte und der Raum ins Halbdunkel fiel. Im nächsten Moment vergrößerte er die Sonne wieder. Und so ging es eine Zeit lang vor und zurück, während er nachdachte. »Haben Sie schon mal darüber nachgedacht«, fragte er schließlich, »dass die heute schon sehr komplexe und schwierige ideologische Arbeit in den Weltraumstreitkräften erheblich verkompliziert wird, wenn wir unsere besten Politkommissare im Kälteschlaf in die Zukunft schicken?«

»Das ist mir klar. Ich habe nur einen persönlichen Vorschlag gemacht. Das große Ganze im Auge zu behalten, ist selbstverständlich die Aufgabe meiner Vorgesetzten.«

Chang Weisi erhob sich und schaltete das Licht an. »Nein, Genosse Zhang, das ist jetzt Ihre Aufgabe. Stellen Sie alles andere hintan. Von morgen an konzentrieren Sie sich ganz auf die politische Abteilung der Weltraumstreitkräfte, ziehen Erkundungen in anderen Bereichen des Militärs ein und legen der

Militärkommission der Parteizentrale so schnell wie möglich einen vorläufigen Projektentwurf vor.«

Die Sonne verschwand bereits hinter den Bergen, als Tyler den Wagen anhielt und ausstieg. Er wähnte sich im Paradies. Das sanfte Zwielicht auf den schneebedeckten Gipfeln, der See, der Wald und Luo Ji mit seiner Familie, die auf dem Rasen am Ufer des Sees den überirdisch schönen Abend genossen. Zuerst fiel ihm die Mutter auf, die so jung aussah, als sei sie die große Schwester des einjährigen Kindes. Beim Näherkommen bestätigte sich sein erster Eindruck: Dieses Mädchen war so entzückend, als wäre es nicht von dieser Welt. Sie erschien ihm wie die Stammzelle aller Schönheit. Mutter und Kind zeichneten auf großen Papierbögen, während Luo Ji mit etwas Abstand daneben stand und seine Liebste, die inzwischen eine Mutter war, genauso andächtig betrachtete wie damals im Louvre. Als er noch näher heran war, bemerkte Tyler das unendliche Glück in Luo Jis Augen, das die gesamte Landschaft in diesem Garten Eden zu durchdringen schien.

Auf Tyler, der eben erst aus der harten Außenwelt hierhergekommen war, wirkte die Szene extrem unwirklich. Er lebte allein. Zweimal war er verheiratet gewesen, doch die Freuden des Familienlebens hatten ihm neben seiner erfolgreichen Karriere wenig bedeutet. Nun beschlich ihn zum ersten Mal das Gefühl, dass er sein Leben vergeudet hatte.

Luo Ji war so versunken in den Anblick seiner Frau und seines Kindes, dass er Tyler erst bemerkte, als er schon beinahe vor ihm stand. Da ihr gemeinsamer Status wie eine psychische Barriere zwischen ihnen stand, war es bislang nie zu einem persönlichen Kontakt zwischen zwei Wandschauern gekommen. Da Tyler seinen Besuch telefonisch angekündigt hatte, war Luo Ji nicht überrascht, ihn zu sehen und begrüßte ihn mit distanzierter Höflichkeit.

»Verzeihen Sie die Störung, gnädige Frau«, sagte Tyler mit einer leichten Verbeugung vor Zhuang Yan, die sich mit dem Kind zu ihnen gesellt hatte.

»Willkommen, Mr. Tyler. Wir haben nur selten Besuch, und es ist uns eine Freude, Sie zu sehen.« Englisch zu sprechen bereitete ihr hörbar Mühe, aber ihr Lächeln war wie frisches Quellwasser. Es berührte sein Herz wie der Flügelschlag eines Engels. »Das ist unsere Tochter Xia Xia.«

Gerne hätte er das Mädchen in die Arme genommen, tat es aber nicht, weil er Angst davor hatte, die Fassung zu verlieren. »Der Anblick zweier solcher Engel war die Reise wert.«

»Wir lassen euch beide reden, und ich mache uns etwas zum Abendessen«, sagte sie und lächelte die beiden Männer an.

»Das ist nicht nötig. Ich möchte mich nur kurz mit Dr. Luo unterhalten und bleibe nicht lange.«

Zhuang Yan bestand jedoch auf ihrer Einladung und ging mit dem Mädchen ins Haus.

Luo Ji bat Tyler, auf einem weißen Gartenstuhl Platz zu nehmen. Als er sich setzte, sackte sein Körper in sich zusammen, als habe man die Sehnen herausgetrennt. Er war ein Reisender, der nach langer Wanderschaft am Ziel angelangt war. »Sie scheinen die vergangenen zwei Jahre völlig abgeschieden von der Welt verbracht zu haben, Dr. Luo«, sagte Tyler.

»Ja.« Luo Ji blieb stehen und machte eine ausladendende Geste. »Das hier ist meine ganze Welt.«

»Sie sind wirklich ein kluger Mann und handeln zumindest in einer Hinsicht viel verantwortlicher als ich.«

»Was wollen Sie damit sagen?«, fragte Luo Ji und lachte verwirrt.

»Sie haben wenigstens keine Mittel verschwendet … Schaut sie auch kein Fernsehen? Ich meine, Ihr schöner Engel.«

»Sie? Ich weiß nicht. Meistens ist sie mit der Kleinen beschäftigt. Sie kommt also nicht oft dazu, denke ich.«

»Also wissen Sie tatsächlich nicht, was in den vergangenen Tagen in der Welt los war?«

»Was ist passiert? Sie sehen jedenfalls mitgenommen aus. Sind Sie müde? Was darf ich Ihnen zu trinken anbieten?«

»Was Sie möchten«, sagte Tyler und ließ den Blick versonnen auf dem See ruhen, der im goldenen Licht der letzten Sonnenstrahlen glitzerte. »Vor vier Tagen hatte ich Besuch von meinem Wandbrecher.«

Luo Ji hielt beim Einschenken inne und schwieg einen Moment. »So früh?«, fragte er dann.

Tyler nickte schwer. »Genau das habe ich ihn auch gefragt.«

»So früh?«, fragte Tyler den Wandbrecher. Er versuchte, seine Stimme zu beherrschen, doch sie klang heiser.

»Ich wäre gern noch früher gekommen«, sagte der Wandbrecher. »Aber ich wollte erst noch weitere Beweise sammeln. Daher bin ich etwas spät dran. Tut mir leid.« Er stand wie ein Diener hinter Tyler und sprach mit demütiger Sorgfalt. Insbesondere aus seinem letzten Satz hatte Tyler die Art Zuvorkommenheit herausgehört, wie sie ein wohlmeinender Henker seinem Opfer gegenüber an den Tag legt.

Dann herrschte drückende Stille. Schließlich fand Tyler den Mut, den Wandbrecher fragend anzusehen.

»Soll ich fortfahren?«, erkundigte der sich höflich.

Tyler nickte, wich dem Blick des Mannes aber erneut aus. Er setzte sich auf das Sofa und rang um Fassung.

»Danke, Mr. Tyler.« Der Wandbrecher verbeugte sich, noch immer den Hut in der Hand. »Zunächst möchte ich kurz den Plan schildern, den Sie nach außen vorgetäuscht haben: Eine Flotte agiler Kampfjäger, ausgestattet mit Wasserstoffbomben um die hundert Megatonnen Sprengkraft, soll die Weltraumflotte der Erde mit Selbstmordattacken auf die Trisolaris-Flotte unterstützen. Vielleicht etwas vereinfacht dargestellt, aber das ist es mehr oder weniger, richtig?«

»Ich wüsste nicht, warum ich das mit Ihnen diskutieren sollte«, sagte Tyler. Sollte er das Gespräch nicht besser rigoros beenden? Schon als der Wandbrecher ihm seine Identität enthüllt hatte, sagte ihm seine Intuition als Politiker und Stratege, dass der andere gewonnen hatte. Jetzt konnte er nur noch hoffen, dass seine Gedanken noch nicht völlig aufgedeckt waren.

»Wenn das so ist, dann brauche ich nicht weiterzusprechen, und Sie können mich festnehmen. Doch Sie sind sich bestimmt im Klaren darüber, dass alle meine Beweise für Ihre wahre Strategie morgen die Nachrichten bestimmen werden, vielleicht sogar schon heute Nacht. Ganz gleich, was passiert. Für diese Begegnung mit Ihnen habe ich mein Leben aufs Spiel gesetzt. Das wissen Sie hoffentlich zu schätzen.«

»Fahren Sie fort.« Tyler hob resigniert die Hand.

»Ich danke Ihnen, Mr. Tyler, es ist mir eine Ehre. Ich werde Sie nicht allzu lange aufhalten.« Wieder machte der Wandbrecher eine Verbeugung. Er schien eine inzwischen selten gewordene demütige Haltung verinnerlicht zu haben, die er jederzeit hervorkehren konnte. Wie die Schlinge eines Henkers, die sich nur langsam um Tylers Nacken zusammenzog. »War also meine Zusammenfassung Ihrer Strategie bis hierhin korrekt?«

»Ja.«

»Nein. Verzeihen Sie, dass ich das sagen muss, Mr. Tyler, aber sie war es nicht.«

»Warum?«

»Angesichts der technischen Möglichkeiten, über die die Menschheit verfügt, sind solche Superwasserstoffbomben die schlagkräftigsten Waffen, die wir wahrscheinlich in der Zukunft besitzen werden. Wenn sie bei einer Weltraumschlacht den Gegner vernichten sollen, müssen sie in direktem Kontakt mit seinen Schlachtschiffen zur Explosion gebracht werden. Kampfjäger sind wendig und können in großer Zahl angreifen. Daher ist es zweifellos das Beste, wenn die Jägerflotte zu Selbstmordattacken ausschwärmt. Ihr Plan ist ausgesprochen logisch. Ebenso nachvollziehbar waren alle Ihre Aktionen. Wie zum Beispiel Ihre Reisen nach Japan, China und sogar in die Berge Afghanistans, wo Sie versucht haben, Kamikazepiloten zu finden, die dazu bereit sind, sich selbst zu opfern. Und auch der Plan, die Mückenschwarmflotte Ihrer direkten Befehlsgewalt zu unterstellen, falls Ihre Suche ergebnislos sein sollte, war vernünftig.«

»Ja, und?«, fragte Tyler, und richtete sich auf.

»Nichts. Aber das ist nur die Strategie, die Sie der Öffentlichkeit präsentiert haben.« Der Wandbrecher beugte sich dicht an Tylers Ohr heran und senkte die Stimme. »Ihre wahre

Strategie sieht ein klein wenig anders aus. Eine ganze Zeit lang war ich wirklich ratlos. Ich habe mir regelrecht das Gehirn zermartert und stand schon kurz davor aufzugeben.«

Tyler bemerkte, dass er sich krampfhaft an der Lehne des Sofas festklammerte, und versuchte, sich zu entspannen.

»Doch dann gaben Sie mir den Schlüssel zur Lösung des Rätsels. Er passte so gut, dass ich mein Glück kaum fassen konnte. Sie wissen, wovon ich rede: Die von Ihnen veranlasste Erforschung von Europa, Ceres und den diversen Kometen in unserem Sonnensystem. Was haben diese Himmelskörper alle gemeinsam? Wasser. Und zwar in großen Mengen! Allein Europa und Ceres verfügen über mehr Wasser als sämtliche Ozeane der Erde zusammengenommen … Wer unter Tollwut leidet, fürchtet das Wasser und bekommt schon bei der Erwähnung des Worts Krämpfe. Vermutlich geht es Ihnen gerade genauso.«

Der Wandbrecher rückte noch dichter an Tyler heran und sprach ihm jetzt direkt ins Ohr. Der Atem des Mannes war so kalt wie ein Todeshauch. »Wasser«, flüsterte er, als rede er im Schlaf, »Wasser.«

Tyler schwieg, sein Gesicht war zur Maske erstarrt.

»Muss ich noch weiterreden?«, fragte der Wandbrecher und richtete seinen Oberkörper wieder auf.

»Nein«, sagte Tyler leise.

»Ich tue es trotzdem.« Der Mann in dem zerknitterten Anzug genoss seine Schadenfreude. »Ich möchte die Historiker mit einem vollständigen Bericht versorgen, auch wenn die Geschichte der Menschheit bald zu Ende sein wird. Und der Herr erwartet natürlich ebenfalls eine Erklärung. Nicht jeder ist so gewieft wie wir beide und kann von einem einzelnen Detail das große Ganze herleiten. Das gilt vor allem für den Herrn, der vielleicht noch nicht einmal die vollständige Erklärung begreift.« Er hob eine Hand, als wendete er sich an die Zuhörer auf Trisolaris und lachte. »Ich bitte um Vergebung!«

Tylers Gesichtszüge erschlafften, seine Knochen schienen zu schmelzen. Er versank im Sofa. Das war sein Ende. Aller Geist schien aus seinem Körper gewichen.

»Also gut. Abgesehen vom Wasser bleibt noch der Mückenschwarm. Sein erstes Angriffsziel wird nicht die Trisolaris-Flotte sein, sondern die Weltraumstreitkräfte der Erde. Diese Hypothese klingt vielleicht ein bisschen weit hergeholt und fußt auf wenigen Hinweisen, dennoch halte ich sie für richtig. Sie sind um die Welt gereist und haben vergeblich versucht, eine Kamikazearmee für die gesamte Menschheit aufzubauen. Das hatten Sie vorausgeahnt, und Ihr Scheitern hatte zwei Konsequenzen, die Sie sich insgeheim gewünscht hatten: Zum einen sind Sie komplett an der Menschheit verzweifelt. Und zur zweiten Konsequenz komme ich gleich.«

Das Henkerbeil fiel.

»Nach Ihren Reisen waren Sie bitter enttäuscht vom Kampfgeist der heutigen Menschheit. Außerdem waren Sie davon überzeugt, dass die Weltraumstreitkräfte der Erde nicht die geringste Chance auf einen Sieg gegen die Trisolarier haben. Daher schwenkten Sie auf eine noch verwegenere Strategie um, die – wenn ich mir die Bemerkung erlauben darf – wenig aussichtsreich und extrem gefährlich ist. Aber der Grundsatz der Operation Wandschauer lautet nun mal, dass bei diesem Krieg die riskanteste Taktik die sicherste ist. Das war natürlich erst der Anfang. Ihr Verrat an der Menschheit würde ein langer

Prozess sein, aber Zeit war für Sie kein Problem. Sie waren bereit, in den folgenden Monaten und Jahren diverse Ereignisse heraufzubeschwören, mit denen Sie sich immer weiter von der Menschheit entfremden würden. Ihre Verzweiflung und Ihre Sorgen würden zunehmen und Sie würden die Welt der Menschen immer weiter hinter sich lassen und sich mehr und mehr der ETO und Trisolaris annähern. Den ersten Schritt dazu taten Sie bereits, als Sie bei einer der letzten PDC-Anhörungen zur Einstellung der Angriffe gegen die ETO rieten. Das war sogar Teil des Plans. Sie brauchen die ETO tatsächlich, nämlich als Piloten für Ihre Kampfjäger in der letzten Schlacht. Es war nur eine Frage der Zeit und der Geduld, doch das Warten würde sich auszahlen, da die ETO auch Sie braucht. Sie benötigt Ihre Unterstützung und die Mittel, über die Sie verfügen können. Es würde nicht allzu schwierig werden, die Mückenschwarmflotte der ETO zu überantworten, solange niemand etwas davon mitbekam. Und sollte es doch herauskommen, könnten Sie immer noch behaupten, das sei alles Teil des Plans.«

Tyler schien schon nicht mehr zuzuhören. Er saß mit halb geschlossenen Augen auf dem Sofa und wirkte sehr, sehr müde, als habe er bereits jeden Widerstand aufgegeben.

»Nun gut. Kommen wir zum Thema Wasser. In der entscheidenden Schlacht würde die von der ETO gesteuerte Mückenschwarmflotte einen Überraschungsangriff auf die Weltraumflotte fliegen und sich dann der heiligen Trisolaris-Flotte anschließen, die sie vermutlich sogar aufnehmen würde, da die ETO-Piloten ihre Illoyalität gegenüber der Menschheit bewiesen hatten. Doch so leicht würde der Herr es den Überläufern nicht machen. Welchen Schatz des Sonnensystems könnten sie dem Herrn als Zeichen ihrer Ergebenheit anbieten? Was würde er benötigen? Und da kommt das Wasser ins Spiel. Auf ihrer vierhundertjährigen Reise würde die Trisolaris-Flotte ihre Wasservorräte so gut wie aufgebracht haben. Beim Eintritt in das Sonnensystem müssten die dehydrierten Trisolarier auf den Schlachtschiffen rehydriert werden. Da das dabei verwendete Wasser Teil ihrer Körper werden würde, wäre frisches, sauberes dem abgestandenen, vielfach recycelten Wasser an Bord auf jeden Fall vorzuziehen. Die Mückenschwarmflotte würde dem Herrn einen Eisberg aus riesigen Wassermengen bringen, die von Europa, Ceres und den Asteroiden gewonnen wurden. Wie viel es sein würde, weiß ich nicht genau und Sie vermutlich ebenso wenig. Aber sagen wir einfach: Zehntausende Tonnen Wasser. Der Mückenschwarm würde der Trisolaris-Flotte mit dem gigantischen Eisblock im Schlepptau vermutlich sehr nahe kommen dürfen. Hier würde nun die zweite Konsequenz aus Ihrer gescheiterten Suche nach den Kamikazepiloten zum Tragen kommen. Nachdem Sie keine finden konnten, haben Sie logischerweise die unabhängige Steuerkontrolle über die Kampfjäger gefordert. Würde die Mückenschwarmflotte erst einmal nahe genug an die Schiffe der Trisolarier herangekommen sein, würden Sie den ETO-Piloten die Kontrolle über die Kampfjäger entziehen, auf Drohnenmodus umschalten und zum Angriff übergehen. Die Megawasserstoffbomben könnten so in nächster Nähe der Flotte des Herrn detonieren und sie vernichten.«

Der Wandbrecher richtete sich auf, entfernte sich etwas von Tyler und stellte sich vor die vom Boden bis zur Decke reichenden Fenster, durch die man in den Garten sehen konnte. Damit wehte der Höllenwind nicht mehr in Tylers Ohr, doch seine Kälte war ihm bereits ins Mark gefahren.

»Ein hervorragender Plan. Das meine ich ernst. Doch er hat ein paar Fehler, die ich nicht verstehe. Warum haben Sie der Erforschung der wasserreichen Himmelskörper so eine hohe Priorität eingeräumt? Bislang ist es technisch unmöglich, Wasser in derart großen Mengen zu extrahieren und abzutransportieren, und die entsprechende Forschung und Entwicklung könnte Jahre oder sogar Jahrzehnte beanspruchen. Und selbst wenn Sie meinten, gleich damit anfangen zu müssen … Warum haben Sie dann nicht auch ein paar Himmelskörper mit aufgenommen, die nicht über Wasser verfügen, wie zum Beispiel die Monde des Mars? Das hätte mich zwar nicht davon abgehalten, Ihren Plan irgendwann offenzulegen, aber es hätte mir die Lösung wesentlich erschwert. Wie konnte ein so großartiger Stratege wie Sie nicht auf so simple Tricks kommen? Andererseits verstehe ich natürlich, unter welchem enormen Druck Sie stehen.«

Der Wandbrecher wandte sich um und legte Tyler freundlich eine Hand auf die Schulter. Wie ein Henker, der einen Verurteilten tröstete. Tyler fühlte sich ein wenig gerührt.

»Machen Sie sich keine Vorwürfe. Sie haben Ihre Sache nicht schlecht gemacht. Ich wünsche Ihnen, dass Sie in die Geschichte eingehen.« Der Wandbrecher nahm seine Hand weg, und sein vorhin noch so fahl und kränklich wirkendes Gesicht strahlte vor Energie. Er streckte beide Arme nach vorn. »Bitte sehr, Mr. Tyler. Rufen Sie Ihre Leute.«

Tyler hielt die Augen geschlossen und fühlte sich kraftlos. »Gehen Sie.«

Als der Wandbrecher an der Tür war, fiel Tyler noch eine letzte Frage ein. »Falls es stimmt, was Sie sagen, was dann?«, krächzte er.

Der Wandbrecher drehte sich zu ihm um. »Nichts. Ob ich Ihren wahren Plan vereitelt habe oder nicht, Mr. Tyler – dem Herrn ist es gleichgültig.«

Tylers Bericht machte Luo Ji sprachlos.

Wenn ein gewöhnlicher Mensch mit einem von ihnen sprach, hatte er immer einen Hintergedanken, der die Kommunikation erheblich erschwerte. *Das ist ein Wandschauer, dem kann man sowieso nicht glauben*. Unterhielten sich jedoch zwei Wandschauer miteinander, dann multiplizierten sich diese Vorbehalte und führten zu einer massiven Kommunikationsbarriere. Bei einem solchen Austausch blieb alles, was die beiden sagten, bedeutungslos, sodass die Kommunikation insgesamt ihren Sinn verlor. Und das war der Grund, warum es bislang keine derartigen Vieraugengespräche gegeben hatte.

»Was halten Sie von der Analyse des Wandbrechers?«, fragte Luo Ji, um das Schweigen zu beenden. Doch noch bevor er die Frage ausgesprochen hatte, wurde ihm bewusst, wie sinnlos sie war.

»Seine Annahme ist richtig.«

Luo Ji hätte gerne etwas darauf erwidert. Aber was? Sie waren schließlich beide Wandschauer.

»Das war meine wahre Strategie«, fuhr Tyler fort. Er hatte offenbar ein so großes Mitteilungsbedürfnis, dass es ihm egal war, ob sein Gegenüber ihm Glauben schenkte oder nicht. »Natürlich steckt alles noch im Anfangsstadium, allein die

Technik ist sehr komplex, doch ich hatte tatsächlich gehofft, innerhalb der nächsten vierhundert Jahre sämtliche theoretischen und technischen Probleme schrittweise lösen zu können. Der Haltung unseres Feindes nach zu urteilen, spielt das allerdings keine Rolle. Es ist ihm gleichgültig. Das ist der Gipfel der Verachtung.«

»Was haben Sie dann gemacht?« Luo Ji fielen nur dämliche Fragen ein.

»Am Tag nach dem Besuch des Wandbrechers hat die ETO eine vollständige Analyse meiner Strategie online gestellt. Es war eine unglaubliche Datenmenge, größtenteils von den Sophonen ausspioniertes Material. Das hat einen Skandal ausgelöst. Vorgestern berief der PDC eine Sondersitzung zu diesem Thema ein, auf dem die folgende Resolution verabschiedet wurde: ›Die Pläne eines Wandschauers dürfen nichts beinhalten, was Menschenleben gefährdet.‹ Sollte das wirklich mein Plan sein, dann wäre seine Ausführung ein Verbrechen gegen die Menschlichkeit. Er müsse verhindert und der Wandschauer vor Gericht gestellt werden. ›Verbrechen gegen die Menschlichkeit‹ – dieser Begriff hat heutzutage Hochkonjunktur! Doch die Resolution endete in den Worten: ›Gemäß der grundlegenden Prinzipien der Operation Wandschauer könnte es sich bei den Belegen, die der Außenwelt zugänglich sind, lediglich um ein Täuschungsmanöver des Wandschauers handeln. Sie sind kein Beweis dafür, dass der Wandschauer diesen Plan tatsächlich verfolgt.‹ Also werde ich nicht angeklagt.«

»Das habe ich mir gedacht«, sagte Luo Ji nur, um etwas zu sagen.

»Während der Anhörung bestand ich allerdings darauf, dass

die Analyse des Wandbrechers vollkommen korrekt sei und ich weiterhin die Mückenschwarmstrategie verfolge. Ich verlangte, entsprechend des Gesetzes angeklagt zu werden.«

»Ich kann mir die Reaktion vorstellen.«

»Der amtierende Vorsitzende des PDC und alle Vertreter des Ständigen Ausschusses haben mich mit dem üblichen Wandschauerlächeln angesehen, und der Vorsitzende erklärte die Sitzung für beendet. Verdammte Idioten!«

»Das Gefühl kenne ich.«

»Ich war völlig außer mir. Ich bin aus dem Saal gerannt, hinaus auf den Platz, und habe geschrien: ›Ich bin Wandschauer Frederick Tyler! Mein Wandbrecher hat meine Strategie bloßgelegt! Er hat recht! Ich werde mit dem Mückenschwarm unsere eigene Weltraumflotte angreifen! Ich bin ein Verbrecher gegen die Menschlichkeit! Ich bin ein Teufel! Verurteilt mich zum Tode!‹«

»Das war völlig sinnlos, Mr. Tyler.«

»Was ich am meisten hasse, ist der Gesichtsausdruck, mit dem mich die Leute ansehen. Eine Menschenmenge umringte mich auf dem Platz. In den Blicken der Kinder offenbarten sich ihre Fantasien, in denen der Erwachsenen erkannte ich Respekt, und in den Mienen der Alten sah ich Sorge. Aber in allen Gesichtern stand zu lesen: ›He, seht mal, ein Wandschauer. Er arbeitet, doch niemand auf der Welt außer ihm selbst weiß, was er tut. Macht er seine Sache nicht hervorragend? Wie gut er uns zu täuschen vermag. Wie soll der Feind je seine wahre Strategie herausfinden? Seinen großartigen, umwerfenden Plan, den nur er allein kennt und der die Welt retten wird …‹ Pah, so ein Schwachsinn! Ein Haufen Schwachsinniger!«

Luo Ji zog es vor zu schweigen und lächelte Tyler nur stumm an.

Während Tyler ihn anstarrte, wurde aus dem schmallippigen Lächeln in seinem blassen Gesicht allmählich hysterisches Gelächter. »Ha! Sie lächeln. Sie lächeln das Wandschauerlächeln! Das Lächeln eines Wandschauers für einen anderen. Sie denken, ich bin bei der Arbeit, ich täusche das alles nur vor und rette die Welt!« Er lachte gackernd. »Köstlich. Wie sind wir bloß in diese aberwitzige Situation geraten?«

»Aus diesem Teufelskreis kommen wir niemals wieder heraus, Mr. Tyler«, sagte Luo Ji und stieß einen leisen Seufzer aus.

Abrupt verstummte Tylers Lachen. »Niemals? Doch, Dr. Luo, wir kommen da raus. Es gibt einen Weg, und ich bin hier, um ihn Ihnen zu zeigen.«

»Sie sollten sich ausruhen«, sagte Luo Ji. »Bleiben Sie doch ein paar Tage hier, Mr. Tyler«

Tyler nickte bedächtig. »Ja, ich brauche Ruhe. Wir sind die Einzigen, Dr. Luo, die den Schmerz des jeweils anderen verstehen. Deshalb bin ich hier.« Er sah nach oben. Die Sonne war schon längst untergegangen, und der Garten Eden war im Dämmerlicht nur noch schemenhaft zu erkennen. »Das hier ist ein wahres Paradies. Dürfte ich mir allein am See etwas die Beine vertreten?«

»Sie können hier tun und lassen, was Sie wünschen. Entspannen Sie ein bisschen. Ich rufe Sie dann zum Essen.«

Während Tyler Richtung See ging, blieb Luo Ji allein zurück und hing seinen schweren Gedanken nach. Fünf Jahre lang hatte er in einem Meer von Glück gebadet. Besonders die Geburt seiner Tochter hatte ihn alles andere vergessen lassen. Die

Liebe zu seiner Frau und zu seinem Kind waren eins und versetzten seine Seele in einen wahren Rausch. In der Abgeschiedenheit seines Heims hatte er sich der Illusion hingegeben, die Außenwelt wäre nicht mehr als ein Quantenzustand, der nicht existierte, solange man ihn nicht bewusst wahrnehmen wollte.

Doch nun, da die grässliche Außenwelt in seinen Garten Eden eingedrungen war, um ihn zu verwirren und zu verängstigen, ließ sich dieser Zustand nicht länger aufrechterhalten. Seine Gedanken wanderten zu Tyler, dessen letzte Worte er noch im Ohr hatte. Sollte es den Wandschauern wirklich möglich sein, diesem Teufelskreis zu entkommen und die eisernen Fesseln der Logik abzuschütteln …?

Plötzlich war er hellwach. Er sprang auf und rannte zum See. Er wollte schreien, doch er fürchtete, Zhuang Yan und Xia Xia zu erschrecken, also rannte er nur, so schnell es ihm das Dämmerlicht erlaubte. Nur das Rascheln des Grases unter seinen Füßen war zu hören. Da unterbrach ein gedämpfter Knall das rhythmische Rascheln.

Der Klang eines Pistolenschusses, der vom See kam.

Luo Ji kehrte erst sehr spät ins Haus zurück. Das Mädchen schlief bereits. »Ist Mr. Tyler gegangen?«, fragte Zhuang Yan.

»Ja. Er ist fort«, antwortete er erschöpft.

»Er schien mehr zu leiden als du.«

»Ja. Er hat es sich nicht leicht gemacht … Yan Yan, hast du in den letzten Tagen ferngesehen?«

»Nein, ich …«, sie stockte, und Luo Ji wusste, was sie dachte. Der Gedanke an den Unterschied zwischen der Welt da draußen, die von Tag zu Tag düsterer wurde, und ihrem Leben hier verursachte ihr Unbehagen. »Ist unser Leben wirklich Teil des Plans?«, fragte sie ihn mit unschuldiger Miene.

»Natürlich. Warum zweifelst du daran?«

»Wie können wir so glücklich sein, wenn die ganze Menschheit unglücklich ist?«

»Das ist es eben, meine Liebe. Es ist deine Aufgabe, glücklich zu sein, während die ganze Welt unglücklich ist. Mit Xia Xia bist du noch glücklicher, und mein Wandschauerplan ist seiner Erfüllung noch einen Schritt näher gekommen.«

Zhuang Yan sah ihn schweigend an. Die rein mimische Kommunikation, die sie sich vor fünf Jahren vor der *Mona Lisa* ausgemalt hatten, schien zwischen ihnen beiden mittlerweile in Ansätzen zu funktionieren. Es gelang ihm immer besser, in ihren Augen zu lesen. Was jetzt dort stand, war: *Wie soll ich das glauben?*

Er dachte eine Weile darüber nach. »Alles hat ein Ende, Yan Yan«, sagte er schließlich. »Die Sonne und das ganze Universum werden eines Tages vergehen. Warum soll die Menschheit unsterblich sein? Weißt du, die Welt ist paranoid. Einen aussichtslosen Kampf zu führen ist etwas für Narren. Es ist eine Frage der Perspektive. Vergiss die Sorgen wegen der Trisolaris-Krise und auch alle, die du vorher kanntest, und genieße während der Zeit bis zum Ende dein Leben. Wir haben vierhundert Jahre, vielleicht sogar fünfhundert. Das ist reichlich Zeit. So lange hat die Menschheit gebraucht, um die Entwicklung von der Renaissance zum Informationszeitalter zu vollziehen. Und in dieser Zeitspanne könnte sie sich auch ein komfortables Leben ermöglichen. Fünf idyllische Jahrhunderte ohne Sorgen um die ferne

Zukunft und mit nur einer Aufgabe: glücklich zu sein. Wäre das nicht wundervoll?«

Sofort begriff er, wie unklug er seine Worte gewählt hatte. Zu behaupten, ihr Glück und das des Kindes seien Teil des Plans, machten ihr Leben kostbar und ihr Glück zu einer Aufgabe. Doch wie sonst konnte er sie angesichts der Grausamkeit der Welt dazu bringen, die Nerven zu behalten und gelassen zu bleiben? Ihrem unschuldigen Blick zu widerstehen war unmöglich, weshalb er stets vermied, sie anzusehen, wenn sie diese Frage stellte. Doch jetzt hatte die Geschichte mit Tyler ihn dazu verführt, die Wahrheit zu sagen.

»Sagst du das als Wandschauer?«, fragte sie.

»Natürlich, ich *bin* schließlich ein Wandschauer«, sagte er, um die Situation zu retten.

Doch in ihren Augen las er: *Nein, du hast das ernst gemeint!*

UN-Planetenverteidigungsrat

Operation Wandschauer, Anhörung Nr. 89

Zu Beginn der Anhörung drängte der amtierende Vorsitzende darauf, Luo Ji zur Teilnahme an der nächsten Anhörung zu verpflichten. Seine Weigerung zu kommen sei nicht als Teil des Wandschauerplans zu akzeptieren, da die Kontrollbefugnis des PDC über den strategischen Plänen der Wandschauer stehe. Die ständigen Vertreter des PDC nahmen den Vorschlag einstimmig an. Da inzwischen der erste Wandbrecher aufgetaucht war und Tyler Selbstmord begangen hatte, verstanden die beiden anwesenden Wandschauer die subtile Botschaft.

Hines ergriff zuerst das Wort. Sein auf Neurobiologie basierender Plan war zwar noch nicht ausgereift, doch er beschrieb die Apparatur, mit der er die weitere Forschung betreiben wolle. Er nannte sie »Analytische Kamera«. Sie arbeite auf der Basis von Computertomographie und Kernspinresonanz, mittels derer sie sämtliche Querprofile des Gehirns auf einmal erfassen könne. Dafür benötige die Analytische Kamera eine Querprofilgenauigkeit im Maßstab der internen Struktur von Hirnzellen und Neuronen. Auf diese Weise erhalte man mehrere Millionen CT-Aufnahmen gleichzeitig, die dann vom Computerprogramm zu einem digitalen Modell des Gehirns verarbeitet würden. Das war nur eine von mehreren enormen technischen Voraussetzungen. Die Aufnahmen müssten mit einer Geschwindigkeit von vierundzwanzig Einzelbildern pro Sekunde erstellt werden, um ein dynamisches, synthetisches Modell zu erhalten, das sämtliche Aktivitäten des Gehirns mit einer Auflösung auf Neuronenniveau einfange, wodurch eine genaue Beobachtung der Denkaktivitäten des Gehirns oder sogar die Wiedergabe sämtlicher neuronaler Aktivitäten während des Denkprozesses möglich würde.

Danach schilderte Rey Diaz die Fortschritte seiner Strategie. Nach fünf Jahren Forschung war das mathematische Sternmodell für Nuklearwaffen mit ultrahoher Sprengkraft fertig und wurde nun auf Herz und Nieren getestet und fehlerbereinigt.

Anschließend präsentierte das Beratergremium des PDC seinen Bericht zu den Machbarkeitsstudien der beiden Wandschauerpläne.

Das Beratergremium war der Auffassung, dass der Entwicklung von Hines' Analytischer Kamera theoretisch zwar nichts entgegenstehe, dass die technischen Herausforderungen die gegenwärtigen Möglichkeiten jedoch bei weitem überstiegen. Die moderne Computertomographie sei so weit von der AK-Technik entfernt wie die Schwarzweiß-Filmtechnik von modernen HD-Kameras. Die höchste technische Hürde des AK-Apparats stelle die Datenverarbeitung dar, denn das Scannen und Modellieren eines Objekts von der Größe des menschlichen Gehirns mit einer Präzision auf Neuronenniveau übersteige die Rechenleistung moderner Computer erheblich.

Ähnlich verhielt es sich mit den Schwierigkeiten bei Rey Diaz' Sternenbombe: Die Rechenleistung aktueller Computer reiche dafür einfach nicht aus. Nach der Ermittlung der für den fertiggestellten Teil des Modells benötigten Rechenleistung befand das Expertenteam, dass selbst der stärkste der heute vorhandenen Computer zwanzig Jahre für die Modelldarstellung auch nur einer Hundertstelsekunde des Kernfusionsprozesses benötigen würde. Da das Modell im Verlauf der Forschung immer wieder berechnet werden müsse, war seine praktische Anwendung unmöglich.

Der leitende Computerfachmann des Teams sagte: »Augenblicklich stößt die auf traditionellen integrierten Halbleiterschaltungen und Von-Neumann-Architektur beruhende Computertechnologie an die Grenzen ihrer technischen Entwicklungsmöglichkeiten. Das Mooresche Gesetz würde seine Gültigkeit verlieren. Natürlich können wir diesen herkömmlichen elektronischen und technischen Zitronen immer noch einen Tropfen Saft abpressen. In unseren Augen ist die von beiden Plänen vorausgesetzte Rechenleistung trotz der gegenwärtigen Fortschrittsbremse für Supercomputer immer noch machbar. Doch sie braucht Zeit, optimistisch geschätzt zwanzig bis dreißig Jahre. Sollte dieses Ziel erreicht werden, wird das der Gipfel der menschlichen Computertechnologie sein. Danach ist kaum noch Fortschritt denkbar. Da die Grundlagenforschung in der Physik von den Sophonen blockiert wird, ist es sehr unwahrscheinlich, dass wir weiter ausgereifte Rechner wie zum Beispiel Quantencomputer, von denen wir einst träumten, realisieren können.«

»Wir rennen gegen die Mauer, die die Sophonen auf der Straße der Wissenschaft errichtet haben«, kommentierte der Vorsitzende.

»Das heißt, wir kommen zwanzig Jahre lang nicht weiter«, sagte Hines.

»Und das ist noch eine optimistische Schätzung. Als Wissenschaftler sollten Sie wissen, wie es im Bereich der Spitzentechnologie läuft.«

»Also bleibt uns nur, in den Kälteschlaf zu gehen und die Entwicklung entsprechend leistungsfähiger Computer abzuwarten«, sagte Rey Diaz.

»Ich habe mich ebenfalls zum Kälteschlaf entschlossen«, sagte Hines.

»Wenn das so ist, dann richten Sie meinem Nachfolger in zwanzig Jahren schöne Grüße aus«, sagte der Vorsitzende mit einem Lächeln.

Die Atmosphäre entspannte sich. Jetzt, wo die beiden Wandschauer sich für den Kälteschlaf entschieden hatten, atmeten die Ausschussmitglieder erleichtert auf. Das Auftauchen des ersten Wandbrechers hatte dem Image der gesamten Operation schweren Schaden zugefügt. Vor allem Tylers Selbstmord war eine große Dummheit, denn wäre er noch am Leben, wüsste die Menschheit noch immer nicht, ob der Mückenschwarm seine echte Strategie war oder nicht. Sein Tod bestätigte jedoch eindeutig, dass er wirklich so etwas Schreckliches geplant hatte. Er hatte sein Leben gegeben, um dem Teufelskreis zu entkommen, und prompt hatten sich weltweit kritische Stimmen gegen die Operation Wandschauer erhoben. Die Öffentlichkeit forderte, die Macht der Wandschauer stärker einzuschränken, doch dadurch würde es für die Wandschauer naturgemäß schwerer werden, mit ihren strategischen Täuschungsmanövern fortzufahren, womit die ganze Operation sinnlos würde. Die Operation Wandschauer verfügte über eine Führungsstruktur, wie die menschliche Gesellschaft sie bis dato nicht gekannt hatte. Es brauchte Zeit, sich daran zu gewöhnen, und dabei würde der Kälteschlaf der beiden Wandschauer helfen.

Wenige Tage später wurden Hines und Rey Diaz in einem streng geheimen Untergrundraum in den Kälteschlaf versetzt.

Luo Ji hatte einen unheilvollen Traum. Er träumte, er durchschreite die Säle des Louvre. Das hatte er noch nie geträumt. Schließlich hatte er in den fünf seligen Jahren seither keine Veranlassung gehabt, von vergangenen Glücksmomenten zu träumen. In seinem Traum erlebte er die Einsamkeit, die sein früheres Leben bestimmt hatte. Seine Schritte hallten in den Palastsälen wider, und mit jedem Schritt schien ihm etwas abhandenzukommen, bis er nicht mehr wagte weiterzugehen. Vor ihm hing die *Mona Lisa*. Sie lächelte nicht mehr und schaute ihn nur mitleidig an. Ohne das Geräusch seiner Schritte hörte er die Fontänen vor dem Palast. Sie schienen immer lauter zu werden. Er wachte auf und stellte fest, dass das Geräusch aus der realen Welt kam. Es regnete. Luo Ji tastete mit der Hand nach seiner Liebsten, doch die Matratze neben ihm war leer.

Zhuang Yan war fort.

Er rollte sich aus dem Bett und ging ins Kinderzimmer, wo eine schwache Lampe brannte. Keine Spur von Xia Xia. Auf dem ordentlich gemachten kleinen Bett lag eine von Zhuang Yans Zeichnungen, die sie beide sehr mochten. Sie war beinahe leer und sah aus gewissem Abstand aus wie ein weißes Blatt Papier. Bei näherem Hinsehen erkannte man in der linken unteren Bildhälfte feinen Schilf und rechts oben davonfliegende Wildgänse. In der Mitte konnte man zwei unendlich winzige Personen ausmachen. Jetzt stand hier in anmutiger Schrift eine Zeile:

Geliebter, wir warten am Jüngsten Tag auf Dich.

Irgendwann hatte es so kommen müssen. Wie könnte ein solcher Traum auch für immer dauern? *Das war doch abzusehen, also reg dich nicht auf, du warst längst darauf eingestellt.* Trotzdem wurde ihm schwindlig. Als er mit dem Bild in der Hand ins Wohnzimmer ging, versagten ihm die Beine, und er hatte das Gefühl zu schwimmen.

Das Wohnzimmer war leer, doch die Glut im Kamin glomm noch tiefrot, als wollte sie alles ringsum zum Schmelzen bringen. Draußen regnete es in Strömen. Dasselbe Geräusch wie vor fünf Jahren, als sie aus seinem Traum in die Wirklichkeit getreten war. Und nun war sie wieder dorthin zurückgekehrt und hatte ihr gemeinsames Kind mitgenommen.

Er hatte gerade zum Telefon gegriffen, um Kent anzurufen, als er von draußen leise Schritte hörte. Die Schritte einer Frau, aber nicht Zhuang Yans. Trotzdem warf er sofort das Telefon hin und ging hinaus.

Er erkannte die zierliche Gestalt, die im Regen auf seiner Veranda stand, auf den ersten Blick, obwohl er zunächst nur ihre Silhouette sah.

»Guten Tag, Dr. Luo«, sagte Generalsekretärin Sayi.

»Guten Tag … Wo sind meine Frau und mein Kind?«

»Sie warten auf Sie am Jüngsten Tag«, wiederholte sie die Worte auf der Zeichnung.

»Warum?«

»Das ist ein Beschluss des PDC. Das Gremium möchte, dass Sie Ihre Aufgabe als Wandschauer erfüllen. Es wird ihnen kein Leid geschehen, und für Kinder ist es leichter, in den Kälteschlaf zu gehen, als für Erwachsene.«

»Sie haben sie entführt. Das ist ein Verbrechen!«

»Wir haben niemanden entführt.«

Luo Jis Herz erbebte, als er über die Bedeutung ihrer Worte nachdachte, doch er wollte der Wahrheit nicht ins Gesicht sehen. »Ich habe doch gesagt, dass sie Teil meines Plans sind!«

»Nach reiflicher Überlegung ist der PDC zu dem Schluss gekommen, dass das nicht Teil Ihres Plans ist, und hat entsprechende Maßnahmen ergriffen, um Sie zum Arbeiten zu veranlassen.«

»Selbst wenn es sich nicht um eine Entführung handeln sollte … Sie haben mir ohne mein Einverständnis mein Kind weggenommen, und das ist gegen das Gesetz.« Als ihm bewusst wurde, wen dieses »Sie« alles einschloss, schüttelte es ihn und er musste sich an die Säule hinter ihm lehnen.

»Das ist richtig, doch wir bewegen uns im Rahmen des Zulässigen. Sie müssen bedenken, Dr. Luo, dass das hier und sämtliche Mittel, auf die Sie zugreifen, nicht unter dem gewöhnlichen Recht einklagbar sind, weshalb diese Maßnahmen in der gegenwärtigen Krise gerechtfertigt sind.«

»Arbeiten Sie noch immer für die UNO?«

»Ja.«

»Sie wurden wiedergewählt?«

»Ja.«

Er wollte bloß das Thema wechseln, um sich nicht den kalten Tatsachen stellen zu müssen, doch es hatte keinen Zweck. *Was werde ich ohne sie anfangen? Was?*, fragte er sich wieder und wieder. Unwillkürlich entschlüpften die Worte seinem Mund, während er kraftlos an der Säule entlang zu Boden glitt. Alles um ihn herum schien zusammenzubrechen, Magma ergoss sich von oben über alles. Aber diesmal war es glühend heiß und ergoss sich in sein Herz.

»Sie sind immer noch da, Dr. Luo. Sie warten gesund und munter in der Zukunft auf Sie. Sie sind doch schon immer ein vernünftiger Mensch gewesen, nun müssen Sie einfach noch vernünftiger sein. Wenn schon nicht für die Menschheit, dann wenigstens für Ihre Familie.« Sayi sah zu ihm herab, wie er dort dem Zusammenbruch nahe an die Säule gelehnt saß.

Ein Windstoß fegte den Regen über die Terrasse und kühlte das Feuer in Luo Jis Innerem etwas herunter. »Das hatten Sie von Anfang an vor, nicht wahr?«, fragte er.

»Ja, aber wir haben erst zu diesem Mittel gegriffen, als uns keine Wahl mehr blieb.«

»Sie war also … Widmete sie sich, bevor sie herkam, tatsächlich traditioneller chinesischer Malerei?«

»Ja.«

»Von der Zentralen Akademie der Schönen Künste?«

»Ja.«

»War sie dann …?«

»Sie haben die wahre Zhuang Yan kennengelernt. Alles, was sie ausmachte, war echt: ihre Vergangenheit, ihre Familie, ihre Persönlichkeit, ihr Denken, alles.«

»Sie wollen sagen, dass sie wirklich genau diese Art Frau war?«

»Ja. Wie hätte sie sich denn fünf Jahre lang verstellen können? Sie war authentisch. Unschuldig und liebenswert wie ein Engel. Sie hat Ihnen nichts vorgemacht, auch ihre Liebe nicht, die war vollkommen echt.«

»Wie konnte sie mich dann so schamlos hintergehen? Kein Wort in all den Jahren?«

»Woher wollen Sie wissen, dass sie nie ihre wahren Gefühle gezeigt hat? Umwehte sie nicht, seit sie vor fünf Jahren in jener Regennacht hier ankam, immer ein Schatten von Melancholie? Sie hat nie einen Hehl daraus gemacht. Wie eine Hintergrundmusik schwang in jeder ihrer Äußerungen immer eine gewisse Traurigkeit mit. Sie haben sie nur deshalb nicht bemerkt, weil sie immer da war.«

Jetzt begriff er, was an ihrer Erscheinung ihn vom ersten Augenblick an zutiefst berührt hatte. Was ihm das Gefühl gegeben hatte, die ganze Welt könnte sie verletzen und er müsse sie ihr

Leben lang beschützen. Es war der Anflug von Traurigkeit in ihren klaren, unschuldigen Augen gewesen – eine Traurigkeit, die wie das Licht des Kaminfeuers sanft über ihrer Schönheit lag. Ja, man konnte sie als eine unscheinbare Hintergrundmusik bezeichnen, die unmerklich in sein Unterbewusstsein gedrungen war und ihn Schritt für Schritt in den Abgrund der Liebe gerissen hatte.

»Ich werde sie nicht finden können, nicht wahr?«

»Das ist richtig. Wie gesagt, es handelt sich um eine Resolution des PDC.«

»Dann werde ich mit ihnen zum Jüngsten Tag reisen.«

»Wie Sie wünschen.«

Luo Ji hatte erwartet, auf Ablehnung zu stoßen, doch es war wieder wie damals, als er seinen Wandschauerstatus zurückwies. Sayis Antwort kam prompt und ohne Zögern. Aber er wusste, dass es nicht so einfach sein konnte. »Es wäre kein Problem?«, fragte er.

»Nein. Wirklich nicht. Wissen Sie, seit Beginn der Operation Wandschauer existiert ein gewisser Dissens innerhalb der internationalen Gemeinschaft. Einige der Staaten haben aus persönlichem Interesse die Pläne der einen Wandschauer unterstützt und die der anderen abgelehnt, sodass es immer welche gab, die Sie loswerden wollten. Jetzt, wo der erste Wandbrecher aufgetaucht und Tyler gescheitert ist, sind die gegen die Operation eingestellten Kräfte stärker geworden. Wir befinden uns in einer Pattsituation zwischen Gegnern und Befürwortern. Wenn Sie in dieser Situation beschließen, direkt in die Zukunft bis zum Jüngsten Tag zu reisen, wäre das zum jetzigen Zeitpunkt ein für beide Seiten akzeptabler Kompromiss. Nur frage ich Sie, Dr. Luo: Würden Sie das angesichts des Überlebenskampfes, in dem die Menschheit steckt, wirklich wollen?«

»Politiker wie Sie«, entgegnete Luo Ji, »scheinen sich um nichts anderes zu sorgen als die Menschheit, aber ich sehe keine Menschheit, für mich zählt nur das Individuum. Ich bin eins davon, ein gewöhnlicher Mensch, und ich sehe mich nicht in der Lage, die Verantwortung für die Rettung der Menschheit zu übernehmen. Ich will nur mein eigenes Leben leben.«

»Gut. Aber Ihre Frau und Ihre Tochter sind zwei dieser Individuen. Möchten Sie nicht für sie Verantwortung übernehmen? Auch wenn sie Sie verletzt hat, bin ich sicher, dass Sie Ihre Frau immer noch lieben. Und Ihr Kind. Seit dem Augenblick, in dem Hubble II die Invasion der Trisolarier endgültig bestätigt hat, ist eines gewiss: Die Menschheit wird bis zum Ende kämpfen. Wenn Ihre Frau und Ihr Kind in vier Jahrhunderten aufwachen, steht uns die letzte Schlacht bevor, doch bis dahin werden Sie Ihren Wandschauerstatus verloren haben und können ihnen nicht mehr helfen. Bis die Menschheit endgültig ausgelöscht ist, erwartet Sie miteinander nichts als die Hölle. Wollen Sie das? Ist das das Leben, das Sie Ihrer Frau und Ihrem Kind wünschen?«

Luo Ji erwiderte nichts.

»Wenn Ihnen alles andere gleichgültig ist, dann denken Sie wenigstens an den Blick, mit dem sie Ihnen in vier Jahrhunderten begegnen werden. Wen sehen sie dann? Einen Mann, der die Frau, die er liebt, im Stich gelassen hat, genauso wie den Rest der Menschheit? Einen Mann, der nicht gewillt ist, die Kinder dieser Erde zu retten, nicht einmal sein eigenes? Sind Sie Manns genug, ihnen dann in die Augen zu sehen?«

Luo Ji ließ schweigend den Kopf hängen. Das Geräusch des nächtlichen Regens auf dem Gras und dem See dröhnte ihm in den Ohren wie flehende Stimmen aus einer anderen Welt.

»Glauben Sie wirklich, dass ich an alldem etwas ändern kann?«, fragte er schließlich und hob den Blick zu ihr.

»Warum versuchen Sie es nicht? Sie könnten unter allen Wandschauern die besten Aussichten auf Erfolg haben. Um Ihnen das zu sagen, bin ich heute hier.«

»Dann erklären Sie es mir: warum?«

»Weil Sie der einzige Vertreter der Menschheit sind, den Trisolaris schon heute tot sehen will.«

An die Säule gelehnt starrte Luo Ji sie an, er begriff nichts. Krampfhaft versuchte er, sich zu erinnern.

Sie fuhr fort. »Der Autounfall. Der war für Sie gedacht. Ihre Freundin wurde nur versehentlich getötet.«

»Aber es war ein Unfall. Das Auto wich aus, weil zwei andere Wagen zusammengestoßen waren!«

»Es war von langer Hand geplant.«

»Aber ich war damals nur ein normaler Mensch, ohne besonderen Schutz. Mich umzubringen wäre ein Leichtes gewesen. Wozu der ganze Aufwand?«

»Um den Mord wie einen Unfall aussehen zu lassen und keine Aufmerksamkeit zu erregen. Beinahe wäre es gelungen. An diesem Tag kamen bei einundfünfzig Verkehrsunfällen in der Stadt fünf Menschen ums Leben. Doch ein Spitzel innerhalb der ETO bestätigte uns, dass diese Organisation diesen Unfall inszeniert hatte – in der Absicht, Sie zu töten. Und was noch beängstigender ist: Der Befehl kam direkt von Trisolaris und wurde über die Sophonen an Evans übermittelt. Das ist bis heute das einzige Attentat, das die Trisolarier selbst angeordnet haben.«

»Die Trisolarier wollen mich umbringen? Warum ausgerechnet mich?« Luo Ji hatte das Gefühl, sich selbst nicht zu kennen.

»Ich weiß es nicht. Niemand weiß es, jedenfalls nicht mehr. Evans wusste es wahrscheinlich, doch der ist tot. Er war es, der die Anweisung hinzufügte, dass das Attentat kein Aufsehen erregen dürfe. Was nur noch mehr beweist, wie wichtig Sie sind.«

»Wichtig, ich?« Luo Ji schüttelte fassungslos den Kopf. »Sehen Sie mich doch an. Sehe ich aus wie jemand, der Superkräfte hat?«

»Sie haben keine Superkräfte«, sagte Sayi und hob abwehrend die Hände. »Darüber brauchen Sie sich keine Gedanken zu machen. Das führt Sie nur auf die falsche Fährte. Sie haben weder in Ihren Forschungsarbeiten außergewöhnliches Talent bewiesen, noch verfügen Sie über Fähigkeiten, die den Rahmen der gängigen Naturgesetze sprengen. Oder zumindest nicht, soweit wir feststellen konnten. Evans' Forderung, dass das Attentat kein Aufsehen erregen dürfe, spricht ebenfalls dafür. Es bedeutet, Ihre Fähigkeit ist erlernbar.«

»Warum haben Sie mir nichts gesagt?«

»Wir wollten keinen Einfluss auf Ihre besondere Gabe nehmen, worin auch immer sie besteht. Zu viele Unwägbarkeiten. Es schien uns sinnvoller, den Dingen ihren Lauf zu lassen.«

»Ich habe einmal darüber nachgedacht, eine Kosmosoziologie zu erarbeiten, weil …« Da sagte eine Stimme tief in seinem Innern: *Du bist ein Wandschauer!* Diese Stimme vernahm er zum ersten Mal. Und er hörte noch ein zweites Geräusch, das nicht wirklich existierte: das Summen der um ihn herumschwirrenden Sophonen. Er meinte sogar, einige verschwommene, glühwürmchenartige Lichtpunkte zu sehen. Also benahm er sich zum ersten Mal wie ein Wandschauer, schluckte seine Worte hinunter und fragte stattdessen nur: »Spielt das eine Rolle?«

Sie schüttelte den Kopf. »Wohl kaum. Soweit uns bekannt ist, war das nur das Thema einer Forschungsarbeit, die Sie nie wirklich verfolgt haben und die vor allem ohne Ergebnis geblieben ist. Abgesehen davon – selbst wenn Sie auf dem Gebiet geforscht hätten, würden wir nicht erwarten, dass Sie mit wertvolleren Ergebnissen aufwarten könnten als andere Wissenschaftler.«

»Und wieso?«

»Gestatten Sie mir ein offenes Wort, Dr. Luo. Wenn ich es richtig verstehe, sind Sie als Wissenschaftler ein Versager. Sie forschen ohne Wissensdrang oder Disziplin, ohne jede Mission. Sie haben das nur gemacht, um Ihre Brötchen zu verdienen.«

»Ist das nicht heutzutage weit verbreitet?«

»Natürlich, es ist nichts dabei, doch Sie legen eine Menge Verhaltensweisen an den Tag, die nicht zu einem seriösen und engagierten Wissenschaftler passen. Ihre Forschung war utilitaristisch, Ihre Methoden zumeist opportunistisch, die Inhalte effekthascherisch, Sie haben häufig Forschungsmittel vergeudet. Sie sind zynisch und verantwortungslos, und Sie verhöhnen jedes wissenschaftliche Ethos … Wir wissen nur allzu gut, dass Ihnen das Schicksal der Menschheit ziemlich gleichgültig ist.«

»Und deshalb greifen Sie zu so fiesen Maßnahmen wie Erpressung. Sie haben mich schon immer verachtet, stimmt's?«

»Unter gewöhnlichen Umständen würde ein Mann wie Sie niemals mit einer so wichtigen Aufgabe betraut werden, doch es gibt etwas, das über all dem steht: Trisolaris hat Angst vor Ihnen. Finden Sie heraus, warum. Seien Sie Ihr eigener Wandbrecher.«

Mit diesen Worten verließ Sayi die Veranda, stieg in das wartende Auto und verschwand im Regenschleier.

Luo Ji stand da und verlor jedes Zeitgefühl. Allmählich ließ der Regen nach, und Wind kam auf, der die Wolken vom Nachthimmel vertrieb, den Blick auf die schneebedeckten Berge freigab und dafür sorgte, dass der Vollmond die Welt in silbriges Licht tauchte.

Bevor er wieder ins Haus ging, warf Luo Ji noch einen letzten Blick auf seinen mondbeschienenen Garten Eden und sagte stumm zu Zhuang Yan und Xia Xia: *Wartet auf mich am Jüngsten Tag, meine Lieben.*

Wie er dort im Schatten des Weltraumflugzeugs *High Frontier* stand und zu dem riesigen Rumpf aufsah, fühlte Zhang Beihai sich unweigerlich an die *Tang* erinnert, die längst demontiert war, und fragte sich, ob wohl für die Verschalung von *High Frontier* Stahlplatten der *Tang* wiederverwertet worden waren. Im Laufe von mehr als dreißig Flügen in den Weltraum und zurück in die Erdatmosphäre hatten die Verbrennungen zahlreiche Schmauchspuren auf dem Weltraumflugzeug hinterlassen, sodass sie tatsächlich aussah wie die *Tang* in ihrer Konstruktionsphase. Der Rumpf wirkte genauso alt, nur die beiden zylindrischen Antriebsraketen unter den Flügeln waren neu und erinnerten an die Reparaturarbeiten an antiken europäischen

Gebäuden, bei denen die neuen Füllstücke ebenfalls in starkem Kontrast zur alten Bausubstanz standen und die Betrachter daran erinnerten, dass es sich bei ihnen um moderne Ergänzungen handelte. Ohne die Antriebsraketen hätte die High Frontier wie ein große, alte Cargo-Maschine ausgesehen.

Weltraumflugzeuge waren etwas ganz Neues, eine der wenigen Errungenschaften in der Raumfahrttechnik während der letzten fünf Jahre und vermutlich die letzte Generation chemisch angetriebener Raumgefährte. Das Konzept hatte sich im vergangenen Jahrhundert anstelle der zuvor üblichen Spaceshuttles durchgesetzt. Diese Maschinen hoben wie gewöhnliche Flugzeuge von einer Startbahn aus ab und flogen auf konventionelle Weise bis zur äußersten Schicht der Atmosphäre, wo vor dem Eintritt in den Orbit die Raketen für den Raumflug gezündet wurden. *High Frontier* war das vierte einsatzfähige Weltraumflugzeug, und weitere befanden sich in der Montage. Mit ihrer Hilfe würde in naher Zukunft der Weltraumlift gebaut werden.

»Ich hätte nicht gedacht, dass wir in unserem Leben noch einmal die Chance bekommen, ins All zu fliegen«, sagte Zhang Beihai zu Chang Weisi. Der Kommandeur war gekommen, um ihn zu verabschieden. Zhang Beihai und zwanzig weitere Offiziere der Weltraumstreitkräfte, allesamt Mitglieder der drei strategischen Institute, sollten mit *High Frontier* zur ISS fliegen.

»Gibt es Marineoffiziere, die nie zur See gefahren sind?«, fragte Chang Weisi lächelnd.

»Sicher gibt es die. Viele sogar. Einige der Marinesoldaten wollten es explizit nicht. Ich bin da allerdings anders.«

»Eins sollten Sie sich bewusst machen, Zhang Beihai: Die

derzeit diensthabenden Astronauten gehören immer noch zur Luftwaffe, Sie werden daher die ersten Vertreter der Weltraumstreitkräfte im All sein.«

»Zu schade, dass wir uns ohne besondere Mission auf den Weg machen.«

»Ihre Mission ist es, Erfahrungen zu sammeln. Ein Weltraumstratege sollte eine Vorstellung vom All haben. Das war vor den Weltraumflugzeugen nicht machbar. Seinerzeit hätte der Raumflug jeder einzelnen Person Millionen gekostet, jetzt ist das sehr viel kostengünstiger geworden. Wir werden versuchen, immer mehr Strategen in den Weltraum zu schicken. Schließlich sind wir die Weltraumstreitkräfte. Im Augenblick wirken wir eher wie eine Akademie von Schwätzern. Es wird Zeit, das zu ändern.«

In diesem Moment kam die Aufforderung zum Einsteigen, und die Offiziere kletterten über die Flugleiter in die Maschine. Sie trugen Uniformen, keine Raumanzüge, und sahen aus, als brächen sie zu einem gewöhnlichen Passagierflug auf. Ein Zeichen des Fortschritts. Man wollte demonstrieren, dass die Raumfahrt schon ein wenig selbstverständlicher geworden war. An den Uniformen erkannte Zhang Beihai, dass auch Angehörige anderer Abteilungen das Flugzeug bestiegen.

»Ach, und noch etwas, Zhang Beihai.« Zhang Beihai hatte bereits nach seinem Handgepäck gegriffen. »Das Parteikomitee hat unseren Vorschlag geprüft, zur Verstärkung politische Kader in die Zukunft zu schicken, doch die Oberen halten die Zeit noch nicht für gekommen.«

Zhang Beihai kniff die Augen zusammen, als ob er von der Sonne geblendet würde, obwohl sie im Schatten des Flugzeugs standen. »Meine Meinung ist, Kommandeur, dass wir bei unseren Plänen immer den Gesamtzeitraum von vierhundert Jahren mitbedenken und uns darüber im Klaren sein sollten, was dabei dringlich und wichtig ist … Doch Sie können beruhigt sein – in offizieller Runde werde ich das nie sagen. Mir ist bewusst, dass die Oberen stets das große Ganze im Auge behalten.«

»Das PK befürwortet Ihr langfristiges Denken und empfiehlt, daran festzuhalten. Das Papier betont ausdrücklich, dass der Plan, unterstützende Kräfte in die Zukunft zu senden, nicht auf Ablehnung stößt. Forschung und Planung in diese Richtung werden fortgesetzt, aber unter den gegenwärtigen Bedingungen ist es noch nicht möglich. Ich denke – und das ist natürlich nur meine persönliche Einschätzung –, dass wir zusätzliche qualifizierte politische Kader in unseren Rängen benötigen, um den aktuellen Arbeitsdruck zu verringern, bevor wir diesen Schritt wirklich in Erwägung ziehen können.«

»Sicher sind Sie sich bewusst, was ›qualifiziert‹ im Kontext der Politischen Abteilung der Weltraumstreitkräfte bedeutet und was die wesentliche Voraussetzung dafür ist. Qualifizierte Kader in diesem Sinne werden immer seltener.«

»Wir müssen einfach nach vorne blicken. Mit einem Durchbruch in den beiden Schlüsseltechnologien von Phase I, dem Weltraumlift und der kontrollierten Kernfusion – und das könnte ja wirklich noch zu unseren Lebzeiten hinhauen – wird alles gleich etwas rosiger aussehen. In diesem Sinne: Guten Flug.«

Zhang Beihai salutierte und stieg die Treppe hinauf. Sein erster Eindruck beim Betreten der Kabine war, dass sie sich nicht sonderlich von der eines Zivilflugzeugs unterschied. Nur die Sitze waren breiter, um Platz für Raumanzüge zu bieten. Während der ersten Flüge hatten die Passagiere sicherheitshalber noch welche anlegen müssen, doch das war inzwischen nicht mehr nötig.

Er hatte einen Fensterplatz. Sein Sitznachbar war wie ein gewöhnlicher Zivilist gekleidet. Zhang Beihai grüßte ihn mit einem Kopfnicken, dann befasste er sich mit dem komplizierten Verschluss des Sicherheitsgurts.

Es gab keinen Countdown. *High Frontier* startete die Ansaugmotoren und rollte los. Aufgrund ihres Gewichts benötigte die *High Frontier* eine längere Startbahn als herkömmliche Flugzeuge, doch schließlich hob sie schwerfällig ab und begab sich auf die Reise ins All.

»Willkommen an Bord des achtunddreißigsten Fluges der *High Frontier*«, tönte eine Stimme aus den Lautsprechern. »Wir befinden uns in der Flugphase, die etwa dreißig Minuten dauern wird. Bitte halten Sie die Sicherheitsgurte geschlossen.«

Während er auf die sich immer weiter entfernende Stadt hinunterblickte, schweiften Zhang Beihais Gedanken in die Vergangenheit. Während seiner Ausbildung zum Kommandanten eines Flugzeugträgers hatte er auch einen Pilotenschein für Marineflieger gemacht und das Examen für Jagdfliegerpiloten dritten Grades bestanden. Auf seinem ersten Alleinflug hatte er genau wie jetzt die Erde unter sich zusammenschrumpfen sehen und unerwartet festgestellt, dass ihm der Himmel noch lieber war als das Meer. Mittlerweile galt seine Sehnsucht dem Raum hinter dem Himmel.

Er war dazu bestimmt, hoch und weit zu fliegen.

»Nicht viel anders als die zivile Luftfahrt, nicht wahr?«, fragte sein Sitznachbar.

Jetzt erkannte er ihn. »Sind Sie nicht Ding Yi? Ich wollte Sie schon immer gern kennenlernen.«

»Es dauert allerdings nicht mehr lange, bis es ein wenig ungemütlicher wird«, fügte der Mann hinzu, ohne auf Zhangs Begrüßung einzugehen. »Beim ersten Mal habe ich nach der Flugphase meine Brille nicht abgenommen, und sie hat mir mit dem Gewicht eines Ziegelsteins die Nase zerschmettert. Beim zweiten Mal habe ich sie abgesetzt, aber dann ist sie davongeflogen, als die Gravitation nachließ. Es war gar nicht so einfach für den Techniker, sie im Luftfilter am Flugzeugheck wieder für mich aufzuspüren.«

»Ich dachte, Sie wären beim ersten Mal mit dem Spaceshuttle raufgeflogen«, erwiderte Zhang Beihai grinsend. »Auf dem Fernsehschirm sah das nicht nach einem komfortablen Flug aus.«

»Ach nein, ich rede vom Weltraumflugzeug. Wenn man das Spaceshuttle mitzählt, ist das hier mein viertes Mal. Auf dem Spaceshuttle haben sie mir die Brille vor dem Start abgenommen.«

»Aus welchem Grund gehen Sie diesmal zur Station? Sind Sie nicht gerade erst mit einem Projekt zur kontrollierten Kernfusion beauftragt worden? Der dritte Zweig, richtig?«

Für das Kernfusionsprojekt waren vier Forschungszweige mit jeweils unterschiedlichem Schwerpunkt eingerichtet worden.

So gut es bei den Einschränkungen durch den Sicherheitsgurt ging, hob Ding Yi die Hand und zeigte mit dem Finger auf Zhang Beihai. »Ich soll die kontrollierte Kernfusion erforschen und nicht ins All fliegen? Wie sollte man da denn mitreden können? Das wesentliche Ziel unserer Forschungen ist die Entwicklung eines Antriebs für Raumfähren, und die wahre Macht der Raumfahrtindustrie liegt heute immer noch in den Händen derjenigen, die chemische Raketenantriebe bauen. Die sagen uns jetzt, dass wir uns der kontrollierten Kernfusion auf der Erde widmen müssen und wir im Grunde bei den generellen Plänen der Weltraumflotte nichts mitzureden haben.«

»Ich bin ganz Ihrer Meinung, Dr. Ding.« Zhang Beihai lockerte seinen Sicherheitsgurt und lehnte sich zu ihm hinüber. »Für eine Weltraumflotte braucht die Raumfahrt ein ganz anderes Konzept als das der chemischen Raketenzündung, genauso wenig wie der Weltraumlift mit den Standards moderner Luftfahrttechnik auskommt. Doch bis heute verfügt die alte Luftfahrtindustrie immer noch über viel zu viel Macht, diese Leute denken furchtbar konventionell und sind ideologisch völlig verknöchert. Wenn das so weitergeht, wird der Ärger kein Ende nehmen.«

»Da ist nichts zu machen. Zumindest haben sie innerhalb von fünf Jahren das hier hinbekommen«, sagte Ding Yi mit einer ausladenden Handbewegung. »Und mit diesem Pfund wuchern sie, um jede Einmischung von außen wegzudrücken.«

Eine weitere Lautsprecherdurchsage ertönte. »Achtung. Wir nähern uns einer Höhe von zwanzigtausend Metern. Da wir durch sehr dünne Atmosphäre fliegen, wird es zu heftigen Höhenschwankungen kommen, die momentane Schwerelosigkeit verursachen. Bitte bewahren Sie Ruhe. Noch einmal möchten wir Sie bitten, die Sicherheitsgurte geschlossen zu halten.«

»Unsere Reise zur ISS hat diesmal nichts mit dem Kernfusionsprojekt zu tun«, sagte Ding Yi. »Wir sollen diese kosmischen Strahlenfänger zurückholen. Das Zeug ist furchtbar teuer.«

»Ist das Forschungsprojekt zur weltraumbasierten Hochenergiephysik abgebrochen worden?«, fragte Zhang Beihai und zog seinen Sicherheitsgurt wieder stramm.

»Ja. Zu wissen, dass es sich nicht lohnt, irgendwelche Anstrengungen in die Zukunft zu stecken, gilt als eine Art Erfolg.«

»Die Sophonen haben gewonnen.«

»Stimmt. Die Menschheit kann also nur noch aus wenigen Überresten bereits geleisteter Grundlagenforschung schöpfen: aus der klassischen Physik, der Quantenmechanik und der noch äußerst unausgegorenen String-Theorie. Wie viele Anwendungsmöglichkeiten wir daraus entwickeln können, steht in den Sternen.«

Die *High Frontier* gewann an Höhe, ihre Motoren dröhnten zwar so angestrengt, als ob sie sich einen steilen Berg hinaufmühte, die plötzlichen Höhenschwankungen blieben jedoch aus. Das Weltraumflugzeug näherte sich nun einer Höhe von dreißigtausend Metern, der Obergrenze der Luftfahrt. Durch das Fenster sah Zhang Beihai, wie das Blau des Himmels tiefer Schwärze wich. Trotzdem blendete die Sonne sogar noch mehr als zuvor.

»Unsere gegenwärtige Flughöhe beträgt einunddreißigtausend Meter. Die Flugphase ist damit abgeschlossen, und wir beginnen nun mit der Raumfahrtphase. Bitte stellen Sie Ihre Sitze gemäß der Zeichnung auf dem Bildschirm ein, um die Unannehmlichkeiten der Hypergravitation zu verringern.«

Dann spürte Zhang Beihai, wie das Flugzeug seinen Aufstieg so sanft fortsetzte, als habe es Ballast abgeschüttelt.

»Flugzeugmotorenwerk abgetrennt. Countdown für die Zündung des Raumfahrtantriebs: Zehn, neun, acht …«

»Das ist jetzt für die der wahre Start«, sagte Ding Yi und schloss die Augen. »Viel Spaß.«

Bei »null« ertönte ein lautes Getöse, der Himmel schien zu brüllen, dann setzte die Hypergravitation ein und umklammerte sie wie eine riesige Faust. Nur mit Mühe gelang es Zhang Beihai, zum Fenster hinauszusehen. Die Flammen, die aus den Triebwerken schlugen, konnte er zwar nicht erkennen, aber dafür erschienen draußen am Himmel flammendrote Schwaden verdünnter Luft. Es sah aus, als flöge die *High Frontier* durch einen Sonnenuntergang.

Fünf Minuten später lösten sich die Antriebsraketen, und nach nur weiteren fünf Minuten Beschleunigung wurde das Haupttriebwerk eingestellt. Die *High Frontier* war in den Orbit eingetreten.

Die Riesenfaust der Hypergravitation löste mit einem Mal ihren Griff, und Zhang Beihai schnellte aus der Tiefe seines Sitzes zurück in die Höhe. Obwohl der Sicherheitsgurt ihn vor dem Davonschweben bewahrte, bildeten die *High Frontier* und er seinem Gefühl nach keine Einheit mehr. Die Gravitation, die sie zuvor verbunden hatte, war verschwunden, und er und das Flugzeug flogen nun parallel zueinander durch den Raum. Vor dem Fenster leuchteten die Sterne so hell wie nie zuvor. Nach einer Weile hatte das Weltraumflugzeug seine Lage korrigiert, und Sonnenlicht strömte durch die Luken herein. Unzählige Lichtpunkte tanzten in ihren Strahlen, Staubpartikel, die schwerelos im Raum trieben. Als die *High Frontier* dann langsam zu rotieren begann, sah Zhang Beihai die Erde. Aus dieser niedrigen Umlaufbahn konnte man nicht die gesamte Sphäre sehen, nur den Bogen des Horizonts, doch die Form der Kontinente war schon deutlich zu erkennen. Dann kam die langersehnte Aussicht auf das Sternenfeld.

Vater, ich habe den ersten Schritt getan.

Seit fünf Jahren fühlte General Fitzroy sich im wahrsten Sinne des Wortes wie ein Wandschauer. Ständig starrte er auf einen großen wandartigen Bildschirm, der die Sterne zwischen Erde und Trisolaris zeigte. Auf den ersten Blick war er vollkommen schwarz, erst bei genauerem Hinsehen leuchtete punktuell das Licht eines Sterns auf. Er war inzwischen so vertraut mit diesen Sternen, dass die Skizze ihrer Lage, die er am Vortag während einer langweiligen Sitzung aus dem Kopf angefertigt hatte, beim Vergleich mit dem tatsächlichen Bild ziemlich exakt war. Unscheinbar lagen die drei Sonnen von Trisolaris in ihrer Mitte und sahen in der Standardansicht aus wie ein einziger Stern, doch jedes Mal, wenn er das Bild vergrößerte, hatte sich ihre Position verändert. Dieser chaotische kosmische Tanz faszinierte ihn so sehr, dass er ganz vergaß, wonach er eigentlich gesucht hatte. Der vor fünf Jahren entdeckte Pinsel war langsam verblasst. Kein zweiter war seither aufgetaucht. Nur beim Durchdringen der interstellaren Staubwolken hatte die Trisolaris-Flotte einen sichtbaren Schweif hinterlassen. Durch die Beobachtung der Absorption des Hintergrundsternenlichts konnten die Astronomen bestätigen, dass sie auf der vier Jahrhunderte dauernden Reise durch den Weltraum insgesamt fünf solcher interstellaren Staubwolken passieren würde. »Schneefelder« hießen sie im Volksmund, wegen der Fußabdrücke, die Passanten in frischem Schnee hinterließen.

Sollte die Trisolaris-Flotte in den vergangenen fünf Jahren mit konstanter Beschleunigung vorangekommen sein, müssten sie heute das zweite Schneefeld durchstoßen.

Schon frühzeitig war Fitzroy im Kontrollzentrum von Hubble II aufgetaucht. Ringier musste bei seinem Erscheinen lachen. »Warum bloß erinnern Sie mich an ein Kind, das bald nach Weihnachten schon wieder Geschenke haben will, General?«

»Sagten Sie nicht, dass die heute durch das Schneefeld kommen müssten?«

»Stimmt schon. Die sind aber nur 0,22 Lichtjahre gereist, also immer noch vier Lichtjahre entfernt. Das Licht, das bei ihrer Reise durch das Schneefeld reflektiert wird, erreicht die Erde erst in vier Jahren.«

»Oh, Mist. Daran habe ich überhaupt nicht gedacht.« Fitzroy schüttelte beschämt den Kopf. »Ich war wirklich gespannt darauf, die Flotte noch einmal zu sehen. Diesmal wären wir in der Lage, ihre genaue Geschwindigkeit und Beschleunigung in der Zeit seit dem letzten Durchstoß zu berechnen, das ist sehr wichtig.«

»Tut mir leid, aber wir sind außerhalb des Lichtkegels.«

»Lichtkegel?«

»So nennen Physiker den Kegel, den das entlang der Zeitachse ausstrahlende Licht beschreibt. Für Personen außerhalb des Kegels ist es unmöglich zu verstehen, was innerhalb des Kegels geschieht. Stellen Sie sich vor: Die Informationen zu wer weiß wie vielen Großereignissen im Weltall fliegen gerade mit Lichtgeschwindigkeit auf uns zu. Einige davon sind seit hundert Millionen Jahren unterwegs, aber wir liegen noch immer außerhalb der Lichtkegel dieser Ereignisse.«

»Das Schicksal liegt innerhalb des Lichtkegels.«

Ringier dachte einen Augenblick über den Satz nach, bevor er zustimmend nickte. »Eine ausgezeichnete Metapher, General. Sophonen allerdings können auch außerhalb des Lichtkegels Ereignisse innerhalb des Kegels beobachten.«

»Deshalb beeinflussen die Sophonen das Schicksal«, sagte Fitzroy und wandte sich einem der Computerterminals zur Bildverarbeitung zu. Jener junge Ingenieur namens Harris, der vor fünf Jahren beim Anblick des Pinsels in Tränen ausgebrochen war, hatte anschließend unter so starken Depressionen gelitten, dass er nicht mehr arbeiten konnte und entlassen werden musste. Niemand wusste, was aus ihm geworden war.

Zum Glück waren nicht alle so.

Die Temperaturen waren in den letzten Tagen erheblich gesunken, und es hatte zu schneien begonnen, wodurch das Grün allmählich ganz aus der Umgebung verschwand und sich auf dem See eine dünne Eisschicht bildete. Die Natur hatte ihre leuchtenden Farben eingebüßt, wie auf einem verblichenen Farbfoto. Hier war es nie lange sommerlich warm, doch für Luo Ji fühlte es sich so an, als habe der Garten Eden seine Aura verloren, seit seine Frau und seine Tochter fort waren.

Winter war die passende Jahreszeit zum Nachdenken.

Als Luo Ji bewusst anfing zu grübeln, stellte er überrascht fest, dass er nicht am Anfang, sondern längst mitten im Denkprozess steckte. Er erinnerte sich zurück an seine Zeit in der Mittelstufe und an einen wichtigen Kniff, den ihm ein Lehrer für die Prüfungen in den literarischen Fächern mit auf den Weg gegeben hatte. »Sieh dir zuerst die letzte Aufgabe an, bei der ein Essay gefordert wird, dann fang die Prüfung von oben her an, sodass du bei jedem einzelnen Punkt immer die letzte Aufgabe im Hinterkopf hast, wie beim Hintergrundrechenprozess eines Computers!« Jetzt wusste Luo Ji, dass er seit seiner Ernennung zum Wandschauer immerzu nachgedacht und nie damit aufgehört hatte, vollkommen unwillkürlich. Er hatte von diesem Denkprozess nur nichts mitbekommen.

Rasch verfolgte er jetzt ganz aufmerksam die Denkschritte zurück, die er unbewusst vollzogen hatte. Inzwischen war er sich sicher, dass seine jetzige Situation allein auf die zufällige Begegnung mit Ye Wenjie vor neun Jahren zurückging. Er hatte danach niemandem von ihrer Begegnung erzählt, um sich nicht unnötigen Ärger einzuhandeln. Und nach Ye Wenjies Tod blieb das Gespräch ein Geheimnis, das er allein mit Trisolaris teilte. Damals hatten zwar erst zwei Sophonen die Erde erreicht, aber er war sich sicher, dass sie an jenem Abend an Yang Dongs Grab zugegen waren und jedes Wort gehört hatten. Und da die Fluktuation ihrer Quantenzahl ermöglichte, die Distanz von vier Lichtjahren in Sekundenschnelle zu überbrücken, hatte auch Trisolaris gelauscht.

Doch was hatte Ye Wenjie gesagt?

In einem Punkt irrte Generalsekretärin Sayi: Seine nie begonnenen Forschungen zur Kosmosoziologie waren ziemlich sicher der Grund, warum die Trisolarier ihn umbringen wollten. Sayi wusste natürlich nicht, dass es Ye Wenjie war, die ihm das Projekt nahegelegt hatte. Luo Ji hatte es damals nur für eine gute Möglichkeit gehalten, seine wissenschaftliche Arbeit abwechslungsreicher zu gestalten. Es war das, wonach er gesucht hatte. Vor der Trisolaris-Krise war das Erforschen außerirdischer Zivilisationen schließlich noch etwas so Sensationelles, dass ihm die Aufmerksamkeit der Medien sicher gewesen wäre.

Das aufgegebene Forschungsprojekt als solches spielte sicher keine große Rolle. Wichtiger waren die Instruktionen, die Ye Wenjie ihm gegeben hatte. Dort musste er ansetzen.

Wenn ich einen Vorschlag machen dürfte: Warum widmest du dich nicht der Kosmosoziologie?

Angenommen, im Universum gäbe es viele große Zivilisationen, womöglich so viele wie sichtbare Sterne. Unzählige Zivilisationen also, die zusammengenommen die kosmische Gesellschaft bilden. Kosmosoziologie wäre dann die Wissenschaft von der Natur dieser universalen Gesellschaft.

Auf diese Weise könntest du deine beiden Fächer miteinander verbinden. Im Gegensatz zur Humansoziologie liefert die Kosmosoziologie mathematisch viel genauere Ergebnisse.

Überlege nur: Alle Elemente von Chaos und Beliebigkeit in der komplexen Struktur der Zivilisationen des Universums werden durch die enorme Distanz gefiltert, sodass die Zivilisationen von uns aus betrachtet über Parameter verfügen, die sich relativ leicht mathematisch erfassen lassen.

Damit erhältst du ein rationales Ergebnis und kannst zunächst wie in der euklidischen Geometrie einige einfache, offensichtliche Axiome aufstellen und auf der Grundlage dieser Axiome eine ganze Theorie etablieren.

Erstens: Überleben ist das oberste Gebot jeder Zivilisation.

Zweitens: Zivilisationen wachsen und dehnen sich ununterbrochen aus, aber die im Kosmos verfügbare Materie bleibt konstant.

Ich habe darüber schon mein ganzes Leben nachgedacht, aber mit niemandem darüber geredet. Ich weiß auch nicht, warum ich jetzt darauf komme … Aber das ist noch nicht alles. Damit du aus diesen beiden Axiomen eine grundlegende Vorstellung von Kosmosoziologie entwickeln kannst, musst du nämlich noch zwei weitere wichtige Konzepte mit einbeziehen: Zweifelsketten und technologische Explosion.

Ich fürchte, das wird nicht möglich sein …

In dem Fall wäre es besser, wenn du vergisst, was ich gesagt habe. Aber es liegt bei dir, was du daraus machst. Ich habe meine Pflicht erfüllt.

Unzählige Male hatte er sich dieses Gespräch in Erinnerung gerufen, alle Sätze gedreht und gewendet und jedes Wort durchgekaut. Die einzelnen Begriffe waren wie Perlen an einem Rosenkranz, den er wie ein Mönch immer wieder durchbetete. Dann band er die Schnur auf, ließ die Perlen heruntergleiten, mischte sie neu, reihte sie wieder auf und ging sie noch einmal durch, sodass die obere Schicht der Perlen schon ganz abgegriffen war.

Doch sosehr er sich auch bemühte, er konnte die Worte nicht decodieren und herausfinden, warum Trisolaris ausgerechnet ihn vernichten wollte.

Während er nachdachte, lief er ziellos durch die Landschaft. Er ging am kahlen Seeufer entlang, hielt trotz wachsender Kälte dem Wind stand und drehte manchmal eine ganze Runde um den See, ohne es zu merken. Zweimal kam er sogar bis zum Fuß des Schneegipfels, wo die Felsen, die ihn an eine Mondlandschaft erinnert hatten, jetzt komplett mit Schnee bedeckt und eins mit dem weißen Gipfel darüber geworden waren. Das war der einzige Moment, an dem er aus seinen Gedanken aufschreckte und in dem unendlichen, weißen Landschaftsgemälde vor ihm Zhuang Yans Augen auftauchten. Doch inzwischen war er in der Lage, seine Gefühle zu beherrschen, und wurde umgehend wieder zu einer Denkmaschine.

So verstrich im Nu ein ganzer Monat, und schon herrschte tiefster Winter. Dennoch sinnierte er unverdrossen weiter und schärfte seinen Verstand an der klirrenden Kälte.

Die meisten Perlen des Rosenkranzes waren schon ganz abgewetzt, bis auf einundzwanzig, die immer neuer wirkten, je mehr er sie polierte, und mittlerweile einen schwachen Glanz verbreiteten.

Überleben ist das oberste Gebot jeder Zivilisation.

Zivilisationen wachsen und dehnen sich ununterbrochen aus, aber die Gesamtmasse des Kosmos bleibt konstant.

Auf diese zwei Sätze versteifte er sich, die Axiome der Kosmosoziologie nach Ye Wenjie. Obwohl er ihnen ihr letztes Geheimnis noch nicht entlockt hatte, wusste er, dass die Antwort in diesen beiden Sätzen lag. Doch das war zu simpel. Was hätten er und die Menschheit schon von zwei so naheliegenden Regeln?

Einfachheit sollte man nicht unterschätzen. Einfach bedeutet handfest. Das ganze Gebäude der Mathematik beruhte auf einem Fundament solcher nicht mehr weiter zu vereinfachenden und in ihrer Logik felsenfesten Axiome.

Mit dieser Erkenntnis sah er sich um. Um ihn herum hatte sich alles vor dem Winter zurückgezogen, doch der größte Teil der Welt strotzte vor Leben, eine lebendige Welt mit Ozeanen, Land und Himmel im Überfluss. Gleichwohl gehorchte all das einer Regel, die noch einfacher war als die beiden Axiome der Kosmosoziologie: dem Überleben des Stärkeren.

Jetzt erkannte Luo Ji sein Dilemma. Hatte Darwin noch die grenzenlose, lebendige Welt genommen und eine Regel formuliert, die sie zusammenfasst, musste Luo Ji die ihm bekannten Regeln anwenden, um ein Bild der kosmischen Gesellschaft herauszuarbeiten. Andersherum als Darwin – und so viel schwieriger.

Also begann er, tagsüber zu schlafen und nachts zu denken. Immer wenn ihn die Gefahren auf seinen Gedankenpfaden das Fürchten lehrten, tröstete ihn der Anblick der Sterne über ihm. Die Distanz verbarg die komplexe Struktur der Sterne, hatte Ye Wenjie gesagt, und machte sie zu nichts als einer Sammlung von Pünktchen im Weltall, jedoch mit klarer mathematischer Konfiguration. Ein Paradies für einen Denker. Sein Paradies. Zumindest für Luo Ji fühlte es sich an, als ob die Welt vor ihm so viel klarer und präziser war als die Darwins.

Doch diese schlichte Welt barg ein erstaunliches Geheimnis. In dem Sonnensystem, das uns am nächsten war, war eine hochintelligente Zivilisation entstanden, während die gesamte Milchstraßengalaxie einer riesigen, leeren Wüste glich. Und in diesem Mysterium fand er einen Ansatzpunkt für seine Überlegungen.

Zweifelsketten und technologische Explosion. Allmählich gewannen die beiden Konzepte, die Ye Wenjie nicht weiter erklärt hatte, an Klarheit.

An diesem Tag war es eisiger als gewöhnlich, und von seinem

Standpunkt am Ufer des Sees aus konnte Luo Ji in der klirrenden Kälte das silbrige Sternennetz am nachtschwarzen Himmel klar erkennen. Es schien, als wollten ihm die Sterne feierlich ihre klare mathematische Konfiguration vorführen. Von einem Augenblick zum anderen veränderte sich seine Wahrnehmung, wie er es noch nie zuvor erlebt hatte. Das gesamte Universum erstarrte, nichts bewegte sich mehr, und alles, von den Sternen bis zum kleinsten Atom, kam zum Stillstand, wobei die Sterne nur noch zahllose dimensionslose Punkte waren, die das kalte Licht der äußeren Welt reflektierten … Alles wartete, wartete regungslos auf sein endgültiges Erwachen.

Fernes Hundegebell holte ihn in die Wirklichkeit zurück. Wahrscheinlich einer der Wachhunde des Sicherheitspersonals.

Luo Ji war außer sich vor Erregung. Zwar hatte er das letzte Mysterium noch nicht erblickt, doch hatte er soeben deutlich seine Existenz gespürt.

Er konzentrierte sich und versuchte, diesen Wahrnehmungszustand wiederherzustellen, aber es wollte ihm nicht gelingen. Obwohl die Sterne immer noch dieselben waren, drängte sich die Welt um ihn herum in seine Gedanken. Inmitten der Dunkelheit konnte er die fernen Schneegipfel, den Wald neben dem See, das Grasland und das Haus hinter sich ausmachen, und durch die halbgeöffnete Tür des Hauses sah er die Glut des Kaminfeuers … Neben der schlichten Klarheit der Sterne wirkte alles um ihn herum so komplex und chaotisch, dass es sich niemals mathematisch fassen lassen würde. Also galt es, seine Wahrnehmung nicht dadurch ablenken zu lassen.

Er ging über den gefrorenen See, ganz vorsichtig zuerst, dann, als die Eisschicht stark genug wirkte, wurde er schneller und schlitterte so weit vom Ufer weg, dass er es in der Dunkelheit ringsum nicht mehr sehen konnte. Er war nur noch von Eis umgeben. Nun war er hinreichend weit von der Komplexität und dem Chaos auf der Erde entfernt. Indem er sich vorstellte, dass die Eisfläche in alle Richtungen unendlich weiterging, erschuf er sich eine einfache, flache Welt. Eine kalte und ebene Gedankenplattform. Alles Störende verschwand, und schon bald erreichte seine Wahrnehmung wieder jenen Ruhezustand von zuvor. Die Sterne warteten auf ihn …

Mit einem Mal brach das Eis unter Luo Jis Füßen krachend ein, und er versank geradewegs im See.

In dem Moment, als das eiskalte Wasser über seinem Kopf zusammenschlug, sah er, wie die gerade noch erstarrten Sterne in Bewegung gerieten. Das Sternenmeer rollte sich zu einem Strudel auf und zersplitterte in chaotische silberne Wellen. Die beißende Kälte schoss wie ein gleißender Blitz in sein umnebeltes Bewusstsein und erleuchtete alles. Er sank tiefer. Die Sternenstrudel über ihm schrumpften an der Stelle, wo er eingebrochen war, zu einem undeutlichen Lichthof. Um ihn herum herrschte nur noch kalte Finsternis, als wäre er nicht im Wasser versunken, sondern ins dunkle Weltall gesprungen.

In dieser toten, einsamen und kalten Schwärze erblickte er die Wahrheit über das Universum.

Rasch tauchte er wieder auf, streckte den Kopf aus dem Wasser und prustete. Er versuchte, am Rande der Einbruchstelle auf das Eis zu klettern, aber er war erst halb draußen, als es erneut einbrach. Er hangelte sich wieder hoch und brach ein weiteres Mal ein. Dabei riss er zwar eine Schneise in das Eis, doch er kam nur langsam voran, und es wurde immer schwerer, der Kälte standzuhalten. Er konnte nur hoffen, dass das Sicherheitsteam die ungewöhnlichen Geschehnisse auf dem See bemerken würde, bevor er ertrank oder erfror. Als er seine Daunenjacke abstreifte, um Ballast loszuwerden, kam ihm eine Idee. Wenn er sie vor sich ausbreitete, würde sie den Druck seines Körpergewichts vielleicht besser verteilen, sodass er doch noch auf die Eisfläche klettern konnte. Als er die Jacke am Rand des Lochs drapierte, spürte er, dass seine Kraft nur noch für einen allerletzten Versuch reichen würde. Also spannte er die Muskeln an und schaffte es tatsächlich, sich hochzuhieven und mit dem ganzen Körper auf das Eis zu legen. Diesmal gab es nicht nach. Vorsichtig robbte er weiter und wagte erst aufzustehen, als er sich ein gutes Stück von der Einbruchsstelle entfernt hatte. Dann sah er die hin und her zuckenden Taschenlampenstrahlen am Seeufer und hörte alarmierte Rufe.

Er stand mit klappernden Zähnen auf dem Eis und fror. Doch schien die Kälte weder vom Wasser noch vom schneidenden Wind zu kommen, sondern direkt aus dem Weltall. Er senkte den Kopf und wagte nicht, nach oben zu blicken. Er wusste, dass er die Sterne nie mehr so sehen würde wie zuvor. So wie Rey Diaz die Sonne fürchtete, so hatte Luo Ji eine Phobie vor den Sternen entwickelt.

»Wandschauer Luo Ji, ich bin dein Wandbrecher«, presste er durch die klappernden Zähne hervor.

»Ihre Haare sind ganz schön grau geworden«, sagte Luo Ji zu Kent.

»Das Gute daran ist immerhin, dass sie so bald nicht noch grauer werden können«, erwiderte Kent lachend. Bislang hatte er in Luo Jis Gegenwart immer eine kultivierte, seriöse Miene aufgesetzt. Zum ersten Mal sah Luo Ji ihn mit einem breiten Lächeln. In seinen Augen las er die unausgesprochenen Worte: *Endlich hast du deine Arbeit aufgenommen.*

»Ich brauche einen Ort, der sicherer ist als dieser.«

»Kein Problem, Dr. Luo. Irgendwelche besonderen Wünsche?«

»Hauptsache sicher.«

»Ein Ort, der absolut sicher ist, existiert nicht, Dr. Luo, aber wir können unser Möglichstes tun. Doch ich muss Sie warnen: Solche Orte liegen meistens unter der Erde, sie sind also nicht so komfortabel …«

»Komfort spielt keine Rolle. Am liebsten wäre mir ein Ort in China.«

»Kein Problem, ich kümmere mich sofort darum.«

Kent wollte gerade gehen, als Luo Ji ihn noch einmal zurückhielt und auf seinen Garten Eden deutete, der ganz von Schnee bedeckt war. »Verraten Sie mir, wo wir hier sind? Ich werde diesen Ort vermissen.«

Die Fahrt bis zu seinem Ziel dauerte mehr als zehn Stunden und fand unter strengster Sicherheitsüberwachung statt. Als er aus dem Wagen stieg, wusste er sofort, wo er war: Hier in dieser niedrigen, weiträumigen Halle, die an ein Parkhaus erinnerte, hatte sein unwahrscheinliches neues Leben vor fünf Jahren angefangen. Nun war er, nach so langer Zeit voller Träume und Albträume, wieder an seinen Ausgangspunkt zurückgekehrt.

Ein Mann namens Zhang Xiang nahm ihn in Empfang. Er war derjenige gewesen, der ihn zusammen mit Da Shi vor fünf Jahren verabschiedet hatte. Jetzt war Zhang für seine Sicherheit zuständig. In diesen Jahren war er deutlich gereift und wirkte nun wie ein Mann mittleren Alters.

Den Aufzug bediente wie zuvor ein bewaffneter Soldat – nicht derselbe wie damals, dennoch wärmte Luo Ji der vertraute Anblick das Herz. Der altmodische Fahrstuhl war allerdings durch einen neuen, automatischen ersetzt worden, der im Grunde keinen menschlichen Lenker brauchte. Der Soldat musste nur noch auf »-10« drücken, und schon begann die Fahrt nach unten.

Die Kellergewölbe waren offensichtlich gründlich renoviert worden. Die Ventilatorschächte im Flur waren jetzt verdeckt, die Wände mit feuchtigkeitsresistenten Kacheln gefliest, und die alten Parolen der zivilen Luftraumverteidigung waren verschwunden.

Luo Jis Wohnräume nahmen das gesamte zehnte Untergeschoss ein. Natürlich waren sie kein Vergleich zu dem Haus, das er eben verlassen hatte, dafür war seine neue Behausung mit umfassender Kommunikationstechnik und diversen Computern ausgestattet. Es gab sogar einen Besprechungsraum mit einem Videokonferenzsystem, sodass man sich wie in einer Kommandozentrale fühlte.

Der Verwalter verwendete einige Zeit darauf, Luo Ji die Lichtschalter vorzuführen, auf denen Sonnensymbole prangten. Er nannte sie »Sonnenlampen« und erklärte, dass Luo Ji sie mindestens fünf Stunden am Tag brennen lassen musste. Ursprünglich als Arbeitssicherheitsmaßnahme für Minenarbeiter entwickelt, dienten sie als Sonnenlichtersatz für Menschen, die viel Zeit unter Tage verbrachten, und erzeugten unter anderem UV-Strahlen.

Auf Luo Jis Wunsch kam am darauffolgenden Tag der Astrophysiker Albert Ringier zu Besuch ins zehnte Untergeschoss.

Luo Ji kam gleich zur Sache. »Sie waren also der Erste, der die Flugbahn der Trisolaris-Flotte beobachtet hat?«

Ringier wirkte ein wenig irritiert. »Ich habe der Presse gegenüber immer wieder betont, dass diese Ehre General Fitzroy gebührt, aber sie dichten dieses Verdienst hartnäckig mir an. Er war es, der die Observierung von Trisolaris in der Testphase von Hubble II verlangte. Ohne ihn hätten wir diese Gelegenheit vielleicht verpasst, weil der Schweif der interstellaren Staubwolke ziemlich schnell verblasst ist.«

»Worüber ich mit Ihnen sprechen möchte, hat mit alldem nichts zu tun. Ich habe mich früher mal eine Zeit lang mit Astrophysik beschäftigt, aber nicht sehr eingehend. Daher kenne ich mich auf diesem Gebiet nicht mehr aus. Meine erste Frage lautet: Wenn es im Weltraum außer Trisolaris weitere Beobachter gäbe, wäre ihnen die Position der Erde bekannt?«

»Nein.«

»Sind Sie sich sicher?«

»Ja.«

»Aber die Erde hat mit Trisolaris kommuniziert.«

»Aus dieser Art von Niedrigfrequenzkommunikation ließe sich lediglich ablesen, wo ungefähr sich Erde und Trisolaris in der Milchstraße befinden und wie weit die beiden voneinander entfernt sind. Falls es einen dritten Beobachter gäbe, würde ihm diese Kommunikation zwar verraten, dass diese beiden Welten 4,22 Lichtjahre voneinander entfernt im Orionarm der Milchstraße existieren, er könnte sie jedoch nicht exakt lokalisieren. Tatsächlich ist es überhaupt nur auf Planeten in zwei benachbarten Sonnensystemen möglich, in dieser Weise die Position des jeweils anderen zu bestimmen, so wie auf der Erde und Trisolaris. Für einen dritten, etwas weiter entfernten Beobachter wäre es dagegen unmöglich, unsere Position zu ermitteln, selbst wenn wir direkt mit ihm kommunizierten. Das gilt umgekehrt natürlich ebenso.«

»Warum?«

»Es fällt einem Beobachter im Universum längst nicht so leicht, die Position eines Sterns zu bestimmen, wie man sich das gemeinhin vorstellt. Am besten erkläre ich es Ihnen mit folgendem Vergleich: Sie überqueren mit einem Flugzeug die Sahara, und unter ihnen ruft ein Sandkorn: ›Hier bin ich!‹ Sie hören zwar den Ruf, aber wie könnten Sie vom Flugzeug aus erkennen, wo genau sich dieses Sandkorn befindet? Die Milchstraße besteht aus über zweihundert Milliarden Sternen, sie ist praktisch eine Sternenwüste.«

Luo Ji nickte erleichtert. »Ich verstehe. Das ist es also.«

Ringier war verwirrt. »Was ist was?«

Doch Luo Ji ging nicht auf die Gegenfrage ein. »Besteht mit den uns gegenwärtig zur Verfügung stehenden technischen Mitteln irgendeine Möglichkeit, die Position eines Sterns im Universum zu bestimmen?«

»Ja, durch zielgerichtete, elektromagnetische Wellen im ultrahohen Frequenzbereich, mindestens so hoch wie bei sichtbarem Licht. Dann braucht man nur noch die Energie eines Sterns, um die Informationen zu übertragen. Um es einfach auszudrücken: Sie lassen den Stern aufblinken wie einen kosmischen Leuchtturm.«

»Das geht aber weit über unsere gegenwärtigen technischen Möglichkeiten hinaus.«

»Oh, tut mir leid. Ich habe Ihre Vorbedingung nicht berücksichtigt. Mit den vorhandenen technischen Möglichkeiten gäbe es nur einen Weg, aber die Positionsdaten, die man damit gewänne, wären nicht leicht zu interpretieren. Dafür reichen die technischen Fähigkeiten der Menschheit nicht mal annähernd aus, und ich glaube, dass auch die Trisolarier nicht dazu fähig wären.«

»Erzählen Sie mir mehr über diesen Ansatz.«

»Die entscheidende Information ist die relative Position von Sternen zueinander. Wenn Sie eine bestimmte Region des Weltraums innerhalb der Milchstraße mit einer ausreichenden Anzahl von Sternen bestimmen, sagen wir ein paar Dutzend, dann wäre ihre relative Verteilung im dreidimensionalen Raum so einzigartig wie ein Fingerabdruck.«

»Allmählich kann ich Ihnen folgen. Wir senden eine Nachricht ins All, mit der Position eines Sterns im Verhältnis zu den umgebenden Sternen, und der Empfänger vergleicht diese Daten mit seiner Sternenkarte, um daraus die Position des Sterns abzuleiten.«

»Richtig. Doch ganz so einfach ist es nicht. Der Empfänger muss im Besitz eines dreidimensionalen Modells der gesamten Galaxie sein, das die exakte relative Position jedes einzelnen von hundert Milliarden Sternen markiert. Nach Erhalt unserer Nachricht müssten sie dann diese enorme Datenbank durchforsten, um den Bereich in der Milchstraße ausfindig zu machen, auf den das Muster der von uns erhaltenen Positionsbestimmung zutrifft.«

»Nein, das klingt alles andere als einfach. Es wäre wie die Bestimmung der relativen Position jedes einzelnen Sandkorns in der Wüste.«

»Noch schwieriger als das. Anders als die Wüste befindet sich die Milchstraße in ständiger Bewegung, und die Konstellation der Sterne ändert sich ständig. Je später die Information über eine Position empfangen wird, umso größer das Fehlerpotenzial bei der Bestimmung. Das bedeutet, dass die Datenbank in der Lage sein müsste, die Veränderungen der Position jedes einzelnen Sterns unter diesen Milliarden vorauszuberechnen. Theoretisch ist das möglich, doch in der Praxis … Großer Gott.«

»Wäre es schwierig für uns, die Information mit der Position auszusenden?«

»Nein, das nicht, denn wir bräuchten nicht mehr als die Muster der Anordnung einer begrenzten Anzahl von Sternen. Und jetzt, wo ich darüber nachdenke, halte ich angesichts der durchschnittlichen Sternendichte des äußeren Arms der Galaxie eine Zahl von nicht mehr als dreißig Sternen für ausreichend. Das ist eine eher kleine Menge an Information.«

»Gut. Dann hätte ich noch eine dritte Frage: Außerhalb des Sonnensystems existieren weitere Planetensysteme. Sie haben mehrere hundert davon entdeckt, richtig?«

»Aktuell fünfhundertzwölf.«

»Welcher ist der Sonne am nächsten?«

»244J2E1, sechzehn Lichtjahre von der Sonne entfernt.«

»Wenn ich mich richtig erinnere, sind diese Seriennummern so aufgebaut: Die vorangestellten Zahlen betreffen die Reihenfolge der Entdeckung. Die Buchstaben J, E und X stehen jeweils für jupiterähnliche Planeten, erdähnliche Planeten und andere Planeten. Und die Zahlen hinter den Buchstaben bezeichnen die Anzahl dieser Art Planeten im System.«

»Vollkommen richtig. 244J2E1 ist ein Stern mit drei Planeten, zwei davon ähneln Jupiter, einer davon ähnelt der Erde.«

Luo Ji dachte einen Moment nach. Dann schüttelte er den Kopf. »Das ist zu nah. Wie sieht es etwas weiter weg aus, sagen wir … etwa fünfzig Lichtjahre entfernt?«

»187J3X1. Der wäre 49,5 Lichtjahre von der Sonne weg.«

»Der ist perfekt. Könnten Sie eine Positionsgrafik für diesen Stern erstellen?«

»Selbstverständlich.«

»Wie lange brauchen Sie dafür? Benötigen Sie Unterstützung?«

»Das kann ich gleich hier machen, solange es einen Computer mit Internetanschluss gibt. Eine Grafik von, sagen wir, dreißig Sternen könnte ich Ihnen bis heute Abend erstellen.«

»Wie spät ist es jetzt? Ist es noch nicht Abend?«

»Ich denke, es ist noch vormittags, Dr. Luo.«

Als Ringier nach nebenan in den Computerraum ging, rief Luo Ji nach Kent und Zhang Xiang. Zuerst erklärte er Kent, dass er gerne so bald wie möglich eine Wandschaueranhörung vor dem PDC hätte.

»Derzeit finden ständig PDC-Konferenzen statt. Sobald Sie den Antrag stellen, werden höchstens ein paar Tage bis zur Anhörung vergehen.«

»Dann werde ich wohl warten müssen. Aber je früher, desto besser. Und ich hätte eine Bitte: Ich möchte mich von hier aus per Videokonferenz in die Anhörung einschalten, anstatt zur UNO zu reisen.«

Kent wirkte wenig begeistert. »Halten Sie das nicht für etwas unangemessen, Dr. Luo? Es handelt sich schließlich um eine internationale Konferenz höchsten Ranges … Das erscheint mir nicht sehr respektvoll gegenüber den Teilnehmern.«

»Das ist Teil des Plans. All meine absurden Forderungen in der Vergangenheit wurden erfüllt, und jetzt soll ausgerechnet dieser Wunsch zu weit gehen?«

»Nun …« Kent zögerte.

»Ich weiß, dass der Wandschauerstatus nicht mehr genauso viel gilt wie früher. Aber ich bestehe darauf.« Er senkte die Stimme, obwohl er wusste, dass die Sophonen ringsum ihn immer noch hören konnten. »Zweierlei ist möglich: Wenn alles so ist wie gehabt, macht es mir nichts aus, nach New York zu reisen. Aber es könnte auch sein, dass ich mich in einer äußerst gefährlichen Lage befinde und dass diese Reise ein untragbares Risiko darstellt.«

Dann wandte er sich an Zhang Xiang. »Deshalb habe ich auch dich herbestellt. Der Feind plant vielleicht einen konzentrierten Angriff gegen uns, daher sollten wir umgehend die Sicherheitsvorkehrungen verstärken.«

»Keine Sorge, Dr. Luo. Wir befinden uns zweihundert Meter unterhalb der Erde. Der Bereich über uns ist vollkommen abgeriegelt. Wir haben ein Raketenabwehrsystem aufgestellt und ein hochmodernes Frühwarnsystem installiert, das eventuelle Tunnelgrabungsaktivitäten von allen Seiten aufspüren würde. Ich garantiere Ihnen, dass unsere Sicherheitsvorkehrungen vollkommen lückenlos sind.«

Als die beiden Männer gegangen waren und Luo Ji den Gang entlangblickte, wanderten seine Gedanken unwillkürlich zum Garten Eden zurück (inzwischen kannte er den Namen des Orts zwar, doch insgeheim nannte er ihn immer noch so), mit dem See und den schneebedeckten Bergen. Ihm war bewusst, dass er den Rest seines Lebens sehr wahrscheinlich im Untergrund verbringen würde.

Er ließ den Blick über die Sonnenlampen an der Flurdecke gleiten. Ihr Licht hatte nicht die geringste Ähnlichkeit mit dem der Sonne.

In der virtuellen Welt von *Three Body*.

Zwei Meteore bewegten sich langsam über das Sternenfeld. Unten war es ganz dunkel, und der ferne Horizont verschmolz mit dem Nachthimmel. Heftiges Getuschel erklang in der Dunkelheit, ohne dass man die Sprecher sehen konnte. Es war, als stammten die Stimmen von unsichtbaren Kreaturen, die durch die Nacht schwebten.

Mit einem »Pling« leuchtete eine kleine Flamme auf und erhellte schwach drei Gesichter. Sie gehörten Qin Shihuangdi, Aristoteles und Von Neumann. Die Flamme kam von einem Feuerzeug in Aristoteles' Hand. Fackeln reckten sich ihm entgegen, und er steckte eine an, die dann zum Anzünden der übrigen herumgereicht wurde. Nun erhellte flackerndes Licht die Ödnis und beschien die Gesichter einer Gruppe von Leuten aus allen Epochen. Das Getuschel ging weiter.

Qin Shihuangdi sprang auf einen Felsen und fuchtelte mit seinem Schwert herum, bis die Menge verstummte.

»Der Herr hat einen neuen Befehl erteilt: Vernichtet Wandschauer Luo Ji«, sagte er.

»Auch wir haben diesen Befehl erhalten. Das ist bereits das

zweite Mal, dass der Herr ein Attentat auf Luo Ji anordnet«, erwiderte Mozi.

»Aber ihn zu töten wird schwierig werden«, sagte jemand.

»Schwierig? Unmöglich ist es!«

»Hätte Evans den ersten Anschlag auf sein Leben nicht mit dieser besonderen Bedingung versehen, dann wäre er bereits seit fünf Jahren tot.«

»Vielleicht hatte Evans ja recht. Schließlich kennen wir seine Gründe nicht. Luo Ji hatte Glück, dass er auf der UN-Plaza ein zweites Mal davonkam.«

Qin Shihuangdi unterbrach die Diskussion, indem er sein Schwert durch die Luft zischen ließ. »Können wir uns bitte darüber verständigen, was zu tun ist?«

»Wir können nichts tun. Wie soll man denn auch nur in die Nähe eines Bunkers gelangen, der zweihundert Meter unter der Erde vergraben ist, geschweige denn, in ihn eindringen? Er ist viel zu gut bewacht.«

»Wie wäre es mit Atomwaffen?«

»Das ist ein atomarer Schutzbunker aus der Zeit des Kalten Kriegs, verdammt noch mal.«

»Wir können bloß das Sicherheitspersonal infiltrieren.«

»Wäre das denn möglich? Das versuchen wir doch schon seit Jahren. Und? Ist es je gelungen?«

»Wir infiltrieren seine Küche!« Lautes Gelächter.

»Schluss mit dem Unfug. Der Herr muss uns die Wahrheit sagen. Dann fällt uns vielleicht eine bessere Lösung ein.«

»Darum habe ich auch gebeten«, pflichtete Qin Shihuangdi bei, »doch der Herr sagte, die Wahrheit sei das am besten gehütete Geheimnis des Universums und könne nicht preisgegeben werden. Der Herr hat Evans davon erzählt, weil er davon ausging, die Menschheit kenne es bereits, wurde jedoch eines Besseren belehrt.«

»Dann soll der Herr uns technisch aufrüsten!«

Dieser Vorschlag stieß auf breite Unterstützung.

»Auch darum habe ich gebeten«, sagte Qin Shihuangdi. »Erstaunlicherweise hat der Herr meine Bitte nicht rundweg ausgeschlagen.«

Unter den Versammelten machte sich Aufregung breit, doch Qin Shihuangdis nächste Bemerkung ließ sie sofort wieder verstummen. »Als der Herr vom Ort des Angriffsziels erfuhr, lehnte er die Bitte ab. Am Aufenthaltsort des Feindes, so sagte er, wäre jede Technik, die er uns überlassen könne, nutzlos.«

»Kann er wirklich so wichtig sein?«, fragte Von Neumann, der den Neid in seiner Stimme nur schwer verbergen konnte. Als erster erfolgreicher Wandbrecher war er innerhalb der Organisation schnell aufgestiegen.

»Der Herr hat Angst vor ihm.«

»Ich habe lange darüber nachgedacht«, sagte Einstein, »und ich glaube, dass der Herr nur aus einem Grund Angst vor Luo Ji haben kann: Er muss das Sprachrohr einer bestimmten Macht sein.«

Qin Shihuangdi unterband jede weitere Diskussion. »Schluss damit. Lasst uns lieber darüber nachdenken, wie wir den Befehl des Herrn erfüllen können.«

»Es ist unmöglich.«

»Absolut unmöglich. Diese Mission können wir nicht erfüllen.«

Qin Shihuangdis Schwert schlug klirrend gegen den Felsen

unter seinen Füßen. »Das ist eine entscheidende Mission. Möglicherweise ist der Herr selbst bedroht. Wenn wir diese Mission erfüllen, wird unsere Organisation in der Achtung des Herrn steigen! Hier sind die Besten aus jeder Region der Erde versammelt, wie kann es sein, dass uns nichts einfällt? Geht nach Hause, denkt darüber nach und schickt eure Pläne hierher zu mir. Wir müssen damit weiterkommen!«

Die Fackeln erloschen eine nach der anderen, und erneut wurde alles von Dunkelheit verschlungen. Doch das Getuschel hörte nicht auf.

Die Wandschaueranhörung durch den PDC fand erst zwei Wochen später statt. Nach Tylers Versagen und wegen des Winterschlafs der anderen beiden Wandschauer war der PDC vorrangig mit konventioneller Verteidigungspolitik beschäftigt.

Luo Ji wartete zusammen mit Kent im Videokonferenzraum auf den Beginn der Anhörung. Die Videoschaltung war fertig eingerichtet, und auf dem großen Bildschirm sah man das Auditorium des PDC, wo der ovale Tisch aus der Zeit des Sicherheitsrats noch völlig unbesetzt war. Luo Ji hatte sich überpünktlich zugeschaltet, als Entschuldigung für sein persönliches Fernbleiben.

Er verkürzte sich die Wartezeit, indem er sich mit Kent darüber unterhielt, wie er in seiner neuen Heimat zurechtkomme. Kent antwortete, dass er als junger Mann einmal drei Jahre in China gelebt habe und mit dem Land einigermaßen vertraut sei. Immerhin müsse er nicht die ganze Zeit unter Tage verbringen wie Luo Ji. Sein gebrochenes Chinesisch war in letzter Zeit immer flüssiger geworden.

»Sie wirken erkältet«, sagte Luo Ji.

»Ich habe mir die Mogelgrippe eingefangen«, sagte Kent.

»Die Vogelgrippe?!«, fragte Luo Ji alarmiert.

»Nein. Die Mogelgrippe, so nennen es die Medien, weil es keine richtige Grippe ist. Sie ist seit etwa einer Woche im Umlauf. Ansteckend zwar, aber die Symptome sind schwächer als bei einer gewöhnlichen Grippe. Kein Fieber, nur die Nase läuft, und manche bekommen einen rauen Hals. Es gibt kein Medikament dagegen, aber sie verschwindet nach etwa drei Tagen Bettruhe von selbst.«

»Eine Grippe verläuft normalerweise schwerer.«

»Die hier nicht. Viele Soldaten und einige vom Personal hier haben sich schon damit infiziert. Haben Sie nicht bemerkt, dass die Hausmeisterin ausgewechselt wurde? Sie hat sich mit der Mogelgrippe angesteckt und hatte Angst, Sie ebenfalls anzustecken. Doch als Ihren Verbindungsmann kann man mich derzeit nicht so leicht austauschen.«

Auf dem Bildschirm sah man nun, wie die Delegierten der Nationen nach und nach im Auditorium Platz nahmen. Sie unterhielten sich mit gedämpften Stimmen, als ob sie Luo Jis Gegenwart nicht bemerkt hätten. Der amtierende Präsident des PDC eröffnete die Sitzung.

»Wandschauer Luo Ji, die UN-Vollversammlung hat in der gerade unterbrochenen Sondersitzung das Gesetz zur Operation Wandschauer angepasst. Sind Ihnen die Änderungen bekannt?«

»Ja«, sagte er.

»Dann sollte Ihnen aufgefallen sein, dass das Gesetz die Prüfung und Vergabe von Mitteln an die Wandschauer noch stärker reglementiert. Ich hoffe, dass der Plan, den Sie uns heute vorstellen werden, in Übereinstimmung mit dieser Gesetzesnovelle steht.«

»Herr Vorsitzender«, sagte Luo Ji, »allen anderen Wandschauer wurden riesige Summen für die Ausführung ihrer strategischen Pläne zugestanden. Es ist nicht fair, die Mittel zur Durchführung meiner Pläne derart zu begrenzen.«

»Privilegien bei der Mittelzuteilung hängen vom jeweiligen Plan ab, und Sie sollten sich darüber im Klaren sein, dass die Pläne der anderen Wandschauer nicht im Widerspruch zu den konventionellen Verteidigungsstrategien stehen. Das heißt, die von ihnen initiierten Forschungs- und Entwicklungsprojekte hätten auch ohne die Operation Wandschauer stattgefunden. Ich hoffe, dass gilt auch für Ihren Plan.«

»Ich bedaure, nein. Er hat nichts mit konventioneller Verteidigung zu tun.«

»Dann bedaure ich ebenfalls – unter dem neuen Gesetz können Ihnen dann nur sehr beschränkte Mittel zur Verfügung gestellt werden.«

»Ich hatte doch schon nach dem alten Gesetz nur geringe Mittel zu Verfügung. Wie auch immer, das ist kein Problem, Herr Vorsitzender. Meine Strategie verschlingt tatsächlich so gut wie keine Mittel.«

»So wie Ihre früheren Pläne?«

Ein paar der Versammelten kicherten.

»Noch weniger«, erwiderte Luo Ji gelassen. »Dieses Projekt kostest fast gar nichts.«

Der Vorsitzende nickte. »Dann erklären Sie es uns bitte.«

»Die genauen Einzelheiten des Plans wird Ihnen Dr. Albert

Ringier erläutern, obwohl ich annehme, dass Ihnen allen die entsprechende Akte bereits zugesandt wurde. In der Kurzfassung sieht der Plan folgendermaßen aus: Mittels Radiowellen, die wir von der Sonne verstärken lassen, senden wir eine Botschaft ins All. Diese Botschaft enthält drei einfache Bilder sowie zusätzliche Informationen, die belegen, dass die Wellen intelligenten und nicht natürlichen Ursprungs sind. Die Bilder sind in der Akte enthalten.«

Blätterrascheln erfüllte den Sitzungssaal, während die Teilnehmer in ihren Unterlagen nach den drei Seiten suchten. Die Bilder wurden zudem auf den Bildschirm projiziert. Sie waren denkbar einfach und enthielten scheinbar zufällig verteilte schwarze Punkte, doch auf jedem der Bilder stach ein einzelner Punkt ins Auge, der deutlich größer als die anderen und zusätzlich mit einem Pfeil markiert war.

»Was ist das?«, fragte der US-Delegierte, der, wie alle anderen, die Grafiken sorgfältig inspizierte.

»Sie müssen diese Frage nicht beantworten, Wandschauer Luo«, sagte der Vorsitzende.

»Es ist ein Fluch«, sagte er.

Augenblicklich verstummte das Rascheln und Murmeln im Saal. Alle blickten in dieselbe Richtung, sodass Luo Ji jetzt wusste, wo der Monitor hing, auf dem er zugeschaltet war.

»Wie bitte?«, fragte der Vorsitzende mit zusammengekniffenen Augen.

»Er sagte, es sei ein Fluch«, wiederholte einer der am Tisch Sitzenden laut.

»Ein Fluch gegen wen?«

»Gegen die Planeten des Sterns 187J3X1«, antwortete Luo Ji. »Natürlich betrifft er eventuell auch den Stern selbst.«

»Auf welche Weise?«

»Das lässt sich noch nicht sagen. Doch eins steht fest: Die Folgen dieses Fluchs werden katastrophal sein.«

»Aha … Heißt das, dass es auf diesen Planeten eventuell Leben gibt?«

»Darüber habe ich mich mehrfach mit verschiedenen Astrophysikern beraten. Nach den gegenwärtigen Beobachtungsdaten zu schließen, nein.« Luo Ji kniff nun die Augen genauso zusammen wie der Vorsitzende. *Und hoffentlich haben sie recht*, betete er insgeheim.

»Nachdem dieser *Fluch* ins All gesendet wurde … Wie lange wird es dauern, bis er wirkt?«

»Der Stern ist etwa fünfzig Lichtjahre von uns entfernt, was bedeutet, dass der Fluch frühestens in fünfzig Jahren seine Wirkung entfaltet. Aber wir könnten den Effekt erst in ungefähr hundert Jahren beobachten, optimistisch gerechnet. Tatsächlich wird es vermutlich noch wesentlich länger dauern.«

Einen Moment lang herrschte völlige Stille im Saal. Der Erste, der sich schließlich rührte, war der US-Delegierte, der die drei Seiten mit dem Computerausdruck auf den Tisch warf. »Ausgezeichnet. Wir haben unseren Gott gefunden.«

»Einen Gott, der sich im Keller versteckt«, witzelte der Delegierte Großbritanniens unter dem Gelächter der anderen.

»Eher einen Hexenmeister«, schnaubte der japanische Delegierte verächtlich. Japan war nie Mitglied des UN-Sicherheitsrats gewesen, war aber gleich nach der Gründung des PDC als Mitgliedsstaat aufgenommen worden.

»Eins muss man Ihnen lassen, Dr. Luo, es ist Ihnen gelungen, einen absurden und rätselhaften Plan vorzustellen«, sagte Vladimir Garanin, der russische Delegierte, der zuvor schon mehrfach amtierender Vorsitzender des PDC gewesen war.

Der Vorsitzende schlug mit dem Hammer auf den Tisch, um den Aufruhr unter den Abgeordneten zu beenden. »Wandschauer Luo Ji, ich habe noch eine Frage. Angenommen, es handelt sich hierbei um einen Fluch, warum richten Sie ihn dann nicht auf den Planeten unseres Feindes?«

»Erstmal wollen wir das Konzept nur testen. Der eigentliche Einsatz erfolgt erst während der Entscheidungsschlacht.«

»Könnte man nicht Trisolaris als Testobjekt benutzen?«

Luo Ji schüttelte energisch den Kopf. »Auf keinen Fall. Trisolaris ist zu nah. So nah, dass die Auswirkungen des Fluchs bis zu uns reichen könnten. Deshalb habe ich die Anwendung auf Planetensysteme in weniger als fünfzig Lichtjahren Entfernung abgelehnt.«

»Eine letzte Frage: Was haben Sie während der nächsten hundert Jahre vor?«

»Sie werden von mir erlöst sein. Ich gehe in den Kälteschlaf. Wecken Sie mich auf, wenn die ersten Effekte des Fluchs auf 187J3X1 zu beobachten sind.«

Während der Vorbereitung auf seinen Kälteschlaf erwischte Luo Ji die Mogelgrippe. Anfänglich litt er unter den gleichen Symptomen wie alle anderen Patienten. Ihm lief die Nase, und sein Hals war leicht entzündet. Weder er noch jemand anders schenkten dem besondere Beachtung. Doch nach zwei Tagen verschlimmerte sich sein Zustand, und er bekam Fieber. Das war ungewöhnlich, weshalb der Arzt ihm Blut abnahm und an ein Labor in der Stadt schickte.

Luo Ji verbrachte die Nacht im Fieberwahn, von endlosen Träumen geplagt, in denen die Sterne am Nachthimmel wild umeinander tanzten, wie Sandkörnchen auf einer vibrierenden Trommelbespannung. Sogar die gravitationsbedingte Interaktion zwischen den Sternen sah er vor sich: Es war nicht die Dreikörperbewegung, sondern die Zweihundert-Milliarden-Körperbewegung sämtlicher Sterne in der Galaxie! Dann ballten sich die herumwirbelnden Sterne zu einem riesigen Strudel zusammen, der rasend weiter zirkulierte und sich in eine gigantische Schlange aus dem geschmolzenen Silber aller Sterne verwandelte, die sich brüllend in seinen Kopf bohrte …

Gegen vier Uhr morgens wurde Zhang Xiang vom Klingeln seines Telefons geweckt. Am anderen Ende war der Leiter der Sicherheitsabteilung des PDC, der in scharfem Tonfall einen sofortigen Bericht über Luo Jis Gesundheitszustand verlangte. Für die gesamte Einheit gelte ab sofort höchste Alarmstufe. Ein Expertenteam sei unterwegs.

Kaum hatte er aufgelegt, läutete das Telefon erneut, diesmal war es Luo Jis Arzt, der meldete, dass sich die Verfassung des Patienten extrem verschlechtert habe und dass er sich inzwischen in einer Art Schockstarre befinde. Zhang Xiang nahm sofort den Fahrstuhl ins zehnte Untergeschoss, wo ihm der völlig aufgelöste Arzt und ein Krankenpfleger erklärten, dass Luo Ji mitten in der Nacht Blut gespuckt habe und dann ohnmächtig geworden sei. Luo Ji lag blass, mit lilafarbenen Lippen und scheinbar leblos auf dem Bett.

Schon bald traf das angekündigte Team ein, das aus Experten des Chinesischen Zentrums für Seuchenforschung und -prävention, Ärzten des Zentralkrankenhauses der Armee und dem gesamten Forschungsstab der Medizinischen Fakultät der Militärakademie bestand.

Bei der Untersuchung nahm ein Mitglied des Forschungsteams Zhang Xiang und Kent beiseite und ging mit ihnen hinaus, um ihnen Luo Jis Zustand zu erläutern. »Diese Grippe hat uns schon länger beschäftigt. Wir hatten den Eindruck, dass ihr Ursprung und ihre Symptome ausgesprochen ungewöhnlich sind. Nun ist klar, dass es sich um eine genetische Waffe handelt, eine Art genetischen Lenkflugkörper.«

»Lenkflugkörper?«

»Ein höchst ansteckendes, genetisch verändertes Virus, das bei den meisten Menschen nur milde Grippesymptome auslöst. Allerdings verfügt das Virus über die Fähigkeit, den genetischen Fingerabdruck einer bestimmten Person zu erkennen. Sobald diese bestimmte Person sich mit dem Virus infiziert, entwickelt es in ihrem Blut tödliche Gifte. Und jetzt wissen wir, wer diese Person ist.«

Zhang Xiang und Kent wechselten Blicke, zuerst ungläubig und dann in wachsender Verzweiflung. Zhang Xiang erbleichte und ließ den Kopf hängen. »Ich übernehme die volle Verantwortung.«

»Das sollten Sie nicht sagen, Direktor Zhang«, sagte der Forscher, den seine Rangabzeichen als Oberstleutnant auswiesen. »Gegen so etwas gibt es keine Waffe. Obwohl wir bereits vermutet haben, dass mit diesem Virus etwas nicht stimmte, haben wir diese Möglichkeit noch nicht einmal in Betracht gezogen. Die Idee, genetische Waffen herzustellen, existiert seit dem vergangenen Jahrhundert, aber niemand ging davon aus, dass sie je in die Tat umgesetzt würde. Diese Waffe hier ist zwar noch unvollkommen, aber sie lässt für künftige Anschläge das Schlimmste befürchten. Man muss nichts weiter tun, als das Virus in der Nähe des Opfers zu verbreiten. Sie müssen nicht einmal wissen, wo das Opfer steckt. Sie könnten es einfach über die ganze Erde verteilen. Da das Virus bei gewöhnlichen Menschen wenig oder gar keine Gesundheitsschäden verursacht, wird es sich schnell ausbreiten und am Ende wahrscheinlich die Zielperson erwischen.«

»Nein, ich allein trage die Schuld hieran«, wiederholte Zhang und legte die Hand vor die Augen. »Das wäre Kommandant Shi nie passiert.« Als er die Hand wieder sinken ließ, standen seine Augen voller Tränen. »Als wir vor seinem Kälteschlaf zum letzten Mal miteinander gesprochen haben, hat er mich vor den Dingen gewarnt, gegen die es, wie Sie gerade selbst sagten, keine Waffe gibt. Er meinte: ›Zhang, in unserem Job müssen wir auch im Schlaf immer ein Auge offen halten. Erfolg lässt sich nicht garantieren, und gegen manche Dinge gibt es keine Waffe‹.«

»Was sollen wir tun?«, fragte Kent.

»Das Virus ist bereits tief eingedrungen. Die Leber des Patienten arbeitet nicht mehr, und seine Herz-Lungen-Funktion versagt. Die heutige Medizin kann nichts mehr für ihn tun. Am besten, Sie versetzen ihn so schnell wie möglich in den Kälteschlaf.«

Als Luo Ji wieder etwas zu Bewusstsein kam, spürte er eine Kälte, die von seinem eigenen Körper auszugehen schien. Wie ein Licht, mit dem man die Welt gefrieren konnte. Er sah einen

Fleck, der zuerst einfach nur unendlich weiß schien, dann tauchte in seiner Mitte ein kleiner schwarzer Punkt auf, und allmählich schälte sich eine vertraute Gestalt heraus. Es war Zhuang Yan, mit ihrer gemeinsamen Tochter im Arm. Mit Mühe stapfte sie durch eine schneeverwehte Ödnis, die so leer war, dass sie keine Konturen zu haben schien. Sie hatte einen roten Schal um den Hals, denselben, den sie sieben Jahre zuvor in jener winterweißen Nacht getragen hatte, als er sie zum ersten Mal sah. Das Kind, ganz rot im Gesicht vor Kälte, winkte ihm mit seinen winzigen Händen aus den Armen der Mutter zu und rief etwas, das er nicht hören konnte. Er wollte sie verfolgen, aber Mutter und Kind waren fort, als hätten sie sich im Schnee aufgelöst. Dann löste er sich selbst auf, und die schneeweiße Welt verengte sich zu einem silbernen Faden, der alles war, was in der grenzenlosen Dunkelheit von seinem Bewusstsein übrig blieb. Es war der Faden der Zeit, ein dünner, starrer Strang, der sich in beide Richtungen unendlich weit ausdehnte. Seine Seele hing an diesem Faden und glitt sanft mit konstanter Geschwindigkeit an ihm entlang, in eine ungewisse Zukunft.

Zwei Tage später wurde ein Strom hochenergetischer Radiowellen von der Erde Richtung Sonne gesendet. Er drang in die Konvektionszone ein und weiter bis zum Energiespiegel der Strahlungszone, wo Wandschauer Luo Jis Fluch reflektiert und hundertmillionenfach verstärkt mit Lichtgeschwindigkeit ins Universum katapultiert wurde.

Jahr 12 der Krise

Abstand der Trisolaris-Flotte zum Sonnensystem:
4,18 Lichtjahre

Der nächste Pinsel war im Weltall aufgetaucht. Die Trisolaris-Flotte hatte das zweite Feld aus interstellarem Staub durchquert, und da Hubble II den Abschnitt pausenlos observierte, nahm es den Schweif der Flotte auf, sobald er erschien. Diesmal sah er nicht so sehr wie ein Pinsel aus, eher wie ein Rasenstück, das soeben begonnen hatte, in den Tiefen des Alls zu sprießen. Diese tausend Grashalme wuchsen in einer Geschwindigkeit, die mit bloßem Auge zu erkennen war. Nachdem die Flotte neun Jahre lang beschleunigt hatte, war ihr Aufprall auf den interstellaren Staub viel dramatischer als beim letzten Mal.

»General, sehen Sie mal genau hin«, sagte Ringier und zeigte auf die vergrößerte Darstellung auf dem Monitor. »Was erkennen Sie?«

»Das scheinen immer noch um die tausend zu sein«, erwiderte Fitzroy.

»Sehen Sie noch mal genauer hin.«

Fitzroy studierte den Bildschirm für eine Weile und zeigte

dann auf die Mitte des Pinsels. »Sieht aus als … eins, zwei, drei, vier … Zehn der Borsten sind länger als die anderen. Sie dehnen sich aus.«

»Richtig. Diese zehn Schweifspuren sind eher schwach, man sieht sie erst unter starker Vergrößerung.«

Fitzroy sah Ringier mit dem gleichen Ausdruck an wie damals, als sie die Trisolaris-Flotte zum ersten Mal entdeckt hatten. »Heißt das, Dr. Ringier, dass diese zehn Kriegsschiffe beschleunigen?«

»Sie beschleunigen alle, nur diese zehn stärker als die anderen. Aber das sind keine zehn Kriegsschiffe, die Anzahl der Schweife hat sich zwar um zehn vermehrt, auf eintausendzehn, untersucht man aber die Struktur dieser zehn Schweife genauer, zeigt sich, dass sie wesentlich kleiner sind als die der Kriegsschiffe dahinter, ungefähr zehntausendmal kleiner und damit in etwa so groß wie ein LKW. Wegen ihrer hohen Geschwindigkeit ziehen sie immer noch erkennbare Schweife nach sich.«

»Bei dieser Größe … müsste es sich um Sonden handeln, oder?«

»Ja, das sind Sonden.«

Damit hatte Hubble II eine weitere alarmierende Entdeckung gemacht: Die Menschheit würde es früher als erwartet mit trisolaren Flugobjekten zu tun bekommen, auch wenn es sich nur um zehn kleine Sonden handelte.

»Wann werden sie das Sonnensystem erreichen?«, fragte Fitzroy nervös.

»Das können wir nicht mit Genauigkeit sagen. Es kommt auf die Beschleunigung an. Aber sie werden auf jeden Fall vor der Flotte hier sein, vorsichtig geschätzt etwa ein halbes Jahrhundert früher. Die gesamte Flotte nähert sich offenbar mit maximaler Beschleunigung, aber aus einem uns noch unbekannten Grund wollen sie das Sonnensystem so früh wie möglich erreichen. Also haben sie Sonden losgeschickt, die noch schneller beschleunigen können.«

»Sie haben doch schon die Sophonen. Wozu noch Sonden?«, warf einer der Ingenieure ein.

Alle begannen, über diese Frage nachzugrübeln. Doch Ringier unterbrach schon bald das Schweigen. »Vergesst es. Wir kommen sowieso nicht darauf.«

»Nein.« Fitzroy hob eine Hand. »Ganz ahnungslos sind wir nicht … Wir beobachten gerade ein Ereignis, das vor vier Jahren stattgefunden hat. Können Sie das genaue Datum bestimmen, wann die Flotte die Sonden losgeschickt hat?«

»Zu unserem Glück haben sie sie im Schneefeld abgeschossen … Ich meine, im Staub, sodass wir den Zeitpunkt anhand des Schnittpunkts zwischen den Schweifen der Sonden und den Spuren der Flotte berechnen können.« Gleich darauf nannte Ringier das Datum.

Fitzroy stockte kurz der Atem, dann zündete er sich eine Zigarette an und setzte sich hin. »Sie alle hier sind keine Politiker, Dr. Ringier«, sagte er schließlich. »Sowenig wie ich in der Lage war, diese längeren Pinselborsten zu erkennen, sowenig können Sie erkennen, dass das eine bedeutende Information ist.«

»Was hat es mit diesem Datum auf sich?«, fragte Ringier verunsichert.

»An diesem Tag vor vier Jahren habe ich an einer Wandschaueranhörung des PDC teilgenommen, bei der Luo Ji vorschlug, mithilfe der Sonne einen Fluch ins Weltall zu schicken.«

Die Ingenieure und Wissenschaftler sahen einander an.

»Und um diese Zeit herum befahl Trisolaris der ETO zum zweiten Mal, Luo Ji zu eliminieren«, fuhr Fitzroy fort.

»Luo Ji? Ist der wirklich so wichtig?«

»Sie meinen, das war doch der, der anfangs den romantischen Playboy gab und dann einen auf Hexenmeister machte? Sicher, das dachten wir auch. Alle dachten so. Außer Trisolaris.«

»Nun ... Was ist er denn Ihrer Meinung nach, General?«

»Glauben Sie an Gott, Dr. Ringier?«

Die Frage verblüffte Ringier so, dass er um Worte rang. »Gott? Dieser Begriff kann heutzutage für vieles stehen und vieles bedeuten, ich weiß nicht, was Sie ...«

»Ich glaube an Gott. Nicht weil ich einen Beweis für seine Existenz kenne, sondern weil ich damit auf der sicheren Seite bin. Wenn es einen Gott gibt, dann ist es richtig, an ihn zu glauben. Wenn nicht, verliert man nichts.«

Fitzroys Erklärung sorgte für Gelächter.

»Die zweite Hälfte von dem, was Sie gesagt haben, stimmt so nicht«, erwiderte Rignier. »Es gibt etwas zu verlieren, zumindest, was die Wissenschaft betrifft ... So oder so: Nehmen wir an, Gott existiert. Was hat das dann mit dem Bild auf unserem Display zu tun?«

»Wenn Gott existiert, dann gibt es vermutlich einen unter den Sterblichen, der für ihn spricht.«

Alle starrten ihn an, und es dauerte eine ganze Weile, bis sie die Konsequenz seiner Worte wirklich begriffen hatten. »Aber Herr General, warum ausgerechnet ...?«, setzte schließlich einer der Astrophysiker an. »Gott würde doch niemanden aus einem atheistischen Staat zu seinem Sprachrohr wählen.«

Fitzroy drückte seine Zigarette aus und spreizte die Hände. ›Wenn man alles Unmögliche ausgeschlossen hat, dann muss das, was übrig bleibt, und sei es noch so absurd, das einzig Mögliche sein. Oder haben Sie eine bessere Erklärung?«

Nach kurzem Zögern ergriff Ringier das Wort. »Falls Sie mit Gott eine über allem stehende Gerechtigkeit im Universum meinen …«

Fitzroy unterbrach ihn mit erhobener Hand, als ob die göttliche Macht, von der sie gerade erfahren hatten, an Bedeutung verlöre, wenn man sie offen ansprach. »Jetzt könnt ihr also alle miteinander anfangen zu glauben«, sagte der General und bekreuzigte sich.

Der Probelauf von *Tianti III* wurde live im Fernsehen übertragen. Vor drei Jahren hatte der Bau von drei Weltraumlifts begonnen, die man nach dem chinesischen Begriff für »Himmelsleiter« benannte, und da *Tianti I* und *II* bereits seit Jahresbeginn liefen, erregte die Inbetriebnahme von *Tianti III* schon kein großes Aufsehen mehr. Bislang wurden Weltraumlifte mit nur einer Schiene gebaut, wodurch sie eine wesentlich geringere Transportkapazität hatten als die in der Entwicklung befindlichen Modelle mit vier Schienen, doch bereits jetzt hatte sich die Raumfahrt gegenüber dem Zeitalter der chemischen Raketenantriebe von Grund auf verändert. Abgesehen von den Konstruktionskosten, gelangte man per Fahrstuhl deutlich billiger ins All als mit dem Weltraumflugzeug. Und das hatte dazu geführt, dass sich immer mehr Objekte am Nachthimmel bewegten – die großformatigen Konstruktionen der Menschheit im Orbit.

Tianti III war der einzige Weltraumlift, der vom Meer aus operierte. Seine Basis lag auf dem Äquator, auf einer künstlichen, schwimmenden Insel im Pazifik, die über einen eigenen Atomantrieb verfügte, wodurch die Position des Fahrstuhls bei Bedarf angepasst werden konnte. Die schwimmende Insel hatte mit Jules Vernes Propellerinsel ein literarisches Vorbild, weshalb man sie »Verne-Insel« nannte.

Im Fernsehen war vom Meer nichts zu sehen. Es zeigte nur die Aufnahme einer pyramidenförmigen Metallbasis, umgeben von einer Stadt aus Stahl, und die zylindrische Transportkabine, die am Ende der Schiene zum Start bereitstand. Aus der Distanz konnte man die in den Himmel strebende Schiene mit ihren nur sechzig Zentimetern Durchmesser gar nicht erkennen. Nur hin und wieder sah man sie in der untergehenden Sonne aufblitzen.

Drei alte Männer saßen vor dem Fernseher. Zhang Yuanchao und seine beiden alten Nachbarn, Yang Jinwen und Miao Fuqian. Sie waren inzwischen alle über siebzig, und obwohl man sie noch nicht tatterig nennen konnten, eindeutig alt. Die Erinnerung an die Vergangenheit und der Ausblick auf die Zukunft lasteten gleichermaßen schwer auf ihnen, und da sie an der Gegenwart nichts ändern konnten, blieb ihnen in dieser seltsamen Zeit nichts anderes übrig, als während ihrer wenigen verbleibenden Jahre über so wenig wie möglich nachzudenken.

Zhang Yuanchaos Sohn Zhang Weiming kam mit seinem Enkel Zhang Yan zur Tür herein. Er trug eine Papiertüte. »Ich habe dir deine Lebensmittelkarte und den ersten Stapel Getreidemarken mitgebracht, Papa.« Er zog einen Packen bunter Karten aus der Tasche und reichte sie seinem Vater.

Yang Jinwen warf einen Blick darauf. »Hach, ganz wie früher.«

»Ja, da sind sie wieder, alles kommt wieder«, murmelte Zhang Yuanchao mit den Karten in der Hand wehmütig.

»Ist das Geld?«, fragte der kleine Yan Yan.

»Nein, mein Kleiner«, sagte Zhang Yuanchao zu seinem Enkel, »das ist kein Geld. Aber von jetzt an müssen wir die für alles, was unsere Getreideration übersteigt, also Brot und Kuchen oder ein Essen im Restaurant, zum Geld mit dazugeben.«

»Ganz so wie früher ist es nicht«, meinte Zhang Weiming und hielt eine Chipkarte hoch. »Das ist eine Rationskarte.«

»Wie viel ist da drauf?«

»Einundzwanzig Komma fünf Kilo, also dreiundvierzig Pfund. Du und Xiaohong, ihr bekommt jeder siebenunddreißig Pfund und der Kleine einundzwanzig.«

»Das ist ungefähr dasselbe wie früher«, sagte der Ältere.

»Für einen Monat wird es reichen«, sagte Yang Jinwen.

Zhang Weiming schüttelte den Kopf. »Sie wissen doch, wie es früher war, Yang. Schon vergessen? Für den Augenblick geht es noch, aber bald gibt es von allem, was kein Grundnahrungsmittel ist, immer weniger, und dann bekommen wir Karten für Fleisch und Gemüse. Von einem armseligen bisschen Reis wird keiner satt!«

»Ach was, mal nicht den Teufel an die Wand«, sagte Miao Fuqian abwehrend. »Vor ein paar Jahrzehnten stand es genauso. Und damals sind wir auch nicht verhungert. Schluss damit. Lasst uns fernsehen.«

»Und bald gibt es wahrscheinlich auch Industrieproduktmarken, wartet es ab«, sagte Zhang Yuanchao, während er die

Rationskarte und die Getreidemarken auf den Tisch legte und sich wieder dem Fernseher zuwandte.

Dort schnellte gerade die zylinderförmige Kabine aus der Basis heraus, mit einer solchen Beschleunigung, dass sie im Nu im Abendhimmel verschwunden war. Da man die Führungsschiene nicht sehen konnte, sah es aus, als stiege sie von allein auf. Die Kabine beschleunigte auf maximal fünfhundert Stundenkilometer, doch selbst bei diesem Tempo würde sie bis zur Endstation des Weltraumlifts im geostationären Orbit noch achtundsechzig Stunden brauchen. Auf dem Bildschirm erschien nun die Aufnahme einer abwärts gerichteten Kamera, die unterhalb der Kabine angebracht war. Aus ihrer Perspektive nahm die sechzig Zentimeter breite Schiene fast den gesamten Bildschirm ein. Wegen ihrer glatten Oberfläche, konnte man kaum Bewegung erkennen. Nur die eingeblendeten, sich rasch verändernden Ziffern der Höhenanzeige zeugten davon, dass die Kamera nach oben fuhr. Das untere Ende der Schiene war bald nicht mehr zu erkennen, aber sie wies auf einen Punkt in der Tiefe, wo die Verne-Insel aus der Vogelperspektive inzwischen in Gänze zutage trat, wie eine riesige Servierplatte am unteren Ende des Lifts.

Yang Jinwen kam ein Gedanke. »Ich zeige euch beiden eine echte Rarität«, sagte er, während er aufstand und etwas steif zur Tür hinausging. Kurz darauf kehrte er mit etwas Dünnem zurück, das er auf den Tisch legte. Es war ungefähr so groß wie eine Zigarettenschachtel. Zhang Yuanchao nahm es in die Hand und betrachtete es: Der Gegenstand war graugelblich, transparent und extrem leicht, wie ein Fingernagel. »Aus diesem Material bauen sie den Weltraumlift!«, erklärte Yang Jinwen.

»Na, fantastisch, dein Sohn stiehlt also dem Staat strategisch wichtiges Material«, sagte Miao Fuqian.

»Das ist nur Abfall. Während der Arbeiten an dem Lift haben sie Abertausende Tonnen von diesem Zeug in den Himmel geschossen. Daraus haben sie dann die Leitschiene hergestellt und sie Stück für Stück aus dem Orbit herabgelassen. Bald wird es die Raumfahrt für jedermann geben, und ich habe meinen Sohn schon angespitzt, dass er mich in dem Bereich ins Geschäft bringt.«

»Du willst ins All?«, fragte Zhang Yuanchao ungläubig.

»Das ist doch heutzutage ein Kinderspiel«, meinte Miao Fuqian herablassend. »Beim Aufstieg gibt es nicht einmal mehr Hypergravitation, heißt es. Es ist wohl nicht viel anders, als mit dem Nachtzug zu fahren.« Nach der Stilllegung seiner Minen war es mit seiner Familie bergab gegangen. Vor vier Jahren hatte er seine Villa verkauft, und diese Wohnung hier war nun sein einziges Zuhause. Yang Jinwen, dessen Sohn beim Bau des Weltraumlifts mitgearbeitet hatte, war auf einen Schlag zum Wohlhabendsten der drei avanciert, was Miao Fuqian ziemlich eifersüchtig machte.

»Mich kriegt keiner ins All«, sagte Yang Jinwen und sah sich um, ob der Junge zuhörte. Den hatte Zhang Weiming aber schon nach nebenan gebracht, also fuhr er fort: »Aber meine sterblichen Überreste, die schon. Sagt es ruhig, wenn dieses Thema für euch tabu ist, dann lassen wir das.«

»Wieso tabu?«, fragte Zhang Yuanchao. »Aber warum willst du denn bloß deine sterblichen Überreste da hinaufschaffen?«

»Da oben, an der Endstation des Fahrstuhls gibt es ein elektromagnetisches Abschussgerät, weißt du. Wenn es so weit ist, wird meine Urne mit dritter kosmischer Geschwindigkeit aus dem Sonnensystem katapultiert. Weltraumbestattung nennt man das. Ich habe keine Lust, nach meinem Tod auf einer von Aliens bevölkerten Erde zu bleiben. Wahrscheinlich ist das eine Form von Eskapismus.«

»Und wenn wir die Aliens besiegen?«

»Das ist so gut wie ausgeschlossen. Selbst wenn, was macht das schon? Dann kurve ich eben durch das All!«

Zhang Yuanchao schüttelte den Kopf. »Ihr seid echt albern, ihr Intellektuellen. Was für eine absurde Idee. Das Blatt fällt vom Baum zurück zur Wurzel. Ich werde mich nirgends als in meiner gelben Heimaterde begraben lassen.«

»Hast du denn keine Angst, dass die Trisolarier dich ausbuddeln?«

Jetzt mischte sich Miao Fuqian ein, der die ganze Zeit über geschwiegen hatte. Er winkte die anderen näher zu sich heran und senkte die Stimme, als fürchtete er, die Sophonen könnten ihn hören. »Sagt es nicht weiter, aber mir kommt da eine Idee. Ich habe doch diese ganzen leeren Minen in Shanxi …«

»Da willst du begraben werden?«

»Nein, nein. Das sind nur kleine Tagebaugruben, die sind nicht tief genug. Aber an manchen Stellen gibt es eine Verbindung zu großen staatlichen Minen. Wenn man ihren aufgegebenen Stollen folgt, kommt man bis zu vierhundert Meter unter Tage. Na, tief genug für dich? Dann sprengen wir die Wand des Schachts. So tief unten werden die Trisolarier nicht graben.«

»Pah. Wenn ein Menschenwesen das kann, warum soll es dann ein Trisolarier nicht können? Die finden einen Grabstein und buddeln sich bis unten durch.«

Miao Fuqian sah Zhang Yuanchao an und platzte fast vor Lachen. »Bist du denn schon völlig vertrottelt, Lao Zhang?« Als er merkte, dass der andere immer noch nicht begriff, zeigte er auf Yang Jinwen, der sich, gelangweilt von dieser Konversation, wieder dem Fernseher zugewandt hatte. »Lass es dir von einem gebildeten Mann erklären.«

Yang Jinwen kicherte. » Lao Zhang, Alter, was willst du denn mit einem Grabstein? Grabsteine sind für menschliche Hinterbliebene gedacht. Die gibt es dann aber nicht mehr.«

Auf dem ganzen Weg zum dritten Kernfusions-Testlabor fuhr Zhang Beihais Wagen durch tiefen Schnee. Als er sich dem Labor näherte, war der Schnee jedoch weggeschmolzen, die Straße matschig und die kalte Luft schwülwarm, als atme sie bereits Frühling. An den Hängen, die die Straße säumten, bemerkte er mitten im strengen Winter vereinzelt blühende Pfirsichbäume. Er fuhr weiter, auf das weiße Gebäude im vor ihm liegenden Tal zu, eine Konstruktion, die allein als Eingang zum unterirdischen Hauptteil des Labors diente. Überrascht sah er jemanden auf dem Hügel Pfirsichblüten pflücken. Auf den zweiten Blick erkannte er in dieser Gestalt genau denjenigen, den er besuchen wollte, und hielt den Wagen an.

»Hallo, Dr. Ding!« rief er. Als Ding Yi mit einem Strauß Blüten in der Hand zu ihm herüberkam, lachte Zhang Beihai. »Für wen sind denn die Blumen?«

»Die Blumen blühen dank der Wärme der Kernfusion. Die sind für mich, ist doch klar!« Die farbenfrohen Blüten brachten seine ganze Erscheinung zum Leuchten. Er schien noch immer berauscht von seinem großen Durchbruch.

»Eine Verschwendung, so viel Wärme derart in die Gegend zu blasen.« Zhang Beihai stieg aus, nahm die Sonnenbrille ab und ließ den Pseudofrühling auf sich wirken. Sein Atem blieb unsichtbar, und selbst durch seine Schuhsohlen hindurch spürte er die Wärme.

»Wir haben weder Zeit noch Geld für ein Kraftwerk«, antwortete Ding Yi. »Was nicht weiter schlimm ist, denn Energie gehört von jetzt an nicht mehr zu den Dingen, mit denen die Erde schonend umgehen müsste.«

Zhang Beihai deutete auf die Blumen. »Ich hatte eigentlich gehofft, Sie würden etwas abgelenkt, damit dieser Durchbruch noch ein wenig auf sich warten ließe.«

»Ohne mich wäre es noch schneller gegangen. Hier sind über tausend Forscher am Werk, ich habe ihnen lediglich die richtige Richtung gewiesen. Ich hatte schon lange das Gefühl, dass die Tokamak-Methode eine Sackgasse ist. Für den Durchbruch brauchte man nur die passende Herangehensweise. Ich selbst bin eher Theoretiker, Experimente sind nicht meine Sache. Mein diffuser Fingerzeig hat den Erfolg wohl eher hinausgezögert.«

»Wäre es möglich, dass Sie die Bekanntgabe der Resultate etwas aufschieben? Das meine ich ernst. Damit übermittle ich Ihnen inoffiziell auch den Wunsch des Kommandos der Weltraumstreitkräfte.«

»Wie könnten wir? Die Medien haben den Fortschritt auf allen Teststützpunkten doch aktiv mitverfolgt.«

Zhang Beihai seufzte. »Das sind schlechte Nachrichten.«

»Ich kann mir zwar denken, warum, aber wollen Sie mir die Gründe nicht trotzdem verraten?«

»Sobald kontrollierte Kernfusion machbar ist, wird sofort die Forschung an den entsprechenden Raumschiffen beginnen. Sie kennen die beiden gegenwärtigen Forschungszweige bei den Photonenantrieben, Doktor Ding: nuklearer Pulsantrieb und hilfsmittelarmer Fusionsantrieb. Diese beiden Forschungsansätze haben jeweils ihre eigenen Anhänger. Die von der Luftwaffe bevorzugen die Forschung in Richtung nuklearer Pulsantrieb, die Weltraumstreitkräfte drängen auf den Fusionsantrieb. Beide Projekte werden hohe Kosten verschlingen, und wenn sie nicht parallel und gleichwertig vorangetrieben werden, muss sich eine davon durchsetzen.«

»Sowohl meine Kollegen als auch ich selbst bevorzugen den Fusionsantrieb. Meiner Meinung nach ermöglicht allein er interstellare Reisen. Ich gehe davon aus, dass die von der Luftwaffe ihre eigene Logik haben. Die hilfsmittelbetriebene Raumfahrt ist nichts anderes als eine Variante von chemischen Raketen, die auf Kernfusionsenergie zurückgreift. Damit ist man mit dieser Forschungsrichtung eher auf der sicheren Seite.«

»Was ist schon sicher am zukünftigen Krieg der Sterne!«, erwiderte Zhang Beihai. »Sie sagen es, mit Kernfusion angetriebene Raumschiffe sind einfach nur riesige Raketen. Zwei Drittel ihrer Tragfähigkeit gehen für die Antriebsmittel drauf, die ruckzuck aufgebraucht sind. Für diesen Typ Raumschiff benötigen wir planetarische Versorgungsbasen, um durch das Sonnensystem reisen zu können. Wenn wir das machen, läuft es auf die gleiche Katastrophe hinaus wie damals im Chinesisch-Japanischen Krieg, wir sind auf den Basen angreifbar, und das Sonnensystem wird zu einem zweiten Hafen von Weihaiwei.«

»Ziemlich treffender Vergleich«, sagte Ding Yi und hielt Zhang Beihai den Blumenstrauß hin.

»Das ist eine Tatsache. Die Frontlinie der Marine sollte idealerweise vor dem Hafen des Feindes liegen – was wir natürlich nicht hinbekommen, aber unsere Verteidigungslinie sollte mindestens bis zur Oort'schen Wolke hinausgeschoben werden, und noch dazu muss sichergestellt sein, dass die Flotte im weiten Raum außerhalb des Sonnensystems ausreichende Flanken bilden kann. Darauf beruht die gesamte Strategie der Weltraumstreitkräfte.«

»Ach, die Luftwaffe ist doch kein Monolith«, wandte Ding Yi ein. »Da gibt es zwar die alte Garde, die noch aus der Zeit der chemischen Raketen stammt und die hilfsmittelbetriebenen Raumschiffe befürwortet. Aber es gibt in diesem Bereich inzwischen auch Kräfte aus anderen Sektoren. Die Wissenschaftler vom Fusionsreaktorteam zum Beispiel. Die sind in der Regel für den Fusionsantrieb. Augenblicklich halten sich die beiden Kräfte ungefähr die Waage, aber drei oder vier Personen in entscheidenden Funktionen genügen, um das Gleichgewicht aufzuheben. Sie bestimmen die endgültige Vorgehensweise. Nur fürchte ich, dass diese drei oder vier Personen zur alten Garde gehören werden.«

»Diese Entscheidung ist die wichtigste unseres gesamten Masterplans. Ein falscher Schritt, und die Weltraumflotte operiert auf einer fehlerhaften Grundlage. Wir könnten ein oder zwei Jahrhunderte verlieren, und bis dahin wird es womöglich zu spät sein, eine andere Richtung einzuschlagen.«

»Daran können jedoch weder Sie noch ich etwas ändern.«

Nach einem gemeinsamen Mittagessen verließ Zhang Beihai

das Kernfusions-Testlabor. Auf der Rückfahrt dauerte es nicht lange, bis die feuchte Erde wieder von in der Sonne glitzerndem Schnee bedeckt war. Mit dem Absinken der Lufttemperatur wurde auch sein Kopf sehr schnell wieder kühler.

Es musste unbedingt ein Raumschiff her, mit dem interstellares Reisen möglich war. Wenn alles versagte, blieb nur ein einziger Weg. Und den musste er gehen, ganz gleich, wie gefährlich er war.

Als er das schwach beleuchtete Haus des Meteoritensammlers in dem ehemaligen Vierkanthof eines Pekinger Hutongs betrat, hatte Zhang Beihai das Gefühl, in einem geologischen Miniaturmuseum zu sein. Die Wände hingen voller Glaskästen, in denen, fachmännisch beleuchtet, unscheinbar wirkendes Gestein steckte. Der etwa fünfzigjährige, geistig wie körperlich fit wirkende Eigentümer saß an einer Werkbank und inspizierte mit einer Lupe einen kleinen Stein. Er begrüßte den Besucher sehr herzlich. Dieser Mann war, wie Zhang Beihai sofort bemerkte, einer jener glücklichen Menschen, die in ihrer eigenen, geliebten kleinen Welt hausten und sich, unberührt vom Wandel der großen weiten Welt, ganz und gar selbst genügten.

Das antiquierte Flair dieser kleinen Behausung wärmte und besänftigte Zhang Beihais Gemüt. Es erinnerte ihn daran, dass die meisten Leute an ihrem bisherigen Leben festhielten, während er und seine Mitstreiter für das Überleben der Menschheit kämpften.

Die Fertigstellung des Weltraumlifts und der Durchbruch bei der kontrollierten Kernfusionstechnik hatten die Welt neuen Mut schöpfen lassen und trugen zur Mäßigung defätistischer Tendenzen bei. Doch jedem vernünftigen Staatsmann war klar, dass sie noch ganz am Anfang standen. Wollte man den Aufbau einer Weltraumflotte mit dem einer Marineflotte vergleichen, dann war die Menschheit gerade erst mit den nötigen Werkzeugen an der Küste angekommen und hatte noch nicht einmal die Werften für den Schiffsbau angelegt. Nicht nur die Konstruktion von ausreichend Raumfähren, sondern auch die Entwicklung von Weltraumwaffen und geschlossenen Ökosystemen sowie der Bau von Raumschiffhäfen stellte die Menschheit vor nie gekannte technische Herausforderungen. Es konnte gut und gerne noch ein weiteres Jahrhundert dauern, bis sie auch nur die Grundlagen für all das geschaffen haben würden.

Doch nicht nur diese technische Kluft machte der Menschheit zu schaffen. Sie sah sich auch noch mit einer anderen massiven Bedrohung konfrontiert. Da der Aufbau eines Weltraumverteidigungssystems enorme Ressourcen verschlingen und die allgemeine Lebensqualität um ein Jahrhundert zurückwerfen würde, stand die größte moralische Prüfung für die Menschen noch bevor. Deswegen wollte die Militärführung nun damit beginnen, politische Kader der Weltraumstreitkräfte als Verstärkung für ihre Kollegen in der Zukunft einzusetzen. Da er den Plan ursprünglich ersonnen hatte, wurde Zhang Beihai zum Kommandeur des Sonderkommandos zur Verstärkung der Zukunft ernannt. Sobald er die Mission übernommen hatte, schlug Zhang vor, die Offiziere des Sonderkommandos vor dem Kälteschlaf einem mindestens einjährigen Training im All zu unterziehen, um sie auf ihre spätere Arbeit in den Weltraumstreitkräften vorzubereiten. »Die werden da oben ganz sicher keine Landratten als Weltraumkader wollen«, sagte er zu Chang Weisi. Seine Bitte wurde umgehend genehmigt, und so brach er einen Monat später mit der ersten Einheit von dreißig Soldaten in den Weltraum auf.

»Sind Sie Soldat?«, fragte der Sammler, als er ihm Tee einschenkte.

Zhang Beihai nickte.

»Die Soldaten von heute sind nicht mehr dieselben wie früher«, sagte der Mann, »aber Ihnen habe ich es sofort angesehen.«

»Sie waren auch einmal Soldat«, bemerkte Zhang Beihai.

»Gut beobachtet. Ich habe den Großteil meines Lebens im Vermessungswesen des Generalstabs verbracht.«

»Und woher kommt Ihr Interesse für Meteoriten?«, erkundigte sich Zhang, während er den Blick bewundernd über die umfangreiche Sammlung gleiten ließ.

»Vor über einem Jahrzehnt war ich mit einem Vermessungsteam in der Antarktis, auf der Suche nach Meteoriten, die dort unter dem Schnee begraben lagen. Da hat es mich gepackt. Sie stammen von außerhalb der Erde, von sehr weit weg. Das ist es, was mich an ihnen fasziniert. Jedes Mal, wenn ich einen von ihnen in die Hand nehme, ist das wie eine Reise in eine unerforschte, außerirdische Welt.«

Zhang Beihai schüttelte lächelnd den Kopf. »Das denkt man bloß. Unsere Erde besteht auch nur aus zusammengeballter interstellarer Materie und ist im Grunde genommen nichts anderes als ein riesiger Meteorit. Der Boden unter unseren Füßen ist Meteoritgestein, die Teetasse in meiner Hand ist meteoritisch. Außerdem geht man davon aus, dass das Wasser der Erde von Meteoriten hierhergebracht worden ist. Demnach ...« Er hob die Tasse in die Höhe. »... ist auch der Inhalt dieser Tasse meteoritisch. Folglich ist Ihre Sammlung gar nichts Besonderes.«

Der Sammler zeigte mit dem Finger auf Zhang und lachte. »Ganz schön gerissen. Sie haben schon mit den Verhandlungen begonnen ... Ich verlasse mich trotzdem auf mein Gefühl.«

Er konnte nicht widerstehen, Zhang Beihai seine Sammlung zu zeigen, und öffnete sogar einen Safe, in dem er den Schatz des Hauses aufbewahrte: einen Achondriten vom Mars, nicht größer als ein Fingernagel. Er wies seinen Besucher auf die kleinen, runden Einbuchtungen auf der Oberfläche hin und erklärte, dass es sich dabei vermutlich um mikroorganische Fossile handele. »Vor fünf Jahren hat Professor Robert Haag mir tausendmal so viel dafür geboten, wie sein Gewicht in Gold wert wäre, aber ich bin nicht darauf eingegangen.«

»Wie viele davon haben Sie selbst gesammelt?«

»Die wenigsten. Die meisten habe ich auf privaten Auktionen erstanden oder von anderen Sammlern bekommen ... Nun sagen Sie schon. Was für einen suchen Sie?«

»Nichts allzu Wertvolles. Möglichst große relative Dichte, auch unter Schlageinwirkung nicht leicht zerbrechlich und leicht zu bearbeiten.«

»Ich verstehe. Sie wollen etwas eingravieren.«

Zhang Beihai nickte. »Könnte man sagen. Am besten wäre es, er ließe sich auf einer Drehbank bearbeiten.«

»Dann einer aus Eisen.« Der Sammler öffnete einen Glaskasten und nahm einen walnussgroßen, dunklen Stein heraus. »Der hier. Er besteht hauptsächlich aus Eisen und Nickel, außerdem Kobalt, Phosphor, Silizium, Schwefel, Kupfer und noch ein paar anderen Spurenelementen. Große Dichte wollten Sie, richtig? Der hier wiegt acht Gramm pro Kubikzentimeter. Leicht zu bearbeiten und stark metallisch. Er sollte für eine Drehbank geeignet sein.«

»Sehr schön. Nur ist er ein bisschen zu klein.«

Der Sammler zeigte ihm einen anderen, apfelgroßen.

»Haben Sie etwas noch Größeres?«

Der Sammler sah ihn an. »Das Zeug wird nicht nach Gewicht verkauft. Die Großen kosten einiges.«

»Hätten Sie denn drei, so groß wie dieser da?«

Er legte Zhang Beihai drei Eisenmeteoriten von etwa derselben Größe vor und begann nun seinerseits mit den Verhandlungen. »Eisenmeteoriten sind ziemlich selten. Sie machen nur etwa fünf Prozent aller Meteoriten aus. Und die drei hier sind von besonderer Qualität. Sehen Sie, der hier, das ist ein Anatas. Und der hier ist ein mit Nickel angereicherter Ataxit. Sehen Sie die gitterartigen Linien? So etwas nennt man eine Widmanstätten-Struktur. Und diese parallelen Linien hier heißen Neumann'sche Linien. Der hier enthält Kamacit, und dieser hier Taenit, ein Mineral, das man auf der Erde nur in Meteoriten findet. Diesen hier habe ich mithilfe eines Metalldetektors in der Wüste gefunden. Das war wie eine Stecknadel im Heuhaufen zu finden. Mein Wagen blieb im Sand stecken, und die Antriebswelle ist zerbrochen. Dabei wäre ich beinahe draufgegangen.«

»Nennen Sie mir den Preis.«

»Auf dem internationalen Markt liegt der Preis für Meteoriten von dieser Art und Größe bei etwa zwanzig Dollar pro Gramm. Was halten Sie von sechzigtausend Yuan pro Stück, das wären drei für hundertachtzigtausend.«

Zhang Beihai zog sein Smartphone aus der Tasche. »Wie ist Ihre Kontonummer? Ich überweise Ihnen den Betrag sofort.«

Der Sammler verstummte. Als Zhang Beihai ihn mit hochgezogenen Brauen ansah, lachte er verlegen. »Tja, ich hatte ehrlich gesagt mit einem Gegenangebot gerechnet.«

»Nein, ich nehme Ihr Angebot an.«

»Sehen Sie ... Jetzt, wo jedermann ins All fliegen kann, ist der Marktpreis gefallen, obwohl es schwieriger ist, Meteoriten im All zu finden als auf der Erde. Die hier, also, ihr aktueller Wert liegt bei ...«

Zhang Beihai schnitt ihm das Wort ab. »Schluss. Das ist der Preis, den ich bezahle. Betrachten Sie es als Zeichen meiner Wertschätzung für die Empfänger dieser Geschenke.«

Nachdem er das Haus des Sammlers verlassen hatte, brachte Zhang Beihai die Meteoriten in ein Forschungsinstitut der Weltraumstreitkräfte. In der Modellbauwerkstatt, die über eine hochmoderne CNC-Fräse verfügte, war schon Feierabend, und es war kein Mensch mehr da. Zunächst fräste er aus den drei Meteoriten mehrere Zylinder mit demselben bleistiftdünnen Durchmesser heraus. Dann unterteilte er sie in kleine, gleich lange Stücke. Er arbeitete sehr sorgfältig und versuchte, möglichst wenig Verschnitt zu produzieren. Schließlich kam er auf sechsunddreißig Meteoritenstäbe. Bevor er ging, sammelte er noch vorsichtig die Abfälle ein und entfernte das spezielle Messer, mit dem er den Stein geschnitten hatte, aus der Maschine.

Den Rest der Arbeit erledigte er in einem geheimen Kellerversteck. Er legte sechsunddreißig Patronen vom Kaliber 7,62 vor sich auf den Tisch und entfernte jeweils die Projektile. Bei altmodischen Messingpatronen wäre das sehr aufwendig gewesen, doch vor zwei Jahren hatte das gesamte Militär auf Waffen mit hülsenlosen Patronen umgestellt, bei denen die Projektile direkt auf das Bodenstück mit der Treibladung geklebt und leicht abzunehmen waren. Anschließend befestigte er mit einem Spezialkleber stattdessen die Meteoritenstäbchen an den Bodenstücken. Dieser Klebstoff, mit dem man Außenhüllen von Raumkapseln reparierte, sorgte dafür, dass die Verbindung auch den extrem heißen und kalten Temperaturen im Weltraum standhielt. Am Ende hatte er sechsunddreißig Meteoritengeschosse.

Vier von ihnen lud er in das Magazin einer SIG Sauer P224 und feuerte auf einen Sack in der Ecke. In dem niedrigen Kellerraum hallten die Schüsse ohrenbetäubend wider und erfüllten die Luft mit penetrantem Schießpulvergeruch. Sorgfältig untersuchte er die vier Eintrittslöcher im Sack. Sie waren winzig, was bedeutete, dass das Meteoritenmaterial beim Abfeuern nicht zersplittert war. Er öffnete den Sack, in dem ein großes Stück Rindfleisch steckte. Sorgfältig schälte er mit einem Messer die Meteoritenstücke heraus. Von den vier völlig zersplitterten Projektilen war nur noch ein Häufchen Krümel übrig, das er auf der Handfläche zusammenschob. Dem Material war nicht mehr anzusehen, dass er es bearbeitet hatte. Darauf hatte er gehofft.

Der Sack mit dem Fleisch darin bestand aus zwei Lagen eines Materials, das man für Raumanzüge verwendete. Zudem befand sich zwischen den beiden Stoffschichten schwammartiges Dämmmaterial, Plastikschläuche und dergleichen, damit der Dummy noch realistischer wirkte.

Behutsam packte er die verbliebenen zweiunddreißig Meteoritenkugeln ein und verließ den Kellerraum. Es war Zeit, sich auf seinen Besuch im Weltraum vorzubereiten.

Zhang Beihai hing im Weltraum, fünf Kilometer von der Station Gelber Fluss entfernt, einer spindelförmigen Weltraumbasis, die dreihundert Kilometer über der Endhaltestelle des Weltraumlifts als Gegenwicht angebracht war. Sie war das größte Bauwerk, das die Menschheit je im Weltraum errichtet hatte, und konnte mehr als tausend Langzeitbewohner beherbergen.

In einem Fünfhundert-Kilometer-Radius um den Weltraumlift herum gab es noch weitere Weltraumeinrichtungen, die allesamt kleiner als die Raumstation Gelber Fluss waren und so weit auseinanderlagen wie die Nomadenzelte, die die ersten Siedler in der Prärie des Wilden Westens aufgeschlagen hatten. Sie waren Vorboten einer großflächigen Besiedlung des Weltraums durch die Menschheit. Die Werften, die erst vor Kurzem mit der Montage begonnen hatten, waren bereits jetzt die größten, die es je gegeben hatte, und irgendwann würden sie zehnmal mehr Raum einnehmen als die Station Gelber Fluss. Doch bislang war dort nur ein Gerüst zusammengebaut worden, das an das Skelett eines Riesenmonsters erinnerte. Zhang Beihai war von Basis I aus gestartet, einer achtzig Kilometer entfernten separaten Raumstation. Sie war nur etwa ein Fünftel so groß wie die Station Gelber Fluss, die den Weltraumstreitkräften als Stützpunkt im geostationären Orbit diente. Hier oben lebte und arbeitete er nun seit drei Monaten zusammen mit den anderen Mitgliedern des Sonderkommandos zur Verstärkung der Zukunft und war in der Zeit nur einmal zur Erde zurückgekehrt.

Auf Basis I hatte er die passende Gelegenheit abgewartet. Nun war sie gekommen: Die Weltraumstreitkräfte hatten auf der Station Gelber Fluss eine hochrangig besetzte Arbeitskonferenz anberaumt, an der alle seine drei Angriffsziele teilnehmen würden. Seit Inbetriebnahme des Stützpunkts hatten die Weltraumstreitkräfte bereits einige Treffen auf Gelber Fluss abgehalten, vielleicht als Wiedergutmachung dafür, dass die meisten Angestellten des Sektors bedauerlicherweise nie Gelegenheit zur Raumfahrt gehabt hatten.

Bevor er Basis I verließ, hatte Zhang Beihai in seiner Kabine den Peilsender aus seinem Raumanzug entfernt, damit das Überwachungssystem weder registrierte, wie er die Station verließ, noch aufzeichnen konnte, wohin er sich bewegte. Mithilfe der Schubdüsen an seinem Anzug flog er achtzig Kilometer durch den Weltraum bis zu seiner Zielposition. Dann wartete er ab.

Die Konferenz war zu Ende, das wusste er, und er lauerte auf den Augenblick, an dem alle herauskamen, um ein Gruppenfoto zu machen, wie es mittlerweile nach jedem Treffen im Weltraum Tradition war.

Da eine detaillierte Aufnahme der Raumstation nur möglich war, wenn sie mit der Sonne im Rücken gemacht wurde, mussten sämtliche Porträtierten, die für das Foto ihre Helmvisiere auf transparent schalteten, wegen des grellen Gegenlichts die Augen fest zusammenkneifen. Aus diesem Grund, und weil es bei voller Bestrahlung unter den Helmen unerträglich heiß wurde, machte man die Gruppenfotos am besten, während die

Sonne über dem Erdhorizont auf- oder unterging. Im geostationären Orbit passierte das alle vierundzwanzig Stunden, wobei die Nächte extrem kurz waren. Zhang Beihai wartete auf den Sonnenuntergang.

Er war sich darüber im Klaren, dass das Überwachungssystem von Gelber Fluss ihn erfassen konnte, doch das würde keine Aufmerksamkeit erregen. Da an dieser Stelle die gesamte Raumfahrt entwickelt wurde, war das Areal voller ungenutzter oder aufgegebener Materialabfälle und einer noch größeren Menge Weltraumschrott. Viele der herumtreibenden Stücke waren ungefähr so groß wie ein Mensch. Überdies verhielten sich der Weltraumlift und die umgebenden Stationen zueinander wie eine Metropole und deren Trabantenstädte: Da die Stationen vollständig vom Lift aus versorgt wurden, herrschte auf den Strecken dazwischen reger Pendlerverkehr. Je mehr sich die Leute an die Bedingungen des Weltraums gewöhnten, umso selbstverständlicher wurde es für sie, ihn auch allein zu durchqueren. Raumanzüge dienten dabei als eine Art Weltraumfahrrad mit Düsenantrieb, der eine Geschwindigkeit von bis zu fünfhundert Stundenkilometern ermöglichte. Ausflüge in einem Radius von ein paar hundert Kilometern um den Weltraumlift herum machte man am bequemsten in ihnen. Inzwischen flog ständig irgendwer zwischen der Endstation des Fahrstuhls und den anderen Stationen hin und her.

Aber jetzt, das wusste Zhang Beihai, war der umgebende Weltraum leer. Mit Ausnahme der Erde, die im geostationären Orbit bereits als vollständige Sphäre zu sehen war, und der Sonne, die gerade dabei war, hinter ihr abzutauchen, klaffte in allen Richtungen ein stockfinsterer Abgrund, und auch die unzähligen wie Sand glitzernden Sterne konnten nichts an der Leere des Universums ändern. Er wusste, dass das Lebenserhaltungssystem seines Raumanzugs nur zwölf Stunden hielt und er noch die achtzig Kilometer bis zur Basis I damit zurücklegen musste, die jetzt nur ein unförmiger Punkt irgendwo in den Tiefen des Alls war. Die Station selbst wäre ohne die Nabelschnur zum Weltraumlift auch nicht sehr lange überlebensfähig. Doch so, wie er jetzt durch die unendliche Leere driftete, hatte er das Gefühl, längst von der blauen Welt dort unten abgeschnitten zu sein. Er war nur noch ein unabhängiger Körper im Universum, mit keiner Welt verbunden, ohne Boden unter den Füßen, nach allen Seiten von nichts als leerem Raum umgeben, ohne Ursprung und ohne Ziel, wie die Erde selbst, wie die Sonne und die Milchstraße. Er existierte einfach nur. Und er mochte dieses Gefühl.

Er fühlte sich eins mit der Seele seines verstorbenen Vaters im Paradies.

Die Sonne berührte den Rand der Erde.

Zhang Beihai hob den Arm. In der Hand hielt er ein Zielfernrohr, mit dem er einen der Ausgänge von Gelber Fluss in zehn Kilometern Entfernung observierte. Die runde Luftschleuse an der großen Außenwand aus gebogenem Metall war immer noch geschlossen.

Er sah nach der Sonne, die inzwischen halb untergegangen war und einen leuchtenden Ring oberhalb der Erde bildete.

Als er erneut durch das Fernrohr sah, erkannte er, dass die Leuchtbake neben der Eingangsluke von Rot auf Grün gesprungen war, was bedeutete, dass die Luft aus der Schleuse gepumpt worden war. Jetzt ging die Luke auf, und eine Gruppe von Personen in weißen Raumanzügen defilierte heraus, es mussten etwa dreißig sein. Als sie gemeinsam losflogen, dehnte sich ihr Schatten auf der Außenhaut der Raumstation aus.

Sie mussten ein ganzes Stück zurücklegen, damit sie die gesamte Station ins Bild bekamen, doch es dauerte nicht lange, bis sie ihren Flug verlangsamten und sich unter der Regie des Fotografen schwerelos zum Gruppenbild aufreihten. Die Sonne war jetzt zu zwei Dritteln untergegangen, und was von ihr noch zu sehen war, wirkte wie ein in die Erdatmosphäre eingearbeitetes strahlendes Objekt, das über dem halb blau und halb orangerot leuchtenden Meeresspiegel hing. Zwischen beiden schwebten sonnengebadete Wolken wie rosa Federn.

Als das Licht schwächer wurde, schaltete die Gruppe die Visiere auf transparent und offenbarte die einzelnen Gesichter unter den Helmen. Zhang Beihai vergrößerte die Brennweite des Zielfernrohrs und entdeckte rasch seine Opfer. Wie erwartet befanden sie sich aufgrund ihres hohen Ranges in der Mitte der ersten Reihe.

Er ließ das Zielfernrohr vor sich im Raum schweben und drehte mit der linken Hand den Metallring des rechten Handschuhs seines Raumanzugs los. Als seine Rechte nur noch mit einem dünnen Stoffhandschuh bedeckt war, spürte er sofort die Weltraumtemperatur von minus einhundert Grad. Um sofortige Erfrierungen zu vermeiden, drehte er sich so, dass das schwindende Sonnenlicht auf seine Hand schien. Aus einer Seitentasche des Raumanzugs holte er eine Pistole und zwei Magazine. Dann packte er mit der linken Hand das schwebende Zielfernrohr und befestigte es an der Pistole. Es gehörte ursprünglich zum Visier eines Gewehrs, doch er hatte es mit einem magnetischen Anschlussteil versehen, sodass es sich auch an einer Pistole anbringen ließ.

Mit dem Großteil der auf der Erde verfügbaren Waffen konnte man auch im Weltraum schießen. Das Vakuum stellte kein Problem dar, weil der Zündstoff der Projektile über sein eigenes Oxidationsmittel verfügte. Problematisch waren dagegen die Temperaturschwankungen, die im Weltraum sehr viel stärker ausfielen als in der Erdatmosphäre und sowohl die Waffe als auch die Munition beschädigen konnten. Daher hatte er während der vergangenen drei Monate immer wieder trainiert, so schnell wie möglich die Pistole herauszunehmen, das Fernrohr zu befestigen und die Magazine zu wechseln.

Er zielte und fing sein erstes Opfer im Fadenkreuz des Visiers ein.

In der Erdatmosphäre konnte man selbst mit den besten Scharfschützengewehren kein fünf Kilometer entferntes Ziel treffen, doch im Weltraum war das sogar mit einer gewöhnlichen Pistole möglich. In einem gravitationslosen Vakuum waren die Projektile keinen äußeren Einflüssen ausgesetzt, und wenn man genau zielte, flogen sie auf einer ausgesprochen stabilen Flugbahn direkt auf das Ziel zu. Wegen des fehlenden Luftwiderstandes wurden die Geschosse außerdem nicht langsamer und erreichten das Ziel mit der ursprünglichen Mündungsgeschwindigkeit, weswegen auch ein Treffer aus großer Distanz garantiert tödlich war.

Er drückte ab. Die Pistole gab keinen Laut von sich, doch er sah die Mündung aufblitzen und spürte den Rückstoß. Er feuerte zehn Mal auf das erste Opfer, wechselte das Magazin und gab die nächsten zehn Schüsse ab. Nach einem weiteren

Magazinwechsel folgten die letzten zehn Schüsse auf das dritte Opfer. Dreißig Mündungsblitze. Für einen Beobachter in der Raumstation hätten sie wie ein Glühwürmchen im tiefdunklen All ausgesehen.

Die dreißig Meteoritenteile schossen auf ihre Ziele zu. Da seine P224 eine Mündungsgeschwindigkeit von fünfhundert Metern pro Sekunde hatte, würden sie die Distanz in zehn Sekunden zurückgelegt haben. Zhang Beihai konnte nur beten, dass sich seine Opfer währenddessen nicht von der Stelle bewegen. Diese Hoffnung war nicht unbegründet, da sich die hinteren beiden Reihen noch nicht vollständig für die Aufnahme zusammengefunden hatten. Und auch wenn es so weit war, würde der Fotograf erst loslegen können, sobald sich der Sprühnebel aus den Düsen der Raumanzüge verflüchtigt hatte. So lange mussten sich auch die Führungskader in der ersten Reihe gedulden. Doch da die Opfer ohne Schwerkraft im Raum schwebten, konnten sie leicht abdriften, sodass die Kugeln womöglich nicht nur ihr Ziel verfehlten, sondern auch noch Unschuldige trafen.

Unschuldige? Auch die drei, denen seine Kugeln galten, waren unschuldig. In der Zeit vor der Trisolaris-Krise hatten sie – im Rückblick außerordentlich vorsichtige – Investitionen getätigt und sich damit an den Beginn des Weltraumzeitalters herangetastet. Diese Erfahrung hatte ihr Denkweise nachhaltig geprägt, und deswegen mussten sie um der interstellaren Raumfahrt willen beseitigt werden. Ihr Tod sollte ihr letzter Beitrag zu den Raumfahrtplänen der Menschheit sein.

Tatsächlich hatte Zhang Beihai ein paarmal absichtlich danebengeschossen, weil er hoffte, außer den Zielpersonen auch noch andere zu treffen. Idealerweise würde er sie nur verletzen, doch auch, wenn noch einer oder zwei mehr dabei draufgingen, nahm er das gern in Kauf, da es die Spuren verwischen würde.

Er hob die leergeschossene Pistole ans Auge und blickte nüchtern durch das Fernrohr. Er war darauf gefasst, dass es schiefging. In diesem Fall würde er einen kühlen Kopf bewahren und nach einer weiteren Gelegenheit Ausschau halten müssen.

Zhang Beihai zählte die Sekunden, und endlich gab es Anzeichen für erste Treffer. Zwar konnte er kein Loch im Raumanzug des Opfers ausmachen, doch er sah weißes Gas austreten. Gleich darauf stieg eine noch größere Gaswolke zwischen der ersten und der zweiten Reihe auf, vielleicht weil die Kugel den Mann durchschossen und die Antriebsdüsen an seinem Rücken beschädigt hatte. Was die Durchschlagskraft der Meteoritenprojektile anging, war er sich sicher: Trafen sie ungebremst auf ihr Ziel, hatten sie die gleiche Wirkung wie ein Schuss aus nächster Nähe. Das Visier eines der Opfer bekam Risse und verdunkelte sich schlagartig. Zuvor konnte Zhang Beihai noch erkennen, wie Blut an die Innenseite spritzte. Als es vermischt mit den Gasen aus dem Einschussloch herausschoss, gefror es noch im selben Augenblick zu roten Schneeflocken. Schnell konnte er sich vergewissern, dass fünf Personen, inklusive der drei entscheidenden, getroffen waren, und zwar jeweils mindestens fünf Mal.

Die anderen Mitglieder der Gruppe schrien panisch auf, wie er durch die Visiere sehen konnte, und auf ihren Lippen las er die Reaktion, die er erwartet hatte.

»Meteoritenschauer!«

Alle schalteten ihre Schubdüsen auf volle Kraft und schwebten, weißen Nebel hinter sich herziehend, zurück zur Station Gelber Fluss, wo sie durch die runde Luke der Luftschleuse ins Innere der Station schlüpften. Er sah, dass sie die fünf Getroffenen hinter sich herzogen.

Nun aktivierte er seine eigenen Düsen und beschleunigte zurück in Richtung Basis I. Sein Herz war so ruhig und kalt wie der leere Raum um ihn. Natürlich bedeutete der Tod der drei entscheidenden Raumfahrtkader nicht zwangsläufig, dass sich die Weltraumforschung in Zukunft auf den Fusionsantrieb konzentrieren würde. Aber er hatte alles in seiner Macht Stehende dafür getan. Wie auch immer es von hier ab weitergehen würde – zumindest was das wachsame Auge seines Vaters im Jenseits betraf, konnte er nun aufatmen.

Noch während Zhang Beihai wieder zur Basis I zurückkehrte, versammelte sich in der virtuellen Einöde von *Three Body* eilig eine Gruppe von Leuten, um zu besprechen, was gerade geschehen war.

»Die Informationen, die uns das Sophon diesmal zugespielt hat, waren sehr ausführlich, sonst hätten wir nie geglaubt, dass er es tatsächlich getan hat«, sagte Qin Shihuangdi, während er nervös mit seinem Schwert in der Luft herumfuchtelte. »Seht euch das an. Und vergleicht es mit unseren drei erbärmlichen Attacken auf Luo Ji.« Er seufzte. »Manchmal sind wir einfach zu nerdig. Uns fehlt die eiskalte Professionalität.«

»Müssen wir uns das von ihm bieten lassen?«, fragte Einstein.

»Uns bleibt nichts anderes übrig«, erklärte Newton. »Der Herr will es so. Dieser Typ ist ein fanatischer Dickschädel, ein Siegesgläubiger, und der Herr möchte, dass wir uns möglichst nicht mit diesem Menschenschlag abgeben. Unsere ganze Aufmerksamkeit muss den Eskapisten gelten. Der Herr hält sie für gefährlicher als die Siegesgläubigen.«

»Dem Herrn wirklich zu dienen heißt, sich nicht auf seine Einschätzung zu verlassen«, wandte Mozi ein. »Schließlich denkt er nicht strategischer als ein Kind.«

Qin Shihuangdi schlug mehrmals mit dem Schwert auf den Boden. »Wie dem auch sei. In diesem Fall ist Nichteinmischung das einzig Richtige. Sollen sie doch ruhig ihre Forschung auf Raumschiffe mit Fusionsantrieb konzentrieren. Solange die physikalische Grundlagenforschung von den Sophonen blockiert wird, können sie bestimmte technische Hürden nicht überwinden. Noch dazu wird die Menschheit ihre komplette Zeit und Energie in ein Fass ohne Boden stecken, ohne dass am Ende etwas dabei herauskommt.«

»Darüber sind wir uns einig«, sagte Von Neumann. »Aber ich halte diesen Mann für eine Schlüsselfigur. Er ist gefährlich.«

»Und ob!«, sagte Aristoteles und nickte eifrig. »Bisher haben wir ihn für einen waschechten Soldaten gehalten. Aber benimmt sich so ein Soldat, der nach Befehl und Vorschrift handelt?«

»In der Tat, der Mann ist gefährlich«, pflichtete ihm Konfuzius nachdenklich bei. »Seine Überzeugungen sind unerschütterlich, er ist weitsichtig, skrupellos und geht mit kühler Entschlossenheit vor. Normalerweise handelt er strikt nach Vorschrift, aber wenn es darauf ankommt, übertritt er die Regeln und ist zu außergewöhnlichen Handlungen fähig. Qin Shihuangdi hat recht: Genau so einen bräuchten wir auch.«

»Mit dem werden wir schon fertig«, sagte Newton. »Wir müssen nichts weiter tun, als seine Morde denunzieren.«

»Als wenn es so einfach wäre!«, schimpfte Qin Shihuangdi und zeigte auf Newton. »Das ist alles deine Schuld! Du warst es doch, der die Informationen der Sophonen dazu genutzt hat, um Zwietracht unter den Weltraumstreitkräften und der UNO zu säen. Und was ist dabei herausgekommen? Wenn wir ihn denunzieren, erheben wir ihn vielleicht zu einer Symbolfigur für loyalen Heldenmut.«

»Und außerdem können wir keine schlüssigen Beweise vorlegen«, sagte Mozi. »Sein Plan war gründlich durchdacht. Die Projektile sind beim Eintreten zerbröselt. Eine Autopsie würde also lediglich ergeben, dass die Opfer von Meteoriten getroffen wurden. Alle werden davon überzeugt sein, dass sie in einem Meteoritenschauer umgekommen sind. Die Wahrheit ist so bizarr, dass sie keiner glauben würde.«

»Zum Glück wird er bald zur Verstärkung für die Zukunft in den Kälteschlaf versetzt. Dann macht er uns wenigstens eine Zeit lang keinen Ärger mehr.«

Einstein stöhnte. »Und weg ist er. So wie die anderen. Wir sollten auch einige von uns in die Zukunft schicken.«

Zwar sagten sie sich vor dem Aufbruch zum Kälteschlafzentrum auf Wiedersehen, doch im Grunde wussten sie alle, dass es ein Lebewohl für immer war.

Als Chang Weisi mit einer Reihe anderer hochrangiger Generäle der Weltraumstreitkräfte am Flughafen erschien, um das

Sonderkommando zur Verstärkung der Zukunft zu verabschieden, drückte er Zhang Beihai einen Brief in die Hand.

»Dieser Brief ist für meinen Nachfolger, den zukünftigen Generalkommandeur der Weltraumstreitkräfte bestimmt. Er enthält eine Erklärung, wer ihr seid, und ist zugleich ein Empfehlungsschreiben. Ihr werdet frühestens in fünfzig Jahren wieder aufwachen, wahrscheinlich noch später, und bei eurer Arbeit vermutlich mit wesentlich größeren Herausforderungen als heute konfrontiert sein. Zuerst werdet ihr euch an die Zukunft gewöhnen, aber ohne zu vergessen, was heutzutage einen Soldaten ausmacht. Ihr müsst abwägen, welche der gegenwärtigen Arbeitsmethoden überkommen sind und welche man beibehalten sollte. Das könnte der größte Vorteil sein, den ihr für die Zukunft darstellt.«

»Zum ersten Mal im Leben bedauere ich, Atheist zu sein, Kommandeur«, sagte Zhang Beihai. »Ich würde gerne hoffen dürfen, Sie zu einer anderen Zeit an einem anderen Ort wiederzusehen.«

Bei diesen Worten aus dem Mund des sonst so nüchternen Mannes zuckte Chang Weisi zusammen. Er sprach damit auch allen anderen aus dem Herzen, doch als Soldaten waren sie gut darin, ihre sentimentale Rührung zu verbergen.

»Ich bin sehr froh, dass wir uns in diesem Leben kennenlernen durften«, antwortete Chang Weisi. »Grüßen Sie mir die Kameraden der Zukunft!«

Nach einem letzten militärischen Gruß bestieg das Sonderkommando das Flugzeug.

Chang Weisis Blick blieb an Zhang Beihais Rücken haften. Da ging ein tapferer Soldat, und vielleicht würde es nie mehr einen wie ihn geben. Woher nahm er bloß seine Zuversicht? In einem verborgenen Winkel seiner Seele, wo er so etwas wie Neid auf Zhang Beihais Haltung empfand, hatte ihn diese Frage immer schon beschäftigt. Ein Soldat, der an den Sieg glaubte, war ein Glücksfall. In der Enscheidungsschlacht würde es nur wenige seines Schlages geben, sehr wenige. Als Zhang Beihais hochgewachsene Gestalt in der Kabinentür verschwand, musste sich Chang Weisi eingestehen, dass er ihn nie ganz verstanden hatte.

Mit denjenigen an Bord, die vielleicht das Ende der Menschheit erleben würden, hob das Flugzeug ab und verschwand hinter einem dichten Wolkenschleier. Es war ein trüber Wintertag. Da die Sonne nur träge hinter dem Grau der Wolken hervorschien, gab der schneidende Wind auf dem leeren Rollfeld Chang Weisi das Gefühl, die Luft bestünde aus Eiskristallen und der Frühling wäre in unerreichbarer Ferne. Er zog seinen Mantelkragen hoch. Heute war sein vierundfünfzigster Geburtstag, und dieser trostlose Wintertag schien seinen eigenen Tod sowie das Ende der gesamten Menschheit anzukündigen.

Jahr 20 der Krise

Abstand der Trisolaris-Flotte zum Sonnensystem:
4,15 Lichtjahre

Nachdem Rey Diaz und Hines zur selben Zeit aus dem Kälteschlaf geweckt worden waren, wurden sie darüber informiert, dass die von ihnen erhofften technologischen Fortschritte bereits erzielt worden waren.

»Was, so schnell?«, riefen sie wie aus einem Mund, als sie herausfanden, dass erst acht Jahre vergangen waren.

Aufgrund unerhörter Investitionssummen, so erfuhren sie, habe sich der Stand der Technik in den vergangenen Jahren rasant weiterentwickelt. Dennoch sah nicht alles rosig aus. Die Menschheit war nur dabei, im Eiltempo die Lücke zu der von den Sophonen errichteten Wissensbarriere zu schließen. Die Fortschritte bis hierhin waren rein technischer Natur gewesen. Die Grundlagenforschung in der Physik stagnierte nach wie vor wie ein aufgestauter Fluss. Und das vorhandene Wissensreservoir war allmählich erschöpft. Irgendwann würde der technische Fortschritt erlahmen und schließlich zum Stillstand kommen. Doch noch konnte man nicht sagen, wann dieser Punkt erreicht sein würde.

Noch ganz steif vom Kälteschlaf betrat Hines ein Gebäude, das von außen wie ein Fußballstadion aussah. Im Inneren waberte weißer Nebel, obwohl die Luft trocken wirkte. Ein sanfter Schimmer wie von Mondlicht erhellte den Dunst, der bis knapp über Kopfhöhe ganz fein war, jedoch nach oben hin so dicht wurde, dass man die Decke nicht sehen konnte. In einiger Entfernung schälte sich eine zierliche Gestalt aus den Schwaden, in der er sofort seine Frau Keiko erkannte. Als er auf sie zu rannte, kam es ihm vor, als wäre sie ein Phantom, doch am Ende hielt er sie wirklich in den Armen.

»Tut mir leid, mein Liebster, dass ich um acht Jahre gealtert bin«, sagte sie.

»Ach was, damit bist du immer noch ein Jahr jünger als ich«, sagte er und betrachtete sie. Sie schien völlig unverändert. Allerdings wirkte sie im wässrigen Mondlicht ein wenig blass und zerbrechlich. In diesem Dunst erinnerte sie ihn an jene Nacht im Bambushain hinter ihrem Haus in Japan. »Wir hatten doch vereinbart, dass du dich zwei Jahre nach mir ebenfalls in den Kälteschlaf versetzen lässt, oder? Warum hast du so lange damit gewartet?«

»Ich wollte erst alle Vorbereitungen abschließen, damit wir sofort nach dem Kälteschlaf mit der Arbeit beginnen können, aber es gab so viel zu tun, und die Zeit verging so schnell«, antwortete sie und strich sich eine Haarsträhne aus der Stirn.

»War es anstrengend?«

»Ziemlich anstrengend sogar. Du warst noch nicht lang im Kälteschlaf, als gleich sechs Forschungsprogramme für den Supercomputer der nächsten Generation anliefen. Drei davon in traditioneller Bauweise, eines in Von-Neumann-Architektur und die restlichen beiden waren ein quanten- beziehungsweise ein biomolekulares Rechnerprojekt. Zwei Jahre später jedoch teilten mir die leitenden Wissenschaftler der Projekte mit, dass die von uns erwartete Rechenleistung nicht zu erreichen wäre. Zuerst wurde die Forschung am Quantencomputer eingestellt, weil sie nicht ausreichend von theoretischer Physik gestützt war. Die Forschung war gegen die Sophonenmauer geprallt. Als Nächstes endete die Arbeit am Biomolekularrechner. Man tat ihn als Fantasieprojekt ab. Zuletzt kam das Aus für den Von-Neumann-Computer. Seine Architektur war eine Simulation des menschlichen Gehirns, doch sie behaupteten, dieser Ansatz wäre wie ein konturloses Ei, aus dem nie ein Huhn schlüpfen würde. Nur an den Rechnern in traditioneller Bauweise wurde noch länger weitergeforscht, aber auch da gab es keine Fortschritte.«

»Das war's dann also. Besser, ich hätte dir beigestanden.«

»Das hätte nichts gebracht, und du hättest acht Jahre vergeudet. Erst neulich, als wir schon kurz vor dem Aufgeben waren, kam uns schließlich die verrückte Idee, das menschliche Gehirn auf eine geradezu barbarische Art zu simulieren.«

»Und wie …?«

»Indem wir die bisherige Software-Simulation in Hardware verwandeln. Mit jedem Mikroprozessor wird ein einzelnes Neuron simuliert. Anschließend werden sämtliche Mikroprozessoren zu einem Netzwerk verknüpft, das dynamische Veränderungen im Gesamtmodell gestattet.«

Hines musste einen Augenblick nachdenken, bevor er verstand, was sie meinte. »Aber dazu muss man doch hundert Milliarden solcher Mikroprozessoren herstellen?«

Sie nickte.

»Das … das wäre in etwa die Summe sämtlicher Mikroprozessoren in der Geschichte der Menschheit!«

»Ich habe es nicht nachgerechnet, aber wahrscheinlich sind es sogar mehr.«

»Selbst wenn du so viele Prozessoren zusammenbekommst, wie lange würde es dauern, sie alle miteinander zu verbinden?«

Sie verzog den Mund zu einem gequälten Lächeln. »Ich wusste, dass es nicht machbar ist. Es war eine verrückte Idee. Aber wir wollten es wirklich versuchen und so viele wie möglich herstellen.« Sie wies auf den Raum. »Das hier ist eine von dreißig geplanten Montagehallen für virtuelle Gehirne. Die einzige, die tatsächlich gebaut wurde.«

»Ich hätte dir hier beistehen sollen«, wiederholte Hines bewegt.

»Zum Glück haben wir den Computer gebaut, den wir uns vorgestellt haben. Seine Rechenleistung ist tausendmal höher als vor deinem Kälteschlaf.«

»In traditioneller Bauweise?«

»Ja. Wir haben der Zitrone des Mooreschen Gesetzes ein paar Tropfen mehr abgepresst. Die IT-Welt war baff. Aber jetzt sind wir tatsächlich am toten Punkt angelangt, Liebster.«

Ein einzigartiger Computer, dachte Hines. *Wenn die Menschheit verliert, wird es nie mehr einen zweiten seiner Art geben.* Doch er behielt den Gedanken für sich.

»Mithilfe dieses Rechners ist die Entwicklung der Analytischen Kamera wesentlich einfacher geworden«, sagte sie. Dann sah sie ihn forschend an. »Hast du eine Ahnung, Schatz, wie hundert Milliarden aussehen?« Als er den Kopf schüttelte, lächelte sie und machte eine ausladende Geste. »Schau, das sind hundert Milliarden.«

»Wie bitte?« Hines starrte verwirrt in den weißen Dunst ringsum.

»Wir stehen mitten im holografischen Display des Superrechners«, sagte Keiko Yamazuki und bediente ein kleines Gerät mit einem Scrollrad, das an ihrem Hals baumelte. Es kam ihm vor wie eine Computermaus.

Er spürte, wie sich der Dunstschleier um ihn veränderte. Er verdichtete sich, offensichtlich durch die Vergrößerung eines bestimmten Bereichs. Dabei stellte er fest, dass der Nebel aus unzähligen leuchtenden Partikeln bestand, die nicht das Licht einer äußeren Quelle brachen, sondern dieses mondartige Leuchten aus sich selbst heraus erzeugten. Während sich die Partikel weiter vergrößerten, wurden sie zu leuchtenden Sternen, die jedoch nicht am Himmel über ihm hingen. Stattdessen war es, als stünde er inmitten der Milchstraße, wo die Sterne so dicht waren, dass kein Raum mehr für Dunkelheit blieb.

»Jeder Stern ist ein Neuron«, sagte sie. Das Meer der hundert Milliarden Sterne überzog ihre Gestalten mit einer Silberschicht.

Die kontinuierliche Vergrößerung des Hologramms offenbarte unzählige feine Tentakel, die von jedem Stern ausgingen und komplexe Verbindungen herstellten. Hines befand sich nicht mehr in einem Sternenfeld, sondern inmitten eines unendlich riesigen Netzwerks.

Bei noch stärkerer Vergrößerung ließ sich innerhalb jedes Sterns die vertraute Struktur von Hirnzellen und Synapsen ausmachen, die er aus der Elektronenmikroskopie kannte.

Ein weiterer Mausklick, und das Bild war wieder das des weißen Nebels. »Das ist eine Komplettansicht des Gehirns, aufgenommen mit der Analytischen Kamera, die drei Millionen Querschnitte gleichzeitig ablichtet. Natürlich ist das, was wir jetzt sehen, das entwickelte Bild. Um es besser erkennen zu können, wurde die Distanz zwischen den Neuronen vier- bis fünffach vergrößert, sodass es aussieht, als hätten wir ein Gehirn verdampft. Die Topologie der Verbindungen zwischen den Neuronen wurde jedenfalls beibehalten. Sehen wir uns eine dynamische Version an …«

Im Nebel traten Störungen auf, Funken sprühten, wie wenn man eine Prise Schießpulver in eine Flamme wirft. Sie vergrößerte das Bild so lange, bis es wieder einem Sternenteppich glich, und Hines sah das Aufwogen einer Sternenflut im Universum des Gehirns, bei dem die Störungen im Sternenmeer unterschiedliche Formen annahmen – Ströme, Wirbel, Brandungen, alle unmittelbar veränderlich. Daraus entstanden erstaunliche Bilder von Selbstorganisation inmitten des wimmelnden Durcheinanders. Dann stellte das Bild wieder ein Netzwerk dar, und er sah unzählige Neuronenimpulse, die eifrig Nachrichten über die Synapsen schickten, wie glänzende Perlen im Fluss eines verschlungenen Röhrengeflechts …

»Wessen Gehirn ist das?«, fragte er fasziniert.

»Meins«, sagte sie und sah ihn liebevoll an. »Ich habe an dich gedacht, als die Aufnahme dieses Gedankens gemacht wurde.«

Achtung: Wenn das Licht auf Grün schaltet, erscheint die sechste Folge von Testaussagen. Ist die Aussage wahr, drücken Sie bitte den rechten Knopf. Ist die Aussage falsch, drücken Sie bitte den linken Knopf.

Aussage 1: Kohle ist schwarz.
Aussage 2: 1+1=2
Aussage 3: Die Temperatur ist im Winter niedriger als im Sommer.
Aussage 4: Männer sind meistens kleiner als Frauen.
Aussage 5: Eine gerade Linie ist die kürzeste Distanz zwischen zwei Punkten.
Aussage 6: Der Mond strahlt heller als die Sonne.

Die Aussagen wurden nacheinander auf dem kleinen Monitor vor der Testperson angezeigt. Jede Aussage erschien vier Sekunden lang, und die Testperson drückte nach eigenem Ermessen den rechten oder den linken Knopf. Dabei steckte ihr Kopf in einem Metallhelm, der es der Analytischen Kamera gestattete, eine holografische Aufnahme ihres Gehirns zu machen, die der Computer für die weitere Analyse zum dynamischen Modell eines neuronalen Netzwerks verarbeitete.

Bei dieser ersten Phase von Hines' Forschungsprojekt wurden der Testperson nur einfachste Entscheidungsaufgaben abverlangt, mit klaren und knappen Antworten. Während dieser einfachen Gedankengänge konnten die Operationen des neuronalen Netzwerks relativ leicht identifiziert werden. Diese Ergebnisse bildeten die Grundlage für weitergehende Studien zur Natur des Denkens.

Die von Hines und Keiko Yamazuki geleiteten Forschungsteams machten Fortschritte. Sie fanden heraus, dass kritisches

Denken nicht in einem bestimmten Bereich des neuronalen Netzwerks stattfand, sondern durch eine besondere Art von Nervenimpulsen übertragen wurde, und dass man dieses Modell mithilfe des leistungsstarken Computers in dem riesigen Netzwerk nachvollziehen und lokalisieren konnte. Ringier und Luo Ji hatten eine ganz ähnliche Methode verwendet, um die relative Position der Sterne zu bestimmen. Doch anders als bei deren Sternenbestimmung war das Muster im Gehirn dynamisch und nur durch seine mathematischen Eigenschaften identifizierbar. Es war wie die Suche nach einem kleinen Strudel im weiten Ozean. Da für die Kalkulation dieser zerebralen Muster wesentlich mehr Rechenprozesse nötig waren als für die Sternenbestimmung, konnten sie nur auf diesem neuen Supercomputer durchgeführt werden.

Hines und seine Frau wanderten im holografischen Display durch den Wolkenatlas des Gehirns. Jedes Mal, wenn eine Denkleistung im Gehirn der Testperson identifiziert wurde, markierte der Rechner ihre Position mit einem blinkenden roten Punkt. Das diente lediglich der intuitiven Wahrnehmung der Augen, für die Studie selbst war es nicht unbedingt nötig. Wichtig war die Analyse der internen Struktur der Übertragung von neuronalen Impulsen beim Denken, denn dort lag das Geheimnis der Natur des Denkens verborgen.

Da kam der medizinische Leiter des Forschungsteams herein und meldete, dass Testperson 104 Schwierigkeiten habe.

Als die Analytische Kamera gerade erst entwickelt worden war, hatte das Scannen einer so hohen Anzahl von Querschnitten noch eine lebensgefährlich starke Strahlung verursacht. Durch sukzessive Verbesserungen hatten sie die Strahlung seither unter die medizinisch bedenkliche Grenze gebracht, und zahlreiche Versuche hatten bestätigt, dass die Analytische Kamera keinen Schaden im Gehirn anrichtete, solange die Dauer der Belichtung eine gewisse Zeitspanne nicht überschritt.

»Er scheint unter Hydrophobie zu leiden«, sagte der medizinische Leiter auf dem Weg zur Behandlungsstation.

Hines und Keiko Yamazuki blieben überrascht stehen. Hines starrte den Arzt an. »Hydrophobie? Hat er sich etwa die Tollwut zugezogen?«

Der medizinische Leiter hob die Hand und ordnete kurz seine Gedanken. »Verzeihung, das war nicht ganz korrekt. Er hat keinerlei physische Beschwerden, und weder sein Gehirn noch andere Organe haben Schaden genommen. Er hat einfach nur Angst vor Wasser, wie jemand, der die Tollwut hat. Er will nichts trinken und nichts Feuchtes essen, es ist rein psychologisch. Er hält Wasser für giftig.«

»Eine Art Paranoia?«, fragte Keiko Yamazuki.

»Nein, nein. Er glaubt nicht etwa, jemand habe das Wasser vergiftet. Er ist davon überzeugt, Wasser wäre generell giftig.«

Erneut blieben die beiden überrascht stehen. Der Mediziner schüttelte hilflos den Kopf. »Doch in jeder anderen Hinsicht ist er psychisch unauffällig … Ich kann es Ihnen nicht erklären. Überzeugen Sie sich selbst.«

Testperson 104 war ein Student, der sich mit dem freiwilligen Selbstversuch ein Zubrot hatte verdienen wollen. Bevor sie das Zimmer betraten, hielt der Mediziner Hines und seine Frau noch einmal auf. »Er hat seit zwei Tagen nichts getrunken. Wenn er so weitermacht, wird er völlig dehydrieren, und wir müssen ihn zwangshydrieren.« Er wies auf ein Mikrowellengerät vor der Tür. »Sehen Sie das? Er möchte, dass alles, was er zu sich nimmt, vorher komplett getrocknet wird.«

Hines und Keiko Yamazuki betraten das Zimmer. Testperson 104 sah sie aus angstgeweiteten Augen an. Seine Lippen waren gesprungen und sein Haar zottelig, ansonsten sah er ganz normal aus. Er zog Hines am Ärmel. »Die wollen mich umbringen, Dr. Hines, ich weiß nicht, warum«, sagte er heiser. Dann zeigte er mit dem Finger auf ein Glas Wasser auf dem Nachttisch am Kopfende des Bettes. »Sie wollen, dass ich Wasser trinke.«

Hines betrachtete das Wasserglas. Er war sicher, dass der junge Mann nicht die Tollwut hatte, denn echte Hydrophobie verursachte Krämpfe beim bloßen Anblick von Wasser. Der Klang laufenden Wassers machte die Patienten verrückt, und manchmal bekamen sie Angstzustände, wenn man in ihrer Gegenwart nur darüber sprach.

»Seinen Augen und seinen Worten nach zu urteilen, scheint er in normaler psychischer Verfassung«, sagte Keiko Yamazuki auf Japanisch zu Hines. Sie hatte ein Diplom in Psychologie.

»Halten Sie Wasser wirklich für giftig?«, fragte Hines.

»Gibt es daran Zweifel? So wie die Sonne strahlt und die Luft Sauerstoff hat. Das ist doch nicht zu leugnen.«

Hines legte ihm die Hand auf die Schulter und sagte: »Junger Mann, das Leben entstand aus dem Wasser und kann nicht ohne Wasser existieren. Ihr eigener Körper besteht zu siebzig Prozent aus Wasser.«

Die Augen von Testperson 104 verdunkelten sich, er warf sich in sein Kissen und griff sich an den Kopf. »Genau, das ist ja das Unglaubliche! Diese Sache bringt mich um den Verstand!«

Als sie das Krankenzimmer verließen, wandte sich Hines an den medizinischen Leiter. »Zeigen Sie mir bitte die Testaufzeichnungen von Proband einhundertvier.«

Er führte sie in sein Büro.

»Sieh dir zuerst die Testaufgaben an«, sagte Keiko Yamazuki.

Folgende Aussagen erschienen nacheinander auf dem Monitor:

Aussage 1: Katzen haben nicht mehr als drei Beine.

Aussage 2: Steine sind nicht lebendig.

Aussage 3: Die Sonne ist ein Dreieck.

Aussage 4: Eisen wiegt schwerer als Watte.

Aussage 5: Wasser ist giftig.

»Halt«, sagte Hines.

»Seine Antwort war ›falsch‹«, erklärte der Mediziner.

»Sehen Sie sich alle Parameter und Vorgänge nach der Antwort auf Aussage fünf an.«

Laut den Aufzeichnungen hatte die Analytische Kamera nach der Antwort auf Aussage 5 den Scan des Punktes im neuronalen Netz intensiviert, an dem der kritische Gedanke lokalisiert worden war. Um die Genauigkeit des Scans zu erhöhen, waren in diesem kleinen Bereich sowohl die Strahlung als auch das Magnetfeld verstärkt worden. Hines und seine Frau inspizierten die lange Liste von Parametern auf dem Bildschirm.

»Wurde dieser intensivere Scan auch an weiteren Testpersonen und bei anderen Aussagen durchgeführt?«, fragte Hines.

»Da der intensivere Scan zu keinen besseren Effekten führte, haben wir ihn nach vier Versuchen eingestellt, um eine zu große Bestrahlung der Region zu vermeiden. Die vorangegangenen drei …« Er sah im Computer nach. »… waren ausnahmslos harmlose, wahre Aussagen.«

»Wir sollten das Experiment mit denselben Scan-Einstellungen mit Aussage 5 wiederholen«, sagte Yamazuki.

»Aber … wer unterzieht sich diesem Test?«, fragte der medizinische Leiter.

»Ich«, sagte Hines.

Wasser ist giftig.

Aussage 5 erschien in schwarzer Schrift auf weißem Grund. Hines drückte den Knopf für »falsch«, doch er spürte nichts, außer einer leichten Wärme, die von dem intensiven Scan an seinem Hinterkopf hervorgerufen wurde.

Er verließ das Testlabor und setzte sich, beobachtet von einer Gruppe von Leuten, unter denen auch Yamazuki war, an einen Tisch. Auf dem Tisch stand ein Glas Wasser. Er ergriff das Glas, führte es langsam an die Lippen und nahm einen Schluck. Seine Bewegungen waren entspannt und sehr ruhig. Die Anwesenden seufzten erleichtert, doch dann bemerkten sie, dass sein Adamsapfel keine Schluckbewegung machte. Seine Gesichtsmuskeln versteiften und verzogen sich ein klein wenig nach oben, während in seine Augen dieselbe Angst trat, die sie auch an der Testperson 104 beobachtet hatten. Es sah aus, als ob sein Verstand gegen eine starke, unsichtbare Macht ankämpfte. Schließlich spuckte er das Wasser aus und kniete sich auf den Boden, um sich zu übergeben, aber er konnte nur trocken würgen. Sein Gesicht lief violett an.

Keiko Yamazuki umklammerte ihn und klopfte ihm auf den Rücken.

Als er sich wieder gefangen hatte, bat er um Papiertücher. Seine Frau reichte sie ihm, und er wischte sich sorgfältig die Wassertropfen von den Schuhen.

»Du glaubst doch nicht, das Wasser wäre giftig, Liebling?«, fragte sie ihn mit Tränen in den Augen. Vor dem Experiment hatte sie ihn angefleht, eine falsche Aussage zu nehmen, die harmloser war, doch er hatte abgelehnt.

Er nickte. »Doch«, hilflos und verwirrt sah er die Umstehenden an, »ich bin davon überzeugt.«

»Lass mich deine Aussage wiederholen«, sagte Yamazuki und rüttelte ihn an der Schulter. »Das Leben entstand im Wasser und kann nicht ohne existieren. Dein eigener Körper besteht zu siebzig Prozent aus Wasser!«

Hines ließ den Kopf hängen und betrachtete die Wasserflecken auf dem Boden. Dann schüttelte er den Kopf. »Du hast recht, Liebling, das ist ja das Unglaubliche! Diese Sache bringt mich um den Verstand.«

Drei Jahre nach dem Durchbruch in der kontrollierten Kernfusion tauchten am nächtlichen Firmament über der Erde neue, ungewöhnliche Himmelskörper auf. Bis zu fünf von ihnen konnten gleichzeitig in einer Hemisphäre beobachtet werden. Die Leuchtkraft der Himmelskörper veränderte sich ständig. Gelegentlich schienen sie heller als die Venus, und häufig blinkten sie in rascher Folge. Manchmal erstrahlte einer ganz plötzlich hell, nur um zwei oder drei Sekunden später wieder zu erlöschen. Es waren Kernfusionsreaktoren, die im geostationären Orbit getestet wurden.

Der Forschungszweig für Kernfusion hatte sich bei der Entwicklung des zukünftigen Raumschiffantriebs durchgesetzt. Diese Antriebsart verlangte nach Hochleistungsreaktoren, die man nur im Weltall testen konnte, was zu jenen leuchtenden Reaktoren dreißigtausend Kilometer über der Erde geführt hatte, die man nukleare Sterne nannte. Jedes Mal, wenn einer der nuklearen Sterne abrupt hell aufleuchtete, bedeutete das einen katastrophalen Rückschlag. Doch entgegen der landläufigen Meinung handelte es sich beim Ausbruch eines nuklearen Sterns nicht um eine Explosion im Kernreaktor. Stattdessen wurde in solchen Fällen der Kern sichtbar, weil die Fusionshitze die Außenhülle wegschmolz. Der Fusionskern glich einer kleinen Sonne, und da er die hitzebeständigsten Materialien der Welt zum Schmelzen brachte, als wären sie Wachs, musste er von einem elektromagnetischen Feld abgeschirmt werden, das jedoch häufig versagte.

Gerade eben waren Chang Weisi und Hines auf dem Balkon im obersten Stockwerk des Weltraumkommandos Zeuge eines solchen Ausbruchs geworden. Der mondlichtartige Schimmer warf seinen Schatten an die Wand und erlosch. Hines war nach Tyler der zweite Wandschauer, den Chang Weisi traf.

»Schon zum dritten Mal in diesem Monat«, sagte Chang Weisi.

Hines sah hinauf zu dem wieder dunklen Nachthimmel.

»Die Kraft dieser Reaktoren erreicht nicht mehr als ein Prozent dessen, was wir für den zukünftigen Raumschiffantrieb brauchen, außerdem laufen sie nicht stabil. Und selbst *wenn* wir die notwendigen Reaktoren bauen könnten, wäre die nötige Antriebstechnik noch komplexer. Dabei stoßen wir irgendwann mit Sicherheit auf die Sophonenbarriere.«

»Stimmt. Die Sophonen versperren uns alle Wege«, sagte Chang Weisi und blickte in die Ferne. Das Lichtermeer der Stadt wirkte jetzt, nachdem das helle Licht am Himmel erloschen war, noch schillernder.

»Jeder Hoffnungsfunke verglüht, kaum dass er aufscheint, und eines Tages wird gar nichts mehr aufleuchten. Es ist, wie Sie sagen: Die Sophonen versperren uns sämtliche Wege.«

»Sie haben mich aber nicht aufgesucht, um mit mir über Defätismus zu sprechen, oder, Dr. Hines?«, fragte Chang Weisi lachend.

»Doch, genau darüber möchte ich mit Ihnen reden. Der derzeit wiedererstarkende Defätismus hat eine neue Qualität. Er entsteht aus der drastischen Verschlechterung des allgemeinen Lebensstandards und trifft vor allem das Militär besonders hart.«

Chang Weisi ließ den Blick vom fernen Himmel zu Hines schweifen, sagte jedoch nichts.

»Ich verstehe Ihre Probleme, General, und ich bin hier, um Ihnen zu helfen.«

Chang Weisi sah Hines weiter schweigend an. Sein Gesichtsausdruck verriet nichts von seinen Gedanken. Als er schließlich antwortete, ging er nicht auf Hines' Angebot ein. »Die Evolution des menschlichen Gehirns benötigt zwischen zwanzigtausend und zweihunderttausend Jahren, um eine signifikante Veränderung hervorzubringen, aber die menschliche Zivilisation ist erst fünftausend Jahre alt. Wir verwenden heute also immer noch das Gehirn eines primitiven Urmenschen … Ich bewundere Sie für Ihre einzigartigen Ideen, Dr. Hines, und vielleicht liegt in ihnen tatsächlich der Schlüssel verborgen.«

»Ich danke Ihnen. Ja, wir sind im Grunde moderne Steinzeitmenschen.«

»Sollte es wirklich möglich sein, mit technischen Hilfsmitteln die geistigen Fähigkeiten zu verbessern?«

Jetzt war Hines in seinem Element. »Sie denken überhaupt nicht primitiv, Herr General, zumindest nicht im Vergleich zu vielen anderen! Mir ist aufgefallen, dass Sie von ›geistigen Fähigkeiten‹ statt von Intelligenz sprechen. Das ist viel weiter gefasst als Intelligenz. Im Kampf gegen den Defätismus zum Beispiel können wir uns nicht allein auf die Intelligenz verlassen. Wenn wir die Blockade durch die Sophonen nehmen, fällt es umso schwerer, an den Sieg zu glauben, je intelligenter man ist.«

»Dann beantworten Sie meine Frage. Ist es möglich?«

Hines schüttelte den Kopf. »Wissen Sie, woran meine Frau und ich vor der Trisolaris-Krise geforscht haben?«

»Nicht genau. Ich glaube, Sie gingen davon aus, dass die Quintessenz des Denkens nicht auf der molekularen, sondern auf der Quantenebene zu suchen sei. Ich frage mich, ob das bedeutet …«

»Es bedeutet, dass die Sophonen genauso auf mich warten, wie wir auf sie«, fiel Hines ihm ins Wort und deutete in den Himmel. »Aber im Moment haben wir noch viel Forschungsarbeit vor uns. Trotzdem sind wir auf ein unerwartetes Abfallprodukt gestoßen.«

Chang Weisi nickte und lächelte mit verhaltener Neugier.

»Ich erspare Ihnen die technischen Details. Im Grunde haben wir den Mechanismus entdeckt, mit dem das Gehirn im neuronalen Netzwerk Entscheidungen fällt. Und eine Möglichkeit, diese Entscheidungen zu beeinflussen. Am besten lässt sich der Entscheidungsprozess des menschlichen Gehirns mit dem eines Computer vergleichen: Es gibt einen Dateninput von außen, eine Berechnung und ein Ergebnis. Wir sind in der Lage, den Berechnungsschritt in diesem Prozess auszulassen und direkt ein Ergebnis zu produzieren. Wenn das Gehirn eine spezifische Information erhält, beeinflusst sie eine bestimmte Stelle im neuronalen Netzwerk, und wir können es dazu bringen, ohne nachzudenken, ein bestimmtes Urteil zu fällen – also zu glauben, dass diese Information wahr ist.«

»Ist das bereits möglich?«, fragte Chang Weisi leise.

»Ja. Es fing mit einer zufälligen Entdeckung an, der wir dann intensiv nachgegangen sind, und jetzt sind wir so weit. Wir bezeichnen es als ›mentales Siegel‹.«

»Und wenn das Urteil – oder die Überzeugung, wenn Sie wollen – nichts mit der Wirklichkeit zu tun hat?«

»Dann wird die Überzeugung irgendwann überwunden werden. Der Prozess ist jedoch sehr schmerzvoll, denn das vom mentalen Siegel im Kopf erzeugte Urteil ist ausgesprochen hartnäckig. Mich zum Beispiel hat es davon überzeugt, Wasser wäre giftig, und ich benötigte anschließend zwei Monate Psychotherapie, bis ich wieder ungehemmt trinken konnte. Dieser Prozess war … Nun, ich möchte mich lieber nicht daran erinnern. Dass Wasser giftig sei, ist eine ganz eindeutige Falschaussage. Andere Überzeugungen sind weniger eindeutig falsch, wie der Glaube an Gott oder daran, dass die Menschheit den Krieg gewinnt. Darauf gibt es keine unzweifelhafte Antwort. Bei einer normalen Meinungsbildung tendiert das Gehirn nach einer Reihe von Entscheidungen in eine bestimmte Richtung. Erzeugt das mentale Siegel eine Entscheidung, steht sie felsenfest und ist unerschütterlich.«

»Das ist in der Tat eine große Leistung.« Chang Weisi wurde ernst. »Eine große Leistung für die Neurobiologie, meine ich. Aber was die reale Welt angeht, Dr. Hines, haben Sie eine äußerst problematische Sache geschaffen. In der Tat die problematischste Erfindung der Geschichte.«

»Sie können sich nicht vorstellen, das mentale Siegel dafür einzusetzen, die Weltraumstreitkräfte mit einem unerschütterlichen Glauben an den Sieg auszustatten? Im Militär gibt es schließlich Politkommissare, so wie die Kirchen Priester haben. Das mentale Siegel ist nur ein technisches Hilfsmittel, um ihre Arbeit effektiver zu machen.«

»Politische und ideologische Arbeit schafft Überzeugungen mittels rationaler, wissenschaftlicher Überlegungen.«

»Ist es denn möglich, den Glauben an den Sieg in diesem Krieg auf Grundlage rationaler, wissenschaftlicher Überlegungen zu schaffen?«

»Selbst wenn nicht, Dr. Hines, dann bevorzuge ich trotzdem Weltraumstreitkräfte, die zwar nicht an den Sieg glauben, dafür aber zu unabhängigem Denken fähig sind.«

»Abgesehen von dieser einen Überzeugung bliebe das Gehirn selbstverständlich vollkommen autonom. Wir würden nichts tun, als das Bewusstsein ein klein wenig zu manipulieren und mit technischen Mitteln unter Auslassung des Denkprozesses zu einer bestimmten Schlussfolgerung zu gelangen. Einer einzigen, wohlgemerkt.«

»Eine einzige genügt. Das hieße, wir sind technisch so weit, dass wir Gedanken programmieren können wie einen Computer. Wären Menschen nach einer solchen Programmierung noch Menschen, oder nicht vielmehr Roboter?«

»Sie haben offenbar *Uhrwerk Orange* gelesen.«

»Das ist ein kluger Roman.«

»Ich habe mit Ihrer Ablehnung gerechnet, General«, sagte Hines seufzend, »aber ich werde meine Bemühungen in diesem Bereich fortsetzen. Dazu verpflichtet mich mein Status als Wandschauer.«

Auf der nächsten Wandschaueranhörung des PDC führte Hines' Präsentation des mentalen Siegels zu ungewöhnlich heftigen Reaktionen. Das knappe Urteil des US-Delegierten fasste das Gefühl der Mehrheit der Versammelten in Worte: »Mit ihrem außergewöhnlichen Talent haben Dr. Hines und Dr. Yamazuki der Menschheit das Tor zum Reich der Finsternis geöffnet.«

Der französische Delegierte sprang empört von seinem Stuhl auf. »Was wäre die größere Tragödie für die Menschheit: wenn sie die Fähigkeit und das Recht, frei zu denken, verlieren würde – oder diesen Krieg?«

»Letzteres natürlich!«, konterte Hines und erhob sich. »Denn unter der ersten Bedingung bleibt der Menschheit zumindest eine Hoffnung, das freie Denken wiederzuerlangen!«

»Das bezweifle ich. Wenn wir das wirklich anwenden … Meine Güte, seht euch doch nur an, ihr Wandschauer!« Der russische Delegierte reckte die Hände in die Höhe. »Tyler wollte die Leute um ihr Leben bringen, und Sie wollen sie um den Verstand bringen. Sind Sie sich eigentlich bewusst, was Sie da tun?«

Seine Worte lösten einen Tumult aus.

»Wir behandeln heute hier bloß einen Antrag, ich bin jedoch überzeugt, dass die Regierungen sämtlicher Staaten dieses Ding ausnahmslos verbieten werden«, ereiferte sich der US-Delegierte. »Was auch immer geschieht, nichts wäre schlimmer als Gedankenkontrolle.«

»Warum reagieren die Leute beim Wort Gedankenkontrolle immer gleich so empfindlich?«, fragte Hines. »Ob durch kommerzielle Werbung oder von der Filmindustrie Hollywoods – wir werden doch von allen Seiten manipuliert. Wie man in China sagt: Selber fünfzig Meter weit fliehen und den, der hundert Meter weit wegläuft, einen Feigling schimpfen.«

»Dr. Hines«, erwiderte der US-Delegierte, »Sie sind aber nicht nur hundert Meter weit gegangen. Sie haben die Schwelle zur Finsternis überschritten und bedrohen das Fundament der modernen Gesellschaft.«

Im Saal herrschte helle Aufregung, alle redeten durcheinander. Hines wusste, dass der Augenblick gekommen war, das Ruder herumzureißen. Er erhob die Stimme. »Lernt von dem kleinen Jungen!«

Wie erwartet, verstummte das Stimmengewirr im Saal.

»Was für ein kleiner Junge?«, fragte der amtierende Vorsitzende.

»Sie kennen doch sicher alle diese Geschichte: Einem kleinen Jungen wurde im Wald von einem umgestürzten Baum das Bein eingeklemmt. Er war ganz allein, und sein Bein blutete. Er wäre sicher verblutet, hätte er nicht eine Entscheidung getroffen, die Sie und die Delegierten hier beschämen sollte. Er nahm die Säge, die er dabeihatte, und amputierte das eingeklemmte Bein. Dann fand er einen Wagen, der ihn ins nächste Krankenhaus fuhr, und rettete so sein Leben.«

Mit Genugtuung stellte Hines fest, dass ihn immerhin niemand unterbrochen hatte. »Die Menschheit steht vor einem Kampf um Leben und Tod«, fuhr er fort. »Es geht um das Überleben unserer Art und unserer Zivilisation. Warum sollten wir unter diesen Voraussetzungen nicht bereit sein, etwas aufzugeben?«

Der Vorsitzende schlug mit dem Hammer auf den Tisch, obwohl im Saal längst keine große Unruhe mehr herrschte. Den Versammelten fiel auf, dass der deutsche Delegierte, der die Anhörung leitete, bislang ungewöhnlich schweigsam geblieben war. »Zunächst einmal möchte ich Sie auffordern, sich unsere Situation zu vergegenwärtigen«, begann er in freundlichem Ton. »Die Kosten für den Aufbau eines Verteidigungssystems im Weltraum steigen ständig, und die Weltwirtschaft erlebt in dieser Übergangsphase eine einschneidende Rezession. Die Prognose, dass unser heutiger Lebensstandard um ein Jahrhundert zurückgeworfen wird, wird sich wohl sehr bald bewahrheiten. Unterdessen stößt die militärische Weltraumforschung auf die Sophonenblockade, und der technische Fortschritt verlangsamt sich. Dadurch wird es weltweit zu einer neuen Welle von Defätismus kommen, in deren Folge womöglich der Plan zur Verteidigung des Sonnensystems vollständig zusammenbricht.«

Unter den Abgeordneten trat Stille ein.

»Mir ging es genauso wie Ihnen allen«, fuhr der Vorsitzende fort. »Das Thema mentales Siegel löste bei mir so viel Angst und Abscheu aus wie der Anblick einer giftigen Schlange. Doch derzeit gebietet die Vernunft, Ruhe zu bewahren und sich die Sache einmal ernsthaft zu überlegen. Im Angesicht des Teufels sollte man besonnen und rational handeln. Es geht hier um nichts anderes als einen Vorschlag, der uns zur Abstimmung vorgelegt wird.«

Hines schöpfte Hoffnung. »Herr Vorsitzender, Delegierte, da mein ursprünglicher Vorschlag offenbar zur Abstimmung ungeeignet ist, sollten wir vielleicht alle einen Schritt zurückgehen.«

»Es ist egal, wie viele Schritte Sie zurückgehen, Dr. Hines, Gedankenkontrolle ist tabu«, sagte der französische Delegierte, aber nicht mehr ganz so vehement wie zuvor.

»Was, wenn es nicht gleich Gedankenkontrolle wäre?«, gab Hines zurück. »Irgendetwas zwischen Kontrolle und Freiheit vielleicht?«

»Das mentale Siegel ist gleichbedeutend mit Gedankenkontrolle«, insistierte der japanische Abgeordnete.

»Nicht unbedingt. Im Falle von Gedankenkontrolle gibt es einen, der kontrolliert, und sein Subjekt. Was, wenn jemand sich freiwillig für ein mentales Siegel entscheidet?«

Stille.

Hines erkannte seine Chance. »Ich schlage vor, das mentale Siegel zu einer Art öffentlichen Einrichtung zu machen. Es würde nur für eine einzige Manipulation zu Verfügung stehen: den

Glauben an den Sieg. Jeder, der bereit wäre, mithilfe des Siegels diese Überzeugung anzunehmen, könnte vollkommen freiwillig davon Gebrauch machen. Natürlich würde das alles unter strenger Aufsicht stattfinden.«

Die Versammlung diskutierte den Vorschlag und fügte Hines' Vorschlag eine Reihe von Einschränkungen hinzu. Die entscheidende war, ausschließlich Weltraumstreitkräfte vom mentalen Siegel Gebrauch machen zu lassen, weil man erwartete, dass die Öffentlichkeit gleichgeschaltetes Denken in den Reihen des Militärs vergleichsweise bereitwillig akzeptieren würde. Die Anhörung dauerte acht Stunden und damit länger als alle vorhergehenden. Schließlich wurde eine Beschlussvorschlage formuliert, die auf der nächsten Sitzung zur Abstimmung vorgelegt werden sollte. Die ständigen Mitglieder waren aufgerufen, über die Beschlussvorlage zunächst in ihren jeweiligen Staaten abzustimmen.

»Sollten wir dieser Einrichtung nicht einen Namen geben?«, fragte der US-Delegierte.

»Wir wär's mit ›Zentrum für erleichterten Glauben‹?«, scherzte der britische Delegierte. Die anderen lachten.

»Lassen wir ›erleichtert‹ weg und nennen es einfach ›Glaubenszentrum‹«, sagte Hines ohne jede Ironie.

Am Eingang des Glaubenszentrums stand eine Miniaturversion der Freiheitsstatue. Warum man ausgerechnet diese Statue dort aufgestellt hatte, wusste niemand. Vielleicht sollte die Assoziation »Freiheit« von dem Gefühl ablenken, kontrolliert zu werden. Das Bemerkenswerteste an der Statue waren allerdings die vom Original abweichenden Zeilen auf dem Sockel:

Gebt mir eure Hoffnungslosen, eure Verwirrten,
Eure verängstigten Massen, die nach der Fackel des Sieges streben,
Die verlorenen Seelen, die im Nirgendwo irren, die Tauben;
Schickt sie mir, die Heimatlosen, die im Sturme beben,
Hoch halt' ich meine Fackel für diesen goldenen Glauben!

Der goldene Glaube, von dem die Rede war, war in zahlreichen Sprachen in schwarzen Granit gemeißelt, dem so genannten Mahnmal des Glaubens neben der Statue:

Die Menschheit wird aus dem Verteidigungskrieg gegen Trisolaris als Sieger hervorgehen. Der Feind, der das Sonnensystem bedroht, wird vernichtet werden. Die Erde wird noch Zehntausende von Generationen im Universum fortbestehen.

Das Glaubenszentrum war seit drei Tagen in Betrieb, und Hines und Keiko Yamazuki hatten seither in der eindrucksvollen Eingangshalle auf Besucher gewartet. Das kleine Gebäude gleich neben der Plaza der Vereinten Nationen hatte sich zu einer neuen Touristenattraktion entwickelt. Ständig kamen Leute und machten Selfies vor der Freiheitsstatue und dem Mahnmal des Glaubens. Doch niemand ging hinein. Es schien eher, als wollten alle einen Sicherheitsabstand wahren.

»Hast du auch das Gefühl, wir führen hier so etwas wie einen erfolglosen Tante-Emma-Laden?«, fragte Keiko Yamazuki ihren Mann.

»Eines Tages wird dieser Ort eine Wallfahrtsstätte sein, meine Liebe«, versicherte Hines feierlich.

Am Nachmittag des dritten Tages schwankte schließlich der

erste Besucher in das Glaubenszentrum. Der glatzköpfige Mann mittleren Alters hatte einen melancholischen Gesichtsausdruck und roch nach Alkohol. »Ich bin hier, um an was zu glauben«, lallte er.

»Das Glaubenszentrum steht ausschließlich den Mitgliedern der jeweiligen nationalen Weltraumstreitkräfte offen. Wenn Sie sich bitte ausweisen würden«, sagte Yamazuki mit einer leichten Verbeugung.

Der Mann zog seinen Ausweis hervor. »Ich gehöre den Weltraumstreitkräften an, Zivilpersonal. In Ordnung?«

Hines überprüfte seinen Ausweis und nickte. » Möchten Sie es gleich machen lassen, Mr. Wilson?«

»Das wäre wunderbar«, sagte der Mann. »Hier, mein Glaubensmanifest. Ich hab's aufgeschrieben. Daran möchte ich glauben.« Er zog ein sorgfältig gefaltetes Stück Papier aus der Brusttasche.

Keiko Yamazuki setzte an, ihm zu erklären, dass gemäß der Beschlussfassung des PDC das mentale Siegel nur für eine ganz bestimmte Aussage möglich war, nämlich der auf dem Mahnmal des Glaubens vor dem Eingang, doch Hines hielt sie zurück. Er wollte sich zuerst die Aussage ansehen, die der Mann mitgebracht hatte. Er faltete das Papier auseinander und las:

Katherine liebt mich. Sie wird niemals etwas mit einem anderen haben!

Keiko Yamazuki musste lachen, aber Hines knüllte wütend das Papier zusammen und warf es dem Betrunkenen ins Gesicht. »Raus mit Ihnen!«

Nachdem Wilson sich getrollt hatte, überschritt ein zweiter Mann die unsichtbare Grenze, die das Mahnmal des Glaubens für die Touristen bildete. Hines bemerkte, wie der Mann zögernd zwischen Mahnmal und Eingang herumlungerte. Er rief nach seiner Frau. »Sieh mal, der scheint ein Soldat zu sein.«

»Er wirkt ziemlich mitgenommen.«

»Der ist Soldat, glaub mir.« Hines war schon drauf und dran, hinauszugehen und den asiatisch aussehenden Mann anzusprechen, als dieser von allein die Treppenstufen heraufkam. Er schien etwa so alt wie Wilson zu sein, und trotz seiner attraktiven Erscheinung wirkte er, wie Keiko Yamazuki schon aus der Distanz festgestellt hatte, ein wenig deprimiert, wenn auch anders als der arme Trottel zuvor. Er wirkte weniger bedrückt, aber dafür so, als litte er schon seit Jahren an dieser leichten Melancholie.

»Mein Name ist Wu Yue, und ich brauche Zuversicht«, sagte der Besucher. Hines fiel auf, dass er das Wort Zuversicht statt Glauben benutzte.

Keiko Yamazuki machte eine Verbeugung und wies auch ihn auf die Regeln hin. »Das Glaubenszentrum steht allein den Mitgliedern der Weltraumstreitkräfte offen. Bitte weisen Sie sich aus.«

Wu Yue rührte sich nicht. »Vor sechzehn Jahren habe ich einen Monat lang bei den Weltraumstreitkräften Chinas gedient und bin dann in den Ruhestand gegangen.«

»Nur einen Monat?«, fragte Hines. »Darf ich fragen, aus welchem Grund Sie in den Ruhestand gegangen sind?«

»Ich bin ein Defätist. Meine Vorgesetzten und ich waren der Meinung, dass ich nicht länger für die Arbeit in den Weltraumstreitkräften tauglich war.«

»Defätismus ist weit verbreitet«, erwiderte Yamazuki. »Sie

waren anscheinend einfach nur ehrlich und standen offen zu Ihrer Überzeugung. Wahrscheinlich sind viele Ihrer Kollegen, die geblieben sind, viel größere Defätisten, würden es aber nicht zugeben.«

»Möglich, aber ich habe all diese Jahre vergeudet.«

»Weil Sie den Dienst quittiert haben?«

Wu Yue schüttelte den Kopf. »Nein. Ich stamme aus einer Akademikerfamilie und wurde dazu erzogen, die Menschheit als eine Einheit zu betrachten, auch nachdem ich Soldat geworden war. Ich hatte immer das Gefühl, es gebe keine edlere Aufgabe für einen Soldaten, als für die gesamte Menschheit zu kämpfen. Dann bot sich mir diese Gelegenheit, aber ausgerechnet in einem Kampf, den wir mit Sicherheit verlieren würden.«

Hines wollte etwas sagen, aber seine Frau unterbrach ihn. »Darf ich Ihnen eine Frage stellen? Wie alt sind Sie?«

»Einundfünfzig.«

»Nehmen wir an, Sie würden tatsächlich an den Sieg glauben und wieder in die Weltraumstreitkräfte aufgenommen werden … Halten Sie sich nicht für zu alt für einen Neuanfang im Militärdienst?«

Hines verstand, dass sie es nicht übers Herz brachte, ihn rundheraus abzulehnen. Als Frau fand sie diesen sensiblen Chinesen zweifellos sehr attraktiv. Doch dieser Gedanke beunruhigte ihn nicht allzu sehr, denn der Mann war so offenkundig verzweifelt, dass ihm nichts mehr etwas bedeutete.

Wu Yue schüttelte den Kopf. »Sie missverstehen mich. Es geht mir nicht um den Glauben an den Sieg. Ich will einfach nur meinen Seelenfrieden wiederhaben.«

Hines machte den Mund auf, doch wieder hielt ihn Keiko Yamazuki zurück.

»Ich habe meine Frau kennengelernt, als ich auf der Marineakademie in Annapolis war«, fuhr Wu Yue fort. »Sie war überzeugte Christin und hatte ein beneidenswertes Vertrauen in die Zukunft. Sie sagte immer, Gott habe einen Plan und wir Kinder Gottes müssten diesen Plan nicht verstehen. Wir müssten nur begreifen, dass dieser Plan der vernünftigste der Welt sei, und in Ruhe dem Willen des Herrn folgen.«

»Wollen Sie sagen, dass Sie hier sind, um den Glauben an Gott zu erlangen?«

Wu Yue nickte. »Ich habe mein Glaubensbekenntnis aufgeschrieben. Bitte sehen Sie es sich an.« Er langte in seine Jackentasche.

Keiko Yamazuki ließ Hines immer noch nicht zu Wort kommen. »Wenn das der Fall ist, dann gehen Sie nach Hause und glauben Sie. Es gibt keinen Grund, sich einer so extremen technischen Maßnahme zu unterziehen.«

Der ehemalige Kapitän der Weltraumstreitkräfte verzog das Gesicht zu einem gequälten Lächeln. »Ich bin ein Kind des Kommunismus, ein eingefleischter Atheist. Denken Sie wirklich, ich kann von heute auf morgen einen Gläubigen aus mir machen?«

»Ganz sicher nicht!«, platzte Hines heraus und stellte sich zwischen Wu Yue und seine Frau. Er war entschlossen, diese Sache nun möglichst schnell zu erledigen. »Sie sollten wissen, dass Ihnen gemäß der UN-Resolution nur ein bestimmter Glaube über das mentale Siegel eingeschrieben werden darf.« Er zog ein elegantes rotes Etui hervor und öffnete es, um Wu

Yue lesen zu lassen. In goldenen Lettern auf schwarzem Samt stand dort der Siegesschwur des Mahnmals des Glaubens.

»Das ist eine Glaubenskarte«, sagte Hines und nahm ein Set solcher Karten in verschiedenen Farben zur Hand. »Das sind alles Glaubenskarten in verschiedenen Sprachen. Mr. Wu, die Vorschriften für die Anwendung des mentalen Siegels sind äußerst strikt. Um eine sichere und zuverlässige Ausführung zu gewährleisten, wird die Aussage nicht auf ein Display projiziert, sondern jedem Freiwilligen schriftlich zum Ablesen von dieser schlichten Glaubenskarte vorgelegt. Da das Prinzip der Freiwilligkeit herrscht, muss der angehende Gläubige selbst die Prozedur vervollständigen. Er legt die Karte vor sich, dann drückt er den Startknopf der Vorrichtung für das mentale Siegel. Bevor das System die Prozedur durchführt, verlangt es eine dreifache Bestätigung. Vor jedem mentalen Siegel wird die Glaubenskarte von einem zehnköpfigen Aufsichtsrat inspiziert, der sich aus Menschenrechtskommissaren der UN und Vertretern der ständigen Mitgliedsstaaten des PDC zusammensetzt, die auch während der Prozedur anwesend sein werden, um sich von ihrer ordnungsgemäßen Durchführung zu überzeugen. Daher können wir Ihrer Bitte nicht entsprechen. Vergessen Sie Ihren eigenen Glaubenstext. Auch nur ein Wort auf der Glaubenskarte zu ändern gilt als Verbrechen.«

»Dann bitte ich um Verzeihung für die Störung«, sagte Wu Yue. Er schien damit gerechnet zu haben. Als er sich umwandte, um zu gehen, wirkte er wie ein einsamer, alter Mann.

»Er wird es nicht leicht haben«, sagte Yamazuki mit großem Mitgefühl in der Stimme.

»Herr Wu!«, rief Hines und hielt ihn kurz hinter der Tür auf, wo sich das Licht der untergehenden Sonne wie eine Flamme auf dem glänzenden Mahnmal des Glaubens und der gläsernen Fassade des UNO-Gebäudes spiegelte. Hines musste die Augen zusammenkneifen. »Sie werden mir nicht glauben, aber ich hatte das genaue Gegenteil von Ihrer Idee im Sinn.«

Wu Yue sah ihn verwirrt an. Hines vergewisserte sich, dass seine Frau ihm nicht gefolgt war, dann zog er ein Stück Papier aus der Tasche und hielt es Wu Yue hin. »Dieses mentale Siegel habe ich mir selbst verpassen wollen. Natürlich habe ich gezögert, und am Ende habe ich darauf verzichtet.«

Wu Yue las den Text auf dem Papier: *Gott ist tot.*

»Warum?«, fragte Wu Yue aufblickend.

»Das ist doch klar. Ist Gott etwa nicht tot? Zum Teufel mit Gottes Plan. Zum Teufel mit seinem ›sanften Joch‹!«

Wu Yue sah Hines schweigend an, dann wandte er sich um und stieg die Treppe hinunter.

»Wenn Sie wüssten, wie sehr ich Sie verachte!«, rief Hines ihm noch nach, während Wu Yue im Schatten des Mahnmals des Glaubens verschwand.

Am darauffolgenden Tag erschienen endlich nach und nach die Leute, auf die Hines und Keiko Yamazuki gehofft hatten. Im strahlenden Morgenlicht betraten vier Personen die Halle, drei Männer mit europäischen Gesichtszügen und eine Asiatin. Sie waren jung und hielten sich sehr gerade und aufrecht, dem Anschein nach sehr selbstbewusste und reife Persönlichkeiten. Doch Hines und seine Frau bemerkten die gleiche verwirrte Melancholie in ihren Augen wie tags zuvor bei Wu Yue.

Die Freiwilligen zeigten ihre Ausweise an der Rezeption vor.

Dann ergriff einer von ihnen für die gesamte Gruppe das Wort. ›Wir sind Offiziere der Weltraumstreitkräfte und sind gekommen, um den Glauben an den Sieg zu erhalten.«

Das Verfahren zur Implementierung des mentalen Siegels nahm nicht viel Zeit in Anspruch. Nachdem alle zehn Mitglieder des Aufsichtsrats die Glaubenskarten sorgfältig geprüft und die amtlichen Dokumente unterzeichnet hatten, erhielt der erste Freiwillige unter Aufsicht seine Glaubenskarte zurück und nahm vor dem Scanner mit dem mentalen Siegel Platz. Vor ihm stand eine kleine Ablagekonsole für die Karte, in deren unteren rechten Ecke ein roter Knopf angebracht war.

»Sind Sie sicher, dass sie den Glauben an diese Aussage annehmen wollen?«, ertönte eine Stimme, nachdem er die Karte abgelegt hatte. »Wenn ja, dann drücken Sie den Knopf. Wenn nicht, dann verlassen Sie bitte den Raum.«

Die Frage wurde dreimal wiederholt, und jedes Mal blinkte der rote Knopf. Mithilfe einer speziellen Apparatur wurde der Kopf des Freiwilligen in die richtige Position gebracht, dann sagte die Stimme: »Die Anwendung des mentalen Siegels beginnt. Bitte lesen Sie still die Aussage und drücken Sie dann den Knopf.«

Als der Freiwillige den Knopf drückte, blinkte er dreißig Sekunden lang grün, bevor er erlosch. »Die Anwendung des mentalen Siegels ist abgeschlossen«, verkündete die Stimme. Schließlich gab der Halteapparat seinen Kopf frei, und der Mann stand auf und ging.

Nachdem alle vier Offiziere die Prozedur durchlaufen hatten und in die Eingangshalle zurückkehrten, sah Keiko Yamazuki sie forschend an. Der prüfende Blick bestätigte ihr Gefühl: Die

Frau und die drei Männer waren in wesentlich besserer Verfassung. Die Melancholie und die Verwirrung waren aus ihren Augen gewichen. Stattdessen schienen sie jetzt von heiterer Gelassenheit erfüllt.

»Wie geht es Ihnen?«, fragte sie lächelnd.

»Hervorragend«, antwortete einer der jungen Offiziere. »Ganz wie erwartet.«

Beim Hinausgehen drehte sich die Frau mit den asiatischen Gesichtszügen noch einmal zu ihr um. »Ich fühle mich wirklich großartig, Frau Doktor. Ich danke Ihnen.«

In diesem Augenblick gab es keine ungewisse Zukunft mehr, jedenfalls nicht in den Köpfen dieser vier.

Von da an erschienen pausenlos neue Mitglieder der weltweiten Weltraumstreitkräfte, um den Glauben anzunehmen, anfangs zumeist noch einzeln, dann immer öfter in Gruppen. Außerdem kamen sie zuerst in Zivilkleidung und danach zunehmend in Uniform. Bestand eine Gruppe aus mehr als fünf, vergewisserte sich der Aufsichtsrat durch eine zusätzliche Prüfung, dass keiner von den anderen genötigt worden war.

Nach einer Woche waren über hundert Mitglieder der Weltraumstreitkräfte durch das mentale Siegel mit dem Glauben an den Sieg ausgestattet worden. Sie stammten aus allen Rängen, vom einfachen Soldaten bis zum Stabsoffizier, dem höchsten Dienstgrad, auf den das Siegel nach den Regeln der nationalen Streitkräfte angewendet werden durfte.

Als sie in dieser Nacht unter dem Mondlicht neben dem Mahnmal des Glaubens standen, sagte Hines zu seiner Frau: »Keiko, wir sollten gehen.«

»In die Zukunft?«

»Ja. Wir machen unsere Sache nicht besser als andere Wissenschaftler in der Hirnforschung, und wir haben alles erreicht, was nötig war. Wir haben das Rad der Geschichte weitergedreht. Lass uns also in die Zukunft reisen und auf die Geschichte warten.«

»Wie weit?«

»Weit, Keiko, richtig weit. Bis zum Tag, an dem die Raumsonden der Trisolarier das Sonnensystem erreicht haben.«

»Gut, aber lass uns vorher noch für eine Weile zurück in unser Haus in Tokio gehen. Schließlich wird dieses Zeitalter bald für immer untergehen.«

»Gewiss, Liebling. Auch ich vermisse es jetzt schon.«

Ein halbes Jahr später, während Keiko Yamazuki gerade in den Kälteschlaf versetzt wurde und in immer tieferen Temperaturen versank, gefror auch der Aufruhr in ihrem Kopf. Ein Gedanke trat in der einsamen Dunkelheit mit einem Mal überdeutlich hervor, wie bei Luo Ji, als er zehn Jahre zuvor in den eisigen See einbrach. Plötzlich herrschte in ihren verworrenen Gedanken die Klarheit eines kalten Wintertags.

Sie wollte schreien und den Kälteschlafprozess stoppen, doch es war zu spät. Die extrem niedrige Temperatur hatte ihren Körper schon so weit durchdrungen, dass sich ihrer Kehle kein Laut mehr entringen konnte.

Die Ärzte und die Systemtechniker bemerkten, wie beim Eintritt in den Kälteschlaf ihre Augen ein Stück weit aufgingen und sich ein Ausdruck tiefen Entsetzens in ihnen zeigte. Wären ihre Lider nicht schon eingefroren gewesen, hätte Yamazuki sie weit aufgerissen. Doch so sah es wie ein Reflex aus, der dem

Personal bereits von zahlreichen vorangegangenen Kälteschlafprozeduren vertraut war. Daher schenkten sie ihm keine Beachtung.

Die Abgeordneten der UN-Wandschauerkonferenz berieten über einen Test der stellaren Wasserstoffbombe.

Während des letzten Jahrzehnts war das theoretische Modell einer Kernexplosion im Weltall entwickelt worden. Und wegen des enormen Durchbruchs in der Informationstechnologie konnten Computer nun endlich auch entsprechende Softwareanwendungen bewältigen. Damit konnte die Produktion schlagkräftiger stellarer Wasserstoffbomben beginnen. Von der ersten Bombe wurde eine Sprengkraft erwartet, die dreihundertfünfzig Megatonnen TNT entsprach. Damit wäre sie sieben Mal stärker als die größte Wasserstoffbombe, die je von der Menschheit konstruiert worden war. Eine solche Superbombe konnte unmöglich in der Atmosphäre getestet werden, und eine Detonation in einem Untergrundschacht in der bislang üblichen Tiefe würde sämtliche Felsen in der Umgebung in die Luft schleudern. Doch auch ein extrem tiefer Schacht wäre keine gute Idee. Davon würden nach einer Detonation heftige Stoßwellen ausgehen, mit ungeahnten Folgen für die geologischen Strukturen bis hin zu möglichen Katastrophen wie Erdbeben und Tsunamis.

Daher konnte die Bombe nur im Weltraum erprobt werden. Jedoch nicht im höheren Orbit, denn in dieser Distanz hätte der elektromagnetische Impuls, den die Bombe bewirkte, einen katastrophalen Effekt auf die Telekommunikations- und Stromnetze der Erde. Der ideale Ort für den Test wäre die Rückseite des Mondes. Doch Rey Diaz hatte anderes im Sinn.

»Ich habe mich entschieden, sie auf dem Merkur zu testen«, sagte er.

Sein Vorschlag überraschte die anwesenden Delegierten, und sie fragten nach den Gründen.

»Gemäß den Richtlinien der Operation Wandschauer muss ich das nicht beantworten«, antwortete er kühl. »Die Tests sollten im Untergrund stattfinden, wir müssen also ultratiefe Schächte auf dem Merkur graben.«

»Wir können Tests auf der Oberfläche des Merkur in Erwägung ziehen, aber Untergrundtests sind zu kostspielig«, sagte der russische Delegierte. »Dort tiefe Schächte auszuheben würde das Hundertfache eines entsprechenden Projekts auf der Erde kosten. Abgesehen davon würden wir wohl kaum etwas Nützliches lernen, wenn wir uns ansehen, welche Folgen die Detonation einer Wasserstoffbombe auf dem Merkur hat.«

»Selbst ein Test auf der Oberfläche des Merkur ist ausgeschlossen«, sagte der US-Delegierte. »Rey Diaz hat bis heute von allen Wandschauern die größten finanziellen Mittel verbraucht. Es reicht jetzt!« Die Delegierten aus Großbritannien, Frankreich und Deutschland pflichteten ihm bei.

Rey Diaz lachte. »Selbst wenn ich so wenig Mittel verbrauchen würde wie Luo Ji, würden Sie Ihr Veto gegen meinen Plan einlegen wollen.« Er wandte sich an den amtierenden Vorsitzenden. »Ich möchte Sie und jeden der Abgeordneten daran erinnern, dass von allen Wandschauerplänen meiner derjenige ist, der am meisten mit dem allgemeinen Verteidigungsplan übereinstimmt. Man könnte ihn sogar als Teil dieses Planes betrachten. In absoluten Zahlen mögen die erforderlichen Mittel nach viel aussehen, doch ein nicht geringer Teil davon deckt sich mit dem allgemeinen Verteidigungshaushalt. Daher ...«

Der britische Delegierte unterbrach ihn. »Dennoch müssen Sie uns erklären, warum die Tests auf Merkur unterirdisch durchgeführt werden sollten. Falls es Ihnen nicht nur darum geht, Geld zu verballern. Wir sehen keine Notwendigkeit dafür.«

»Herr Vorsitzender, verehrte Abgeordnete«, erwiderte Rey Diaz ruhig, »ist Ihnen aufgefallen, dass nicht einmal mehr der Planetenverteidigungsrat den geringsten Respekt vor den Wandschauern oder den Prinzipien der Operation Wandschauer hat? Wenn wir nun jedes Detail unserer Pläne erklären müssen, was hat das dann noch mit den ursprünglichen Zielen der Operation zu tun?« Er sah den Delegierten der Reihe nach direkt ins Gesicht. Die meisten wichen seinem Blick aus.

»Wie dem auch sei«, fuhr er fort. »Ich bin bereit, das Vorhaben zu erklären. Das Ziel von Untergrundtests auf dem Merkur ist, mit den Sprengungen eine riesige Höhle zu schaffen, die in Zukunft als Basis auf diesem Planeten dienen kann. Für ein derartiges Bauprojekt ist das fraglos die kostengünstigste Methode.«

Im Saal wurde getuschelt. »Wandschauer Rey Diaz, wollen Sie damit sagen, dass Sie Merkur als Abschussbasis für stellare Wasserstoffbomben nutzen möchten?«, erkundigte sich einer der Delegierten.

»Ja«, antwortete Rey Diaz selbstbewusst. »Die gegenwärtigen Verteidigungsstrategien konzentrieren sich vor allem auf die äußeren Planeten, weshalb den inneren Planeten, die fälschlich als irrelevant für die Verteidigung gelten, nicht ausreichend Beachtung geschenkt wird. Der von mir geplante Stützpunkt auf dem Merkur füllt eine Lücke in der allgemeinen Verteidigungsstrategie.«

»Seltsam, er verträgt keine Sonne, aber er will ausgerechnet auf den Planeten, der der Sonne am nächsten ist«, frotzelte der US-Delegierte. Dafür erntete er ein paar Lacher und eine Verwarnung durch den Vorsitzenden.

Rey Diaz winkte ab. »Es macht mir nichts aus, Herr Vorsitzender. An solche Respektlosigkeiten bin ich gewöhnt. Das war vor meiner Zeit als Wandschauer auch nicht anders. Doch Sie alle sollten die gegebenen Tatsachen respektieren. Wenn die Erde und die äußeren Planeten vernichtet werden, wäre der Stützpunkt auf dem Merkur die letzte Bastion der Menschheit. Mit der Sonne im Rücken und unter dem Mantel ihrer Strahlung hätten wir dort die robusteste Verteidigungsposition.«

»Möchten Sie damit sagen, Wandschauer Rey Diaz, dass es Ihnen mit Ihrem Plan nur um die Vorbereitung auf ein letztes Gefecht geht, wenn die Lage der Menschheit ohnehin schon aussichtslos ist?«, fragte der französische Delegierte. »Das würde zu Ihnen passen.«

»Meine Herren. Wir können uns nicht einfach weigern, über den letzten Widerstand nachzudenken«, entgegnete Rey Diaz ernst.

»Nun gut, Wandschauer Rey Diaz«, sagte der Vorsitzende. »Dann sagen Sie uns bitte, wie viele stellare Wasserstoffbomben Sie insgesamt für das von Ihnen vorgestellte Szenario benötigen werden?«

»Je mehr, desto besser. Lasst uns so viele herstellen wie möglich. Die genaue Anzahl hängt von der Sprengkraft ab, die die Wasserstoffbomben in Zukunft erreichen werden, doch wenn wir von den derzeitigen Bedingungen ausgehen, brauchen wir für den Anfang mindestens eine Million.«

Das Auditorium brach in lautes Gelächter aus.

»Wandschauer Rey Diaz will offenbar nicht nur eine kleine Sonne produzieren, er will eine ganze Galaxie!«, rief der US-Delegierte aus. Er beugte sich zu Rey Diaz vor. »Glauben Sie wirklich, dass sämtliche Protium-, Deuterium- und Tritium-Vorkommen in den Ozeanen nur für Sie da sind? Dass die Erde, weil Sie die Bombe so krankhaft lieben, zu einer einzigen großen Bombenwerkstatt werden muss?«

Rey Diaz war inzwischen der Einzige in der Versammlung, der noch eine ernste Miene wahrte. Er wartete in Ruhe ab, bis sich das Stimmengewirr gelegt hatte. Als er dann zu sprechen begann, betonte er jede einzelne Silbe. »Wir stehen vor dem allerletzten Krieg der Menschheit, daher ist die von mir geforderte Anzahl alles andere als hoch. Ich habe mit Ihrer Reaktion gerechnet. Dennoch werde ich weiter hart arbeiten. Ich werde Bomben bauen, viele Bomben, so viele wie möglich, das versichere ich Ihnen. Ich werde alles geben und nicht lockerlassen.«

Daraufhin brachten die Delegierten der USA, Großbritanniens und Frankreichs die gemeinsame Beschlussvorlage P269 zur Abstimmung, die den strategischen Plan des Wandschauers Rey Diaz für beendet erklären sollte.

Auf dem Merkur gab es nur zwei Farben: Schwarz und Gold. Schwarz war der Boden, und selbst unter den glühenden Strahlen der nahen Sonne blieb dieser Planet mit seiner geringen

Reflexion eine einzige tiefschwarze Fläche. Golden war die Sonne, die in dieser Welt den größten Teil des Himmels einnahm. In ihrem riesigen Rad sah man deutlich die Wellen ihres flammenden Ozeans und die Sonnenflecken, die wie dunkle Wolken darüber hinwegzogen, und an ihren Rändern den anmutigen Tanz der Protuberanzen.

Und ausgerechnet auf diesen aus dem Sonnenmeer aufragenden robusten Felsbrocken pflanzte die Menschheit eine weitere kleine Sonne.

Seit der Fertigstellung des Weltraumlifts hatte die Menschheit in großem Stil begonnen, die anderen Planeten des Sonnensystems zu erkunden. Die Landung bemannter Raumfähren auf dem Mars und den Monden des Jupiter waren schon keine Sensation mehr, den Menschen war bewusst, dass diese Expeditionen wesentlich handfesteren Zwecken dienten als in der Vergangenheit. Es ging um nichts anderes, als Verteidigungsstützpunkte im Sonnensystem aufzubauen. Die Reisen durch das All, die sich im Wesentlichen auf chemische Raketenantriebe und Raumfähren stützten, waren nur winzige Schritte hin zu diesem strategischem Ziel. Die ersten Expeditionen konzentrierten sich auf die äußeren Planeten, doch als die Strategien zur Weltraumkriegsführung immer ausgefeilter wurden, mehrten sich allmählich die Zweifel, ob man die inneren Planeten wirklich derart vernachlässigen durfte. Aus diesem Grund wurden bald auch Venus und Merkur erkundet, weshalb der PDC Rey Diaz' Plan für einen Wasserstoffbombentest auf dem Merkur doch noch mit knapper Mehrheit durchwinkte.

Die Ausschachtungsarbeiten im Gestein des Merkur waren das erste großangelegte Bauprojekt der Menschheit auf einem anderen Planeten des Sonnensystems. Da auf dem Merkur nur nachts gearbeitet werden konnte, wurde das Vorhaben auf drei Jahre veranschlagt. Doch am Ende erreichten die Weltraumbautrupps nur ein Drittel der anvisierten Grabungstiefe, da man weiter unten auf eine extrem harte Schicht stieß, eine Mischung aus Metall und Gestein. Von diesem Punkt an wären die Grabungen nur sehr langsam vorangekommen und hätten weit höhere Kosten verursacht. Letztendlich wurde das Projekt abgebrochen, und man überlegte, es ganz aufzugeben.

Würde man den Test in der bis dahin erreichten Tiefe durchführen, würde das umgebende Gestein mit hoher Wahrscheinlichkeit bei der Explosion herausgeschleudert werden und einen Krater bilden, was der abgeschwächten Version eines Tests in der Atmosphäre gleichkäme. Dazu würde es wegen der umgebenden Kruste schwieriger sein, die Explosionsfolgen zu beobachten als bei einem herkömmlichen Atmosphärentest.

Doch Rey Diaz blieb bei seiner Überzeugung, dass ein solcher Krater mit der entsprechenden Abdeckung immer noch als militärischer Stützpunkt fungieren konnte, und bestand darauf, den Test in der erreichten Tiefe durchzuführen.

Die Sprengung fand in der Morgendämmerung statt. Ein Sonnenaufgang auf dem Merkur dauerte mehr als zehn Stunden, und er hatte gerade erst mit einem schwachen Licht am Horizont begonnen. Als der Countdown für die Detonation bei null angelangt war, breiteten sich vom Detonationszentrum her wellenförmige Ringe aus, und die Oberfläche des Merkur erschien vorübergehend weich wie Seide. Dann türmte sich am Ort der Detonation langsam ein Berg auf, wie der Rücken eines erwachenden Riesen. Als der Gipfel etwa dreitausend Meter Höhe erreicht hatte, explodierte der Berg und schleuderte Milliarden Tonnen von Gestein und Geröll in die Luft, ein maßloser Wutausbruch des zornigen Untergrunds in Richtung Himmel. Mit dem sich aufbäumenden Boden breitete sich auch das strahlende Licht des unterirdischen nuklearen Feuerballs aus und erleuchtete das herumwirbelnde Gestein wie ein grandioses Feuerwerksspektakel am schwarzen Himmel des Merkur. Es dauerte fünf Minuten, bis der Feuerball wieder erlosch, und in der ganzen Zeit regneten in der nuklearen Strahlung leuchtende Gesteinsbrocken herab.

Zehn Stunden nach der Detonation entdeckte man, dass sich um den Merkur ein Ring gebildet hatte. Er bestand aus all den Steinen, die bei der heftigen Explosion die erste kosmische Geschwindigkeit erreicht hatten und damit zu unzähligen großen und kleinen Satelliten des Planeten geworden waren. Die Gesteinsbrocken verteilten sich gleichmäßig im Orbit, wodurch Merkur zum ersten terrestrischen Planeten mit einem Ring wurde. Er war sehr fein und glitzerte im gleißenden Licht der Sonne, wie ein Silberzaun in der Umlaufbahn.

Ein Teil der Brocken erreichte die zweite kosmische Geschwindigkeit und löste sich gänzlich vom Merkur. Damit wurden sie zu eigenen Satelliten der Sonne und formten einen löchrigen Asteroidengürtel im Orbit um das Zentralgestirn.

Rey Diaz lebte nicht aus Sicherheitsgründen im Untergrund, sondern wegen seiner Sonnenphobie. In der klaustrophobischen Umgebung fernab der Sonne fühlte er sich etwas wohler. In seiner Untergrundbehausung sah er sich die Liveübertragung des Tests auf Merkur an, die man nicht wirklich als »live« bezeichnen konnte, weil die Aufnahmen bis zur Erde sieben Minuten brauchten. Als die Explosion vorüber war und das Gestein nach dem Verschwinden des Feuerballs weiter im Dunklen herabregnete, erhielt er einen Anruf vom amtierenden Vorsitzenden des PDC. Er teilte ihm mit, dass die unglaubliche Kraft der stellaren Wasserstoffbombe großen Eindruck auf die Führung des Planetenverteidigungsrats gemacht habe. Die ständigen Mitgliedsstaaten würden daher für den nächstmöglichen Zeitpunkt eine Wandschaueranhörung einberufen wollen, um über die Herstellung und den Einsatz weiterer Bomben zu diskutieren. So viele Bomben, wie ihm vorschwebten, wären zwar nicht möglich, so der Vorsitzende, aber die Großmächte seien tatsächlich an einer Serienproduktion interessiert.

Mehr als zehn Stunden nach dem erfolgreichen Bombentest auf dem Merkur, als er schon den neu entstandenen Ring des Merkur über den Bildschirm flimmern sah, meldete ein Wachmann über die Gegensprechanlage, dass sein Psychotherapeut eingetroffen sei.

»Schicken Sie ihn weg!«, schimpfte Rey Diaz aufgebracht, als habe man ihn beleidigt. »Ich habe keinen Psychotherapeuten bestellt!«

»Beruhigen Sie sich, Mr. Rey Diaz«, sagte eine zweite, bedächtige Stimme, offenbar die des Besuchers. »Ich kann Ihnen helfen, wieder die Sonne zu sehen …«

»Fort mit Ihnen!«, schrie Rey Diaz, doch dann änderte er seine Meinung. »Halt. Nehmt den Kerl fest und findet heraus, wo er herkommt!«

»… denn ich kenne die Ursache für ihren Zustand«, fuhr die

Stimme in aller Ruhe fort. »Glauben Sie mir, Mr. Rey Diaz. Sie und ich sind die Einzigen auf der Welt, die den Grund kennen.«

Rey Diaz horchte auf. »Lassen Sie ihn hereinkommen.« Einen Moment starrte er mit seinen überanstrengten Augen an die Decke, dann stand er auf und nahm eine Krawatte, die über der Sofalehne hing, warf sie aber sofort wieder hin. Er ging hinüber zum Spiegel, zog seinen Kragen zurecht und kämmte sich die Haare mit den Fingern.

Er wusste, dass ein feierlicher Augenblick bevorstand.

Der Besucher war ein gutaussehender Mann mittleren Alters. Er trat ein, ohne sich vorzustellen. Als er den penetranten Geruch nach Zigarren und Alkohol im Raum wahrnahm, rümpfte er leicht die Nase, doch dann blieb er ruhig stehen, während Rey Diaz ihn musterte.

»Warum habe ich das Gefühl, dass ich Sie schon einmal gesehen habe?«, fragte er den Besucher.

»Das passiert mir öfter, Mr. Rey Diaz. Ich bekomme immer wieder zu hören, ich sähe aus wie Superman. Der aus den alten Filmen.«

»Und, halten Sie sich für Superman?«, fragte Rey Diaz. Er setzte sich auf das Sofa, nahm eine Zigarre, biss das Ende ab und zündete sie an.

»Aus Ihrer Frage höre ich heraus, dass Sie längst wissen, was für ein Typ Mensch ich bin. Superman bin ich nicht, Mr. Rey Diaz, genauso wenig wie Sie.« Der Mann trat einen Schritt vor, während er das sagte. Mit einem Mal stand er direkt vor ihm und starrte ihn durch die Rauchwolke an, die er eben ausgestoßen hatte. Rey Diaz erhob sich.

»Wandschauer Rey Diaz, ich bin Ihr Wandbrecher.«

Rey Diaz nickte düster.

»Darf ich mich setzen?«, fragte der Wandbrecher.

»Nein«, sagte Rey Diaz und blies dem anderen betont langsam Rauch ins Gesicht.

»Nun seien Sie doch nicht eingeschnappt«, sagte der Wandbrecher mit einem wohlmeinenden Lächeln.

»Das bin ich nicht«, entgegnete Rey Diaz bissig.

Der Wandbrecher ging zur Wand und betätigte einen Schalter. Von irgendwo hörte man das Summen von Ventilatoren.

»Rühren Sie nichts an«, warnte Rey Diaz.

»Sie brauchen frische Luft. Und mehr als das brauchen Sie Sonne. Ich kenne mich in diesem Raum ganz gut aus, wissen Sie. Auf den Aufnahmen, die ich von den Sophonen geschickt bekomme, sehe ich Sie hier häufig hin- und herlaufen wie ein eingesperrtes Tier. Niemand auf der Welt hat Sie je so lange observiert wie ich, und, glauben Sie mir, ich war die ganze Zeit über kein bisschen entspannter als Sie.«

Der Wandbrecher sah Rey Diaz direkt ins Gesicht, das so ausdruckslos war wie bei einer Eisskulptur, dann redete er weiter. »Im Vergleich zu Frederick Tyler sind Sie ein großartiger Stratege. Ein kompetenter Wandschauer. Glauben Sie mir, das meine ich ganz ernst. Ich muss gestehen, dass Sie mich eine ganze Weile, mehr als ein Jahrzehnt, an der Nase herumgeführt haben. Ihre Obsession mit der Superbombe, einer im Weltraumkrieg reichlich ineffizienten Waffe, hat Ihre wahre strategische Absicht erfolgreich verschleiert, und ich habe lange Zeit vergeblich versucht, Ihnen auf die Schliche zu kommen. Ich hatte mich so sehr in dem von Ihnen errichteten Labyrinth verirrt, dass ich beinahe verzweifelt wäre.«

Er richtete den Blick an die Decke und runzelte die Stirn, als würde er sich an diese schweren Zeiten erinnern. »Dann kam ich darauf, mir Ihre Biografie aus der Zeit vor dem Wandschauerstatus genauer anzusehen. Nicht ganz einfach, weil in diesem Fall die Sophonen keine Hilfe waren. Damals hatten erst wenige Sophonen die Erde erreicht, und als Oberhaupt eines südamerikanischen Staates waren Sie für sie nicht interessant. Ich musste mir die Informationen also auf herkömmliche Weise beschaffen. Das hat mich drei Jahre gekostet. Aus dem Material, das ich fand, stach ein Name besonders heraus: William Cosmo. Sie hatten drei heimliche Treffen mit diesem Mann. Die Sophonen haben Ihre Unterhaltungen mit ihm leider nicht aufgezeichnet. Aber egal, worum es dabei ging, für den Präsidenten eines kleinen Entwicklungslandes ist es höchst ungewöhnlich, sich drei Mal mit einem amerikanischen Astrophysiker zu treffen. Inzwischen wissen wir, dass Sie sich schon damals auf Ihre Position als Wandschauer vorbereitet haben. Ihr Interesse galt zweifellos Dr. Cosmos Forschungsergebnissen. Wieso Sie darüber Bescheid wussten, kann ich nicht sagen, aber Sie kannten sich mit Maschinenbau aus und konnten auf den Erfahrungen Ihres sozialistischen Vorgängers aufbauen, der genau wie Sie von einem Staat geträumt hat, in dem die Ingenieure das Sagen haben. Das war einer der Hauptgründe, warum Sie sein Nachfolger geworden sind. Demnach müssen Sie über ausreichend Kenntnisse verfügt haben, um die Bedeutung von Cosmos Forschung einschätzen zu können. Mit dem Beginn der Trisolaris-Krise hat sich Cosmos Forschungsteam auf das Studium der molekularen Wolke im trisolaren Sonnensystem verlegt. Laut ihrer Hypothese ist die molekulare Wolke durch die Kollision eines ehemaligen Planeten mit einer der drei Sonnen entstanden. Bei diesem Zusammenprall durchschlug der Planet die äußeren Sonnenschichten, die Chromo- und Photosphäre, sodass Plasma aus der Konvektionszone der Sonne ins All geschleudert wurde und eine weit ausgedehnte molekulare Wolke um diese Sonne schuf. Aufgrund der vollkommen irregulären Bewegungen im Trisolaris-System laufen die Sonnen manchmal sehr nah aneinander vorbei, was bewirkt, dass die Gravitation der einen Sonne die molekulare Wolke der anderen auseinandertreibt. Aber was verlorengeht, wird rasch wieder durch Eruptionen auf der Sonnenoberfläche nachgebildet. Allerdings finden diese Eruptionen nicht konstant statt und gleichen eher jähen Vulkanausbrüchen. Deshalb unterliegt die molekulare Wolke im Trisolaris-System einem ständigen Wechselspiel aus Expansion und Kontraktion. Zum Beweis dieser Hypothese suchte Cosmo im Universum nach einem Stern mit einer molekularen Wolke, die ebenfalls das Produkt eines Planeteneinschlags war.«

»Im dritten Jahr der Krise«, fuhr der Wandbrecher fort, »hatte er Erfolg. Dr. Cosmos Forschungsteam entdeckte das Planetensystem 275E1, etwa vierundachtzig Lichtjahre von unserem Sonnensystem entfernt. Hubble II war zu dieser Zeit noch nicht in Betrieb, deshalb verließen sie sich bei der Suche auf die Doppler-Wobble-Methode. Aus der Beobachtung der geschwindigkeitsbedingten Wellenlängenänderung des Sternenlichts leiteten sie die Bewegung des Sterns um den Schwerpunkt des Sonne-Planet-Systems ab. Im nächsten Schritt berechneten sie auf Basis dieser Bewegung die Masse und den Orbit des ihn beeinflussenden Planeten. Dabei erkannten sie, dass der Planet relativ dicht um den Stern herumkreiste. Anfangs interessierte sich niemand sonderlich dafür, weil die Astronomen bis zu diesem Zeitpunkt bereits über zweihundert Planetensysteme entdeckt hatten. Doch irgendwann kam es zu einer sensationellen Entdeckung: Die Distanz zwischen dem Planeten und seinem Stern verringerte sich, und zwar mit zunehmender Geschwindigkeit. Damit würde die Menschheit zum ersten Mal beobachten können, wie ein Planet in seinen Stern stürzte. Ein Jahr später war es so weit. Damals konnte man den Aufprall nicht direkt beobachten, sondern nur anhand der periodischen Taumelbewegung des Sterns messen, die sich bei der Kollision veränderte. Doch dann geschah etwas Seltsames: Mit einem Mal dehnte sich um den Stern eine spiralförmige molekulare Wolke aus. Wie eine Spiralfeder, die sich abspulte. Das Team um Cosmo fand heraus, dass es sich um Materie handelte, die beim Einschlag des Planeten herausgeschleudert worden war. Der riesige Gesteinsbrocken war durch die äußere Hülle des Sterns gedrungen und hatte dabei Plasma aus dem Inneren des Sterns ins All geschleudert, wo es aufgrund der Rotation des Sterns eine Spirale bildete. Zu dieser Beobachtung gehören folgende Schlüsseldaten: Bei dem Stern handelt es sich um einen gelben Stern der Spektralklasse G2 mit einer absoluten Helligkeit von 4,3 und einem Durchmesser von 1,2 Millionen Kilometern, unserer Sonne nicht unähnlich. Die Masse des Planeten entsprach etwa vier Prozent der Erdmasse. Er war also etwas kleiner als der Merkur. Und die spiralförmige molekulare Wolke, die aus dem Aufprall entstand, hatte einen Radius von bis zu drei AE, womit er die Distanz zwischen unserer Sonne und dem Asteroidengürtel übertraf. Diese Entdeckung half mir, den Riss in der Wand aufzuspüren, die Sie um Ihren wahren strategischen Plan errichtet hatten.«

Er sah Rey Diaz an. »Als Ihr Wandbrecher erlaube ich mir nun, Ihren großen Plan offenzulegen. Wenn Sie tatsächlich eine Million Wasserstoffbomben bekämen, dann würden Sie diese, wie angekündigt, auf dem Merkur deponieren. Die in den Tiefen des Merkurgesteins detonierenden Bomben würden den Planeten massiv abbremsen, und irgendwann wäre er so langsam, dass er sich nicht mehr in seinem angestammten Orbit halten könnte und in die Sonne fiele. Als Nächstes würde genau das Gleiche passieren wie vierundachtzig Lichtjahre entfernt im Planetensystem 275E1: Merkur würde in die Konvektionszone der Sonne eindringen und eine riesige Menge Plasma aus der Strahlungszone mit Hochgeschwindigkeit ins All schleudern, wo aus ihr aufgrund der Sonnenrotation eine spiralförmige molekulare Wolke wie in 275E1 entstünde. Im Unterschied zum System von Trisolaris kreuzt unsere Sonne als Einzelstern nicht die Bahn anderer Sterne, weshalb die molekulare Wolke sich hier ungehindert ausdehnen könnte, bis sie noch größer wäre als die Wolke der drei Sonnen. Auch das haben die Beobachtungen von 275E1 ergeben. Wenn die spiralförmige Molekularwolke sich wie eine Sprungfeder ausdehnte, würde ihr Radius irgendwann über den Orbit des Mars hinausreichen. Danach würde eine gewaltige Kettenreaktion einsetzen. Zuerst würden die drei terrestrischen Planeten Venus, Erde und Mars die spiralförmige Sonnenatmosphäre durchlaufen und aufgrund der atmosphärischen Reibung an Geschwindigkeit verlieren, bis sie wie drei riesige Meteoriten in die Sonne fielen. Allerdings hätte die Sternenmaterie der Erde zu diesem Zeitpunkt längst die Atmosphäre abgerieben, und auch die Ozeane wären schon lange verdampft. Die nackte Erde wäre zu einem riesigen Kometen geworden, der seinen langen Schweif einmal um die Sonne herumzöge. Die Erde wäre wie in ihrem Geburtszustand wieder eine brodelnde Magmamasse, in der kein Leben möglich ist. Nun fielen Venus, Erde und Mars nacheinander in die Sonne, und der Ausstoß von stellarer Materie ins All würde sich verschlimmern. Aus einer spiralförmigen Molekularwolke würden vier, doch weil diese drei Planeten vierzigmal so viel Masse wie Merkur haben und ihre Umlaufbahnen weiter von der Sonne entfernt liegen, würden sie mit wesentlich höherer Geschwindigkeit in die Sonne einschlagen, und jede neue Spirale spränge mit einer ungleich stärkeren Heftigkeit heraus als die, für die der Merkur verantwortlich war. Die spiralförmige Wolke würde sich rasch ausdehnen und schon bald bis zum Orbit des Jupiter reichen. Aufgrund seiner enormen Masse würde sich die Bahnbewegung des Jupiter durch die Reibung allerdings nur geringfügig verlangsamen, und es würde eine Weile dauern, bis die molekulare Wolke einen merklichen Einfluss auf seine Umlaufbahn hätte. Die Monde des Jupiter würden dagegen eines der folgenden beiden Schicksale erleiden: Entweder würde die Reibung sie ganz aus ihrem Orbit um den Jupiter lösen, sodass sie sich verlangsamten und in die Sonne fielen, oder sie würden innerhalb des Jupiterorbits an Geschwindigkeit verlieren und in den gasförmigen Planeten fallen. Die Kettenreaktion würde sich fortsetzen. Ganz allmählich würde sich auch der Jupiter verlangsamen und auf seiner Umlaufbahn immer mehr der Sonne nähern, bis auch er irgendwann in sie hineinfiele, ein Planet mit der sechshundertfachen Masse der vier Planeten zuvor. Im günstigsten Fall hätte dieser gewaltige Einschlag einen noch heftigeren Ausstoß von Sonnenmaterie zur Folge, die Dichte der spiralförmigen Wolke würde weiter zunehmen, und die eisigen Temperaturen auf Neptun und Uranus würden noch tiefer sinken. Wahrscheinlicher aber ist ein zweites Szenario: Der Absturz des gigantischen Planeten würde den Rand der spiralförmigen Wolke bis zum Orbit des Uranus oder sogar des Neptun hinausschieben. Auch wenn die Dichte der Wolke in ihrem Randbereich ziemlich dünn wäre, würde ihre Reibung letztendlich auch diese beiden Planeten und ihre Monde abbremsen und in Richtung Sonne stürzen lassen. In welchem Zustand sich dann die Sonne befände und wie das Sonnensystem am Ende dieser Kettenreaktion, wenn alle Planeten verschwunden wären, aussähe, können wir nicht wissen. Eins ist jedoch sicher: Für unsere Zivilisation und sämtliches Leben wäre das wesentlich verheerender als die Invasion der Trisolarier. Für Trisolaris ist das Sonnensystem die einzige Hoffnung, um der Bedrohung durch ihre drei Sonnen zu entkommen. Es gibt keine andere Welt, in die sie sich rechtzeitig retten könnten, weshalb sie zusammen mit der Menschheit untergehen würden. Das ist Ihre Strategie: der gemeinsame Untergang. Sobald alles bereitstünde und der Merkur mit einer Unzahl von Wasserstoffbomben bestückt wäre, würden Sie Trisolaris mit dieser Drohkulisse zur Kapitulation zwingen und der Menschheit einen triumphalen Sieg bescheren. All das habe ich in jahrelanger Arbeit herausgefunden. Als Ihr Wandbrecher interessiert mich nicht, was Sie dazu zu sagen haben, denn wir wissen beide, dass es die Wahrheit ist.«

Rey Diaz hatte den Erläuterungen des Wandbrechers schweigend zugehört. Die Zigarre in seiner Hand war mehr als zur Hälfte aufgeraucht, und nun ließ er sie zwischen den Fingern rotieren, als erfreue er sich am Anblick ihrer Glutspitze.

Der Wandbrecher setzte sich neben ihn auf das Sofa. Wie ein Lehrer, der mit einem Schüler die Hausaufgaben bespricht. »Sie sind wie gesagt ein genialer Stratege, Mr. Rey Diaz«, fuhr er ungerührt fort. »Zumindest haben Sie bei der Entwicklung und der Ausführung dieses Plans einige ausgezeichnete Qualitäten bewiesen. Vor allem haben Sie sich Ihren eigenen Hintergrund zunutze gemacht. Die Menschen haben nicht vergessen, wie Sie anfingen, die Atomenergie in Venezuela aufzubauen, und welche Demütigung es für Sie und Ihre Landsleute bedeutete, als man Sie dazu zwang, das Kernkraftwerk von Orinoco herunterzufahren. Alle Welt kann sich noch daran erinnern, was für ein finsteres Gesicht Sie damals gemacht haben. Sie haben Ihre allseits bekannte Paranoia vor Atomwaffen dazu benutzt, jeden möglichen Verdacht zu zerstreuen. Aber auch die minutiöse Ausführung Ihres Plans beweist, wie talentiert Sie sind. Um nur ein Beispiel zu nennen: Natürlich war es Ihnen wichtig, dass das Gestein bei dem Test auf Merkur in die Luft geschleudert wurde, dennoch bestanden Sie darauf, dass ein extrem tiefer Schacht ausgehoben wurde. Ein unglaublich geschickter Schachzug. Sie hatten eiskalt kalkuliert, bis zu welchem Punkt der PDC die exorbitanten Kosten für dieses Vorhaben in Kauf nehmen würde. Meinen Respekt! Und doch ist Ihnen ein grober Schnitzer unterlaufen. Warum musste der erste Test denn unbedingt auf Merkur stattfinden? Es wäre doch noch reichlich Zeit gewesen, um die Bomben später dort hinaufzubringen. Ich vermute, Sie wurden einfach ungeduldig und wollten unbedingt erleben, welche Auswirkungen eine stellare Wasserstoffbombendetonation dort haben würde. Sie konnten es selbst sehen: Eine Unmenge Gestein wurde mit Fluchtgeschwindigkeit hinausgeschleudert. Vielleicht hat das Ergebnis sogar Ihre Erwartungen übertroffen. Auf jeden Fall waren Sie zufrieden. Aber für mich war dieser Test der ultimative Beweis, dass meine These stimmte. Doch, Mr. Rey Diaz, es stimmt: Ohne dieses letzte Ereignis wäre ich, trotz all meiner Vorarbeit, wohl nie hinter Ihre wahre Absicht gekommen. Die Idee schien allzu verrückt, aber auch genial und wirklich wunderschön. Welch herrliches Ballett hätte das Sonnensystem nach dem Sturz des Merkur in die Sonne aufgeführt … Wobei die Menschheit bedauerlicherweise nur die Anfangssequenz hätte genießen können. Sie sind ein Wandschauer mit göttlichen Zügen, Mr. Rey Diaz. Es ist mir eine große Ehre, Ihr Wandbrecher zu sein.«

Er erhob sich und machte eine perfekte Verbeugung vor Rey Diaz.

Dieser würdigte ihn keines Blickes. Er paffte seine Zigarre und stieß den Rauch aus, während er sie erneut eingehend betrachtete. »Gut. Dann stelle ich die Frage, die auch Tyler gestellt hat.«

Der Wandbrecher wusste, auf was Rey Diaz anspielte. »Wenn das, was ich sage, wahr ist, was dann?«

Rey Diaz starrte auf die Zigarrenspitze und nickte.

»Darauf gebe ich die gleiche Antwort wie Tylers Wandbrecher: Dem Herrn ist es gleichgültig.«

Jetzt löste Rey Diaz seinen Blick von der Zigarre und sah den Wandbrecher fragend an.

»Sie wirken roh, obgleich Ihr Verstand messerscharf ist. Doch in den Tiefen Ihrer Seele bleiben Sie ein Grobian. Und diese Rohheit liegt Ihrer Strategie zugrunde, eine gierige Rohheit. Die Menschheit ist nicht in der Lage, so viele stellare Wasserstoffbomben herzustellen. Selbst unter Aufbietung sämtlicher industrieller Mittel wäre nicht einmal ein Zehntel davon zu schaffen. Außerdem würden auch eine Million Wasserstoffbomben den Merkur nicht so sehr verlangsamen, dass er in die Sonne stürzt. Sie haben diesen aussichtslosen Plan mit der Kühnheit eines Kriegers ersonnen und dann mit der Durchtriebenheit eines überragenden Strategen stur vorangetrieben. Ach, Wandschauer Rey Diaz, es ist eine Tragödie.«

Während Rey Diaz seinen Wandbrecher musterte, erschlaffte seine Miene, dann zuckten seine groben Züge, bis er schließlich nicht mehr an sich halten konnte und in lautes Gelächter ausbrach. »Jetzt weiß ich es wieder«, stieß er hervor und zeigte auf den Wandbrecher. »Superman! Er konnte fliegen und die Rotation der Erde umkehren, aber bei einem Ritt auf dem Pferd ist er gestürzt und brach sich das Genick … Das ist zu komisch!«

»Das war Christopher Reeve, der Schauspieler, der Superman spielte«, korrigierte ihn der Wandbrecher ruhig. »Er ist vom Pferd gefallen und war danach querschnittsgelähmt.«

»Glauben Sie etwa, Ihnen wird es besser ergehen?«, prustete Rey Diaz.

»Nachdem ich hierhergekommen bin, ist mir mein weiteres Schicksal gleichgültig«, entgegnete der Wandbrecher. »Ich hatte ein erfülltes Leben. Sie sollten sich lieber Gedanken über Ihr eigenes Schicksal machen, Mr. Rey Diaz.«

»Erst wenn ich Sie erledigt habe«, sagte Rey Diaz und drückte seine Zigarre unvermittelt zwischen den Augen des Wandbrechers aus. Als der Mann sein Gesicht mit den Händen bedeckte, nahm Rey Diaz einen Militärgürtel vom Sofa. Sobald er ihn seinem Wandbrecher um den Hals geschlungen hatte, begann er, ihn mit aller Kraft zu erdrosseln. Der Mann war zwar jünger, aber Rey Diaz war ihm körperlich überlegen und zerrte ihn zu Boden. »Ich dreh dir den Hals um, du Scheißkerl!«, brüllte er. »Das würde dir so passen. Du spazierst hier rein und spielst den Schlauberger, was? Was glaubst du, wer du bist? Ich brech dir das Genick, du Schwein!« Er zog den Gürtel fester und schlug den Kopf des Mannes immer wieder auf den Boden. Dabei hörte er seine Zähne splittern.

Als die Wachen hereinstürmten und sie voneinander trennten, war das Gesicht des Wandbrechers bereits violett angelaufen. Schaum stand ihm vor dem Mund, und seine Augäpfel traten hervor wie bei einem Goldfisch.

»Dreht ihm den Hals um!«, schrie Rey Diaz, während er mit den Wachen rang. »Hängt den Kerl auf! Sofort! Das ist Teil des Plans! Hört ihr mich, verdammt noch mal? Das ist Teil des Plans!«

Die drei Wachmänner hörten nicht auf ihn. Einer von ihnen hielt Rey Diaz im Schwitzkasten, während die andern beiden dem nach Luft ringenden Wandbrecher auf die Füße halfen. Sie brachten ihn zur Tür.

»Wart's nur ab, du Stück Dreck, dein Tod wird grausam sein«, schimpfte Rey Diaz. Er gab den Versuch auf, sich aus der Umklammerung des Wachmanns befreien, und stieß einen tiefen Seufzer aus.

Der Wandbrecher sah ihn über die Schulter des Wachmanns hinweg an. Sein geschwollenes Gesicht verzog sich zu einem Lächeln, und er öffnete den Mund, in dem mehrere Zähne fehlten. »Ich habe ein erfülltes Leben gehabt.«

Anhörung der Wandschauer durch den Planetenverteidigungsrat

Die Vereinigten Staaten, Großbritannien, Frankreich und Deutschland begannen die Sitzung mit einer Beschlussvorlage. Darin verlangten sie, dass Rey Diaz umgehend der Wandschauerstatus aberkannt werden sollte. Außerdem forderten sie seine Anklage vor dem Internationalen Gerichtshof, wegen Verbrechen gegen die Menschlichkeit.

»Nach Sichtung sämtlicher Beweise halten wir das, was der Wandbrecher über Rey Diaz' strategische Absichten gesagt hat, für glaubhaft. Wir haben es hier mit einem Mann zu tun, dessen Verbrechen jede bislang von einem Menschen begangene Untat in den Schatten stellt. Es gibt kein Gesetz, das auf dieses Verbrechen anwendbar wäre, weshalb wir beantragen, in den Gesetzeskatalog des internationalen Rechts ein ›Gesetz gegen die Auslöschung sämtlichen Lebens auf der Erde‹ aufzunehmen und in diesem Sinne ein Verfahren gegen Mr. Rey Diaz anzustrengen.«

Rey Diaz machte während der Anhörung einen recht gelassenen Eindruck. »Sie wollten mich doch schon immer loswerden, nicht wahr?«, fragte er den US-Delegierten höhnisch. »Seit Beginn der Operation Wandschauer haben Sie mit zweierlei Maß gemessen. Sie mochten mich einfach nicht.«

»Die Behauptung von Wandschauer Rey Diaz ist völlig haltlos«, warf der britische Delegierte ein. »Die Staaten, die er hier bezichtigt, waren doch gerade die, die die größten finanziellen Mittel für seine Pläne ausgegeben haben, mehr als für jeden anderen Wandschauer.«

»Sicher«, sagte Rey Diaz kühl, »aber Sie haben nur deshalb so viel in meinen Plan investiert, weil Sie in den Besitz der stellaren Wasserstoffbombe kommen wollten.«

»Das ist doch lächerlich!«, gab der US-Delegierte zurück. »Was sollten wir denn damit anfangen? Sie taugen überhaupt nicht für einen Weltraumkrieg, und auf der Erde ergibt schon die alte Zwanzig-Megatonnen-Bombe keinen Sinn. Von solchen Dreihundert-Megatonnen-Monstern ganz zu schweigen.«

»Aber diese Bomben werden die effizientesten Waffen für Kriege auf anderen Planeten sein«, konterte Rey Diaz gelassen. »Vor allem in Kriegen zwischen Menschen. Auf der kargen Oberfläche fremder Planeten muss man sich weder um ein paar zivile Opfer noch um Umweltzerstörung sorgen. Sie können also nach Belieben ganze Regionen vernichten und sogar einen Vernichtungsschlag gegen die ganze Planetenoberfläche führen. Dabei wären stellare Wasserstoffbomben doch sehr nützlich. Sie gehen doch ganz sicher davon aus, dass sich mit der Eroberung des Weltraums auch die irdischen Konflikte ins All verlagern werden. Daran ändert auch Trisolaris als gemeinsamer Feind nichts. Und genau darauf bereiten Sie sich vor. Für den Augenblick wäre es politisch unverantwortlich, Superwaffen zu entwickeln, die gegen Menschen eingesetzt werden sollen. Deshalb war mein Plan für Sie ein willkommener Vorwand, um sie trotzdem bauen zu lassen.«

»Das ist die absurde Logik eines Terroristen und Diktators. Nach der Ernennung zum Wandschauer hat Rey Diaz seine Macht dazu genutzt, diese Operation zu einer noch größeren Gefahr für die Menschheit zu machen als selbst die Invasion der Trisolarier. Diesen Fehler müssen wir mit aller Entschiedenheit korrigieren.«

»Das darf man durchaus wörtlich nehmen«, sagte Rey Diaz und wandte sich an den amtierenden Vorsitzenden Garanin. »Vor der Tür warten CIA-Agenten, die mich verhaften werden, sobald die Sitzung beendet ist.«

Der amtierende Vorsitzende warf einen Blick auf den US-Delegierten, der nervös mit seinem Kugelschreiber herumspielte. Garanin hatte dieses Amt zu Beginn der Operation Wandschauer als Erster ausgefüllt, und er wusste selbst nicht mehr, wie viele Male er es in den vergangenen Jahrzehnten innegehabt hatte. Doch nach diesem Mal würde der inzwischen weißhaarige Russe in den Ruhestand gehen.

»Wenn Ihre Behauptung wahr ist, Wandschauer Rey Diaz, dann wäre das nicht hinnehmbar«, sagte er. »Solange die Prinzipien dieser Operation noch gelten, genießen Wandschauer Immunität, und keine ihrer Aussagen oder Taten können als Grundlage für eine Festnahme oder Anklage dienen.«

»Außerdem möchte ich daran erinnern, dass wir uns auf internationalem Territorium befinden«, ergänzte der japanische Delegierte.

»Soll das heißen«, fragte der US-Delegierte und hob seinen Stift, »dass der Internationale Gerichtshof Mr. Rey Diaz nicht wegen eines Verbrechens anklagen kann, selbst wenn er vorhat, eine Million Superbomben auf dem Merkur zu zünden?«

»Nach den maßgeblichen Bestimmungen des Wandschauergesetzes ist es zwar möglich, die strategischen Pläne der Wandschauer aufgrund gefährlicher Entwicklungstendenzen einzuschränken oder zu zügeln«, entgegnete Garanin. »Wir können jedoch nicht ihre persönliche Immunität aufheben.«

»Rey Diaz' außerordentliches Verbrechen kann nicht von Immunität gedeckt sein«, warf der Delegierte Großbritanniens ein. »Er gehört bestraft! Allein unter dieser Bedingung lässt sich die Operation Wandschauer fortsetzen.«

Rey Diaz erhob sich. »Darf ich den Vorsitzenden und die Abgeordneten daran erinnern, dass dies eine Wandschauer-Anhörung ist und kein Gerichtsverfahren.«

»Sie stehen schon bald vor Gericht, das garantiere ich Ihnen«, sagte der US-Delegierte eisig.

»Ich pflichte Mr. Rey Diaz bei«, sagte Garanin, um das heikle Thema vom Tisch zu bekommen. »Wir sollten mit der Diskussion über seinen Plan fortfahren.«

Der Delegierte aus Japan ergriff das Wort. »Es sieht so aus, als seien die Abgeordneten sich in einem Punkt einig: Mr. Rey Diaz' Strategie weist eine gefährliche Tendenz zur Menschenrechtsverletzung auf und sollte daher, in Einklang mit den maßgeblichen Paragraphen des Wandschauergesetzes, sofort aufgegeben werden.«

»Dann stimmen wir jetzt noch einmal über die in der letzten Sitzung eingebrachte Beschlussvorlage B269 ab, in der das Ende von Rey Diaz' Plan gefordert wird«, sagte Garanin.

Rey Diaz hob die Hand. »Einen Augenblick bitte, Herr Vorsitzender. Vor der Abstimmung würde ich gern noch ein paar Details meines Plans abschließend erläutern.«

»Wozu, wenn es nur um Details geht!«, fragte jemand.

»Sparen Sie sich die Erklärungen für den Staatsanwalt«, meinte der britische Delegierte.

»Nein. Diese Punkte sind wirklich wichtig«, insistierte Rey Diaz. »Nehmen wir zunächst einmal an, dass der Wandbrecher meine strategischen Absichten richtig erkannt hat. Einer der Delegierten sprach von dem Augenblick, in dem die Wasserstoffbomben auf dem Merkur zur Detonation bereit wären und ich die allgegenwärtigen Sophonen direkt ansprechen und Trisolaris verkünden würde, dass wir die Absicht hätten, gemeinsam zugrunde zu gehen. Was würde dann geschehen?«

»Die Reaktion der Trisolarier ist nicht vorhersehbar, aber auf der Erde werden Ihnen Milliarden von Menschen den Hals umdrehen wollen, so wie Sie es mit diesem Wandbrecher gemacht haben«, sagte der französische Delegierte.

»So ist es. Daher habe ich gewisse Vorkehrungen getroffen. Sehen Sie her, verehrte Abgeordnete.« Rey Diaz hob die linke Hand und zeigte der Versammlung seine Armbanduhr. Sie war vollkommen schwarz, und ihr Zifferblatt war doppelt so groß wie das einer normalen Herrenarmbanduhr, auch wenn sie an seinem kräftigen Handgelenk nicht außergewöhnlich voluminös wirkte. »Das ist ein Sender, der über eine Weltraumverbindung Signale direkt an Merkur sendet.«

»Damit senden Sie das Signal zur Detonation?«

»Im Gegenteil: Ich sende ein Signal zur Nicht-Detonation.«

Mit diesen Worten hatte er alle Aufmerksamkeit der Anwesenden. »Der Codename des Systems lautet ›Wiege‹. Warum habe ich es so genannt? Weil ein Baby erwacht, wenn die Wiege aufhört zu schaukeln. Diese Uhr sendet ein kontinuierliches

Signal, das auf Merkur empfangen wird. Wird das Signal unterbrochen, zündet das System sofort die Wasserstoffbombe.«

»Das nennt man Totmannschalter«, sagte der US-Delegierte ungerührt. »Im Kalten Krieg wurde viel über die Verwendung von Totmannschaltern und Nicht-Auslösern für strategische Nuklearwaffen nachgedacht, doch sie wurden nie eingesetzt. Das ist nur etwas für Wahnsinnige wie Sie.«

Rey Diaz ließ die Hand sinken und verbarg die Uhr wieder unter dem Ärmel. »Diese wunderbare Idee habe ich nicht von einem Kernwaffenexperten, sondern von Hollywood. Ich habe einen Film gesehen, in dem ein Mann ein Gerät trägt, das ein ständiges Signal aussendet. Doch sobald sein Herz stehenbleibt, hört auch das Signal auf. Ein anderer Mann ist an eine Bombe gefesselt, von der er nicht frei kommt. Wenn die Bombe das Signal nicht mehr empfängt, explodiert sie. Also muss der arme Tropf alles tun, um den anderen zu schützen, den er eigentlich nicht ausstehen kann … Ich liebe amerikanische Blockbuster. Was man daran sieht, dass ich sogar heute noch den alten Superman erkennen kann.«

»Wollen Sie damit sagen, dass dieses Gerät mit Ihrem Herzschlag gekoppelt ist?«, fragte der japanische Delegierte. Er stand neben Rey Diaz und streckte seine Hand aus, um nach dem Gerät unter seinem Ärmel zu greifen, doch Rey Diaz zog den Arm weg und rückte von ihm ab.

»Natürlich. Doch die Wiege ist sehr viel fortschrittlicher und raffinierter als das. Sie empfängt nicht nur die Herzschlagfrequenz, sondern noch weitere physiologische Indikatoren wie Blutdruck, Körpertemperatur und so weiter, und führt eine umfassende Analyse dieser Parameter durch. Bei abnormalen

Werten löst das System sofort die Totmannschaltung aus. Es kann sogar einige meiner Sprachkommandos erkennen.«

Ein nervös wirkender Mann betrat den Saal und flüsterte Garanin etwas ins Ohr. Noch bevor er zu Ende geredet hatte, warf Garanin Rey Diaz einen erschrockenen Blick zu, der den übrigen Anwesenden nicht entging.

»Es gibt Wege, Ihre Wiege zu entschärfen«, sagte der US-Delegierte. »Während des Kalten Krieges wurden auch die Kontra-Schalter getestet.«

»Es ist nicht meine Wiege, sondern die der Wasserstoffbomben. Schaukelt die Wiege nicht mehr, erwacht das Baby.«

»Ich hatte ebenfalls an solche Techniken gedacht«, meldete sich der deutsche Delegierte zu Wort. »Wenn das Signal von Ihrer Uhr zum Merkur gesendet wird, durchläuft es eine komplexe Kommunikationskette. Wird dabei ein Kommunikationsknoten so manipuliert, dass ein falscher Sender weiterhin das Signal zur Nicht-Detonation übermittelt, ist das System der Wiege vollkommen nutzlos.«

Rey Diaz nickte. »Das ist ein Problem, das sich jedoch leicht lösen ließe. Wenn nur die Sophonen nicht wären. Sämtliche Kommunikationsknoten sind mit einem Verschlüsselungsalgorithmus ausgestattet, der jedes gesendete Signal erzeugt. Nach außen erscheinen die Signalwerte zufällig und immer wieder anders, doch Sender und Empfänger der Wiege produzieren eine Serie identischer Messwerte. Nur wenn beim Empfänger ein Signal ankommt, das den erwarteten Messwerten entspricht, wird das Signal akzeptiert. Ohne diesen Verschlüsselungsalgorithmus wäre die Reihenfolge der Werte bei einem gefälschten Signal nicht korrekt. Allerdings können die verdammten Sophonen diesen Algorithmus leider aufspüren.«

»Sie haben sich vermutlich eine andere Lösung überlegt?«

»Einen groben Ansatz. So wie es sich für einen wie mich gehört, plump und roh.« Rey Diaz lachte. »Ich habe die Messempfindlichkeit zur Überprüfung des Zustands jedes Kommunikationsknotens erhöht. Genauer gesagt, besteht jeder Knoten aus mehreren Elementen, die räumlich weit voneinander entfernt sein können, aber durch fortwährende Signalübertragung zu einer Einheit verbunden sind. Wenn eins der Elemente ausfällt, wird die gesamte Schnittstelle einen Befehl zum Einstellen des Kontra-Schalters auslösen, weshalb die nächste Schnittstelle auch dann, wenn sie weiter Signale aus falscher Quelle erhält, diese nicht annimmt. Die Überwachung jedes Elements kann auf Mikrosekundenniveau geschehen, was bedeutet – und hier kommt der Einwand des deutschen Delegierten ins Spiel – dass jedes Element einer Schnittstelle gleichzeitig zerstört werden muss, und das Signal aus der falschen Quelle muss innerhalb der folgenden Mikrosekunde gesendet werden. Jede Schnittstelle besteht aus mindestens drei Elementen, es können aber auch mehrere Dutzend sein. Diese Elemente liegen jeweils ungefähr dreihundert Kilometer voneinander entfernt. Sämtliche Elemente sind sehr robust gebaut, und bei jeder Außeneinwirkung geht ein Warnsignal los. Vielleicht könnten die Trisolarier dafür sorgen, dass diese Elemente innerhalb einer Mikrosekunde ausfallen, Menschen schaffen das aber bestimmt nicht.«

Sein letzter Satz ließ alle aufhorchen.

»Ich erhielt soeben die Nachricht, dass das Gerät an Mr. Rey Diaz' Handgelenk ein elektromagnetisches Signal sendet«, sagte Garanin. Die Atmosphäre im Saal war zum Zerreißen gespannt. »Ich frage Sie, Mr. Rey Diaz, wird das Signal von Ihrer Armbanduhr zum Merkur gesendet?«

Rey Diaz kicherte. »Zum Merkur? Wozu denn das? Dort oben ist nichts außer einem riesigen Loch. Abgesehen davon steht die Leitung von der Wiege in den Weltraum noch gar nicht. Nein, seien Sie unbesorgt. Das Signal wird nicht zum Merkur gesendet. Es wird an einen Ort in New York gesendet, gar nicht weit von uns.«

Alle außer Rey Diaz hielten die Luft an.

»Was passiert, wenn das Signal, das die Wiege am Schaukeln hält, unterbrochen wird?«, fragte der britische Delegierte in scharfem Ton. Er versuchte nicht mehr, seine Anspannung zu verbergen.

»Es wird etwas passieren, das ist klar«, sagte Rey Diaz mit einem breiten Grinsen. »Ich bin nun seit über zwanzig Jahren ein Wandschauer, da muss ja auch für mich persönlich etwas dabei herausspringen.«

»Nun, Mr. Rey Diaz, könnten Sie dann bitte eine noch direktere Frage beantworten?«, sagte der französische Abgeordnete. Er gab sich den Anschein von Gelassenheit, doch seine Stimme zitterte. »Wie viele Leben werden Sie – oder wir – auf dem Gewissen haben?«

»Ach, spielt das eine Rolle?« Rey Diaz machte große Augen. »Ich bin davon ausgegangen, dass für alle hier versammelten Damen und Herren die Menschenrechte an oberster Stelle stehen. Wo ist der Unterschied zwischen einem Leben und dem von acht Komma zwei Millionen? Wäre es im ersteren Fall nicht so wichtig?«

Der US-Abgeordnete stand auf. »Als vor zwanzig Jahren die Operation Wandschauer ins Leben gerufen wurde, haben wir gleich gesagt, was er für einer ist.« Er zeigte mit dem Finger auf Rey Diaz und spuckte, während er sprach. Trotz aller Bemühungen verlor er nun eindeutig die Fassung. »Ein Terrorist ist das!«, schrie er hysterisch und warf seine Papiere durch die Luft. »Ein bösartiger, dreckiger Terrorist! Ein Dämon! Ihr habt die Flasche entkorkt, aus der er entwichen ist, und jetzt müsst Ihr dafür Verantwortung übernehmen. Die UNO muss die Verantwortung übernehmen!«

»Beruhigen Sie sich, werter Herr Delegierter!«, sagte Rey Diaz grinsend. »Die Wiege registriert meinen physiologischen Zustand sehr genau. Würde ich mich so ereifern wie Sie und mein Blut in Wallung bringen, würde die Wiege sofort aufhören zu schaukeln. Sie sollten mich daher nicht provozieren, weder Sie noch alle anderen hier im Raum. Es wäre besser für jeden hier, wenn Sie mich glücklich und zufrieden machten.«

»Wie sehen Ihre Bedingungen aus?«, fragte Garanin ruhig.

In Rey Diaz' Lächeln lag eine seltsame Wehmut, als er sich Garanin zuwandte und den Kopf schüttelte. »Wie sollen die schon aussehen, Herr Vorsitzender? Ich will unbehelligt hier hinausgehen und in meine Heimat zurückkehren. Am John-F.-Kennedy-Flughafen wartet eine Chartermaschine auf mich.«

Alle Anwesenden schwiegen und blickten unbewusst von Rey Diaz zum Delegierten der USA, der ihre Blicke nicht aushielt und sich in seinen Sessel zurückwarf. »Scheren Sie sich hinaus«, zischte er.

Rey Diaz nickte bedächtig, erhob sich und ging zur Tür.

»Ich begleite Sie, Mr. Rey Diaz«, sagte Garanin und verließ sein Podium.

Rey Diaz blieb stehen und wartete auf Garanin, der nicht mehr ganz so gut zu Fuß war. »Ich danke Ihnen, Herr Vorsitzender. Ich habe mir schon gedacht, dass Sie auch von hier wegwollen.«

In der Tür fasste Rey Diaz Garanin am Arm und drehte sich mit ihm gemeinsam noch einmal zur Versammlung um. »Meine Damen und Herren, ich kann Ihnen versichern, dass ich diesen Ort nicht vermissen werde. Diese zwei Jahrzehnte waren Zeitverschwendung, und niemand hier versteht mich. Ich will nur noch zurück in mein Heimatland, zu meinem Volk. Ich vermisse es.« Zu jedermanns Erstaunen standen tatsächlich Tränen in den Augen des grobschlächtigen Mannes. »Ich will nach Hause. Das ist nicht Teil des Plans.«

Als er vor die Tür des UN-Hauptgebäudes trat, breitete Rey Diaz genüsslich die Arme aus. »Ah, meine Sonne!« Nach zwanzig Jahren war seine Sonnenphobie verschwunden.

Das Flugzeug mit Rey Diaz und Garanin an Bord hob ab, über die Ostküste auf den weiten Atlantik hinaus.

»Mit mir an Bord haben Sie nichts zu befürchten«, sagte Garanin zu ihm. »Nun verraten Sie mir, wo sich die Vorrichtung befindet, die Sie mit dem Totmannschalter verbunden haben.«

»Es gibt keine Vorrichtung. Es gibt gar nichts. Das war nur ein Trick.« Rey Diaz zog seine Uhr vom Handgelenk und reichte sie Garanin. »Das ist ein einfacher Funksender, aus einem alten Motorola-Handy gebastelt. Er ist auch nicht mit meinem Herzschlag gekoppelt. Er ist ohnehin ausgeschaltet. Schenke ich Ihnen.«

Eine ganze Weile sagten beide kein Wort. Dann seufzte Garanin. »Wie konnte es so weit kommen? Das Privileg der Wandschauer, ihre Strategien für sich zu behalten, war als Waffe gegen die Sophonen und Trisolaris gedacht. Sie und Tyler aber haben es gegen die Menschheit eingesetzt.«

»Was ist daran verwunderlich?«, fragte Rey Diaz. Er saß am Fenster und genoss das Sonnenlicht. »Das größte Hindernis für das Überleben der Menschheit ist die Menschheit selbst.«

Sechs Stunden später landete das Flugzeug auf dem Internationalen Flughafen von Caracas an der Karibikküste. Garanin stieg nicht aus, er würde sofort wieder nach New York zurückfliegen.

»Geben Sie die Operation Wandschauer nicht auf«, sagte Rey Diaz beim Abschied. »Es besteht Hoffnung in diesem Krieg. Und Ihnen bleiben noch zwei andere Wandschauer. Bestellen Sie ihnen meine besten Wünsche.«

»Die werde auch ich nicht mehr zu Gesicht bekommen«, sagte Garanin schwermütig. Als Rey Diaz gegangen war, saß er allein in der Kabine und weinte.

Der Himmel über Caracas war so blau wie der über New York. Rey Diaz stieg die Passagiertreppe hinunter und atmete die vertraute tropische Luft ein, dann ging er auf die Knie und küsste die Erde seines Heimatlands. Anschließend fuhr er, beschützt von einem großen Aufgebot an Militärpolizei, in einer Autokolonne über eine gewundene Straße in die Berge hinauf. Eine halbe Stunde später kamen sie in die Hauptstadt und fuhren ins Zentrum, bis zur Plaza Bolívar. Direkt vor dem Denkmal Simon Bolívars stieg Rey Diaz aus und stellte sich auf den Sockel. Über ihm thronte auf einem Pferd und in Rüstung jener Held, der die Spanier besiegt und versucht hatte, die Vereinigte Republik Großkolumbiens zu errichten. Vor ihm brodelte eine frenetische Menschenmenge unter der Sonne und drängte sich gegen die geschlossenen Reihen der Militärpolizei. Trotz mehrerer Warnschüsse hielt die Absperrung der Menge bald nicht mehr stand, und die Leute stürmten auf den lebenden Bolívar auf dem Sockel des Denkmals zu.

Rey Diaz hob sichtlich bewegt die Arme. »Mein Volk!«, rief er mit tränenerstickter Stimme.

Der erste Stein traf ihn an der ausgestreckten Hand. Der zweite an der Brust, ein dritter krachte gegen seine Stirn und ließ ihn taumeln. Darauf ergoss sich ein wahrer Hagelsturm aus Steinen über ihn, die ihn schließlich fast gänzlich unter sich begruben. Den letzten Stein warf eine alte Frau auf Wandschauer Rey Diaz, nachdem sie ihn mit großer Mühe bis zu seiner Leiche getragen hatte. »Hijo de puta!«, rief sie. »Du wolltest uns alle umbringen. Auch meinen Enkel. Du wolltest meinen Enkel umbringen!«

Dann schleuderte sie mit der ganzen Kraft ihres zittrigen Arms den Stein gegen Rey Diaz' geborstenen Schädel, der unter dem Steinhaufen hervorlugte.

Die Zeit lässt sich nicht aufhalten. Wie eine scharfe Klinge schneidet sie durch Hart und Weich und drängt in aller Stille unerbittlich voran. Nichts kann sie aus der Ruhe bringen, doch sie selbst verändert alles.

Im Jahr des Wasserstoffbombentests auf Merkur ging Chang Weisi in den Ruhestand. Auf seiner letzten Pressekonferenz gestand er offen ein, dass er selbst kein Vertrauen in den Sieg habe. Doch das schmälerte nicht die große historische Bedeutung, die man dem ersten Kommandeur zumaß. Die vielen angespannten Arbeitsjahre hatten seine Gesundheit ruiniert, und er verstarb bereits im Alter von achtundsechzig Jahren. Kurz bevor er für immer die Augen schloss, hatte er noch einen wachen Moment und murmelte mehrfach den Namen Zhang Beihais.

Nach dem Ende ihrer zweiten Amtszeit initiierte UN-Generalsekretärin Sayi das Projekt »Gedächtnis der Menschheit«, dessen Ziel es war, eine umfassende Sammlung von Daten und Zeugnissen der menschlichen Zivilisation zu erstellen, die am Ende in einem unbemannten Raumschiff ins All geschickt werden sollte. Ein besonders ambitionierter Bestandteil des Projekts erhielt den Namen »Tagebuch der Menschheit«. Dabei handelte es sich um eine Webseite, auf der möglichst viele Personen für die Datensammlung der menschlichen Zivilisation Aufzeichnungen ihres Lebens, in Form von Texten und Fotos aus ihrem Alltag, hinterlassen konnten. Am Ende wirkten zwei Milliarden Menschen am Tagebuch der Menschheit mit, wodurch es zur größten je dagewesenen Datenbank im Internet wurde. Später jedoch bewertete der PDC das Projekt als Beitrag zum Defätismus und verabschiedete eine Resolution, die seine Weiterführung unterband und das Projekt sogar auf eine Stufe mit dem Eskapismus stellte. Davon unbeeindruckt setzte Sayi ihre Arbeit fort, bis sie im Alter von vierundachtzig Jahren der Tod ereilte.

Garanin und Kent verbrachten beide den Rest ihres Lebens in jenem Garten Eden in Nordeuropa, der fünf Jahre lang Luo Jis Heimat gewesen war. Niemand bekam sie jemals mehr zu

Gesicht, und ihre genauen Todesdaten blieben unbekannt. Eins war jedoch sicher: Sie lebten noch lange. Es hieß, dass beide über einhundert Jahre alt waren, als sie eines natürlichen Todes starben.

Genau wie Keiko Yamazuki es vorausgesehen hatte, verbrachte der ehemalige General Wu Yue den Rest seines Lebens in verwirrter Melancholie. Er engagierte sich noch jahrzehntelang für das Projekt »Gedächtnis der Menschheit«, doch auch darin fand sein Geist nicht die ersehnte Ruhe, und als er im Alter von siebenundsiebzig Jahren starb, war er mutterseelenallein. Wie Chang Weisi redete auch er kurz vor seinem Tod immer wieder von Zhang Beihai, dem standhaften Krieger, der im Kälteschlaf die Zeit überwand. Auf seinen Schultern ruhten ihre Hoffnungen für die Zukunft.

Dr. Ringier und General Fitzroy lebten noch lange genug, um mit über achtzig Jahren die Fertigstellung des Hundert-Meter-Teleskops Hubble III zu erleben, mit dem sie tatsächlich Trisolaris beobachten konnten. Doch die Trisolaris-Flotte oder die Sonden, die ihr inzwischen vorausflogen, sahen sie nie wieder, denn erst lange nach ihrem Tod durchquerte die Flotte zum dritten Mal ein Schneefeld.

Und die einfachen Leute? Von den drei alten Pekinger Nachbarn starb Miao Fuqian als Erster, mit fünfundsiebzig Jahren. Er ließ sich tatsächlich in einem stillgelegten Bergwerksstollen in zweihundert Meter Tiefe begraben. Danach erfüllte sein Sohn ihm seinen letzten Wunsch und sprengte den Stollen, bevor er einen Grabstein zu seinem Gedenken aufstellte. Das Testament seines Vaters sah vor, dass die letzte Generation vor der entscheidenden Schlacht den Grabstein in Sicherheit bringen und im Falle eines Sieges der Menschheit an seinem ursprünglichen Ort wieder aufstellen sollte. Doch wie das Leben so spielt, war das Gebiet rund um den Minenschacht ein knappes halbes Jahrhundert nach seinem Tod eine Wüste. Der Grabstein verschwand, der Standort der Mine war nicht mehr auffindbar, und Miaos Nachkommen hatten anderes zu tun, als danach zu suchen.

Zhang Yuanchao starb wie ein ganz gewöhnlicher Mensch mit achtzig Jahren an einer Krankheit, wurde wie ein gewöhnlicher Mensch eingeäschert, und seine Asche landete in einer ganz gewöhnlichen rechteckigen Nische in einer langen Reihe von Urnengräbern auf dem öffentlichen Friedhof.

Der Unternehmer Yang Jinwen wurde zweiundneunzig, und der Leichtmetallbehälter mit seiner Leiche wurde mit dritter kosmischer Geschwindigkeit aus dem Sonnensystem hinaus in die Weiten des Alls katapultiert. Dafür gingen seine ganzen Ersparnisse drauf.

Dr. Ding Yi jedoch lebte weiter. Nach dem Durchbruch im Bereich der kontrollierten Kernfusion widmete er seine ganze Aufmerksamkeit der theoretischen Physik und suchte nach Möglichkeiten, trotz der Blockade durch die Sophonen erfolgreiche Experimente in der Hochenergie-Teilchenphysik durchzuführen. Aber es gelang ihm nicht. In seinen Siebzigern gab er, so wie die anderen Physiker zuvor, jede Hoffnung auf einen Durchbruch auf. Er ließ sich in den Kälteschlaf versetzen und wollte erst zur entscheidenden Schlacht wieder aufwachen, da er nur noch den Wunsch verspürte, sich mit eigenen Augen von der überlegenen Technik der Trisolarier zu überzeugen.

Im Jahrhundert nach dem Beginn der Trisolaris-Krise starben die Menschen, die das Goldene Zeitalter erlebt hatten, allmählich aus. Das Andenken an diese Ära wurde wachgehalten, und die Alten, die dabei gewesen waren, wärmten ihre Erinnerungen an diese Zeit immer wieder auf, wie eine köstliche Mahlzeit. Am Ende wiederholten sie den immergleichen Satz: »Ach, hätten wir das damals doch nur alles richtig zu schätzen gewusst!« Die jungen Leute lauschten ihren Geschichten voller Neid, aber auch mit einer gewissen Skepsis. Sollte dieses Zeitalter des Friedens, des Glücks und des Wohlstands, dieses utopische Pfirsichblütenland, in dem es keine Sorgen gegeben hatte, wahrhaftig einmal existiert haben?

Mit dem Tod der Alten verschwand der letzte Abglanz dieses goldenen Ufers im Nebel der Geschichte. Umgeben von unberechenbaren, bedrohlichen Wellen, trieb das Schiff der Menschheit einsam auf den weiten Ozean hinaus, und niemand konnte sagen, ob es ein anderes Ufer gab.

DRITTER TEIL

Der dunkle Wald

黑暗森林

Jahr 205 der Krise

Abstand der Trisolaris-Flotte zum Sonnensystem:
2,10 Lichtjahre

Dunkelheit. Vor der Dunkelheit gab es nur das grenzenlose Nichts. Das Nichts war farblos und leer, Dunkelheit bedeutete immerhin Raum. Schon bald entstand Unruhe in der Dunkelheit des Raums, wie ein leichter Wind, eine Ahnung der vergehenden Zeit. Das Nichts war zeitlos, doch jetzt nahm die Zeit Gestalt an wie ein schmelzender Gletscher. Viel, viel später erst kam das Licht, anfangs nur ein diffuses, helles Etwas, dann allmählich, nach langem Warten, gewann die Welt Konturen. Das wiedererwachte Bewusstsein hatte Mühe, sie zu begreifen, zuerst bemerkte es die dünnen, durchsichtigen Schläuche, die quer in der Luft hingen, danach tauchte hinter den Schläuchen ein menschliches Gesicht auf. Im Nu war es wieder verschwunden und gab den Blick auf das milchig weiße Licht der Decke frei.

Luo Ji erwachte aus dem Kälteschlaf.

Das Gesicht erschien wieder. Es gehörte einem freundlich aussehenden Mann, der Luo Ji anblickte. »Willkommen in unserem Zeitalter.« Als er das sagte, flammten farbenprächtige Rosen auf seinem weißen Laborkittel auf, die langsam wieder verblassten und verschwanden. Nun erschienen immerzu neue

Kombinationen hübsch anzusehender Bilder auf seinem Kittel, die zu seinen Aussagen und Gefühlen passten, vom Meer, von Sonnenuntergängen und grünen Wäldern im Nieselregen. Er berichtete Luo Ji, dass seine Krankheit während des Kälteschlafs geheilt worden war und dass auch seine Wiedererweckung reibungslos verlaufen sei. In etwa drei Tagen würde er völlig wiederhergestellt sein, und dann würde auch sein Körper wieder ganz normal funktionieren.

Luo Ji war noch nicht ganz wach und sein Denken zu träge, um die Worte des Arztes vollständig aufzunehmen. Nur eine Information blieb hängen: Er befand sich im Jahr 205 der Krise und war soeben aus einhundertfünfundachtzig Jahren Kälteschlaf erwacht.

Der Akzent des Arztes kam ihm merkwürdig vor, doch bald begriff er, dass sich das Chinesische tonal gar nicht sehr verändert hatte. Dafür strotzte es vor Anglizismen. Während er sprach, erschienen seine Worte als Text an der Decke. Offensichtlich lief ein Spracherkennungsprogramm mit. Wohl damit die Wiedererwachten leichter folgen konnten, wurden im Textdisplay die englischen Begriffe durch chinesische Schriftzeichen ersetzt.

Zuletzt sagte der Arzt, Luo Ji könne nun vom Wiedererweckungszimmer in die allgemeine Pflegestation überstellt werden. Auf seinem Kittel erschien zum Abschied ein Sonnenuntergang, auf den ein sternenbedeckter Nachthimmel folgte. Schon setzte sich Luo Jis Bett in Bewegung. Kaum war er durch die Tür, rief der Arzt: »Der Nächste bitte!«. Mühsam drehte er den Kopf und sah, wie ein weiteres Bett in das Wiedererweckungszimmer rollte. Darin lag jemand, der offenbar soeben aus der Kälteschlafkammer geholt worden war. Das Bett fuhr von allein zwischen eine Anordnung von Apparaten, und der Arzt, dessen Kittel wieder ganz weiß war, berührte mit dem Finger die Wand. Daraufhin füllte sie sich zu zwei Dritteln mit komplexen Grafiken und Datenanzeigen, an denen er sich intensiv zu schaffen machte.

Luo Ji begriff, dass sein eigenes Wiedererwachen hier vermutlich gar keine große Sache war, sondern zum Tagesgeschäft gehörte. Der Arzt war freundlich gewesen, hatte jedoch kein besonderes Interesse an Luo Ji erkennen lassen.

Genau wie im Wiedererweckungsraum gab es auch im Flur keine Lampen. Die Wände selbst strahlten Licht ab, und obwohl es nur schwach leuchtete, musste Luo Ji die Augen zusammenkneifen. Doch als er das tat, dimmte der Abschnitt, in dem er sich befand, weiter herunter, und das dunklere Segment begleitete ihn durch den ganzen restlichen Korridor. Als seine Augen sich an das Licht gewöhnt hatten, öffnete er sie wieder, und damit erhellten sich auch die Wände wieder gerade so weit, wie es für ihn angenehm war. Offensichtlich überwachte das Lichtsystem des Flurs die Veränderung in seinen Pupillen.

Er schien im Zeitalter der vollkommen personalisierten Technik angekommen.

Das übertraf selbst Luo Jis kühnste Erwartungen.

Im Vorbeirollen sah er auf den Wänden immer wieder verschieden große Displays, einige davon waren bewegte Bilder, die er so schnell nicht erfassen konnte. Vielleicht hatte irgendjemand vergessen, sie nach Gebrauch abzustellen.

Hin und wieder glitt sein selbstfahrendes Bett an Menschen vorbei, die durch den Flur gingen. Ihm fiel auf, dass ihre

Schuhsohlen und auch die Rollen seines Bettes bei jedem Bodenkontakt leuchtende Druckwellen erzeugten, wie früher, wenn er mit einer Fingerspitze auf einen LCD-Bildschirm gedrückt hatte. Der Flur war bemerkenswert sauber, er wirkte so steril wie eine 3-D-Computeranimation, aber das alles war sicher echt. Während er durch ihn hindurchglitt, empfand er ein nie gekanntes Gefühl von Ruhe und Behaglichkeit.

Was ihn an den Menschen, die vorübergingen, am meisten beeindruckte, war ihre Erscheinung. Egal ob Ärzte, Krankenpfleger oder Besucher – alle waren makellos elegant gekleidet und grüßten ihn mit einem freundlichen Lächeln oder Winken. Ihre Kleidung schillerte in wunderbaren abstrakten und konkreten Mustern, jeder hatte seinen eigenen Stil. Was Luo Ji vollends für diese Menschen einnahm, war der Ausdruck auf ihren Gesichtern. An den Augen der ganz gewöhnlichen Menschen ließ sich am besten ablesen, welches Niveau eine Zivilisation zu einem gegebenen Zeitpunkt und an einem bestimmten Ort erreicht hatte. Er hatte einmal Bilder gesehen, die europäische Fotografen in der ausgehenden Qing-Dynastie geschossen hatten. Dabei war ihm vor allem der tumbe Gesichtsausdruck der Leute auf den Fotos aufgefallen. In den Augen der Beamten hatte, genau wie in denen des einfachen Volkes, nichts als Gleichgültigkeit und Ignoranz gestanden, ihre Gesichter hatten leblos gewirkt. Vielleicht betrachteten die Menschen dieses neuen Zeitalters ihn ja mit dem gleichen Gefühl. Ihre eigenen Minen zeugten dagegen von lebhafter Weisheit. Sie waren so voller Aufrichtigkeit, Verständnis und Liebenswürdigkeit, wie er es in seinem früheren Leben nur selten erlebt hatte. Und dieses Selbstvertrauen! Das strahlende Selbstvertrauen faszinierte ihn. Sämtliche Menschen dieses neuen Zeitalters schienen davon durchdrungen.

Überrascht stellte Luo Ji fest, dass sie offenbar gar nicht so verzweifelt waren, wie er erwartet hatte.

Sein Bett rollte geräuschlos weiter bis zur Pflegestation, in der zwei weitere, frisch erwachte Kälteschläfer warteten. Einer lag auf einem Bett, der andere packte in einer Ecke mit Hilfe einer Pflegerin seine Sachen und war schon am Gehen. Er erkannte sofort, dass sie aus derselben Zeit stammten wie er. Ihre Augen waren wie ein Fenster, durch das Luo Ji noch einmal einen Blick auf die graue Ära erhaschen konnte, aus der er gekommen war.

»Was fällt denen denn ein?«, beschwerte sich der Mann, der gerade packte. »Ich könnte ihr Urgroßvater sein!«

»Sie sind aber nicht älter«, entgegnete die Pflegerin. »Laut Gesetz zählt die Kälteschlafphase nicht als Lebenszeit, daher sind Sie aus der Perspektive eines älteren Menschen ein junger Mann. Gehen wir. Sie warten nun schon lange genug am Empfang auf uns.« Sie versuchte, englische Begriffe so gut es ging zu vermeiden, obwohl ihr die chinesischen nicht so leicht von den Lippen gingen. Es war, als mühte sie sich mit einer ausgestorbenen Sprache ab. Wenn sie dann doch ins moderne Chinesisch wechseln musste, zeigte das Display ihre Worte so an, wie man sie zu Luo Jis Zeit ausgesprochen hätte.

»Ich verstehe ja nicht mal, was die sagen«, sagte der frisch Aufgetaute, als er und die Pflegerin jeweils eine Tasche nahmen und zur Tür hinausgingen. »Es klingt halb wie Vogelgezwitscher.«

»Sie müssen es eben lernen«, hörte Luo Ji die Pflegerin sagen. »Ansonsten müssen Sie an die Oberfläche gehen.« Obwohl er sich mittlerweile an den modernen Sprachgebrauch gewöhnt hatte, verstand er nicht, was ihr letzter Satz bedeuten sollte.

»Hallo, warst du auch wegen einer Krankheit im Kälteschlaf?«, begrüßte ihn sein Bettnachbar. Er war jung, ungefähr Anfang zwanzig.

Luo Ji öffnete den Mund, doch es kam kein Laut heraus. Der junge Mann grinste ihn aufmunternd an. »Keine Sorge, Mann, du kannst sprechen. Los, versuch's!«

»Hallo«, brachte Luo Ji heiser hervor.

Der junge Mann nickte. »Der, der gerade gegangen ist, hat es deswegen getan, ich aber nicht. Ich bin einfach nur vor der Wirklichkeit geflohen. Ich heiße übrigens Xiong Wen.«

»Wie … ist es hier so?«, fragte Luo Ji, schon mit etwas weniger Mühe.

»Das weiß ich auch nicht. Bin erst seit fünf Tagen hier. Aber eins weiß ich: Das ist ein gutes Zeitalter. Aber für Leute wie uns wird es definitiv nicht leicht werden, hier zurechtzukommen. Wir sind einfach zu früh dran, ein paar Jahre später wäre besser gewesen.«

»Ein paar Jahre später? Wäre es dann nicht noch schwieriger?«

»Nein, denn augenblicklich befinden wir uns noch im Krieg. Da hat die Gesellschaft anderes zu tun, als sich um uns Aufgetaute zu kümmern. Noch ein paar Jährchen, dann sind sie mit den Friedensverhandlungen durch, und wir leben in Glück und Wohlstand.«

»Friedensverhandlungen? Mit wem denn?«

»Trisolaris, mit wem sonst?«

Diese Bemerkung verwirrte Luo Ji, und er versuchte, sich im

Bett aufzurichten. Eine Pflegerin kam herein und half ihm, bis er halbwegs gerade saß.

»Trisolaris will Friedensverhandlungen?«, fragte er entgeistert.

»Noch nicht, aber es wird ihnen gar nichts anderes übrig bleiben«, sagte Xiong Wen, während er leichtfüßig aus dem Bett aufstand und sich zu Luo Ji auf die Matratze setzte. Offenbar hatte er schon ungeduldig darauf gewartet, einen Neuankömmling mit der Jetztzeit vertraut machen zu können. »Weißt du es denn noch nicht? Die Menschheit ist heutzutage krass cool. Einfach unglaublich!«

»Wie kommt das?«

»Unsere Weltraumflotte ist total stark! Viel mächtiger als die Trisolaris-Flotte.«

Als Luo Ji der Pflegerin einen skeptischen Blick zuwarf, fiel ihm auf, wie hübsch sie war. In diesem Zeitalter schienen die Leute alle ziemlich attraktiv zu sein. Sie nickte lächelnd. »Er hat recht.«

Auch Xiong Wen ließ sich von seiner Skepsis nicht beirren. »Weiß du, wie viele Raumschiffe die Flotte hat? Na? Ich sag's dir: zweitausend! Doppelt so viele wie die Trisolarier! Und es werden immer mehr.«

Luo Ji sah noch einmal fragend zur Pflegerin hinüber. Sie nickte.

»Siehst du, wie arm die Trisolarier dran sind? In den letzten beiden Jahrhunderten sind sie dreimal durch diese, ähm, interstellaren Staubwolken – Schneefelder nennt man die – geflogen. Ich habe gehört, das letzte Mal war vor vier Jahren, und durch das Teleskop hat man gesehen, dass sich die Flotte verkleinert hat. Die bilden keine Einheit mehr. Mehr als die Hälfte ihrer Schiffe beschleunigt schon lange nicht mehr, und das Schneefeld hat sie noch mal heruntergebremst. Die kriechen inzwischen nur noch durchs All und brauchen mindestens noch achthundert Jahre bis zu unserem Sonnensystem. Wenn ihre Schrottmühlen überhaupt noch so lange durchhalten. Bei der jetzigen Geschwindigkeit werden in zweihundert Jahren nur noch etwa dreihundert ihrer Raumschiffe hier ankommen. Eine ihrer Sonden wird allerdings schon bald ins Sonnensystem vorstoßen, noch in diesem Jahr. Die übrigen neun folgen dann in etwa drei Jahren.«

»Sonden … was für Sonden?«, fragte Luo Ji verwirrt.

»Sie sollten damit aufhören, ihn so mit Informationen zu überfrachten«, warf die Pflegerin ein. »Der letzte Wiedererweckte hat Tage gebraucht, um sich zu wieder beruhigen. Zu viele Informationen auf einmal sind der Rekonvaleszenz abträglich.«

»Ich freue mich eben. Was ist schon dabei?« Xiong Wen zuckte mit den Schultern und trollte sich zurück in sein eigenes Bett. Beim Anblick des warmen Deckenlichts seufzte er. »Nicht schlecht, die Kinder, wirklich nicht schlecht!«

»Welche Kinder?« Die Pflegerin rümpfte die Nase. »Kälteschlaf zählt nicht als Lebenszeit. Sie sind hier das Kind.« Für Luo Ji sah sie eher noch jünger aus als Xiong Wen, doch er hatte das Gefühl, dass in dieser Ära das Äußere nicht viel über das wahre Alter aussagte.

»Die Leute aus Ihrer Zeit sind ziemlich verzweifelt«, wandte sie sich an Luo Ji. »Dabei ist alles halb so schlimm.«

Ihre Stimme klang für ihn wie die eines Engels. Er fühlte

sich wie ein kleiner Junge, der aus einem Albtraum erwacht war und beim Anblick eines lächelnden Erwachsenen alle Angst verlor. Während sie sprach, leuchtete auf ihrem Kittel die aufgehende Sonne, unter deren goldenem Licht junges Grün aus der kargen Erde spross. Und überall sprangen wie im Rausch Blütenknospen auf…

»Was ist mit Operation Wandschauer?«, fragte er, nachdem sie das Zimmer verlassen hatte.

Xiong Wen hob ratlos die Brauen. »Wandschauer? Nie davon gehört.«

Luo Ji fragte ihn, wann er sich in den Kälteschlaf habe versetzen lassen. Wie sich herausstellte, war das noch vor der Operation Wandschauer gewesen. Damals war der Kälteschlaf noch ein teurer Luxus gewesen. Xiong Wen schien aus einer reichen Familie zu stammen. Aber wenn ihm in den fünf Tagen nach seinem Erwachen noch nichts von der Operation Wandschauer zu Ohren gekommen war, war sie offenkundig inzwischen vergessen worden oder spielte zumindest keine Rolle mehr.

Als Nächstes erfuhr Luo Ji am eigenen Leib, wie es um das technologische Niveau dieser Zeit bestellt war. Es ging dabei um zwei ganz alltägliche Dinge.

Bald nach seiner Ankunft auf der Station servierte ihm die Pflegerin seine erste Mahlzeit nach dem Erwachen. Sie bestand nur aus ein wenig Brot mit Marmelade und Milch, weil sein Magen noch nicht viel vertrug. Das Brot schmeckte wie Sägemehl.

»Ihr Geschmackssinn muss sich noch erholen«, erklärte sie.

»Wenn er sich erholt hast, schmeckt's noch beschissener«, vermeldete Xiong Wen.

Die Pflegerin lachte. »Natürlich ist es nicht so gut wie das, was damals bei Ihnen an der Oberfläche wuchs.«

»Woher kommt das dann?« fragte Luo Ji mit vollem Mund.

»Es wird künstlich hergestellt.«

»Synthetisches Getreide?«

»Es geht gar nicht anders als synthetisch«, antwortete Xiong Wen für die Pflegerin. »Auf der Erde wächst nichts mehr.«

Luo Ji bedauerte seinen Zimmernachbarn. Zu seiner Zeit hatte es Leute gegeben, die sich so sehr an die Technik gewöhnt hatten, dass keine neue Erfindung sie mehr beeindrucken konnte. Xiong Wen gehörte offenbar dazu. Er wusste das neue Zeitalter gar nicht richtig zu schätzen.

Die nächste Entdeckung war ein Schock für Luo Ji, obwohl es etwas ganz Schlichtes war. Die Pflegerin zeigt auf die Tasse mit der Milch und erklärte ihm, das sei eine spezielle Wärmetasse für Wiedererweckte, da man in der heutigen Zeit keine warmen Getränke zu sich nehme. Selbst Kaffee trank man kalt. Wenn ihm die Milch zu kalt sei, könne er sie erhitzen, indem er den Regler am unteren Ende auf die gewünschte Temperatur einstelle. Als er ausgetrunken hatte, inspizierte er das Trinkbehältnis. Es sah aus wie eine ganz normale Glastasse, nur hatte es einen dickeren, blickdichten Boden, der die Hitzequelle sein musste. Doch er konnte partout keinen Stecker oder Ähnliches finden, nur den Regler. Luo Ji versuchte, den Boden abzuschrauben, doch der war fester Bestandteil der Tasse.

»Bitte Vorsicht im Umgang mit der Ausstattung!«, sagte die Pflegerin, als sie ihn an dem Gefäß herumhantieren sah. »Sie kennen sich noch nicht aus damit. Das ist gefährlich.«

»Ich würde gerne wissen, wie man das auflädt.«

»Auflädt?« Die Pflegerin wiederholte das Wort zögernd, als habe sie es noch nie gehört.

»Auf Englisch *charge*, *recharge*«, versuchte Luo Ji, ihr auf die Sprünge zu helfen, doch die Pflegerin sah ihn verständnislos an.

»Was passiert, wenn der Akku leer ist?«

»Akku?«

»Die ›*battery*‹«, wiederholte er auf Englisch. »Gibt es denn keine Akkus mehr?« Die Pflegerin verneinte. »Wo kommt dann der Strom in der Tasse her?«

»Strom? Der ist doch überall«, sagte die Pflegerin missbilligend.

»Der Strom in der Tasse wird nicht aufgebraucht?«

»Nein.«

»Er ist unerschöpflich?«

»Er ist unerschöpflich. Wieso sollte Energie aufgebraucht werden?«

Nachdem die Pflegerin gegangen war, konnte Luo Ji sich immer noch nicht von der Tasse lösen. Er ignorierte Xiong Wens Frotzeleien, da ihm sein Gefühl sagte, dass er etwas Heiliges in Händen hielt. Von so einem Perpetuum mobile hatte die Menschheit immer geträumt. Wenn die Energie mittlerweile tatsächlich nicht mehr zur Neige ging, dann konnte die Menschheit praktisch alles erreichen. Jetzt glaubte er den Worten der hübschen Pflegerin: Vielleicht war wirklich alles halb so schlimm.

Als der Arzt zur Visite kam, fragte Luo Ji ihn nach der Operation Wandschauer.

»Ich habe davon gehört. Ein alter Witz«, antwortete der Arzt.

»Was ist aus den Wandschauern geworden?«

»Ich glaube, einer hat sich umgebracht, den anderen haben sie zu Tode gesteinigt … Das war in den Anfangsjahren, vor fast zweihundert Jahren.«

»Und die anderen beiden?«

»Keine Ahnung. Die sind wahrscheinlich noch im Kälteschlaf.«

»Es war auch ein Chinese darunter, was ist mit dem?«, fragte er und forschte nervös in den Augen des Arztes.

»Meinen Sie den, der einen Stern verflucht hat?«, mischte sich die Pflegerin ein. »Von dem habe ich mal im Geschichtsunterricht gehört.«

»Ja, der. Und jetzt …«

»Ich weiß es nicht«, sagte der Arzt, der an dem Thema nur mäßig interessiert zu sein schien. »Ich nehme an, dass er noch im Kälteschlaf ist. Mich kümmern diese Dinge wenig.«

»Und der Stern? Der Stern, den er verflucht hat, der mit dem Planeten? Was ist mit dem passiert?« Luo hielt die Anspannung kaum aus.

»Was soll schon passiert sein? Er ist wohl noch da. Ein Fluch! Guter Witz.«

»Es ist also gar nichts passiert?«

»Nichts, zumindest nichts, wovon ich wüsste«, sagte der Arzt und wandte sich an die Pflegerin. »Du vielleicht?«

»Ich auch nicht. Die Menschen waren damals blind vor Angst und machten lauter verrücktes Zeug.«

»Und was geschah dann?«, fragte Luo Ji seufzend.

»Dann kam das Tiefe Tal«, sagte der Arzt.

»Das Tiefe Tal? Was war das?«

»Damit können Sie sich später noch beschäftigen«, sagte der Arzt freundlich. »Jetzt brauchen Sie erst einmal Ruhe. Und es ist wahrscheinlich besser, wenn Sie nichts darüber wissen.« Als er sich zum Gehen wandte, zogen dunkle Wolken über seinen Kittel, und auf dem der Pflegerin flimmerten lauter Augenpaare. Einige von ihnen blickten ängstlich, andere weinten.

Als er wieder allein war, saß Luo Ji eine ganze Weile reglos auf dem Bett. »Ein Witz, ein alter Witz …«, murmelte er immer wieder vor sich hin. Dann begann er zu lachen. Erst gluckste er bloß leise, doch schon bald platzte es schallend aus ihm heraus. Dabei schüttelte es ihn so sehr, dass Xiong Wen schon besorgt nach dem Arzt rufen wollte.

»Es ist alles in Ordnung mit mir«, beschwichtigte Luo Ji ihn. »Schlaf einfach.« Dann sank er selbst auf sein Kissen zurück und schlief zum ersten Mal, seit er wiedererwacht war, ein.

Er träumte von Zhuang Yan und dem Mädchen. Wie zuvor ging sie mit dem Kind im Arm durch den Schnee.

Als er aufwachte, kam die Pflegerin herein. »Guten Morgen«, flüsterte sie ihm zu, um Xiong Wen nicht zu wecken.

»Ist es Morgen? Warum gibt es hier eigentlich keine Fenster?«, fragte Luo Ji.

»Oh, man kann die Wände überall auf transparent stellen. Aber die Ärzte glauben, dass Sie für den Blick nach draußen noch nicht bereit sind. Die Aussicht wäre zu unvertraut, und Sie würden sich nur beunruhigen.«

»Ich bin schon seit einer Weile wach und weiß noch immer

nicht, wie die Welt aussieht. *Das* beunruhigt mich.« Luo zeigte auf Xiong Wen. »Ich bin anders als der da.«

Die Pflegerin lachte. »In Ordnung. Ich beende gerade meine Schicht. Soll ich Sie mit nach draußen nehmen, damit Sie sich ein wenig umsehen können? Sie können ja hinterher frühstücken.«

Aufgeregt folgte Luo Ji der Pflegerin ins Bereitschaftszimmer. Als er sich dort umsah, konnte er nur mit der Hälfte der Einrichtungsgegenstände etwas anfangen. Wozu der Rest diente, erschloss sich ihm nicht. Es gab keinen Computer oder Ähnliches, aber da man überall auf den Wänden ein Display aufrufen konnte, war das nicht weiter verwunderlich. Ihm fielen die drei Regenschirme vor der Tür auf. Sie sahen sehr unterschiedlich aus, waren aber an ihrer Form eindeutig als Schirme zu erkennen. Was ihn überraschte, war ihre robuste Ausführung mit langem Griff. Gab es etwa keine faltbaren Taschenschirme mehr?

Die Pflegerin kam umgezogen aus dem Ankleidezimmer. Von den animierten Mustern einmal abgesehen, fand Luo Ji die Neuerungen in der Damenmode nicht weiter überraschend. Der größte Unterschied war die auffallend asymmetrische Linienführung. Er war nur froh, dass ihm auch nach hundertfünfundachtzig Jahren noch gefiel, was die Frauen trugen. Sie nahm einen der Regenschirme, der offenbar so schwer war, dass sie ihn über der Schulter tragen musste.

»Regnet es draußen?«

Sie schüttelte den Kopf. »Sie denken, das sei ein, ähm … Regenschirm?« Das Wort schien nicht zu ihrem aktiven Wortschatz zu gehören.

»Wenn das kein Regenschirm ist, was dann?«, fragte Luo Ji und rechnete mit irgendeinem ausgefallenen Begriff.

»Das ist mein Fahrrad«, antwortete sie.

»Ist Ihr Zuhause weit von hier?«, fragte er, als sie im Flur standen.

»Wenn Sie wissen möchten, wo ich wohne … Nein, nicht sehr weit weg, nur eine Viertelstunde mit dem Fahrrad«. Dann blieb sie stehen und sah ihn mit ihren bezaubernden Augen an. »Heutzutage hat niemand mehr ein Zuhause. Heiraten, Familie, damit war es vorbei nach dem Tiefen Tal. Daran werden Sie sich wohl als Erstes gewöhnen müssen.«

»Egal ob als Erstes oder Zweites, das ist nichts, woran ich mich gewöhnen könnte.«

»Ach, das glaube ich nicht. Im Geschichtsunterricht habe ich gelernt, dass Ehe und Familie auch zu Ihrer Zeit schon nicht mehr so einen großen Stellenwert hatten. Die Menschen wollten sich nicht binden, sie wollten frei sein.« Wieder redete sie vom Geschichtsunterricht.

Ja, so dachte ich auch einmal, aber dann …

Seit er wiedererwacht war, dachte er ständig an seine Familie. Sie waren der Bildschirmschoner seines Bewusstseins. Doch niemand hier schien ihn zu kennen, und solange er sich seiner Situation nicht sicher war, wollte er nicht unbedacht nach den beiden fragen, auch wenn ihn die Sehnsucht nach ihnen quälte.

Sie gingen eine ganze Weile den Korridor entlang. Als sie schließlich durch eine Automatiktür kamen, leuchteten Luo Jis Augen auf. Von hier erstreckte sich eine schmale Plattform in die Ferne, und ein frischer Wind wehte ihm entgegen. Sie mussten jetzt also draußen sein.

»Wie blau der Himmel ist«, war das Erste, was er in die Welt hinausrief.

»Wirklich? Nie im Leben ist er so blau wie zu Ihrer Zeit.«

Ganz bestimmt sogar. Viel blauer. Luo Ji behielt den Gedanken für sich und schwelgte weiter in dem endlosen Blau um sich herum. Ihm war, als würde seine Seele damit verschmelzen. Dann durchzuckte ihn ein Zweifel. War er etwa im Himmel? Er konnte sich an kein Firmament erinnern, das so blau war, außer aus den fünf Jahren, die er abgeschieden von der Welt in seinem eigenen kleinen Paradies verbracht hatte. Aber an dem blauen Himmel hier hingen weniger weiße Wolken, nur ein paar weiße Dunstfetzen, die im Westen trieben und aussahen wie Flecken, die irgendjemand unabsichtlich dort hinterlassen hatte. Die Sonne, die eben erst im Osten aufgegangen war, leuchtete in dieser klaren Luft wie ein Kristall, an dessen Rändern Tautropfen hingen.

Als Luo Ji nach unten sah, wurde ihm schwindlig. Sie befanden sich so hoch oben, dass er einen Augenblick brauchte, um zu begreifen, dass unter ihnen die Stadt lag. Auf den ersten Blick sah sie aus wie ein riesiger Wald. Schlanke Baumstämme ragten in den Himmel, von den Stämmen gingen rechts und links unterschiedlich lange Äste ab. Was wie Blätter von diesen Ästen hing, waren Gebäude. Der Grundriss der Stadt erschien ungeordnet, und an den Ästen der Bäume hingen unterschiedliche dichte Blätterbüschel. Das Kälteschlaf- und Erweckungszentrum, in dem sein Bett stand, war eines dieser blattartigen Gebäude und hing von der schmalen Plattform, die sich jetzt vor ihm erstreckte.

Als er sich umwandte, sah er den Stamm, mit dem sein Ast

verbunden war, so hoch in den Himmel ragen, dass seine Spitze nicht zu sehen war. Ihr Ast musste irgendwo im mittleren oder oberen Abschnitt des Baums angesiedelt sein. Über und unten ihnen erstreckten sich weitere Äste mit ihren Blättern. Bei näherem Hinsehen erkannte er das komplexe Netzwerk von Brücken, das die Äste am Himmel bildeten. Brücken, bei denen das eine Ende in der Luft hing.

»Wo sind wir hier?«

»In Peking.«

Luo Ji sah die Pflegerin an. Im Morgenlicht war sie noch hübscher. Dann blickte er wieder auf die Stadt. »Wo liegt das Stadtzentrum?«

»Dort hinten. Wir befinden uns außerhalb des Westlichen Vierten Rings, Baum 179, Ast 23, Blatt 18, von hier können Sie fast die ganze Stadt überblicken.«

»Das kann doch nicht wahr sein!«, rief er aus, nachdem er eine Zeit lang in die von ihr gewiesene Richtung geblickt hatte. »Warum ist nichts mehr da?«

»Wieso, nichts mehr da? Zu Ihrer Zeit war hier doch gar nichts.«

»Nichts? Die Verbotene Stadt? Tiananmen? Der Jingshan-Park? Das China World Trade Center? Das kann doch nach nicht mal zweihundert Jahren nicht einfach alles verschwunden sein!«

»Das gibt es alles noch.«

»Wo?«

»An der Oberfläche.«

Als sie Luo Jis erschrockenes Gesicht sah, brach sie in so heftiges Lachen aus, dass sie sich am Geländer festhalten musste. »Haha, oje, das habe ich vergessen. Tut mir wirklich leid, das passiert mir immer wieder. Sehen Sie, wir sind hier im Untergrund, tausend Meter unter der Erdoberfläche … Sollte ich einmal zurück in Ihre Zeit reisen, dürfen Sie sich rächen und vergessen, mir zu erzählen, dass die Stadt an der Oberfläche liegt, dann erschrecke ich mich bestimmt auch so wie Sie jetzt.«

»Aber … das …« Luo Ji breitete die Arme aus.

»Der Himmel ist künstlich. Die Sonne auch.« Die Frau versuchte ernst zu bleiben. »Andererseits stimmt das so nicht, denn es handelt sich um ein Bild, das in zehntausend Metern Höhe aufgenommen und nach hier unten projiziert wird, von daher ist es schon echt …«

»Warum eine Untergrundstadt bauen? Tausend Meter? Das ist verdammt tief.«

»Wegen des Kriegs. Überlegen Sie doch. Wenn die Entscheidungsschlacht losgeht, verwandelt sich die Oberfläche doch in ein Feuermeer. Diese Schlacht fürchtet zwar heutzutage niemand mehr, aber nach dem Tiefen Tal wurden sämtliche Städte unterirdisch errichtet.«

»Alle Metropolen der Welt liegen unter der Erde?«

»Die meisten.«

Luo Ji nahm die Welt noch einmal in Augenschein. Jetzt war ihm klar, dass die Baumstämme, an denen die Gebäude der Stadt hingen, gleichzeitig die Pfeiler waren, die das riesige Gewölbe dieser Untergrundwelt stützten.

»Keine Angst, Sie werden sicher nicht klaustrophobisch. Sehen Sie doch, wie weit der Himmel ist!«

Er betrachtete den Himmel, oder vielmehr die Projektion des Himmels. Jetzt fielen ihm ein paar kleinere Objekte auf.

Zuerst nur einige wenige, doch als er wusste, wonach er Ausschau halten musste, erkannte er, dass es ganz viele waren und den gesamten Himmel bedeckten. Seltsamerweise fiel ihm bei ihrem Anblick die Auslage eines Schmuckgeschäfts ein. Vor seiner Zeit als Wandschauer, als er noch in die Zhuang Yan aus seiner Fantasiewelt verliebt gewesen war, war er so von ihr besessen gewesen, dass er einmal sogar daran gedacht hatte, ihr ein Geschenk zu machen. Er hatte ein Schmuckgeschäft aufgesucht und sich die Platinohrringe in der Auslage zeigen lassen. Lauter edle Stücke, die auf schwarzen Samt gebettet unter den Lampen funkelten. Wäre der Samt blau gewesen, dann hätte das gesamte Arrangement genau wie der Himmel ausgesehen, den er gerade betrachtete.

»Ist das etwa die Weltraumflotte?«, fragte er aufgeregt.

»Nein. Die kann man von hier nicht sehen. Sie ist jenseits des Asteroidengürtels. Das da ist alles Mögliche. Bei den größeren Gebilden handelt es sich um Weltraumstädte, die kleinen Lichtpunkte sind zivile Raumfähren. Manchmal tauchen auch Raumkreuzer im Orbit auf. Ihr Antrieb ist aber so hell, dass man gar nicht hinsehen kann … Gut, ich muss dann mal los. Sie sollten bald wieder hineingehen. Es wird windig hier draußen.«

Als Luo Ji sich umdrehte, um sich von seiner Pflegerin zu verabschieden, verschlug es ihm die Sprache. Sie hatte sich ihren Regenschirm, oder besser ihr Fahrrad, wie einen Rucksack auf den Rücken geschnallt. Nun richtete er sich auf und entfaltete sich über ihrem Kopf zu zwei koaxialen Propellern, die geräuschlos zu kreisen begannen – in entgegengesetzte Richtungen, um die Drehkräfte auszugleichen. Dann hob sie ab und sprang über das Geländer.

Als sie über dem Abgrund schwebte, der ihn so eingeschüchtert hatte, drehte sie sich zu ihm um. »Nicht schlecht, was?«, rief sie. »Sehen Sie, es ist alles halb so schlimm. Sie sollten Ihre Vergangenheit als einen Traum betrachten. *See you!*«

Elegant flog sie davon, mit in der Sonne glänzenden Propellern, bis sie nur noch eine winzige Libelle zwischen zwei Riesenbäumen in der Ferne war. Ganze Schwärme solcher Libellen zogen durch die Bäume der Stadt. Noch auffälliger waren jedoch die fliegenden Autos, die sich wie Fische zwischen Wasserpflanzen bewegten. Die Bäume zerschnitten das Licht der aufsteigenden Sonne in einzelne Strahlen, die den Verkehr in einen goldenen Schimmer tauchten.

Beim Anblick dieser schönen neuen Welt rannen Luo Ji Tränen über das Gesicht, und er hatte das Gefühl, tatsächlich neugeboren zu sein. Die Vergangenheit war nur noch ein Traum.

Als er den Europäer im Empfangszimmer stehen sah, kam ihm irgendetwas an dem Mann merkwürdig vor. Nach einer Weile wurde ihm klar, dass es an seinem Anzug lag, der weder flimmerte noch Muster aufwies, sondern wie ein ganz gewöhnlicher Anzug aus einer längst vergangenen Zeit wirkte. Vielleicht ein Ausdruck gewisser Förmlichkeit.

Nachdem er ihm zur Begrüßung die Hand geschüttelt hatte, stellte sich der Besucher vor. »Mein Name ist Ben Jonathan, Sonderbeauftragter von der Vollversammlung der Weltraumflotte. Ich habe Ihre Wiedererweckung veranlasst. Wir machen uns gleich auf den Weg zur letzten Wandschaueranhörung. Ach, Verzeihung, können Sie mich überhaupt verstehen? Die englische Sprache hat sich ja ziemlich verändert.«

Luo Ji konnte durchaus verstehen, was er sagte. Schließlich war Mr. Jonathans Englisch mit zahlreichen chinesischen Vokabeln gespickt. Also waren die vielen Anglizismen, die er während der letzten Tage gehört hatte, gar kein Zeichen dafür, dass sich die chinesische Kultur der westlichen untergeordnet hatte. Mr. Jonathan benutzte für die Operation Wandschauer zum Beispiel den chinesischen Begriff *mianbi jihua*. Englisch, die früher am weitesten verbreitete Sprache, und Chinesisch, das die meisten Menschen mit der Muttermilch aufgesogen hatten, hatten sich zu einer neuen Lingua franca vermischt. Später erfuhr Luo Ji, dass bei den anderen Sprachen der Welt eine ähnliche Verschmelzung stattgefunden hatte.

Die Vergangenheit ist kein Traum. Sie holt dich immer wieder ein. Dann fiel ihm auf, dass Jonathan »letzte Wandschaueranhörung« gesagt hatte, und er fragte sich, ob wohl Hoffnung auf eine baldige Lösung bestand.

Jonathan drehte sich um, als wollte er sichergehen, dass die Tür geschlossen war, dann aktivierte er eine Schnittstelle an der Wand. Er tippte verschiedene Schaltflächen an, bis sich alle vier Wände und die Decke auflösten und von einem holografischen Display ersetzt wurden.

Luo Ji stand nun in einem Auditorium. Obwohl sich vieles verändert hatte und trotz der schimmernden Tische und Wände, hatten sich die Designer bemüht, den Stil des vorletzten Jahrhunderts nachzuahmen. Alles, vom großen ovalen Tisch, über das Rednerpult bis zum generellen Grundriss des Raums, war mit so viel Nostalgie gestaltet worden, dass Luo Ji sofort wusste, wo er war. Abgesehen von zwei Mitarbeitern, die Dokumente auf den Tischen auslegten, war das Auditorium leer. Luo Ji war überrascht, dass man immer noch gedrucktes Papier verwendete. Vermutlich war es, genau wie Jonathans klassisch geschnittener Anzug, Ausdruck einer gewissen Förmlichkeit.

»Solche Videokonferenzen sind heutzutage üblich und sagen nichts darüber aus, wie wichtig eine Sitzung ist«, erläuterte Jonathan. »Wir haben noch etwas Zeit, bis die Anhörung beginnt, und mir scheint, dass Sie noch nicht viel über unsere Welt wissen. Darf ich Ihnen ein paar grundsätzliche Dinge erklären?«

»Natürlich, sehr gerne.«

»Ich fasse mich kurz.« Jonathan deutete auf das Auditorium. »Zunächst zu den Ländern. Europa ist heute ein einziger Staat und nennt sich Vereinigte Republik Europa. Dieser Zusammenschluss umfasst West- und Osteuropa, aber nicht Russland. Russland und Weißrussland haben sich zu einer Nation namens Russische Föderation vereinigt. Kanada hat sich in zwei Staaten aufgeteilt, einen französisch- und einen englischsprachigen. Auch in anderen Regionen der Erde gab es Veränderungen, aber das sind die wesentlichen.«

Luo Ji war baff. »Mehr hat sich nicht geändert? Es sind doch zwei Jahrhunderte vergangen! Ich hatte angenommen, dass die Welt nicht mehr wiederzuerkennen sein würde.«

Jonathan wandte sich Luo Ji zu und nickte. »Nicht wiederzuerkennen ... Doch, Dr. Luo, die Welt ist in der Tat nicht wiederzuerkennen.«

»Nein, diese Veränderung haben sich bereits in unserer Zeit angedeutet.«

»Doch eine Sache gibt es, die hätten Sie sich nicht vorstellen können: Es gibt keine Großmächte mehr. Die Macht der Staaten hat insgesamt abgenommen.«

»Aller Staaten? Wessen Macht hat dann zugenommen?«

»Die einer überstaatlichen Macht, der Weltraumflotte.«

Er musste kurz überlegen, bis ihm klar wurde, was Jonathan meinte. »Die Weltraumflotte ist also unabhängig?«

»So ist es. Die Flotte gehört keinem Staat an. Sie verfügt über eigene politische und wirtschaftliche Organe, die, so wie die anderen Staaten, Mitglieder der UNO sind. Gegenwärtig existieren drei wesentliche Geschwader im Sonnensystem: die Asiatische, die Europäische und die Nordamerikanische Flotte. Diese Namen beziehen sich aber nur auf ihre jeweiligen Ursprungsregionen und nicht auf aktuelle Befehlszusammenhänge. Die Flotten sind vollkommen unabhängig. Jede von ihnen besitzt die gleiche politische und wirtschaftliche Stärke wie die Supermächte aus Ihrer Epoche.«

»Gütiger Himmel …«

»Bitte kriegen Sie das nicht in den falschen Hals. Das heißt nicht, dass die Erde von Militärs regiert wird. Das Hoheitsgebiet der Weltraumflotten beschränkt sich einzig und allein auf den Weltraum, und sie mischen sich selten in die inneren Angelegenheiten der irdischen Gesellschaft ein. Diese Aufteilung der Hoheitsgebiete ist auch in der Charta der Vereinten Nationen festgelegt. Gegenwärtig teilt sich die Menschheit also in zwei internationale Gemeinschaften: die traditionelle Internationale der Erde einerseits sowie die neue Internationale des Weltraums. Die drei Flottenverbände der Internationalen des Weltraums – die Asiatische, die Europäische und die Nordamerikanische – bilden gemeinsam die Weltraumflotte des Sonnensystems.

Ähnlich wie die UNO hat diese Einrichtung jedoch lediglich eine organisatorische Funktion und keine wirkliche Macht. In Wirklichkeit ist sie nur dem Namen nach eine Weltraumflotte. Die tatsächliche Macht der terrestrischen Weltraumstreitkräfte liegt in den Händen der Oberkommandierenden der drei großen Flotten. Damit sollten Sie für die heutige Anhörung gewappnet sein. Sie wurde vom Solar Fleet Joint Council SFJC, dem Oberkommando der Weltraumflotte, einberufen, das die Kontrolle über die Operation Wandschauer geerbt hat.«

Im Hologramm öffnete sich ein Fenster, in dem ein Bild von Bill Hines und Keiko Yamazuki erschien. Sie waren völlig unverändert. Hines grüßte Luo Ji mit einem Lächeln, während Keiko Yamazuki teilnahmslos neben ihm saß und Luo Jis Gruß nur mit einem leichten Kopfnicken erwiderte.

»Ich bin gerade erst aufgewacht, Dr. Luo«, sagte Hines. »Zu meinem Bedauern habe ich erfahren, dass der Planet, den Sie verflucht haben, noch immer in fünfzig Lichtjahren Entfernung seinen Stern umkreist.«

»Das war auch nur ein Witz, ein alter Witz«, winkte Luo Ji selbstironisch ab.

»Im Vergleich zu Tyler und Rey Diaz haben Sie es immerhin ganz gut getroffen.«

»Nun, Sie scheinen als einziger ein erfolgreicher Wandschauer zu sein. Vielleicht hat Ihr Plan die menschliche Intelligenz tatsächlich auf ein höheres Niveau gehoben.«

Anscheinend konnte auch Hines über sich selbst lachen. Er schüttelte den Kopf. »Nein, hat er nicht, kein bisschen. Ich weiß inzwischen, dass die Hirnforschung kurz nachdem wir in den Kälteschlaf versetzt wurden, auf ein unüberwindbares Hindernis stieß. Einen Schritt weiter, und wir hätten das Quantenniveau des Denkmechanismus erreicht. Doch an diesem Punkt kam wie bei jedem Forschungsgebiet die Sophonen-Blockade zum Tragen. Wir haben die menschliche Intelligenz nicht verbessert. Wenn wir überhaupt etwas erreicht haben, dann war es das gesteigerte Selbstvertrauen einiger Leute.«

Als Luo Ji sich in den Kälteschlaf hatte versetzen lassen, war das mentale Siegel noch nicht entwickelt worden, daher verstand er nicht, was Hines mit dem letzten Satz meinte. Ihm war nur das geheimnisvolle Lächeln aufgefallen, das bei dieser Bemerkung kurz über Keiko Yamazukis starres Gesicht huschte.

Das Fenster verschwand. Jetzt bemerkte Luo Ji, dass sich das Auditorium gefüllt hatte, die meisten der Anwesenden trugen Militäruniformen, die nicht so viel anders aussahen als früher. Keine Muster flimmerten auf den Stoffen, aber dafür leuchteten ihre Anstecknadeln und Epauletten.

Auch im SFJC rotierte der Vorsitz. Aktuell besetzte ein Zivilbeamter diese Position. Luo Ji erinnerte er an Garanin. Ob auch er einer von ihnen war, ein alter Mann aus einer vergangenen Epoche? Zumindest hätte er dann das Glück, noch am Leben zu sein.

Der Vorsitzende eröffnete die Anhörung. »Verehrte Abgeordnete. Bei der heutigen Sitzung werden wir final über die Beschlussvorlage 649 entscheiden. Eingereicht wurde sie während der diesjährigen siebenundvierzigsten Gemeinsamen Konferenz, und zwar von der Nordamerikanischen und der Europäischen Flotte. Lassen Sie mich zunächst die Beschlussvorlage noch einmal verlesen: Im zweiten Jahr der Trisolaris-Krise hat der Planetenverteidigungsrat der UNO die Operation Wandschauer ins Leben gerufen. Sie wurde von den ständigen Mitgliedern der Vereinten Nationen einstimmig ratifiziert und im darauffolgenden Jahr implementiert. Der Kern der Operation war die Entwicklung verdeckter Strategien im Kampf gegen die Invasionsarmee von Trisolaris. Vier Wandschauer, die von den ständigen Mitgliedsstaaten nominiert worden waren, sollten in der Abgeschiedenheit ihrer Köpfe strategische Pläne entwickeln und ausführen, ohne dass sie der allgegenwärtigen Überwachung durch die Sophonen zugänglich wären. Die UNO verabschiedete das Wandschauergesetz, das den Wandschauern gewisse Privilegien bei der Entwicklung und Ausführung ihrer Pläne garantierte. Die Operation Wandschauer läuft inzwischen seit zweihundertfünf Jahren, wobei sie zwischenzeitlich ein gutes Jahrhundert lang unterbrochen wurde. Mittlerweile ist die Leitung der Organisation vom PDC auf den SFJC übergegangen. Die Operation Wandschauer entstand vor einem einzigartigen historischen Hintergrund. Es war der Beginn der Trisolaris-Krise, und die internationale Staatengemeinschaft befand sich angesichts dieser verheerenden Notlage in einem nie da gewesenen Zustand der Angst und Verzweiflung. Vor diesem Hintergrund ersann man die Operation Wandschauer. Sie war nicht das Ergebnis rationaler Überlegungen, sondern ein Akt der Verzweiflung. Die Geschichte hat bewiesen, dass die Operation Wandschauer als strategischer Plan vollkommen versagt hat. Ohne Übertreibung lässt sie sich als die naivste und unsinnigste Aktion bezeichnen, die die menschliche Gesellschaft als Ganzes jemals unternommen hat. Die Wandschauer wurden mit unerhörter und von keiner legalen Instanz kontrollierten Macht ausgestattet und noch dazu mit der Erlaubnis, die internationale Gemeinschaft hinters Licht zu führen. Das war eine grobe Verletzung der grundlegenden moralischen und rechtlichen Normen der Menschheit. Im Verlauf der Operation Wandschauer wurden grundlos enorme strategische Mittel vergeudet. Der sogenannte Mückenschwarmplan des Wandschauers Frederick Tyler hatte keinerlei strategischen Sinn, während Manuel Rey Diaz' Plan einer desaströsen Kettenreaktion auf dem Merkur selbst beim heutigen Stand der Technik völlig undurchführbar wäre. Abgesehen davon waren beide Pläne kriminell. Tyler hatte vor, die Flotte der Menschheit anzugreifen und zu vernichten, Rey Diaz ging sogar so weit, die gesamte Menschheit in Geiselhaft nehmen zu wollen. Die beiden anderen Wandschauer erwiesen sich als ähnlich enttäuschend. Die wahre Strategie hinter Bill Hines' Plan, das menschliche Gehirn zu verbessern, ist noch nicht aufgedeckt, aber das vorläufige Resultat seiner Forschungen und dessen Anwendung innerhalb der Weltraumstreitkräfte erfüllten ebenfalls den Tatbestand eines Verbrechens. Das mentale Siegel stellt einen gravierenden Verstoß gegen die Gedankenfreiheit dar, von der das Überleben und der Fortschritt der menschlichen Zivilisation abhängen. Was Wandschauer Luo Ji angeht, so hat er zunächst in unverantwortlicher Weise öffentliche Gelder verschwendet und anschließend die Menschheit mit lächerlichen Zaubertricks zum Narren gehalten. Wir sind der Auffassung, dass die heutige menschliche Überlegenheit im Falle eines Krieges die Operation Wandschauer überflüssig macht. Es ist Zeit, diesem Unsinn, den wir von der Geschichte geerbt haben, ein Ende zu bereiten. Daher schlagen wir vor, dass der SFJC die Operation Wandschauer mit sofortiger Wirkung für beendet erklärt und das UN-Wandschauergesetz streicht. So weit die Beschlussvorlage.«

Der Vorsitzende legte das Dokument hin und ließ den Blick über die Versammlung schweifen. »Wir werden nun mit der Abstimmung über Beschlussvorlage 649 beginnen. Nehmen Sie den Beschluss an? Ich bitte um Handzeichen.«

Sämtliche Abgeordneten hoben die Hand.

Auch in diesem Zeitalter verliefen Abstimmungen noch in ganz altmodischer Weise. Mitarbeiter liefen die Reihen ab und registrierten sorgfältig die Zahl der Stimmen.

Schließlich lag dem Vorsitzenden das Ergebnis vor. »Beschlussvorlage 649 wurde einstimmig angenommen und ist mit sofortiger Wirkung gültig«, verkündete er und hob den Kopf. Genau wie bei der Videokonferenz, an der Luo Ji vor hundertfünfundachtzig Jahren teilgenommen hatte, wusste er auch diesmal nicht, wo sein Bild zugeschaltet war und ob der Vorsitzende ihn oder Bill Hines ansah. »Mit dem Ende der Operation Wandschauer erkläre ich auch das Wandschauergesetz für ungültig. Im Namen des SFJC teile ich hiermit Wandschauer Bill Hines und Wandschauer Luo Ji mit, dass Ihr Wandschauer-Status widerrufen ist. Alle Rechte, die Ihnen durch das Wandschauergesetz zugestanden worden sind, sowie die damit verbundene Immunität, werden Ihnen hiermit entzogen. Sie sind von jetzt an wieder gewöhnliche Bürger Ihrer jeweiligen Staaten.«

Damit erklärte der Vorsitzende die Sitzung für geschlossen.

Jonathan beendete das holografische Display und damit auch Luo Jis zweihundert Jahre währenden Albtraum. Dann drehte er sich um und lächelte. »Ich nehme an, dass Sie darauf gehofft haben, Dr. Luo.«

»Ja, das ist genau das, was ich wollte«, entgegnete Luo Ji. »Ich danke Ihnen, Herr Sonderbeauftragter. Und ich danke dem SFJC dafür, dass sie mich wieder zu einem ganz normalen Menschen gemacht hat.«

»Nachdem wir nun das Ergebnis der Abstimmung kennen, bin ich dazu befugt, alle weiteren Einzelheiten mit Ihnen zu besprechen. Bitte sagen Sie mir, was Sie auf dem Herzen haben.«

»Was ist mit meiner Frau und meinem Kind?«, stellte Luo Ji endlich die Frage, die ihn seit seiner Wiedererweckung quälte.

»Keine Sorge, es geht ihnen gut. Sie sind noch im Kälteschlaf. Ich gebe Ihnen gern die notwendigen Dokumente, damit Sie sie jederzeit aufwecken lassen können.«

»Ich danke Ihnen. Sehr.« Luo Ji war den Tränen nahe, und wieder hatte er das Gefühl, er sei im Himmel.

»Wenn ich Ihnen dennoch einen Rat geben darf, Dr. Luo«, sagte Jonathan und rückte ein wenig näher an Luo Ji heran. »Ein frisch aus dem Kälteschlaf erwachter Mensch gewöhnt sich nur schwer an die neuen Lebensbedingungen. Sie sollten sich zuerst selbst ein bisschen festigen, bevor Sie Ihre Familie aufwecken lassen. Die von der UN bereitgestellten Mittel reichen aus, um sie noch für weitere zweihundertdreißig Jahre im Kälteschlaf zu halten.«

»Und wie soll ich in dieser Welt überleben?«

Der Sonderbeauftragte lachte ihn aus. »Darum müssen Sie sich keine Sorgen machen. Sie werden sich nicht leicht an diese Zeit gewöhnen, aber für Ihr Leben ist gesorgt. Die Sozialleistungen sind hervorragend, und jeder kann sorglos leben, ohne irgendetwas zu tun. Ihre alte Universität gibt es noch, hier in der Stadt, sie ist möglicherweise bereit, Sie wieder einzustellen, und wird später mit Ihnen Kontakt aufnehmen.«

Plötzlich kam Luo Ji ein beängstigender Gedanke. »Was ist mit meiner Sicherheit? Die ETO will mich umbringen!«

»Die ETO?«, lachte Jonathan. »Die Erde-Trisolaris-Organisation ist schon vor einem Jahrhundert zerschlagen worden. Sie hatten in dieser Welt überhaupt keinen gesellschaftlichen Rückhalt. Natürlich gibt es noch immer Einzelne, die ihrer Ideologie anhängen, aber die sind nicht dazu in der Lage, sich zu organisieren. Sie sind dort draußen absolut sicher.«

Als sie sich voneinander verabschiedeten, legte Jonathan alle Förmlichkeit ab, und sein Anzug zeigte ein übertrieben strahlendes Abbild des Himmels. Lächelnd sah er Luo Ji an. »Dr. Luo, eins muss man Ihnen lassen: Von allen Wandschauern hatten Sie den besten Sinn für Humor. Einen Stern verfluchen! Grandios.« Dann ging er.

Luo Ji stand nun allein im Empfangszimmer und grübelte still über seine Zukunft nach. Nach zwei Jahrhunderten als Erlöser der Welt war er nun wieder ein normaler Mensch und hatte ein ganz neues Leben vor sich.

»He, Herr Normalbürger!«, unterbrach eine polternde Stimme seine Gedanken. Als er sich zur Tür umdrehte, sah er Da Shi hereinkommen. »Na, mein Junge. Der Typ, der eben rausging, hat es mir erzählt.«

Es war ein freudiges Wiedersehen. Da Shi erzählte, dass er schon zwei Monate zuvor wiedererwacht sei, vollständig geheilt von seiner Leukämie. Die Ärzte hatten bei ihm außerdem ein erhöhtes Risiko für Leberzirrhose festgestellt, wohl aufgrund seines Alkoholkonsums, und das gleich mitbehandelt. Den beiden kam es so vor, als hätten sie sich erst vor kurzem voneinander verabschiedet. Vor vier oder fünf Jahren vielleicht. Während des Kälteschlafs hatte man kein Gefühl dafür, wie die Zeit verging. Aber dass sie sich nun zweihundert Jahre später und in einem neuen Zeitalter wiedersahen, schien ihre Freundschaft noch zu vertiefen.

»Ich komme dich abholen, es gibt keinen Grund, länger hierzubleiben«, sagte Da Shi und reichte Luo Ji etwas zum Anziehen aus seinem Rucksack.

»Ist das nicht ein bisschen … zu groß?«, fragte Luo Ji, als er die Jacke überstreifte.

»Sieh einer an. Wacht nur zwei Monate später auf und ist ein Volltrottel im Vergleich zu mir. Zieh es an.«

Da Shi deutete auf einen Schalter an der Vorderseite des Hemdes und erklärte, dass sich damit die Größe anpassen ließe. Luo Ji betätigte ihn und hörte ein Surren, während das Hemd auf die richtige Größe zusammenschrumpfte. Mit den Hosen geschah das Gleiche.

»Sag mal, du trägst doch nicht etwa dieselben Klamotten von vor zwei Jahrhunderten«, fragte er Da Shi. Er war sich sicher, dass dieser die Lederjacke anhatte, die er auch schon bei ihrer letzten Begegnung an ihm gesehen hatte.

»Fast alle meine Sachen sind im Tiefen Tal verloren gegangen, aber meine Familie hatte mir die hier aufgehoben. Nur tragen konnte ich sie nicht mehr. Für dich gibt es auch noch ein paar alte Sachen, die kannst du später abholen. Aber das lass dir gesagt sein, mein Junge, wenn du die siehst, dann weißt du, dass zweihundert Jahre eine lange Zeit sind.« Da Shi drückte an seiner Jacke herum, und auf einmal war sein ganzer Aufzug schneeweiß. Das Leder war nur eine Animation. »Den klassischen Stil mag ich allerdings lieber.«

»Kann ich das bei mir auch machen, Muster flimmern lassen wie die anderen?«, fragte Luo Ji und sah an sich herunter.

»Kannst du. Aber das muss man erst mal programmieren. Lass uns gehen.«

Sie bestiegen den Fahrstuhl im Baumstamm. Als sie ganz unten angekommen waren, traten sie durch die weitläufige Eingangshalle hinaus in die neue Welt.

Als der Sonderbeauftragte Jonathan das Holo-Display abgeschaltet hatte, war die Sitzung des SFJC noch nicht beendet gewesen. Luo Ji hatte noch am Rande mitbekommen, wie jemand etwas rief, als der amtierende Vorsitzende die Anhörung für beendet erklärte. Es war die Stimme einer Frau. Er konnte nicht genau ausmachen, woher sie kam, doch alle hatten ihre Köpfe in eine bestimmte Richtung gedreht. Dann hatte Jonathan das Bild abgeschaltet. Auch er musste es gehört haben, nachdem Luo Ji nun aber ein gewöhnlicher Bürger geworden war, war er nicht länger berechtigt, der Sitzung beizuwohnen.

Die Frauenstimme gehörte Keiko Yamazuki. »Herr Vorsitzender, ich habe etwas zu sagen.«

»Dr. Yamazuki, Sie sind kein Wandschauer«, erwiderte der Vorsitzende. »Sie dürfen zwar aufgrund Ihrer besonderen Stellung an dieser Sitzung teilnehmen, haben jedoch kein Rederecht.«

Keiner der Anwesenden schenkte ihr besondere Beachtung. Sie hatten sich bereits erhoben, um den Saal zu verlassen. Für die Abgeordneten war die ganze Operation Wandschauer nicht mehr als eine Fußnote der Geschichte, mit der sie ihre Zeit verschwenden mussten. Doch ihr nächster Satz ließ die Delegierten innehalten. Sie wandte sich an Hines und sagte: »Wandschauer Bill Hines, ich bin dein Wandbrecher.«

Hines, der ebenfalls bereits aufgestanden war, bekam weiche Knie und setzte sich wieder hin. Die anderen warfen sich ratlose Blicke zu und begannen zu tuscheln, während alles Blut aus Hines' Gesicht wich.

»Sie sind sich hoffentlich über die Bedeutung dieses Titels im Klaren«, sagte Keiko Yamazuki an das Auditorium gewandt.

»Ja«, sagte der Vorsitzende, »wir wissen, was ein Wandbrecher ist. Aber Ihre Organisation existiert nicht mehr.«

»Ich weiß.« Yamazuki wirkte vollkommen ruhig. »Als letztes Mitglied der ETO werde ich jedoch meine Pflicht gegenüber dem Herrn erfüllen.«

»Ich hätte es wissen müssen, Keiko. Ich hätte es wissen müssen …« Hines' Stimme zitterte. Er wirkte erschöpft. Dass seine Frau eine Anhängerin von Timothy Leary war und ihr Interesse an der Programmierbarkeit des menschlichen Gehirns fanatische Züge trug, war ihm schon lange bewusst. Doch dass dahinter ein tief sitzender Hass auf die Menschheit stand, hatte er nicht wahrhaben wollen.

»Zunächst möchte ich eins klarstellen: Deine wahre Strategie hat nie darin bestanden, die menschliche Intelligenz zu steigern. Du weißt nur allzu gut, dass das in absehbarer Zukunft technisch niemals machbar sein wird, schließlich warst du es selbst, der die Quantenstruktur des Gehirns entdeckt hat. Sobald die Hirnforschung das Quantenniveau erreicht hat, ist alle Wissenschaft aufgrund der Sophonenblockade wie ein Gewässer ohne Quelle: Ohne theoretisches Fundament passiert hier nichts mehr. Das mentale Siegel dagegen war kein Nebenprodukt, es war genau das, was du wolltest, das Ziel deiner Forschung.« Sie drehte sich zu den Abgeordneten um. »Eins würde ich gerne von Ihnen wissen. Was ist aus dem mentalen Siegel geworden, während wir im Kälteschlaf lagen?«

»Damit war es schnell vorbei«, antwortete der Delegierte der Europäischen Flotte. »Rund fünfzigtausend Mitglieder der Weltraumstreitkräfte weltweit ließen sich über das mentale Siegel den Glauben an den Sieg einbrennen, sie hatten einen besonders Status innerhalb des Militärs, und man nannte sie Siegelträger. Doch später, nur etwa zehn Jahre nachdem Sie beide in den Kälteschlaf gegangen waren, wertete der Internationale Gerichtshof das mentale Siegel als Verbrechen, als Verstoß gegen die Gedankenfreiheit. Danach wurde die einzige Vorrichtung zur Implementierung des Siegels aus dem Glaubenszentrum entfernt und unter Verschluss genommen. Die Herstellung und Verwendung gleichartiger Vorrichtungen unterliegt seither weltweit einem ähnlich strengen Verbot wie die Verbreitung von Atomwaffen. Wegen der dafür notwendigen Rechenleistungen wäre ein mentales Siegel allerdings noch schwerer zu erzeugen als eine Atomwaffe. Seit Sie sich in den Kälteschlaf versetzen ließen, ist die Computerforschung im Wesentlichen zum Stillstand gekommen, und der Rechner, den Sie damals für das mentale Siegel eingesetzt haben, gilt noch heute als Supercomputer und wird unzugänglich aufbewahrt.«

»Was Sie nicht wissen«, fiel Keiko Yamazuki ihm ins Wort, »ist, dass es mehr als eine Vorrichtung zur Anwendung des mentalen Siegels gab. Wir haben fünf davon herstellen lassen, jeweils mit einem eigenen Supercomputer. Die anderen vier wurden von Hines heimlich an Mitglieder der Siegelträger weitergegeben. Damals gab es erst etwa dreitausend von ihnen, doch sie hatten bereits ein engmaschiges internationales Netzwerk innerhalb des Militärs geknüpft. Hines hat mir davon nichts erzählt, ich erfuhr es über die Sophonen. Wir haben nur deshalb nichts unternommen, weil dem Herrn dieses Siegel gleichgültig ist.«

»Und was ist daran nun bedeutsam?«

»Lassen Sie uns einmal weiterdenken. Die Vorrichtung zur Implementierung des mentalen Siegels wird nur bei Bedarf aktiviert. Jede Vorrichtung hat daher eine lange Lebensdauer und hält bei fachgerechter Wartung gut fünfzig Jahre. Wenn nun diese vier Apparate nacheinander eingesetzt würden, also einer in Gebrauch genommen wird, sobald ein anderer ausfällt, würden sie insgesamt zweihundert Jahre halten. Was bedeutet, dass die Siegelträger vielleicht gar nicht ausgestorben sind, sondern von einer Generation zur nächsten bis heute überlebt haben. Wie Sektenmitglieder, deren Glauben dank des mentalen Siegels, das sie freiwillig an sich selbst anwenden, unerschütterlich ist.«

Der Delegierte der Nordamerikanischen Flotte ergriff das Wort. »Dr. Hines, Ihnen wurde der Wandschauerstatus aberkannt, und Sie haben kein Recht mehr, die Welt zu betrügen. Deshalb fordere ich Sie dazu auf, den hier Versammelten die Wahrheit zu sagen: Stimmt das, was Ihre Frau, besser gesagt, Ihr Wandbrecher, eben erzählt hat?«

»Ja, es stimmt«, sagte Hines.

»Das ist ein Verbrechen!«, rief der Delegierte der Asiatischen Flotte aus.

»Vielleicht ist es das«, sagte Hines und nickte bedächtig. »Doch ich weiß so wenig wie Sie alle, ob die Siegelträger bis heute überlebt haben.«

»Das spielt keine Rolle«, sagte der Delegierte der Europäischen Flotte. »Auf jeden Fall gilt es jetzt, die verbliebenen Apparate aufzuspüren und zu verwahren oder zu vernichten. Was die Siegelträger betrifft, verstieß die freiwillige Annahme des mentalen Siegels damals nicht gegen geltendes Recht. Auch die Weitergabe an andere Freiwillige war insofern nicht strafbar, als sie in dem bereits technisch einprogrammierten Glauben an den Sieg stattfand. Wir müssen also einzig und allein diese Apparate finden. Die Frage, was mit den verbliebenen Siegelträgern geschehen soll, ist aus meiner Sicht ohne Belang.«

»Ich stimme Ihnen zu«, sagte der Delegierte der Nordamerikanischen Flotte. »Es schadet nichts, wenn wir in der Weltraumflotte ein paar Soldaten mit dem festen Glauben an den Sieg haben. Das sollte als persönliche Angelegenheit betrachtet werden, und wir müssen die betreffenden Personen nicht identifizieren. Obwohl ich gar keinen Sinn darin sehe, sich heutzutage noch das mentale Siegel verpassen zu lassen, wo unser Sieg doch offensichtlich ist.«

Keiko Yamazuki schnaubte verächtlich. Ihr hämisches Grinsen war etwas, was den Menschen dieser Ära nicht vertraut war. Als sie es sahen, tauchte in den Köpfen der Abgeordneten ein uraltes Bild von einer Schlange im dichten Gestrüpp auf, auf deren Schuppen sich das Mondlicht widerspiegelte.

»Sie sind wirklich naiv«, sagte sie.

»Wirklich naiv«, wiederholte Hines und ließ den Kopf hängen.

Sie wandte sich wieder an ihn. »Du hast immer deine wahren Gedanken vor mir verborgen, Bill. Schon bevor du ein Wandschauer wurdest.«

»Ich hatte Angst, du würdest mich verachten«, sagte er, immer noch mit gesenktem Kopf.

»Wie oft haben wir uns in den stillen Nächten in unserem Bambushain in die Augen gesehen? Ich sah die Einsamkeit des Wandschauers in deinen Augen und das Bedürfnis, dich mitzuteilen. Wie oft bist du kurz davor gewesen, mir die Wahrheit zu sagen? Wie gern hättest du den Kopf in meiner Brust vergraben und mir unter Tränen alles erzählt und dich davon befreit. Aber das durftest du nicht. Du warst zum Betrug verpflichtet, selbst dem Menschen gegenüber, den du am meisten geliebt hast. Mir blieb nur der Blick in deine Augen und die Hoffnung, darin deine wahren Absichten zu entdecken. Nächtelang lag ich neben dir wach und habe darauf gewartet, dass du im Schlaf sprichst, und noch öfter habe ich dich eingehend beobachtet, jedes deiner Worte und alle deine Gesten studiert, selbst in den Jahren, als du allein im Kälteschlaf warst. Immerzu habe ich mir damals jede Einzelheit über dich in Erinnerung gerufen, nicht aus Sehnsucht, Liebster, nein, allein um deine wahren Gedanken aufzuspüren. Lange Zeit habe ich mich vergeblich darum bemüht, einen Blick hinter deine Maske zu werfen. Doch dann, als wir nach deinem Aufwachen zusammen durch den Dunst des neuronalen Netzwerks schritten, sah ich in deine Augen und verstand alles. Ich war dir acht Jahre voraus, und du warst ein offenes Buch. In diesem

Augenblick erkannte ich, was du warst: ein in der Wolle gefärbter Defätist und überzeugter Eskapist. Du kanntest vor und nach deiner Ernennung zum Wandschauer nur ein einziges Ziel: Du wolltest der Menschheit die Massenflucht ermöglichen. Im Gegensatz zu den anderen Wandschauern lag deine besondere Begabung nicht darin, alle Welt über deine wahren strategischen Absichten im Unklaren zu lassen. Das Brillante an dir war vielmehr, wie gut du deine tatsächliche Weltanschauung verborgen hast. Dennoch wusste ich nicht, wie du dein Ziel mit der Erforschung des Gehirns und seiner Denkfunktionen erreichen wolltest. Selbst als wir zufällig auf das mentale Siegel stießen, rätselte ich noch, bis zum letzten Augenblick, bevor ich in den Kälteschlaf eintrat. Da erinnerte ich mich an den Ausdruck in ihren Augen, den Augen der Siegelträger … Derselbe Ausdruck lag auch in deinen Augen. Und plötzlich konnte ich einen typischen Blick von dir deuten, den ich nie zuvor verstanden hatte. Das war der Moment, in dem ich deine wahre Strategie erkannte. Aber ich konnte nichts mehr sagen.«

»Mrs. Yamazuki«, unterbrach der Delegierte der Nordamerikanischen Flotte, »ich bezweifle, dass Sie uns hier etwas Besonderes zu berichten haben. Wir kennen die Geschichte des mentalen Siegels. Die ersten fünfzigtausend Freiwilligen erhielten das Siegel unter strengster Überwachung.«

»Richtig. Aber die Überwachung galt nur für den Inhalt der Glaubenssätze. Das mentale Siegel selbst war viel schwieriger zu überwachen.«

»Doch wie wir aus der Dokumentation wissen, war auch die technische Überwachung der Apparatur sehr streng, und es gab vor der Inbetriebnahme zahlreiche Tests«, sagte der amtierende Vorsitzende.

Keiko Yamazuki schüttelte den Kopf. »Das mentale Siegel ist eine sehr komplexe Vorrichtung. Es gibt keine lückenlose technische Überwachung. Nehmen wir zum Beispiel ein kleines Minuszeichen innerhalb eines mehrere Millionen Zeilen langen Codes. Nicht einmal die Sophonen haben es entdeckt.«

»Ein Minuszeichen?«

»Als wir das Modell für den neuronalen Schaltkreis entdeckten, mit dem eine Aussage als wahr gewertet wird, entdeckte Bill auch das Modell für die Negativbewertung einer Aussage, was aufgrund der Ähnlichkeit der Modelle nicht allzu schwer war. Genau das, was er brauchte. Er verriet niemandem etwas davon, auch mir nicht. Im Modell der neuronalen Übertragung bewirkte es, dass ein Schlüsselsignal die Richtung änderte, und im mathematischen Modell des mentalen Siegels drückte es sich durch ein Plus- oder Minuszeichen aus. Pluszeichen für wahr, Minuszeichen für falsch. Hines hat still und heimlich die Kontrollsoftware der Vorrichtung manipuliert. In allen fünf Apparaten war das Minuszeichen programmiert.«

In der Versammlung herrschte Totenstille. Die gleiche Stille wie damals vor fast zweihundert Jahren, als Rey Diaz von der »Wiege« an seinem Handgelenk sprach und sagte, dass sie an eine Vorrichtung gekoppelt sei, die sich ganz in der Nähe befinde.

»Dr. Hines, was haben Sie getan?!«, unterbrach der Vorsitzende die Stille.

Hines hob den Kopf. Sein zuvor so blasses Gesicht sah wieder normal aus, seine Stimme war ruhig und gefasst. »Ich muss gestehen, dass ich die Menschheit unterschätzt habe. Der Fortschritt der letzten zweihundert Jahre ist unglaublich. Ich habe mich davon überzeugen können und bin auch jetzt sicher, dass der Sieg in diesem Krieg der Menschheit gehört. So sehr, als wäre mir dieser Glaube mit dem mentalen Siegel eingeschrieben. Die Ideen des Defätismus und des Eskapismus von früher erscheinen heute in der Tat lächerlich. Und dennoch, Herr Vorsitzender, verehrte Abgeordnete, möchte ich der Welt verkünden, dass ich meine Taten nicht bereue.«

»Sie denken allen Ernstes, dass Sie nichts bereuen sollten?«, empörte sich der Delegierte der Asiatischen Flotte.

»Das ist keine Frage des Sollens oder Wollens. Ich kann nicht. Ich habe mir die Aussage selbst mittels des mentalen Siegels eingeschrieben. Alles an meinem Wandschauerplan ist richtig.«

Nicht nur die Abgeordneten wechselten erstaunte Blicke, auch Keiko Yamazuki sah ihn verblüfft an.

Ein Lächeln zuckte über Hines' Gesicht. »Ja, meine Liebe, wenn ich dich so nennen darf: Nur so verschaffte ich mir die mentale Stärke, um meinen Plan durchzuziehen. Ich bin und war immer schon davon überzeugt, das Richtige getan zu haben. Es ist mir gleich, wie die Wirklichkeit aussieht. Ich habe mich mithilfe des Siegels zu meinem eigenen Gott gemacht. Und Gott bereut nicht.«

»Selbst in der nicht mehr allzu fernen Zukunft, wenn sich Trisolaris der überlegenen menschlichen Zivilisation ergeben wird, dann werden Sie weiterhin so denken?«, fragte der Vorsitzende.

Hines nickte. »Ja, ich werde davon überzeugt sein. Alles an meinem Wandschauerplan ist richtig. Natürlich werden die

Tatsachen mir Höllenqualen bereiten.« Er wandte sich wieder an seine Frau. »Du erinnerst dich sicher noch, meine Liebe, wie sehr ich gelitten habe, als ich davon überzeugt war, Wasser wäre giftig.«

»Zurück in die Gegenwart«, unterbrach der Delegierte der Nordamerikanischen Flotte das allgemeine Getuschel. »Wir wissen nicht, ob die Siegelträger die Zeit überdauert haben, immerhin sind seitdem zweihundert Jahre vergangen. Wenn eine solche Personengruppe mit dem unerschütterlichen Glauben an die Niederlage noch immer existieren sollte, warum gibt es dann keine Anzeichen dafür?«

»Es gibt zwei Möglichkeiten«, sagte der Delegierte der Europäischen Flotte. »Entweder ist das mentale Siegel längst verschwunden und wir machen uns ganz unnötig Sorgen …«

Der Delegierte der Asiatischen Flotte vervollständigte den Gedanken: »… oder das Erschreckendste an der Situation ist die Tatsache, dass es keine Anzeichen dafür gibt.«

Luo Ji und Da Shi gingen durch die Untergrundstadt, im Schatten der Baumstrukturen, zwischen denen Autos hin- und herflogen. Da die Gebäude wie Blätter an den Bäumen hingen, waren die Flächen darunter weit und offen, und die in großem Abstand zueinander stehenden Stämme vermittelten einem das Gefühl, als gäbe es hier unten keine Straßen, sondern nur einen einzigen weitläufigen Platz, auf dem hie und da Bäume standen. Die Umgebung war wunderbar. Mit ihren großen Rasenflächen, den Wäldern aus echten Bäumen und der klaren Luft vermittelte sie einem das Gefühl, man hielte sich inmitten herrlicher Natur auf. Dazwischen bewegten sich Fußgänger, die in ihrer schillernden Kleidung wie Leuchtkäfer aussahen. Luo Ji war schwer beeindruckt von der modernen Infrastrukturplanung, die den Lärm und das Gedränge der Stadt nach oben verlegte und am Boden Raum für die Natur ließ. Nichts deutete auf einen Krieg hin, stattdessen ließen es sich die Menschen gut gehen und genossen die Annehmlichkeiten des Lebens.

Sie waren noch nicht weit gekommen, als er plötzlich die freundliche Stimme einer Frau vernahm. »Hallo, Sie sind doch Dr. Luo Ji, nicht wahr?« Er sah sich um und entdeckte, dass die Stimme von einer leuchtenden Reklametafel im Gras kam. Eine adrette Dame im Kostüm blickte ihn lächelnd vom Bildschirm an.

»Der bin ich.«

»Guten Tag. Ich bin Finanzberaterin Nr. 8065 vom Zentralen Bankensystem. Willkommen in unserem Zeitalter. Ich möchte Sie über Ihre finanzielle Situation aufklären.« Neben ihrem Bild erschien eine Datentabelle. »Hier haben wir Ihre Finanzdaten aus dem Jahr neun der Krise, inklusive der Anlagen bei der Industrial and Commercial Bank of China und der China Construction Bank. Außerdem gibt es diverse Rentenanlagen, die jedoch während des Tiefen Tals zum Teil verloren gegangen sein könnten.«

»Woher weiß sie, dass ich hier bin?«, flüsterte Luo Ji Da Shi zu.

»In deinem linken Arm ist ein Chip implantiert. Keine Sorge, das ist heute bei jedem so. Der funktioniert wie ein Personalausweis. Sämtliche Anzeigetafeln können dich erkennen. Die Werbung ist personalisiert, alles, was dir angezeigt wird, ist speziell auf dich zugeschnitten.«

»Mein Herr, das hier ist keine Werbung«, sagte die Beraterin, die Da Shis Worte offenbar gehört hatte. »Es handelt sich um eine Dienstleistung des Bankensystems.«

»Wie viel habe ich auf dem Konto?«, fragte Luo Ji.

Neben der Beraterin erschien eine neue, ausgesprochen komplexe Tabelle. »Das ist der Status all Ihrer zinsfähigen Konten seit dem Jahr neun der Krise. Recht komplex, aber ab sofort haben Sie von Ihrem persönlichen Informationsbereich aus jederzeit darauf Zugriff.« Eine zweite Tabelle erschien. »Das hier zeigt Ihnen Ihre gegenwärtige finanzielle Situation in sämtlichen Zweigen des Bankensystems an.«

Luo Ji blickte bei den Zahlen nicht durch. »Wieviel … ist das?«

»Du bist reich, mein Junge!«, sagte Da Shi und klopfte ihm auf die Schulter. »So viel wie du habe ich nicht, aber bei mir sieht es auch nicht schlecht aus. Zwei Jahrhunderte Zinsen, eine echte Langzeitanlage. So wird man von Tellerwäscher zum Millionär. Hätte ich nur ein bisschen mehr gespart damals!«

»Nun … Ist das wirklich alles richtig so?«, fragte Luo Li, noch immer skeptisch.

»Wie?« Die Finanzberaterin sah ihn fragend an.

»Ich war mehr als hundertachtzig Jahre weg. Gab es in dieser Zeit denn keine Inflation? Keinerlei Änderungen oder Einbrüche im Finanzsystem?«

»Du machst dir zu viele Gedanken«, sagte Da Shi und zog eine Schachtel Zigaretten aus der Tasche. Tabak gab es also noch. Da Shi steckte sich eine der Zigaretten zwischen die Lippen und paffte drauflos. Anscheinend musste man sie nicht mehr anzünden.

»Es gab mehrere Inflationen zur Zeit des Tiefen Tals, und das Finanz- und Kreditsystem brach beinahe zusammen«, erklärte die Finanzberaterin. »Doch auf Grundlage der heute geltenden Gesetze werden die Zinsen auf Anlagen von Kälteschläfern nach einem festen Verfahren berechnet, das die Zeit des Tiefen Tals ausnimmt.«

Luo Ji konnte es nicht fassen. »Wow. Das nenne ich bevorzugte Behandlung!«

»Wir leben in herrlichen Zeiten, mein Junge«, sagte Da Shi und blies den Rauch in die Luft. »Nur leider«, Er hielt die Zigarette hoch, »schmeckt der Tabak grauenhaft.«

»Dr. Luo, das wäre es dann von meiner Seite. Ich wollte Sie nur über Ihren Vermögensstatus aufklären. Sie können sich jederzeit an mich wenden, um über Ihre Anlagestrategie zu sprechen. Auf Wiedersehen.« Die Dame winkte freundlich.

»Warten Sie, noch eine Frage«, sagte Luo Ji hastig. Er wusste nicht, wie man eine junge Dame in diesem Zeitalter angemessen ansprach und wollte lieber nichts falsch machen. »Ich kenne mich in dieser Zeit noch nicht aus und bitte Sie um Nachsicht, falls meine Frage unangemessen sein sollte.«

Sie lächelte nur. »Kein Problem. Es ist schließlich unsere Aufgabe, Sie mit allem möglichst schnell vertraut zu machen.«

»Sind Sie ein menschliches Wesen, oder sind Sie ein Roboter? Oder ein Programm?«

Die Frage schien die Finanzberaterin nicht aus der Fassung zu bringen. »Selbstverständlich bin ich ein Mensch. Wie könnte ein Roboter sich mit so komplexen Fragen befassen?«

Nachdem der Monitor erloschen war, wandte sich Luo Ji an Da Shi. »Ein paar Dinge wollen mir nicht in den Kopf. Dieses

Zeitalter kennt das Perpetuum mobile und kann synthetisches Getreide herstellen – nur die Computertechnik scheint keinerlei Fortschritte gemacht zu haben. Offenbar kann man nicht einmal die Finanzen mithilfe künstlicher Intelligenz verwalten.«

»Perpetuum mobile?«, fragte Da Shi. »Du meinst Maschinen.«

»Ja. Unbegrenzte Energie.«

»Wo?« Da Shi blickte um sich.

Luo Ji deutete auf den Verkehr. »Diese fliegenden Autos. Laufen die mit Benzin oder Batterien?«

»Weder noch. Die Erde hat kein Öl mehr, alles leergepumpt. Diese Autos fliegen ohne Batterien endlos durch die Gegend, ohne dass die Energie ausgeht. Toll, was? Ich überlege, mir auch so eins zuzulegen.«

»Wie kommt es, dass dich ein so ungeheures technisches Wunder völlig kaltlässt? Unbegrenzte Energie! Das ist eine Leistung wie die Erschaffung von Himmel und Erde durch den chinesischen Urheiligen Pangu! Begreifst du gar nicht, in was für einer großartigen Zeit wir leben?«

Da Shi warf seine Kippe weg. Dann besann er sich eines Besseren, bückte sich, hob sie auf und warf sie in einen Mülleimer. »Was soll das heißen, lässt mich kalt? Du bist einfach ein Intellektueller, dem die Fantasie durchgeht. Das alles hatten wir doch schon zu unserer Zeit.«

»Du machst Witze.«

»Ich kenne mich mit Technik nicht besonders aus, aber mit dieser einen Sache schon. Ich hatte nämlich mal bei der Polizei Wanzen in Gebrauch, die endlos und ohne Batterien liefen. Weißt du, wie? Sie waren per Mikrowellen ferngesteuert. So funktioniert die Elektrizität jetzt generell, mit veränderter Handhabung.«

Luo Ji starrte erst Da Shi an, dann in den Himmel zu den fliegenden Autos hinauf. Er dachte an die erhitzbare Tasse, und jetzt verstand er … Kabellose Energiezufuhr. Die Energiequelle sendete Strom in Form von Mikrowellen oder anderer elektromagnetischer Wellen, um in einer bestimmten Zone ein elektrisches Feld zu erzeugen, womit jede Apparatur in dieser Zone über eine Antenne oder eine Resonanzspule Energie beziehen konnte. Da Shi hatte recht, diese Technik hatte auch schon vor zweihundert Jahren existiert. Sie war damals nur deshalb nicht alltäglich, weil der Energieverlust zu hoch war. Nur ein kleiner Teil der abgegebenen Energie wurde verwendet, der Rest war verschwendet. Im gegenwärtigen Zeitalter jedoch sorgte die fortschrittliche Technik der kontrollierten Kernfusion für eine so unerschöpfliche Energiequelle, dass der Verlust durch drahtlose Energieübertragung zu verschmerzen war.

»Und was ist mit dem synthetischen Getreide? Es ist doch synthetisch, oder?«

»Da bin ich mir nicht so sicher. Das Getreide wächst immer noch aus Saatgut, allerdings in Fabriken, in so einer Art Zuchtplantagen. Alles wird genetisch verändert, und ich habe gehört, dass der Weizen als reine Ähre wächst, ohne Stängel. Unter dem künstlichen Sonnenlicht und mit einer anderen Form von intensiver, wachstumsfördernder Bestrahlung wächst er außerdem besonders schnell. Eine ganze Weizen- oder Reisernte kann innerhalb einer Woche eingefahren werden. Deshalb sieht es von außen so aus, als würde er am Fließband produziert.«

»Oh«, seufzte Luo Ji, als vor seinen Augen all die schönen Seifenblasen, in denen die neue Welt für ihn gerade noch geschillert hatte, eine nach der anderen zerplatzten. So sah es also aus. Immer noch flogen überall Sophonen herum, die verhinderten, dass sich die Wissenschaft grundlegend veränderte. Niemals würde die technologische Entwicklung diese Blockade überwinden.

»Und was ist mit den Raumschiffen, die angeblich mit fünfzehn Prozent der Lichtgeschwindigkeit reisen?«

»Das wiederum ist tatsächlich wahr. Wenn diese Raumkreuzer starten, sehen sie aus wie kleine Sonnen am Himmel. Und ihre Weltraumwaffen … Vor ein paar Tagen habe ich im Fernsehen den Bericht über ein Manöver der Asiatischen Flotte gesehen. Die haben mit einer Laserkanone ein Angriffsziel weggefegt, so groß wie ein Flugzeugträger. Das riesige Eisending ist zur Hälfte verdampft wie ein Eisblock, die andere Hälfte explodierte wie ein Feuerwerk aus glühendem, geschmolzenem Stahl. Und dann gibt es diese Schienenkanonen, die pro Sekunde über hundert Stahlkugeln von der Größe eines Fußballs abfeuern können, mit einer Mündungsgeschwindigkeit von Dutzenden von Kilometern pro Sekunde. Die machen innerhalb von ein paar Minuten einen Berg auf dem Mars platt … Dieses Perpetuum-Dings, von dem du sprichst, haben wir zwar nicht, aber um mit der Flotte der Trisolarier fertigzuwerden, reicht es allemal.«

Da Shi reichte Luo Ji eine Zigarette und zeigte ihm, wie man sie mit einer Drehbewegung am Filter anzündete. Während sie rauchten, beobachteten sie, wie der schneeweiße Nebel aufstieg. »Jedenfalls sind das gute Zeiten, mein Junge.«

»Ja. Gute Zeiten.«

Luo Ji hatte kaum ausgeredet, als sich Da Shi auf ihn warf. Sie stürzten neben dem Weg ins Gras und rollten dort weiter, während ein fliegendes Auto zischend in die Stelle raste, an der sie eben gestanden hatten. Luo Ji spürte die Wucht seines Aufpralls. Metallteile flogen ihnen um die Ohren. Sie ließen die Leuchtreklametafel splittern, und die durchsichtigen Glasröhren ihres Displays krachten zu Boden.

Während Luo Ji noch ganz benommen und mit einem blauen Auge auf dem Boden lag, sprang Da Shi auf und rannte zu dem Auto hinüber. Die an eine fliegende Untertasse erinnernde Karosserie war völlig verbeult und zerstört, doch da sie kein Benzin an Bord hatte, gab es kein Feuer. Nur elektrisches Knistern und ein paar Funken im verbogenen Metall. »Kein Fahrer!«, sagte Da Shi, als Luo Ji sich humpelnd zu ihm gesellte.

Luo Ji stützte sich auf Da Shis Schulter und massierte das schmerzende Bein. Er sah seinem Freund in die Augen. »Schon wieder hast du mir das Leben gerettet, Da Shi.«

»Wie oft soll ich das eigentlich noch machen, he? Wie wär's, wenn du dich endlich mal ein bisschen zusammenreißt und selbst die Augen offen hältst?« Er deutete auf die Trümmer des fliegenden Autos. »Erinnert dich das an etwas?«

Luo Ji dachte an ein ganz ähnliches Ereignis vor zweihundert Jahren zurück und schauderte.

Inzwischen hatten sich einige Passanten um sie geschart. Auf ihrer Kleidung blitzten immer wieder Schreckensbilder auf. Zwei Streifenwagen landeten mit heulenden Sirenen, und mehrere Polizisten stiegen aus, um das zerstörte Auto zu inspizieren. Ihre Uniformen blinkten wie ihre Sirene und überstrahlten mit ihrem grellen Licht die Kleidung der Fußgänger. Luo Ji und Da Shi kniffen die Augen zusammen, als einer der blinkenden Polizisten zu ihnen herüberkam.

»Sind Sie verletzt?«, fragte er besorgt. Man sah ihnen offenbar an, dass sie aus einem anderen Jahrhundert stammten, denn er schien bemüht, altmodisches Chinesisch zu sprechen.

Noch bevor Luo Ji antworten konnte, hatte Da Shi den Polizisten schon gepackt und beiseitegezogen. Abseits der Menge hörte seine Uniform auf zu blinken.

»Sie müssen eine Untersuchung einleiten«, sagte Da Shi. »Es könnte sich um ein versuchtes Attentat handeln.«

Der Polizist lachte. »Ich bitte Sie. Sieht doch eher nach einem gewöhnlichen Verkehrsunfall aus.«

»Wir möchten Anzeige erstatten.«

»Sind Sie sicher?«

»Allerdings.«

»Sie sollten das nicht unnötig aufbauschen. Sicher haben Sie sich erschrocken, aber das war nur ein Unfall. Aber gut, wenn Sie darauf bestehen … natürlich haben Sie das Recht, Anzeige zu erstatten.«

»Wir bestehen darauf.«

Der Polizist drückte auf einem Display an seinem Ärmel herum. Dann erschien ein Mitteilungsfenster, das er überflog. Schließlich nickte er. »Ist registriert. Wir werden Sie in den nächsten achtundvierzig Stunden im Auge behalten, sofern Sie einverstanden sind.«

»Wir sind einverstanden. Gut möglich, dass wir immer noch in Gefahr sind.«

Der Polizist lachte erneut. »Ich versichere Ihnen, das kommt öfter vor.«

»Was meinen Sie mit ›öfter‹? Wie viele Verkehrsunfälle gibt es in dieser Stadt pro Monat?«

»Allein im vergangenen Jahr hatten wir sechs oder sieben!«

»Dann muss ich Ihnen sagen, dass es früher sehr viel mehr waren, und zwar täglich.«

»Ja, zu Ihrer Zeit fuhren die Autos noch auf dem Boden, ganz schön gefährlich. Wie auch immer … Sie beide sind jetzt im Überwachungssystem der Polizei registriert, und wir geben Ihnen Bescheid, falls es Neuigkeiten gibt. Aber glauben Sie mir, das war ein ganz gewöhnlicher Unfall. Sie erhalten auch ohne eine Anzeige Schadensersatz.«

Nachdem sie die Unfallstelle verlassen hatten, nahm Da Shi Luo Ji am Arm. »Lass uns zu mir gehen, ich habe kein gutes Gefühl hier draußen. Es ist nicht weit, wir können zu Fuß gehen. Die Taxis sind fahrerlos und daher eher unsicher.«

»Aber die ETO existiert doch nicht mehr, oder?« Luo Ji sah zurück. Das zerbeulte Auto war von einem größeren fliegenden Auto angehoben worden. Die Menge hatte sich zerstreut, und der Streifenwagen war verschwunden. Ein Wagen der Stadtreinigung war gelandet, und mehrere Arbeiter waren ausgestiegen. Sie räumten den Schutt weg und setzten den Boden wieder instand. Nach diesem kurzen Moment der Aufregung ging alles wieder ruhig und wie gewohnt weiter.

»Vielleicht, mein Junge. Aber verlass dich besser auf mein Gefühl.«

»Ich bin kein Wandschauer mehr.«

»Da war dieses Auto wohl anderer Meinung … Gib acht auf den Verkehr über uns, während wir unterwegs sind.«

Sie hielten sich so gut wie möglich im Schatten der baumartigen Gebäude und überquerten alle offenen Plätze im Eilschritt. Schließlich gelangten sie zu einem großen Platz. »Ich wohne direkt gegenüber«, sagte Da Shi. »Außen herumzulaufen, würde zu lange dauern, also lass uns rennen.«

»Ist das nicht ein bisschen paranoid? Vielleicht war es wirklich nur ein Unfall.«

»Vielleicht ist vielleicht. Vorsicht ist die Mutter der Porzellankiste. Siehst du die Skulptur da in der Mitte? Wenn irgendetwas ist, verstecken wir uns darunter.«

Im Zentrum des Platzes war ein Sandkasten, eine Art Miniaturwüste, und mittendrin stand eine Skulptur, eine Konstruktion aus mehreren, jeweils zwei bis drei Meter hohen schwarzen Säulen. Aus der Distanz sah das Gebilde aus wie ein Hain aus verdorrten Bäumen.

Luo Ji rannte Da Shi hinterher, über den Platz. Kurz vor dem Sandkasten drehte Da Shi sich zu ihm um. »Da rein, schnell!« Er zerrte Luo Ji über den Sand hinter sich her und hechtete ins Innere der Skulptur. Als er rücklings im warmen Sand lag, sah Luo Ji durch die verzweigten Säulen hindurch, wie ein Auto vom Himmel herabzischte, kurz über dem Hain schwirrte und dann rasch wieder nach oben abdrehte. Dabei wirbelte es den Sand auf, der gegen die Säulen prasselte.

»Vielleicht galt das gar nicht uns.«

»Hm. Vielleicht, vielleicht.« Da Shi setzte sich auf und schüttelte den Sand aus den Schuhen.

»Wir machen uns lächerlich.«

»Da mach dir mal keine Gedanken drüber. Wer kennt dich denn schon? Außerdem stammen wir aus der Zeit vor zwei Jahrhunderten. Die lachen sowieso über uns, auch wenn wir uns ganz normal benehmen. Besser auf Nummer sicher gehen, mein Junge. Was, wenn es dir galt?«

Erst jetzt nahm Luo Ji die Skulptur wirklich wahr. Die Säulen waren keine verdorrten Baumzweige, sondern Arme, dürre, abgemagerte Arme, die aus der Wüste ragten. Die verdrehten Hände, die sich dem Himmel entgegenreckten, schienen unsagbares Leid auszudrücken.

»Was ist das hier?« Luo Ji lief es beim Anblick der düsteren Skulptur trotz des schnellen Sprints kalt den Rücken hinunter. Am Rand der Skulptur stand ein kleiner Obelisk mit einer Inschrift in großen, goldenen Lettern.

DER ZIVILISATION ZEIT GEBEN,
STATT DIE ZIVILISATION FÜR DIE ZEIT AUFGEBEN

»Das Mahnmal für das Tiefe Tal«, erklärte Da Shi. Mehr sagte er nicht dazu. Stattdessen führte er Luo Ji rasch hinaus aus dem Gebilde und über die andere Hälfte des Platzes, bis sie vor einem riesigen Baumgebäude standen. »So, mein Junge. In diesem Baum hier wohne ich.«

Luo Ji sah sich im Gehen nach allen Seiten um. Plötzlich glitt der Boden unter seinen Füßen weg, und er brach ein. Da Shi packte ihn gerade noch rechtzeitig, als er schon auf Brusthöhe hing, und mühte sich, ihn wieder hochzuziehen. Als er wieder auf den Beinen war, starrten beide fassungslos auf das Loch im Boden. Es war ein Abwasserkanal. Der Deckel war genau in dem Moment, in dem Luo Ji drauftrat, weggerutscht.

»Meine Güte! Alles in Ordnung, mein Herr? Das ist gefährlich!«, kam eine Stimme aus der kleinen Leuchtreklametafel neben ihnen, die an einem kleinen Kiosk mit Getränkeautomat angebracht war. Der junge Mann auf dem Display trug eine blaue Uniform. Er sah blass aus und wirkte noch bestürzter als Luo Ji. »Ich gehöre zum Amt für Abwasser der Dritten Städtischen Verwaltungsbetriebe. Der Deckel ging von selbst auf, das muss ein Softwarefehler sein!«

»Kommt das öfter vor?«, fragte Da Shi.

»Nein, bestimmt nicht. Ich sehe das zum ersten Mal.«

Da Shi las einen Stein vom Wegrand auf und warf ihn in das Loch. Es dauerte eine ganze Weile, bis man ihn aufschlagen hörte. »Wie tief ist das, verdammt noch mal?«, fragte er den Mann auf dem Display.

»Etwa dreißig Meter. Wie gesagt, das ist gefährlich! Ich kenne die alten Abwassersysteme oben aus Ihrer Zeit: Die waren eher niedrig. Der Unfall wurde aufgezeichnet. Sie …« Er warf einen Blick auf sein Handgelenk. »Sie können das Amt für Abwasser aufsuchen und Schadensersatz fordern.«

Sie gingen weiter und erreichten endlich die Eingangshalle zu Da Shis Baum, Nr. 1863. Er wohne auf Zweig 106, ziemlich weit oben, erklärte Da Shi, und schlug vor, unten noch eine Kleinigkeit zu essen. Sie gingen in ein Restaurant in der Eingangshalle, das so sauber war wie eine 3-D-Computeranimation. Genauso typisch für dieses Zeitalter und hier sogar noch auffälliger als im Erweckungszentrum waren die Displays. Sie waren überall, an den Wänden, auf den Tischen und Stühlen, am Boden und an der Decke bis hin zu den Gläsern und Serviettenständern. Jeder Gegenstand hatte eine Benutzeroberfläche und Displays mit laufendem Text oder bewegten Bildern. Als wäre das gesamte Restaurant ein riesiger Computerbildschirm, der in voller Pracht erstrahlte.

Es gab nicht viele Gäste. Sie wählten einen Tisch am Fenster. Da Shi tippte auf den Tisch, um die Speisekarte aufzurufen und bestellte ein paar Gerichte. »Ich kann diese ausländische Schrift nicht lesen und habe nur Sachen bestellt, die auf Chinesisch da standen.«

»Die Welt sieht aus, als sei sie aus lauter Displays zusammengesetzt.«

»Stimmt, alles mit glatter Oberfläche lässt sich in einen Bildschirm verwandeln.« Da Shi nahm eine Zigarettenschachtel aus der Tasche und schob sie Luo Ji hin. »Sieh mal das hier. Ein ganz normales Päckchen Zigaretten.« Kaum hatte Luo Ji sie in der Hand, ging ein Display mit mehreren Miniaturbildern an, wie ein Auswahlmenü. »Das ist so eine Art … Beschichtung, mit der man Bilder anzeigen kann«, sagte er.

»Beschichtung? Du kannst mit dem Ding online gehen!« Da Shi streckte den Arm aus, tippte auf die Schachtel, und eins der Bilder versank wie auf Knopfdruck. Die ausgewählte Werbung nahm nun die ganze Schachtel ein.

Das Bild zeigte eine Familie mit Kind, die in einem Wohnzimmer saß, ein Bild aus vergangenen Zeiten. Eine schrille Stimme gellte aus der Packung. »Hallo Herr Luo, in dieser Zeit haben Sie einmal gelebt. Wir wissen, dass es damals der Traum eines jeden war, ein Haus in der Hauptstadt zu besitzen. Wir von Greenleaf lassen diesen Traum wahr werden. Wie Sie sehen, leben wir in einer wunderbaren Zeit, in der die Häuser zu Blättern an einem Baum geworden sind. Greenleaf versorgt sie mit dem Blatt Ihrer Wahl.« Das Bild zeigte, wie Blätter an einen Ast gehängt werden, eine unglaubliche Vielfalt hängender Behausungen, sogar transparente, mit Möbeln, die in der Luft hingen. »Natürlich bieten wir Ihnen auch Wohnungen auf dem Boden an, wo Sie sich in die Geborgenheit des Goldenen Zeitalters zurückversetzt fühlen, einem heimeligen … Zuhause.« Das Bild zeigte ein Einfamilienhaus mit Garten, vermutlich eine alte Aufnahme. Der Sprecher sprach reines altmodisches Chinesisch. Vor dem Wort »Zuhause« legte er eine kleine Kunstpause ein und betonte es dann auf jeder Silbe. Man spürte, dass der Sprecher nicht genau wusste, was der Begriff bedeuten sollte, da er einer fernen Vergangenheit angehörte.

Da Shi nahm ihm die Schachtel aus der Hand und schüttelte die letzten beiden Zigaretten heraus, dann zerdrückte er die Schachtel zu einem Klumpen und warf sie auf den Tisch. Die Bilder blinkten weiter, aber der Ton war weg. »Wo auch immer ich hingehe, mache ich zuallererst diese nervigen Displays aus«, sagte Da Shi und schaltete mit Händen und Füßen alles ringsum ab. »Die Leute von heute können gar nicht mehr ohne.« Er wies auf die Umsitzenden. »Es gibt keine Computer mehr, aber sobald du sie antippst, kannst du mit jeder Oberfläche online gehen, sogar mit Kleidung und Schuhen. Ob du's glaubst oder nicht, ich habe sogar schon Klopapier mit Interface gesehen.«

Luo Ji zog eine Serviette aus der Box. Das Papier war ganz normales Papier, aber die Box war aktiviert, und eine adrette Dame darauf bot ihm Pflaster an, offenbar wegen der Abschürfungen, die er sich bei seinen »Unfällen« zugezogen hatte.

»Puh«, stöhnte Luo Ji und stopfte die Serviette wieder in die Box zurück.

»Das ist das wahre Informationszeitalter«, sagte Da Shi und lachte. »Wir haben damals in verdammt primitiven Zeiten gelebt.«

Während sie noch auf das Essen warteten, fragte Luo Ji den Ex-Polizisten, wie es in seinem Leben so laufe. Er hatte ein schlechtes Gewissen, weil er sich erst so spät danach erkundigte, aber so, wie der Tag verlaufen war, fühlte er sich wie ein Uhrwerk, das mechanisch immer weitergetickt hatte und eben erst ein wenig zur Ruhe kam.

»Die haben mich in Rente geschickt, aber das soll mir recht sein«, antwortete er gelassen.

»Die vom Staatssicherheitsdienst oder die letzte Abteilung? Gibt es die noch?«

»Die gibt es noch. Die Staatssicherheit auch noch. Aber ich hatte schon vor dem Kälteschlaf nichts mehr mit denen zu tun. Die Abteilung, für die ich zuletzt tätig war, gehört jetzt zur Asiatischen Flotte. Die Flotte ist inzwischen ein eigenes, großes Land, also bin ich jetzt ein Ausländer.« Er stieß eine große Rauchwolke aus und beobachtete, wie sie aufstieg, als suche er darin die Lösung eines Rätsels.

»Staaten haben nicht mehr die gleiche Bedeutung wie früher … Das ist eine andere Welt, Da Shi, eine verwirrende Welt. Zum Glück gehören wir beide zu der Art von Leuten, die sich davon nicht aus der Ruhe bringen lassen und fröhlich weitermachen, was auch geschieht.«

»Luo Ji, mein Junge, um die Wahrheit zu sagen: Ich bin nicht so flexibel wie du. Und so gleichgültig. Wenn mir die gleichen Dinge passiert wären wie dir, wäre ich längst daran zugrunde gegangen.«

Luo Ji nahm die zerknüllte Zigarettenschachtel und faltete sie wieder auseinander. Das Bild war noch da, es hatte nur ein wenig von seiner Farbe verloren. Noch immer lief die Werbung der Firma Greenleaf. »Ob nun als Erlöser oder als Flüchtling, ich versuche immer, das Beste aus meinen Lebensumständen zu machen. Du magst mich für einen Egoisten halten, doch wenn ich ehrlich bin, bin ich stolz auf meine Einstellung. Und was dich betrifft, Da Shi – du magst oberflächlich sorglos wirken, aber tief drinnen bist du jemand mit einem ausgeprägten Sinn für Verantwortung. Doch wir müssen uns jetzt nicht mehr verantwortlich fühlen. Wer braucht uns denn noch heutzutage? Das Beste, was wir für uns und die Menschheit tun können, ist, jeden einzelnen Tag zu genießen. Carpe Diem. Das ist unsere heiligste Pflicht.«

»Meinetwegen, aber wenn ich keinen Sinn für Verantwortung hätte, gäbe es kein Carpe Diem mehr für dich.« Da Shi warf seine Zigarette in den Aschenbecher, wo sofort Zigarettenwerbung aufleuchtete.

Luo Ji merkte, dass er etwas Falsches gesagt hatte. »Versteh mich bitte nicht falsch. Die Verantwortung für mich darfst du nicht aufgeben, Da Shi. Ohne dich überlebe ich nicht. Allein heute hast du mich schon ein-, zwei- … nein, dreimal gerettet – oder sagen wir, mindestens zweieinhalbmal!«

»Du willst wohl sagen, ich kann keinen einfach so sterben lassen«, entgegnete Da Shi sarkastisch. »Ja, der Sinn meines Leben scheint zu sein, deins zu retten.« Er blickte sich um, offenbar auf der Suche nach einem Zigarettenautomaten. Dann sah er Luo Ji an und beugte sich dicht an ihn heran. »Aber für eine Weile hast du ganz gut den Erlöser gespielt, mein Junge«, flüsterte er ihm zu.

»Wie soll man in einer solchen Rolle nicht anfangen zu spinnen? Zum Glück darf ich jetzt wieder normal sein.«

»Sag mal, wie bist du bloß auf die Idee mit dem Fluch gekommen?«

»Erinnere mich nicht daran. Ich war wirklich paranoid damals. Ich bin mir sicher, Da Shi, dass die während meines Kälteschlafs nicht nur meine Krankheit, sondern auch meine Psyche behandelt haben. Im Ernst, ich habe das Gefühl, ich bin nicht mehr derselbe wie damals. Wie kam ich nur auf diese alberne Idee? Das war Wahnsinn.«

»Wie meinst du das? Erzähl mir davon.«

»Schwer zu erklären. Und außerdem ist es sinnlos. Du hast während deiner Arbeit sicher so einige Wahnsinnige kennengelernt, Leute, die davon überzeugt sind, dass sie einer umbringen will. Was macht man mit denen?« Luo Ji zerriss die Zigarettenschachtel. Das Display war jetzt zwar endgültig ruiniert, aber die Fetzen blinkten immer noch in grotesker Farbvielfalt.

»Na gut, Themawechsel. Mein Sohn ist noch am Leben.«

»Was?« Luo Ji sprang vor Überraschung fast vom Stuhl auf.

»Ich weiß es auch erst seit zwei Tagen. Er hat herausgefunden, wo ich bin. Wir haben uns noch nicht gesehen, nur telefoniert.«

»Er ist nicht …«

»Ich habe keine Ahnung, wie lange er im Gefängnis war, aber gleich danach hat er sich einfrieren lassen. Um mich in der

Zukunft wiederzusehen, sagt er. Keine Ahnung, wo er das Geld dafür herhatte. Jetzt ist er an der Oberfläche. Morgen kommt er mich besuchen, hat er gesagt.«

Luo Ji stand aufgeregt auf und fegte dabei die bunt aufleuchtenden Papierstücke vom Tisch. »Mensch, Da Shi, darauf müssen wir einen trinken.«

»Na gut. Alkohol schmeckt heutzutage zwar furchtbar, aber hochprozentig ist er immer noch.«

Das Essen kam. Luo Ji kannte kein einziges der Gerichte.

»Schmeckt alles nicht«, sagte Da Shi. »Es gibt Restaurants, die ihre Zutaten von traditionellen Bauernhöfen beziehen, aber das sind Luxuskaschemmen. In so einer gehen wir essen, wenn Xiaoming kommt.«

Luo Ji hörte gar nicht richtig zu, weil er vom Anblick der Bedienung gefesselt war. Ihr Gesicht und ihre ganze Erscheinung waren überirdisch schön, und auch die anderen Bedienungen wirkten engelsgleich.

»He, hör auf zu glotzen. Die sind nicht echt«, sagte Da Shi ohne aufzusehen.

»Sind das Roboter?«, fragte Luo Ji. Endlich hatte die Zukunft etwas von den Science-Fiction-Romanen seiner Kindheit.

»Sozusagen.«

»Was soll das heißen, ›sozusagen‹?«

Da Shi zeigte auf einen der Roboter und sagte: »Diese albernen jungen Damen können nichts außer Essen servieren. Und sie gehen immer die gleichen Wege. Blöd, was? Einmal habe ich gesehen, wie vorübergehend einer der Tische beiseitegeräumt wurde und die hier trotzdem immerzu die Stelle angesteuert haben, an der er gestanden hatte. Sie haben das ganze Essen auf den Boden fallen lassen.«

Die Roboterbedienung servierte das Essen mit einem reizenden Lächeln und wünschte guten Appetit. Die Stimme klang bezaubernd und gar nicht roboterhaft. Dann streckte sie die Hand nach dem Messer vor Da Shi aus und …

Wie der Blitz schoss Da Shis Blick vom Messer in ihrer Hand zu Luo Ji. Er sprang auf, stieß den Tisch um und riss Luo Ji von seinem Stuhl zu Boden. Im selben Augenblick stieß der Roboter das Messer genau dorthin, wo gerade noch Luo Jis Herz gewesen war. Das Messer blieb in der Stuhllehne stecken und aktivierte dabei das Display. Der Roboter zog das Messer aus der Lehne und stand mit dem Tablett in der anderen Hand neben dem Tisch. Das reizende Lächeln lag noch immer auf ihrem Gesicht. Völlig verstört rappelte Luo Ji sich wieder auf und versteckte sich hinter Da Shi. Doch der winkte ab. »Keine Sorge. So beweglich sind sie nicht.«

Der Roboter stand reglos mit dem Messer in der Hand da und wünschte beiden noch einmal freundlich einen guten Appetit.

Während die anderen Gäste sich entsetzt um sie scharten, eilte auch die Geschäftsführerin des Restaurants herbei. Als Da Shi den Serviceroboter des versuchten Mordes bezichtigte, schüttelte sie energisch den Kopf. »Das ist unmöglich, mein Herr. Ihre Augen können Menschen gar nicht erkennen, sie sehen nur die Sensoren auf Tischen und Stühlen!«

»Ich kann bezeugen, dass sie ein Messer genommen und versucht hat, diesen Mann zu töten«, mischte sich ein Mann lautstark ein. »Wir haben es mit eigenen Augen gesehen!« Andere Gäste bestätigten seine Aussage.

Die Geschäftsführerin überlegte noch, wie sie die Anschuldigungen entkräften sollte, als der Roboter das Messer noch einmal in den Stuhl stach, in exakt dieselbe Stelle wie zuvor. Ein paar der Gäste schrien auf.

»Guten Appetit, die Herren«, sagte sie lächelnd.

Weitere Personen kamen hinzu, darunter auch der Ingenieur des Restaurants. Er drückte am Hinterkopf des Roboters herum, bis ihr Lächeln erstarb. »Manueller Programmstopp, Daten werden gespeichert«, war das Letzte, was sie sagte, bevor sie vollständig erstarrte.

»Es muss sich um einen Softwarefehler handeln«, sagte der Ingenieur und wischte sich den Schweiß von der Stirn.

»Kommt das öfter vor?«, fragte Da Shi.

»Nein, bestimmt nicht«, sagte der Ingenieur und winkte zwei Angestellte herüber, die den Roboter fortschafften. »Ich schwöre, dass mir so etwas noch nie untergekommen ist.«

Die Geschäftsführerin versicherte den Gästen, dass bis zur Klärung des Falles nur noch menschliche Bedienungen eingesetzt würden, doch die meisten waren schon gegangen.

»Ganz schön schnell reagiert«, sagte einer der Umstehenden anerkennend.

»Das sind Kälteschläfer, die kennen sich von früher mit so etwas aus«, sagte ein anderer. Auf seiner Kleidung blinkten Schwertkämpfer.

»Meine Herren, ich bin wirklich … Also, ich garantiere Ihnen eine Entschädigung.«

»Gut.« Da Shi fasste Luo Ji am Arm. »Komm, lass uns essen.« Während eine menschliche Bedienung ihnen erneut ihr Essen brachte, nötigte er seinen Freund, wieder Platz zu nehmen.

Als Luo Ji sich zurücksinken ließ, fühlte er die durchlöcherte Stuhllehne im Rücken. »Es scheint, als habe sich die ganze Welt gegen mich verschworen, Da Shi. Dabei hat es mir hier so gut gefallen.«

Da Shi betrachtete das Essen auf dem Tisch, dann sah er Luo Ji an. »Weißt du, allmählich kommt mir ein Verdacht, was das alles soll.« Er sah auf und schenkte Luo Ji etwas zu trinken ein. »Aber lassen wir das für den Augenblick. Ich erklär's dir später.«

»Trinken wir auf das Carpe Diem«, sagte Luo Ji und hob sein Glas. »Immer einen Tag nach dem anderen, oder besser noch, eine Stunde nach der anderen. Und lass uns darauf trinken, dass dein Sohn noch am Leben ist.«

»Alles okay bei dir?«, fragte Da Shi lächelnd.

»Ich war einmal ein Erlöser. Nichts kann mich schrecken.« Er zuckte mit den Schultern und leerte sein Glas. Der Alkohol ließ ihn schaudern. »Schmeckt wie Raketentreibstoff.«

»Du machst mich fertig, mein Junge. Wie immer«, sagte Da Shi und reckte den Daumen in die Höhe.

Da Shis Blatt lag an der Spitze des Baums. Es war ein geräumiges Haus mit komfortabler Komplettausstattung, inklusive Fitnessstudio und einem Garten mit Springbrunnen im Innenhof. »Das hat mir die Flotte als vorübergehendes Domizil überlassen«, erklärte Da Shi. »Sie sagen, von meiner Abfindung könnte ich mir später ein besseres Blatt kaufen.«

»Haben heutzutage alle so viel Platz zum Wohnen?«

»Vermutlich. Mit diesen Baumkonstruktionen nutzt man den vorhandenen Raum optimal aus. Ein großes Blatt entspricht einem ganzen Haus von früher. Hauptsächlich liegt es aber daran, dass es mittlerweile weniger Menschen gibt. Viel weniger, seit dem Tiefen Tal.«

»Dein Land liegt aber doch im Weltraum, Da Shi.«

»Dort gehe ich nicht hin. Ich bin schließlich pensioniert.«

Da in Da Shis Haus die meisten Displays inaktiv waren, fühlte Luo Ji, wie sich seine Augen entspannten. Obwohl auch hier vereinzelt welche an den Wänden und auf dem Boden aufblitzten. Als Da Shi mit der Fußspitze eine Schnittstelle auf dem Boden antippte, wurde eine der Wände transparent, und die nächtliche Stadt breitete sich vor ihren Augen aus – ein riesiger, blendender Wald aus Weihnachtsbäumen, verbunden mit den Lichterketten des Verkehrs.

Luo Ji wollte sich auf das Sofa setzen, das sich unter seinen Fingern jedoch hart wie Marmor anfühlte. »Ist das zum Sitzen gedacht?«, fragte er. Als Da Shi nickte, nahm er darauf Platz und versank wie in weicher Tonerde. Die Polster dieses Sofas passten sich perfekt an seine Körperform an, und er spürte so gut wie keine Druckstellen. Seine Vision von einem weichen Marmorbett damals im Meditationsraum im Hauptquartier der Vereinten Nationen war wahr geworden.

»Hast du vielleicht Schlaftabletten?« Jetzt, wo Luo Ji sich endlich sicher fühlte, übermannte ihn die Müdigkeit.

»Nein, aber ich kann welche kaufen.« Da Shi tippte die Wand an. »Hier, rezeptfreie Schlaftabletten. Nehmen wir doch die da: *Fluss der Träume*.«

Luo Ji rechnete damit, nun Zeuge irgendeiner wundersamen Hightech-Übertragung von Hardware über das Internet zu werden, aber die Realität fiel dann doch wesentlich schlichter aus: Nach wenigen Minuten dockte ein kleiner, fliegender Lieferwagen an der durchsichtigen Wand an. Ein kleines Fenster öffnete sich, und ein schlanker mechanischer Greifarm schob die Medizin hindurch.

Da Shi reichte sie an Luo Ji weiter. Es war eine traditionelle Schachtel ohne aktives Display. Laut Packungsbeilage sollte man eine Tablette nehmen, also löste er eine aus dem Blister und griff nach dem Wasserglas auf dem Beistelltisch.

»Warte!«, sagte Da Shi. Er nahm ihm die Packungsbeilage aus der Hand und versuchte vergeblich, aus ihr schlau zu werden. Schließlich reichte er sie Luo Ji zurück. »Wie heißt das Präparat? Ich habe *Fluss der Träume* bestellt.«

Luo Ji blickte auf den langen Rattenschwanz aus komplizierten englischen Medikamentenbegriffen. »Da steht kein bestimmter Name drauf, jedenfalls nicht *Fluss der Träume*.«

Da Shi tippte auf die Wand über dem Beistelltisch und suchte ärztliche Hilfe. Mit Luo Jis Hilfe fand er schließlich einen medizinischen Berater in weißem Kittel, der erst die Box und dann Da Shi mit einem skeptischen Blick musterte.

»Wo haben Sie das her?«, fragt er.

»Eben gekauft, Lieferung frei Haus.«

»Das kann nicht sein, diese Tabletten gibt es nur auf Rezept und ausschließlich im Kälteschlafzentrum.«

»Im Kälteschlafzentrum?«

»Das ist eine Tablette für kurzzeitigen Kälteschlaf, für zehn Tage bis zu einem Jahr.«

»Das schluckt man einfach so?«

»Nein, nur unter Aufsicht. Und man benötigt gleichzeitig eine ganze Batterie kreislauferhaltender Geräte. Ohne die ist ein Kurzzeit-Kälteschlaf gar nicht möglich.«

»Und wenn man die Tablette einfach so einnimmt?«

»Dann ist sie tödlich. Aber Sie sterben sanft. Das Mittel ist sehr beliebt bei Selbstmördern.«

Da Shi schaltete das Display ab und warf die Schachtel auf den Tisch. »Verdammte Scheiße«, sagte er und fixierte Luo Ji.

»Verdammte Scheiße«, echote der und warf sich wieder auf das Sofa.

Als sein Kopf auf das Kissenpolster sank, passte sich der harte Untergrund seinem Hinterkopf an. Doch der Prozess hörte nicht auf, sodass sein Kopf tiefer und tiefer im Kissen versank. Plötzlich sprossen Tentakel aus beiden Seiten des Polsters und legten sich eng um Luo Jis Hals. Er riss den Mund weit auf, konnte aber nicht mehr schreien und strampelte nur noch wild mit den Armen und Beinen.

Da Shi stürmte in die Küche, holte ein Messer und stach damit ein paarmal auf die Tentakel ein. Dann warf er es zur Seite und riss die Tentakel Luo Ji vom Hals.

Als Luo Ji freikam und herunterfiel, begann das Sofa zu blinken und sich mit Fehlermeldungen zu überziehen.

»Mannomann. Wie oft habe ich dir heute schon das Leben gerettet, mein Junge?« Da Shi rieb sich die schmerzenden Hände.

»Sechs … Mal?«, keuchte Luo Ji und erbrach sich auf den Boden. Anschließend lehnte er sich erschöpft an das Sofa, zuckte aber sofort wieder panisch zurück. Er wusste nicht, wohin mit sich. »Wann werde ich je so auf Zack sein wie du, dass ich mich selbst retten kann?«

»Nie, fürchte ich.« Eine Art Staubsaugerroboter glitt über den Fußboden, um Luo Jis Erbrochenes wegzuputzen.

»Dann bin ich ein toter Mann. Meine Güte, ist das eine seltsame Welt.«

»Halb so wild. Zumindest habe ich so eine Ahnung, was das alles zu bedeuten hat. Nachdem es beim ersten Anschlagsversuch nicht geklappt hat, erfolgten noch fünf weitere. Das ist dumm und absolut unprofessionell. Irgendwo ist da ein Fehler passiert … Lass uns die Polizei verständigen. Dass die von sich aus etwas herausbekommen, ist nicht zu erwarten.«

»Was für ein Fehler, vom wem und wobei? Denk daran, dass wir zweihundert Jahre übersprungen haben. Heute laufen die Dinge nicht mehr so wie damals.«

»Doch, tun sie, bestimmte Dinge bleiben immer gleich, egal ob im Mittelalter oder auf dem Kampfstern Galactica. Ich habe keine Ahnung, wer für diesen Fehler verantwortlich ist. Ich weiß nicht einmal, ob es solch einen ›Wer‹ tatsächlich gibt.«

Es läutete an der Tür. Als Da Shi aufmachte, standen mehrere Personen in Zivil davor, doch Da Shi wusste, mit wem sie es zu tun hatten, noch bevor einer von ihnen seine Dienstmarke vorzeigte.

»Wow. Es gibt also immer noch echte Schnüffler! Treten Sie bitte ein, die Herren Polizisten.«

Drei folgten seiner Einladung, die anderen beiden blieben draußen und bewachten die Tür. Der leitende Ermittler, ein Mann um die dreißig, sah sich im Raum um. Er hatte, so wie Luo Ji und Da Shi, alle Displays auf seiner Kleidung ausgeschaltet, was ihnen sehr angenehm war. Außerdem sprach er ein lupenreines, altmodisches Chinesisch ohne irgendwelche englischen Lehnwörter.

»Mein Name ist Guo Zhengming, vom Amt für Öffentliche

Sicherheit, Abteilung Digitale Wirklichkeit. Es tut mir leid, dass wir erst so spät kommen, das war sehr unachtsam von uns. Es ist ein halbes Jahrhundert her, dass es einen Fall wie diesen gab.« Er verbeugte sich vor Da Shi. »Meinen Respekt, werter Seniorchef. Männer mit Ihrem Talent sind heute in unseren Reihen kaum noch zu finden.«

Da Shi und Luo Ji bemerkten, dass sämtliche Displays im Raum inaktiv blieben, während Guo sprach. Offensichtlich war das Blatt vorübergehend von der Hyperinformationswelt draußen abgeschnitten worden. Die beiden anderen Polizisten hatten sich bereits an die Arbeit gemacht. In den Händen hielten sie einen Laptop, der in dieser Umgebung geradezu vorsintflutlich anmutete, auch wenn er nur so dick war wie ein Bogen Papier.

»Sie installieren eine Firewall für dieses Blatt«, erklärte Kommissar Guo. »Damit sind Sie jetzt in Sicherheit und können sich endlich ausruhen. Ich garantiere Ihnen eine Entschädigung durch das städtische Büro für Öffentliche Sicherheit.«

»Das ist …«, sagte Da Shi und zählte an den Fingern ab, »… heute bereits das vierte Mal, dass uns jemand eine Entschädigung verspricht.«

»Ich weiß. Und diese Vorfälle haben bereits einige Personen in verschiedenen Abteilungen ihre Stellen gekostet. Ich bitte Sie um Ihre Kooperation, damit es mir nicht genauso ergeht. Dafür danke ich Ihnen im Voraus.« Wieder verbeugte sich der Kommissar.

»Ich verstehe Sie«, sagte Da Shi. »Ich war auch schon mal in Ihrer Position. Sollen wir Ihnen die Lage erklären?«

»Nein. Wir haben Sie beide den ganzen Tag überwacht. Wir waren einfach nur nachlässig.«

»Können Sie uns sagen, was hier passiert?«

»KILLER 5.2.«

»Wie bitte?«

»Ein Netzwerkvirus. Die ETO hat es etwa ein Jahrhundert nach Beginn der Krisenzeit verbreitet, mit immer neuen Nachfolgeprogrammen und Updates. Es ist ein tödliches Virus. Zuerst lokalisiert es sein Opfer, anhand diverser Merkmale, inklusive des Chips, der jedem Menschen eingepflanzt ist. Dann manipuliert das Virus jede verfügbare Hardware so, dass es die Zielperson umbringt. Sie haben es heute ja selbst erlebt. Es kommt Ihnen so vor, als wollte die ganze Welt Sie töten. ›Fluch der Moderne‹ nannten es die Leute seinerzeit. Eine Weile gab es das Virus sogar auf dem Online-Schwarzmarkt zu kaufen. Man gab einfach die persönliche Kennnummer des Opfers ein und lud das Virus hoch. Und selbst wenn jemand dem Tod entkam, war dieser Mensch von da an nur noch auf der Flucht.«

»So weit ging die industrielle Entwicklung?«, rief Da Shi aus. »Unglaublich!«

»Und diese hundert Jahre alte Software läuft heute noch?«, fragte Luo Ji ungläubig.

»Selbstverständlich. Die Computertechnologie hat sich schon ewig nicht mehr weiterentwickelt. Anfangs tötete das Killervirus eine ganze Menge Menschen, darunter auch ein Staatsoberhaupt, doch irgendwann bekam man es mit Firewalls und Antivirus-Software unter Kontrolle und es starb aus. Die Version, mit der wir es zu tun haben, ist speziell auf Sie zugeschnitten, Dr. Luo. Doch da Sie im Kälteschlaf lagen, konnte es nicht aktiv werden. Es ruhte und wurde vom Informationssicherheitsdienst weder erkannt noch aufgezeichnet. Erst als Sie wiedererweckt wurden, hat sich das Virus automatisch aktiviert und seine Mission ausgeführt. Seine Schöpfer wurden jedoch bereits vor hundert Jahren eliminiert.«

»Noch vor hundert Jahren wollten sie mich töten?« Die finstere Stimmung, die Luo Ji früher immer geplagt hatte, war wieder da, und es fiel ihm schwer, sie zu vertreiben.

»So ist es. Das Besondere an diesem Killervirus ist, dass es speziell für Sie entworfen wurde. Nur eben niemals aktiviert, weshalb es Ihnen bis heute aufgelauert hat.«

»Und was machen wir jetzt?«, fragte Da Shi.

»Wir löschen KILLER 5.2 aus dem System, was allerdings eine Weile dauern wird. Bis dahin haben wir zwei Optionen: Einerseits können Sie vorübergehend eine falsche Identität annehmen, Dr. Luo. Aber das bedeutet keine absolute Sicherheit. Und es kann sogar gravierende Folgen haben, da die ausgesprochen intelligente ETO-Software möglicherweise längst andere Charakteristika von Ihnen aufgezeichnet hat. Vor hundert Jahren gab es mal so einen Fall. Damals wurde einem Opfer im Personenschutzprogramm eine falsche Identität verpasst, woraufhin KILLER seine Zielerkennung ausweitete und über hundert Personen auf einmal tötete, inklusive des tatsächlichen Opfers. Oder, und das wäre meine persönliche Empfehlung, Sie leben für eine Weile an der Oberfläche. Dort gibt es keine Hardware, die KILLER 5.2 manipulieren könnte.«

»Einverstanden. Auch ohne die gegebenen Umstände wäre ich gerne an die Oberfläche gegangen«, sagte Da Shi.

»Was ist an der Oberfläche?«, fragte Luo Ji.

»Die meisten ehemaligen Kälteschläfer leben an der Oberfläche«, erklärte Da Shi, »weil sie mit dem Leben hier unten nicht zurechtkommen.«

»Das ist richtig«, sagte Kommissar Guo. »Sie sollten am besten für eine gewisse Zeit dort oben leben. Viele Lebensbereiche, wie zum Beispiel Politik, Wirtschaft, Kultur, der allgemeine Lebensstil oder die Geschlechterverhältnisse, sind heute ganz anders als noch im einundzwanzigsten Jahrhundert. Wir brauchen Zeit, um uns daran zu gewöhnen.«

»Sie scheinen sich ganz gut eingewöhnt zu haben«, sagte Da Shi. Genau wie Luo Ji war ihm nicht entgangen, dass Guo »wir« gesagt hatte.

»Ich wurde wegen Leukämie in den Kälteschlaf versetzt, als ich dreizehn Jahre alt war«, sagte Guo Zhengming und lachte. »Aber auch ich hatte meine Probleme, die den Leuten von heute unverständlich sind. Ich weiß gar nicht mehr, wie oft ich in psychiatrischer Behandlung war.«

»Gibt es viele, die sich wie Sie komplett an das moderne Leben gewöhnt haben?«

»Eine ganze Menge. Doch auch an der Oberfläche lässt es sich ganz gut leben.«

»Kommandant Zhang Beihai vom Sonderkommando zur Verstärkung der Zukunft meldet sich zur Stelle!«, sagte er und salutierte.

Hinter dem Kommandeur der Asiatischen Flotte flimmerte der Sternenstrom der Milchstraße. Das Flottenkommando befand sich im Orbit des Jupiter und war in ständiger Rotation, um die künstliche Gravitation aufrechtzuerhalten. Zhang Beihai fiel das stark gedämpfte Licht in den Räumen auf sowie die riesigen Fenster in den Außenwänden, die wohl dazu da waren, dass man sich im Inneren der Station bestmöglich in den Weltraum integriert fühlte.

Der Kommandeur salutierte ebenfalls. »Ich grüße Sie, verehrter Senior.« Er sah ziemlich jung aus. Seine asiatischen Gesichtszüge wurden vom Lichtschein seiner Epauletten und des Wappens auf seiner Mütze erhellt.

Als sie ihm sechs Tage nach seiner Wiedererweckung seine Uniform überreicht hatten, war Zhang Beihai sofort das vertraute Emblem der Weltraumflotte aufgefallen, der silberne Stern mit seinen vier schwertförmigen Strahlen. Zwei Jahrhunderte waren vergangen, und während die Insignien noch beinahe die gleichen waren, war die Flotte selbst nun ein unabhängiger Staat mit einem eigenen Präsidenten geworden. Der Kommandeur war nur für das Militär zuständig.

»Zu viel der Ehre, Kommandeur. Hier sind wir nur ein Haufen frischer Rekruten, die alles von der Pike auf lernen müssen.«

Der Kommandeur schüttelte lächelnd den Kopf. »Das kann man gewiss nicht behaupten. Sie haben längst alles gelernt, was Sie brauchen. Und Ihr Wissen ist dem unseren weit überlegen. Aus diesem Grund haben wir Sie auch wiedererwecken lassen.«

»General Chang Weisi hat mir aufgetragen, Ihnen seine Grüße zu übermitteln.«

Diese Worte berührten etwas in dem Kommandeur. Er drehte sich zum Fenster um und sah nachdenklich hinaus auf den Sternenstrom. »Er war ein außergewöhnlicher General, einer der Gründerväter der Asiatischen Flotte. Die Strategie der heutigen Weltraumflotte fußt immer noch auf dem Fundament, das er gelegt hat. Ich wünschte mir, er hätte das noch erleben können.«

»Was Sie erreicht haben, übertrifft alles, wovon er je geträumt hat.«

»Aber die Grundlagen dazu stammen aus Ihrer Zeit.«

Der Jupiter tauchte auf, erst nur als dünne Sichel, dann nahm er allmählich das ganze Blickfeld vor dem Fenster ein und badete die Kommandozentrale in sein orangefarbenes Licht. Die traumhaften Muster, die der Wasserstoff und das Helium auf seinem weiten gasförmigen Ozean bildeten, wirkten riesengroß und faszinierend detailreich. Da war er, der große rote Fleck, der Riesensturm auf dem Jupiter, in den die Erde zweimal hineinpassen würde. Er sah aus wie das überdimensionierte, pupillenlose Auge dieser verschwommenen Welt. Alle drei Flotten hatten ihren Hauptsitz im Jupiterorbit eingerichtet, da seine Gaswolken einen unerschöpflichen Vorrat an Fusionsbrennstoff boten.

Zhang Beihai starrte hingerissen auf das Schauspiel. Wie oft hatte er von diesem Ausblick geträumt? Erst als der Jupiter am Fenster vorbeigezogen war, ergriff er wieder das Wort. »Die großen Errungenschaften dieses Zeitalters machen unsere Mission überflüssig, Kommandeur.«

»Ganz gewiss nicht. Der Plan zur Verstärkung der Zukunft war eine Initiative mit Weitblick. In der Zeit des Tiefen Tals, als die bewaffneten Weltraumstreitkräfte beinahe zusammengebrochen wären, spielte das Sonderkommando eine wesentliche Rolle, um die Situation zu stabilisieren.«

»Doch unsere Einheit kam zu spät, um dabei zu helfen.«

»Das ist die bedauerliche Wahrheit, ja.« Die Gesichtszüge

des Kommandeurs glätteten sich. »Nachdem Sie weg waren, wurden noch weitere Sonderkommandos in die Zukunft geschickt. Leider waren die letzten, die in den Kälteschlaf gingen, die ersten, die geweckt wurden.«

»Das ist durchaus nachvollziehbar, denn ihr Wissen entsprach eher dem jener Zeit.«

»Richtig. Ihr Kontingent war schließlich das letzte, das noch im Kälteschlaf lag. Die Zeit des Tiefen Tals war vorüber, und für die Welt begann eine Phase voller rasanter Entwicklungen. Der Defätismus verschwand praktisch von der Bildfläche, es gab also keinen Bedarf, Sie wiederzuerwecken. Die Flotte entschied, Sie für die ultimative Schlacht aufzuheben.«

»Darauf haben wir alle gehofft, Kommandeur«, sagte Zhang Beihai.

»Ja, das ist die größte Ehre für jeden, der in der Weltraumflotte dient. Diejenigen, die damals diese Entscheidung trafen, wussten das natürlich. Doch unter den gegenwärtigen Umständen sieht die Sache anders aus, wie Sie sicher wissen.« Der Kommandeur wies auf den Sternenstrom. »Womöglich wird die entscheidende Schlacht niemals stattfinden.«

»Aber das ist doch wunderbar, Kommandeur. Dass mich das als Soldat ein bisschen enttäuscht, ist nichts im Vergleich zu dem großen Sieg, auf den die Menschheit zusteuert. Ich hoffe nur, dass Sie uns den einen Wunsch erfüllen werden und uns als einfache Soldaten in den niedrigsten Rang der Flotte aufnehmen.«

Der Kommandeur schüttelte den Kopf. »Die Laufbahn sämtlicher Wiedererweckter der Sonderkommandos wird genau an dem Punkt wieder fortgesetzt, wo sie vor dem Kälteschlaf endete. Außerdem steigen alle um ein bis zwei Dienstgrade auf.«

»Das darf nicht sein, Kommandeur. Keiner von uns möchte die verbleibenden Jahre in einem Büro verbringen. Wir wollen an vorderster Front kämpfen. Alles, wovon wir vor zweihundert Jahren geträumt haben, war die Weltraumflotte. Ohne sie hat unser Leben keinen Sinn. Aber wir haben nicht die Qualifikation, um der heutigen Flotte in unseren früheren Positionen zu dienen.«

»Ich habe nie behauptet, dass ich Sie nicht in der Flotte haben möchte, ganz im Gegenteil. Ich brauche Sie alle in der Flotte, für eine äußerst wichtige Mission.«

»Ich danke Ihnen. Doch für welche besondere Aufgabe könnten ausgerechnet wir eingesetzt werden?«

Der Kommandeur ging nicht auf die Frage ein. Stattdessen sah er ihn besorgt an. »Macht es Ihnen denn nichts aus, die ganze Zeit im Stehen zu sprechen?« Das Büro hatte keine Stühle und der Tisch war hoch genug, um als Stehpult zu dienen. Die Rotation der Kommandozentrale erzeugte ein Sechstel der Erdanziehungskraft, weshalb es keinen großen Unterschied machte, ob man saß oder stand.

Zhang Beihai lächelte. »Kein Problem. Ich habe ein Jahr im Weltraum verbracht.«

»Was ist mit der Sprache? Haben Sie Verständnisschwierigkeiten?«

Der Kommandeur sprach reines Chinesisch, aber innerhalb der drei Flotten hatte sich eine eigene Sprache herausgebildet, ähnlich dem Gemisch aus Chinesisch und Englisch, das auf der Erde üblich war. Doch hier waren beide Sprachen noch enger verwoben. Das Vokabular war jeweils ungefähr zur Hälfte chinesisch und englisch.

»Anfangs schon, vor allem, weil ich die chinesischen und englischen Begriffe nicht voneinander unterscheiden konnte. Doch inzwischen geht es gut. Das aktive Sprechen ist schwieriger.«

»Das ist nicht weiter schlimm. Benutzen Sie einfach Englisch oder Chinesisch, und Sie werden verstanden. Heißt das, Sie wurden vom Büro des Generalstabs bereits vollständig eingewiesen?«

»Richtig. In den ersten Tagen auf der Basis haben wir eine umfassende Schulung für alle Bereiche erhalten.«

»Dann haben Sie das vom mentalen Siegel schon gehört?«

»Ja.«

»Die jüngsten Nachforschungen haben keine Hinweise auf lebende Siegelträger ergeben. Was halten Sie davon?«

»Einerseits könnten sie von der Bildfläche verschwunden sein. Eine andere Möglichkeit wäre jedoch, dass man die Siegelträger gut versteckt hat. Eine Person mit einer gewöhnlichen defätistischen Einstellung bekennt sich offen zu ihrer Haltung. Jemand mit einem hundertprozentigen, fest vom mentalen Siegel verankerten Glauben wird aber unausweichlich das Gefühl entwickeln, er befinde sich auf einer Mission. Defätismus und Eskapismus sind nah miteinander verwandt. Wenn es die Siegelträger tatsächlich noch gibt, verfolgen sie nur ein einziges Ziel: die Flucht in den Weltraum. Um das zu erreichen, müssen sie ihre wahren Gedanken jedoch gründlich verbergen.«

Der Kommandant nickte zustimmend. »Ausgezeichnete Analyse. So sieht es auch der Generalstab.«

»Die zweite Möglichkeit bedeutet eine große Gefahr, Kommandeur.«

»Allerdings, vor allem, da die Sonden der Trisolarier nicht mehr weit vom Sonnensystem entfernt sind. Die Flotte ist nach der Klassifizierung des Kommandosystems in zwei wesentliche Kategorien unterteilt. In der einen herrscht eine verteilte Kommandostruktur analog der traditionellen Befehlsketten der Marinestreitkräfte, in denen Sie einst gedient haben. Die Befehle des Kapitäns werden von verschiedenen diensthabenden Rängen ausgeführt. In der zweiten Kategorie ist das Kommando zentralisiert. Die Befehle des Kapitäns werden automatisch vom Schiffscomputer ausgeführt. Sowohl die derzeit modernsten Raumkreuzer als auch die noch im Bau befindlichen gehören der zweiten Kategorie an. Die Siegelträger stellen vor allem für diese Kategorie von Schiffen eine Bedrohung dar. Denn hier kann der Kapitän ganz auf sich gestellt bestimmen, wann das Schiff den Raumhafen verlässt und wieder zurückkehrt. Er allein kontrolliert die Geschwindigkeit des Schiffes, seinen Kurs und den größten Teil seines Waffensystems. In diesem Kommandosystem ist das Schiff praktisch eine Erweiterung des Kapitäns. Augenblicklich verfügen hundertneunundsiebzig der sechshundertfünfundneunzig weltraumtauglichen Raumkreuzer der Flotte über ein solches zentralisiertes Kommandosystem. Unser besonderes Augenmerk gilt also den jeweiligen Befehlshabern dieser Schiffe. Ursprünglich sollten sämtliche untersuchten Schiffe im Raumhafen arretiert und versiegelt werden. Unter den gegenwärtigen Umständen ist das jedoch nicht mehr möglich, da sich die drei Flotten darauf vorbereiten, die Trisolaris-Sonden abzufangen. Es wird das erste Aufeinandertreffen der Weltraumflotte mit den Invasoren von Trisolaris sein. Dafür benötigen wir jedes Schiff.«

»Also darf die Befehlsgewalt über die zentral befehligten Raumkreuzer nur vertrauenswürdigen Personen übertragen werden«, sagte Zhang Beihai. Er hatte sich bereits Vorstellungen von seiner künftigen Aufgabe gemacht. Auf diese Möglichkeit war er jedoch nicht gekommen.

»Wer aber kann als zuverlässig gelten? Wir wissen nicht, wie weit das mentale Siegel reicht oder woran man die Siegelträger erkennt. Unter diesen Umständen kann man niemandem vertrauen, nicht einmal mir.«

Vor dem Fenster ging die Sonne auf. Auch wenn ihr Licht aus dieser Distanz wesentlich schwächer zu sein schien als auf der Erde, wurde der Kommandeur vorübergehend von ihren blendenden Strahlen verschluckt, und Zhang Beihai hörte nur noch seine Stimme. »Sie alle dagegen sind vertrauenswürdig. Als Sie in den Kälteschlaf gingen, gab es das mentale Siegel noch nicht. Und nicht umsonst wurden Sie vor zwei Jahrhunderten wegen Ihrer Loyalität und Zuversicht ausgewählt. Sie und Ihre Kollegen sind heute die einzige vertrauenswürdige Gruppe innerhalb der Flotte. Aus diesem Grund haben wir beschlossen, das Oberkommando über die zentralisiert befehligten Raumkreuzer in Ihre Hände zu legen. Sie werden zu ausführenden Kapitänen ernannt, und jeder Befehl der vormaligen Kapitäne unterliegt Ihrer Kontrolle, bevor er dem Kommandosystem übergeben wird.«

In Zhang Beihais Augen leuchteten zwei kleine Sonnen auf. »Das wird nicht möglich sein, Kommandeur«, sagte er.

»Es entspricht nicht unseren Traditionen, sich einem Befehl zu widersetzen.«

Zhang Beihai fühlte sich angenehm berührt, als er »unsere Traditionen« vernahm. Das klang, als ob die Weltraumflotte von heute sich als Nachkommenschaft des Militärs seiner Zeit fühlte.

»Kommandeur, wir stammen aus dem einundzwanzigsten Jahrhundert. Und das, was Sie sagen, wäre so, als ob ein Offizier der kaiserlichen Beiyang-Flotte einen Zerstörer aus meiner Zeit befehligte.«

»Und glauben Sie wirklich, dass die Generäle Deng Shichang und Liu Buchan, die 1895 die Beiyang-Flotte kommandierten, nicht in der Lage gewesen wären, Ihre Zerstörer zu befehligen? Das waren gut ausgebildete Männer, die fließend Englisch sprachen und ausgesprochen lernfähig waren. Heutzutage muss man sich als Kapitän eines Raumkreuzers nicht einmal mit den technischen Details auskennen. Die Kapitäne geben nur die Befehle, doch der Raumkreuzer ist für sie ein Buch mit sieben Siegeln. Davon abgesehen werden die Schiffe in den Docks liegen, während Sie als ausführende Kapitäne fungieren. Ihre Aufgabe besteht darin, die Kommandos des vormaligen Kapitäns an das Kontrollsystem weiterzugeben, wenn Sie die Kommandos für sinnvoll halten. Den Bogen haben Sie bald raus.«

»Wir werden mit viel zu großer Macht ausgestattet. Ein Teil dieser Macht sollte in den Händen der vorherigen Kapitäne verbleiben, wir könnten dann deren Befehle kontrollieren.«

»Denken Sie noch einmal genau darüber nach. Das wird nicht funktionieren. Wenn tatsächlich ein Siegelträger eine Schlüsselrolle in der Schlacht innehaben sollte, wird er alles tun, um sich Ihrer Kontrolle zu entziehen, und Sie wenn nötig sogar ermorden. Ein zentral befehligtes Schiff braucht nicht mehr als drei Kommandos, um zu starten, danach ist jedes Eingreifen zwecklos. Ab da darf das System nur noch die Befehle des ausführenden Kapitäns annehmen.«

Als sein kleines Shuttle am Jupiter-Stützpunkt der Asiatischen Flotte vorüberzog, kam es Zhang Beihai vor, als ob er über eine Gebirgskette flöge, nur dass es sich bei den Bergen um angedockte Raumkreuzer handelte. Der Hafen für die Kriegsschiffe befand sich gerade auf der sonnenabgewandten Seite des Jupiter, und die Berge aus Stahl schliefen friedlich unter der Phosphoreszenz der Oberfläche und dem silbrigen Mondlicht Europas. Nun stieg eine gleißende weiße Kugel über den Rand der Bergkette und tauchte die angedockten Schiffe von einer Sekunde auf die andere in helles Licht. Von Zhang Beihais Warte aus wirkte es, als ginge über den Bergen die Sonne auf und würfe den dynamischen Schatten der Flotte auf die turbulente Atmosphäre des Planeten dort unten. Erst als auf der andern Seite der Flotte ein zweites grelles Licht auftauchte, verstand er, dass das nicht die Sonne war, sondern zwei Raumkreuzer, die in den Raumhafen zurückkehrten und ihre Fusionsantriebe zum Abbremsen in Richtung Basis drehten.

Der Stabschef, der Zhang Beihai zu seinem neuen Posten begleitete, erklärte ihm, dass inzwischen über vierhundert Raumkreuzer und damit rund zwei Drittel der Asiatischen Flotte an diesem Stützpunkt lagen. Auch die übrigen Schiffe, die derzeit noch innerhalb und außerhalb des Sonnensystems unterwegs waren, sollten demnächst hierher zurückkehren.

Zhang Beihai fiel es schwer, sich von dem spektakulären Anblick loszureißen. »Sagen Sie, Oberst, könnte der Rückruf sämtlicher Schiffe nicht dazu führen, dass etwaige Siegelträger sofort aktiv werden?«

»Oh nein, der Befehl zum Rückruf erging aus einem bestimmten Grund, einem echten, nicht einem vorgetäuschten, auch wenn er ein wenig lächerlich klingt. Haben Sie denn nicht die Nachrichten gesehen?«

»Nein, ich war ganz in das Datenmaterial über die *Natürliche Selektion* vertieft.«

»Machen Sie sich deswegen keine Sorgen. Sie verfügen über eine sehr schnelle Auffassungsgabe, wie man in der letzten Phase der Grundausbildung gesehen hat. Alles, was Sie jetzt tun müssen, ist, sich so weit mit dem System vertraut machen, dass alles an Bord reibungslos läuft. Das ist viel leichter, als Sie denken ... Was den Rückruf betrifft: Zwischen den drei Flotten hat es ziemliche Querelen gegeben, wer die Trisolaris-Sonde abfängt. Und gestern ist die Vollversammlung der Flotten zu einer vorläufigen Einigung gekommen. Sämtliche Raumkreuzer werden zurück zu ihren Stützpunkten beordert, und ein Expertenkomitee wird die Manöver überwachen, damit kein Schiff unautorisiert auf Abfangkurs geht.«

»Warum denn das? Bei einem erfolgreichen Angriff würden doch ohnehin sämtliche technischen Informationen und alles Wissen geteilt werden.«

»Schon, aber für die drei Flotten ist es eine Frage der Ehre. Aus dem Erstkontakt mit Trisolaris lässt sich gehöriges politisches Kapital schlagen. Es ist lächerlich, wie gesagt. Die Sache ist ganz ohne Risiko. Das Schlimmste, was passieren könnte, wäre, dass sich die Sonde beim Abfangen selbst zerstört. Deshalb sind sie alle so scharf darauf. Ginge es um die Schlacht mit der Trisolaris-Flotte selbst, würden sich alle vornehm zurückhalten, um sich ihre Kräfte aufzusparen. Die Politik ist heutzutage auch nicht anders als zu Ihrer Zeit … Ah, sehen Sie, da ist die *Natürliche Selektion.*«

Während ihr kleines Shuttle sich der *Natürliche Selektion* näherte, wuchs das Schiff zu einem gewaltigen Berg aus Eisen und Stahl an. Zhang Beihai musste wieder an die *Tang* denken. Auch wenn die *Natürliche Selektion* mit ihrem untertassenförmigen Rumpf und dem zylindrischen Motor etwas vollkommen anderes war als der Flugzeugträger damals vor zwei Jahrhunderten. Mit dem vorzeitigen Aus für die *Tang* hatte es sich angefühlt, als hätte er sein geistiges Zuhause verloren, auch wenn er es nie bezogen hatte. Nun vermittelte ihm dieses gigantische Raumschiff ein neues Heimatgefühl. Im robusten Rumpf der *Natürliche Selektion* würde sein Geist nach zweihundert Jahren Wanderschaft wieder zur Ruhe kommen, wie ein Kind in einer festen Umarmung.

Die *Natürliche Selektion* war das Flaggschiff des dritten Geschwaders der Asiatischen Flotte, unübertroffen sowohl im Ladegewicht als auch in ihren Leistungswerten. Dank des modernsten nuklearen Fusionsantriebs erreichte sie bei voller Schubkraft bis zu fünfzehn Prozent der Lichtgeschwindigkeit, und ihr tadellos funktionierendes internes Ökosystem ermöglichte lang andauernde Missionen. Eine Testversion dieses Systems war vor siebenundfünfzig Jahren auf dem Mond installiert worden und wies bis heute keine wesentlichen Störungen oder Fehler auf. Auch die Waffen der *Natürliche Selektion* waren die schlagkräftigsten der Flotte. Mit ihrem aus Gammastrahlen-Lasern, elektromagnetischen Schienenkanonen, Hochenergie-Teilchenstrahlern und stellaren Torpedos bestehendem Vier-Komponenten-Waffensystem wäre sie imstande, im Alleingang die Oberfläche eines Planeten von der Größe der Erde auszuradieren.

Mittweilerweile nahm der Raumkreuzer Zhang Beihais gesamtes Sichtfeld ein, und er konnte ihn gar nicht mehr komplett erfassen. Sein Blick glitt über die spiegelglatte Außenhülle, in der sich nicht nur der weite Ozean der Jupiter-Atmosphäre spiegelte, sondern auch ihr Shuttle.

Eine ovale Öffnung tat sich auf. Das Shuttle glitt hinein und landete. Der Stabschef öffnete die Kabinentür und ging zuerst hinaus. Zhang Beihai war vor dem Aussteigen etwas nervös, weil sie keine Luftschleuse passiert hatten, doch dann spürte er, wie frische Luft in das Shuttle hereinströmte. Dass es technisch möglich sein könnte, eine unter Druck stehende Kabine direkt zum Weltraum hin zu öffnen, ohne dass Luft nach draußen entwich, hatte er bislang für unvorstellbar gehalten.

Sie befanden sich jetzt in einer riesigen Kugel von der Größe eines Fußballfelds. Die Innenräume von Raumschiffen waren üblicherweise sphärisch geformt, damit während des Beschleunigens, Abbremsens oder eines Richtungswechsels jeder beliebige Punkt der Wand als Boden oder Decke dienen konnte. In Phasen der Schwerelosigkeit hielt sich die Besatzung hingegen hauptsächlich im Zentrum der Kugel auf. In früheren Zeiten waren die Kabinen von Raumschiffen noch wie Räume auf der Erde gestaltet gewesen. Diese vollkommen neue Anordnung war für Zhang Beihai sehr ungewohnt. Dies sei der Hangar der Kampfjäger, erklärte ihm der Stabschef, doch da hier augenblicklich keine Kampfjäger geparkt waren, schwebten stattdessen eine Formation aus den zweitausend Offizieren und Besatzungsmitgliedern der *Natürliche Selektion* im Inneren der Kugel.

Kurz vor Zhang Beihais Kälteschlaf hatten die nationalen Weltraumstreitkräfte mit Exerzierübungen in der Schwerelosigkeit des Weltraums begonnen. Dabei hatten sie Exerzierhandbücher mit genauen Vorgaben verfasst, doch deren Umsetzung hatte sich als besonders schwierig erwiesen. Die Soldaten konnten sich mithilfe der Schubdüsen in ihren Raumanzügen zwar im Weltall fortbewegen, doch da es damals keine für den Inneneinsatz geeignete Antriebsmöglichkeit gab, kamen sie im Schiffsinneren nur voran, indem sie sich von den Wänden abstießen und dann mit Armen und Beinen durch die Luft ruderten. Unter diesen Umständen war es kaum möglich gewesen, sich zu einer Reihe zusammenzufinden. Und nun schwebten vor seinen Augen mehr als zweitausend Personen in ordentlichen Formationen, ohne sich an irgendetwas festzuhalten. Heutzutage verwendete man zur Fortbewegung in der Schwerelosigkeit spezielle Magnetgürtel. Sie bestanden aus Supraleitern und enthielten einen Schaltkreis, dessen magnetisches Feld mit dem allgegenwärtigen Magnetfeld in den Kabinen und Korridoren des Raumschiffs interagierte. Zur Steuerung genügte ein winziges Gerät, das man in der Hand hielt. Zhang Beihai legte nun einen solchen Gürtel an, aber man brauchte einiges Geschick, um ihn zu bedienen.

Er beobachtete die Formation der Weltraumsoldaten, eine Generation, die mit der Flotte groß geworden war. Ihre großen, geschmeidigen Körper hatten nichts von der schwerfälligen Steifheit derjenigen, die mit der Erdanziehungskraft aufgewachsen waren. Sie waren echte Raumfahrer. Die erste Reihe der Formation bestand aus drei Offizieren, und Zhang Beihais Blick fiel auf die junge Frau in der Mitte mit den vier leuchtenden Sternen auf der Schulter. Sie war der Kapitän der *Natürliche Selektion*, kein Zweifel. Als typische Vertreterin der Menschheit im Weltraum war sie fast einen Kopf größer als der recht hochgewachsene Zhang Beihai. Mühelos löste sie sich aus der Reihe und kam zu ihm herüber, ihr graziler Körper schwebte durch den Raum wie eine schöne Melodie. Vor Zhang Beihai und dem Stabschef hielt sie an, und die Haare, die hinter ihr her geweht waren, legten sich um ihren weißen Hals. Ihre Augen strahlten vor Lebendigkeit, und Zhang Beihai fasste sofort Vertrauen zu ihr. Ein Siegelträger könnte niemals einen solchen Gesichtsausdruck haben.

»Dongfang Yanxu, Kapitän der *Natürliche Selektion*«, stellte sie sich vor und salutierte. Zhang Beihai glaubte, eine spielerische Herausforderung in ihrem Blick zu erkennen. »Im Namen der gesamten Besatzung erlaube ich mir, meinem Vorfahr ein Geschenk zu überreichen.« Sie streckte ihm die Hand entgegen, und obwohl der Gegenstand, der darin lag, nicht so aussah, wie er es gewohnt war, konnte er ihn immer noch als Pistole erkennen. »Sollten Sie herausfinden, dass ich defätistisch denke und eskapistische Ziele verfolge, dann töten Sie mich damit.«

An die Oberfläche zu kommen war nicht schwer. Jeder der riesigen Baumstämme war ein Pfeiler, der das Kuppelgewölbe der Untergrundstadt stützte. Man konnte einfach in irgendeinem Baum einen Fahrstuhl besteigen und direkt zur Oberfläche hinauffahren, durch über dreihundert Meter Gestein hindurch. Kaum dass Luo Ji und Da Shi aus dem Fahrstuhl ausgestiegen waren, überkam sie Nostalgie: Die Wände und der Boden der Ausgangshalle hatten keine aktivierbaren Schaltflächen und Displays. Informationen wurden auf echten Monitoren angezeigt, die von der Decke hingen wie in einer alten U-Bahn-Station, und von den wenigen Passanten trugen die meisten Kleidung, die nicht leuchtete.

Hinter der Luftschleuse der Halle empfingen sie heißer Wind und staubige Luft.

»Das ist mein Junge!«, rief Da Shi aus, und zeigte auf einen Mann, der die Treppe heraufkam. Luo Ji konnte aus dieser Entfernung lediglich erkennen, dass er um die vierzig Jahre alt sein musste, weshalb ihn Da Shis Gewissheit etwas verwirrte. Während Da Shi die Treppe hinunter- und seinem Sohn entgegeneilte, wandte Luo Ji den Blick ab und nahm die Welt an der Oberfläche in Augenschein.

Der Himmel war gelb. Jetzt verstand er, warum das Bild des Himmels, das im Untergrund zu sehen war, in einer Höhe von zehntausend Metern aufgenommen wurde. Von hier aus war die Sonne nur als verschwommener Umriss wahrnehmbar. Alles war von Sand bedeckt, und die vorbeifahrenden Autos zogen Staubfahnen hinter sich her. Noch ein Bild aus der Vergangenheit: Autos, die am Boden fuhren. Sie schienen keine Benzinmotoren zu haben und kamen in allerhand seltsamen Formen daher. Manche waren alt, manche neu, doch sämtliche Autodächer waren mit einer flachen Folie überspannt, einer Art Markise. Auf der anderen Straßenseite stand ein Gebäude aus alter Zeit, die Fensterbretter waren von Sand bedeckt, die Fenster entweder mit Brettern vernagelt oder gähnende Löcher ohne Glasscheiben. Dennoch war das Gebäude offenbar bewohnt, denn vor den Fenstern hing Wäsche zum Trocknen, und hier und dort standen sogar Topfblumen auf den Fensterbrettern. Obwohl man durch die sandige und staubige Luft nur schlecht sehen konnte, konnte Luo Ji in der Distanz die Umrisse vertrauter Gebäude ausmachen und war nun sicher, in der Stadt zu sein, in der er die Hälfte seines Lebens verbracht hatte. Er ging die Treppe hinunter zu den beiden Männern, die sich umarmten und fröhlich knufften.

»Vater, stell dir vor, ich bin nur fünf Jahre jünger als du!« Shi Xiaoming wischte sich die Tränen aus den Augen.

»Immerhin, Kleiner. Ich hatte schon Angst, ein alter Mann mit weißem Bart kommt an und nennt mich Papa.« Da Shi stellte Luo Ji seinen Sohn vor.

»Ah, das ist also der weltberühmte Dr. Luo!«, grüßte ihn Shi Xiaoming und musterte Luo Ji von Kopf bis Fuß.

Zu dritt gingen sie zu Shi Xiaomings Wagen, der am Straßenrand parkte. Vor dem Einsteigen fragte Luo Ji nach der Markise auf dem Dach.

»Das ist eine Antenne. Wir sind hier oben auf die Elektrizität angewiesen, die vom Untergrund durchsickert, deshalb sind die Antennen ein bisschen größer und die Energie reicht nur, um zu fahren. Fliegen können wir damit nicht.«

Das Auto fuhr langsam, woran die schwache Energieversorgung oder der Sand schuld sein mochten. Luo Ji sah zum Fenster hinaus auf die Stadt. Ihm war, als würde er wegen der vielen Fragen, die ihn beschäftigten, bald platzen, aber Da Shi und sein Sohn redeten ununterbrochen und gaben ihm keine Gelegenheit, sich einzumischen.

»Mutter starb im Jahr 34 der Krise, deine Enkelin und ich waren bei ihr.«

»Ach, so ein Glück. Und meine Enkelin? Hast du sie nicht mitgebracht?«

»Sie ist nach der Scheidung bei ihrer Mutter geblieben. Ich habe mir ihre Akte angesehen, sie wurde über achtzig und starb im Jahr 105 der Krise.«

»Schade, dass ich sie nie kennengelernt habe. Wie alt warst du, als du aus dem Gefängnis kamst?«

»Neunzehn.«

»Was hast du dann gemacht?«

»Alles. Zuerst musste ich mich mit Hehlerei durchschlagen, es ging nicht anders. Später wurde ich ein anständiger Geschäftsmann. Aber kaum war ich zu Geld gekommen, kündigte sich das Tiefe Tal an, und ich habe mich rasch in den Kälteschlaf versetzen lassen. Damals wusste ich nicht, dass bald bessere Zeiten anbrechen sollten. Ich wollte dich einfach nur wiedersehen.«

»Steht unser Haus noch?«

»Das Nutzungsrecht für Grundstücke wurde zwar über die ursprünglichen siebzig Jahre hinaus verlängert, aber ich habe dort nur vorübergehend gewohnt, bis es abgerissen wurde. Wir haben danach ein anderes gekauft, das steht noch, aber ich habe es mir noch nicht angesehen.« Shi Xiaoming deutete nach draußen. »In der Stadt gibt es nicht mal mehr ein Prozent der Menschen, die zu unserer Zeit hier gelebt haben. Ein Haus wie unser altes ist das Wertloseste, was es gibt. Wenn ich daran denke, wie du dafür geschuftet hast, Papa … Jetzt steht alles leer. Du kannst wohnen, wo du willst.«

Schließlich gelang es Luo Ji doch, in einer Sprechpause eine Frage loszuwerden. »Leben denn alle wiedererweckten Kälteschläfer in der alten Stadt?«

»Von wegen! Nein, die leben außerhalb. In der Stadt ist es ihnen zu sandig. Aber vor allem, weil es hier nichts zu tun gibt. Andererseits darf man sich nicht zu weit von der Untergrundstadt entfernen. Sonst hat man keinen Strom.«

»Und was macht ihr hier so?«, fragte Da Shi.

»Überleg doch – was können wir, was die Kinder nicht können? Landwirtschaft!« Wie viele andere Wiedererweckte, ganz gleich welchen Alters, bezeichnete Shi Xiaoming die moderne Generation als Kinder.

Sie fuhren hinaus aus der Stadt Richtung Osten. Der Sand nahm ab, und allmählich wurde die Landstraße sichtbar. Luo Ji erkannte die alte Schnellstraße zwischen Peking und Shijiazhuang, auch wenn zu beiden Seiten der Fahrbahn hohe Sandhaufen aufragten. Zwischen den Sandhaufen standen noch die alten Häuser. Doch was diesem zur Wüste mutierten Stück Nordchina einen kleinen Funken Leben einhauchte, waren die kleinen, von vereinzelten Bäumen umringten Oasen, von denen Shi Xiaoming sagte, es seien Siedlungen wiedererweckter Kälteschläfer.

Sie fuhren in eine der Oasen hinein, ein kleiner Wohnbezirk, umgeben von einer Reihe Bäume, die sie von der Wüste abschirmten. Das Dorf heiße *Neues Leben Nr. 5*, sagte Shi Xiaoming. Beim Ausstieg spulte sich für Luo Ji die Zeit zurück: Reihen mit fünf Stockwerken hohen Wohnblöcken mit offenen Plätzen davor, alte Männer, die auf niedrigen Steintischen Schach spielten, Mütter mit Kinderwagen und Kinder, die auf dem mageren Rasen, der aus dem Sand spross, Fußball spielten …

Shi Xiaoming wohnte mit seiner neun Jahre jüngeren Frau im fünften Stock. Sie war im Jahr 21 wegen Leberkrebs in den Kälteschlaf gegangen und jetzt vollkommen gesund. Ihr vierjähriger Sohn nannte Da Shi »Opa«.

Zur Begrüßung erwartete sie ein opulentes Mahl. Alles stammte aus heimischer Landwirtschaft, Hühner- und Schweinefleisch von umliegenden Höfen, sogar hausgebrannter Schnaps. Sie luden noch drei Nachbarn zum Essen ein, Männer, die wie Shi Xiaoming relativ früh in den Kälteschlaf gegangen waren, als es noch ziemlich teuer und nur den Reichen oder den Söhnen und Töchtern der Reichen möglich gewesen war. Jetzt, nach über hundert Jahren, gab es diese Unterschiede nicht mehr. Sie waren alle nur einfache Leute. Shi Xiaoming stellte ihnen seinen Nachbarn Zhang Yan vor, den Enkel von Zhang Yuanchao, den er damals so übel betrogen hatte.

»Weißt du noch, wie du mir zugeredet hast, dass ich ihm jeden Cent zurückzahlen soll? Am Tag, als ich aus dem Bau kam, habe ich damit angefangen. Und so habe ich Yan kennengelernt, der damals gerade mit der Schule fertig war. Er erzählte mir von den Nachbarn seines Vaters, was uns darauf brachte, ins Beerdigungsgeschäft einzusteigen. Wir nannten unsere Firma Hochtief, ›hoch‹ für Weltraumbestattung. Wir schossen Asche ins Sonnensystem, später sogar ganze Leichen. Gegen gute Bezahlung, versteht sich. ›Tief‹ für Minenschachtbestattung, zuerst in stillgelegten Schächten, später ließen wir selber welche buddeln, alle als Anti-Trisolaris-Grabstätten gedacht.«

Der Mann namens Zhang Yan war schon etwas älter, er sah

wie Ende fünfzig aus. Er war schon einmal aus dem Kälteschlaf wiedererweckt worden und hatte sich dreißig Jahre später wieder einfrieren lassen.

»Wie sieht es mit eurem rechtlichen Status hier aus?«

»Derselbe wie bei den modernen Menschen«, sagte Shi Xiaoming. »Die Gegend hier gilt noch als Vorort, und wir haben unsere eigene Bezirksregierung. Hier wohnen nicht nur ehemalige Kälteschläfer, sondern auch Wandtipper, und die Leute aus der Stadt kommen oft zum Spaß hier raus.«

»Wir nennen die Modernen ›Wandtipper‹«, erklärte Zhang Yan, »weil sie als Erstes, wenn sie ankommen, immer an den Wänden rumtatschen und versuchen, irgendetwas zu aktivieren.«

»Es geht euch also ganz gut?«, fragte Da Shi.

Ja, sagten alle, es gehe ihnen gut.

»Aber die Felder am Straßenrand ... könnt ihr wirklich von der Landwirtschaft leben?«

»Warum nicht? In den Städten unten sind Agrarprodukte Luxus ... die Regierung behandelt die Kälteschläfer ziemlich gut. Selbst wenn du gar nichts tust, kannst du von deinem staatlich garantierten Grundeinkommen gut leben. Aber irgendwas muss man schließlich machen. Die denken, wir alle wären wiedergeborene Bauern. Das ist natürlich Quatsch. Keiner von uns war je Bauer, aber jetzt bleibt uns nichts anderes zu tun, als die Äcker zu bestellen.«

»Was war das, das Tiefe Tal?« Noch so eine Frage, die Luo Ji schon die ganze Zeit umtrieb.

Mit einem Schlag wurden die Gesichter sehr ernst. Shi Xiaoming sah in die Runde, ob alle mit dem Essen fertig waren, ehe er antwortete. »Das ist eine lange Geschichte, Sie haben vermutlich in den vergangenen Tagen schon davon gehört. Nachdem Sie in den Kälteschlaf gegangen sind, blieben die Verhältnisse noch ein, zwei Jahrzehnte lang stabil, dann ging es wegen der wirtschaftlichen Umbrüche schnell bergab, und das politische Klima wurde immer angespannter. Es war wie im Krieg.«

»Und nicht nur in ein paar Ländern. Die ganze Welt war betroffen«, sagte einer der Nachbarn. »Die Gesellschaft war am Rande des Zusammenbruchs und von jedem, der aufmuckte, hieß es gleich, der sei von der ETO oder ein Verräter der Menschheit. Nichts war mehr sicher. Filme aus dem Goldenen Zeitalter wurden bald weltweit verboten. Sie waren natürlich zu weit verbreitet, um sie wirksam zu unterbinden.«

»Warum waren sie verboten?«

»Sie schadeten angeblich dem Kampfgeist«, sagte Shi Xiaoming. »Solange es noch etwas zu essen gab, ging es noch, aber dann wurde es immer schlimmer, und die ganze Welt litt Hunger. Das war nur etwa zwanzig Jahre, nachdem Sie weg waren, Dr. Luo.«

»Und das lag am Wirtschaftswandel?«

»Richtig. Aber auch an der Umweltverschmutzung. Natürlich gab es die Umweltschutzgesetze, aber die Leute dachten sich: ›Was soll der verdammte Umweltschutz? Wir machen die Welt lebenswert, nur damit die Trisolarier alles kaputtmachen?‹. Umweltschutz galt als Verrat an der Menschheit, nicht anders als die ETO. Organisationen wie Greenpeace wurden wie Terrorgruppen behandelt. Die Waffenproduktion für die Weltraumstreitkräfte ließ noch mehr umweltbelastende Schwerindustrie entstehen, und so ging es weiter. Beschleunigter Treibhauseffekt, Klimaveränderungen, Versteppung, Dürre …« Er seufzte.

»Als ich in den Kälteschlaf ging, fing das gerade erst an«, sagte ein Nachbar. »Sie können sich das nicht vorstellen. Das war etwas ganz anderes als die langsame Verwüstung früher im Westen jenseits der Großen Mauer, das sag ich Ihnen. Es war eine flächendeckende Erosion. Eben noch intakte Grünflächen im Landesinneren verwandelten sich in Wüstenlandschaften, die sich von dort immer weiter ausbreiteten, wie wenn ein feuchtes Laken in der Sonne trocknet.«

»Die landwirtschaftliche Produktion brach völlig ein, die Getreidereserven gingen aus und dann … dann kam das Tiefe Tal.«

»Erfüllte sich die Vorhersage, dass der Lebensstandard um hundert Jahre zurückgeworfen werden würde, also wirklich?«, fragte Luo Ji.

»Um hundert Jahre? Pah.« Shi Xiaoming lachte bitter. »Hundert Jahre zurück, das wäre etwa wie in den 1930ern gewesen. Im Vergleich zum Tiefen Tal waren das paradiesische Zeiten damals. Zum einen war die Bevölkerungszahl viel höher als zur Zeit der Weltwirtschaftskrise. Damals lebten über acht Milliarden Menschen.« Er zeigte auf Zhang Yan. »Du hast es selbst erlebt, als du dich zwischendurch hast wiedererwecken lassen. Erzähl du's ihm.«

Zhang Yan leerte sein Glas. »Ich habe den Großen Hungermarsch erlebt. Millionen, die vor dem Hunger aus der Prärie geflohen sind, wo man vor lauter Sand die Hand vor Augen nicht sehen konnte. Trockene Hitze überall, die Erde und der

Himmel brannten. Die Verhungerten wurden auf der Stelle auseinandergenommen … Es war die Hölle. Es gibt eine Menge Filmaufnahmen davon, die kannst du dir ansehen. Ein Glück, dass wir noch am Leben sind.«

»Das Tiefe Tal dauerte etwa fünfzig Jahre lang an, in denen die Weltbevölkerung von acht Komma drei auf drei Komma fünf Milliarden schrumpfte. Sie können sich vorstellen, was das heißt.«

Luo Ji ging zum Fenster. Von hier sah man hinter der Reihe schützender Bäume die Wüste, deren gelber Sand sich unter der Mittagssonne bis zum Horizont erstreckte. Die Hand der Zeit hatte alles geglättet.

»Wie ging es anschließend weiter?«, fragte Da Shi.

Zhang Yan stieß einen tiefen Seufzer aus, erleichtert, das Thema abschließen zu können. »Danach, naja, die Leute fanden sich mit der kommenden Bedrohung ab. Immer mehr Menschen fragten sich, ob es das wirklich wert war, sollten wir wirklich diesen hohen Preis für einen Sieg in der Entscheidungsschlacht zahlen? Ist das Kind, das in deinen Armen stirbt, nicht wichtiger als der Fortbestand der Menschheit in mehreren Generationen? Letzteres erschien immer unbedeutender. Was immer die Zukunft bringen mochte, wichtig war die Gegenwart. Natürlich war diese Einstellung zunächst verpönt und erntete den üblich Vorwurf des Verrats an der Menschheit, aber sie ließ sich nicht mehr aufhalten und nahm in der ganzen Welt überhand. Ein beliebter Wahlspruch ging damals durch die Welt, der heute ein berühmtes Zitat der Geschichte ist.«

»›Der Zivilisation Zeit geben, statt die Zivilisation für die Zeit aufgeben‹«, zitierte Luo Ji, ohne sich umzudrehen.

»Ja, genau das. Zivilisation ist jetzt.«

»Und dann?«, fragte Da Shi weiter.

»Dann kam eine zweite Aufklärung, eine Renaissance, wenn man so will, eine zweite Französische Revolution … Ach, lest einfach die Geschichtsbücher.«

Hellhörig geworden, drehte Luo Ji sich um. Was er Zhuang Yan vor zwei Jahrhunderten prophezeit hatte, war tatsächlich eingetreten? »Eine zweite Französische Revolution? In Frankreich?«

»Nein, das sagt man nur so. Sie fand in der ganzen Welt statt! Infolge der Revolution waren die Nationalregierungen gezwungen, ihre Weltraumpläne auf Eis zu legen und stattdessen ihr Geld zur Verbesserung der Lebensqualität auszugeben. Und damit war der Weg zur Entwicklung bahnbrechender Technologien frei. Die Gentechnik und die Fusionstechnik veränderten die gesamte Lebensmittelerzeugung. Danach waren Agrar- und Viehwirtschaft nicht mehr vom Klima abhängig. Der Hunger auf der Welt war besiegt. Von da an ging alles ziemlich schnell – es gab ja auch weniger Menschen –, innerhalb von zwei Jahrzehnten war das Leben wieder auf dem gleichen Standard wie vor dem Tiefen Tal, und bald entsprach es wieder dem Goldenen Zeitalter. Die Menschheit hatte sich für den Weg des guten Lebens entschieden, und es gab kein Zurück mehr.«

»Es gibt noch einen Begriff, der Ihnen gefallen könnte, Dr. Luo«, sagte der erste Nachbar und rückte näher an ihn heran. Vor seinem Kälteschlaf war er Ökonom gewesen und fühlte sich in Wirtschaftsfragen berufen. »Man redet von der ›Immunität der Zivilisation‹. Hat die Welt einmal an einer schweren

Krankheit gelitten, aktiviert sie das Immunsystem des zivilisatorischen Organismus, sodass eine Zeit wie die Anfangsjahre der Krise nicht wiederkommen kann. Die Menschheit kommt an erster Stelle und der Erhalt der Zivilisation an zweiter. Auf diesen Grundsätzen fußt die moderne Gesellschaft.«

»Und später?«, fragte Luo Ji.

»Dann geschah das Aberwitzigste.« Shi Xiaoming war gleich viel lebendiger. »Die Staatengemeinschaft war sich einig geworden, in Frieden zu leben und das Thema Trisolaris fürs Erste auf Eis zu legen. Doch dann setzte auf einmal überall der Fortschritt ein, die technische Entwicklung überwand Schlag auf Schlag all die Hürden, die der Weltraumstrategie vor dem Tiefen Tal im Weg gestanden hatten.«

»Das ist gar nicht aberwitzig«, sagt Luo Ji. »Die Befreiung der Menschen führt automatisch zu wissenschaftlichem und technischem Fortschritt.«

»Nach ungefähr fünfzig Jahren Frieden, die auf das Tiefe Tal gefolgt waren, begann die Menschheit, sich erneut der Trisolaris-Invasion zu widmen und den Gedanken an den Krieg wieder zuzulassen. Da die Menschheit nun viel besser gerüstet war als vor dem Tiefen Tal, wurde erneut der globale Kriegszustand ausgerufen und wieder mit dem Aufbau der Weltraumflotte begonnen. Doch anders als zuvor setzten die nationalen Verfassungen in einem Punkt klare Grenzen: Die Ausgaben für die Weltraumpläne durften ein bestimmtes Limit nicht übersteigen und auch die Weltwirtschaft und das gesellschaftliche Leben nicht nachteilig beeinflussen. Ab diesem Zeitpunkt wurden die Weltraumflotten zu eigenen Nationen …«

»Über all das brauchst du dir aber keine Gedanken zu

machen«, sagte der ehemalige Ökonom. »Das Einzige, was zählt, ist ein gutes Leben. Die Parole aus der Zeit der neuen globalen Revolution ist im Grunde nur eine Variante des alten Spruchs: Carpe Diem! Also, auf das neue Leben!«

Sie prosteten sich zu und leerten ihre Gläser. Luo Ji war dem Ökonomen dankbar für seine Sicht der Dinge. All seine Gedanken galten jetzt Zhuang Yan und seiner Tochter. Nun musste er nur einen Ort zum Leben finden, dann würde er sie wiedererwecken lassen.

Der Zivilisation Zeit geben. Dem Leben Zeit geben.

An Bord der *Natürliche Selektion* stellte Zhang Beihai fest, dass sich das moderne Kommandosystem weit über seine kühnsten Vorstellungen hinaus entwickelt hatte. Dieses Raumschiff, so groß wie drei der größten seetüchtigen Flugzeugträger des einundzwanzigsten. Jahrhunderts, war praktisch eine Kleinstadt, doch es kam ohne Kommandobrücke oder Kommandozentrale aus, selbst ohne Kapitänskajüte oder einen Steuerraum. Genau genommen hatte es gar keine spezifischen Räume, sondern nur lauter identische Sphären, die sich nur in ihrer Größe unterschieden. An jedem Ort des Schiffes konnte man mit einem speziellen Datenhandschuh Holo-Displays aktivieren, die sehr teuer und daher sogar auf der hypervernetzten Erde selten zu finden waren. Solange man den passenden Systemzugang besaß, konnte man überall eine komplette Kommandokonsole aufklappen, bis hin zu einer Kommunikationsschnittstelle für den Kapitän, wodurch sich letztendlich das ganze Raumschiff, bis hin zu den Korridoren und Bädern, zu einer Mischung aus Kommandobrücke, Operationszentrale und Kapitänszimmer umgestalten ließ! Es erinnerte ihn an die Entwicklung vom Client-Server-Modell zum Browser-Server-Modell in der Internettechnologie des späten zwanzigsten Jahrhunderts. Mit Ersterem hatte man nur mit einer bestimmten, auf dem Computer installierten Software Zugang zum Server, mit Letzterem konnte man von jedem beliebigen Computer aus auf das Netzwerk zugreifen, solange man die richtigen Zugangsdaten hatte.

Zhang Beihai und Kapitän Dongfang Yanxu befanden sich in einer gewöhnlichen Kabine, die genauso wenig über spezifische Instrumente verfügte wie jede andere. Es war eine einfache Kugel, deren Wände meistens weiß verblendet waren, sodass man sich wie im Inneren eines überdimensionierten Tischtennisballs vorkam. Wenn die Beschleunigung des Schiffes zu Gravitation führte, konnte man jedes Stück Wand zu einem Sitzmöbel umformen.

Dass es kaum noch Vorrichtungen gab, die nur einem einzigen Zweck dienten, war für Zhang Beihai ein weiterer Aspekt der modernen Welt, den sich zu seiner Zeit kaum jemand hatte vorstellen können. Auf der Erde stand diese Entwicklung noch am Anfang, doch in der wesentlich fortschrittlicheren Flotte war es bereits ein grundlegendes Prinzip. Hier war alles reduziert und schlicht. Anstelle von festen Installationen konnte man diese Vorrichtungen nach Bedarf überall aufrufen. Die angesichts zunehmender Technisierung so überkomplex gewordene Welt war wieder dabei, einfacher zu werden. Die Technik verbarg sich hinter der wahrgenommenen Realität.

»Jetzt kommen wir zu Ihrer ersten Lektion hier an Bord«, sagte Dongfang Yanxu. »Die sollten Sie eigentlich nicht von einem Kapitän bekommen, der sich unter Ihrer Aufsicht befindet, aber dem Rest der Flotte ist auch nicht mehr zu trauen als mir. Ich werde Ihnen zeigen, wie Sie die *Natürliche Selektion* starten und in den Steuerungsmodus gehen. Passen Sie gut auf. Mit dem, was Sie heute hier lernen, können Sie den wichtigsten Zugang für die Siegelträger verschließen.« Sie rief mit ihrem Datenhandschuh ein Holo-Display auf. »Das hier ist wahrscheinlich etwas anderes als die Weltraumkarten von früher, aber sie benutzt noch immer die Sonne als Ausgangspunkt.«

»Das hatten wir schon in der Ausbildung, ich kann sie also bereits lesen«, versicherte Zhang Beihai und studierte die Karte. Im Geist sah er die Karte des Sonnensystems vor sich, die er sich vor zwei Jahrhunderten mit Chang Weisi angesehen hatte. Diese Karte hier markierte die Position sämtlicher Himmelskörper in einem Radius von hundert Lichtjahren um die Sonne, in einem mehr als hundertmal größeren Maßstab als auf der alten Karte.

»Viel brauchen Sie gar nicht zu verstehen. Augenblicklich ist es verboten, irgendeine Position dieser Karte anzusteuern … Wäre ich ein Siegelträger und wollte die *Natürliche Selektion* zur Flucht ins Universum entführen, müsste ich zuerst den Kurs eingeben. So.« Sie aktivierte einen Punkt auf der Karte, der jetzt grün leuchtete. »Natürlich sind wir jetzt im Simulationsmodus, da mir die Berechtigung entzogen wurde. Sobald Sie die Kapitänsgewalt übertragen bekommen, muss ich alle Aktionen über Sie laufen lassen. Aber wenn ich Sie wirklich um diese Aktion ersuchen würde, könnte das gefährliche Folgen haben, und Sie sollten sie ablehnen und mich melden.«

Nach der Aktivierung des Ziels erschien eine Schaltfläche in der Luft. In seiner Ausbildung hatte sich Zhang Beihai zwar bereits mit den Bedienfeldern und Operationen vertraut gemacht, doch er hörte sich Dongfang Yanxus Erklärungen geduldig an und sah zu, wie sie das riesige Schiff vom kompletten Maschinenstillstand erst in den Ruhe-, dann in den Standby-Modus versetzte, und schließlich auf Maschinen Voraus, Stufe Eins, schaltete.

»Wäre das keine Simulation, würde die *Natürliche Selektion* jetzt den Hafen verlassen. Was meinen Sie? Lässt sie sich leichter handhaben als die Raumschiffe in Ihrer Zeit?«

»Viel einfacher.« Als er und die anderen Mitglieder des Sonderkommandos die Schaltfläche zum ersten Mal gesehen hatten, waren sie über ihre einfache Bedienbarkeit und die fehlenden technischen Anzeigen erstaunt gewesen.

»Alles läuft vollautomatisch«, bestätigte Dongfang Yanxu. »Der technische Ablauf bleibt dem Kapitän komplett verborgen.«

»Hier werden nur generelle Kennwerte angezeigt. Wo kann man den Betriebszustand des Schiffes ablesen?«

»Der Betriebszustand wird von Offizieren und Unteroffizieren auf den unteren Ebenen überwacht. Dort gibt es komplexere Displays, je niedriger die Befehlsebene, desto komplexer. Als Kapitän und Vizekapitän müssen wir uns auf wichtigere Angelegenheiten konzentrieren. Also, lassen Sie uns fortfahren. Wäre ich ein Siegelträger … Und schon wieder gehe ich von dieser Annahme aus. Was sagen Sie dazu?«

»Meine Rolle verbietet mir jede Antwort darauf.«

»Also gut. Wäre ich ein Siegelträger, dann würde ich den Schalter gleich auf Stufe Vier Voraus setzen. Kein Schiff der Flotte könnte die *Natürliche Selektion* einholen, wenn sie auf Stufe Vier Voraus beschleunigt.«

»Das wäre aber nicht möglich, selbst mit der notwendigen Berechtigung, denn das System stellt den Antrieb nur auf Stufe Vier Voraus ein, wenn sichergestellt ist, dass sich die ganze Besatzung im Tiefseezustand befindet.«

Bei Maximalantrieb konnte der Raumkreuzer eine Beschleunigung von bis zu 120 g erreichen, aber die dabei wirkenden Schubkräfte überstiegen das, was ein Mensch unter normalen Bedingungen aushalten konnte, um mehr als das Zehnfache. Die Besatzung musste daher vorab in einen »Tiefseezustand« versetzt werden. Dabei wurde eine sogenannte Tiefseebeschleunigungsflüssigkeit in die Kabinen gepumpt, die von entsprechend trainiertem Personal direkt eingeatmet werden konnte. Zuerst flutete sie die Lunge und danach alle weiteren Organe. Die ursprüngliche Idee dazu stammte aus der ersten Hälfte des zwanzigsten Jahrhunderts, als man davon geträumt hatte, mit Hilfe atembarer Flüssigkeit ultratiefe Tauchgänge zu ermöglichen. In einem mit Tiefseebeschleunigungsflüssigkeit gefüllten menschlichen Körper herrschten dieselben Druckverhältnisse wie in der ihn umgebenden, ebenfalls mit Flüssigkeit gefüllten Kabine, genau wie bei einem Fisch in der Tiefsee. Daher der Name Tiefseezustand.

Dongfang Yanxu nickte. »Sie sollten allerdings wissen, dass man das umgehen kann. Wenn Sie das Raumschiff auf Fernsteuerung schalten, hält es sich für unbemannt und verzichtet auf die Tiefseezustands-Kontrolle. Der Kapitän kann das tun.«

»Lassen Sie es mich versuchen und sagen Sie mir, ob ich alles richtig mache.« Zhang Beihai aktivierte eine Schaltfläche vor sich und begann, das Schiff auf Fernsteuerungsmodus umzustellen. Hin und wieder warf er dabei einen Blick in ein kleines Notizbuch.

Dongfang Yanxu musste beim Anblick des Büchleins lächeln. »Es gibt inzwischen effizientere Aufzeichnungsspeicher.«

»Ach, das ist so eine Angewohnheit. Besonders Wichtiges schreibt man besser per Hand auf. Ich finde nur keinen Stift mehr dafür. Ich habe zwei mit in den Kälteschlaf genommen, aber nur der Bleistift schreibt noch.«

»Sie haben wirklich schnell gelernt.«

»Nur deshalb, weil das ganze Kommandosystem immer noch die Begriffe der Marine verwendet. Nach all den Jahren haben sich nicht einmal einzelne Bezeichnungen geändert. Die Antriebsbefehle zum Beispiel.«

»Die Weltraumflotte hat ihren Ursprung schließlich in der Marine … Okay, Sie werden schon bald die Systemerlaubnis erhalten und sind dann der ausführende Kapitän der *Natürliche Selektion*. Dieses Raumschiff ist im Klasse-A-Bereitschaftszustand, oder, wie man zu Ihrer Zeit sagte: ›aufgetankt, bewaffnet und startklar‹.« Sie streckte die Arme nach vorn und machte einen Salto vorwärts durch die Luft.

Zhang Beihai war noch nicht vertraut genug mit dem Supraleitergürtel, um es ihr nachzumachen. »Niemand hat das zu meiner Zeit gesagt. Aber Sie sind offensichtlich bewandert in der Geschichte der Seefahrt«, sagte er, um das Thema zu wechseln, mit dem sie ihn ständig provozierte.

»Ein ruhmreicher Zweig des Militärs.«

»Ist die Weltraumflotte nicht Erbin dieses Ruhms?«

»Mag sein. Aber ich höre trotzdem auf. Ich werde den Dienst quittieren.«

»Wegen der Überwachung?«

Sie sah ihm direkt ins Gesicht. Ihr dichtes, schwarzes Haar schwebte in der Schwerelosigkeit. »Sie haben früher ständig so etwas gemacht, nicht wahr?«

»Nicht unbedingt. Aber wenn doch, dann hatte jeder Soldat Verständnis dafür. Es gehört zu den soldatischen Pflichten, sich einer Beurteilung zu unterziehen.«

»Das ist zwei Jahrhunderte her. Das hier ist nicht mehr Ihre Zeit.«

»Kapitän Dongfang, bitte machen Sie den Graben zwischen uns nicht größer, als er ist. Wir haben durchaus Gemeinsamkeiten. Soldaten mussten immer schon Kränkungen aushalten können.«

»Heißt das, Sie raten mir zu bleiben?«

»Nein.«

»Politische Arbeit. So nannte man es, nicht wahr? Dafür waren Sie zuständig.«

»Jetzt nicht mehr. Ich habe eine neue Aufgabe.«

Sie schwebte um ihn herum, als wollte sie ihn von allen Seiten mustern. »Nennt Ihr uns deshalb Kinder? Vor einem halben Jahr war ich auf der Erde, und in einem Kälteschlafzentrum nannte mich ein sechs oder sieben Jahre alter Junge ›Kind‹.«

Er lachte.

»Sind wir Kinder für euch?«

»Früher war das Senioritätsprinzip sehr wichtig für uns. Auf dem Land gab es Erwachsene, die Kinder Tante oder Onkel nannten, weil sie innerhalb der Familie auf einer höheren Stufe standen.«

»Mir ist Ihre höhere Stufe gleichgültig.«

»Das merke ich.«

»Sie haben vorhin Ihre Frau und Ihre Tochter erwähnt. Sind die nicht mit Ihnen mitgekommen? Ich meine, die Mitglieder des Sonderkommandos durften doch gemeinsam mit ihren Familien in den Kälteschlaf gehen, oder etwa nicht?«

»Sie sind nicht mitgekommen. Und sie wollten auch nicht, dass ich gehe. Damals ging man von einer ziemlich trostlosen Zukunft aus. Sie warfen mir Verantwortungslosigkeit vor. Meine Frau und meine Tochter zogen aus, und in der nächsten Nacht erging für das Sonderkommando der Marschbefehl. Ich hatte keine Zeit mehr, sie noch einmal zu sehen. Es war eine kalte Nacht im tiefsten Winter, als ich mit meinen Koffern das Haus verließ … Ich erwarte selbstverständlich kein Verständnis von Ihnen.«

»Doch, ich verstehe … Was ist aus ihnen geworden?«

»Meine Frau starb im Krisenjahr siebenundvierzig, meine Tochter im Jahr einundachtzig.«

»Sie haben das Tiefe Tal miterlebt.« Sie senkte den Blick und verstummte. Dann aktivierte sie ein Holo-Display und wechselte auf Außendarstellung.

Die Trennwände der weißen Kugel schmolzen weg wie Wachs, und sie hingen nun mitten im unendlichen Weltraum, mit dem Blick auf das verschwommene Sternenfeld der Milchstraße. Zwei unabhängige Wesen im Universum, die zu keiner Welt gehörten, und um sie herum nichts als Abgrund. Sie trieben im Universum wie die Erde, die Sonne, die ganze Galaxis, ohne Ursprung und ohne Ziel. Und existierten bloß …

Zhang Beihai hatte dieses Gefühl schon einmal erlebt, vor hundertneun Jahren, als er allein mit nichts als einem Raumanzug im Weltraum schwebte, in der Hand eine Pistole mit Projektilen aus Meteoriten.

»Ich mag das, so zu tun, als gebe es weder das Raumschiff noch die Flotte und überhaupt nichts außerhalb meiner eigenen Gedankenwelt.«

»Yanxu«, flüsterte er ihren Vornamen.

»Hm?« Sie drehte sich zu ihm um. In ihren Augen funkelte die Milchstraße.

»Wenn es so weit kommen sollte, dass ich dich töten muss, verzeih mir bitte«, sagte er, beinahe zärtlich.

Zur Antwort schenkte sie ihm ein Lächeln. »Sehe ich für Sie wie ein Siegelträger aus?«

Er betrachtete sie im Licht der fünf AE entfernten Sonne. Sie war eine Feder, die vor dem Hintergrund des Sternenfelds schwebte.

»Wir sind Bewohner der Erde und des Meeres, du lebst in den Sternen.«

»Ist das schlimm?«

»Nein. So ist es sehr gut.«

»Die Sonde ist ausgegangen!«

Die Nachricht des diensthabenden Offiziers war ein Schock für Dr. Anton Kuhn und General Martin Robinson. Sobald diese Nachricht öffentlich wurde, das war ihnen bewusst, würde sie hohe Wellen in der Internationalen der Erde und der des Weltraums schlagen.

Kuhn und Robinson befanden sich auf der Ringier-Fitzroy-Station in der Umlaufbahn der Sonne am äußersten Rand des Asteroidengürtels. Fünf Kilometer von der Station entfernt drifteten die seltsamsten Objekte des Sonnensystems durch den Weltraum: sechs zusammengesetzte, gigantische Linsen. Die oberste hatte einen Durchmesser von eintausendzweihundert Metern, und die fünf darunter waren nur geringfügig kleiner. Es handelte sich um die jüngste Generation des Weltraumteleskops. Anders als die vorangegangenen fünf Hubble-Modelle wurde dieses Teleskop nicht von einem Rohr gehalten, und es gab keinerlei verbindendes Material zwischen den sechs riesigen Linsen. Sie schwebten unabhängig voneinander, doch jede war am Rand mit mehreren Ionenantrieben ausgestattet, die erlaubten, die Distanz zwischen ihnen exakt anzupassen oder die Ausrichtung der gesamten Gruppe zu verändern. Die Ringier-Fitzroy-Station bildete das Kontrollzentrum des Teleskops, doch selbst aus der Nähe waren die durchsichtigen Linsen praktisch unsichtbar. Wenn Techniker und Ingenieure zu Wartungszwecken zwischen den Linsen herumflogen, erschien ihnen das Universum bizarr verzerrt, und vom richtigen Winkel aus konnte man sehen, wie sich das Sonnenlicht auf der schützenden Iris der Oberfläche spiegelte und die gigantische Linse sichtbar machte. Dann war sie mit ihrer abgerundeten Oberfläche auf einmal ein in bezaubernde Regenbogen getauchter Planet. Das Teleskop brach mit der Tradition der Hubble genannten Instrumente und hieß nun Ringier-Fitzroy-Teleskop zu Ehren der beiden Entdecker der Spur der Trisolaris-Flotte. Ihre Entdeckung war zwar wissenschaftlich unbedeutend, doch der Name passte, schließlich war der vorrangige Zweck dieses Riesenteleskops, das allen drei Flottenverbänden diente, die dauerhafte Beobachtung der Trisolaris-Flotte.

Immer war ein Team wie Ringier und Fitzroy – bestehend

aus einem leitenden Wissenschaftler von der Erde und einem hochrangigen Militärführer der Weltraumflotten – für das Teleskop zuständig, und in jedem der Teams herrschten ähnliche Meinungsverschiedenheiten wie die zwischen Ringier und Fitzroy. Kaum wollte Kuhn etwas Zeit für seine eigenen Beobachtungen des Alls dazwischenschieben, hielt Robinson ihn im Interesse der Flotte energisch davon ab. Es gab noch mehr Streitpunkte. Kuhn sinnierte gern über die wunderbare Art, wie die Supermächte der Erde, allen voran die USA, früher die Welt regiert hatten, ganz anders als die ineffiziente Bürokratie der Flottenverbände heutzutage. Und jedes Mal, wenn er das tat, zerpflückte Robinson seine lächerlichen historischen Fantasien gnadenlos. Doch ihre erbittertsten Auseinandersetzungen betrafen die Rotationsgeschwindigkeit der Station. Der General bestand auf langsamer Rotation und minimaler Gravitation, am liebsten befand er sich im vollkommen schwerelosen Zustand ohne jede Rotation, während Kuhn schnelle Rotation mit erdähnlicher Gravitation bevorzugte.

Angesichts des jüngsten Ereignisses gerieten diese Unstimmigkeiten jedoch weit in den Hintergrund. Dass die Sonde ›ausgegangen‹ war, bedeutete nichts anderes, als dass ihr Antrieb abgeschaltet worden war. Zwei Jahre zuvor, noch weit außerhalb der Oort'schen Wolke, wurde die Sonde allmählich langsamer, was bedeutete, dass ihr Antrieb sich in Richtung Sonne drehte, weshalb das Teleskop ihre Spur nun anhand des leuchtenden Antriebs verfolgen konnte. Nun war das Licht erloschen und eine Observierung unmöglich, denn die Sonde selbst war viel zu klein – wahrscheinlich nicht größer als ein Lastwagen, wenn man von dem Schweif ausging, den sie beim

Durchqueren des interstellaren Staubs hinterlassen hatte. Ein so winziges Objekt an der äußersten Peripherie des Kuipergürtels, das kein Licht mehr aussendete und das schwache Licht der weit entfernten Sonne so gut wie gar nicht reflektierte, vermochte nicht einmal das unglaublich starke Ringier-Fitzroy-Teleskop zu orten.

»Na toll, wir haben unser Ziel aus den Augen verloren, und die drei Flotten beschäftigen sich mit ihren Machtspielchen«, wetterte Kuhn und wollte die Hände über dem Kopf zusammenschlagen, wobei er nicht bedachte, dass er schwerelos war und einen unfreiwilligen Purzelbaum schlug.

Diesmal verteidigte auch General Robinson die Flotte nicht. Ursprünglich hatte die Asiatische Flotte drei leichte Hochgeschwindigkeitsraumschiffe losgeschickt, um die Sonde aus der Nähe zu observieren, doch als dann unter den drei Flottenverbänden ein Streit darüber ausbrach, wem das Recht gebühre, die Sonde abzufangen, hatte die Vollversammlung beschlossen, sämtliche Raumschiffe zur Basis zurückzubeordern. Die Asiatische Flotte protestierte wiederholt mit dem Argument, dass die drei Raumschiffe von Kampfjägergröße vollkommen unbewaffnet und mit einer Crew von nur zwei Personen unterwegs waren, um mit maximaler Beschleunigung auf die Sonde zusteuern zu können. Doch die Europäische und die Nordamerikanische Flotte waren nicht zu überzeugen und bestanden auf einer Rückkehr sämtlicher in Bewegung befindlicher Raumschiffe. Stattdessen sollten drei Raumschiffe einer vierten Partei, nämlich der Internationalen der Erde, losgeschickt werden. Ohne diesen Beschluss wäre die Asiatische Flotte längst nah genug an die Sonde herangekommen, um sie zu überwachen.

Die von der Erde gesandten Raumschiffe, die die Vereinigte Republik Europa und China losgeschickt hatten, waren noch nicht einmal über den Orbit des Neptun hinaus.

»Vielleicht geht der Antrieb ja wieder an«, sagte der General. »Sie ist noch immer ziemlich schnell unterwegs. Ohne sich zu verlangsamen, kann sie nicht im Orbit des Sonnensystems bleiben. Sie wird direkt durch das Sonnensystem gehen.«

»Ach, sind Sie jetzt Kommandant der Trisolaris-Flotte?«, gab Kuhn zurück. »Vielleicht hatte die Sonde nie vor, im Sonnensystem zu bleiben!« Dann fiel ihm etwas ein. »Wenn der Antrieb aus ist, kann sie nicht den Kurs wechseln. Könnten Sie nicht herausfinden, in welche Richtung sie fliegt, und ein Raumschiff an die entsprechende Stelle schicken, um sie abzufangen?«

Der General schüttelte den Kopf. »Das ist nicht genau genug. Das funktioniert nicht wie bei einem Spürtrupp der Luftwaffe in der Erdatmosphäre. Ein winziger Fehler und man weicht hundert, tausend oder sogar eine Million Kilometer vom Kurs ab. Das Sondierungsraumschiff würde niemals in Lage sein, ein so kleines, dunkles Objekt aufzuspüren … Irgendetwas müssen wir uns jetzt aber einfallen lassen.«

»Was können wir schon tun? Das soll sich die Flotte überlegen.«

Die Züge des Generals verhärteten sich. »Dr. Kuhn, wenn Sie sich bitte den Ernst der Lage klarmachen würden. Es mag nicht unser Fehler sein, aber das ist den Medien egal. So oder so ist das Ringier-Fitzroy-Teleskop für die Observierung der Sonde verantwortlich, wir kriegen unser Fett ab, darauf können Sie Gift nehmen.«

Kuhn schwieg und blieb eine Weile senkrecht über Robinson in der Schwebe, ehe er erneut sprach. »Was könnte außerhalb vom Orbit des Neptun noch von Nutzen sein?«

»Für die Weltraumflotte vermutlich gar nichts. Für die Erde …« General Robinson gab die Frage an den Stabsoffizier weiter und erfuhr, dass die Umweltschutzorganisation der Vereinten Nationen vier große Raumschiffe unweit des Neptun stationiert hatte, wo sie die ersten Versuche zum Nebelschirm-Projekt durchführten. Die drei kleinen Raumschiffe, die vor kurzem mit dem Aufspüren der Sonde beauftragt worden waren, waren von dort gestartet.

»Bauen die da Ölfilm ab?«, fragte Kuhn. Der Stabsoffizier nickte.

Ölfilm war eine Substanz, die in den Ringen des Neptun vorkam. Bei hohen Temperaturen wurde er zu einem sich rasch verbreitenden Gas, das dann im All zu Nanopartikeln kondensierte, dem sogenannten Weltraumstaub. Den Namen Ölfilm trug diese Substanz, weil sie sich im gasförmigen Zustand sehr weit ausbreitete. Bereits eine geringe Menge genügte, um eine riesige Fläche von Weltraumstaub zu bilden, wie ein winziger Tropfen Öl, der einen breiten Ölfilm von einem Molekül Dicke über eine große Wasserfläche legte. Der aus diesem Ölfilm gewonnene Staub hatte noch eine weitere Eigenschaft: Anders als andere Arten von Weltraumstaub löste er sich im Sonnenwind nur schwer auf.

Das Nebelschirmprojekt war dank der Entdeckung von Ölfilm möglich geworden. Die Idee dahinter war, durch nukleare Explosionen im Weltraum den Ölfilm zu Gas diffundieren zu lassen und die Wolke von Ölfilmstaub als Maßnahme zur

Reduzierung der UV-Strahlung auf der Erde und damit der globalen Erwärmung zwischen die Sonne und die Erde zu verteilen.

»Ich erinnere mich, dass es in der Nähe des Neptun-Orbits noch eine stellare Bombe aus der Zeit vor den Kriegen geben soll«, sagte Kuhn.

»So ist es. Und die Nebelschirm-Raumschiffe haben zusätzlich welche mitgebracht, um sie in der Umgebung des Neptun und auf seinen Monden detonieren zu lassen. Wie viele genau, weiß ich nicht.«

»Eine reicht, würde ich sagen«, sagte Kuhn freudig.

Über fünftausend der stellaren Wasserstoffbomben, die vor zwei Jahrhunderten zu Wandschauer Rey Diaz' Strategie gehört hatten, waren tatsächlich hergestellt worden. Die Waffe war zwar für die Entscheidungsschlacht gedacht gewesen, doch ganz so, wie Rey Diaz vorhergesagt hatte, wollten die verschiedenen Supermächte sie für den Fall nutzen, dass die Menschen einen Krieg gegeneinander im Weltraum führten. Sie wurden daher vor allem während des Tiefen Tals hergestellt, als die internationalen Beziehungen aufgrund der Ressourcenknappheit besonders angespannt waren und die Menschheit am Rande eines Weltkriegs stand. Mit Beginn der neuen Ära wurden die furchtbaren Waffen zu gefährlichem, ausgemustertem Krempel, der im Weltraum gelagert wurden, auch wenn er sich immer noch im Besitz bestimmter Staaten der Erde befand. Einige wenige hatte man für planetarische Bauvorhaben in die Luft gejagt, und ein paar weitere schickte man in einen Orbit im äußeren Sonnensystem. Die Idee war, das Fusionsmaterial der Bomben dort zur Treibstoffergänzung von Langstreckenraumschiffen zu nutzen, was wegen der Schwierigkeiten beim Zerlegen der Bomben jedoch nie in die Tat umgesetzt wurde.

»Denken Sie, dass es funktionieren könnte?«, fragte Robinson mit leuchtenden Augen. Er bedauerte, nicht selbst auf diese simple Idee gekommen zu sein. Nun hatte Kuhn ihm die Gelegenheit geraubt, Geschichte zu schreiben.

»Lassen Sie es uns versuchen. Und bleibt nichts anderes übrig.«

»Wenn das klappt, Dr. Kuhn, dann wird die Ringier-Fitzroy-Station ab sofort immer so schnell rotieren, dass wir Erdanziehungskraft haben.«

»Das ist das größte Objekt, das die Menschheit je hergestellt hat«, sagte der Kommandant des Raumschiffs *Blauer Schatten* mit Blick aus dem Fenster in den tiefschwarzen Raum. Dort war nichts, aber er versuchte sich einzubilden, er könne die Staubwolke sehen.

»Warum leuchtet sie nicht im Sonnenlicht, wie der Schweif eines Kometen?«, fragte der Pilot. Die Mannschaft der *Blauer Schatten* bestand nur aus ihm und dem Kommandanten. Er wusste, dass die Dichte der Staubwolke so gering war wie der Schweif eines Kometen, oder vergleichbar mit einem in einem Labor hergestellten Vakuum.

»Vielleicht ist das Sonnenlicht nicht stark genug.« Der Kommandant drehte sich nach der Sonne um. Im leeren Raum zwischen dem Orbit des Neptun und dem Kuipergürtel sah die Sonne aus wie ein großer Stern und war kaum noch als Scheibe zu erkennen. Ihr schwaches Licht vermochte trotzdem immer noch, Schatten auf die Trennwände zu werfen. »Davon abgesehen kann man einen Kometenschweif nur aus einem gewissen Abstand erkennen. Wir sind direkt am Rand der Wolke.«

Der Pilot versuchte, sich die dünne, gigantische Wolke in seinem Kopf auszumalen. Vor ein paar Tagen hatten er und der Kommandant sich mit eigenen Augen davon überzeugen können, wie klein die Wolke im komprimierten Festzustand war. Da hatte gerade das riesige, vom Neptun kommende Raumschiff *Pazifik* in diesem Teil des Weltraums haltgemacht und eine aus mehreren Teilen bestehende Fracht geliefert. Zuerst hatte der Greifarm der *Blauer Schatten* eine stellare Wasserstoffbombe aus der frühen Zeit der Krise aus dem Frachtraum befördert, einen Zylinder von fünf Metern Länge und anderthalb Metern Durchmesser. Als Nächstes hatte er nach vier großen Kugeln von dreißig bis vierzig Metern Durchmesser gegriffen. Diese Kugeln, die aus dem Ölfilm vom Ring des Neptun bestanden, wurden an verschiedenen Punkten in mehreren hundert Metern Entfernung zur Bombe platziert. Als die *Pazifik* aus der Umgebung verschwunden war, detonierte die Bombe und wurde zu einer kleinen Sonne, die sich im eiskalten Abgrund des Alls grell aufbäumte und mit ihrer Hitze die Kugeln in ihrer Umgebung sofort verdampfte. Im Strahlungsorkan der Wasserstoffbombe breitete sich der gasförmige Ölfilm rasant aus und kühlte bald zu zahllosen Staubpartikeln ab. Die Wolke, die sie bildeten, hatte einen Durchmesser von zwei Millionen Kilometern und war damit größer als die Sonne.

Diese Staubwolke hing nun in der Region des Weltraums, die die Trisolaris-Sonde voraussichtlich passieren würde, wenn man von ihrem Kurs vor der Antriebsabschaltung ausging. Dr. Kuhn und General Robinson hofften, anhand der Spuren, die

die Sonde beim Durchqueren der künstlichen Staubwolke hinterlassen würde, ihre Position und ihre Flugbahn exakt berechnen zu können.

Die *Pazifik* hatte vor ihrer Rückkehr zum Neptun-Stützpunkt drei kleine Raumschiffe zurückgelassen, die die Sonde verfolgen sollten, sobald ihr Schweif sichtbar wurde. Eins davon war die *Blauer Schatten*. Das kleine Hochgeschwindigkeitsraumschiff trug den Spitznamen »Weltraumflitzer«. Neben einer kleinen Kapsel, die als einzige Fracht bis zu fünf Insassen aufnehmen konnte, bestand die *Blauer Schatten* nur noch aus einem Fusionsantrieb, der das Raumschiff sagenhaft schnell und wendig machte. Nachdem sich die Staubwolke gebildet hatte, durchkreuzte die *Blauer Schatten* das gesamte Gebiet, um zu testen, ob sich hinter ihrem Heck ein Schweif bildete. Die Ergebnisse waren zufriedenstellend. Natürlich konnte nur das Weltraumteleskop in über hundert AE Entfernung die Schweife erkennen. Für die Mannschaft der *Blauer Schatten* blieben sie unsichtbar, das Weltall ringsum schien genauso leer wie immer. Trotzdem bestand der Pilot darauf, dass die Sonne nach dem Durchqueren der Staubwolke ein wenig blasser aussehe und ihre zuvor noch scharfen Konturen verschwommen seien. Und die Instrumente bestätigten seinen Eindruck, den einzigen sichtbaren, den sie von dieser gigantischen Schöpfung hatten.

»Höchstens noch drei Stunden«, sagte der Kommandant mit einem Blick auf die Uhr. Die Staubwolke war im Grunde genommen nichts anderes als ein riesiger durchsichtiger Satellit, der sich auf einer Umlaufbahn um die Sonne befand. Irgendwann würde sie den Bereich, durch den die Sonde kommen sollte, verlassen haben, und dann müsste man die nächste Staubwolke herstellen.

»Glauben Sie, dass wir sie tatsächlich erwischen?«

»Warum nicht? Wir werden in die Geschichtsbücher eingehen!«

»Aber werden die uns nicht angreifen? Schließlich sind wir keine Soldaten. Eigentlich ist das doch ein Job für die Flotte.«

Eine Nachricht von der Ringier-Fitzroy-Station ging ein: Die Trisolaris-Sonde habe die Staubwolke durchquert und einen Schweif hinterlassen, aus dem man ihren genauen Kurs berechnet habe. Bei der Kalkulation ihrer weiteren Geschwindigkeit sei sogar der bremsende Effekt der dünnen Wolke berücksichtigt worden. Die *Blauer Schatten* war angewiesen, unverzüglich die Verfolgung des Objekts aufzunehmen. Da die Station über hundert AE von der *Blauer Schatten* entfernt lag, hatte die Nachricht sie mit zehn Stunden Verzögerung erreicht, und so war die Begegnung mit der Sonde nur noch eine Frage der Zeit.

Die *Blauer Schatten* änderte den Kurs und glitt noch einmal durch die unsichtbare Staubwolke, diesmal in Richtung Trisolaris-Sonde. Der Flug dauerte mehr als zehn Stunden, und sowohl der Pilot als auch der Kommandant wurden allmählich müde. Doch die abnehmende Distanz zur Sonde hielt sie wach.

»Ich kann sie sehen, da ist sie!«, rief der Pilot schließlich.

»Was soll der Blödsinn?«, wies ihn der Kommandant zurecht. »Wir haben noch vierzehntausend Kilometer vor uns!«. Aus so einer Entfernung konnte man mit bloßem Auge unmöglich einen Lastwagen ausmachen, selbst bei den transparenten Sichtbedingungen im Weltraum. Doch dann sah er es auch: Auf dem errechneten Kurs bewegte sich ein Lichtpunkt vor dem schwarzen Hintergrund des Alls.

Der Kommandant musste einen Augenblick überlegen, bis er verstand, dass die gigantische Staubwolke überflüssig gewesen war. Die Trisolaris-Sonde hatte ihren Antrieb wieder aktiviert und wurde nun erneut langsamer. Sie hatte nicht vor, das Sonnensystem zu durchqueren, sie würde hierbleiben.

Da es sich nur um eine vorübergehende Maßnahme handelte, war die feierliche Übergabe der Kapitänsrechte für die *Natürliche Selektion* reine Formsache. Neben Kapitän Dongfang Yanxu und dem ausführenden Kapitän Zhang Beihai nahmen nur der Erste Vizekapitän James Lehman, der Zweite Vizekapitän Akira Inoue und ein Sonderteam des Generalstabs an der Zeremonie teil.

Trotz der großen technischen Fortschritte dieser Epoche war die Stagnation der Grundlagenphysik noch immer nicht überwunden. Das bedeutete, dass Zhang Beihai die für die Übergabe der Kapitänsrechte nötigen Sicherheitsschritte wohlvertraut waren: Es war eine Drei-Faktor-Authentifizierung, bestehend aus Retina-Scanner, Fingerabdruck und Passwortkette.

Nachdem der Generalstab die Daten für Retina und Fingerabdruck zur Identifizierung des Kapitäns zurückgesetzt hatte, verriet Dongfang Yanxu Zhang Beihai ihre Passwortkette: »Men always remember love because of romance only.«

»Und dabei sind Sie Nichtraucherin«, scherzte Zhang Beihai.

»Und die Marke gibt es seit dem Tiefen Tal auch nicht mehr«, sagte sie etwas enttäuscht und senkte den Blick.

»Dennoch ein gutes Passwort. Darauf wären nicht einmal zu meiner Zeit viele gekommen.«

Der Kapitän und die Vizekapitäne gingen hinaus und ließen Zhang Beihai allein, damit er das Passwort zurücksetzen und damit die gesamte Kontrolle über die *Natürliche Selektion* erhalten konnte.

»Er ist ziemlich auf Draht«, meinte Inoue, als die Eingangstür der Sphäre verschwand.

»Uralte Weisheit«, sagte Dongfang Yanxu und blickte auf die Stelle, an der eben noch die Tür gewesen war, als wollte sie hindurchsehen. »Was der aus seiner Zeit an Kenntnissen mitgebracht hat, werden wir nie erfahren, aber er lernt alles, was wir wissen.«

Dann warteten die drei stumm ab. Fünf Minuten vergingen, was eindeutig zu lang war, um ein Passwort zu erneuern. Vor allem, da sich der zukünftige Kapitän Zhang Beihai bei der Schulung am Kommandosystem von allen Mitgliedern des Sonderkommandos am geschicktesten angestellt hatte. Weitere fünf Minuten vergingen. Die beiden Vizekapitäne bewegten sich ungeduldig im Korridor auf und ab, während Dongfang Yanxu sich nicht rührte.

Schließlich ging die Tür wieder auf. Zu ihrem Erstaunen war die Kabine nachtschwarz. Zhang Beihai hatte eine holografische Sternenkarte aufgerufen, auf der die Beschriftung unterdrückt war, sodass nur die Sterne funkelten. Von der Tür aus wirkte es so, als schwebte er mit der Schaltfläche neben sich durch den Weltraum.

»Ich bin so weit«, sagte er.

»Hat ganz schön lange gedauert«, grummelte Lehman.

»Sie haben die Übernahme der *Natürliche Selektion* wohl sehr genossen, was?«, witzelte Inoue.

Zhang Beihai antwortete nicht. Sein Blick war nicht auf die Schaltfläche, sondern auf einen weit entfernten Stern gerichtet. Dongfang Yanxu bemerkte, dass in der Richtung, in die er sah, ein grünes Licht blinkte.

»Das wäre ja lächerlich«, kommentierte Lehman Inoues Bemerkung. »Darf ich daran erinnern, dass immer noch Oberst Dongfang der Kapitän dieses Raumschiffs ist? Der ausführende Kapitän ist nur eine Art Firewall. Verzeihen Sie meine Direktheit, aber so ist es nun mal.«

»Und lange bleibt der Status ohnehin nicht bestehen. Die Untersuchungen in der Flotte werden bald abgeschlossen sein, und es ist bereits so gut wie erwiesen, dass die Siegelträger nicht mehr existieren.«

Inoue wollte gerade gehen, als er Kapitän Dongfang nach Luft schnappen hörte.

»Mein Gott!«, stieß sie aus. Die beiden Vizekapitäne folgten ihrem Blick und bemerkten den aktuellen Status der *Natürliche Selektion* auf Zhang Beihais Schaltfläche.

Der Raumkreuzer war auf Fernsteuerung umgestellt, wodurch die Kontrolle des Tiefseezustands vor dem Umschalten auf Stufe Vier Voraus deaktiviert war. Sie waren von jeder Kommunikation nach draußen abgeschnitten. Außerdem waren sämtliche Systeme zur maximalen Beschleunigung bereit. Ein weiterer Knopfdruck genügte, und die *Natürliche Selektion* würde mit Höchstgeschwindigkeit auf das auf der Karte ausgewählte Ziel zuschießen.

»Das darf nicht wahr sein«, sagte Dongfang Yanxu, so leise,

dass nur sie allein es hörte. Es war die Antwort auf ihren eigenen Aufschrei. Sie hatte nie an Gott geglaubt, doch jetzt betete sie zu ihm.

»Sind Sie verrückt geworden?«, schrie Lehman. Er und Inoue wollten in die Kabine stürmen, aber sie stießen gegen eine Barriere. Der ovale Ausschnitt war gar keine Tür, sondern nur ein Stück transparente Wand.

»Die *Natürliche Selektion* wird gleich auf Stufe Vier Voraus umschalten«, sagte Zhang Beihai. »Die gesamte Besatzung muss sofort in den Tiefseezustand versetzt werden.« Seine Worte klangen wie die Verkündung eines Propheten.

»Das darf nicht wahr sein!«, sagte Inoue.

»Sind Sie ein Siegelträger?«, fragte Dongfang Yanxu, die ihre Fassung wiedergewonnen hatte.

»Sie wissen, dass das nicht sein kann.«

»ETO?«

»Nein.«

»Wer sind Sie dann?«

»Ein Soldat, der im Überlebenskampf der Menschheit seine Pflicht erfüllt.«

»Warum tun Sie das?«

»Das erkläre ich Ihnen, sobald wir auf maximaler Beschleunigung sind. Ich wiederhole: Die ganze Besatzung muss sofort in den Tiefseezustand.«

»Das darf nicht sein!«, wiederholte Inoue.

Zhang Beihai drehte sich um und fixierte Dongfang Yanxu, ohne die beiden Vizekapitäne zu beachten. Seine Augen erinnerten sie an die Insignien der chinesischen Weltraumflotte. In ihnen schienen Schwerter und Sterne zu leuchten.

»Kapitän Dongfang, ich habe Ihnen gesagt, dass es mir leid täte, Sie töten zu müssen. Wir haben nicht viel Zeit.«

Zhang Beihais sphärische Kabine füllte sich mit Tiefsee-Beschleunigungsflüssigkeit, die sich durch die Schwerelosigkeit zu Bällen formte. Die flüssigen Bälle mit dem verzerrten Spiegelbild Zhang Beihais, des Alls und der Schaltfläche fügten sich zu größeren Bällen zusammen. Die beiden Vizekapitäne blickten zu Dongfang Yanxu.

»Tun Sie, was er sagt. Das gesamte Schiff geht in den Tiefseezustand.«

Die beiden Männer starrten sie an. Sie wussten, welche Konsequenzen Beschleunigungsstufe Vier Voraus ohne Tiefseezustand hatte. Der Körper würde mit dem Hundertzwanzigfachen der Erdanziehungskraft gegen die Wand gedrückt werden, unter dem gewaltigen Druck würde ihr Blut herausspritzen und eine dünne Schicht absurd großer, sternförmiger Muster bilden. Zuletzt würden die Organe nach draußen gequetscht werden und sich zusammen mit dem Blut und der flachgepressten Körperhülle zu einem obszönen, surrealen Dalí-Gemälde verbinden …

Auf dem Weg in ihre Kabinen gaben sie den Befehl an die gesamte Schiffsbesatzung aus, unverzüglich in den Tiefseezustand einzutreten.

»Sie sind ein ausgesprochen qualifizierter Kapitän«, sagte Zhang Beihai anerkennend zu Dongfang Yanxu. »Das zeugt von Reife.«

»Wohin sind wir unterwegs?«

»Wo auch immer wir hingehen, es ist verantwortungsvoller, als hierzubleiben.«

Dann wurde er von der Flüssigkeit verschluckt, und sie sah nur noch die vagen Konturen seines Körpers darin schwimmen.

Als er in der durchscheinenden Flüssigkeit trieb, dachte Zhang Beihai an seine Tauchgänge bei der Marine zurück. Davor hatte er sich nie vorstellen können, wie stockfinster das Meer bereits in sechzig Meter Tiefe war. In dieser Tiefseewelt hatte er sich so gefühlt wie später im Weltraum. Das Meer war ein Miniatur-Weltall auf der Erde. Er versuchte zu atmen, doch seine Reflexe führten dazu, dass er heftig Flüssigkeit und Restgase erbrach und sein Körper vom Rückstoß nach oben gedrückt wurde. Aber das erwartete Erstickungsgefühl blieb aus. Als seine Lunge sich mit kalter Flüssigkeit füllte, gab sie ihren Sauerstoffgehalt an sein Blut weiter. Er konnte so frei atmen wie ein Fisch.

Auf dem vor ihm treibenden Display erkannte er, dass die Flüssigkeit jede bemannte Kabine des Raumschiffs füllte. Der gesamte Vorgang dauerte zehn Minuten. Allmählich verlor er das Bewusstsein, denn der Flüssigkeit war ein Hypnosemittel beigemischt, das die gesamte Besatzung in künstlichen Schlaf versetzen würde. Damit sollten Hirnschäden vermieden werden, die infolge des hohen Drucks und der relativen Sauerstoffarmut entstehen konnten.

Zhang Beihai spürte, wie der Geist seines Vaters aus dem Jenseits in das Raumschiff strömte und eins mit ihm wurde. Er drückte den Knopf auf der Schaltfläche und gab den Befehl, auf den er sein ganzes Leben lang hingearbeitet hatte:

»*Natürliche Selektion,* auf Stufe Vier Voraus!«

Eine kleine Sonne tauchte im Orbit des Jupiter auf, in ihrem hellen Licht verblasste die Phosphoreszenz der Atmosphäre. Als die *Natürliche Selektion* den Stützpunkt der Asiatischen Flotte verließ, zog sie diese Sonne hinter sich her. In ihrem Schein warfen die anderen Raumschiffe Schatten von der Größe der Erde auf die Jupiteroberfläche. Zehn Minuten später senkte sich ein noch größerer Schatten wie ein Vorhang über Jupiter. Die *Natürliche Selektion* passierte den Jupitermond Io.

In diesem Augenblick bestätigte das Oberkommando der Asiatischen Flotte, dass die *Natürliche Selektion* desertiert war.

Die Europäische und die Nordamerikanische Flotte übermittelten sofort Protestnoten und Warnungen an die Asiatische Flotte, da sie zunächst fälschlich annahmen, das Schiff wäre losgeflogen, um die Trisolaris-Sonde abzufangen. Doch schon bald erkannten sie ihren Irrtum. Die *Natürliche Selektion* entfernte sich von der Invasionsflotte der Trisolarier.

Nach mehreren misslungenen Anläufen, mit der *Natürliche Selektion* Kontakt aufzunehmen, wurden die Versuche aufgegeben. Stattdessen befahl das Oberkommando vier Schiffen, die Verfolgung aufzunehmen, doch bald war klar, dass sie das fahnenflüchtige Schiff nicht würden aufhalten können. Auch eine andere Lösung verbot sich: Zwar wären die Stützpunkte auf vier der Jupitermonde schlagkräftig genug gewesen, um die *Natürliche Selektion* zu zerstören, doch das war keine Option, da vermutlich bloß eine Minderheit oder sogar nur eine einzige Person an Bord desertiert war und die übrigen zweitausend Soldaten als Geiseln hielt. So blieb den Kommandanten des Gammastrahlen-Laser-Stützpunkts auf Europa nur zuzusehen, wie die kleine Sonne hinaus ins All jagte und dabei die eisige Oberfläche Europas mit kleinen Lichttupfen überzog, die wie brennendes Phosphor aussahen.

Die *Natürliche Selektion* durchquerte die Orbits von sechzehn Jupitermonden und hatte auf der Höhe von Callisto bereits Fluchtgeschwindigkeit erreicht. Vom Stützpunkt der Asiatischen Flotte aus gesehen schrumpfte die kleine Sonne immer weiter, bis sie zu einem hellen Stern wurde, den man noch eine Woche lang weit draußen im All blinken sah – als Erinnerung an den schmerzlichen Verlust, den die Flotte erlitten hatte.

Da die Besatzungen der Raumschiffe, die sich an die Verfolgung machten, vor dem Start in den Tiefseezustand versetzt werden mussten, konnten sie erst fünfundvierzig Minuten nach der Flucht der *Natürliche Selektion* aufbrechen. Dann erhellten noch einmal vier winzige Sonnen den Jupiter.

In der Kommandozentrale der Asiatischen Flotte, die ihre Rotation eingestellt hatte, betrachtete der Kommandeur schweigend die riesige, dunkle Seite des Jupiter zehntausend Meter unter ihm, wo Blitze durch die Atmosphäre zuckten. Die heftige Strahlung der Fusionsantriebe der *Natürliche Selektion* und ihrer Verfolger hatten die Atmosphäre aufgeladen. Die zuckenden Blitze um die Raumschiffe erleuchteten die Atmosphäre und blieben aus der Distanz als Lichthöfe sichtbar, die ständig an verschiedenen Stellen aufblitzten. Es sah aus, als regneten dicke, fluoreszierende Tropfen auf Jupiter.

Die *Natürliche Selektion* beschleunigte unterdessen in der Stille des Raums auf ein Hundertstel der Lichtgeschwindigkeit und verbrauchte dabei so viel Fusionsantriebsmaterial, das kein Zurück mehr möglich war. Sie war nun ein verlorenes Boot, das für immer in den Weiten des Alls treiben würde.

Der Kommandeur der Asiatischen Flotte starrte auf die Sterne, ohne den einen zu finden, den er suchte, da alles, was man in dieser Richtung noch sehen konnte, das schwache Licht der Fusionsantriebe der Verfolgerschiffe war. Eine Nachricht ging ein: Die *Natürliche Selektion* beschleunigte nicht mehr. Bald darauf nahm die *Natürliche Selektion* die Kommunikation mit dem Flottenverband wieder auf.

Die folgende Konversation zwischen der Asiatischen Flotte und der *Natürliche Selektion* wurde aufgezeichnet. Da das Raumschiff bereits eine Strecke von fünf Millionen Kilometern zurückgelegt hatte, verzögerte sich jede Übertragung um zehn Sekunden.

NATÜRLICHE SELEKTION: *Natürliche Selektion* ruft Asiatische Flotte! *Natürliche Selektion* ruft Asiatische Flotte! Bitte kommen.

ASIATISCHE FLOTTE: Positiv. *Natürliche Selektion*, wir haben die Nachricht empfangen. Bestätigen Sie Ihren Status.

ZHANG BEIHAI: Hier spricht der ausführende Kapitän Zhang Beihai. Ich möchte mit dem Flottenkommandeur sprechen.

FLOTTENKOMMANDEUR: Ich höre.

ZHANG BEIHAI: Ich übernehme die volle Verantwortung für die Flucht des Raumschiffs *Natürliche Selektion*.

FLOTTENKOMMANDEUR: Gibt es weitere Verantwortliche?

ZHANG BEIHAI: Nein. Die Verantwortung liegt allein bei mir. Niemand anders an Bord des Schiffs hat diese Situation herbeigeführt.

FLOTTENKOMMANDEUR: Ich möchte mit Kapitän Dongfang Yanxu sprechen.

ZHANG BEIHAI: Negativ.

FLOTTENKOMMANDEUR: Wie ist der aktuelle Status der *Natürliche Selektion*?

ZHANG BEIHAI: Es ist alles in Ordnung. Sämtliche Besatzungsmitglieder außer mir befinden sich noch im Tiefseezustand. Die Maschinen und das Lebenserhaltungssystem sind stabil.

FLOTTENKOMMANDEUR: Was sind Ihre Gründe für diesen Verrat?

ZHANG BEIHAI: Ich mag ein Deserteur sein, aber ich bin kein Verräter.

FLOTTENKOMMANDEUR: Nennen Sie mir Ihre Gründe.

ZHANG BEIHAI: Die Niederlage der Menschheit ist unausweichlich. Ich möchte nur eines der interstellaren Raumschiffe der Erde retten, um es als Keim der menschlichen Zivilisation im Universum zu bewahren. Als einen Funken Hoffnung.

FLOTTENKOMMANDEUR: Damit sind Sie ein Eskapist.

ZHANG BEIHAI: Ich bin ein Soldat, der seine Pflicht erfüllt.

FLOTTENKOMMANDEUR: Sind Sie ein Träger des mentalen Siegels?

ZHANG BEIHAI: Sie sollten wissen, dass das unmöglich ist. Diese Technik gab es erst, nachdem ich in den Kälteschlaf gegangen bin.

FLOTTENKOMMANDEUR: Dann ist Ihr unumstößlicher Glaube an die Niederlage allerdings verblüffend.

ZHANG BEIHAI: Ich brauche kein mentales Siegel. Ich bin

Herr meines Glaubens. Mein Glaube ist unumstößlich, weil er das Resultat meiner eigenen Überlegungen ist. Zu Beginn der Trisolaris-Krise haben mein Vater und ich begonnen, uns mit den grundlegenden Fragen dieses Krieges zu befassen. Nach und nach scharten wir einige der klügsten Köpfe um uns, und es entstand ein Think-Tank aus Wissenschaftlern, Politikern und Militärstrategen. Sie nannten sich die Zukunftshistoriker.

FLOTTENKOMMANDEUR: Ein Geheimbund?

ZHANG BEIHAI: Nein. Sie widmeten sich Grundsatzfragen, und ihre Debatten waren öffentlich. Die Regierung und das Militär haben sogar mehrere Konferenzen zur Geschichte der Zukunft abgehalten. Die Erkenntnisse der Zukunftshistoriker waren es, die mich davon überzeugt haben, dass die Menschheit dem Untergang geweiht ist.

FLOTTENKOMMANDEUR: Aber die Prognosen der Zukunft haben sich immer als falsch erwiesen.

ZHANG BEIHAI: Kommandeur, Sie unterschätzen diese Gruppe. Sie haben nicht nur das Tiefe Tal vorausgesagt, sondern auch die zweite Aufklärung und die zweite Renaissance. Alles, was sie für die heutige Zeit prognostiziert haben, ist exakt so eingetreten. Auch die unabwendbare Niederlage der Menschheit in der Entscheidungsschlacht haben sie vorausgesagt.

FLOTTENKOMMANDEUR: Haben Sie vergessen, dass Sie sich auf einem Raumschiff befinden, das in der Lage ist, mit fünfzehn Prozent der Lichtgeschwindigkeit zu fliegen?

ZHANG BEIHAI: Die Kavallerie Dschingis Khans griff mit der gleichen Geschwindigkeit an wie die Armeen des zwanzigsten Jahrhunderts. Die Armbrust der berittenen Bogenschützen der Song-Dynastie hatte eine Reichweite von tausendfünfhundert Metern und war damit ebenfalls vergleichbar mit den Sturmgewehren des zwanzigsten Jahrhunderts. Dennoch könnten sich die vormoderne Kavallerie und ihre Armbrust nicht mit modernen Streitkräften messen. Alles steht und fällt mit der Grundlagenforschung. Diesen Punkt haben die Zukunftshistoriker klar herausgearbeitet. Sie dagegen lassen sich von der absterbenden Strahlkraft unserer primitiven Technologien blenden und bilden sich weiß Gott was auf unsere Zivilisation ein, die noch immer in den Kinderschuhen steckt. Sie sind weder geistig noch moralisch auf die bevorstehende Entscheidungsschlacht vorbereitet, in der das Schicksal der Menschheit besiegelt werden wird.

FLOTTENKOMMANDEUR: Sie stammen aus einer großartigen Armee, die einen Feind mit weit fortschrittlicherer Technik besiegt hat. Diese Armee hat mit nichts als ein paar beschlagnahmten Waffen einen der größten territorialen Kriege der Welt gewonnen. Ihr Verhalten diskreditiert die Errungenschaften dieser Armee.

ZHANG BEIHAI: Wenn ich mir die Bemerkung erlauben darf: Ich kenne diese Armee besser als Sie, Kommandeur. Drei Generationen meiner Familie haben in dieser Armee gedient. Im Koreakrieg hat mein Großvater einen Pershing-Panzer mit einer Handgranate angegriffen. Die Granate prallte gegen den Panzer und glitt ab, bevor sie explodierte. Der Panzer blieb so gut wie unversehrt, doch mein Großvater wurde vom Maschinengewehrfeuer des Panzers erfasst, die Panzerketten haben ihm beide Beine zermalmt, und den

Rest seines Lebens verbrachte er als Krüppel. Immerhin hatte er mehr Glück als seine beiden Kameraden, die von dem Panzer zu Brei zerquetscht wurden … Die Geschichte genau dieser Armee macht uns überdeutlich klar, was technische Überlegenheit im Kampf bedeutet. In den Geschichtsbüchern lesen Sie, wie ruhmreich sie war, doch die Traumata dieser Armee, die stehen in der Biografie unserer Väter und Großväter. Wir wissen sehr gut, was Krieg bedeutet, besser als Sie.

FLOTTENKOMMANDEUR: Wann sind Sie auf diesen verräterischen Plan gekommen?

ZHANG BEIHAI: Ich wiederhole: Ich mag desertiert sein, aber ich bin kein Verräter. Das war, als ich meinen Vater zum letzten Mal gesehen habe. Damals habe ich in seinen Augen gelesen, was zu tun war. Es hat mich zwei Jahrhunderte gekostet, meinen Plan zu vollenden.

FLOTTENKOMMANDEUR: Und zu diesem Zweck haben Sie sich ausgesprochen erfolgreich als Siegesgläubigen getarnt.

ZHANG BEIHAI: General Chang Weisi hätte mich beinahe durchschaut.

FLOTTENKOMMANDEUR: Das ist richtig. Er hat nie verstanden, woher Ihr unerschütterlicher Glaube an einen Sieg kam. Und dass Sie sich so vehement für die Entwicklung des Fusionsantriebs in der interstellaren Raumfahrt aussprachen, hat ihn nur noch misstrauischer gemacht. Tatsächlich hatte er sich immer dagegen ausgesprochen, Sie in das Sonderkommando zur Verstärkung der Zukunft aufzunehmen, doch er musste sich dem Befehl seiner Vorgesetzten beugen. Der Brief, den Sie uns vom ihm überbracht haben, ist eine

Warnung, aber aus den subtilen, im Stil der alten Welt abgefassten Formulierungen haben wir sie nicht herausgelesen.

ZHANG BEIHAI: Damit ein Raumschiff gebaut werden würde, mit dem man aus dem Sonnensystem fliehen kann, habe ich drei Menschen getötet.

FLOTTENKOMMANDEUR: Davon ist uns nichts bekannt. Vermutlich weiß niemand davon. Doch eins ist sicher: Der Weg, den die Forschung damals einschlug, war entscheidend für die nachfolgende Entwicklung der Raumfahrttechnik.

ZHANG BEIHAI: Ich danke Ihnen für diese Bestätigung.

FLOTTENKOMMANDEUR: Ich kann Ihnen auch bestätigen, dass Ihr Plan keine Chance hat.

ZHANG BEIHAI: Noch hat er eine.

FLOTTENKOMMANDEUR: Die *Natürliche Selektion* verfügt nur über ein Fünftel der maximalen Treibstoffladung.

ZHANG BEIHAI: Ich musste sofort handeln. Das war die einzige Gelegenheit.

FLOTTENKOMMANDEUR: Das bedeutet auch, dass Sie auf nicht mehr als ein Prozent der Lichtgeschwindigkeit beschleunigen können. Darüber können Sie nicht hinausgehen, denn das Lebenserhaltungssystem des Raumschiffs benötigt Energie, um eine Zeit von wenigen Jahrzehnten bis zu mehreren Jahrhunderten zu überbrücken. Bei dieser Geschwindigkeit werden die Verfolger Sie bald einholen.

ZHANG BEIHAI: Die *Natürliche Selektion* ist unter meiner Kontrolle.

FLOTTENKOMMANDEUR: Das ist richtig. Und natürlich ist Ihnen unser Dilemma bekannt. Die Verfolgung bringt Sie dazu, die hohe Geschwindigkeit beizubehalten und Treibstoff zu verbrauchen, bis das Lebenserhaltungssystem der *Natürliche Selektion* versagt und das Raumschiff ein toter Körper nahe dem absoluten Nullpunkt wird. Aus diesem Grund wird die Verfolgerflotte Ihrem Raumschiff für den Augenblick nicht nahekommen. Wir vertrauen darauf, dass der Kommandant und die Soldaten an Bord das Problem selbst lösen werden.

ZHANG BEIHAI: Ich bin überzeugt davon, dass wir alle Probleme in den Griff bekommen. Ich übernehme die volle Verantwortung und bleibe bei meiner Überzeugung, dass die *Natürliche Selektion* den richtigen Kurs eingeschlagen hat.

Als Luo Ji aus dem Schlaf aufschreckte, stellte er fest, dass noch etwas aus der alten Zeit überdauert hatte, nämlich Feuerwerkskörper. Es dämmerte, und vor dem Fenster lag die Wüste noch bleich im Zwielicht, erhellt von den zuckenden Strahlen eines Feuerwerks. Es klopfte heftig an seiner Tür. Ohne eine Antwort abzuwarten, platzte Shi Xiaoming ins Zimmer, ganz rot im Gesicht vor Aufregung. »Sieh dir die Nachrichten an!«

Luo Ji sah selten fern. Seit seiner Ankunft im Dorf *Neues Leben Nr. 5* lebte er in der Vergangenheit. So war es ihm nach seiner unsanften Ankunft im neuen Zeitalter am liebsten, und er wollte nicht von Nachrichten aus der Gegenwart gestört werden. Die meiste Zeit verbrachte er mit Erinnerungen an Zhuang Yan und Xia Xia und hatte alle für ihre Wiedererweckung nötigen Formalitäten erledigt, doch wegen der amtlichen Bestimmungen zur Überwachung der Kälteschläfer würde sie erst in zwei Monaten stattfinden.

Die Hauptnachricht im Fernsehen war, dass das Ringier-

Fitzroy-Teleskop die Trisolaris-Flotte fünf Stunden zuvor bei der Durchquerung einer weiteren interstellaren Staubwolke beobachtet habe. Zum sieben Mal seit ihrem Start vor zweihundert Jahren. Die Formation der gegnerischen Schiffe hatte sich mittlerweile aufgelöst, und die Pinselform, in der der Schweif der Flotte ursprünglich sichtbar wurde, war nicht mehr erkennbar. Doch ähnlich wie beim Durchqueren des zweiten Schneefelds bildete eine lange Pinselborste die Vorhut. Diesmal schien es sich dabei jedoch nicht um eine Sonde zu handeln, sondern um einen Raumkreuzer der Flotte. Nachdem sie die Beschleunigungsphase ihrer Reise zum Sonnensystem hinter sich gebracht hatten, waren einige Schiffe der trisolaren Flotte bereits vor fünfzehn Jahren beim Abbremsen beobachtet worden. Fünf Jahre danach hatte bereits die Mehrheit die Geschwindigkeit gedrosselt. Dieses eine Raumschiff jedoch blieb offensichtlich auf maximaler Geschwindigkeit und beschleunigte, seinen Spuren im Schneefeld nach zu urteilen, noch immer. Bei unverminderter Beschleunigung würde es ein halbes Jahrhundert vor dem Rest der Flotte ins Sonnensystem vorstoßen.

Ein einsamer Raumkreuzer im Sonnensystem, der von der schlagkräftigen Flotte der Erde erwartet wurde, war purer Selbstmord. Allerdings nur, wenn es sich um eine Invasion handelte. Die Beobachtung ließ nur einen Schluss zu: Das Schiff kam in Verhandlungsmission. Nachdem die Menschheit die Flotte der Trisolarier zwei Jahrhunderte lang beobachtet hatte, waren die maximalen Beschleunigungsraten jedes ihrer Schiffe bekannt. Die Prognosen lauteten, dass dieser Raumkreuzer seine Geschwindigkeit nicht mehr ausreichend würde verringern können und in hundertfünfzig Jahren geradewegs durch das Sonnensystem hindurchflog. Das konnte zweierlei bedeuten: Eine Möglichkeit war, dass die Trisolarier beim Bremsvorgang auf die Unterstützung der Erde hofften. Wesentlich wahrscheinlicher erschien jedoch, dass das Schiff kurz vor Erreichen des Sonnensystems ein kleineres, leichter zu verlangsamendes Raumschiff freisetzen würde, mit einer Delegation von trisolaren Unterhändlern an Bord.

»Aber wenn sie vorhätten, mit uns zu verhandeln, würden sie das die Erde dann nicht über die Sophonen wissen lassen?«, fragte Luo Ji.

»Das lässt sich leicht erklären«, sagte Shi Xiaoming, der ganz aufgedreht war, »es liegt an der unterschiedlichen Denkweise. Die Gedanken der Trisolarier liegen offen zutage, also gehen sie davon aus, dass wir schon wissen, was sie denken.«

Auch wenn diese Erklärung Luo Ji nicht zu überzeugen vermochte, ließ er sich dennoch von Shi Xiaomings Begeisterung anstecken. Sie war wie ein verfrühter Sonnenaufgang.

Als die Sonne dann tatsächlich aufging, ging der Rummel erst richtig los. Selbst hier, in diesem abgelegenen Teil der Welt, aber vor allem in den Untergrundmetropolen, wo die Menschen von ihren künstlichen Bäumen stiegen und sich auf den Straßen und Plätzen versammelten. Sie ließen ihre Kleidung in maximaler Helligkeit erstrahlen und verschmolzen zu einem riesigen Lichtermeer. Virtuelles Feuerwerk zeichnete Blumen an den virtuellen Himmel, und bisweilen füllte eine der farbenfrohen Explosionen den gesamten Himmel aus und strahlte genauso hell wie die Sonne.

Weitere Nachrichten trafen ein. Zunächst griffen die Regierungen zu vorsichtigen Formulierungen, und die jeweiligen

Sprecher betonten erneut, es gebe noch keinen endgültigen Beweis dafür, dass Trisolaris tatsächlich vorhabe zu verhandeln. Doch zur gleichen Zeit beriefen die Vereinten Nationen und die Internationale Weltraumflottenkonferenz einen Sondergipfel ein, um vorsorglich mögliche Verhandlungsstrategien und -bedingungen festzulegen …

In *Neues Leben Nr. 5* wurde der Freudentaumel kurz unterbrochen, als ein Vertreter des Stadtparlaments eine Rede hielt. Er war ein fanatischer Verfechter des sogenannten Sonnenscheinprojekts, der bei dieser Gelegenheit versuchte, die ehemaligen Kälteschläfer für seine Sache zu begeistern.

Das Sonnenscheinprojekt war ein Vorschlag der UNO, bei dem es darum ging, den Trisolariern einen Teil des Sonnensystems zu überlassen, falls die Menschheit den Sieg in der Entscheidungsschlacht errang. Verschiedene Varianten waren angedacht. Im »Schwachen Überlebensplan« würden Pluto, Charon und die Monde des Neptun als Reservate dienen, die allein für die Überlebenden der besiegten Trisolaris-Flotte bestimmt wären. Die Lebensbedingungen in diesen Reservaten wären extrem schlecht, und die Trisolarier würden von der Fusionsenergie und der Unterstützung der Erde abhängen. Der »Starke Überlebensplan« sah Mars als Reservat vor und würde außer der Flottenbesatzung auch weiteren Immigranten von Trisolaris gestatten, dort zu leben. Damit würden den Trisolariern die besten Überlebensbedingungen im Sonnensystem außerhalb der Erde gewährt. Andere Varianten waren mehr oder weniger Kompromisslösungen zwischen diesen beiden Alternativen, aber es gab auch extreme Positionen, wie zum Beispiel die Idee, die Trisolarier in die Erdgesellschaft zu integrieren.

Das Sonnenscheinprojekt genoss breite Unterstützung unter den Mitgliedern der Internationalen der Erde und der Flotte, und es liefen bereits erste Studien und Vorbereitungen, die vor allem von NGOs der Internationalen vorangetrieben wurden. Die stärksten Gegner des Projekts waren die Kälteschläfer, die die Befürworter verächtlich als »Dongguos« bezeichneten, nach dem gutmütigen Meister Dongguo, der in einer chinesischen Fabel einem Wolf das Leben rettete.

Der Abgeordnete des Stadtparlaments hatte kaum das Podium betreten, als er bereits mit Tomaten beworfen wurde. Doch er ließ sich nicht so leicht entmutigen. »Wir befinden uns schließlich in einem humanitären Zeitalter«, rief er, während er sich unter einem Geschoss wegduckte. »Wir sind die Erben der zweiten Renaissance! Das Leben und die Kultur aller Ethnien werden in der heutigen Welt mit großem Respekt behandelt. Seid ihr denn nicht die Nutznießer des Lichts, das diese Errungenschaft über die Welt gebracht hat? Kälteschläfer wie ihr erfreuen sich in der modernen Gesellschaft sämtlicher Bürgerrechte und werden nicht diskriminiert. Diese Rechte sind nicht nur in den Verfassungen und den Gesetzen verankert, sondern vor allem in den Herzen der Menschen. Und das bekommt ihr alle zu spüren. Auch die Trisolarier sind Träger einer großen Zivilisation, und die menschliche Gesellschaft ist aufgefordert, ihr Recht auf Überleben anzuerkennen. Das Sonnenscheinprojekt hat nichts mit Fürsorge zu tun. Es ist ein Ausdruck unserer menschlichen Werte. Wenn wir … He, ihr Idioten, bleibt gefälligst bei der Sache!«

Sein letzter Satz galt seinen eigenen Leuten, die sich eifrig nach den Tomaten bückten, einem unter der Erdoberfläche teuer gehandelten Produkt. Die amüsierten Kälteschläfer begannen bei diesem Anblick mit Gurken und Kartoffeln zu werfen, und die ganze Veranstaltung geriet zu einem Riesenspaß.

Zur Mittagszeit war jeder zur Teilnahme an einem großen Festmahl aufgerufen. Auf der Wiese trugen alle Haushalte des Dorfs die besten Gartenprodukte für ein opulentes Festmahl zusammen, zu dem auch die Stadtbewohner, inklusive »Mr. Dongguo« und seiner Truppe, geladen waren. Bis in die Abendstunden wurde feuchtfröhlich gefeiert, und gemeinsam genoss man einen besonders schönen Sonnenuntergang. Der Wüstensand außerhalb der Oase bekam einen weichen Glanz im Orangerot des Abendlichts, und die sanften Dünen erinnerten an die Umrisse schlafender Frauen …

Als es Nacht wurde, fachte eine weitere Nachricht die allgemeine Begeisterung noch an. Die Internationale der Flotte verkündete den Beschluss, die stellaren Raumkreuzer der Asiatischen, Europäischen und Nordamerikanischen Flotte zu einer einzigen Flotte von zweitausendfünfzehn Raumschiffen zu vereinen, um sich der Trisolaris-Sonde bei ihrem Eintritt in den Orbit des Neptun geschlossen entgegenzustellen.

Die ausgelassenen Feiern erlebten einen weiteren Höhepunkt, Feuerwerk blühte am Nachthimmel. Doch vereinzelt gab es auch Stimmen, die sich über die Neuigkeiten mokierten.

»Zweitausend Raumkreuzer gegen eine kleine Sonde?«

»Ha, das ist ja wie ein Hühnchen mit zweitausend Messern zu schlachten!«

»Genau. Die brauchen zweitausend Kanonen, um eine Mücke abzuschießen. Scheint ja echt schwer zu sein.«

»Na, kommt. Die arme Flotte hat ja sonst gar keine Gelegenheit mehr, gegen Trisolaris zu kämpfen.«

»Wenn von Kämpfen dann noch die Rede sein kann …«

»Man muss sich das als eine Art große Militärparade im Namen der Menschheit vorstellen. Mal sehen, was die Megaflotte so draufhat. Buhuhu! Die Trisolarier werden sich vor Angst in die Hose machen. Falls die überhaupt pissen können.«

Alle lachten.

Gegen Mitternacht gab es weitere Neuigkeiten. Der vereinigte Flottenverband war vom Jupiter aus gestartet! Am südlichen Himmel könne man sie mit eigenen Augen sehen. Die Feiernden verstummten und suchten den Nachthimmel nach dem Jupiter ab, was nicht ganz leicht war, aber der Experte im Fernsehen erklärte genau, wohin man den Blick richten musste, und bald entdeckten sie den Planeten im Südwesten. Die vereinigte Flotte war nun in einer Distanz von nur fünf AE in Richtung Erde unterwegs. Eine Dreiviertelstunde später erstrahlte Jupiter heller denn je, bald überstrahlte er sogar den Sirius und war nun das hellste Objekt am Firmament. Als Nächstes löste sich ein leuchtender Stern vom Jupiter, wie eine Seele, die ihren Körper verlässt. Je weiter sich diese Sternenseele vom Jupiter entfernte, umso dunkler wurde der Planet. Das war der Start der vereinigten Flotte.

Fast zeitgleich erreichten die ersten Bilder vom Jupiter die Erde. Auf dem Fernsehbildschirm sahen die Leute das plötzliche Auftauchen von zweitausend Sonnen im dunklen Weltraum. Das unglaubliche Schauspiel in der ewigen Nacht des tiefen Alls, diese deutlich erkennbare, strahlende Formation, machte die Menschen ganz andächtig: *Gott sprach, es werde Licht. Und es ward Licht.* Unter dem Licht der zweitausend kleinen Sonnen sahen der Jupiter und seine Monde aus, als hätten sie Feuer gefangen. Die elektrisch aufgeladene Atmosphäre ließ ein Blitzgewitter entstehen, das die gesamte der Flotte zugewandte Hemisphäre bedeckte. Die Schiffe beschleunigten nahtlos und bildeten eine gleichmäßige Formation, die vorübergehend wie eine Wand vor der Sonne stand und dann mit donnernder Kraft in den Weltraum verschwand. Sie kündeten von der Würde und Unbesiegbarkeit der Menschheit. Ihr Mut, den die trisolare Flotte seit ihrem ersten Erscheinen vor zweihundert Jahren unterdrückt hatte, war nun wieder entfesselt. In diesem Augenblick verblassten alle Sterne der Milchstraße, als Gott und der Mensch eins wurden und in ihrer Erhabenheit das Universum betraten.

Die Leute jubelten mit feuchten Augen, und einige schluchzten laut vor Rührung. Es war ein historischer Moment, in dem sich jeder als glücklicher und stolzer Vertreter der Menschheit fühlen durfte.

Doch es gab auch welche, die der ganze Jubel ziemlich kalt ließ. Zu denen gehörte Luo Ji. Als er seinen Blick über die Menge schweifen ließ, entdeckte er noch ein anderes, nüchternes Gesicht. Da Shi lehnte allein am Rand des großen holografischen Fernsehbildschirms im Dorfzentrum an einem Baum, rauchte eine Zigarette und betrachtete die Menge gleichgültig.

Luo Ji ging zu ihm herüber. »Was machst du?«

»He, mein Junge. Ich tue meine Pflicht.« Er deutete auf die euphorische Menge. »Aus extremer Freude wird leicht extreme Trauer, und gerade jetzt kann ganz schnell etwas passieren. Wie heute Morgen bei unserem Mr. Dongguo. Wäre ich nicht auf die Idee mit den Tomaten gekommen, hätte es irgendwann Steine gehagelt.«

Da Shi war seit Neuestem der Polizeichef von *Neues Leben Nr. 5*. Für die ehemaligen Kälteschläfer war es zuerst irritierend, dass ein Mitglied der Asiatischen Flotte, das somit gar kein chinesischer Staatsbürger mehr war, ein offizielles Amt bekleiden sollte. Was er tat, fand im Dorf jedoch großen Anklang.

»Abgesehen davon bin ich ohnehin kein sehr sentimentaler Typ«, fuhr er fort und schlug Luo Ji auf die Schulter. »So wenig wie du, mein Junge.«

»Ja, das bin ich nicht, da hast du recht. Ich war schon immer der Ansicht, dass man das Leben im Augenblick genießen sollte, die Zukunft hat mich nie sonderlich interessiert. Außer, als ich eine Weile lang gezwungen wurde, den Erlöser zu spielen. Dass ich jetzt so bin, wie ich bin, ist vielleicht eine Art Wiedergutmachung für diese Zeit. Ich gehe ins Bett. Ob du's glaubst oder nicht, Da Shi, ich werde heute Nacht wohl richtig gut schlafen können.«

»Sag erst noch deinem Kollegen guten Tag. Er ist gerade eingetroffen. Vermutlich ist er nicht so begeistert vom bevorstehenden Sieg der Menschheit.«

Luo Ji sah verblüfft in die Richtung, in die Da Shi wies, und erkannte Bill Hines. Sein Gesicht war bleich, und er wirkte geistesabwesend. Er stand gar nicht weit weg von ihnen, doch erst jetzt bemerkte er Luo Ji. Die beiden ehemaligen Wandschauer umarmten sich zur Begrüßung, wobei Luo Ji auffiel, wie zittrig Hines war. »Ich bin hier, um Sie zu besuchen. Außer uns beiden, die wir gleichermaßen Abschaum der Geschichte sind, versteht uns doch sonst keiner. Obwohl, wahrscheinlich verstehen nicht einmal Sie mich.«

»Was ist mit Keiko Yamazuki?«

»Erinnern Sie sich an den Meditationsraum im Gebäude der Vereinten Nationen? Er war meistens leer, nur selten verirrte sich ein Tourist dorthin … Der Block aus Eisenerz? Sie hat darauf Harakiri begangen.«

»Oh mein Gott.«

»Kurz bevor sie starb, hat sie mich verflucht, mir vorhergesagt, dass mein Leben schlimmer sein werde als der Tod, da ich das Siegel des Defätismus trage, während die Menschheit dem Sieg entgegensehe. Sie hatte recht. Ich leide. Irgendwie freue ich mich über den Sieg, aber ich kann einfach nicht daran glauben. Es ist, als bekämpften sich zwei Gladiatoren in meinem Hirn. Und glauben Sie mir, es war leichter, sich einzureden, dass Wasser ungiftig sei.«

Ehe Luo Ji ins Bett ging, kümmerte er sich noch gemeinsam mit Da Shi um eine Unterkunft für Hines. Danach schlief er sofort ein. Wieder sah er im Traum Zhuang Yan und das Mädchen vor sich. Als er wieder aufwachte, schien die Sonne zum Fenster herein, und draußen wurde noch immer gefeiert.

Die *Natürliche Selektion* flog mit einem Prozent der Lichtgeschwindigkeit vom Jupiter zur Sonnenumlaufbahn des Saturn. Die Sonne hinter dem Raumschiff war nun winzig, auch wenn sie noch immer der gleißendste Stern im Universum war. Doch über ihnen leuchtete auch die Milchstraße so hell wie nie zuvor. Das Schiff steuerte auf das Sternbild des Schwans zu. In der unendlichen Weite des Weltraums war jedoch nichts von seiner

Geschwindigkeit zu spüren. Aus der Nähe betrachtet wäre die *Natürliche Selektion* wie in den Tiefen des Alls aufgehängt erschienen. Von der Warte des Schiffes aus war das gesamte Universum, die *Natürliche Selektion* selbst, die Milchstraße über und die Sonne unter ihr, zur Ruhe gekommen. Die Zeit stand still.

»Sie haben versagt«, sagte Dongfang Yanxu zu Zhang Beihai. Die gesamte Besatzung außer ihnen beiden befand sich noch im Tiefseezustand. Zhang Beihai hatte sich nach wie vor in seiner Sphäre eingeschlossen, und Dongfang Yanxu musste sich über die Kommunikationsanlage mit ihm verständigen. Durch die transparente Öffnung in der Wand betrachtete sie den Mann, der den schlagkräftigsten Raumkreuzer der Menschheit in den Weltraum entführt hatte. Ruhig hing er dort in der Luft und schrieb mit gesenktem Kopf in sein Notizbuch. Vor ihm schwebte die Schaltfläche, die anzeigte, dass das Schiff bereit für Stufe Vier Voraus war. Ein Knopfdruck genügte. Um ihn herum schwebten noch immer einige Kugeln mit Tiefsee-Beschleunigungsflüssigkeit. Seine Uniform war bereits getrocknet, aber so zerknittert, dass er jetzt sehr alt darin wirkte.

Er ignorierte ihre Bemerkung und beschäftigte sich weiter mit seinem Notizbuch.

»Die Verfolgerschiffe sind nur eins Komma zwei Millionen Kilometer von uns entfernt.«

»Ich weiß«, sagte er, ohne aufzusehen. »Es war klug von Ihnen, die Besatzung im Tiefseezustand zu belassen.«

»Das musste sein, sonst hätten die aufgebrachten Offiziere und Soldaten Ihre Kabine gestürmt. Und wenn Sie dann das Schiff auf Stufe Vier Voraus geschaltet hätten, wären sie alle tot. Aus diesem Grund halten auch unsere Verfolger Abstand.«

Schweigend blätterte er um und schrieb auf der nächsten Seite weiter.

»Das würden Sie doch nicht tun, oder?«, fragte sie sanft.

»Das, was ich jetzt tue, hätten Sie sich auch nie vorstellen können.« Er machte eine Pause, bevor er weitersprach. »Die Menschen meines Zeitalters haben eine eigene Art zu denken.«

»Trotzdem sind wir keine Feinde.«

»Es gibt weder dauerhafte Freunde noch dauerhafte Feinde, nur nie endende Pflichten.«

»Dann ist Ihr Pessimismus hinsichtlich des Kriegs doch vollkommen unbegründet. Die Trisolarier haben soeben durchblicken lassen, dass sie verhandlungsbereit sind, und die vereinte Flotte des Sonnensystems ist auf dem Weg, um ihre Sonde abzufangen. Dieser Krieg wird mit einem Sieg der Menschheit enden.«

»Ich habe die Nachrichten gesehen.«

»Und dennoch halten Sie an Ihrem Defätismus fest?«

»Ja.«

Resigniert schüttelte sie den Kopf. »Sie denken tatsächlich anders als wir. Sie haben von Anfang an gewusst, dass Ihre Strategie nicht aufgehen wird, weil die *Natürliche Selektion* nur ein Fünftel der Treibstoffkapazität geladen hat und sicherlich abgefangen wird.«

Er steckte den Stift weg und sah sie durch die transparente Wand hindurch an. Seine Augen waren wie ein ruhiges Gewässer. »Wir sind alle Soldaten. Wissen Sie, was der größte Unterschied zwischen einem Soldaten meines Zeitalters und den Soldaten von heute ist? Sie richten ihre Handlungen nach den möglichen Resultaten aus. Wir hingegen erfüllen unsere Pflicht, egal, was dabei herauskommt. Ich hatte nur diese eine Chance, also habe ich sie ergriffen.«

»Damit wollen Sie sich doch nur selbst trösten.«

»Nein. Ich sage das, weil es in meiner Natur liegt. Ich erwarte nicht, dass Sie mich verstehen, Yanxu, immerhin trennen uns zwei Jahrhunderte voneinander.«

»Gut, Sie haben Ihre Pflicht erfüllt. Doch es gibt keine Hoffnung für Ihre Flucht. Ergeben Sie sich.«

Er lächelte. Dann sah er auf seine Notizen. »Dafür ist es noch zu früh. Ich muss erst noch meine Memoiren aufschreiben, alles, was in diesen zweihundert Jahren passiert ist, in der Hoffnung, dass es einigen wenigen vernünftigen Menschen in den kommenden zweihundert Jahren von Nutzen sein wird.«

»Warum diktieren Sie es nicht dem Computer?«

»Nein. Ich bin es gewohnt, mit der Hand zu schreiben, Papier hält länger als ein Computer. Machen Sie sich keine Sorgen. Ich übernehme die alleinige Verantwortung.«

Ding Yi sah durch die große Luke des Raumschiffs *Quantum*. Auch wenn das holografische Display in der Kugel eine bessere Sicht gewährte, war es ihm noch immer lieber, die Dinge mit eigenen Augen zu sehen. Er erkannte, dass er sich in einer riesigen Formation befand, die aus zweitausend kleinen, blendenden Sonnen bestand, in deren Widerschein sein graues Haar aussah, als stünde es in Flammen. Seit dem Start der vereinten Flotte hatte er sich zwar an den Anblick gewöhnt, doch ihre Erhabenheit erstaunte ihn immer wieder aufs Neue. Doch die Flotte hatte diese Formation nicht wegen des erhabenen Anblicks eingenommen, den sie damit bot. In einer traditionell schräg versetzten Fliegerstaffel hätte die vom Antrieb jedes Raumkreuzers produzierte Strahlung die Schiffe dahinter beeinflusst. In dieser rechtwinkligen Anordnung lag zwischen den Raumschiffen eine Distanz von jeweils etwa zwanzig Kilometern. Zwar war jedes von ihnen drei- bis viermal so groß wie ein Flugzeugträger, doch aus dieser Entfernung waren sie nur Punkte im Weltraum, und einzig das Leuchten ihrer Fusionstriebwerke zeugte von ihrer Anwesenheit.

So dicht waren sie bislang nur bei Flottenparaden geflogen. Normalerweise hätten sie einen Abstand von drei- bis fünfhundert Kilometern voneinander einhalten müssen. Jetzt waren sie jedoch wie Schiffe, die Rumpf an Rumpf segelten. Viele der Generäle innerhalb der drei Flotten waren mit dieser engen Formation nicht einverstanden, alle anderen Konstellationen hätten jedoch große Probleme bereitet. Insbesondere, was die Chancengleichheit in einer möglichen Schlacht anbelangte. In einer Standardaufstellung wären die Schiffe an den Rändern noch Zehntausende Kilometer vom Ziel entfernt, wenn die ersten sich schon der Sonde näherten. Sollte es zu einem Gefecht kommen, hätte der Großteil der Schiffe unter diesen Bedingungen keine Chance, daran teilzunehmen und sich einen Platz in den Geschichtsbüchern zu sichern. Die Flotten in ihre eigenen Unterformationen aufzuteilen verbot sich ebenfalls, weil es nicht möglich war, sie so zu koordinieren, dass keine eine vorteilhaftere Ausgangsposition als die anderen hatte. Ein zweiter Grund war propagandistischer Natur: Sowohl die Internationale der Flottenverbände als auch die Vereinten Nationen legten Wert auf beeindruckende Bilder. Damit wollten sie nicht so sehr Trisolaris imponieren als vielmehr den Massen eine großartige Show bieten. Denn von einem noch zwei Lichtjahre entfernten Feind hatte die eng stehende Flotte gewiss nichts zu befürchten.

Die *Quantum* war eher am Rande der Formation positioniert, wodurch Ding Yi fast die gesamte Flotte im Blick hatte. Als sie den Orbit des Saturn um die Sonne durchquerten, richteten alle Schiffe die Fusionstriebwerke nach vorn aus, um ihre Geschwindigkeit zu verringern. Jetzt, wo sie sich der Sonde annäherten, flogen sie mit negativer Geschwindigkeit.

Ding Yi steckte sich eine Pfeife in den Mund. Da es in diesem Zeitalter keinen losen Tabak mehr gab, hing sie ihm leer im Mundwinkel und schmeckte vage nach zweihundert Jahre altem Winsløw.

Er hatte sich bereits vor sieben Jahren wiedererwecken lassen und seitdem am Physikalischen Institut der Peking-Universität unterrichtet. Im vergangenen Jahr hatte er bei der Flotte angefragt, ob er zu den Wissenschaftlern gehören dürfe, die die Trisolaris-Sonde untersuchten, sobald sie abgefangen wäre. Trotz seines hohen Ansehens wurde sein Ersuchen anfangs abgelehnt, doch dann drohte er, sich vor den Augen der drei Oberkommandeure der Flotte umzubringen, wenn sie ihn nicht zuließen. Man werde die Möglichkeit in Betracht ziehen, hieß es dann. Tatsächlich war es eine heikle Frage, wer sich der Sonde zuerst nähern durfte, denn derjenige würde den Erstkontakt mit Trisolaris aufnehmen. Es war ein Gebot der Fairness, dass keinem Mitglied der drei Flotten diese Ehre allein zuteilwurde. Da es jedoch operativ schwierig war, Vertreter von allen drei Mitgliedern gleichzeitig zuzulassen, musste es jemand sein, der nicht zur Internationalen der Flotte gehörte. Ding Yi war damit ein passender Kandidat. Dass seiner Bitte letztlich stattgegeben wurde, hatte im Wesentlichen einen anderen, unausgesprochenen Grund: Weder die Internationale der Flotte noch die der Erde gingen davon aus, dass sie die Sonde wirklich bergen konnten. Stattdessen würde sie sich davor höchstwahrscheinlich selbst zerstören. Doch davor musste sie unbedingt noch aus der Nähe inspiziert werden, um so viele technische Daten wie möglich zu sammeln. Als Entdecker des Makro-Atoms und Erfinder der kontrollierten Kernfusion war der altgediente Physiker für diese Aufgabe prädestiniert. Außerdem verfügte Ding Yi mit seinen dreiundachtzig Jahren über ausreichend Renommee, um tun und lassen zu können, was er wollte.

Bei der letzten Einsatzbesprechung auf der *Quantum* sah Ding Yi zum ersten Mal ein Bild der Sonde. Drei Raumschiffe von der Internationalen der Erde hatten die *Blauer Schatten* bei der Suche nach der Sonde abgelöst und sie aus einer Entfernung von fünfhundert Kilometern aufgenommen. Näher war der Sonde bislang kein menschliches Flugobjekt gekommen. Sie war dreieinhalb Meter lang und damit etwa so groß wie erwartet.

Als Ding Yi und die anderen das Bild betrachteten, fühlten sie sich an einen Tropfen Quecksilber erinnert. Mit ihrem runden Kopf und dem spitzen Ende hatte die Sonde die Form einer Träne, und ihre Oberfläche war ein perfekter Spiegel, der ein wunderschönes Abbild der Milchstraße zurückwarf. Die Tropfenform schien so natürlich, dass die Sonde nach Ansicht der Beobachter möglicherweise flüssig war und keine interne Struktur besaß.

Nachdem er die Aufnahme von der Sonde gesehen hatte, schwieg Ding Yi, und sein Gesichtsausdruck verdüsterte sich

»Was geht Ihnen durch den Kopf, Dr. Ding?«

»Ich habe ein ungutes Gefühl«, sagte er ruhig und deutete mit der Pfeife auf das Hologramm der Sonde.

»Warum?«, fragte einer der Offiziere. »Es sieht doch wie ein harmloses Kunstwerk aus.«

»Genau das gibt mir zu denken«, sagte Ding Yi und schüttelte den Kopf. »Es sieht eher nach einem Kunstwerk aus als nach einer interstellaren Sonde. Ich halte es für kein gutes Zeichen, dass es so wenig unseren Vorstellungen entspricht.«

»Es ist ziemlich ungewöhnlich«, stimmte ihm der Offizier zu. »Komplett geschlossene Oberfläche, man fragt sich, wo der Antrieb sitzt.«

»Dennoch leuchtet der Antrieb auf, das konnten wir beobachten«, sagte ein anderer Offizier. »Als er zum zweiten Mal ausging, war die *Blauer Schatten* nicht nah genug dran, um rechtzeitig eine Aufnahme zu machen. Daher wissen wir nicht, von welcher Stelle das Licht ausstrahlt.«

»Welche Masse hat es?«, fragte Ding Yi.

»Das können wir im Augenblick nicht exakt bestimmen. Laut den Messwerten unserer Hochpräzisionsgeräte müssten es weniger als zehn Tonnen sein«, antwortete einer der Offiziere.

»Immerhin kann es dann nicht aus dem Material eines Neutronensterns gemacht sein«, kommentierte ein anderer.

Der Kapitän beendete die Diskussion seiner Offiziere und setzte die Besprechung fort. »Dr. Ding, wir haben Folgendes für Sie geplant: Nachdem das unbemannte Schiff die Sonde abgefangen hat, werden seine internen Sensoren sie eine Weile beobachten. Wenn dabei nichts Ungewöhnliches herauskommt, besteigen Sie das Schiff über ein Shuttle und untersuchen das

Objekt aus nächster Nähe. Sie dürfen sich nicht länger als fünfzehn Minuten vor Ort aufhalten. Major Xizi hier gehört zur Asiatischen Flotte. Sie wird Sie während der Untersuchung begleiten.«

Die junge Offizierin salutierte vor Ding Yi. Wie auch die anderen weiblichen Mitglieder der Flotte war sie schlank und hochgewachsen, eine typische Vertreterin der neuen Menschheit im Weltraum.

Nach einem kurzen Blick auf Major Xizi wandte sich Ding Yi an den Kapitän. »Wozu brauche ich eine Begleitung? Kann ich nicht alleine gehen?«

»Selbstverständlich nicht. Sie sind nicht vertraut mit den Bedingungen im Weltraum und benötigen während des gesamten Ablaufs sachkundige Unterstützung.«

»Wenn das so ist, gehe ich lieber gar nicht. Muss mir wirklich jemand …« Er brach den Satz ab, bevor er »in den Tod folgen« sagen konnte.

»Dr. Ding. Es steht außer Zweifel, dass die Mission gefährlich ist, aber nicht vollkommen unwägbar. Sollte die Sonde sich selbst zerstören, dann vermutlich bereits, wenn sie abgefangen wird. Dass sie das erst zwei Stunden danach tun sollte, ist sehr unwahrscheinlich, solange beim Untersuchungsprozess keine zerstörenden Instrumente eingesetzt werden.«

Tatsache war, dass die Internationalen der Flotte und der Erde nicht beschlossen hatten, einen Menschen zur Sonde zu schicken, damit er sie untersuchte. Als die Welt die Sonde zum ersten Mal erblickte, war man von ihrem herrlichen Aussehen fasziniert. Dieser Quecksilbertropfen war einfach unglaublich schön, schlicht und meisterhaft gestaltet, seine Oberfläche schien makellos. Er strahlte eine anmutige Dynamik aus, jederzeit bereit, endlos durch die kosmische Nacht zu gleiten. Kein menschlicher Künstler schien in der Lage, ein Objekt von ähnlich perfekter, geschlossener Glätte zu schaffen. Die Sonde übertraf tatsächlich alles vom Menschen Machbare. Nicht einmal in Platons *Republik* war solche Perfektion möglich: gerader als die geradeste Linie, runder als der rundeste Kreis, ein spiegelnder Delphin, der aus dem Meer der Träume sprang, die Verkörperung aller Liebe im Universum … Schönheit wird immer als etwas Gutes betrachtet. Wenn es also im Universum Gut und Böse gab, dann musste dieses Objekt einfach dem Guten angehören.

Daher kam der Verdacht auf, dass es sich möglicherweise gar nicht um eine Sonde handelte. Nachfolgende Untersuchungen schienen das weitgehend zu bestätigen. Die Flotte experimentierte mit einer ganzen Reihe von Überwachungsvorrichtungen, um die glatte Oberfläche zu untersuchen. Zunächst wurde sie mit elektromagnetischen Hochfrequenzwellen unterschiedlicher Länge bestrahlt und der Reflexionsgrad gemessen. Mit dem schockierenden Resultat, dass die Reflexion jedes Mal, selbst bei sichtbarem Licht, bei hundert Prozent lag. Es gab keinerlei Absorption. Was hieß, dass die Sonde keine Hochfrequenzwellen auffangen konnte, sie war also, laienhaft ausgedrückt, blind. Dafür musste es einen bestimmten Grund geben. Der naheliegendste war, dass die Trisolarier mit einem derart funktionslosen und schönen Objekt ihren guten Willen bekunden wollten. Und ihren aufrichtigen Wunsch nach Frieden.

Die Sonde wurde nun mit einem neuen Namen bedacht: der

Tropfen. Auf beiden Planeten war Wasser die Grundlage des Lebens und damit ein Symbol des Friedens.

In der Öffentlichkeit wurde die Forderung laut, man müsse eine feierliche Delegation zur Begrüßung des Tropfens schicken und nicht ein Untersuchungsteam aus drei Offizieren und einem Wissenschaftler. Die Internationale der Flotte verwarf die Idee jedoch und hielt an ihrem ursprünglichen Vorhaben fest.

»Könnten Sie nicht wenigstens jemand anderen mitschicken? Eine so junge Dame …« Ding Yi war noch immer nicht überzeugt.

Xizi lächelte ihn an. »Dr. Ding, ich bin die Wissenschaftsoffizierin der *Quantum* und damit verantwortlich für alle unsere wissenschaftlichen Außeneinsätze. Es ist meine Pflicht mitzukommen.«

»Außerdem besteht unsere Flotte zur Hälfte aus Frauen«, ergänzte der Kapitän. »Wir stellen Ihnen drei Begleiter an die Seite. Die andern beiden sind Wissenschaftsoffiziere von der Europäischen beziehungsweise der Nordamerikanischen Flotte. Sie werden in Kürze hier eintreffen. Eins möchte ich jedoch klarstellen, Dr. Ding: Gemäß dem Beschluss der SFJC müssen Sie der Erste sein, der in direkten Kontakt mit dem Objekt tritt. Erst dann sind die anderen drei dazu berechtigt.«

»Das ist doch absurd.« Ding Yi schüttelte den Kopf. »Die Menschheit hat sich kein bisschen verändert. Immer geht es nur um Eitelkeiten … Aber bitte sehr, ich versichere, dass ich Ihrem Wunsch entsprechen werde. Ich möchte sie mir bloß einmal ansehen. Mich interessiert allein, welche Theorie hinter dieser herausragenden Technik steckt. Doch ich fürchte, in diesem Leben … Ah.«

Der Kapitän schwebte besorgt zu ihm herüber. »Bitte gehen Sie sich ausruhen, Dr. Ding. Die Mission startet bald, und Sie sollten sich davor gründlich erholen.«

Ding Yi sah zum Kapitän auf. Er brauchte einen Moment, um zu begreifen, dass die Besprechung ohne ihn weitergehen sollte. Erst jetzt, als er noch einmal einen Blick auf das Bild des Tropfens warf, bemerkte er, dass sich in seinem abgerundeten Kopfende eine sehr gleichmäßige Reihe von Lichtern spiegelte, die sich in Richtung Spitze verzerrten und mit der Reflexion der Milchstraße vermischten. Das war die Flotte. Er ließ den Blick zur vor ihm schwebenden Kommandotruppe der *Quantum* gleiten. Wie jung sie waren, noch richtige Kinder! Alle, vom Kapitän bis zu den Leutnants, wirkten so perfekt und edel, ihre Augen glänzten von göttlicher Weisheit. Dazu das Licht der Flotte, das durch das selbstverdunkelnde Glas der Luken wie ein Sonnenuntergang hereinschien und sie alle in Gold tauchte. Dahinter hing das Holo-Display mit dem Bild des Tropfens wie ein Talisman aus Silber und verlieh dem Ort etwas Übernatürliches, Transzendentales, ein Ort für die Götter des Olymp … Er war innerlich ganz aufgewühlt.

»Wollten Sie noch etwas sagen, Dr. Ding?«, fragte der Kapitän.

»Nun, ich möchte sagen …« Seine Hände machten unkontrollierte Bewegungen, und die Pfeife glitt aus seinem Mund in die Luft. »Ich wollte nur sagen, dass ihr Kinder … also, dass ihr sehr gut zu mir wart in diesen Tagen.«

»Es gibt niemanden, den wir so bewundern wie Sie«, sagte ein Vizekapitän.

»Ach … Es gibt da ein paar Dinge, die ich wirklich gerne

gesagt hätte, wissen Sie … das Gerede eines alten Trottels. Nehmen Sie es nicht so ernst. Dennoch, liebe Kinder, als jemand, der durch zwei Jahrhunderte gereist ist, habe ich einiges hinter mir … Wie gesagt, ihr dürft das nicht so ernst nehmen …«

»Dr. Ding, bitte lassen Sie uns doch einfach wissen, was Sie zu sagen haben. Sie genießen unseren allergrößten Respekt.«

Ding Yi nickte. Dann zeigte er nach oben. »Wenn dieses Raumschiff auf maximale Beschleunigung schaltet, müssen alle … in eine Flüssigkeit eintauchen.«

»Richtig. Tiefseezustand.«

»Genau, Tiefseezustand.« Wiederum zögerte Ding Yi und rang mit sich, bevor er fortfuhr: »Wenn wir rausgehen, um unsere Untersuchungen zu machen, könnte dieses Schiff, also die *Quantum*, in einen Tiefseezustand versetzt werden?«

Die Offiziere wechselten erstaunte Blicke, und der Kapitän sah ihn fragend an. »Wozu?«

Ding Yis Handbewegungen wurden erneut flatterig. Sein Haar schien im Licht der Flotte schlohweiß. Schon als er an Bord kam, hatten sie sich untereinander zugeraunt, er sehe aus wie Einstein. »Nun, also … Es schadet schließlich nichts, oder? Wissen Sie, ich habe einfach ein ungutes Gefühl.«

Nach diesem Satz sagte er nichts mehr und starrte versonnen in die Ferne. Schließlich schnappte er seine Pfeife aus der Luft und steckte sie ein. Ohne sich zu verabschieden, manövrierte er sich mithilfe seines Supraleitergürtels unsicher Richtung Ausgang. Die Schiffsoffiziere sahen ihm irritiert hinterher.

Bevor er nach draußen verschwand, drehte er sich noch einmal langsam um. »Kinder, wisst ihr, was ich all die Jahre über gemacht habe? Physik unterrichtet und Doktoranden betreut.«

Während er auf die Galaxie draußen blickte, zog ein undurchschaubares Lächeln über sein Gesicht, in dem, wie den Offizieren nicht verborgen blieb, ein Anflug von Traurigkeit lag. »Ein Mann aus dem einundzwanzigsten Jahrhundert kann heutzutage immer noch Physik unterrichten, Kinder.« Damit ging er hinaus.

Der Kapitän wollte etwas erwidern, doch Ding Yi war schon fort, und die Worte blieben ihm in der Kehle stecken. Er versank in tiefes Nachdenken. Einige der Anwesenden sahen auf das Bild des Tropfens, doch die meisten Blicke ruhten nun auf dem Kapitän.

»Sie werden seine Worte doch nicht ernst nehmen, Kapitän«, fragte ein Leutnant.

»Er ist ein erfahrener Wissenschaftler, aber er stammt aus einer anderen Zeit«, pflichtete ein anderer bei. »Ihre Ansichten über moderne Angelegenheiten sind immer so …«

»Aber er hat recht. Auf seinem Gebiet hat die Menschheit keine Fortschritte mehr gemacht, es ist alles noch auf dem Niveau seiner Zeit.«

»Er sprach von einem Gefühl«, sagte ein Offizier, und aus seiner Stimme klang Bewunderung. »Ich glaube, dass er eine intuitive Entdeckung gemacht hat.«

»Außerdem …« fing Xizi an, doch mit einem Blick auf die Offiziere, die alle ranghöher waren als sie, verstummte sie wieder.

»Bitte, reden Sie, Major Xizi«, ermunterte sie der Kapitän.

»Außerdem stimmt es, was er sagt: Es schadet ja nichts«, sagte sie.

»Nehmen wir einmal an«, sagte ein Vizekapitän, »dass wir es nicht schaffen, die Sonde abzufangen, dass uns der Tropfen unerwartet entwischt. Dann können wir ihm nur Kampfjäger hinterherschicken. Aber für die Langstreckenverfolgung brauchen wir interstellare Raumschiffe. Für diesen Fall hätte die Flotte Raumkreuzer bereitstellen sollen. Das wurde im Plan übersehen.«

»Machen Sie die Flotte darauf aufmerksam«, sagte der Kapitän.

Die Bestätigung von Seiten der Flotte erfolgte umgehend: Sobald das Untersuchungsteam losgeflogen war, würden die *Quantum* und das Nachbarschiff *Bronzezeit* in den Tiefseezustand versetzt werden.

Während der Tropfen abgefangen wurde, wahrte die Flotte einen Abstand von tausend Kilometern. Diese Entfernung war das Ergebnis sorgfältiger Berechnungen. Es gab verschiedene Hypothesen, in welcher Weise der Tropfen sich selbst zerstören würde. Zum größten Energieausstoß käme es bei Antimaterie-Materie-Annihilation. Da der Tropfen eine Masse von weniger als zehn Tonnen besaß, wäre der maximale in Betracht kommende Energieausstoß das Ergebnis einer Annihilation von je fünf Tonnen Materie und Antimaterie. Eine Reaktion dieser Größenordnung würde auf der Erde sämtliches Leben auslöschen, im Weltraum jedoch würde die Energie komplett in Form von hochenergetischer Strahlung freigesetzt werden. Für interstellare Raumkreuzer mit ihrer ultrastarken Strahlungsabschirmung wären tausend Kilometer ein ausreichender Sicherheitsabstand.

Das Abfangen würde die *Heuschrecke* übernehmen, ein kleines, unbemanntes Schiff, das bislang mineralische Proben im

Asteroidengürtel eingesammelt hatte. Zu seiner Ausrüstung gehörte ein besonders langer Roboterarm.

Zu Beginn der Operation verringerte die *Heuschrecke* den bisherigen Mindestabstand von fünfhundert Kilometern, den die Überwachungsschiffe eingehalten hatten. Das Schiff näherte sich seinem Ziel ganz vorsichtig, indem es langsam flog und alle fünfzig Kilometer für ein paar Minuten stoppte. Während dieser Pausen tastete es das Objekt vollständig mit seinen Sensoren ab. Erst wenn die bestätigten, dass es keine Anomalien gab, näherte es sich weiter an.

In tausend Kilometer Entfernung hatte die Flotte ihre Geschwindigkeit mittlerweile dem Tempo des Tropfens angepasst. Die meisten Raumkreuzer, deren metallene Hüllen das schwache Sonnenlicht reflektierten, trieben mit abgeschalteten Fusionstriebwerken durch das All. Sie wirkten wie verlassene Weltraumstädte, und die gesamte Flottenaufstellung erinnerten an Stonehenge. Die eins Komma zwei Millionen Menschen an Bord der Schiffe hielten den Atem an, während die *Heuschrecke* sich vorantastete.

Die Bilder, die die Flotte sah, wurden mit Lichtgeschwindigkeit drei Stunden verzögert zur Erde übertragen, wo drei Milliarden Menschen vor den Bildschirmen ebenfalls den Atem anhielten. Alle Aktivitäten in der menschlichen Welt waren eingestellt worden. Die fliegenden Autos waren zwischen den Riesenbäumen verschwunden, und die Untergrundmetropolen lagen totenstill da. Selbst das globale, seit seiner Geburt vor drei Jahrhunderten nie ruhende Internet schien plötzlich wie ausgestorben. Die meisten Datenübertragungen waren Bilder aus zwanzig AE Entfernung.

Die stockende Annäherung der *Heuschrecke* dauerte eine halbe Stunde, obwohl die Distanz bis zum Ziel in kosmischen Maßstäben nur einen winzigen Schritt darstellte. Doch schließlich hing sie nur noch fünfzig Meter von der Sonde entfernt im Raum. Aus dieser Entfernung war ihr verzerrtes Spiegelbild bereits deutlich in der quecksilbrigen Oberfläche des Tropfens zu sehen, und die vielfältigen Instrumente der *Heuschrecke* begannen, den Tropfen genau unter die Lupe zu nehmen. Zunächst bestätigten sich die bisherigen Beobachtungen: Die Oberflächentemperatur des Tropfens war noch niedriger als die des umgebenden Raums, nahe dem absoluten Nullpunkt. Davon, dass der Tropfen ein starkes Kühlungssystem besaß, war die Wissenschaft ohnehin ausgegangen, doch die Instrumente von *Heuschrecke* verrieten nichts über seinen inneren Aufbau.

Jetzt streckte die *Heuschrecke* ihren gewaltigen Roboterarm nach dem Objekt aus, der die restlichen fünfzig Meter im inzwischen bewährten Stop-and-go-Rhythmus überbrückte, doch die sehr genauen Messinstrumente förderten immer noch keine ungewöhnlichen Daten zutage. Der nervenaufreibende Vorgang dauerte eine weitere halbe Stunde, bis die Spitze des Greifarms endlich das Objekt berührte. Diesen wunderschönen Tropfen, der von einem Planeten in vier Lichtjahren Entfernung stammte und zweihundert Jahre für seine Reise durch das All benötigt hatte. Als die sechs Finger des Roboterarms nach dem Tropfen griffen, schlugen die eine Million Herzen der Weltraumflottenangehörigen schneller. Drei Stunden später würden sie einen Widerhall in den drei Milliarden Herzen der Erdbewohner finden.

Zehn Minuten verstrichen, die der mechanische Arm reglos mit dem Tropfen im Griff abwartete. Als nichts geschah, holte er das Objekt langsam ein.

In diesem Moment wurde der Kontrast für die Beobachter überdeutlich: Der mechanische, offensichtlich rein funktional designte Greifarm, mit seinem robusten Rahmen aus Stahl, der sichtbaren Hydraulik, technisch komplex und industriell schlicht – und der perfekt geformte Tropfen, solide und von glattem Schimmer, dessen wundersame Schönheit über jede technische oder funktionelle Bedeutung erhaben war. Er war ein Ausdruck von eigensinniger Leichtigkeit, wie man sie aus der Philosophie und der Kunst kannte. In der Stahlklaue des Roboterarms wirkte der Tropfen wie eine Perle in der Hand eines Australopithecus und so zerbrechlich wie Glas. Doch er zerbrach nicht, und der Roboterarm wurde weiter eingeholt.

Nach einer weiteren halben Stunde zog der Arm den Tropfen ins Innere der *Heuschrecke*. Langsam schloss sich die Öffnung der Außenwand. Wenn das Objekt sich selbst zerstören wollte, wäre der Zeitpunkt dafür gekommen. Draußen vor dem Schiff warteten derweil die Flotte im Weltraum und die Menschheit auf der Erde. Es war so still, dass man meinte, in den Weiten des Raums den Klang der Zeit zu vernehmen.

Nichts geschah.

Die Tatsache, dass auch zwei Stunden später keine Selbstzerstörung erfolgt war, werteten die Beobachter als endgültige Bestätigung. Eine militärische Sonde, die in die Hand des Feindes gefallen war, hätte sich sicher selbst zerstört. Also musste es sich wie vermutet um ein Geschenk von Trisolaris an die Menschheit handeln, das ungewöhnliche Friedenszeichen einer außergewöhnlichen Zivilisation.

Erneut wurde die Welt von einem Freudentaumel erfasst, der allerdings nicht mehr ganz so wild und ausschweifend ausfiel wie der letzte, denn inzwischen hatten sich die Menschen bereits auf Sieg und Frieden gefasst gemacht. Selbst wenn alle Stricke reißen und die künftigen Verhandlungen mit Trisolaris scheitern sollten, würde ein Krieg in jedem Fall mit dem Sieg der Menschheit enden. Davon war man seit dem Anblick der vereinten Flotte im Weltraum überzeugt. Die Erde konnte sich zurücklehnen und es mit jedem Feind aufnehmen.

Mit der Ankunft des Tropfens änderte sich die Einstellung zu Trisolaris. Allmählich wurde klar, dass das eine großartige Zivilisation sein musste, die sich da dem Sonnensystem näherte, eine, die immerhin schon über zweihundert zyklisch auftretenden Katastrophen getrotzt hatte. Sie hatte den beschwerlichen Weg von vier Lichtjahren durch das Universum auf sich genommen, nur um auf einem stabilen Planeten eine neue Heimat zu finden … Mit einem Mal wurden die Trisolarier zu Sympathieträgern, Mitleid und Bewunderung traten an die Stelle von Angst und Feindseligkeit. Und noch etwas anderes wurde der Menschheit bewusst: Trisolaris hatte zehn dieser Tropfen schon vor zweihundert Jahren losgeschickt, doch erst jetzt verstand man ihre wahre Bedeutung. Während Trisolaris so unglaublich subtil agierte, blieb die Menschheit in ihrem von blutigen Weltkriegen verzerrten Denken gefangen. Die weltweite Online-Petition des Sonnenscheinprojekts fand immer mehr Unterstützer, unter denen die meisten den Starken Überlebensplan befürworteten, demzufolge die Trisolarier den Mars als Reservat erhalten sollten. Die UNO und die Flotten trieben die Vorbereitungen für Verhandlungen voran, und die beiden Internationalen organsierten bereits ihre Delegationen.

All das geschah schon am Tag nachdem der Tropfen abgefangen worden war. Noch viel mehr als das gegenwärtige Geschehen begeisterte die Menschen die vage Vision einer strahlenden Zukunft. Was für ein Paradies würde das Sonnensystem sein, wenn sich erst die Macht der Menschen und der technische Fortschritt der Trisolarier vereinten?

Ungefähr im selben Abstand, aber auf der anderen Seite der Sonne trieb mit einem Prozent der Lichtgeschwindigkeit die *Natürliche Selektion* durch den Raum.

»Wir erhalten eben die Nachricht: Der Tropfen hat sich nach seiner Eroberung nicht selbst zerstört«, berichtete Dongfang Yanxu an Zhang Beihai.

»Ein Tropfen?«, fragte er. Sie sahen einander durch die transparente Wandöffnung hindurch an. Er wirkte erschöpft.

»Die Trisolaris-Sonde. Es hat sich bestätigt, dass es sich dabei um ein Geschenk von Trisolaris an die Menschheit handelt, ein Friedensangebot.«

»Wirklich? Klingt gut.«

»Das scheint Sie nicht sonderlich zu beeindrucken.«

Er ignorierte die Bemerkung und hob stattdessen mit beiden Händen sein Notizbuch in die Höhe. »Ich bin fertig.« Dann steckte er es in eine Innentasche seiner Uniform.

»Könnten Sie nun also die Kontrolle über die *Natürliche Selektion* abgeben?«

»Könnte ich. Doch zuerst wüsste ich gern, was Sie vorhaben, wenn Sie die Kontrolle zurückerhalten.«

»Die Geschwindigkeit drosseln.«

»Um sich mit den Verfolgern zu vereinen?«

»Ja. Die Treibstoffreserven der *Natürliche Selektion* sind unterhalb der Rückkehrkapazität, sie muss also auftanken, um ins Sonnensystem zurückkehren zu können. Die nachfolgende Flotte hat aber nicht genügend Treibstoff für uns. Diese Schiffe sind nur halb so viele Tonnen schwer wie unseres und haben während unserer Verfolgung auf fünf Prozent Lichtgeschwindigkeit beschleunigt und in ähnlichem Umfang gedrosselt. Diese Schiffe können mit ihrem Treibstoff noch zurück. Die Mannschaft der *Natürliche Selektion* muss also auf den Verfolgerschiffen zurückkehren. Später kann dann ein Raumkreuzer ausreichend Treibstoff zur *Natürliche Selektion* bringen, um unserem Raumkreuzer die Rückkehr ins Sonnensystem zu ermöglichen. Doch das braucht Zeit. Wir müssen zuvor die Antriebsleistung so weit drosseln wie möglich, um diese Zeit zu verkürzen.«

»Nicht drosseln, Kapitän Dongfang.«

»Warum?«

»Durch das Drosseln der Geschwindigkeit wird unser gesamter verbleibender Treibstoff aufgebraucht. Wir können uns nicht erlauben, manövrierunfähig zu werden. Niemand weiß, was geschehen könnte. Das sollten Sie als Kapitän im Kopf behalten.«

»Was kann denn schon geschehen?«, fragte sie aufgebracht. »Die Zukunft ist gewiss: Die Menschheit siegt, der Krieg geht zu Ende, und Sie werden Ihren Fehler eingestehen müssen!«

Er lächelte, wie um sie zu besänftigen. In seinen Augen lag

eine Wärme, die sie nie zuvor wahrgenommen hatte. Es erschütterte sie. Sein Defätismus schien ihr unglaubwürdig und sie vermutete andere Gründe hinter seiner Flucht. Vielleicht war er einfach verrückt. Doch irgendetwas an ihm zog sie an. Sie war noch sehr jung gewesen, als sie ihren Vater verlassen hatte, was in diesem Zeitalter nichts Ungewöhnliches war. Vaterliebe gehörte der Vergangenheit an. Jetzt lehrte sie dieser altmodische Soldat aus dem einundzwanzigsten Jahrhundert, wie sie sich anfühlte.

»Ich entstamme einer schwierigen Epoche, Kapitän Dongfang. Ich bin Realist. Alles, was ich weiß, ist, dass der Feind noch existiert und auf das Sonnensystem zusteuert. Als Soldat bin ich erst beruhigt, wenn wirklich Frieden herrscht … Drosseln Sie den Antrieb nicht. Nur wenn Sie das garantieren, gebe ich die Kontrolle ab. Und ich vertraue darauf, dass Sie sich an ein gegebenes Versprechen halten.«

»Ich verspreche Ihnen, dass die *Natürliche Selektion* die Geschwindigkeit nicht drosseln wird.«

Zhang Beihai rief das Holo-Display mit der Schaltfläche für den Berechtigungstransfer auf und gab sein Passwort ein. Ein paar Klicks, und er schloss es wieder.

»Die Kapitänsrechte für die *Natürliche Selektion* liegen wieder bei Ihnen, und das Passwort ist immer noch Marlboro«, sagte er, ohne sich zu ihr umzudrehen.

Dongfang rief ein Holo-Display auf, um es rasch zu überprüfen. »Ich danke Ihnen. Ich bitte Sie jedoch, sich nicht aus dieser Kabine herauszubewegen oder die Tür zu öffnen. Die Besatzungsmitglieder werden bald aus dem Tiefseezustand erwachen, und sie könnten sich an Ihnen vergreifen wollen.«

»Würden die mich über die Planke gehen lassen?« Er lachte, als er ihren verwirrten Blick sah. »Das war eine Form der Todesstrafe auf den Schiffen früher. Gäbe es das heute noch, müssten Sie mich ins All hinausjagen … Schon gut. Ich bleibe gern allein.«

Das Shuttle, das die *Quantum* verließ, schien im Verhältnis zu seinem Mutterschiff so klein wie ein Auto, das aus einer Stadt herausfährt. Das Licht seines Antriebs erhellte nur ein winziges Stück des gigantischen Schiffsrumpfs, wie ein Kerzenlicht unter einem Felsvorsprung. Es glitt aus *Quantums* Schatten hinaus ins Sonnenlicht. Seine Triebwerksöffnung leuchtete wie ein Glühwürmchen, während es auf den tausend Kilometer entfernten Tropfen zusteuerte.

Das Expeditionsteam bestand aus vier Personen: ein Major der Europäischen Flotte, ein Oberstleutnant der Nordamerikanischen Flotte, Ding Yi und Offizier Xizi.

Durch die Luke blickte Ding Yi zurück auf die sich entfernende Flottenformation. Die *Quantum*, die am Rand platziert war, wirkte noch relativ groß, doch ihr unmittelbares Nachbarschiff, der Raumkreuzer *Wolke*, war so klein, dass man bereits kaum noch seine Umrisse erkannte. Weiter hinten in seinem Sichtfeld waren die Reihen aus Raumkreuzern nur noch Punkte. Ding Yi wusste, dass die rechtwinklige Formation aus zwanzig Reihen mit je hundert Schiffen bestand. Dazu kamen noch fünfzehn Schiffe, die sich außerhalb der Aufstellung hielten. Doch als er den Blick an der ersten Reihe entlanggleiten ließ, konnte er bereits das dreißigste Schiff nicht mehr erkennen, dabei war es nur etwa sechshundert Kilometer weit weg. Genauso war es, als er den Kopf hob, um die vertikal versetzten Reihen zu betrachten. Die am weitesten entfernten Raumschiffe waren nur noch verschwommene Punkte im schwachen Sonnenlicht, kaum zu unterscheiden von den dahinter liegenden Sternenfeldern. Erst beim Start würde die gesamte Flottenaufstellung für das bloße Auge sichtbar werden. Die vereinte Flotte bildete eine Matrix von hundert mal zwanzig. Er stellte sie sich multipliziert mit einer weiteren Matrix vor, die vertikalen Elemente jeweils mit den horizontalen der zweiten Matrix und umgekehrt. Doch die einzig wichtige Konstante für die Matrix blieb der Tropfen. Extreme Asymmetrie in der Mathematik war nicht seine Sache, daher half es ihm auch nicht, wenn er versuchte, sich mit derartiger Gehirnakrobatik zu beruhigen.

Als die Beschleunigungskraft nachließ, begann Ding Yi eine Unterhaltung mit der neben ihm sitzenden Xizi. »Stammst du aus Hangzhou, mein Kind?«

Xizi hielt den Blick starr nach vorn gerichtet, als suchte sie nach der *Heuschrecke*, die noch Hunderte Kilometer entfernt war. Dann entspannte sie sich und schüttelte den Kopf. »Nein, Dr. Ding. Ich wurde in der Asiatischen Flotte geboren. Ich kann nicht sagen, ob jemand bei meiner Namensgebung an Hangzhou gedacht hat. Aber ich war einmal dort. Eine schöne Stadt.«

»Damals zu meiner Zeit war es eine schöne Stadt, aber der Westsee heißt heute Sichelmondsee und liegt in einer Wüstenlandschaft … Trotzdem, auch wenn da heute alles nur noch Wüste ist, lässt mich der Name an Südchina denken und an die Zeit, in der Frauen so anmutig waren wie Wasser.« Sein Blick ruhte auf Xizi, als er das sagte, deren grazile Silhouette sich gegen das sanfte Licht der fernen Sonne abhob. »Wenn ich dich so ansehe, mein Kind, muss ich an eine alte Liebe denken. Auch sie war Offizierin in der Armee, nicht so groß wie du, aber eine wahre Schönheit …«

»Damals waren sicher viele Frauen in Sie verliebt.«

»Ich war der Typ, der es die Frauen nicht merken ließ, wenn er sie mochte. Ich hielt es mit Goethe: ›Und wenn ich dich lieb habe, was geht's dich an?‹.«

Xizi lachte.

»Ach, hätte ich doch nur die gleiche Einstellung gegenüber der Physik gehabt! Wenn ich auf mein Leben zurückblicke, bedauere ich am meisten, dass die Sophonen uns zu Blinden gemacht haben. Doch, um es positiv zu sehen – wenn ich ein Gesetz erforsche, was geht es das Gesetz an? Eines Tages vielleicht wird die Menschheit oder jemand anders die Gesetze der Natur so gründlich erforscht haben, dass sie nicht nur ihre eigene Realität, sondern gleich das gesamte Universum verändern können. Diese Leute werden jedes Sternensystem beliebig in eine andere Form bringen können, wie Kuchenteig. Und wenn schon. Die Gesetze werden sich deswegen trotzdem nicht verändern.« Er zeigte hinaus auf die Milchstraße. »Sie wird dann immer noch da sein, für immer jung, wie die verflossene Liebe unserer Erinnerung … Wenn ich es so betrachte, mache ich mir keine Sorgen mehr.«

Die junge Offizierin war etwas enttäuscht von diesem Themenwechsel. »Erzählen Sie mir doch noch mehr über die Frauen, die so anmutig waren wie Wasser, Dr. Ding.«

Doch Ding Yi hatte das Interesse verloren, und beide versanken in Schweigen.

Dann sahen sie die *Heuschrecke*, wenn zunächst auch nur als kleinen Lichtpunkt in zweihundert Kilometern Entfernung. Das Shuttle rotierte um hundertachtzig Grad, bis der Triebwerksauslass nach vorn zeigte, und wurde langsamer.

Die Flotte lag nun direkt vor dem Shuttle, achthundert Kilometer weit weg, was im Weltraum eine lächerlich geringe Distanz darstellte. Sie war jetzt allein wegen ihrer geordneten Struktur vom Chaos der Sterne dahinter zu unterscheiden, wie ein Raster, das vor der Milchstraße lag. Da sie aufgrund der Entfernung nun im Ganzen zu sehen war, fiel auf, wie mächtig sie war. Viele Flottenangehörige und Menschen auf der Erde, die diese Aufnahmen sahen, betrachteten sie als ein Sinnbild für das, wovon Ding Yi soeben gesprochen hatte.

Die negative Beschleunigung des Shuttles endete. Sie waren am Ziel angekommen. Es war so schnell gegangen, dass es den Passagieren des Shuttles vorkam, als sei die *Heuschrecke* plötzlich aus dem Nichts aufgetaucht.

Im Nu hatten sie angedockt. Da die *Heuschrecke* ein unbemanntes Raumfahrzeug war, in dem es keinen Sauerstoff gab, zogen die vier leichte Raumanzüge an. Nachdem sie letzte Anweisungen vom Flottenkommando erhalten hatten, schwebten sie nacheinander schwerelos durch die Andockluke ins Innere der *Heuschrecke*.

Der Tropfen schwebte im Zentrum des einzigen, kugelförmigen Raums im Schiff. Seine Farben sahen ganz anders aus als auf den Bildern an Bord der *Quantum*, blasser und weicher. Was wohl an der veränderten Umgebung lag, die sich auf ihm spiegelte. Er hatte keine eigene Farbe. Außer ihm befanden sich noch der eingezogene Roboterarm, diverse Ausrüstungsgegenstände und mehrere Haufen von Asteroidenproben im Raum. Inmitten dieser Ansammlung von Gestein und mechanischem Gerät hatte die exquisite Ästhetik des Tropfens eine frappierende Wirkung.

»Eine Träne der Muttergottes«, sagte Xizi.

Ihre Worte wurden von der *Heuschrecke* mit Lichtgeschwindigkeit übertragen, erst zur Flotte und von dort mit drei Stunden Verzögerung zum Rest der Menschheit. Die drei Militärs, gewöhnliche Leute, die aufgrund unerwarteter Umstände eine zentrale Rolle in diesem entscheidenden Augenblick der Menschheitsgeschichte spielten, bewegte beim Anblick des Tropfens alle das gleiche Gefühl: Die ferne Welt kam ihnen nicht mehr fremd vor, und sie wünschten sich von ganzem Herzen, sie kennenzulernen. Ja, in der kalten Weite des Universums einte alles kohlenstoffbasierte Leben dieselbe Bestimmung. Diese Bestimmung brauchte vielleicht mehrere Milliarden Jahren, um zu reifen. Doch dann entstand eine Liebe, die Zeit und Raum überwand. Hier, in Gegenwart des Tropfens, spürten sie die Anwesenheit dieser Liebe, die den Abgrund der Feindschaft überwinden konnte. Xizi bekam feuchte Augen, und drei Stunden später würden Milliarden von Menschen auf der Erde ebenfalls die Tränen kommen.

Ding Yi jedoch blieb dem Anschein nach teilnahmslos in einer Ecke stehen. »Ich sehe etwas anderes«, sagte er. »Etwas viel Erhabeneres. Ein Reich, in dem das Selbst und der Andere nicht existieren, das alles einschließt, in dem es alles ausschließt.«

»Das ist zu hoch für mich«, sagte Xizi und lachte durch ihre Tränen hindurch.

»Wir haben nicht viel Zeit, Dr. Ding«, mahnte der Oberstleutnant und winkte ihm näherzukommen. Er musste der Erste sein, der den Tropfen berührte.

Ding Yi schwebte heran und legte eine Hand auf die Oberfläche. Seine Finger steckten in Handschuhen, damit er sie sich an dem extrem kalten Objekt nicht erfror. Danach berührten auch die anderen drei den Tropfen.

»Er wirkt so zerbrechlich«, sagte Xizi. »Ich habe Angst, ihn kaputtzumachen.«

»Ich spüre gar keine Reibung«, raunte der Oberstleutnant. »Er ist so glatt.«

»Schauen wir doch einmal, wie glatt er ist«, sagte Ding Yi.

Xizi zog ein zylindrisches Instrument aus einer Tasche des Raumanzugs, ein Mikroskop. Sie legte es an der Oberfläche an, sodass sie durch die Linse eine Vergrößerung zu sehen bekamen. Nichts als ein glatter Spiegel erschien auf dem Display.

»Wie hoch ist die Vergrößerung?«, fragte Ding Yi.

»Hundertfach.« Xizi deutete auf die Zahl in der Ecke des Monitors, dann stellte sie sie auf das Tausendfache ein.

Weiterhin war nichts als ein glatter Spiegel zu sehen.

»Das Ding ist kaputt«, sagte der Oberstleutnant.

Xizi legte das Mikroskop wortlos an das Visier ihres Raumanzugs an. Die anderen drei kamen näher, um auf dem Monitor zu sehen, wie aus dem spiegelglatten Visier in tausendfacher Vergrößerung ein steiniger Strand wurde. Dann legte sie die Linse wieder am Tropfen an. Eine spiegelglatte Oberfläche, kein Unterschied zum unvergrößerten Rest.

»Vergrößere noch einmal um das Zehnfache, bitte«, sagte Ding Yi.

Das war mit optischer Vergrößerung nicht zu machen, weshalb Xizi nun das Mikroskop umständlich auf Rastertunnelmodus umstellte. Jetzt stand der Vergrößerungsfaktor auf zehntausend.

Die vergrößerte Oberfläche blieb ein glatter Spiegel. Die glatteste Oberfläche, die mit menschlicher Technik herzustellen war, war unter tausendfacher Vergrößerung schon so rau wie das Gesicht der schönen Riesin aus Gullivers Reisen.

»Und jetzt auf hunderttausend«, sagte der Oberstleutnant.

Ein glatter Spiegel.

»Zehn Millionen.«

Bei dieser Vergrößerung wurden selbst Makromoleküle sichtbar, doch auf dem Monitor erschien nur dieselbe makellose Oberfläche, nicht die winzigste Erhebung.

»Noch stärker!«

Xizi schüttelte den Kopf. Mehr ging nicht.

Im zwanzigsten Jahrhundert hatte Arthur C. Clarke in seinem Roman *2001: Odyssee im Weltraum* einen gläsernen Monolithen beschrieben, der von einer fortschrittlichen außerirdischen Zivilisation in einem Mondkrater hinterlassen worden war. Die Entdecker hatten seine Dimensionen zunächst mit gewöhnlichen Messlatten abgemessen und ein Seitenverhältnis von 1:4:9 festgestellt. Als sie den Prozess mit der präzisesten elektronischen Messtechnik der Erde wiederholten, blieb das Verhältnis exakt dasselbe, ohne Abweichungen. Bei Clarke hieß es: »Eine geradezu arrogante Zurschaustellung geometrischer Perfektion«.

Jetzt sah sich die Menschheit einer noch viel arroganteren Zurschaustellung von Überlegenheit gegenüber.

»Kann es das geben – eine vollkommen glatte Oberfläche?«, fragte Xizi.

»Ja«, sagte Ding Yi. »Die Oberfläche eines Neutronensterns ist so gut wie vollkommen glatt.«

»Aber dieses Ding hat normale Masse!«

Ding Yi überlegte. Dann blickte er sich um. »Verbindet euch mal mit dem Computer des Raumkreuzers und sucht nach den Stellen, an denen der Roboterarm ihn gepackt hat.«

Ein Überwachungsoffizier der Flotte kümmerte sich aus der Ferne darum. Der Computer der *Heuschrecke* projizierte dünne, rote Laserpunkte auf den Tropfen, um die Stellen zu markieren, an denen die Stahlklaue die Oberfläche berührt hatte. Xizi untersuchte eine der Stellen mit dem Mikroskop, doch auch hier erschien unter einer Vergrößerung von eins zu zehn Millionen nur eine spiegelglatte Oberfläche.

»Wie hoch war der Druck an den Kontaktpunkten?«, fragte der Major. Prompt erhielten sie die Antwort von der Flotte: ungefähr zweihundert Kilogramm pro Quadratzentimeter.

Der starke Metallarm hatte nicht die Spur von einem Kratzer auf der Oberfläche hinterlassen.

Ding Yi schwebte durch den Raum und suchte nach etwas. Schließlich kam er mit einem Geologenhammer zurück. Bevor ihn jemand davon abhalten konnte, schlug er mit dem Hammer auf die Spiegelfläche ein. Ein Klang, klar und melodisch, wie der Widerhall von Schlägen auf einem jadegepflasterten Grund, durchdrang seinen Körper. Die anderen drei hörten wegen des Vakuums nichts. Ding Yi wies mit dem Hammer auf den Punkt, auf den er geschlagen hatte, und Xizi untersuchte ihn unter dem Mikroskop.

Auch unter zehnmillionenfacher Vergrößerung blieb die Stelle ein glatter Spiegel.

Enttäuscht warf Ding Yi den Hammer weg, der in der Luft hängen blieb, und wandte sich nachdenklich vom Tropfen ab. Aller Augen waren auf ihn gerichtet. »Uns bleibt nur zu raten«, sagte er und hob den Kopf. »Die Moleküle in diesem Ding sind so perfekt aufgereiht wie eine Ehrengarde und festigen sich dabei gegenseitig. Können Sie sich vorstellen, wie kompakt dieses Ding ist? Als ob die Moleküle an ihrem Platz festgenagelt wären. Sie haben nicht mal eine Eigenschwingung!«

»Deswegen ist er am absoluten Nullpunkt«, sagte Xizi. Sie und die anderen beiden verstanden, worauf Ding Yi hinauswollte. Bei normaler Dichte von Materie sind die Intervalle zwischen Atomkernen relativ groß, sie miteinander an einem Ort zu fixieren wäre ungefähr so schwierig, wie die Sonne und die acht Planeten mit einem Seil zu einem soliden Schmuckstück zusammenzubinden.

»Welche Kraft kann so etwas bewerkstelligen?«

»Es gibt nur eine Möglichkeit: starke Wechselwirkung.« Man konnte durch sein Visier hindurch den Schweiß auf Ding Yis Stirn sehen.

»Aber … das ist ja so, als ob man den Mond mit Pfeil und Bogen abschießt?«

»Allerdings, die schießen tatsächlich den Mond mit Pfeil und Bogen ab. Träne der Muttergottes. Hahaha.« Ding Yi lachte so bitter, dass es den anderen in die Knochen fuhr. Sie hatten begriffen: Dieser Tropfen war keine zarte, zerbrechliche Träne, sondern hundertmal stabiler als das härteste Material des Sonnensystems. Im Vergleich dazu war jede andere Substanz wie Papier. »Dieser Tropfen könnte einmal quer durch die ganze

Erde schießen, wie ein Projektil durch Käse, ohne sich dabei auch nur einen Kratzer zu holen.«

»Wozu … ist er dann hier?«, fragte der Oberstleutnant.

»Wer weiß? Vielleicht ist er wirklich nur ein Bote«, sagte Ding Yi und bemühte sich, seinen Blick von dem Tropfen abzuwenden. »Aber seine Botschaft ist eine andere als angenommen.«

»Was meinen Sie damit?«

»Wenn ich dich zerstöre, was geht's dich an?«

Es entstand eine Pause, während der die drei anderen Teammitglieder und die Flottenangehörigen auf den Raumkreuzern über den Sinn seiner Worte nachdachten.

»Lauft«, flüsterte Ding Yi. Dann hob er die Arme und schrie: »Lauft, ihr dummen Kinder!«

»Wohin?«, fragte Xizi erschrocken.

Der Oberstleutnant hatte schon begriffen. »Die Flotte! Evakuiert die Flotte!«

Doch es war zu spät. Eine mächtige Interferenz blockierte ihre Kommunikationskanäle zu den Raumkreuzern. Das Bild, das von der *Heuschrecke* aus übertragen wurde, verschwand von den Monitoren, und die Flotte hörte die Worte des Oberstleutnants nicht mehr.

Ein blauer Lichtkranz erschien an der hinteren Spitze des Tropfens. Sehr klein zuerst, jedoch sehr hell. Er hüllte die Umgebung in Blau. Dann dehnte er sich schnell aus, wechselte die Farbe von Blau zu Gelb und dann zu Rot. Nun schien es beinahe, als habe nicht der Tropfen den Lichtkranz produziert, sondern als wachse der aus ihm heraus. Mit der Ausdehnung wurde sein Licht schwächer, und als er einen Durchmesser vom doppelten Umfang des Tropfens erreicht hatte, löste er sich auf. In dem Moment, als er verschwand, entstand der nächste Lichtkranz, wuchs, wechselte die Farbe, wurde schwächer, verschwand. So lösten sich pro Sekunde zwei bis drei Lichtkränze von der Spitze und erzeugten eine Schubkraft, mit der sich der Tropfen vorwärtsbewegte und rasant beschleunigte.

Die vier Mitglieder der Expedition bekamen jedoch nicht einmal mehr den zweiten Lichtkranz zu sehen. Schon der erste war fast so heiß wie die Sonne und verdampfte sie augenblicklich.

Die Hülle der *Heuschrecke* glühte rot wie eine Papierlaterne, in der man gerade die Kerze angezündet hatte. Ihr metallener Körper schmolz wie Wachs, doch kurz nachdem er zu schmelzen begonnen hatte, explodierte er bereits und versprühte seine Substanz ins All wie glühende Gischt.

Aus ihrer Distanz von tausend Kilometern konnten die Flottenangehörigen die Explosion genau beobachten. Zunächst gingen sie davon aus, dass der Tropfen sich selbst zerstört hatte. Sie betrauerten die vier Mitglieder der Expedition, die ein großes Opfer erbracht hatten, und waren darüber enttäuscht, dass der Tropfen doch kein Botschafter des Friedens gewesen war. Doch auf das, was dann folgte, war die Menschheit psychisch nicht im Geringsten vorbereitet.

Der Überwachungscomputer der Flotte entdeckte auf den Bildern von der Explosion der *Heuschrecke* ein Fragment, das ungewöhnlich war. Die anderen Teile waren flüssiges Metall, das nach der Explosion durch das All flog und abkühlte, doch dieses Bruchstück beschleunigte. Natürlich konnte nur ein Computer ein so winziges Objekt unter der Masse herumfliegender Teile identifizieren. Er begann, die in seinen Datenbanken gespeicherten Baupläne und sämtliche anderen Informationen über die *Heuschrecke* zu durchforsten. Dabei kam er zu Dutzenden von Erklärungen, was das für ein Fragment sein könnte. Doch keine war zutreffend.

Weder Mensch noch Computer erkannten, dass die Explosion zwar die *Heuschrecke* und das Expeditionsteam, aber nicht den Tropfen selbst vernichtet hatte.

Das beschleunigende Fragment löste im Überwachungssystem lediglich Alarmstufe drei aus, denn das sich annähernde Objekt war kein Raumschiff, und sein Anflugwinkel würde es ohnehin am Rand der Formation vorbeiführen. Da nach der Explosion bereits Alarmstufe eins ausgelöst worden war, ging dieser zweite Alarm völlig unter. Der Computer hatte mittlerweile jedoch erkannt, dass das Objekt ungewöhnlich stark beschleunigte. Nach dreihundert Kilometern hatte es die dritte kosmische Geschwindigkeit überschritten und wurde immer noch schneller. Er erhöhte die Alarmstufe auf zwei, doch auch davon nahm niemand Notiz.

Nur einundfünfzig Sekunden vergingen, bis das vom Explosionsherd gestartete Objekt den Rand der Flottenformation erreichte. Es war nun mit einer Geschwindigkeit von einunddreißig Komma sieben Kilometern pro Sekunde unterwegs und hundertsechzig Kilometer von der *Infinite Frontier* entfernt, dem ersten Raumkreuzer in dieser Ecke der Formation. Anders als vom Computer prognostiziert, flog das Objekt jedoch nicht an der Formation vorbei, sondern machte eine Dreißiggradwendung und schoss, ohne zu verlangsamen, direkt auf die *Infinite Frontier* zu.

Innerhalb der zwei Sekunden, die es für die Strecke benötigte, hatte der Computer die Alarmstufe bereits wieder von zwei auf drei abgesenkt, da er zu dem Schluss gekommen war, dass es sich bei dem beobachteten Fragment unmöglich um ein echtes physisches Objekt handeln konnte. Schließlich waren seine Bewegungen nach den mechanischen Gesetzen der Raumfahrt völlig unmöglich. Mit dem Zweifachen der dritten kosmischen Geschwindigkeit ohne jedes Abbremsen eine scharfe Kehre zu vollführen, war wie gegen eine Eisenwand zu rasen. Selbst wenn das Fragment ein solider Metallblock wäre, hätten es die Kräfte, die bei so einem Manöver wirkten, zu einem dünnen Film zusammenquetschen müssen. Dieses vermeintliche Objekt konnte also nichts anderes als eine optische Täuschung sein.

Und so raste der Tropfen mit dem Zweifachen der dritten kosmischen Geschwindigkeit in die *Infinite Frontier*, in einer Flugbahn, die durch die gesamte erste Flottenreihe zielte.

Er rammte die *Infinite Frontier* im hinteren Drittel und durchschlug den Raumkreuzer so mühelos, als glitte er nur durch einen substanzlosen Schatten. Durch die extreme Aufprallgeschwindigkeit entstanden in der Hülle ein perfekt gerundetes Eintrittsloch mit dem Durchmesser der dicksten Stelle des Tropfens sowie ein identisch geformtes Austrittsloch auf der anderen Seite. Doch die beiden Öffnungen verschwanden genauso schnell wieder, wie sie sich gebildet hatten, denn die umgebende Hülle schmolz unter der Hitze des Hochgeschwindigkeitseinschlags und der ultrahohen Temperatur des Lichtkranzes augenblicklich zusammen. Zuerst wurde nur die unmittelbare Umgebung des Einschlags glühend rot, dann fast das gesamte Schiff, wie ein Stück frisch geschmiedetes Eisen.

Auf der anderen Seite der *Infinite Frontier* raste der Tropfen mit dreißig Kilometern pro Sekunde Geschwindigkeit weiter. In drei Sekunden legte er neunzig Kilometer zurück. Währenddessen durchschlug er zuerst die *Far Away*, den nächsten Raumkreuzer neben der *Infinite Frontier*, und gleich darauf die *Nebelhorn*, die *Antarktis* und die *Limit*. Ein Schiff nach dem anderen begann zu glühen, wie Laternen an einer gigantischen Lichterkette.

Die *Infinite Frontier* explodierte. Genau wie bei den nächsten vier Raumkreuzern hatte der Tropfen ihre Treibstofftanks für den Fusionsantrieb durchschlagen. Im Unterschied zu der konventionellen Detonation der *Heuschrecke*, bei der sehr hohe Temperaturen entstanden waren, handelte es sich bei dieser Explosion um eine Kernfusionsreaktion. Ob der ultraheiße Lichtkranz des Tropfens oder etwas anderes für die Fusionsreaktion verantwortlich war, konnte nie ermittelt werden. Der Feuerball der thermonuklearen Explosion entstand im Augenblick des Einschlags im Treibstofftank und dehnte sich so rasch aus, dass er bald die ganze Flotte vor dem samtschwarzen Hintergrund des Weltraums erhellte und sogar die Milchstraße überstrahlte.

Gleich darauf bildeten sich identische Feuerbälle an der *Far Away*, der *Nebelhorn*, der *Antarktis* und der *Limit*.

Innerhalb der folgenden acht Sekunden durchschlug der Tropfen noch zehn weitere Raumkreuzer.

Zu diesem Zeitpunkt hatte der erste Feuerball die *Infinite Frontier* bereits vollständig verschlungen und begann wieder zu schrumpfen, während die nächsten Feuerbälle an den anderen Raumkreuzern aufblühten.

Unterdessen raste der Tropfen weiter quer durch die Aufstellung und durchschlug in Intervallen von weniger als einer Sekunde einen Raumkreuzer nach dem anderen.

Der thermonukleare Feuerball an der *Infinite Frontier* war derweil erloschen. Als Nächstes explodierte der geschmolzene Rumpf und spuckte viele Tonnen ultrahocherhitzter, metallischer Flüssigkeit aus. Der brennende Magmasturm, der sich in alle Richtungen ausbreitete, sah wie eine aufblühende Knospe aus.

Der Tropfen zog indes weiter, durchschoss die Reihe der Raumkreuzer, wobei er einen Feuerball nach dem anderen hinterließ. Die Flotte sah im Licht dieser kleinen Sonnen aus, als hätte man sie in Brand gesteckt. Immer mehr geschmolzene Raumkreuzer versprühten glühende Metallteile in den Weltraum.

Nach einer Minute und achtzehn Sekunden hatte der Tropfen zweitausend Kilometer zurückgelegt und alle hundert Schiffe der ersten Reihe durchschlagen.

Als die *Adam*, das letzte Schiff in der Reihe, von einem Feuerball verschlungen worden war, war das metallische Magma am anderen Ende der Reihe bereits abgekühlt und hatte sich in die Weiten des Weltalls zerstreut. Alle Spuren von der *Infinite Frontier* waren verschwunden.

Der letzte Feuerball der Reihe erlosch und es war wieder dunkel. Das abkühlende Magma wurde sichtbar, das in dem grellen thermonuklearen Schein nicht zu erkennen gewesen war. Es bildete eine Linie aus dunkelroten Lichtern, einen blutigen Fluss, der sich zweitausend Kilometer lang durch den schwarzen Weltraum zog.

Der Tropfen flog eine kurze Strecke von achtzig Kilometern

durch den leeren Raum, dann vollführte er erneut eine scharfe Kehre, die sämtlichen Gesetzen der Mechanik widersprach. Und auch diesmal wurde er nicht langsamer, obwohl der Winkel mit fünfzehn Grad sogar noch spitzer war als beim ersten Wendemanöver. Er visierte die zweite Reihe an – die nun die vorderste war – und raste mit dreißig Kilometern pro Sekunde auf das erste Schiff zu.

Bis jetzt hatte es noch keine Reaktion vom Flottenoberkommando gegeben.

Das enorme Überwachungsnetzwerk des Gefechtsinformationssystems hatte gewissenhaft alle Details der Vorgänge in diesen achtundsiebzig Sekunden aufgezeichnet und weitergegeben. Doch fürs Erste konnte nur das computergesteuerte Gefechtsentscheidungssystem diese schiere Menge von Informationen verarbeiten. Es kam zu dem Schluss, dass eine mächtige feindliche Weltraumstreitmacht aufgetaucht sein musste und die Flotte angriff. Doch es lieferte keinerlei Angaben über diese Streitmacht. Stattdessen stellte es lediglich zwei Dinge fest: Erstens, der Feind war immer genau da, wo der Tropfen sich gerade befand. Und zweitens, der Feind war für sämtliche verfügbaren Aufzeichnungsgeräte unsichtbar.

Die Flottenkommandeure standen unter Schock. In den vergangenen zweihundert Jahren hatten sich die Weltraumstrategen allerlei extreme Gefechtsszenarien und -taktiken ausgemalt und durchgespielt, doch der Anblick von hundert Raumkreuzern, die in weniger als einer Minute wie Neujahrsraketen explodierten, überstieg ihr Fassungsversmögen. Angesichts der unbändigen Datenflut, die das Gefechtsinformationssystem produzierte, konnten sie nichts anderes tun, als sich auf die

Analysen und Schlussfolgerungen des Gefechtsentscheidungssystems zu verlassen. Wie sollten sie einen Angreifer lokalisieren, der gar nicht existierte? Das Überwachungssystem suchte die Weiten des Weltraums ab, ohne die Gefahr in unmittelbarer Nähe zu erkennen. Man ging sogar davon aus, dass eine dritte, bislang unbekannte Macht hinter dieser Attacke steckte, denn im Unterbewusstsein hatten die Menschen die Weltraumflotte von Trisolaris bereits als schwachen Gegner abgespeichert.

Dass es so lange dauerte, bis das Überwachungssystem den Tropfen bemerkte, lag hauptsächlich daran, dass er sämtlichen Radarwellen verborgen blieb und nur im Spektrum des sichtbaren Lichts zu erkennen war. Doch Fotos und Videoaufnahmen standen im Ruf, weniger zuverlässig zu sein als Radaraufzeichnungen. Der Tropfen war aufgrund seiner Größe kaum von den unzähligen glühenden Trümmern zu unterscheiden, die von den explodierten Raumkreuzern übrig geblieben waren. Außerdem ging man immer noch davon aus, dass er sich im Inneren der *Heuschrecke* selbst zerstört hatte. Wozu also nach ihm fahnden?

Das Durcheinander wurde noch größer, weil nun die automatischen Gefechtssysteme in den Schiffen der zweiten Reihe die Trümmer angriffen, die von der zerstörten ersten Reihe heranflogen. Gammastrahlen-Laser und Schienenkanonen feuerten auf Ziele aus geschmolzenem Metall. Sie waren zwar äußerlich bereits abgekühlt, im Kern aber immer noch flüssig, und wenn sie getroffen wurden, explodierten sie wie Feuerwerksraketen.

Immer wieder entgingen Trümmerstücke dem Beschuss und hagelten auf die noch unversehrten Raumkreuzer ein, beschädigten und durchschlugen sie. Auf vielen Schiffen ertönte das schrille Geheul des Dekompressionsalarms.

In dieser verwirrenden Gefechtslage waren Menschen und Computer in der gesamten Kommandostruktur derart überfordert, dass sie fälschlicherweise glaubten, sich eine heftige Schlacht mit dem Feind zu liefern. Der kleine Todesbote, der sich längst den Weg durch die zweite Reihe bahnte, blieb derweil völlig unbeachtet.

Zehn Sekunden dauerte es, bis die Raumschiffe *Ganges*, *Columbia*, *Gerechtigkeit*, *Masada*, *Proton*, *Flammenkaiser*, *Atlantik*, *Sirius*, *Thanksgiving*, *Han* und *Sturm* durchlöchert waren. Bei dieser brutalen Vernichtungsserie verwandelten sich die gigantischen Raumkreuzer in eine zweitausend Kilometer lange Zündschnur, die so intensiv abbrannte, dass nichts als Asche und glühende Trümmer von ihnen zurückblieben.

Als der Tropfen eine Minute und zwanzig Sekunden später aus der *Meiji*, dem letzten Schiff in der Reihe herausschoss, wendete er ein weiteres Mal in einem spitzen Winkel und nahm sich die dritte Reihe vor. Auch hier tobte bereits das Gefecht des computergestützten Waffensystems mit den Trümmern aus den Reihen eins und zwei.

Die meisten Schiffe in der dritten Reihe hatten mittlerweile sowohl die Verteidigungssysteme als auch die Triebwerke gestartet und lagen jetzt nicht mehr so perfekt in einer Reihe, doch immer noch so günstig, dass der Tropfen auf seinem Weg durch ihre Treibstofftanks nur kleine Richtungsänderungen vornehmen musste. Ungeachtet dieser Korrekturen verlangsamte der diabolische Tropfen seine Geschwindigkeit nie unter dreißig Kilometer pro Sekunde. Er war wie ein Schatten ohne

Masse, für den die Gesetze der Physik nicht galten und der sich nach seinen ganz eigenen Regeln bewegte. In jeder Sekunde wechselte er bis zu dreimal die Richtung, wie eine tödliche Nadel, die einen Faden der Zerstörung durch die Raumkreuzer zog. Nach zwei Minuten und fünfunddreißig Sekunden hatte auch die dritte Reihe aufgehört zu existieren.

Zu diesem Zeitpunkt hatten sämtliche verbliebenen Raumkreuzer der Flotte den Antrieb gestartet. Doch obwohl sich die Formation nun komplett aufgelöst hatte, durchschlug der Tropfen weiter die fliehenden Schiffe. Nun kam er zwar nicht mehr ganz so schnell voran, aber nach wie vor flammten zu jedem beliebigen Zeitpunkt drei bis fünf nukleare Feuerbälle gleichzeitig auf. Sie überstrahlten das Glühen der Schiffstriebwerke, die jetzt wie eine Ansammlung verschreckter Glühwürmchen wirkten. Das Flottenkommando hatte noch immer keine Ahnung, wer oder was hinter dem Angriff steckte, und vergeudete seine Energie nach wie vor mit der Suche nach der unauffindbaren feindlichen Flotte.

Als später das enorme von der Flotte übertragene Datenmaterial gesichtet wurde, stellte sich heraus, dass zu diesem Zeitpunkt zwei niederrangige Offiziere der Asiatischen Flotte der Wahrheit bereits ziemlich nahegekommen waren. Das Transkript der Kommunikation zwischen Zhao Xin, Assistent der Objektüberwachung auf der *Norden,* und Kommissar Lee Levi, einem Waffensystemkontrolleur mittleren Ranges auf der *Ewige Götter*, gab darüber Aufschluss.

ZHAO XIN: *Norden* TR317 ruft *Ewige Götter* EM986! *Norden* TR317 ruft *Ewige Götter* EM986!

LEE LEVI: Hier ist *Ewige Götter* EM986. Ich weise darauf hin, dass die Schiff-zu-Schiff-Kommunikation beim gegenwärtigen Informationsstand eine Regelverletzung darstellt.

ZHAO XIN: Lee Levi, bist du das? Hier spricht Zhao Xin. Genau dich wollte ich sprechen.

LEE LEVI: Freut mich, dass du noch am Leben bist, Kumpel!

ZHAO XIN: Es geht um Folgendes: Ich habe etwas entdeckt, was ich an das vereinte Kommando weitergeben möchte, aber mir fehlt dazu die Berechtigung. Würdest du das für mich übernehmen?

LEE LEVI: Ich habe auch keine Berechtigung. Außerdem verfügt das Kommando bereits über ausreichende Informationen. Was möchtest du denn übermitteln?

ZHAO XIN: Ich habe eine visuelle Aufzeichnung des Gefechts analysiert …

LEE LEVI: Bist du nicht für Radaraufzeichnung zuständig?

ZHAO XIN: Das System ist ausgefallen. Bei der Analyse der visuellen Aufzeichnung habe ich lediglich die Geschwindigkeitsparameter ausgewertet. Und weißt du, was ich dabei entdeckt habe? Weißt du, was da draußen los ist?

LEE LEVI: Sag du es mir.

ZHAO XIN: Glaub bloß nicht, ich sei verrückt geworden. Du kennst mich – wir sind schließlich Freunde.

LEE LEVI: Du bist ein eiskalter Brocken, der Letzte, der durchdrehen würde. Schieß los.

ZHAO XIN: Hör zu, die Flotte ist es, die durchgedreht ist. Wir greifen uns gegenseitig an!

LEE LEVI: …

ZHAO XIN: Die *Infinite Frontier* hat die *Ferne* angegriffen, die *Ferne* hat die *Nebelhorn* angegriffen, die *Nebelhorn* dann die *Antarktis* und so weiter …

LEE LEVI: Du spinnst doch!

ZHAO XIN: Genau das ist es, was passiert. A greift B an, und bevor es explodiert, greift B C an, und sobald C angegriffen ist, greift es, bevor es selbst explodiert, wiederum D an … wie eine Kettenreaktion unter den Raumkreuzern. Wie ein Virus, verdammt noch mal, oder eine Art tödliche »Stille Post«. Der totale Wahnsinn!

LEE LEVI: Und mit welchen Waffen?

ZHAO XIN: Bin mir nicht sicher. Ich habe in den Aufzeichnungen ein Projektil entdeckt, aber sowas von winzig und dermaßen schnell! Zigmal schneller als eure Schienenkanonen. Und unglaublich präzise. Es hat jedes Mal die Treibstofftanks getroffen!

LEE LEVI: Schick mir die Auswertung.

ZHAO XIN: Schon erledigt. Ich hab dir beides geschickt, die Daten und die Vektoranalyse. Schau's dir an, verdammt noch mal!

Die Analyse von Unteroffizier Zhao Xin war zwar ungewöhnlich, kam der Wahrheit aber sehr nahe.

In der halben Minute, in der sich Lee Levi die übertragenen Informationen ansah, wurden weitere neununddreißig Raumkreuzer zerstört.

LEE LEVI: Mir ist etwas an der Geschwindigkeit aufgefallen.

ZHAO XIN: Welche Geschwindigkeit?

LEE LEVI: Die des kleinen Projektils. Wenn ein Raumkreuzer es abfeuert, ist es erst geringfügig langsamer, ehe es im Flug auf dreißig Kilometer pro Sekunde beschleunigt. Dann schlägt es in das nächste Schiff ein, und wenn es von dort losfliegt ist es wieder ein klein bisschen langsamer …

ZHAO XIN: Das ist doch nicht so wichtig …

LEE LEVI: Was ich damit sagen will … Das sieht nach Widerstand aus.

ZHAO XIN: Widerstand? Woher?

LEE LEVI: Naja, jedes Mal, wenn dieses Projektil durch sein Ziel hindurchgeht, wird es vom Widerstand geringfügig verlangsamt.

ZHAO XIN: Ich verstehe schon, was du meinst, bin schließlich kein Vollidiot. Du redest von »das Projektil« und »geht durch das Ziel« … ein einziges Objekt also?

LEE LEVI: Schau mal nach draußen. Hundert weitere Schiffe sind explodiert.

Die Unterhaltung verlief nicht in der modernen Sprache der Flotte, sondern im Chinesisch des einundzwanzigsten Jahrhunderts. Die beiden waren also Kälteschläfer. Nur wenige von ihnen dienten in der Flotte, und obwohl die meisten schon in sehr jungen Jahren eingefroren und wiedererweckt worden waren, hatte sich ihr Denken nicht gleichermaßen an das Informationszeitalter angepasst wie das eines Menschen des dreiundzwanzigsten Jahrhunderts. Aus diesem Grund dienten sie meist in relativ niederen Rängen. Später erwies sich, dass die Mehrheit der Soldaten, die als erste ihren gesunden Menschenverstand gebrauchten und begriffen, was los war, aus dem einundzwanzigsten Jahrhundert stammten.

Zhao Xins und Lee Levis Informationen wurden aufgrund ihrer mangelnden Berechtigung nicht an das Flottenkommando weitergegeben, doch mittlerweile begann auch die Auswertung auf Kommandoebene in die richtige Richtung zu weisen. Nachdem klar war, dass der Computer sich mit der Festlegung auf einen Angriff durch eine unsichtbare feindliche Macht irren musste, konzentrierte man sich nun auf die gesammelten Gefechtsaufzeichnungen. Erst nach Auswertung und Abgleich der riesigen Datenmenge entdeckte das System den Tropfen. Auf den Bildern der Gefechtsaufzeichnungen sah er aus wie zuvor, bis auf den Lichtkranzantrieb an seinem spitz zulaufenden Ende. Ein perfekter, spiegelglatter Tropfen, doch jetzt reflektierte er während seines rasanten Flugs abwechselnd den grellen Schein der nuklearen Feuerbälle und das tiefrote Glühen des geschmolzenen Metalls. Er sah aus wie ein brennender Blutstropfen. Die weitere Auswertung ergab seine exakte Marschroute.

Während der vorangegangenen zwei Jahrhunderte war die Entscheidungsschlacht in zahlreichen Szenarien durchgespielt worden, doch in der Vorstellung sämtlicher Strategen war der Feind immer riesig gewesen. Man hatte sicher geglaubt, die Menschheit würde dem Großteil der übermächtigen Trisolaris-Flotte auf einem Weltraum-Schlachtfeld gegenüberstehen, jeder der Raumkreuzer des Feindes ein gewaltiger Todesstern. Groß wie eine Stadt. Die wildesten gegnerischen Taktiken hatte man sich ausgemalt. Die größte Schreckensfantasie war ein Angriff mit Waffen aus Antimaterie gewesen. Man sah sie vor sich, wie sie mit Antimaterie von der Größe eines Gewehrprojektils einen interstellaren Raumkreuzer ausradierten.

Doch die Fakten lagen anders. Der Feind war eine winzige Sonde, nur ein Wassertropfen aus dem Meer der Macht von Trisolaris. Und dieser Feind griff mit der primitivsten Taktik der menschlichen Marine an: dem Rammkurs.

Bis das Oberkommando der Flotte die Lage schließlich richtig erfasste, vergingen dreizehn Minuten. Angesichts der komplexen Situation und den extrem widrigen Gefechtsbedingungen war das sogar ziemlich schnell. Doch der Tropfen war schneller. In den Seegefechten des zwanzigsten Jahrhunderts wäre vielleicht noch Zeit für eine eilige Zusammenkunft der Kommandeure auf dem Flaggschiff gewesen. Aber in Weltraumgefechten zählten Sekunden. Sechshundert Schiffe waren in diesen dreizehn Minuten von der Sonde ausgelöscht worden. Dreizehn Minuten, die der Menschheit bewiesen, dass ein Weltraumgefecht ihre Fähigkeiten überstieg. Und wegen der Sophonenblockade überstieg es auch die Fähigkeiten ihrer künstlichen Intelligenz. Vermutlich würde die Menschheit *niemals* in einer Schlacht gegen Trisolaris bestehen können.

Wegen der Geschwindigkeit des Tropfens und weil er auf dem Radar unsichtbar blieb, hatten die Verteidigungssysteme auf den ersten Schiffen nicht reagiert. Doch aufgrund der größeren Distanzen, die der Tropfen mittlerweile zwischen den Schiffen zurücklegen musste, konnten die Verteidigungssysteme der verbliebenen Raumkreuzer rekalibriert werden. Die *Nelson* war das erste Schiff, das zum Angriff überging und mit Laserwaffen auf das kleine, hochdynamische Ziel schoss. Obwohl die *Nelson* mit Gammastrahlen schoss, die für das menschliche Auge unsichtbar waren, strahlte der Tropfen, als er getroffen wurde, ein sehr helles Licht ab. Warum er von Radargeräten nicht erfasst werden konnte, blieb ein Rätsel, da er sowohl eine rundum reflektierende Oberfläche als auch eine eindeutige Form besaß. Eine mögliche Erklärung war jedoch, dass er die Frequenz elektromagnetischer Strahlen verändern konnte, während er sie reflektierte.

Das Licht, das der getroffene Tropfen aussandte, war so grell, dass es die nuklearen Feuerbälle ringsum überstrahlte und die Aufzeichnungsinstrumente automatisch ihre Bildausgabemonitore herunterdimmten. Nur so konnte verhindert werden, dass die optischen Komponenten Schaden nahmen und die jeweiligen menschlichen Beobachter dauerhaft erblindeten. Damit war das extreme Gleißen nicht mehr von der Dunkelheit zu unterscheiden.

Der in dieses blendende Licht eingehüllte Tropfen schlug in die *Nelson* ein. Als er im Rumpf verschwand, hinterließ er ein tiefschwarzes Schlachtfeld. Doch einen Augenblick später flammte wieder ein nuklearer Feuerball auf, und der Tropfen zischte unversehrt aus der *Nelson* heraus in Richtung *Lü*, die gut achtzig Kilometer entfernt schwebte.

Das Verteidigungssystem der *Lü* schaltete auf kinetische EM-Waffen um, mit denen es den angreifenden Tropfen aufzuhalten hoffte. Die Metallgeschosse der Schienenkanone verfügten über enorme Zerstörungskraft, da sie aufgrund ihrer extremen Geschwindigkeit und der damit einhergehenden hohen kinetischen Energie mit der Wucht einer Bombe einschlugen. Auf der Erdoberfläche konnte man mit ihnen einen Berg wegpusten wie nichts. Die relative Geschwindigkeit des Tropfens steigerte diese kinetische Energie noch. Doch der Tropfen verlangsamte sich aufgrund der Treffer nur geringfügig, regulierte den Antrieb und war im Nu wieder auf maximaler Geschwindigkeit. Im dichten Geschosshagel steuerte er direkt auf die *Lü* zu und jagte durch den Raumkreuzer hindurch. Unter der ultrahohen Vergrößerung des Rastertunnelmikroskops wäre seine Oberfläche auch jetzt noch so spiegelglatt gewesen wie zuvor.

Materie mit starker Wechselwirkung unterscheidet sich von gewöhnlicher Materie wie feste Substanz von Wasser. Die menschlichen Waffen konnten dem Tropfen nicht mehr anhaben als das Meer den Klippen. Er war unzerstörbar. Nichts im ganzen Sonnensystem würde ihn aufhalten können.

Das Flottenkommandosystem hatte sich eben erst stabilisiert, doch nun brach es völlig zusammen. Und da keine seiner Waffen Wirkung zeigte, würde es sich von dem Kollaps auch nicht mehr erholen.

Das gnadenlose Schlachtfest im Weltraum ging weiter. Die größere Distanz zwischen den Raumkreuzern sorgte für eine noch höhere Beschleunigung des Tropfens, der seine Geschwindigkeit inzwischen auf sechzig Kilometer pro Sekunde verdoppelt hatte.

Der Tropfen führte seine Angriffe so präzise durch, dass er kaum je zweimal denselben Weg zurücklegte. Da sich seine Angriffsziele bewegten, musste er permanent umfassende Berechnungen anstellen und Kursänderungen vornehmen. Doch das gelang ihm selbst bei diesem extrem hohen Tempo mühelos. Zwischendurch schaltete er immer wieder die an den Rändern liegenden Raumkreuzer aus, um den übrigen Schiffen den Fluchtweg aus der Formation zu versperren.

Der Tropfen hielt für gewöhnlich genau auf die Treibstofftanks zu. Es war nicht klar, ob er sie in Echtzeit lokalisierte oder auf die in den Sophonen abgespeicherten Baupläne der einzelnen Schiffe zugriff.

In etwa zehn Prozent der Fälle verfehlte er jedoch die Tanks. Ohne die sofortige thermonukleare Reaktion dauerte es vergleichsweise lang, bis die heiß glühenden Schiffe explodierten. Eine grausige Situation für die jeweiligen Besatzungen, die bei vollem Bewusstsein in den hohen Temperaturen verbrannten.

An einen Rückzug der verbliebenen Raumkreuzer war kaum zu denken, denn es war zu spät, um sie in den Tiefseezustand zu versetzen, sodass sie nur bis Stufe Drei Voraus beschleunigen konnten. Zu langsam für den Tropfen, der wie ein Schäferhund um die Flotte herumsauste und immer wieder von den Seiten her zustieß, wenn eines der Schiffe einen Ausbruchversuch wagte.

Der Weltraum war voll von umherfliegenden Trümmerteilen, die von den Verteidigungssystemen der Schiffe mit Lasern oder Schienenkanonen aus dem Weg geräumt werden mussten. Der glühende Schrott bildete glitzernde Flammenbögen, die sämtliche Schiffe einhüllten. Nach wie vor entgingen einzelne Trümmerteile den Geschossen und beschädigten die Außenhüllen. Bei direkten Treffern konnte es zu erheblichen Manövrierproblemen kommen. Und wenn es größere Brocken waren, endeten die Kollisionen häufig fatal.

Obwohl das Flottenkommandosystem kollabiert war, befehligte das Flottenoberkommando weiterhin den Rückzug. Da die ursprüngliche Formation so engmaschig gewesen war, kam es nun unvermeidlich zu Kollisionen zwischen den Schiffen. Die *Himalaya* und die *Thor* stießen in hohem Tempo frontal zusammen und wurden beide vollständig zerfetzt. Die *Messen-*

ger rammte die *Genesis* von hinten. Dabei entstanden in beiden Schiffen Risse, durch die orkanartig Luft ausströmte und Ausrüstungsgegenstände sowie Besatzungsmitglieder in den Weltraum hinausriss, wo sie hinter den beiden gigantischen Wracks eine Art Kometenschweif bildeten.

Das brutalste Schicksal erlitten die *Einstein* und die *Sommer*. Ihre Kapitäne schalteten sie in den Fernsteuerungsmodus und beschleunigten mit Stufe Vier Voraus. Zu diesem Zeitpunkt befand sich jedoch auf beiden Schiffen keins der Besatzungsmitglieder im Tiefseezustand. Bilder, die von der *Sommer* übermittelt wurden, zeigten leere Kugelräume, an deren Wänden menschliche Körper klebten. Sie waren von der extremen Gravitationskraft plattgedrückt worden, und ihr Blut hatte rote Blumenmuster hinterlassen. Beim Einsetzen der Hypergravitation stürzten alle zu Boden und wurden dann von einer unsichtbaren Hand zu einem Klumpen zusammengeballt. Ihnen blieb nicht einmal genug Zeit zu schreien, und nur das Bersten von Knochen war zu hören. Übrig blieb ein formloser Haufen aus menschlichen Überresten, der in einem erstaunlich klaren Blutteich schwamm. Unter dem starken Beschleunigungsdruck wurde seine Oberfläche so glatt und unbeweglich wie ein Spiegel.

Dass die *Einstein* und die *Sommer* auf Stufe Vier Voraus gegangen waren, wurde im Nachhinein zunächst als Systemfehler gewertet. Diese Einschätzung musste jedoch bald revidiert werden. Auf Fernsteuerung umzuschalten, damit die Höchstbeschleunigung auch ohne Tiefseezustand möglich war, erforderte eine so komplexe Abfolge von Befehlen, dass sie unmöglich aus Versehen erteilt worden sein konnten. Weitere von der *Ein-*

stein und der *Sommer* übermittelte Informationen ergaben außerdem, dass von beiden Raumkreuzern vorab ein Teil der Besatzung mit kleineren Kampfjägern und Shuttles evakuiert worden war. Die *Einstein* und die *Sommer* schalteten erst auf Stufe Vier Voraus, als der Tropfen sich näherte und die benachbarten Raumkreuzer explodierten. Offenkundig beabsichtigten die Kapitäne, wenigstens diese zwei Raumkreuzer der Menschheit vor der Zerstörung zu retten. Doch auch sie entkamen dem Tod nicht. Der scharfsichtige Tropfen erkannte sofort, dass die beiden Schiffe wesentlich schneller beschleunigten als die anderen. Also schloss er rasch zu ihnen auf und vernichtete sie mitsamt ihrer leblosen Fracht.

Zwei andere Raumkreuzer entkamen dagegen dem Angriff des Tropfens. Es waren die *Quantum* und die *Bronzezeit*, deren Besatzungen auf Ding Yis Rat hin bereits vor dem Gemetzel in den Tiefseezustand gegangen waren. Sobald die dritte Reihe der Flottenaufstellung ausgelöscht worden war, schalteten sie auf Stufe Vier Voraus und flohen beide in dieselbe Richtung. Ihre Position am äußersten Rand der Flotte, mit allen verbliebenen Schiffen zwischen sich und dem Tropfen, verschaffte ihnen ausreichend Zeit zur Flucht in die Tiefen des Weltraums.

Die Hälfte der vereinten Flotte, über tausend Schiffe, war innerhalb von zwanzig Minuten vernichtet worden.

Ein Cluster aus Bruchstücken von zehntausend Kilometern Durchmesser erfüllte den Weltraum, eine sich rasant ausdehnende metallische Wolke, die an den Rändern immer wieder von nuklearen Feuerbällen erhellt wurde. Es sah aus, als würde immer wieder ein riesiges, steinernes Gesicht in der kosmischen Nacht aufblitzen.

Die bislang unversehrten Raumkreuzer waren nun weitläufig verteilt, doch so gut wie alle von ihnen befanden sich innerhalb dieser Wolke. Die meisten hatten die Munition in ihren Schienenkanonen aufgebraucht und versuchten, sich mit dem Laser einen Weg aus der Wolke freizuschießen. So lange, bis die Energie für die Laser nicht mehr reichte und die Schiffe sich langsam und mühselig durch die umherfliegenden Trümmer wanden. Da sich die meisten von ihnen nicht schneller bewegen konnten als die Trümmerteile um sie herum, wurde die sich ausdehnende Wolke zu ihrer Todesfalle.

Der Tropfen hatte indes die dritte kosmische Geschwindigkeit erreicht und pflügte mit hundertsiebzig Kilometern pro Sekunde durch die Trümmer, die sich beim Aufprall sofort verflüssigten und zusammen mit den anderen Brocken, mit denen sie kollidierten, einen leuchtenden Schweif hinter dem Tropfen bildeten. Je länger dieser Schweif wurde, desto mehr erinnerte das dahinrasende Flugobjekt an einen mehrere tausend Kilometer langen Silberdrachen mit wild wippendem Schwanz. Um den Kopf des Drachens herum tanzten immer wieder kleine nukleare Sonnen, und sein Schwanz leuchtete blutrot von den Millionen Tonnen glühendem Magma, zu dem die Raumkreuzer zusammengeschmolzen waren.

Der leuchtende Drache tanzte noch eine halbe Stunde lang weiter, doch irgendwann flammten keine Feuerbälle mehr auf. In der ganzen Metallwolke gab es keinen einzigen intakten Raumkreuzer mehr.

Als er aus der Wolke hinausflog, schüttelte der Tropfen seine Drachengestalt ab und machte sich daran, die letzten Überlebenden der Flotte zu eliminieren. Einundzwanzig Schiffen war es gelungen, sich aus der Wolke hinauszumanövrieren. Die meisten waren so lädiert, dass sie kaum mehr beschleunigen konnten oder sogar ganz ohne Antrieb im All schwebten. Der Tropfen machte mit ihnen kurzen Prozess, und die Metallwolke verleibte sich ihre Trümmer ein.

Ein wenig länger brauchte der Tropfen für die fünf verbliebenen, beinahe völlig unbeschädigten Schiffe, die in verschiedene Richtungen davonstoben. Als letztes zerstörte er das Schiff mit dem Namen *Arche Noah*, das es ein ganzes Stück von der Wolke weggeschafft hatte. Als der Feuerball ihrer Explosion für ein paar Sekunden den Weltraum erleuchtete, war die *Arche Noah* wie die letzte Laterne, die im Wind der weiten Prärie erlosch.

Kurz beschleunigte der Tropfen noch in Richtung *Quantum* und *Bronzezeit*, doch er gab die Verfolgung auf, weil die zwei Ziele schon zu weit entfernt waren.

Damit waren die Besatzungsmitglieder dieser beiden Raumkreuzer die einzigen Überlebenden des ungeheuerlichen Weltraummassakers.

Der Tropfen verließ das Schlachtfeld und machte sich in Richtung Sonne auf.

Neben den beiden vollständig erhaltenen Schiffen waren auch ein paar Kampfjäger und Shuttles dem Gemetzel entkommen. Der Tropfen hätte zwar auch sie problemlos vernichten können, doch er hatte kein Interesse an kleinen Raumschiffen. Für diese Flugkörper stellten die Metallfragmente, die durch den Raum rasten, die größte Bedrohung dar, da sie über keine Verteidigungssysteme verfügten und kaum gegen Einschläge geschützt waren. Doch inzwischen hatte sich die Metallwolke so weit ausgedehnt, dass sie zwischen den Trümmerteilen hindurchmanövrieren konnten.

Die glücklichen Besatzungen der Kampfjäger und Shuttles trieben mehrere Tage lang außerhalb der Sonnenumlaufbahn des Uranus, bis sie schließlich von zivilen Raumschiffen aufgesammelt wurden, die in dieser Region des Weltalls unterwegs waren. Zu den sechzigtausend überlebenden Soldaten zählten auch Zhao Xin und Lee Levi, die beiden Unteroffiziere, die dem Tropfen als Erste auf die Schliche gekommen waren.

Es wurde wieder still im Weltraum, die Metallwolke hörte in der Eiseskälte schnell zu leuchten auf und wurde von der Dunkelheit verschluckt. Im Sog der Sonnenschwerkraft veränderte sie ihre Form und zog sich in die Länge, bis sich die Trümmer als sehr dünner Metallgürtel um das Zentralgestirn legten, eine Million ruheloser Geister, die für immer an den äußeren Rändern des Sonnensystems rotieren würden.

Eine einzige Trisolaris-Sonde hatte die gesamte Weltraumflotte der Menschheit ausradiert, und neun weitere Sonden waren nur drei Jahre vom Sonnensystem entfernt. Außerdem steuerten auch noch die tausend trisolaren Raumkreuzer auf das Sonnensystem zu, von denen jeder einzelne zehntausendmal größer war als diese zehn Sonden zusammengenommen.

Wenn ich dich zerstöre, was geht's dich an?

Als Zhang Beihai nach fünfzehn Stunden erwachte, sah er auf die Uhr. So lange hatte er wahrscheinlich – abgesehen von den zweihundert Jahren im Kälteschlaf – noch nie im Leben geschlafen. Etwas war anders. Er versuchte, das Gefühl zu deuten. Dann begriff er.

Er war allein.

In der Vergangenheit, selbst damals, als er allein durch den endlosen Raum geflogen war, hatte er nie das Gefühl gehabt, vollkommen allein zu sein. Die Augen seines Vaters hatten ihn stets aus dem Jenseits beobachtet, Tag und Nacht ruhte sein Blick auf ihm, er war Teil seiner Welt. Jetzt war der Blick seines Vaters verschwunden.

Zeit hinauszugehen, sagte er sich und zupfte instinktiv seine Uniform zurecht. Er hatte schwerelos geschlafen, also waren sein Haar und seine Kleidung vollkommen in Ordnung. Er nahm noch ein letztes Mal die kugelförmige Kabine in Augenschein, in der er sich einen Monat lang eingeschlossen hatte, dann öffnete er die Tür und schwebte nach draußen, darauf vorbereitet, dem Zorn der Besatzung zu begegnen, ihrer Verachtung und Verurteilung, dem Jüngsten Gericht … vielleicht dem Ende seines Lebens, mit dem er, ganz Soldat, ohnehin immer rechnete. Was auch immer geschehen würde, er war darauf gefasst.

Der Korridor war leer.

Er bewegte sich langsam voran, vorbei an den offenstehenden Kabinen auf beiden Seiten. Jede war genau so konstruiert wie seine, hohle Pingpongbälle mit weißen Wänden. Die Umgebung war leer, keine Holo-Displays in der Luft. Vielleicht hatte das Informationssystem an Bord einen Reboot gemacht.

Zhang Beihai erinnerte sich an einen Film aus seiner Jugend, in dem die Protagonisten in einer Art Zauberwürfelwelt lebten, die aus lauter identischen, würfelförmigen Räumen bestand, und in jedem lauerte eine andere Todesfalle. Sie bewegten sich immerzu von einem Raum zum anderen …

Er wunderte sich darüber, wie seine Gedanken abschweiften. Ein Luxus, den er sich früher nie erlaubt hätte, doch jetzt, wo seine zwei Jahrhunderte währende Mission an ihr Ende gelangte, konnte er seinem Kopf ein wenig Erholung gönnen.

Zhang Beihai bog in einen noch längeren, leeren Korridor ein. Die Trennwände glommen in einem so sanften, milchigen Licht, dass er seine Tiefenwahrnehmung verlor. Die Welt fühlte sich kompakt an. Wieder fand er die Türen zu den sphärischen Kabinen offen, wieder die identischen, weißen Räume.

Die *Natürliche Selektion* wirkte verlassen. Dieses Schiff war für ihn eine gigantische, kompakte Metapher, es stand für ein verborgenes Gesetz hinter der Wirklichkeit. Er gab sich der Vorstellung hin, dass diese identischen, weißen Kugeln sich endlos im Raum ausdehnten und im Universum vervielfachten.

Eine Idee wurde plötzlich überdeutlich: Holografie.

Von jeder dieser Kabinen aus konnte die *Natürliche Selektion* gesteuert und kontrolliert werden, daher bildete, zumindest aus der Perspektive der Informatik, jede Kabine die Gesamtheit der *Natürliche Selektion* ab. Die *Natürliche Selektion* war selbst wie eine Holografie.

Das Schiff war ein Samen aus Metall, der alle Informationen der Menschheit transportierte. Er keimte irgendwo im Universum und konnte sich zu einer ganzen Zivilisation auswachsen. Das Teil enthielt das Ganze, also konnte die ganze menschliche Zivilisation holografisch sein.

Er hatte versagt. Es war ihm nicht gelungen, diesen Samen zu verbreiten, was er bedauerte. Aber er grämte sich nicht, schließlich hatte er alles getan, um seine Pflicht zu erfüllen. Nun, da sein Geist befreit war, erlegte er ihm keine Schranken mehr auf und stellte sich das Universum als Hologramm vor, in dem jeder Punkt das Ganze enthielt. Solange es noch ein einziges Atom gäbe, würde das Universum überdauern. Plötzlich sah er alles in einem ganz neuen Licht. Ganz so wie Ding Yi, als er etwa zehn Stunden zuvor am anderen Ende des Sonnensystems auf den Tropfen zugegangen war, während Zhang Beihai noch geschlafen hatte.

Er erreichte das Ende des Korridors und öffnete die Tür zum großen kugelförmigen Hangar des Raumkreuzers, seiner ersten Station, als er vor drei Monaten an Bord der *Natürliche Selektion* gekommen war. So wie damals schwebte auch jetzt in der Mitte der Kugel eine Formation aus Soldaten und Offizieren, aber es waren viel mehr, und sie bildeten drei Schichten übereinander. Die mittlere Schicht bestand aus der zweitausendköpfigen Crew der *Natürliche Selektion*, nur diese Crew war real, die anderen waren Hologramme.

Bei näherem Hinsehen verstand er, dass die holografischen Mannschaften die der vier Verfolgerschiffe waren. Exakt im Zentrum der drei Schichten befand sich eine Reihe von fünf Kommandanten, bestehend aus Kapitän Dongfang Yanxu und den Kapitänen der vier anderen Schiffe. Alle außer Dongfang waren Hologramme. Als er in die Halle kam, ruhten die Blicke von fünftausend Mann auf ihm. Keiner von ihnen sah ihn an wie einen Deserteur. Die Kapitäne salutierten einer nach dem anderen vor ihm.

»*Lan Kong*, Asiatische Flotte!«

»*Enterprise*, Nordamerikanische Flotte!«

»*Shen Kong*, Asiatische Flotte!«

»*Letzte Instanz*, Europäische Flotte!«

Zuletzt erwies Dongfang Yanxu ihm die Ehre. »*Natürliche Selektion*, Asiatische Flotte! Zhang Beihai, diese fünf interstellaren Raumkreuzer, die Sie für die Menschheit bewahrt haben, sind alles, was von der vereinten Flotte übrig geblieben ist. Alles hört auf Ihr Kommando!«

»Alles ist zusammengebrochen, ein kollektiver mentaler Kollaps!« Shi Xiaoming seufzte und schüttelte den Kopf. Er war gerade aus der Untergrundstadt zurückgekehrt. »Die ganze Stadt ist außer Kontrolle, es herrscht totales Chaos.«

Die offiziellen Vertreter der Siedlungen waren zur Sitzung der Bezirksregierung zusammengekommen. Zwei Drittel waren ehemalige Kälteschläfer. Sie waren jetzt sehr leicht von den anderen zu unterscheiden. Während die Kälteschläfer trotz ihrer depressiven Verfassung Haltung bewahrten, standen die modernen Menschen alle kurz vor dem Ausrasten und ließen sich während der Sitzung ständig gehen. Shi Xiaomings Bemerkung zerrte an ihren angespannten Nerven. In den Augen des Bezirksdirektors standen Tränen, und als er weinend den Kopf in den Händen verbarg, taten es ihm viele der modernen Verwaltungsbeamten nach. Der Herr vom Schulamt lachte hysterisch, andere ließen frustriert ihre Tassen auf dem Boden zerschellen.

»Beruhigt euch«, sagte Da Shi. Er sprach nicht sehr laut, doch in seiner Stimme lag eine Souveränität, die alle sofort besänftigte. Der Bezirksdirektor und die anderen versuchten, sich zusammenzureißen.

»Kinder, Kinder«, sagte Hines kopfschüttelnd. Er nahm als Volksvertreter an der Sitzung teil und war vermutlich der Einzige, der von der Zerstörung der vereinten Flotte profitiert hatte. Jetzt, wo die Realität mit seinem mentalen Siegel übereinstimmte, war die Welt für ihn in Ordnung. Zuvor hatte ihn das Siegel angesichts des so sicheren Sieges Tag und Nacht geplagt, und *er* hatte kurz vor einem Nervenzusammenbruch gestanden. Man hatte ihn in das größte Krankenhaus der Stadt eingeliefert, doch auch die Psychiater dort konnten ihm nicht helfen, obwohl sie eine originelle Methode an ihm ausprobierten, an deren Umsetzung sich Luo Ji und die Nachbarschaft beteiligen mussten. Wie in Alphonse Daudets Erzählung *Die Belagerung von Berlin* oder dem Film *Goodbye, Lenin!* aus dem Goldenen Zeitalter, sollten sie ihm eine falsche Welt vorspielen, in der die Menschheit versagt hatte. Dank der virtuellen Technik der Moderne war das gar nicht so schwer. So bekam Hines täglich in seinem Haus Nachrichten zu sehen, die eigens für ihn erfunden worden waren, begleitet von lebensechten, dreidimensionalen Bildern, darunter einem Teil der Trisolaris-Flotte, der beschleunigte, früher als geplant das Sonnensystem erreichte und auf die vereinte Flotte traf, die in einem Gefecht am Kuipergürtel erhebliche Verluste hinnehmen musste. Dann neue Bilder der drei Flotten, die unfähig waren, im Orbit des Neptun die Stellung zu halten, und sich gezwungen sahen, den weiteren Widerstand unter erschwerten Bedingungen vom Orbit des Jupiter aus zu organisieren …

Der Mann, der vom Nachbarschaftskomitee dazu abgestellt worden war, diese Fake News zu produzieren, ging richtig in seiner Aufgabe auf, aber als dann die zermürbende Niederlage tatsächlich eintrat, war er der Erste, der einen Nervenzusammenbruch erlitt. Er hatte seine Vorstellungskraft strapaziert, um die Niederlage der Menschheit in den düstersten Farben auszumalen, im Dienste von Hines' Psyche, doch auch zu seinem eigenen Vergnügen. Allerdings übertraf die raue Wirklichkeit alles, was er sich ausgedacht hatte.

Als die Bilder von der Vernichtung der Flotte aus zwanzig AE Distanz mit drei Stunden Verzögerung die Erde erreichten, verwandelte sich die Weltöffentlichkeit in eine Horde traumatisierter Kindergartenkinder.

In Da Shis Bezirksverwaltung quittierten die Amtsinhaber scharenweise den Dienst, ließen die Köpfe hängen und unternahmen nichts mehr, sodass ihm die höhere Verwaltungsebene in ihrer Not umgehend das Amt des Bezirksgeschäftsführers übertrug. Kein sonderlich wichtiger Posten, doch in diesen Tagen der Krise lag das Schicksal dieses vorwiegend aus Kälteschläfern bestehenden Bezirks in seinen Händen. Glücklicherweise blieben diese zu einem Großteil von Menschen des einundzwanzigsten Jahrhunderts bewohnten Bezirke im Verhältnis zur Untergrundstadt einigermaßen geordnet.

»Bitte führt euch alle unsere gegenwärtige Situation vor Augen«, sagte Da Shi. »Sollte es je ein Problem mit dem künstlichen Ökosystem in der subterranen Stadt geben, wird das Leben dort zur Hölle, und jeder wird versuchen, an die Oberfläche zu gelangen. Wenn es so weit kommt, fehlen uns die nötigen Lebensgrundlagen. Wir sollten ernsthaft über Auswanderung nachdenken.«

»Wohin sollen wir denn auswandern?«

»Irgendwohin, wo die Bevölkerungsdichte gering ist, in den Nordwesten zum Beispiel. Natürlich müssten wir eine Vorhut senden, die sich die Bedingungen dort erst einmal ansieht. Niemand kann sagen, was jetzt aus der Welt wird, ob uns erneut ein Tiefes Tal erwartet. Wir müssen uns darauf einstellen, ganz von der Landwirtschaft zu leben.«

»Ob der Tropfen die Erde angreifen wird?«

»Warum sollten wir uns darüber den Kopf zerbrechen?« Da Shi schüttelte energisch den Kopf. »Wir können sowieso nichts daran ändern. Und bevor er ein Loch durch die Erde schießt, haben wir noch ein Leben, oder?«

»So ist es, diese Spekulationen bringen gar nichts, das sollten wir ein für alle Mal festhalten«, brach Luo Ji sein Schweigen.

Die sieben verbliebenen Raumkreuzer der Menschheit flohen in zwei Gruppen aus dem Sonnensystem, zum einen die *Natürliche Selektion* und ihre vier Verfolgerschiffe und zum anderen die *Quantum* und die *Bronzezeit*, die den Angriff völlig unversehrt überstanden hatten. Diese beiden Miniflotten befanden sich an zwei einander gegenüberliegenden Enden des Sonnensystems und entfernten sich immer weiter voneinander, beinahe exakt in entgegengesetzten Richtungen.

Auf der *Natürliche Selektion* erfuhr Zhang Beihai von der Vernichtung der vereinten Flotte. Er verzog keine Miene. »Die dichte Aufstellung war ein unverzeihlicher Fehler«, sagte er. »Alles andere war zu erwarten.« Dann ließ er den Blick über die vier Kapitäne und die übereinander schwebenden Offiziere und Soldaten schweifen. »Genossen … Ich rede euch mit diesem altmodischen Begriff an, weil ich möchte, dass wir von heute an alle an einem Strang ziehen. Jeder von euch muss sich der Realität stellen und sich vergegenwärtigen, wie die Zukunft aussehen wird. Es gibt kein Zurück.«

Es gab tatsächlich kein Zurück. Der Tropfen, der die vereinte Flotte vernichtet hatte, befand sich immer noch im Sonnensystem, und in drei Jahren würde er Verstärkung von neun weiteren bekommen. Die alte Heimat dieser kleinen Flotte war jetzt eine Todesfalle. Alle Informationen deuteten darauf hin, dass die Menschheit schon lange vor dem Eintreffen der Trisolaris-Flotte zusammenbrechen würde. Der jüngste Tag lag nicht mehr fern. Auf diesen fünf Schiffen lastete die Verantwortung, das Erbe der Menschheit zu bewahren, doch mehr als weiterfliegen, sehr weit weg fliegen, blieb vorerst nicht zu tun. Diese Raumschiffe würden für immer ihr Zuhause sein und der Weltraum ihre letzte Ruhestätte.

Zusammen waren die fünftausendfünfhundert Besatzungsmitglieder wie ein Baby, das von der Nabelschnur getrennt und kaltherzig in die Tiefen des Alls geworfen worden war. Am liebsten hätten die wackeren Soldaten auch wie Babys geweint. Nur Zhang Beihais unerschütterliche Ruhe sorgte dafür, dass die Mannschaften Disziplin wahrten. Die in der Dunkelheit ausgesetzten Kinder brauchten eine Vaterfigur, und wie schon für Dongfang Yanxu erfüllte dieser altmodische Soldat nun für sie alle diese Rolle.

»Wir werden für immer von der Menschheit getrennt sein«, fuhr Zhang Beihai fort, »aber wir sind eine unabhängige Gesellschaft und müssen uns von unserer psychologischen Bindung an die Erde lossagen. Es ist Zeit, dass wir unserer Welt einen neuen Namen geben.«

»Wir kommen von der Erde und sind wahrscheinlich die einzigen Erben der menschlichen Zivilisation«, sagte Dongfang Yanxu. »Wir sollten uns Raumschiff Erde nennen.«

»Ausgezeichnet.« Zhang Beihai nickte zustimmend und wandte sich an die Besatzung. »Von heute an sind wir alle Bürger von Raumschiff Erde. Dieser Augenblick könnte der Neubeginn der menschlichen Zivilisation sein. Es gibt viel zu tun, daher fordere ich euch alle auf, an eure Posten zurückzukehren.«

Die beiden Hologrammbesatzungen verschwanden, und auch die Mannschaft der *Natürliche Selektion* zerstreute sich. Nur die Kapitäne blieben.

»Sollten unsere vier Schiffe sich an die *Natürliche Selektion* annähern?«, fragte der Kapitän der *Shen Kong*.

Zhang Beihai schüttelte den Kopf. »Nicht nötig. Sie sind jetzt zweihunderttausend Kilometer von uns entfernt, das ist zwar nicht allzu weit, aber eine Annäherung kostet zu viel Treibstoff. Energie ist unsere Überlebensgrundlage, mit dem wenigen, was wir haben, müssen wir sparsam umgehen. Wir sind die einzigen Menschen in diesem Teil des Universums, und ich verstehe den Wunsch, näher zusammenzurücken, aber wir müssen langfristig denken.«

»Ja, wir müssen langfristig denken«, wiederholte Dongfang Yanxu leise, mit einem Blick in die Ferne, als denke sie an die vielen Jahre, die vor ihnen lagen.

»Wir müssen so bald wie möglich eine Volksversammlung einberufen, um einige Grundfragen zu klären«, fuhr Zhang Beihai fort. »Anschließend muss der überwiegende Teil der Mannschaft in den Kälteschlaf versetzt werden, damit das Ökosystem mit Minimalverbrauch arbeiten kann … Wie auch immer: Die Geschichte von Raumschiff Erde hat begonnen.«

Die Augen von Zhang Beihais Vater waren wieder da, wie

Strahlen vom Rand des Universums, die alles durchdrangen. Er spürte sie deutlich und dachte: *Nein, Vater. Du kannst noch immer nicht ruhen. Es geht weiter.*

Am nächsten Tag – Raumschiff Erde bediente sich immer noch den Zeitkategorien der Erde – trat die erste Volksversammlung zusammen, an der sich per Hologramm-Schaltung die Besatzungen aller fünf Raumschiffe beteiligen konnten. Etwa dreitausend Bürger von Raumschiff Erde nahmen teil, und diejenigen, die an ihren Posten bleiben mussten, waren zugeschaltet.

Zuallererst befasste sich die Versammlung mit der dringlichsten Angelegenheit: dem Ziel ihrer Reise. Einstimmig wurde der Beschluss gefasst, den Kurs beizubehalten. Den Kurs der *Natürliche Selektion* hatte Zhang Beihai festgelegt, es ging in Richtung Sternbild des Schwans, genauer gesagt, zu NH558J2, einem der Planetensysteme, die dem Sonnensystem am nächsten lagen. Es hatte zwei Planeten, einer davon gasförmig wie Jupiter und für menschliches Leben ungeeignet, doch ein guter Lieferant für nuklearen Treibstoff.

Diesen Kurs hatte Zhang Beihai sehr bewusst gewählt. In einer anderen Richtung, nur eineinhalb Lichtjahre weiter als ihr derzeitiges Ziel, lag zwar ein System mit einem angeblich erdähnlichen Planeten, doch dafür gab es dort auch nur diesen einen. Sollte der sich als unbewohnbar erweisen – vielleicht waren die Überlebensbedingungen extrem harsch, Beobachtungen aus einer Distanz von vier Lichtjahren konnten sehr fehlerhaft sein –, hätte Raumschiff Erde die Gelegenheit zum Auftanken verpasst. Nach der Versorgung mit nuklearem Material auf

NH558J2 konnten sie immer noch mit größerer Geschwindigkeit das nächste Ziel ansteuern.

NH558J2 lag achtzehn Lichtjahre vom Sonnensystem entfernt. Rechnete man gewisse Unwägbarkeiten ein, wäre Raumschiff Erde bei der gegenwärtigen Geschwindigkeit zweitausend Jahre bis dorthin unterwegs.

Zweitausend Jahre. Diese kalte Zahl zeichnete ein realistisches Bild der Gegenwart und der Zukunft. Trotz der Möglichkeit des Kälteschlafs würden die meisten Bewohner von Raumschiff Erde nicht lange genug leben, um das Ziel ihrer Reise zu Gesicht zu bekommen. Ihre Existenz würde nur einen sehr kleinen Teil dieser Reise durch zwanzig Jahrhunderte ausmachen, und selbst für ihre Nachkommen würde NH558J2 nur eine Zwischenstation sein. Keiner wusste, was sie als Nächstes erwartete und ob sie je ein wahres, bewohnbares Zuhause finden würden.

Zhang Beihai hatte sich alles außerordentlich rational überlegt. Ihm war bewusst, dass die Erde nicht zufällig ideal für menschliches Leben war und schon gar nicht ein Effekt des anthropischen Prinzips, sondern ein Resultat der langfristigen Interaktion zwischen der Biosphäre und der natürlichen Umgebung, ein Resultat, das sich nicht so leicht auf irgendeinem abgelegenen Planeten wiederholen ließ. Seine Entscheidung für NH55J2 schloss eine zweite Möglichkeit ein. Seiner Meinung nach konnte es sein, dass es keine zweite bewohnbare Welt zu entdecken gab und die neue menschliche Zivilisation für immer auf einem Raumschiff unterwegs sein würde.

Diesen Gedanken sprach er jedoch nicht aus. Der nächsten Generation, die auf dem Raumschiff geboren werden würde, sollte es leichterfallen, eine reine Raumschiffzivilisation zu sein. Die jetzige Generation durfte ihr Leben ruhig mit der Hoffnung auf ein künftiges Zuhause auf einem erdähnlichen Planeten verbringen.

Als Nächstes legte die Versammlung den politischen Status von Raumschiff Erde fest. Sie beschloss, dass die fünf Schiffe immer zur Welt der Menschen gehören würden. Unter den gegebenen Umständen jedoch war es unmöglich, sich der Erde oder den drei Flotten unterzuordnen. Besser, sie erklärten sich zu einem unabhängigen Staat.

Als diese Resolution ins Sonnensystem übertragen wurde, ließen sich die UNO und die SFJC mit der Antwort Zeit. Ohne explizit Stellung zu beziehen, wünschten sie Raumschiff Erde einvernehmlich alles Gute.

Die menschliche Welt war jetzt in drei Internationale gespalten, die alte Internationale der Erde, die der Flotte des neuen Zeitalters und die Internationale von Raumschiff Erde auf dem Weg in die Tiefen des Universums. Die Letztere zählte nur etwa fünftausend Personen, doch sie war der Hoffnungsträger der Menschheit.

Auf der zweiten Sitzung der Volksversammlung wurde über die Regierungsstruktur von Raumschiff Erde diskutiert.

»Ich glaube, es ist zu früh für dieses Thema«, sagte Zhang Beihai zu Beginn der Veranstaltung. »Zuerst müssen wir über die Gesellschaftsform von Raumschiff Erde reden und erst anschließend darüber, welche Regierungsorgane wir benötigen.«

»Sie meinen, wir brauchen erst eine Verfassung«, sagte Dongfang Yanxu.

»Zumindest die Grundlagen einer Verfassung.«

Die Mehrheit der Bevölkerung tendierte zu der Ansicht, dass angesichts des fragilen Ökosystems im rauen Umfeld des Weltraums nur eine straff organisierte Gesellschaft Raumschiff Erde den notwendigen gemeinsamen Überlebenswillen garantiere. Es wurde vorgeschlagen, die gegenwärtige militärische Struktur beizubehalten. Die Mehrheit war dafür.

»Das heißt also, ihr wollt einen totalitären Staat«, kommentierte Zhang Beihai.

»Das kann man doch sicher auch anders nennen«, meinte der Kapitän der *Lan Kong*. »Wir sind nun mal alle Militärs.«

»Das wird nicht funktionieren«, sagte Zhang Beihai. »Am Leben bleiben ist keine Garantie für Überleben. Um zu überleben, bedarf es eines gewissen Fortschritts. Wir müssen daher auf unserer Reise an der Fortentwicklung unserer eigenen Wissenschaft und Technik arbeiten, um unsere Flotte zu vergrößern. Die Geschichte des Mittelalters und des Tiefen Tals lehren uns, dass ein totalitäres System das größte Hindernis für menschlichen Fortschritt darstellt. Raumschiff Erde braucht lebendige Ideen und Erfindungen, und das ist allein in einer freiheitlichen Gesellschaft möglich, die das Individuum respektiert.«

»Meinen Sie damit, wir sollten eine Gesellschaft nach dem Vorbild der Internationalen der Erde aufbauen?«, fragte ein niederrangiger Offizier. »In Raumschiff Erde herrschen ganz andere, eigene Bedingungen.«

»So ist es«, pflichtete Dongfang Yanxu der Wortmeldung bei. »Raumschiff Erde hat nur wenige Bewohner, aber auch ein ausgeklügeltes Informationssystem, über das jedes Problem leicht zur Diskussion gestellt und von allen Bewohnern per Abstimmung entschieden werden kann. Wir könnten die erste wahre demokratische Gesellschaft der Geschichte werden.«

»Auch das wird nicht funktionieren«, sagte Zhang Beihai kopfschüttelnd. »Wie vorhin erwähnt wurde: Raumschiff Erde ist unter den erschwerten Bedingungen des Weltraums unterwegs, wo jederzeit eine Katastrophe die ganze Welt bedrohen kann. Die Geschichte der Erde während der Trisolaris-Krise hat gezeigt, dass die menschliche Gesellschaft, die euch vorschwebt, angesichts solcher Katastrophen viel zu schwach ist. Vor allem, wenn es darum geht, Opfer für den Erhalt des Ganzen zu bringen.«

Die Versammelten sahen einander an. *Wie also sollen wir es halten?*

»Ich denke noch viel zu schlicht«, sagte Zhang Beihai lächelnd. »In der gesamten Geschichte der Menschheit gab es keine befriedigende Antwort auf diese Frage. Wie sollten wir sie dann in nur einer Versammlung lösen? Ich glaube, wir werden erst in einem längeren Prozess von Versuch und Irrtum herausfinden, wie das ideale Gesellschaftsmodell für Raumschiff Erde aussehen könnte. Anschließend an diese Sitzung sollten wir Diskussionsrunden bilden … Verzeiht meine Unterbrechung der Agenda und lasst uns mit dem ursprünglichen Thema fortfahren.«

Noch nie hatte Dongfang Yanxu ein so breites Lächeln auf dem Gesicht Zhang Beihais gesehen. Er lächelte selten, und wenn, dann war es ein selbstbewusstes oder ein vergebendes Lächeln. Doch diesmal war es entschuldigend, beinahe schüchtern. Das waren Charakterzüge, die sie gar nicht an ihm kannte. Die Sitzung zu unterbrechen war nicht weiter schlimm, doch er war ein sehr taktvoller Mensch, und es war das erste Mal gewesen, dass er eine Ansicht darlegte, nur um sie gleich wieder zurückzunehmen. Er kam ihr fahrig vor. Nicht einmal Notizen hatte er während dieser Versammlung gemacht, anders als bei der letzten. Das fiel auf, denn außer ihm benutzte niemand an Bord Stift und Papier. Es war zu seinem Markenzeichen geworden. Was ihm wohl gerade durch den Kopf ging?

Die Sitzung widmete sich nun der Frage nach den Regierungsorganen. Für Wahlen schien es noch verfrüht, man wollte es zunächst bei den bisherigen Befehlshierarchien belassen. Die Kapitäne leiteten ihr jeweiliges Schiff und bildeten zusammen den Regierungsrat von Raumschiff Erde, in dem wichtige Angelegenheiten diskutiert und entschieden werden sollten. Zhang Beihai wurde einstimmig zum Vorsitzenden des Regierungsrats gewählt und damit zum Oberkommandeur von Raumschiff Erde. Die Resolution wurde der Versammlung zur Abstimmung vorgelegt und mit hundert Prozent der Stimmen angenommen.

Aber Zhang Beihai lehnte das Amt ab.

»Du bist in der Pflicht, Kommandeur Zhang«, sagte der Kapitän der *Shen Kong*.

»Niemand außer dir genießt ein so großes Vertrauen in seine Fähigkeiten als Oberkommandeur«, sagte Dongfang Yanxu.

»Ich habe meine Pflicht zur Genüge erfüllt«, sagte Zhang Beihai ruhig. »Ich bin müde. Es wird Zeit, dass ich mich zur Ruhe setze.«

Nachdem am Ende der Sitzung alle anderen gegangen waren, bat er Dongfang Yanxu, noch einen Moment zu bleiben. »Yanxu, ich würde gerne meinen Posten als ausführender Kapitän der *Natürliche Selektion* wieder aufnehmen.«

»Ausführender Kapitän?« Sie war überrascht.

»Ja. Bitte erteile mir erneut die Genehmigung zur operativen Leitung des Schiffs.«

»Ich kann dir den Kapitänsposten der *Natürliche Selektion* überlassen, ohne Frage. Niemand wird sich dem entgegenstellen.«

Er schüttelte lächelnd den Kopf. »Nein, du bleibst Kapitän mit vollen Kapitänsrechten. Bitte vertrau mir. Ich werde mich nicht in deine Arbeit einmischen.«

»Warum willst du dann das Privileg des ausführenden Kapitäns? Wozu sollte das bei deiner gegenwärtigen Stellung nötig sein?«

»Ich mag das Schiff, das ist alles. Zweihundert Jahre lang haben wir von solchen Schiffen geträumt. Wenn du wüsstest, was ich getan habe, damit wir sie heute haben können.«

Als er sie anblickte, war die gewohnte Härte aus seinen Augen gewichen. Stattdessen sah sie eine traurige Müdigkeit in seiner Miene, die zu einem anderen Menschen zu gehören schien. Das war nicht mehr der eiskalte, so besonnene wie mutig agierende Spiritus Rector, sondern ein Mann, auf dem das Gewicht der Zeit schwer lastete. Plötzlich tat er ihr leid.

»Nimm dir diese Dinge nicht so zu Herzen. Die Historiker werden das, was du im einundzwanzigsten Jahrhundert getan hast, fair bewerten. Die Entscheidung, die Forschung auf den Fusionsantrieb zu konzentrieren, sei ein entscheidender Schritt für die Raumfahrttechnik gewesen, wird es heißen. Vielleicht war es damals … die einzige Wahl, so wie die Flucht die einzige Wahl für die *Natürliche Selektion* war. Was immer du getan hast, es ist ohnehin verjährt.«

»Aber ich trage ein Kreuz. Du kannst das nicht verstehen ... Dieses Schiff ist mir wichtig, bestimmt wichtiger als dir. Es ist ein Teil von mir, ich kann es nicht verlassen. Außerdem brauche ich für die Zukunft etwas zu tun. Es beruhigt mich, wenn ich eine Aufgabe habe.«

Dann wandte er sich ab und schwebte hinaus, eine erschöpfte Gestalt, die in dem riesigen Hangar schnell nur noch ein kleiner, schwarzer Punkt war. Dongfang Yanxu sah ihm hinterher, bis er ganz verschwunden war. Ein Gefühl der Einsamkeit bedrängte sie von allen Seiten des weißen Raumes und drohte, sie zu überwältigen.

Auf den künftigen Volksversammlungen entwickelten die Bewohner von Raumschiff Erde eine wahre Leidenschaft für die Erschaffung einer neuen Welt. Lebendige Debatten über die Verfassung gingen einher mit Diskussionen über die Struktur ihrer Gesellschaft, sie arbeiteten Gesetzesentwürfe aus und bereiteten die ersten Wahlen vor ... Offiziere und Soldaten aller Ränge von den fünf Schiffen tauschten ihre Ansichten aus, sie bekannten sich zu dieser Welt und freuten sich darauf, mit Raumschiff Erde die Keimzelle einer zukünftigen Zivilisation zu bilden, die auf der Reise von Planetensystem zu Planetensystem wachsen würde. Die Bezeichnung »zweiter Garten Eden« machte die Runde. Sie waren die Adams und Evas der neuen menschlichen Zivilisation.

Doch dieser wunderbare Geisteszustand konnte nicht lange andauern. Im Raumschiff Erde genauso wenig wie im ersten Garten Eden.

Oberstleutnant Lan Xi war der verantwortliche Psychologe

an Bord der *Natürliche Selektion* und stand der Zweiten Abteilung für Nichtmilitärische Dienstleistungen vor, einem Bereich von Militärbeamten mit spezieller Ausbildung, die auf dem Schiff für die psychische Gesundheit während langer Reisen durch den Weltraum oder militärischer Auseinandersetzungen zuständig war. Seit Beginn von Raumschiff Erdes Reise ohne Wiederkehr befanden sich Lan Xi und sein Team in Alarmbereitschaft. Sie hatten solche Szenarien schon viele Male durchgespielt, um sich für mögliche psychologische Krisen zu wappnen

Die Abteilung war sich einig: Das größte Problem auf den Schiffen hieß Nostalgie, kurz »Problem N«. Das war schließlich das erste Mal, dass die Menschheit sich auf eine ewige Reise begab, und Problem N hatte das Zeug, eine Massenhysterie zu bewirken. Lan Xi wies die 2. Abteilung für zivile Dienstleistungen an, geeignete Vorsorgemaßnahmen zu ergreifen, wie spezielle Kanäle zur Kommunikation mit der Erde und den drei Flotten. Jeder an Bord war in ständigem Kontakt mit seiner Familie und Freunden auf der Erde und innerhalb der Flotte und konnte die meisten Nachrichten und anderen Sendungen der zwei Internationalen empfangen. Obwohl Raumschiff Erde siebzig AE von der Sonne entfernt war und die Signale mit neun Stunden Verzögerung übermittelt wurden, war die Qualität der Übertragung ausgezeichnet.

Neben der aktiven psychologischen Beratung und Behandlung von Personen, bei denen das Problem N diagnostiziert wurde, bereiteten die Psychologen der Abteilung radikale Maßnahmen für eine eventuelle Massenhysterie vor. In diesem Fall hatten sie vor, die außer Kontrolle geratene Population kollektiv in den Kälteschlaf versetzen.

Die nachfolgenden Ereignisse zeigten jedoch, dass diese Sorge unbegründet war. Selbstverständlich war Problem N weit verbreitet, doch es geriet nicht außer Kontrolle, es trat sogar weniger extrem auf als bei vorangegangenen langen Reisen. Lan Xi fand das erstaunlich, doch bald erkannte er den Grund. Nach der Vernichtung der vereinten Flotte musste die Erde alle Hoffnung verloren geben. Obwohl die entscheidende Schlacht optimistisch geschätzt noch zwei Jahrhunderte auf sich warten lassen würde, verrieten die Nachrichten von der Erde, dass die alte Welt nach der Vernichtung der Flotte ins Chaos gestürzt und längst dem Tod geweiht war. Für die Bewohner von Raumschiff Erde gab es auf ihrem Heimatplaneten und im gesamten Sonnensystem nichts, wovon sie zehren konnten. Das Heimweh nach einem solchen Ort hielt sich verständlicherweise in Grenzen.

Doch dann entstand eine andere, viel weniger offensichtliche Bedrohung für die Psyche der Bevölkerung als Problem N. Bevor Lan Xi und seine Kollegen diesen Gegner bemerkten, hatten sie das Terrain schon an ihn verloren.

Lan Xi verließ sich auf seine Erfahrung, dass psychische Probleme auf solchen Reisen zuerst innerhalb der unteren Ränge aufzutauchen pflegten, wo weniger Verantwortung mehr Raum für Zweifel ließ und die Menschen innerlich weniger gefestigt waren. Sie konzentrierten ihre Aktivitäten daher auf diesen Bereich. Der war am Ende aber viel weniger betroffen.

Dem Psychologen fiel etwas Merkwürdiges auf. Die ersten freien Wahlen der Regierungsorgane von Raumschiff Erde standen an, was bedeutete, dass die meisten der höherrangigen Offiziere sich von militärischen zu politischen Führungskräften entwickeln würden. Ihre alten Posten im Militär würden dann von den niedrigeren Rangstufen eingenommen werden. Lan Xi war überrascht zu erfahren, dass niemand auf der oberen Kommandoebene der *Natürliche Selektion* sich sonderlich für diese Wahlen engagierte, die den Rest ihres Lebens bestimmen würden. Keiner von ihnen betrieb irgendeine Form von Wahlkampf oder ließ bei der Erwähnung der Wahlen irgendeine Euphorie erkennen. Dieses Verhalten erinnerte ihn an Zhang Beihais auffällige Zerstreutheit während der zweiten Volksversammlung.

Dann erkannte er die ersten Symptome psychischer Unausgeglichenheit unter den höherrangigen Offizieren. Die meisten wirkten zunehmend introvertiert, verbrachten lange Zeit allein und in Gedanken versunken und pflegten nur noch wenig Umgang mit anderen. Sie äußerten sich auf Versammlungen immer seltener, manchmal gar nicht. Der Glanz in ihren Augen war erloschen, ihr Blick verhangen. Sie konnten ihre Mitmenschen nicht mehr direkt ansehen. Sobald sie der Blick eines anderen traf, wichen sie ihm erschrocken aus … Je höher im Rang, umso ausgeprägter waren die Symptome. Und alles sprach dafür, dass die Depression auch auf die niedrigeren Ränge übergriff.

Die Psychologen hatten keine Chance. Niemand wollte mit ihnen reden, weshalb die Abteilung von ihrer Sonderbefugnis Gebrauch machte, psychologische Beratung aufzuzwingen. Doch ihre Patienten schwiegen sich aus.

Er entschloss sich zu einer Meldung an den Oberbefehlshaber und wandte sich an Dongfang Yanxu. Zhang Beihai hatte wie angekündigt die oberste Führungsgewalt über Raumschiff Erde abgelehnt, zog sich von den Wahlen zurück und bestand darauf, als normaler Bewohner behandelt zu werden. Die einzige Aufgabe, die er behalten hatte, war die des ausführenden Kapitäns – was hieß, die Befehle des Kapitäns an das Kontrollsystem des Schiffs zu übermitteln. Den Rest der Zeit verbrachte er mit der Erkundung der *Natürliche Selektion* und machte sich in Gesprächen mit Offizieren und Soldaten aller Ränge mit den Besonderheiten des Schiffs vertraut. Er war ihm immer mehr zugetan. Die *Natürliche Selektion* war seine persönliche Arche Noah. Abgesehen davon interessierte ihn wenig. Der dunkle Schatten, der über der Psyche eines Großteils der Besatzung lag, berührte ihn nicht. Sicher kostete das auch ihn Kraft, doch Lan Xi wusste, dass Zhang Beihai vor allem deshalb gegen die allgemeine Depression gefeit war, weil Kälteschläfer nicht so sensibel waren wie die modernen Menschen. Seine Gleichgültigkeit war der beste Selbstschutz.

»Genossin Kapitän, bitte verrate uns, was hier vor sich geht«, sagte er.

»Ich hatte gehofft, das von dir zu erfahren, Genosse Oberstleutnant.«

»Soll das heißen, du bist dir deines gegenwärtigen Zustands nicht bewusst?«

Eine unendliche Traurigkeit lag auf ihren Zügen. »Ich weiß nur, dass wir die ersten Menschen sind, die wirklich in den Weltraum gegangen sind.«

»Oh. Ja, ich verstehe, was du meinst. Es waren zwar auch schon zuvor Menschen im All, aber nur wie Papierdrachen, die die Erde fest in der Hand hielt. Sie waren immer noch durch eine Schnur mit ihr verbunden. Jetzt ist diese Schnur durchtrennt.«

»So ist es. Die Schnur ist durchtrennt. Der wesentliche Unterschied ist nicht, dass jemand die Schnur losgelassen hat, sondern dass die Hand weg ist. Die Erde steuert auf den Jüngsten Tag zu, sie ist für uns schon so gut wie tot. Unsere fünf Raumschiffe sind mit keiner Welt verbunden, um uns ist nichts als die Tiefe des Alls.«

»Das kann man so sagen. Die Menschheit war noch nie einer solchen psychischen Herausforderung ausgesetzt.«

»Ja, diese Umstände werden unsere Psyche verändern. Die Menschen werden …« Sie hielt plötzlich inne. Nichts war mehr in ihren Augen, nicht einmal Traurigkeit. Da war nur ein wolkenverhangener Himmel nach dem Regen.

»… neue Menschen? Ist es das, was du sagen wolltest?«

»Neue Menschen? Nein, Genosse, die Menschen werden … Urmenschen.«

Das letzte Wort ließ Lan Xi zusammenzucken. Ihre Blicke trafen sich. Doch die Tür zu ihrer Seele blieb ihm verschlossen.

»Was ich sagen will ist – wir werden keine Menschen im ursprünglichen Sinn mehr sein … Mehr kann ich nicht sagen. Tu, was du kannst. Und … irgendwann erwischt es dich auch.« Es klang, als spräche sie im Schlaf.

Die Situation verschlimmerte sich. Am Tag nach Lan Xis Gespräch mit Dongfang Yanxu gab es einen Schwerverletzten. Ein Oberstleutnant im Bereich der Schiffsnavigation hatte im Streit auf einen Kameraden geschossen. Nach Darstellung des Opfers war der Oberstleutnant nachts aus dem Schlaf geschreckt. Als er bemerkte, dass sein Kamerad ebenfalls wach war, bezichtigte er ihn, belauscht zu haben, was er im Schlaf sagte. Daraufhin entbrannte ein heftiger Streit, in dessen Verlauf schließlich der Schuss fiel.

Lan Xi suchte sofort den in Gewahrsam genommenen Oberstleutnant auf. »Warum hattest du Angst, dass der Genosse dich im Schlaf belauscht?«

»Willst du damit sagen, er hat es wirklich gehört?«, fragte der Mann erschrocken.

Lan Xi schüttelte den Kopf. »Er sagt, du hättest gar nicht im Schlaf geredet.«

»Was, wenn ich geredet hätte? Was einer im Schlaf redet, kann man doch nicht für bare Münze nehmen! Ich denke gar nicht so. Man kann mich nicht für etwas verdammen, was ich im Schlaf gesagt habe!«

Letztendlich fand Lan Xi nicht heraus, was der Mann fürchtete, im Schlaf gesagt zu haben, und bat ihn, sich einer Hypnotherapie zu unterziehen. Der Oberstleutnant ging bei diesem Vorschlag abermals in die Luft, packte Lan Xi am Hals und drückte zu, bis die Wachen herbeistürzten und ihn wegrissen.

Bevor Lan Xi das Militärgefängnis verließ, nahm ihn einer der Wachmänner beiseite. »Nimm bloß nicht mehr das Wort Hypnotherapie in den Mund«, riet er ihm, »außer du willst, dass deine Abteilung zur meistgehassten Institution der Schiffe wird. Das überlebst du nicht.«

Nun wandte sich Lan Xi an Leutnant Scott, dem Psychologen der *Enterprise*. Scott fungierte außerdem als Geistlicher des Schiffs, eine Besonderheit innerhalb der Flotte. *Enterprise* und die anderen drei Verfolgerschiffe waren noch immer zweihunderttausend Kilometer entfernt vom Mutterschiff.

»Warum ist es so dunkel bei euch?«, fragte Lan Xi, als er das von der *Enterprise* übermittelte Bild sah. Die runden Wände der Kabine, in der Scott saß, waren auf ein gelbliches Licht heruntergedimmt und zeigten den Sternenhimmel draußen als vernebelten Kosmos. Auch Scott wich ständig Lan Xis Blicken aus.

»Es wird dunkel im Garten Eden, die Finsternis verschluckt alles«, sagte Scott. Er klang erschöpft.

Lan Xi hatte sich an ihn gewandt, weil ihm als Geistlichen der *Enterprise* womöglich einige Besatzungsmitglieder die Wahrheit gebeichtet hatten. Er hatte gehofft, Scott könnte ihm einen Rat geben. Doch nach dieser Bemerkung war ihm klar, dass er keinen bekommen würde. Er unterdrückte die Frage und stellte stattdessen eine Frage, die ihn selbst überraschte. »Wird sich im zweiten Garten Eden wiederholen, was im ersten geschah?«

»Ich weiß es nicht. Auf jeden Fall sind die Schlangen herausgekommen. Die Schlangen aus dem zweiten Garten Eden kriechen die Seelen der Leute hinauf.«

»Du meinst, sie haben die Frucht vom Baum der Erkenntnis gegessen?«

Scott nickte. Dann ließ er den Kopf hängen und wagte es nicht mehr, Lan Xi anzusehen. »So könnte man es nennen.«

»Wer wird aus dem Paradies verstoßen werden?« Lan Xis Stimme zitterte, seine Hände schwitzten.

»Viele. Doch anders als beim ersten Mal werden einige bleiben.«

»Wer? Wer wird bleiben?«

Scott stieß einen langgezogenen Seufzer aus. »Genosse Lan, ich habe genug gesagt. Warum suchst du sie nicht selbst, die Frucht der Erkenntnis? Wir alle müssen da durch. Oder etwa nicht?«

»Wo sollte ich sie suchen?«

»Lass deine Arbeit ruhen und hör auf, darüber nachzudenken. Hör auf dein Gefühl. Du wirst sie finden.«

Nach dem Gespräch mit Scott hielt er tatsächlich verunsichert in seiner Arbeit inne und hörte auf nachzudenken. Und schneller als gedacht wanden sich die kalten, glitschigen Schlangen des Paradieses in sein Bewusstsein. Sie boten ihm die Frucht vom Baum der Erkenntnis dar und als er sie aß, erloschen die letzten Sonnenstrahlen seiner Seele, und sie taumelte ins Dunkel.

Auf Raumschiff Erde legte ein unsichtbares Seil eine Schlinge um den Nacken der neuen Zivilisation, bis es beinahe knackte.

Zwei Tage später beging der Kapitän der *Letzte Instanz* Selbstmord. Er stand auf dem Achterdeck. Es lag natürlich in einem Kugelraum, aber aufgrund der transparenten Hülle hatte man das Gefühl, mitten im All zu stehen. Das Schiffsheck wies Richtung Sonnensystem, wo die Sonne jetzt schon nicht mehr war als ein etwas hellerer Stern. In dieser Richtung lag der äußerste Ausläufer des Spiralarms der Milchstraße, wo es nur wenige Sterne gab. Die Tiefe und Weite des Weltraums bot sich in einer Arroganz dar, die weder dem Auge noch dem Geist einen Halt gab.

»So dunkel. Diese elende Finsternis«, flüsterte der Kapitän und schoss sich in den Kopf.

Der Selbstmord des Kapitäns der *Letzte Instanz* alarmierte Dongfang Yanxu, und sie bestellte die beiden Vizekapitäne der *Natürliche Selektion* zu einer Eilsitzung im großen Hangar der Raumjäger ein.

Unterwegs im Korridor hörte sie jemanden hinter sich ihren Namen rufen. Es war Zhang Beihai. In ihrem depressiven Zustand hatte sie ihn ganz vergessen. Er musterte sie mit väterlich besorgtem Blick von Kopf bis Fuß, ein Blick, der ihr unglaublich wohltat, denn es gab kaum ein Augenpaar mehr ringsum, auf dem nicht ein Schatten lag.

»Dir scheint es nicht gut zu gehen, Yanxu. Ich weiß nicht, woran es liegt, doch offenbar verbirgst du etwas. Was ist los?«

Statt zu antworten, stellte sie ihm eine Gegenfrage. »Wie geht es dir, Beihai?«

»Gut, sehr gut. Ich treibe mich den ganzen Tag auf dem Schiff herum und lerne ständig dazu. Ich mache mich gerade mit dem Waffensystem vertraut. Natürlich verstehe ich alles nur oberflächlich, aber es ist faszinierend. Stell dir vor, Kolumbus würde einen Flugzeugträger besuchen. So fühle ich mich.«

Seine Gelassenheit machte Dongfang Yanxu ein bisschen eifersüchtig. Aber er hatte seine große Mission erfüllt, und das gab ihm jedes Recht, seine Ruhe zu genießen. Der Mann, der Geschichte geschrieben hatte, war nun wieder ein unwissender Kälteschläfer aus dem einundzwanzigsten Jahrhundert. Man musste ihn schützen.

»Bitte stelle niemandem sonst die Frage, die du mir eben gestellt hast. Lass es lieber.«

»Warum soll ich das nicht fragen?«

»Es ist gefährlich. Warum, musst du gar nicht wissen, glaub mir.«

Er nickte. »Gut. Dann frage ich nicht. Danke, dass du mich wie einen gewöhnlichen Menschen behandelst. Mehr erwarte ich gar nicht.«

Eilig verabschiedete sie sich. Unterwegs hörte sie noch einmal die Stimme des Vaters von Raumschiff Erde hinter sich. »Yanxu, was auch geschieht, lass den Dingen ihren Lauf. Alles wird gut.«

Sie traf die beiden Vizekapitäne in der Mitte des Hangars. Sie hatte entschieden, sich hier zu treffen, weil die schiere Größe der Halle ihr das Gefühl gab, in der Natur zu sein. Sie schwebten im Zentrum einer reinen, weißen Welt, als gäbe es im gesamten Universum niemand außer ihnen dreien. Damit fühlten sie sich sicherer.

Jeder von ihnen blickte in eine andere Richtung.

»Wir müssen ein paar Dinge klarstellen«, sagte sie.

»Ja, wir dürfen nicht länger abwarten, es ist zu gefährlich«, sagte Vizekapitän James Lehman. Er und Akira Inoue wandten sich ihr zu, in ihrem Blick lag eine deutliche Aufforderung: *Du bist der Kapitän, sprich du zuerst.*

Doch sie wagte es nicht.

Was immer jetzt, am zweiten Anbeginn der menschlichen Zivilisation geschehen würde, konnte die Grundlage einer neuen Bibel sein oder eines homerischen Epos. Judas wurde zum Judas, weil er Jesus als Erster einen Kuss gab, und das unterschied ihn beträchtlich vom zweiten Jünger, der Jesus küsste. Jetzt war es genauso. Der Erste, der etwas sagte, würde der Geschichte der zweiten Zivilisation eine entscheidende Wendung geben. Er konnte Jesus werden oder Judas. Dongfang Yanxu fehlte zu beidem der Mut.

Doch sie war entschlossen, etwas zu tun, also traf sie eine kluge Entscheidung. Sie wich den Blicken der anderen beiden nicht länger aus. Sie würde nonverbal mit ihnen kommunizieren, nur über die Augen. Sie verschränkten die Blicke und nutzten sie als ultraschnelle Informationskanäle zwischen ihren Seelen.

Treibstoff.

Treibstoff.

Treibstoff.

Die Richtung ist nicht ganz sicher, aber wir haben mindestens zwei interstellare Staubwolken entdeckt.

Widerstand.

Natürlich. Wenn wir durch sie hindurchmüssen, werden die Raumschiffe auf 0,03 Prozent Lichtgeschwindigkeit verlangsamt.

Wir sind immer noch mehr als zehn Lichtjahre von NH558J2 entfernt. Wir werden sechzigtausend Jahre bis dorthin brauchen.

Das heißt, wir kommen nie an.

Die Schiffe vielleicht, aber nicht das Leben an Bord. Niemand kann so lange im Kälteschlaf bleiben.

Außer …

Außer die Geschwindigkeit wird in den Staubwolken aufrechterhalten, oder wir beschleunigen danach.

Wir haben nicht genug Treibstoff.

Kernbrennstoff ist die einzige Energiequelle auf den Schiffen, und wir brauchen sie überall: für das Ökosystem, für Kurskorrekturen …

Und für die Drosselung beim Erreichen des angestrebten Planetensystems. NH558J2 ist viel kleiner als die Sonne. Wir werden nicht allein durch Gravitation verlangsamen und in seine Umlaufbahn gelangen können. Wir müssen große Mengen Treibstoff dafür aufwenden, sonst schießen wir daran vorbei.

Der gesamte Treibstoff auf Raumschiff Erde würde für zwei Raumkreuzer reichen.

Vielleicht auch nur für einen.

Treibstoff.

Treibstoff.

Treibstoff.

»Bleibt noch die Frage nach Ersatzteilen«, sagte Dongfang Yanxu laut.

Ersatzteile.

Ersatzteile.

Ersatzteile.

Vor allem welche für die entscheidenden Systeme: Fusionsantrieb, Informations- und Kontrollsystem, Ökosystem.

Vielleicht nicht so dringlich wie Treibstoff, aber auf lange Sicht für das Überleben unabdingbar. NH558J2 hat keinen bewohnbaren Planeten, nicht einmal die notwendigen Rohstoffe für den Aufbau von Industrie. Es ist nur eine Zwischenstation, um aufzutanken, auf dem Weg zum nächsten Planetensystem, wo die Produktion von Ersatzteilen möglich wäre.

Die Natürliche Selektion *hat nur zwei Redundanzgrade bei entscheidenden Ersatzteilen.*

Zu wenig.

Zu wenig.

Abgesehen von den Fusionsantrieben sind die Ersatzteile auf Raumschiff Erde miteinander kompatibel.

Auch die Antriebsteile können nach Modifizierung genutzt werden.

»Hat die gesamte Besatzung auf ein oder zwei Schiffen Platz?«, fragte Dongfang Yanxu laut, um ihrer Blickkommunikation die Richtung zu weisen.

Unmöglich.

Unmöglich.

Unmöglich. Es sind zu viele. Die Ökosysteme und die Kälteschlafzentren reichen nicht für alle. Selbst wenn man die Kapazitäten ein wenig erweitert, ist die Katastrophe vorprogrammiert.

»Das wäre dann also klar?« Dongfang Yanxus Worte hallten leise im leeren weißen Raum wider, wie etwas, was im Schlaf gemurmelt worden war.

Klar.

Klar.

Einige müssen sterben, wenn wenigstens ein paar überleben sollen.

Ihre Blicke wurden leer. Alle drei hatten das Bedürfnis, sich voneinander abzuwenden, als hätte sie ein Donnergrollen aus den Tiefen des Alls zu Tode erschreckt.

Dongfang Yanxu fand als Erste zu ihrem entschlossenen Blick zurück. »Schluss damit«, sagte sie.

Schluss damit.

Nicht aufgeben.

Nicht aufgeben?

Nicht aufgeben! Es gibt kein Aufgeben. Wenn wir aufgeben, werden wir aus dem Paradies verstoßen.

Warum wir?

Natürlich sollte es niemanden treffen.

Doch irgendjemand muss hinausgeworfen werden. Im Paradies ist nicht genug Platz für alle.

Wir wollen nicht hinaus.

Also dürfen wir nicht aufgeben!

Die Blicke drohten wieder, auseinanderzudriften, doch sie bissen sich fest.

Infraschall-Wasserstoffbombe.

Infraschall-Wasserstoffbombe.

Infraschall-Wasserstoffbombe.

Jedes Schiff verfügt über welche.

Gegen einen heimtückischen Angriff kann man sich schwer verteidigen.

Ihre Nerven standen kurz vor dem Zerreißen. Sie brauchten Ruhe. Als die drei Augenpaare sich noch einmal trafen, waren sie verunsichert und kommunizierten fehlerhaft, wie im Wind flackernde Kerzen.

Böse!

Böse!

Böse!

Wir werden zu Teufeln!

Wir werden zu Teufeln!

Wir werden zu Teufeln!

»Aber … was denken die anderen?«, fragte Dongfang Yanxu ruhig. Ihre Stimme hing für die beiden Vizekapitäne in der Luft wie das Summen einer Mücke.

Sicher. Wir wollen keine Teufel sein, aber wer weiß, was die anderen denken.

Dann sind wir bereits Teufel. Wie sonst könnten wir ihnen unterstellen, Teufel zu sein?

Gut, dann unterstellen wir ihnen das eben nicht.

»Damit ist das Problem nicht gelöst«, sagte Dongfang Yanxu mit einem Kopfschütteln.

Ja. Ob Teufel oder nicht, das Problem bleibt ungelöst.

Weil sie auch nicht wissen, was wir denken.

Angenommen, sie nehmen an, dass wir keine Teufel sind?

Das löst das Problem nicht.

Sie wissen nicht, was wir über sie denken.

Sie wissen nicht, was wir denken, was sie über uns denken.

Da haben wir eine endlose Zweifelskette: Sie wissen nicht, was wir denken, was sie denken, was wir denken, was sie denken und …

Wie kann man diese Zweifelskette zerreißen?

Kommunikation?

Auf der Erde, vielleicht. Aber nicht im Weltraum. Einige müssen sterben, sonst gehen alle drauf. Das ist das Todesurteil, das der Weltraum für das Überleben von Raumschiff Erde gesprochen hat. Eine unüberwindliche Wand. Vor dieser Wand ist Kommunikation zwecklos.

Es gibt nur einen Weg. Die Frage ist, wer entscheidet, dass wir ihn einschlagen?

So dunkel. Diese elende Finsternis.

»Wir können nicht länger abwarten«, sagte Dongfang Yanxu entschlossen.

Kein Aufschub mehr. In der Dunkelheit des Weltraums halten die Duellierenden den Atem an, die Bogen aufs Äußerste gespannt.

Mit jeder Sekunde steigt die Gefahr exponentiell an.

Wenn es doch gleich ist, wer den Bogen abschießt, warum dann nicht schießen?

»Es gibt einen anderen Ausweg!« Diesmal unterbrach Inoue die Stille.

Wir opfern uns.

Warum?

Warum wir?

Wir drei könnten das tun, aber dürfen wir das für die restlichen zweitausend auf der Natürliche Selektion *mitentscheiden?*

Die drei standen auf Messers Schneide. Ihr Standpunkt schmerzte, doch der Absprung führte auf beiden Seiten in einen bodenlosen Abgrund. Man musste es als Geburtswehen für die neuen Weltraummenschen betrachten.

»Wie wäre es damit?«, fragte Lehman. »Legen wir erst die Ziele fest, dann sehen wir weiter.«

Dongfang Yanxu nickte. Lehman rief ein Holo-Display für die Kontrolle des Waffensystems auf und öffnete das Fenster für die Infraschall-Wasserstoffbomben und die Trägerraketen. Auf einem sphärischen Koordinatensystem mit der *Natürliche Selektion* im Zentrum sah man die übrigen Schiffe, *Lan Kong*, *Enterprise*, *Shen Kong* und *Letzte Instanz* als vier Lichtpunkte in zweihunderttausend Kilometern Entfernung. Aus dieser Distanz waren ihre Umrisse nicht zu erkennen, im Maßstab des Weltraums war alles nur ein Punkt.

Aber die vier Lichtpunkte waren bereits von vier roten Lichtkränzen umgeben, vier tödlichen Schlingen, die besagten, dass das Waffensystem die Ziele bereits ins Visier genommen hatte.

Verblüfft tauschten sie Blicke. *Das waren wir nicht!*

Außer ihnen waren nur die Offiziere von der Waffenkontrolle und der Zielüberwachung befugt, etwas ins Visier zu nehmen, doch die Ziele mussten vom Kapitän oder den Vizekapitänen bestätigt werden. Es kam demnach nur eine Person mit einer direkten Befugnis infrage.

Wir Idioten. Als hätte er nicht schon zweimal den Lauf der Geschichte geändert!

Er hat es längst vor uns begriffen.

Wer weiß, wann es ihm klar geworden ist. Vielleicht schon bei der Gründung von Raumschiff Erde, oder sogar noch früher, als er von der Vernichtung der vereinten Flotte erfuhr. Er ist der Letzte, der seine Zweifel offen zur Schau stellt. Er hält es so, wie es Eltern seinerzeit hielten: Immer an die Kinder denken.

Dongfang Yanxu raste so schnell sie konnte durch die Sphäre, die beiden Vizekapitäne hinterher. Sie eilten den Korridor entlang bis zur Tür von Zhang Beihais Kabine. Vor ihm hing das gleiche Holo-Display in der Luft, das sie soeben vor sich gehabt hatten. Sie wollten hineinstürmen, doch es war, als durchlebten sie noch einmal die gleichen Ereignisse wie bei der Flucht der *Natürliche Selektion* aus dem Sonnensystem: Sie stießen gegen die Trennwand. Es gab keine Tür, nur einen transparenten, ovalen Ausschnitt in der Trennwand.

»Was tust du da?«, schrie Lehman.

»Kinder«, sagte Zhang Beihai. So hatte er sie noch nie genannt. Sie sahen ihn nur von hinten, doch sie konnten sich seinen ruhigen Blick vorstellen. »Lasst mich das machen.«

»Wenn du nicht zur Hölle fährst, wer sonst? Ist es das, was du sagen willst?«, fragte Dongfang Yanxu.

»Das ist meine Einstellung seit dem Tag, an dem ich Soldat wurde«, sagte er, und fuhr mit der Vorbereitung zum Abschuss fort. Man konnte von außen gut sehen, dass er alles mit größter Genauigkeit erledigte, obwohl er nicht wirklich mit den Vorgängen vertraut war.

Tränen standen in Dongfang Yanxus Augen. »Fahren wir gemeinsam zur Hölle!«, schrie sie. »Lass mich rein!«

Zhang Beihai antwortete nicht. Er schaltete die Lenkflugraketen auf manuelle Selbstzerstörung, damit sie im Flug detonieren würden. Erst nachdem er damit fertig war, antwortete er. »Yanxu, denk nach. Hätten wir diese Entscheidung vorher treffen können? Ganz gewiss nicht. Jetzt können wir es, denn der Weltraum hat uns zu neuen Menschen gemacht.« Er stellte die Raketensprengköpfe so ein, dass sie in fünfzig Kilometern Abstand zum Ziel explodierten. Damit würde dem Inneren der Ziele kein Schaden zugefügt werden. Für menschliches Leben wäre jedoch selbst ein größerer Abstand fatal. »Die Geburt einer neuen Zivilisation ist gleichbedeutend mit der Begründung eines neuen Ethos.« Er entfernte die erste Sicherheitssperre der Wasserstoffbomben. »Wenn die Welt im Nachhinein auf unser Handeln zurückblickt, wird es vollkommen nachvollziehbar erscheinen.« Er entfernte die zweite Sperre.

Schlagartig ertönte die Alarmsirene im ganzen Schiff, wie ein Aufschrei von tausend Seelen aus der Tiefe des Alls. Wie Schneeflocken leuchteten Holo-Displays auf. Die Datenreihen beschrieben akkurat die Raketen, die im Anflug waren, aber niemand hatte Zeit, sie zu lesen.

Zwischen dem Einsetzen des Alarms und der Detonation der Infraschall-Wasserstoffbombe vergingen vier Sekunden.

Die Bilder, die von der *Natürliche Selektion* zur Erde übermittelt wurden, legten nahe, dass Zhang Beihai die Lage innerhalb von einer Sekunde erfasst hatte. Dass sein Herz im Verlauf dieser schweren zweihundert Jahre hart wie Stahl werden würde, war ihm immer bewusst gewesen, doch er hatte etwas übersehen, das ganz tief in seiner Seele verborgen lag. Er zögerte vor dem letzten Schritt und musste sein zitterndes Herz beruhigen. Dieser Moment der Schwäche war für ihn und den Rest der Besatzung der *Natürliche Selektion* tödlich. Nach dem monatelangen Kräftemessen in der Finsternis war er wenige Sekunden langsamer gewesen als das andere Schiff.

In jeweils vierzig Kilometer Abstand blitzten drei kleine Sonnen auf und machten die *Natürliche Selektion* zum Mittelpunkt eines gleichschenkligen Dreiecks. Der Feuerball hielt zwanzig Sekunden an und sendete Infraschallwellen aus, die mit bloßem Auge nicht zu sehen waren.

Die Bilder verrieten auch, dass sich Zhang Beihai in den drei verbleibenden Sekunden noch einmal lächelnd zu Dongfang Yanxu umwandte. »Es macht nichts. Es ist alles dasselbe.«

Vermutlich waren das seine letzten Worte. Was er genau sagte, ging in einem mächtigen elektromagnetischen Puls aus drei Richtungen unter, der die riesige Hülle der *Natürliche Selektion* vibrieren ließ wie die Flügel einer Grille. Die Energie dieser Vibration wurde in Infraschallwellen umgewandelt. Die Bilder zeigten einen blutigen Nebel, der sich über alles legte.

Der Angriff kam von der *Letzte Instanz*, die zwölf Tarnraketen mit Infraschall-Wasserstoffbomben auf die vier anderen Schiffe abgefeuert hatte. Die drei für die zweihunderttausend Kilometer entfernte *Natürliche Selektion* bestimmten Raketen waren vor denen für die drei näheren Ziele abgeschossen worden, um alle im selben Augenblick zu treffen. Nach dem Selbstmord des Kapitäns der *Letzte Instanz* hatte ein Vizekapitän die Befehlsgewalt übernommen, doch wer für den Angriff letztlich verantwortlich war, war nicht klar. Und man würde es nie herausfinden.

Die *Letzte Instanz* gehörte jedoch nicht zu den Glücklichen, die im Paradies bleiben durften.

Lan Kong war unter den verbliebenen Schiffen am besten auf unerwartete Ereignisse vorbereitet. Vor dem Angriff hatte die gesamte Besatzung Raumanzüge angelegt und die Luft aus dem

Inneren des Schiffs ausgepumpt. Im Vakuum können sich Schallwellen nicht ausbreiten, und so wurde niemand verletzt, während die Schiffshülle nur minimal vom elektromagnetischen Puls beschädigt wurde.

Sofort nach der Explosion der nuklearen Feuerbälle ging die *Lan Kong* zum Gegenangriff mit Lasern über. Fünf Gammastrahlen-Laser trafen die *Letzte Instanz* und brannten fünf Löcher in ihre Hülle. Das Innere fing Feuer, und kleinere Explosionen machten das Schiff vollkommen kampfuntauglich. Die *Lan Kong* griff noch härter an, jetzt mit Atomraketen und Schienenkanonen, bis die *Letzte Instanz* mit einem Knall explodierte.

Beinahe zur gleichen Zeit, als der Kampf der Finsternis zwischen den Kreuzern von Raumschiff Erde losging, ereignete sich am anderen Ende des Sonnensystems eine ähnliche Tragödie. Die *Bronzezeit* griff ohne Vorwarnung die *Quantum* an. Um das Schiff als solches zu erhalten, erfolgte auch hier der Angriff mit Infraschall-Wasserstoffbomben, die alles Leben auf dem Schiff vernichteten. Da diese beiden Raumschiffe nur wenige Informationen zur Erde übermittelten, wusste niemand genau, was zwischen ihnen vor sich gegangen war. Beide hatten extrem beschleunigt, um vor dem Angriff des Tropfens zu flüchten, aber nie das Tempo gedrosselt wie die Verfolgerschiffe der *Natürliche Selektion*, ihr verbliebener Treibstoff hätte ausreichen sollen, um sie zur Erde zurückzubringen.

Die endlose Weite des Weltalls gebar aus seiner dunklen Umarmung eine neue, dunkle Menschheit.

In der wachsenden Metallwolke, die auf die Explosion von der *Letzte Instanz* folgte, dockte sich die *Lan Kong* erst an die *Enterprise* und dann an die *Shen Kong* an und lud ihren nuklearen Brennstoff auf. Dann verleibte sie sich noch deren Hardware ein und machte sich auf den Weg zur *Natürliche Selektion*, um dort das Gleiche zu tun. Raumschiff Erde war jetzt eine Weltraumbaustelle. Auf den riesigen Hüllen der drei toten Schiffe sprühten die Funken der Laserschweißer. Wäre Zhang Beihai noch am Leben gewesen, hätte er wieder an die *Tang* denken müssen.

Die Besatzung der *Lan Kong* nahm Teile der drei demontierten Raumkreuzer und baute daraus eine Megalithstruktur, ein Grabmal im All. Dort hielten sie eine Trauerzeremonie für die Opfer im Kampf der Finsternis ab.

Im Inneren des Grabmals versammelten sich die 1273 Besatzungsmitglieder der *Lan Kong* in ihren Raumanzügen zu einer schwebenden Formation. Sie waren die letzten verbliebenen Bewohner von Raumschiff Erde. Um sie herum thronten riesige Raumschiffteile. Sie sahen aus wie Berge, und die in das Metall geschnittenen Löcher wirkten wie Höhlen. Die Leichen der 4247 Opfer verblieben in den Trümmern, die ihre Schatten auf die Lebenden warfen, als stünden sie in einem mitternächtlichen Gebirgstal. Das schwache Licht der Milchstraße stach nur hier und dort zwischen dem Weltraumschrott hervor.

Während der Trauerzeremonie blieben die Soldaten gefasst. Die Vertreter der neuen Generation von Weltraummenschen waren keine Kinder mehr.

Eine kleine Votivlampe wurde aufgestellt. In ihr brannte eine Fünfzig-Watt-Birne, und daneben befanden sich hundert Ersatzbirnen, die im Bedarfsfall automatisch ausgetauscht werden würden. Betrieben von einer kleinen Atombatterie, würde die Votivlampe für Zehntausende von Jahren leuchten. Ihr sanfter

Schein sah aus, als brennte in dem Tal eine Kerze, und sie warf ihren Lichtkranz auf eines der aufgetürmten Schrotteile, eine Trennwand aus Titan, auf der die Namen der Opfer eingraviert waren. Eine Grabinschrift gab es nicht.

Als die *Lang Kong* eine Stunde später beschleunigte, leuchtete das Weltraumgrab noch einmal auf. Die Grabstätte selbst reiste mit einem Prozent Lichtgeschwindigkeit, in einigen hundert Jahren würde sie sich wegen des Widerstands beim Durchqueren interstellarer Staubwolken auf 0,03 Prozent der Lichtgeschwindigkeit verlangsamen. In sechzigtausend Jahren würde sie NH558J2 erreichen. Zu diesem Zeitpunkt würde es bereits weit mehr als fünfzigtausend Jahre her sein, dass sich die *Lan Kong* von dort zum nächsten Planetensystem aufgemacht hatte.

Die *Lan Kong* war in die Weiten des Weltraums unterwegs, mit einer großen Menge Treibstoff und achtfach redundanten Ersatzteilen. Das ganze Material passte gar nicht in das Raumschiff und musste in externen Frachträumen verstaut werden, die an der Außenhülle befestigt waren. Das Schiff sah dadurch ziemlich deformiert und mitgenommen aus. Als ob es bereits einen langen Weg hinter sich hätte.

Ein Jahr zuvor hatte sich die *Bronzezeit* auf der entgegengesetzten Seite des Sonnensystems von den Trümmern der *Quantum* entfernt und Kurs auf das Sternzeichen Stier genommen.

Die *Lan Kong* und die *Bronzezeit* waren beide von einer lichten Welt gekommen, doch nun hatten sie sich in Raumschiffe der Finsternis verwandelt.

Auch das Universum war anfangs voller Licht gewesen. Kurz nach dem Urknall bestand alle Materie aus Licht, und erst als das Universum zu verbrannter Asche wurde, sedimentierten schwerere Elemente aus der Dunkelheit zu Planeten und Leben. Die Dunkelheit war die Mutter des Lebens und der Zivilisation.

Auf der Erde erhob sich ein Tsunami von Verwünschungen und Beschimpfungen gegen die *Lan Kong* und die *Bronzezeit* im Weltraum, doch beide Schiffe antworteten nicht. Sie kappten den Kontakt zum Sonnensystem. Für diese beiden Welten war die Erde bereits des Todes.

Die zwei dunklen Schiffe wurden eins mit der Finsternis. Getrennt durch das ganze Sonnensystem, strebten sie immer weiter in entgegengesetzte Richtungen davon und trugen das Gedankengut und die Erinnerungen der gesamten Menschheit mit sich. Als sie still in der ewigen Nacht verschwanden, verkörperten sie die ruhmreiche Vergangenheit und sämtliche Zukunftsträume der Erde.

»Ich hab's gewusst!«

Luo Ji ließ den verblüfften Da Shi stehen, rannte aus dem Zimmer und durch die Felder, bis er am Rand der großen Wüste Nordchinas stehenblieb.

»Ich hatte recht! Ich hatte wirklich recht!«, schrie er gen Himmel.

Es war spät am Abend, und weil es gerade geregnet hatte, war die Sicht ausnahmsweise hervorragend. Man konnte die Sterne sehen, zwar nicht annähernd so gut wie im einundzwanzigsten Jahrhundert und auch bei weitem nicht so viele, aber dennoch überwältigte ihn die Erinnerung an jene kalte Nacht auf dem gefrorenen See. Aus Luo Ji, dem Normalbürger, war jetzt wieder Wandschauer Luo Ji geworden.

»Da Shi, in meinen Händen liegt der Schlüssel zum Sieg der Menschheit!«, sagte er zu dem Freund, der ihm nachgegangen war.

Da Shi lachte. »Was du nicht sagst!«

Sein trockener Humor verpasste Luo Jis Euphorie einen Dämpfer. »Dachte ich mir doch, dass du mir nicht glauben wirst.«

»Was hast du vor?«

Luo Ji ließ sich in den Sand plumpsen, und sein Stimmungsbarometer schlug wieder nach unten aus. »Was soll ich schon tun? Sieht so aus, als könnte ich gar nichts tun.«

»Du könntest zumindest versuchen, es nach oben zu berichten.«

»Keine Ahnung, ob das etwas nutzt, aber versuchen muss ich es. Nur, um meiner Verantwortung gerecht zu werden.«

»Wie hoch nach oben willst du gehen?«

»Nach ganz oben. Zum Generalsekretär der Vereinten Nationen. Oder dem Präsidenten des SFJC.«

»Ich fürchte, das könnte schwierig werden. Wir sind jetzt schließlich Hinz und Kunz … Trotzdem: versuch es. Vielleicht, naja, fängst du bei der Stadtverwaltung an. Geh zum Bürgermeister.«

»Gut, das werde ich tun.« Luo Ji stand auf.

»Ich komme mit.«

»Nein, ich gehe allein.«

»Ich besetze zwar nur diesen kleinen Posten, aber immerhin bin ich vom Amt. Das hilft.«

Luo Ji sah hoch zum Himmel. »Wann wird der Tropfen die Erde erreichen?«, fragte er.

»In den Nachrichten hieß es, in zehn bis zwanzig Stunden.«

»Weißt du, warum er wirklich hier ist? Es geht ihm nicht darum, die vereinte Flotte zu zerstören. Er will auch nicht die Erde angreifen. Er ist hier, um mich zu töten. Ich möchte nicht, dass du dabei bist, wenn er das tut.«

Da Shi lachte wieder trocken. »Zehn Stunden haben wir aber noch, ja? Ich werde zusehen, dass ich dir vom Leib bleibe, wenn es so weit ist.«

Luo Ji verzog das Gesicht. »Du nimmst mich einfach nicht ernst. Warum hilfst du mir dann überhaupt?«

»*Die da oben* müssen dir glauben, mein Junge. Was ich glaube, spielt keine Rolle. Wenn ich mich dir in den Weg stelle, werden mich am Ende noch die Geschichtsbücher verdammen. Das möchte ich nicht riskieren. Wenn die Verantwortlichen dich nicht ernst nehmen, habe ich nichts damit zu tun. Es ist nicht mehr als eine Fahrt in die Stadt. Nur eins noch: Du sagst, das Ding, das auf die Erde zusteuert, kommt, um dich zu töten. Das glaube ich nun wirklich nicht. Was Mörder betrifft, kenne ich mich aus, und so viel Aufwand wäre doch ein bisschen übertrieben, sogar für Trisolarier.«

In den frühen Morgenstunden erreichten sie den Durchgang von der Oberfläche zur Untergrundmetropole, wo die Fahrstühle noch immer planmäßig fuhren. Doch die meisten Leute kamen nach oben, schwer beladen mit Gepäck. Im Fahrstuhl nach unten waren außer ihnen nur noch zwei weitere Passagiere.

»Sind Sie Kälteschläfer?«, fragte ein junger Mann. »Die fahren alle nach oben. Was wollen Sie denn unten? Die ganze Stadt ist in Aufruhr.« Auf seiner Kleidung leuchteten Feuerbälle vor einem schwarzen Hintergrund. Man erkannte schnell, dass es sich um Bilder der Flottenvernichtung handelte.

»Warum fahren Sie denn dann nach unten?«, fragte Da Shi.

»Ich habe oben ein Haus zum Wohnen gefunden, ich fahre nur runter, um meine Sachen zu holen.« Er nickte ihnen zu. »Ihr werdet reich, die ihr an der Oberfläche lebt. Hier unten besitzt niemand ein Haus, aber die oben gehören zum größten Teil euch und wir müssen euch welche abkaufen.«

»Wenn es so weit kommt, dass die Untergrundstadt zusammenbricht und alle nach oben strömen, wird sich niemand lang mit Kaufen und Verkaufen aufhalten«, sagte Da Shi.

Ein Mann mittleren Alters, der in der Ecke stand, brach bei diesen Worten in Tränen aus. Er ging in die Knie und hielt sich die Hände vors Gesicht. Seine Kleidung zeigte eine biblische Szene: Adam und Eva, die nackt im Paradies standen, und zwischen ihnen die Schlange vom Baum der Erkenntnis.

»So wie dem geht es vielen«, sagte der junge Mann und wies verächtlich auf den anderen. »Völlig durch den Wind.« Seine eigenen Augen dagegen strahlten. »Der Jüngste Tag ist doch etwas Tolles. Besser kann es doch gar nicht werden, er bringt die Leute schließlich dazu, alle Sorgen hinter sich zu lassen und sich auf sich selbst zu besinnen. Sich zu benehmen wie der da ist Unsinn. Das Beste, was wir jetzt tun können, ist unser Leben zu genießen, so gut es geht.«

Unten angekommen, stiegen Luo Ji und Da Shi aus und bemerkten sofort den strengen Geruch nach Verbranntem, der in der Luft hing. Die Untergrundstadt war heller erleuchtet als zuvor, aber von einem irritierend weißen Licht. Als er sich umsah, bemerkte Luo Ji, dass oben zwischen den Baumwipfeln kein blauer Himmel mehr zu sehen war. Da war gar nichts mehr. Die Leere ließ ihn an die kugelförmigen Raumschiffkabinen denken, die er in den Nachrichten gesehen hatte. Die Wiesen waren voller Abfall, der von den Riesenbäumen gefallen war. Weiter hinten lagen zerschmetterte Autowracks. Eins davon brannte, außen herum standen Leute, die Müll von den Wiesen in die Flammen warfen. Jemand schleuderte sogar seine eigene Kleidung hinein, auf der noch die animierten Muster leuchteten. Aus einem geplatzten Wasserrohr schoss eine hohe Fontäne, unter der sich ein paar Leute vergnügten, als wären sie Kinder. Zwischendurch stießen sie spitze Schreie aus und stoben auseinander, um herabfallendem Schrott auszuweichen. Anschließend kamen sie wieder zusammen und planschten weiter fröhlich herum. Die Sirenen fliegender Feuerwehrautos heulten durch die Luft. Luo Ji blickte nach oben und sah, dass es in mehreren Bäumen brannte …

Auffällig war, dass sich die Leute hier in zwei Gruppen zu teilen schienen, ähnlich den beiden Männern aus dem Fahrstuhl. Die einen waren deprimiert, gingen schleppend und mit verhangenem Blick oder hockten wie gelähmt im Gras, weniger verzweifelt wegen der Niederlage der Menschheit als wegen des plötzlichen Verlusts ihrer Lebensqualität. Die anderen waren außer Rand und Band und berauschten sich daran, dass sie sich so richtig gehen lassen konnten.

Der Verkehr war völlig chaotisch, und es kostete Luo Ji und Da Shi eine halbe Stunde, ein Taxi anzuhalten. In dem fahrerlosen Wagen, der sie auflas und mit ihnen durch die hohen Bäume flog, fühlte Luo Ji sich an seinen ersten albtraumhaften Tag in der Stadt erinnert. Ihm war mulmig wie bei einer Achterbahnfahrt. Glücklicherweise brachte sie das Taxi heil bis zum Rathaus.

Shi Qiang war schon mehrfach aus beruflichen Gründen hier gewesen und kannte sich einigermaßen aus. Sie mussten einige Verwaltungshürden überwinden, bis man sie zum Bürgermeister vorließ, auf den sie dann immer noch bis zum Nachmittag warten mussten. Dennoch hatte Luo Ji sich die Sache schwieriger vorgestellt, schließlich befand sich die Stadt im Ausnahmezustand, und sie waren unbedeutende kleine Leute. Beim Mittagessen erzählte Da Shi, der Bürgermeister sei erst seit gestern im Amt. Er sei zuvor in der Stadtverwaltung für die ehemaligen Kälteschläfer zuständig gewesen und mehr oder weniger sein Vorgesetzter, weshalb Da Shi ihn gut kannte.

»Er ist einer von uns«, erklärte er.

In diesem Zeitalter hatte »einer von uns« keine geographische oder ethnische, sondern zeitliche Bedeutung. Nicht alle Kälteschläfer redeten so, nur diejenigen, die ungefähr zur gleichen Zeit wie er und Da Shi in den Kälteschlaf gegangen waren. Wenn sie nach all der Zeit zusammenkamen, schweißte der gemeinsame historische Hintergrund sie stärker zusammen als der geographische.

Sie mussten bis halb fünf auf den Bürgermeister warten. Regierungsvertreter waren in diesem Zeitalter wie Popstars, nur gut aussehende Strahlemänner wurden in ein Amt gewählt. Dieser Bürgermeister gehörte allerdings nicht dazu, er wirkte ziemlich normal. Er war etwa so alt wie Da Shi, aber wesentlich dünner und wegen seiner Brille sofort als Kälteschläfer zu erkennen. Diese Sehhilfe war zweifellos eine Antiquität aus dem einundzwanzigsten Jahrhundert, denn heutzutage waren sogar

Kontaktlinsen überflüssig. Aber viele aus der alten Zeit fühlten sich ohne ihre Brille nackt und trugen sie auch nach einer chirurgischen Augenkorrektur weiter.

Der Bürgermeister wirkte außerordentlich erschöpft und hatte Mühe, sich zur Begrüßung aus dem Stuhl zu erheben. Als Da Shi sich für die Störung entschuldigte und ihm zum neuen Amt gratulierte, winkte er ab. »Die Lage ist prekär. Da kommen wir ungehobelten Barbaren gerade recht.«

»Sie sind jetzt der hochrangigste Kälteschläfer der Welt, stimmt's?«

»Wer weiß? Wenn das so weitergeht, werden sicher etliche von uns in noch höhere Ämter berufen werden.«

»Was ist mit dem Ex-Bürgermeister? Nervenzusammenbruch?«

»Nein, nein. Es gibt auch in diesem Zeitalter gefestigte Persönlichkeiten. Er war ausgesprochen kompetent, aber er starb vorgestern bei einem Autounfall in einer Gegend, in der schwere Unruhen ausgebrochen waren.«

Jetzt erst bemerkte er Luo Ji, der diskret hinter Da Shi stand, und reichte ihm die Hand. »Guten Tag, Dr. Luo. Sie erkenne ich natürlich wieder, ich war vor zweihundert Jahren ein großer Fan von Ihnen, weil Sie neben Ihren drei Kollegen damals als Einziger wie ein echter Wandschauer wirkten. Ich kam wirklich nicht dahinter, was Sie im Schilde führten.« Doch sein nächster Satz zerstörte ihre aufkeimende Hoffnung gleich wieder. »Sie sind schon der vierte Erlöser, der hier seit gestern vorspricht, und draußen warten noch eine Menge andere, für die ich schon keine Energie mehr habe.«

»Er ist aber nicht wie die, Herr Bürgermeister. Vor zwei Jahrhunderten …«

»Sicher. Vor zwei Jahrhunderten wurde er unter Milliarden von Menschen ausgewählt, und aus diesem Grund schenke ich ihm auch Gehör.« Er sah Da Shi an. »Sie brauche ich dringend in einer anderen Angelegenheit, aber dazu später. Lassen Sie mich zunächst hören, worum es geht. Ich hätte nur eine Bitte: Verschonen Sie mich mit Ihren Weltrettungsplänen! Die zu erklären dauert immer so lange. Sagen Sie mir einfach, was ich für Sie tun kann.«

Nachdem Luo Ji und Da Shi ihm ihre Bitte vorgetragen hatten, schüttelte er den Kopf. »Dabei kann ich Ihnen beim besten Willen nicht helfen. Ich habe selbst einen Haufen Dinge, die ich der nächsthöheren Ebene berichten muss, aber auch die stehen auf einer niedrigeren Stufe, als Sie denken. Es ist für jeden schwer durchzukommen. Außerdem sollten Sie wissen, dass die Regierung gerade Wichtigeres zu tun hat.«

Luo Ji und Da Shi kannten die aktuelle Nachrichtenlage und wussten, wovon er sprach.

Die Vernichtung der Flotte hatte prompt zu einem Wiedererstarken des Eskapismus geführt, nachdem man zweihundert Jahre lang gar nichts mehr von ihm gehört hatte. Die Vereinigte Republik Europa hatte sogar schon Pläne bekanntgegeben, rund hunderttausend Personen per Lotterie auszuwählen, die als Erste fliehen durften. In einer Volksabstimmung wurde der Plan zunächst angenommen. Doch nach der Auslosung begehrten viele derjenigen auf, die nicht gezogen worden waren, und es kam zu schweren Unruhen. Schon wurden wieder die Stimmen lauter, die den Eskapismus einhellig als Verbrechen gegen die Menschheit verdammten.

Nach dem Kampf der Finsternis zwischen den überlebenden

Raumkreuzern im Weltraum erschien der Eskapismus in einem neuen Licht. Schließlich zeigten die jüngsten Ereignisse: War erst die spirituelle Verbindung zur Erde gekappt, litten die Menschen im Weltraum schon bald an geistiger und moralischer Entfremdung. Also würde nach einer eventuell erfolgreichen Flucht nicht die menschliche Zivilisation, sondern etwas anderes, Dunkles und Böses überleben. Und dieses Etwas wäre genau wie Trisolaris die Antithese zur menschlichen Zivlisation und der Feind alles Menschlichen. Es bekam sogar einen Namen: Unzivilisation.

Während sich der Tropfen näherte, erreichte die öffentliche Empörung über den Eskapismus allmählich ihren Höhepunkt. Die Medien warnten davor, dass zahlreiche Personen versuchen würden, vor dem Angriff zu fliehen. Längst strömten große Gruppen von Menschen zu den Startgeländen der Raumschiffe und den Landstützpunkten der Weltraumlifts, um die Fluchtwege in den Weltraum abzuschneiden. Das war durchaus möglich, denn gegenwärtig war Waffenbesitz legal und nicht wenige hatten Laserwaffen. Eine einfache Laserpistole konnte zwar der Kabine des Weltraumlifts oder einem startenden Raumschiff nichts anhaben, doch anders als bei einer herkömmlichen Handfeuerwaffe konnte man die Laserstrahlen auf einen Punkt bündeln und wenn zehntausend Laserpistolen auf einmal auf denselben Punkt zielten, wäre nichts zu machen. Zehntausende, an manchen Orten bis zu einer Million Menschen, sammelten sich um die Raketenbasen und Liftplattformen. Mindestens ein Drittel der Leute war bewaffnet, und sie würden nicht zögern, jede Kabine, die aufstieg, und jedes Raumschiff, das abhob, anzugreifen. Laserstrahlen waren unglaublich zielgenau. Die Transportwege von der Erde in den Weltraum waren damit fast vollständig blockiert.

Das Chaos wurde immer schlimmer. Inzwischen richteten sich die Aggressionen zunehmend gegen die Weltraumstädte im geosynchronen Orbit. Online grassierten Gerüchte, dass einige dieser Städte zu Fluchtschiffen umgerüstet worden seien. Alle Versuche, sie von der Erde aus mit Laserwaffen zu treffen, erwiesen sich angesichts ihrer Entfernung und Rotation auf der Umlaufbahn zunächst als wenig wirkungsvoll. Dennoch wurden diese Schießübungen während der letzten Tage der Menschheit zu einer Art Volkssport. Und just an diesem Nachmittag wurde Nouveau Paris, die dritte Weltraumstadt der Vereinigten Republik Europa, Ziel eines riesigen koordinierten Laserangriffs. Auf der nördlichen Erdhalbkugel richteten zehn Millionen Menschen ihre Laserpistolen auf die Stadt, was einen erheblichen Temperaturanstieg in Nouveau Paris zur Folge hatte. Die Bewohner mussten evakuiert werden. Die Erde leuchtete an diesem Nachmittag von der Weltraumstadt aus betrachtet heller als die Sonne.

Es gab nichts mehr, was Luo Ji und Da Shi noch sagen konnten.

»Ich war ehrlich beeindruckt von Ihrer Arbeit in der Einwanderungsbehörde des Kälteschlafzentrums«, sagte der Bürgermeister zu Da Shi. »Guo Zhengming übrigens auch. Sie kennen sich, oder? Er ist soeben zum Direktor des Öffentlichen Sicherheitsbüros ernannt worden und hat Sie mir empfohlen. Ich würde mich freuen, wenn ich Sie hier bei der Stadtverwaltung einstellen dürfte. Leute wie Sie können wir dringend gebrauchen.«

Da Shi überlegte nicht lange. »Einverstanden. Sobald ich in meinem Bezirk alles geklärt habe. Wie steht es aktuell um die Situation in der Stadt?«

»Die Lage verschlechtert sich täglich, aber noch haben wir sie unter Kontrolle. Im Augenblick müssen wir vor allem dafür sorgen, dass die Induktionsfelder funktionstüchtig bleiben. Wenn die Energieversorgung ausfällt, bricht die Stadt zusammen.«

»Diese Aufstände sind anders als die zu unserer Zeit.«

»Das sind sie. Vor allem haben sie einen anderen Ursprung, ihre Ursache ist die Zukunftsangst. Das bekommt man schwer in den Griff. Gleichzeitig fehlen uns die Mittel von damals.« Der Bürgermeister rief ein Display an der Wand auf. »Das hier ist der Platz des Mahnmals aus einer Höhe von etwa hundert Metern betrachtet.«

Es war der Platz, auf dem Luo Ji von dem fliegenden Auto attackiert worden war. Aus dieser Perspektive war allerdings nichts vom Mahnmal für das Tiefe Tal und dem Sand um es herum zu sehen. Der ganze Platz war weiß von lauter winzigen Punkten, die auf ihm herumzukrabbeln schienen.

»Sind das Menschen?«, fragte Luo Ji.

»Ja, nackte Menschen. Es ist eine Sexorgie, an der bereits mehr als hunderttausend Menschen teilnehmen, und es werden immer mehr.«

Dieses Zeitalter war unterschiedlichen geschlechtlichen und sexuellen Neigungen gegenüber wesentlich aufgeschlossener, als Luo Ji es je für möglich gehalten hätte. Dennoch waren er und Da Shi von diesem Anblick schockiert. Es erinnerte an die in der Bibel geschilderten Ausschweifungen, kurz bevor die

Menschheit die Zehn Gebote erhalten hatte. Ein klassisches Weltuntergangsszenario.

»Warum gebietet die Stadtregierung dem nicht Einhalt?«, fragte Da Shi.

»Wie denn? Die tun ja nichts Verbotenes. Wenn wir einschritten, würden wir gegen das Gesetz verstoßen.«

Da Shi stöhnte. »Tja, so ist das heute, Polizei und Militär haben es schwer durchzugreifen.«

»Wir haben uns alle relevanten Paragraphen angesehen, aber wir können nichts dagegen unternehmen«, sagte der Bürgermeister.

»Vielleicht gar nicht schlecht, wenn der Tropfen dem Ganzen ein Ende bereitet.«

Luo Ji war dem Wort »Tropfen« sofort hellwach. »Wie lange noch, bis er die Erde erreicht?«

Der Bürgermeister schaltete von den Bildern der Orgie auf eine Sondersendung der Nachrichten um, wo gerade eine Simulation des Sonnensystems zu sehen war. Die auffällige rote Linie, mit der der Weg des Tropfens markiert war, sah aus wie der Orbit eines Kometen, nur dass er auf der Erde endete. In der unteren rechten Ecke lief ein Countdown, von dem abzulesen war, dass der Tropfen, falls er mit unverminderter Geschwindigkeit weiterflog, die Erde in vier Stunden und vierundfünfzig Minuten erreichen würde. Auf dem Textband unten am Bildschirm lief begleitend eine Expertenanalyse des Tropfens durch. Trotz der allgemeinen Hysterie hatte die Wissenschaft sich nach dem ersten Schock besonnen, und die Darstellung war klar und nüchtern. Obwohl die Menschheit nichts über die Energiequelle oder den Steuermechanismus des Tropfens wusste, glaubten die Fachleute zu erkennen, dass mit seinem Antrieb etwas nicht stimmte, weil er nach der Zerstörung der Flotte auffällig langsam in Richtung Sonne beschleunigt habe. Er war dicht am Jupiter vorbeigeflogen, hatte die dort stationierten Raumkreuzer aber links liegen gelassen und stattdessen die Gravitation des Planeten zur Beschleunigung genutzt. Das sei ein Hinweis darauf, dass ihm die Energie ausging. Astronomen hielten die Idee, dass er vorhätte, die Erde zu rammen, für blanken Unsinn, konnten jedoch nicht sagen, worauf er sonst aus war.

»Ich muss gehen, sonst wird die Stadt wirklich zerstört«, sagte Luo Ji.

»Warum?«, wollte der Bürgermeister wissen.

»Weil er glaubt, der Tropfen komme nur, um ihn zu töten«, sagte Da Shi.

Der Bürgermeister lachte, aber nicht sehr herzlich. »Dr. Luo, Sie sind bestimmt der größte Narzisst, der mir je begegnet ist.«

Luo Ji und Da Shi machten sich so schnell es ging auf den Weg zurück an die Oberfläche. Die Bewohner der Untergrundmetropole quollen in großen Gruppen aus den Fahrstühlen, und im ungewöhnlich dichten Autoverkehr brauchten sie eine halbe Stunde, bis sie aus der alten Stadt auf der Landstraße nach Westen fahren konnten.

Auf dem Nachrichtenmonitor des Autos war zu sehen, dass der Tropfen die Erde nach wie vor mit einer Geschwindigkeit von fünfundsiebzig Kilometern pro Sekunde ansteuerte. Bei diesem Tempo würde er auf jeden Fall in drei Stunden hier sein.

Da die Induktionsfelder schwächer wurden, verlor ihr Auto an Geschwindigkeit, und Da Shi zapfte einen Akku an, um wieder beschleunigen zu können. Sie erreichten das weitläufige Wohngebiet der Kälteschläfer, fuhren jedoch an *Neues Leben Nr. 5* vorbei und hielten sich weiter westwärts. Sie sprachen die ganze Fahrt über kein Wort und konzentrierten sich ganz auf den Weg und die Sondersendungen in den Nachrichten.

Ohne zu verlangsamen, passierte der Tropfen die Mondumlaufbahn. In einer halben Stunde würde er die Erde erreichen. Um eine Panik zu vermeiden, gaben die Nachrichten keine Prognose über die mögliche Einschlagstelle ab.

Luo Ji gab sich einen Ruck und machte sich auf den Augenblick gefasst, den er so lange hatte hinauszögern wollen. »Da Shi. Halt bitte an.«

Da Shi fuhr rechts ran, und sie stiegen aus. Im Licht der untergehenden Sonne warfen die beiden Männer lange Schatten auf die Wüste. Luo Ji kam es so vor, als würde der Boden unter seinen Füßen schwanken. Er konnte sich kaum aufrecht halten.

»Ich werde versuchen, so schnell wie möglich eine dünn besiedelte Gegend zu erreichen. Da vorne kommt eine Stadt, also werde ich hier abbiegen. Du findest sicher zurück. Entferne dich nur soweit du kannst von mir.«

»Ich warte hier auf dich, mein Junge. Wenn es vorbei ist, gehen wir zusammen zurück.« Da Shi zog eine Zigarette aus der Hemdtasche und kramte nach einem Feuerzeug, bis er sich daran erinnerte, dass er keins mehr brauchte. Seine Gewohnheiten hatten sich so wenig verändert wie alles andere, was er aus der Vergangenheit mitgebracht hatte.

Luo Ji lächelte traurig. Er hoffte, dass Da Shi glaubte, was er da sagte, da ihm das ihren Abschied wenigstens ein bisschen erleichtern würde. »Wenn du möchtest, dann warte. Geh aber besser auf die gegenüberliegende Seite des Flusses, wenn es so weit ist. Ich weiß nicht, wie heftig der Schlag sein wird.«

Da Shi schüttelte lächelnd den Kopf. »Du erinnerst mich an so einen Intellektuellen, den ich vor zweihundert Jahren kennengelernt habe. Der zog auch so ein Jammerlappengesicht wie du. Ich erinnere mich, wie er frühmorgens vor der Kirche auf der Wangfujing-Straße hockte und flennte … Aber alles wurde gut. Ich habe es recherchiert, als ich wiedererweckt worden bin. Er ist fast hundert Jahre alt geworden.«

»Was ist mit dem Mann, der als Erster den Tropfen berührt hat, Ding Yi? Den hast du doch auch gekannt.«

»Er wollte sterben. Bei dem war nichts zu machen.« Da Shi sah an den Abendhimmel, als versuche er, sich an das Gesicht des Physikers zu erinnern. »Trotzdem war er ein ausgesprochen offener Mensch, der mit jeder Situation umgehen konnte. Ich habe in meinem ganzen Leben niemanden wie ihn getroffen. Ein kluger Kopf. Von dem solltest du dir eine Scheibe abschneiden, mein Junge.«

»Ich sagte es dir ja: Du und ich, wir sind ganz gewöhnliche Leute.« Luo Ji sah auf die Uhr, es war höchste Zeit. Er reichte Da Shi die Hand. »Ich danke dir für alles, was du in den vergangenen zwei Jahrhunderten für mich getan hast. Auf Wiedersehen. Vielleicht sehen wir uns in einer anderen Welt wieder.«

Da Shi ergriff seine Hand nicht und winkte ab. »Lass doch den Blödsinn! Glaub mir, mein Junge. Es wird nichts passieren.

Geh los, und wenn's vorbei ist, kommst du zurück und holst mich ab. Und beschwer dich bloß nicht, wenn ich mich heute Abend bei einem Schnaps über dich lustig mache.«

Luo Ji stieg rasch ins Auto, weil er nicht wollte, dass Da Shi die Tränen in seinen Augen sah. Im Wagen versuchte er, sich das Bild Da Shis im Rückspiegel für immer ins Gedächtnis zu brennen. Dann begab er sich auf seine letzte Reise.

Vielleicht würden sie sich wirklich an einem anderen Ort wiedersehen. Beim letzten Mal hatte es zweihundert Jahre gedauert, wie lange würde es wohl diesmal sein? Genau wie damals Zhang Beihai bedauerte Luo Ji plötzlich auch, dass er ein Atheist war.

Die Sonne war nun endgültig untergegangen, und der Sand entlang der Straße schimmerte so hell im Zwielicht, als wäre er Schnee. Jetzt erst fiel ihm auf, dass das genau die Strecke war, die er damals mit der Frau seiner Träume in seinem alten Honda Accord entlanggefahren war, als die nordchinesische Ebene noch schneebedeckt war. Er spürte, wie ihn ihre im Wind wehenden Haarsträhnen an der rechten Wange streiften.

Nein! Sagen Sie bloß nicht, wo wir sind. Sobald man weiß, wo man ist, wird die Welt so eng wie eine Landkarte. Wenn man es nicht weiß, ist die Welt unendlich.

Gut, dann geben wir uns mal alle Mühe, uns zu verfahren.

Luo Ji war es immer so vorgekommen, als hätten Zhuang Yan und Xia Xia die Welt nur durch seine Vorstellungskraft betreten. Bei dem Gedanken fühlte er ein Stechen in der Brust. In diesem Moment schmerzte ihn nichts so sehr wie Liebe und Sehnsucht. Tränen verschleierten ihm den Blick, während er versuchte, alle Gedanken an die beiden zu vertreiben. Doch sosehr er sich auch bemühte, immerzu sah er Yan Yans liebe Augen vor sich und hörte das ansteckende Lachen seiner kleinen Tochter. Er versuchte, sich auf die Fernsehnachrichten zu konzentrieren.

Der Tropfen hatten einen Lagrange-Punkt passiert und raste mit konstanter Geschwindigkeit weiter Richtung Erde.

Luo Ji parkte den Wagen an einer Stelle, die ihm passend schien, an der Grenze zwischen der Ebene und den Bergen, wo weit und breit keine Menschen oder Gebäude zu sehen waren. Das Auto stand in einem Tal, umgeben von einer u-förmigen Gebirgskette, die die Wucht des Einschlags ein wenig abmildern würde. Er nahm das mobile Fernsehgerät mit aus dem Auto und setzte sich einfach mitten in die Wüste.

Der Tropfen durchquerte den geosynchronen Orbit in vierunddreißigtausend Kilometern Höhe und passierte die Weltraumstadt Xin Shanghai, deren Bewohner den hellen Lichtpunkt deutlich an ihrem Himmel vorüberziehen sahen. Die Nachrichten verkündeten, der Einschlag sei in zehn Minuten zu erwarten.

Jetzt erst verriet der Sender den prognostizierten Einschlagort. Er lag nordwestlich der Hauptstadt Chinas.

Luo Ji hatte das längst gewusst.

Die Dämmerung war nun fast vorüber, und die Farben des Himmels waren zu einem kleinen Reststreifen am westlichen Horizont zusammengeschrumpft.

Um sich die verbleibende Zeit zu vertreiben, ließ Luo Ji sein Leben Revue passieren.

Es teilte sich in zwei klare Hälften. Die zweite, nach seiner Ernennung zum Wandschauer, überspannte zwar zwei Jahrhunderte, aber sie fühlte sich für ihn sehr kompakt und intensiv an. Er sah alles, was dabei geschehen war, genau vor sich, so als wäre es erst gestern gewesen. Dieser Teil seines Lebens schien ihm nicht allein zu gehören, auch nicht die Liebe, die sich ihm für immer eingebrannt hatte. Sie schien ihm wie ein flüchtiger Traum. Er wagte nicht, an seine Frau und sein Kind zu denken.

Anders als erwartet, schien sein Leben vor der Zeit als Wandschauer aus einer einzigen großen Leerstelle zu bestehen. Nur mit Mühe gelang es ihm, ein paar Bruchstücke aus dem Meer seiner Erinnerungen herauszufischen. Je weiter er in der Zeit zurückging, umso weniger kam ihm in den Sinn. War er wirklich auf ein Gymnasium gegangen? In die Grundschule? Hatte er eine erste Liebe gehabt? Einige der bruchstückhaften Erinnerungen hatten Kratzer, die ihm bewiesen, dass sie echt waren. Sie standen ihm lebhaft vor Augen, aber die damit verbundenen Gefühle waren spurlos verschwunden. Die Vergangenheit war wie eine Handvoll Sand, der einem durch die Finger rann, bevor man ihn richtig fassen konnte. Erinnerungen glichen einem vertrockneten Flussbett. Er hatte sein Leben lang immer nach irgendetwas gesucht. Wann immer er etwas dazugewann, ging etwas verloren, und am Ende blieb ihm wenig.

Er blickte sich nach der vom Dämmerlicht beschienenen Bergkette um und erinnerte sich an den Winterabend, den er hier verbracht hatte, inmitten der Berge, die vom Millionen Jahre langen Stehen müde gewesen waren und sich hingelegt hatten. »Wie ein alter Bauer, der in der Sonne ein Nickerchen macht«, wie die Geliebte in seiner Fantasiewelt es genannt hatte. Die Felder und die Städte der nordchinesischen Ebene waren nun schon lange der Wüste gewichen, doch die Berge waren unverändert. Sie waren noch genauso schlicht und gewöhnlich in ihrer Form wie damals. Nach wie vor wucherten vertrocknetes Gras und Mönchspfeffer aus den Felsspalten, nicht üppiger oder spärlicher als vor zweihundert Jahren. Für einen Berg waren zweihundert Jahre keine Zeit.

Wie mochte ein Berg die Menschenwelt sehen? Vielleicht waren sie etwas, was er an einem geruhsamen Nachmittag bemerkte. Ein paar kleine Lebewesen, die auf der Ebene auftauchten, dann immer mehr davon. Und nach einer Weile errichteten sie Gebilde, die Ameisenhaufen ähnelten und bald die ganze Gegend vollstellten. Die Gebilde leuchteten von innen, und manchmal stieg Rauch aus ihnen auf. Dann irgendwann verschwanden die Lichter und der Rauch und auch die kleinen Lebewesen, schließlich brachen die Gebilde zusammen und wurden unter dem Sand begraben. Das war es dann. Unter all den Dingen, die die Berge gesehen hatten, waren diese flüchtigen Ereignisse vermutlich nicht die interessantesten.

Schließlich stieß Luo Ji auf seine erste Erinnerung. Zu seiner Überraschung begann das Leben, an das er sich erinnern konnte, ebenfalls im Sand. Sie lag in der prähistorischen Zeit seiner Persönlichkeit. Er konnte sich weder an den Ort noch an die Menschen erinnern, doch er erinnerte sich deutlich an das sandige Ufer eines Flusses. Am Himmel schien der Vollmond, und auf dem Fluss kräuselten sich leise Wellen im silbernen Mondlicht. Er grub im Sand, bis das Loch so tief war, dass vom Grund Wasser aufstieg. Im Wasser lag ein kleiner Mond. Er buddelte weiter, produzierte viele kleine Löcher und viele kleine Monde.

Das war seine früheste Erinnerung. Davor war nichts.

Im Dunkel der hereinbrechenden Nacht erleuchtete jetzt nur noch der kleine Fernseher ein Stück vom Sand, auf dem er saß.

Er bemühte sich so sehr, den Kopf frei zu bekommen, dass sich seine Kopfhaut spannte. Es schien ihm, als würde eine riesige Hand den ganzen Himmel niederdrücken.

Aber dann war die riesige Hand plötzlich fort.

In einem Abstand von zwanzigtausend Kilometern zur Erdoberfläche änderte der Tropfen die Richtung und nahm Kurs auf die Sonne. »Aufgepasst, Bewohner der Nordhalbkugel!«, rief der Nachrichtensprecher. »Der Tropfen ist heller geworden, und Sie können ihn jetzt mit bloßem Auge erkennen!«

Luo Ji sah nach oben. Er konnte ihn tatsächlich sehen. Allzu hell war er nicht, aber er war leicht an seiner Geschwindigkeit zu erkennen, als er wie eine Sternschnuppe über den Himmel zog und gen Westen verschwand.

Irgendwann reduzierte der Tropfen sein Tempo relativ zur Erde auf null und kam an einer Stelle in anderthalb Millionen Kilometer Entfernung zum Stillstand. Ein Lagrange-Punkt. Was bedeutete, dass er für immer reglos in relativem Abstand zur Erde und zur Sonne verharren würde, genau zwischen den beiden Himmelskörpern.

Luo Ji hatte so eine Ahnung, dass noch etwas geschehen würde, also blieb er sitzen und wartete. Die Berge warteten schweigend mit ihm, wie alte Männer, die ihm Gesellschaft leisteten. Sie vermittelten ihm ein Gefühl von Sicherheit. Die Nachrichten brachten nichts Neues. Die ganze Welt wartete unruhig ab, noch nicht sicher, ob sie der Katastrophe entkommen war.

Zehn Minuten verstrichen. Nichts geschah. Die Satellitenbilder zeigten den reglos im All hängenden Tropfen, sein Antriebs-Lichtkranz war erloschen, und sein abgerundeter Kopf zeigte Richtung Sonne. Durch die Reflexion des Sonnenlichts sah sein vorderstes Drittel aus, als stünde es in Flammen. Luo Ji hatte den Eindruck, es fände eine rätselhafte Induktion zwischen Sonne und Tropfen statt. Auf einmal rauschte das Fernsehbild und der Klang verzerrte sich. Luo Ji spürte eine aufkommende Unruhe ringsum. Ein Schwarm Vögel stieg auf und flog in Richtung Berge. Irgendwo bellte ein Hund. Vielleicht war es nur eine Sinnestäuschung, aber er spürte ein Kribbeln auf der Haut. Bild und Ton der Fernsehübertragung waren noch immer gestört, dann wurden sie wieder deutlich. Hinterher erfuhr er, dass die Interferenz zwar immer noch bestand, das globale Telekommunikationssystem das plötzliche Rauschen aber schnell mit einem Entstörungsverfahren eliminieren konnte. Die Medien brauchten eine ganze Weile, um den Vorgang zu verstehen. Zu viele Daten mussten ausgewertet werden. Erst nach zehn Minuten lagen genauere Informationen vor.

Der Tropfen sendete ein kontinuierliches, starkes elektromagnetisches Signal zur Sonne, mit einer Intensität, die weit über den Verstärkungsschwellwert der Sonne hinausging, und auf allen Frequenzbändern, die sie verstärken konnte.

Luo Ji begann zu kichern, und schon bald hielt er sich den Bauch und lachte so heftig, dass er fast erstickte. Ja, er war wirklich zu sehr mit sich selbst beschäftigt. Das hätte ihm tatsächlich viel früher einfallen können. Luo Ji war nicht wichtig. Die Sonne war wichtig. Von heute an würde die Menschheit nicht mehr in der Lage sein, die Sonne als starke Antenne zur Übermittlung von Nachrichten ins Universum zu nutzen.

Der Tropfen hatte sie blockiert.

»Ha! Na, mein Junge, hab ich's nicht gesagt? Nichts ist passiert. Ich hätte wetten sollen.« Irgendwann hatte Da Shi keine Lust mehr gehabt zu warten und war Luo Ji per Anhalter nachgefahren.

Luo Ji hatte das Gefühl, das alles von ihm abfiel. Er streckte sich schlaff im Sand aus, der noch warm von der Sonne war. Es fühlte sich gut an.

»Ja, Da Shi. Gehen wir und leben unser Leben. Der Spuk ist vorbei.«

»Das war das letzte Mal, dass ich dir bei diesem Wandschauergeschäft geholfen habe, mein Junge«, sagte Da Shi auf dem Rückweg. »Der Job geht offenbar schwer auf die Psyche. Du hattest wieder so einen Anfall.«

»Das hoffe ich«, sagte Luo Ji. Die Sterne, die gestern noch am Firmament geleuchtet hatten, waren verschwunden, und der schwarze Nachthimmel und die Wüste verschmolzen miteinander. Vor ihnen schälten die Autoscheinwerfer einen Abschnitt der Straße aus der Dunkelheit. Die Welt um ihn herum spiegelte Luo Jis Geistesverfassung wider: Über allem lag tiefe Dunkelheit. Nur ein Punkt war verblüffend klar.

»Es dürfte nicht so schwer sein, dich wieder auf Spur zu bringen. Demnächst sollten Zhuang Yan und Xia Xia wiedererweckt werden. Wobei ich mir nicht sicher bin, ob sie das wegen des allgemeinen Chaos aufgeschoben haben. Aber selbst wenn, dann dauert es nicht mehr lange. Bald herrscht wieder

Ruhe, denke ich. Schließlich haben wir noch ein paar Generationen Zeit. Du bist doch derjenige, der immer sagt, lass uns unser Leben genießen. Gleich morgen werde ich im Kälteschlafzentrum nachfragen.« Da Shis Worte riefen Luo Ji den letzten Rest leuchtender Farben ins Gedächtnis, der in seinen düsteren Gedanken noch existierte. Das Wiedersehen mit seiner Frau und seiner Tochter würde vielleicht seine Rettung sein.

Aber die Menschheit war nicht mehr zu retten.

Kurz bevor sie *Neues Leben Nr. 5* erreichten, verlangsamte Da Shi plötzlich die Fahrt. »Hier stimmt etwas nicht«, sagte er und wies mit dem Kinn nach vorn. Luo Ji folgte seinem Blick zu einer Stelle, wo der Nachthimmel von unten erleuchtet wurde. Wegen der hohen Böschung konnte man zwar nicht sehen, woher das Licht kam, aber da es sich bewegte, stammte es sicher nicht von der Siedlung.

Als sie von der Landstraße abbogen, bot sich ihnen ein spektakulärer Anblick. Die Wüste zwischen *Neues Leben Nr. 5* und der Landstraße hatte sich in einen leuchtenden Teppich verwandelt, ein Meer blinkender Glühwürmchen. Luo Ji musste zweimal hinsehen, bis er die Lichtquelle identifizierte. Es war eine Ansammlung von Menschen aus der Untergrundstadt, und das Licht kam von ihrer Kleidung.

Langsam näherte sich ihr Wagen der Menge. Wegen der blendenden Scheinwerfer hoben sich die Leute die Hände vor die Augen. Da Shi stellte sie ab, und jetzt sahen sie deutlich die bizarre Wand leuchtender Menschen vor sich.

»Die scheinen jemanden zu erwarten«, sagte Da Shi und sah Luo Ji an, den sein Blick nervös machte. Sie hielten an. »Du bleibst sitzen und rührst dich nicht, ich erkunde die Lage«, sagte Da Shi und sprang aus dem Wagen. Während er auf die Leute zuging, hob sich seine stämmige Silhouette schwarz gegen die leuchtende Menschenwand ab. Er wechselte ein paar Worte mit den Leuten und kam zum Auto zurück.

»Sieht so aus, als würden die auf dich warten. Raus mit dir«, sagte er, an die Tür gelehnt. Als er Luo Jis Gesicht sah, fügte er hinzu: »Nur die Ruhe. Es ist alles in Ordnung.«

Luo Ji stieg aus und ging langsam auf die Menschenmenge zu. Er hatte sich schon an die leuchtende Kleidung der modernen Menschen gewöhnt, aber hier, inmitten der verlassenen Wüste, kam es ihm vor, als nähere er sich einer Horde Außerirdischer. Als er auf sie zuging, sah er den Ausdruck in ihren Gesichtern und spürte, wie sein Herz raste.

Schon beim Wiedererwachen aus dem Kälteschlaf hatte er darüber nachgedacht, wieso die Menschen eines jeden Zeitalters eine ganz eigene Mimik hatten. Der Unterschied machte sich im Abstand von Jahrhunderten außerordentlich stark bemerkbar, und daher war es so leicht, die modernen Menschen von den Kälteschläfern zu unterscheiden. Doch was Luo Ji vor sich sah, war weder der Ausdruck der Moderne noch irgendeines ihm bekannten Zeitalters. Er konnte nicht sagen, welcher Zeit diese Menschen angehörten. Die Angst lähmte ihn, aber er vertraute auf Da Shis Worte und ging mechanisch weiter.

Dann sah er die Bilder auf ihrer Kleidung.

Von der Kleidung dieser Menschen sprang ihm sein eigenes Bild entgegen, mal als Foto, mal als Video.

Seit seiner Ernennung zum Wandschauer war Luo Ji kaum öffentlich in Erscheinung getreten, nur wenige Fotos von ihm zirkulierten in den sozialen Medien, doch alles, was je von ihm aufgenommen wurde, leuchtete ihm jetzt von der Kleidung dieser Menschen entgegen. Manche trugen sogar Bilder aus seinem Leben vor der Operation Wandschauer. Die Kleidungsstücke luden sie aus dem Internet herunter, was bedeutete, dass sie auf der ganzen Welt verfügbar sein mussten. Gegenwärtig wurde grundsätzlich alles per Photoshop bearbeitet, diese Bilder waren jedoch unverfälscht. Daher waren sie vermutlich eben erst online gestellt worden.

Er erstarrte, doch nun bewegte sich die Menge auf ihn zu. Als die Leute aus der ersten Reihe nur noch wenige Meter von ihm entfernt waren, blieben sie mit ausgebreiteten Armen stehen und knieten nieder. Und auch die Nachfolgenden sanken Reihe um Reihe auf die Knie, wie eine leuchtende Welle, die im Sand verebbte.

»Herr, erlöse uns!«, hörte er jemanden rufen. Die Worte dröhnten ihm in den Ohren.

»Retter der Welt!«

»Richter des Universums!«

»Engel der Gerechtigkeit, steh uns bei!«

Zwei Personen kamen auf ihn zu, eine davon ohne leuchtende Kleidung. Es war Bill Hines. Der andere war ein Soldat mit leuchtenden Epauletten.

Hines sah ihn feierlich an. »Dr. Luo, ich bin soeben zu Ihrem Verbindungsmann bei der UN-Wandschauer-Kommission ernannt worden. Ich bin beauftragt, Ihnen mitzuteilen, dass die Operation Wandschauer wieder ins Leben gerufen wurde. Sie wurden zum einzigen Wandschauer ernannt.«

»Ich bin Sonderbeauftragter Ben Jonathan von der SFJC«,

sagte der Soldat. »Wir hatten bereits kurz nach Ihrer Wiedererweckung das Vergnügen. Ich bin angewiesen worden, Sie von Seiten der Asiatischen, der Nordamerikanischen und der Europäischen Flotte darüber zu informieren, dass die Flotten mit dem erneuten Inkrafttreten des Wandschauergesetzes einverstanden sind und Ihren Status als Wandschauer anerkennen.«

Hines deutete auf die kniende Menge. »In den Augen der Öffentlichkeit haben Sie jetzt zwei Identitäten: Für Gläubige sind Sie der Engel der Gerechtigkeit, für Atheisten sind Sie Sprecher einer gerechten und mächtigen Zivilisation im Weltall.«

Alle schwiegen und sämtliche Blicke ruhten auf Luo Ji. »Hat … der Fluch gewirkt?«, fragte er zögerlich.

Hines und Jonathan nickten. »187J3X1 wurde zerstört«, sagte Hines.

»Wann?«

»Vor einundfünfzig Jahren. Vor einem Jahr wurde es beobachtet, aber niemand scherte sich um diesen Stern. Erst heute Nachmittag hat man sich mit den Aufzeichnungen befasst. Ein paar verzweifelte Seelen innerhalb der SFJC suchten Inspiration in der Vergangenheit und stießen auf Operation Wandschauer und Ihren Fluch. Also suchten sie nach Informationen über 187J3X1 und fanden heraus, dass es ihn nicht mehr gab. Da war nur noch ein Trümmernebel anstelle des Sterns. Sämtliche Daten bis zum Tag seiner Zerstörung sind gesichert.«

»Woher will man wissen, dass er mutwillig zerstört wurde?«

»Es ist bekannt, dass sich 187J3X1 gerade in einer ähnlich stabilen Phase wie die Sonne befand und auf keinen Fall auf dem Weg zu einer Nova war. Außerdem ist seine Vernichtung aufgezeichnet worden: Ein beinahe mit Lichtgeschwindigkeit fliegendes, winziges Objekt hat 187J3X1 angegriffen. Sie bezeichnen es als Photoid, und man konnte es anhand von Spuren in der stellaren Atmosphäre beobachten. Trotz seiner geringen Größe hatte es im Augenblick des Angriffs auf 187J3X1 wegen seiner extrem hohen Geschwindigkeit eine erheblich vergrößerte relative Masse. Sie betrug etwa ein Achtel des Sterns. Er wurde sofort zerstört. Auch seine vier Planeten verdampften in der Explosion.«

Luo Ji sah zum dunklen, sternenlosen Nachthimmel hinauf. Er wagte sich einen Schritt vor, und sofort teilte sich die Menge, um ihm Platz zu machen. Die Menschen streckten die Arme nach ihm aus, als sähen sie in ihm einen wärmenden Sonnenstrahl inmitten all der Kälte. Doch sie behielten einen respektvollem Abstand bei. Er war der dunkle Mittelpunkt dieses fluoreszierenden Ozeans, wie das Auge eines Sturms. Ein Mann durchbrach die unsichtbare Mauer und fiel vor Luo Ji auf die Knie, um ihm die Füße zu küssen. Andere schlossen sich ihm an. Bevor die Situation eskalierte, wurden die allzu Aufdringlichen von der Menge lautstark zurückgepfiffen, und sie rappelten sich brav auf und trollten sich zurück zu den Übrigen.

Luo Ji ging ungehindert weiter, bis ihm auffiel, dass er gar nicht wusste, wohin eigentlich. Er hielt inne und suchte nach Hines und Jonathan.

»Was soll ich denn jetzt tun?«, fragte er sie.

»Sie sind ein Wandschauer und können im Rahmen des Wandschauergesetzes alles tun und lassen, was Sie wollen«, sagte Hines mit einer Verbeugung. »Das Gesetz sieht zwar gewisse

Einschränkungen vor, aber grundsätzlich haben Sie Zugriff auf alle Mittel der Internationalen der Erde.«

»Natürlich auch auf die der Internationalen der Flotte«, fügte Jonathan hinzu.

Luo musste nicht lange überlegen. »Ich brauche momentan keine Mittel. Doch wenn meine Macht als Wandschauer nun wiederhergestellt sein sollte …«

»Sie können sich darauf verlassen«, bestätigte Hines und Jonathan nickte.

»… dann habe ich zwei Bitten. Erstens, die öffentliche Ordnung in den Städten muss sofort wiederhergestellt werden, und das Leben soll wieder seinen gewohnten Gang gehen. Hinter dieser Bitte steht kein Wandschauerplan, aber ich bin sicher, dass Sie sie verstehen.«

Alle nickten. »Die Welt hört dir zu, o Herr«, sagte jemand.

»Allerdings. Die Welt hört zu«, sagte Hines. »Es wird eine Weile dauern, bis die Ordnung wiederhergestellt ist, doch dank des Vertrauens der Menschheit in Sie wird es funktionieren.« Die Menge stimmte ihm zu.

»Zweitens. Geht nach Hause. Alle. Verlasst diesen Ort, ruhig und friedlich. Ich danke euch!«

Die Leute verstummten, doch dann ging ein Raunen durch die Menge, als sie die Botschaft weitergaben. Die Versammlung löste sich auf, erst langsam und unwillig, dann immer zügiger. Motoren sprangen an, und ein langer Autokonvoi zog über die Landstraße davon Richtung Stadt. Viele gingen zu Fuß die Straße entlang, eine lange, leuchtende Ameisenstraße in der Nacht.

Dann war die Wüste wieder leer und still. Nur Luo Ji, Da

Shi, Bill Hines und Ben Jonathan blieben zurück im zertrampelten Sand.

»Ich schäme mich so für den, der ich einmal war«, sagte Hines. »Unsere Zivilisation ist nur fünftausend Jahre alt, und eine unserer größten Errungenschaften ist die Achtung vor dem Leben und der Freiheit. Im Universum muss es Zivilisationen geben, die Milliarden Jahre alt sind. Wie sieht ihr Moralsystem aus? Ergibt diese Frage überhaupt Sinn?«

»Ich schäme mich auch«, sagte Jonathan. »Ich habe in den vergangenen Tagen sogar an Gott gezweifelt.« Als Hines stirnrunzelnd etwas einwenden wollte, hob er abwehrend die Hand. »Ich weiß, ich weiß. Nein, mein Freund, ich denke, wir reden von ein und derselben Sache.«

Die beiden Männer umarmten sich mit tränenfeuchten Augen.

»Also dann, meine Herren«, Luo Ji räusperte sich und tätschelte ihnen die Schultern. »Ich denke, Sie können jetzt gehen. Ich melde mich, wenn ich Sie brauche. Danke für alles.«

Er sah ihnen nach, wie sie Arm in Arm davongingen wie ein glückliches Liebespaar. Nun blieb er mit Da Shi allein zurück.

»Und du? Hast du auch etwas zu sagen?«, fragte er Da Shi grinsend.

Da Shi stand wie angewurzelt da, als sei er soeben Zeuge eines irren Zaubertricks geworden. »Mein Junge, jetzt hast du mich aber verdammt durcheinandergebracht.«

»Wie? Sag bloß, du glaubst nicht, dass ich der Engel der Gerechtigkeit bin?«

»Du kannst mich totschlagen, aber ich glaub's trotzdem nicht.«

»Auch nicht der Sprecher einer überirdischen Macht?«

»Das eher als ein Engel, aber ehrlich gesagt: Tut mir leid, so habe ich dich nie gesehen.«

»Glaubst du denn nicht an das Recht und die Gerechtigkeit des Universums?«

»Sollte ich das?«

»Du gehörst immerhin zum Arm des Gesetzes.«

»Ach, keine Ahnung. Ich weiß nur, dass ich jetzt echt verwirrt bin.«

»Dann bist du wohl der einzige vernünftige Mensch weit und breit.«

»Klärst du mich auf, was es mit der Gerechtigkeit des Universums auf sich hat?«

»Klar. Komm mal mit.« Luo Ji lief hinaus in die Wüste und Da Shi hinterher. Sie gingen schweigend bis zur Straße und überquerten sie.

»Wo gehen wir hin?«, fragte Da Shi.

»Dorthin, wo es am dunkelsten ist.«

Sie gingen bis zu einer Stelle, wo die Böschung sie von den Lichtern der Siedlung abschirmte. Im Dunkeln tasteten sie nach einem Fleckchen Sand, auf dem sie sich niederlassen konnten.

»Fangen wir an.«

Da Shi hörte nur Luo Jis Stimme. »Mach's so einfach wie möglich für mich, ja?«, gab er zurück. »Komplizierte Sachen werden mir schnell zu hoch.«

»Was ich dir erklären will, kann jeder verstehen, Da Shi. Die Wahrheit ist ganz einfach. Du wirst dich fragen, warum du nicht selbst darauf gekommen bist. Hast du schon mal was von mathematischen Axiomen gehört?«

»Du meinst so etwas wie: ›Die kürzeste Verbindung zwischen zwei Punkten ist eine Gerade‹? Hatten wir im Geometrieunterricht.«

»Genau. Und jetzt stellen wir einmal zwei Axiome für die kosmische Gesellschaft auf. Erstens: Überleben ist das erste Gebot jeder Zivilisation. Zweitens: Zivilisationen wachsen und dehnen sich ununterbrochen aus, aber die im Kosmos verfügbare Materie bleibt konstant.«

»Und weiter?«

»Das ist alles.«

»Was lässt sich jetzt daraus ableiten?«

»Genauso wie du mit einem Tropfen Blut oder einer Pistolenkugel einen ganzen Fall lösen kannst, kann die Kosmosoziologie mithilfe dieser zwei Axiome ein umfassendes Bild der galaktischen und kosmischen Zivilisation entwerfen. So funktioniert Wissenschaft, Da Shi. Die Grundpfeiler jeder Disziplin sind ganz einfach.«

»Dann schieß los mit der Ableitung.«

»Reden wir zunächst einmal über den Kampf der Finsternis. Stimmst du mir zu, wenn ich sage, dass Raumschiff Erde ein Mikrokosmos der galaktischen Zivilisation gewesen ist?«

»Nein. Raumschiff Erde fehlte es an Dingen wie Treibstoff und Ersatzteilen, aber dem Universum nicht. Es ist viel zu groß.«

»Da irrst du dich. Das Universum ist groß, aber das Leben ist größer! Das genau meint das zweite Axiom. Die Materie im Universum bleibt konstant, aber das Leben wächst exponentiell. Exponentialfunktionen sind der Dämon der Mathematik. Eine mikroskopisch große Bakterie im Ozean, die sich jede halbe

Stunde durch Zellteilung verdoppelt, genügt, um mit ihren Nachkommen innerhalb weniger Tage den ganzen Ozean zu füllen, wenn sie entsprechend Nahrung finden. Du darfst dich nicht von der Menschheit und Trisolaris täuschen lassen. Das mögen kleine Zivilisationen sein, aber sie stecken noch in den Kinderschuhen. Sobald eine Zivilisation eine bestimmte technische Hürde genommen hat, dehnt sich das Leben im Universum erschreckend schnell aus. Denk zum Beispiel an die Geschwindigkeit, mit der die Menschheit schon jetzt durch den Weltraum reist. In einer Million Jahre füllt unsere Zivilisation vielleicht die gesamte Galaxis. Und eine Million Jahre sind im Universum nichts.«

»Du willst also damit sagen, auf lange Sicht wird im Universum so eine, wie soll man das nennen … dunkle Macht wie bei Raumschiff Erde entstehen?«

»Nicht erst auf lange Sicht. Schon jetzt herrscht im Universum diese dunkle Macht. Wie sagte Hines: Die erste Zivilisation im Universum ist wahrscheinlich schon vor Milliarden von Jahren entstanden. Es sieht ganz so aus, als sei es schon ziemlich voll da draußen. Wer weiß, wie viel unbesetzten Raum es noch gibt, in der Milchstraße oder dem ganzen Universum, wie viele lebensnotwendige Ressourcen noch übrig sind?«

»Aber das kann doch nicht sein, oder? Das Universum sieht ziemlich leer aus. Wir wissen nichts von anderem Leben außer Trisolaris, nicht wahr?«

»Dazu kommen wir jetzt. Gib mir mal eine Zigarette.« Luo Ji musste im Dunkeln eine Zeit lang herumtasten, bevor er die Zigarette in Da Shis Hand erwischte. Als Luo Ji das nächste Mal sprach, bemerkte Da Shi, dass er sich drei oder vier Meter von ihm entfernt hatte. »Wir brauchen mehr Abstand, damit es sich mehr wie im Weltraum anfühlt«, sagte Luo Ji. Dann drehte er am Filter und zündete die Zigarette an. Da Shi zündete ebenfalls eine an. Nun hatten sie zwei kleine rote Planeten, die sich im Dunkeln gegenüberstanden.

»Gut. Um das Problem zu veranschaulichen, müssen wir jetzt das grundlegende Modell der kosmischen Zivilisation entwerfen. Diese beiden Glutpunkte sind zwei zivilisierte Planeten. Das ganze Universum besteht nur aus diesen beiden, sonst gibt es nichts. Lösche in Gedanken alles um uns herum aus. Kannst du dir das vorstellen?«

»Ja. Das ist in dieser Dunkelheit auch nicht besonders schwer.«

»Nennen wir diese beiden Zivilisationen die Luo-Ji- und die Da-Shi-Zivilisation. Sie sind ziemlich weit voneinander entfernt, sagen wir, hundert Lichtjahre. Du weißt, dass ich existiere, aber sonst weißt du nichts über mich. Ich jedoch weiß nicht einmal, dass es dich gibt.«

»Okay.«

»Jetzt müssen wir zwei Konzepte festlegen: die Gutmütigkeit beziehungsweise die Bosheit, die zwischen verschiedenen Zivilisationen herrschen. Das sind im wissenschaftlichen Kontext nicht besonders enge Begriffe, deshalb müssen wir ihre Bedeutung näher eingrenzen. »Gutmütig ist, wer andere Zivilisationen nicht als Erster angreift und auslöscht, bösartig, wer das Gegenteil tut.«

»Das ist für dich schon Gutmütigkeit?«

»Als Nächstes überlegst du dir, welche Möglichkeiten du hast, mit mir umzugehen. Bitte behalte dabei stets die Axiome der kosmischen Zivilisationen im Hinterkopf, plus den Abstand zwischen uns beiden und die Bedingungen, die im Weltraum herrschen.«

»Ich könnte mit dir Kontakt aufnehmen.«

»Wenn du das tust, musst du dir über eins im Klaren sein: Ich weiß dann, dass du existierst.«

»Stimmt. Keine Kleinigkeit im Universum.«

»Du kannst dich unterschiedlich stark exponieren. Am verwundbarsten wärst du, wenn ich deine genauen stellaren Koordinaten kennen würde. Etwas weniger, wenn ich grob wüsste, in welcher Richtung ich dich zu suchen hätte. Am wenigsten wärst du mir ausgeliefert, wenn mir bloß klar wäre, dass es dich gibt. Doch selbst wenn du dich am wenigsten stark exponierst, kann ich nach dir suchen. Da du herausgefunden hast, dass ich existiere, weiß ich, dass ich dich finden kann. Es ist, abhängig vom Stand der Technik, nur eine Frage der Zeit.«

»Aber ich könnte doch trotzdem das Risiko auf mich nehmen, mit dir zu kommunizieren, mein Junge. Wenn du bösartig bist, dann habe ich eben Pech gehabt. Wenn du aber gutmütig bist, dann könnten wir uns weiter austauschen und zusammen vielleicht eine vereinte gutmütige Zivilisation gründen.«

»So weit, so gut. Damit wären wir beim entscheidenden Dilemma angekommen. Erinnern wir uns an die beiden Axiome: Selbst wenn ich eine gutmütige Zivilisation bin, wie kann ich dann zu Beginn unseres Austauschs wissen, ob du auch gutmütig bist?«

»Das kannst du natürlich nicht. Das wäre ein Verstoß gegen das erste Axiom.«

»Was also soll ich tun, wenn ich deine Nachricht erhalten habe?«

»Dann musst du logischerweise herausfinden, ob ich gutmütig oder bösartig bin. Bin ich bösartig, radierst du mich aus. Bin ich gutmütig, bleiben wir im Gespräch.«

Die Flamme auf Luo Jis Seite erhob sich nun und bewegte sich hin und her. Luo Ji konnte nicht mehr stillsitzen und lief hin und her. »Auf der Erde ginge das. Aber nicht im Universum. Wir kommen damit zu einem weiteren wichtigen Konzept: Zweifelsketten.«

»Komischer Begriff.«

»Zuerst hatte ich nur den Begriff. Man hat ihn mir nicht erklärt. Aber später habe ich seine Bedeutung aus den Wortbestandteilen selbst abgeleitet.«

»Wer hat ihn dir nicht erklärt?«

»Davon später. Jetzt erst mal weiter im Text. Selbst wenn du annimmst, ich sei gutmütig, wäre das kein Grund, sich sicher zu fühlen, denn laut dem ersten Axiom kann eine gutmütige Zivilisation nicht vorhersehen, ob eine andere gutmütig ist. Du weißt nicht, ob ich annehme, dass du gutmütig bist. Selbst wenn du wüsstest, dass ich denke, du seist gutmütig, und auch ich weiß, dass du denkst, dass ich gutmütig sei, dann weiß ich nicht, was du über das denkst, was ich über das, was du denkst, denke. Ziemlich verwickelt, stimmt's? Und das ist erst die dritte Stufe, die Logik setzt sich immer weiter in dieser Weise fort.«

»Ich verstehe, was du meinst.«

»Das nennt man Zweifelskette. Auf der Erde gibt es das nicht. Bei der Menschheit mit ihren Ethnien, kulturellen Ähnlichkeiten, vernetzten Ökosystemen und geringen Distanzen kommt eine solche Zweifelskette nicht weiter als ein oder zwei Stufen, bis sie sich durch Kommunikation auflöst. Im Universum aber kann die Zweifelskette endlos sein. Bevor sie durch Kommunikation aufgelöst wird, haben wir schon einen Krieg der Finsternis.«

Da Shi zog an seiner Zigarette, und sein nachdenkliches Gesicht leuchtete kurz in der Dunkelheit auf. »Klingt so, als ob dieser Krieg der Finsternis uns eine große Lehre war.«

»Stimmt. Die fünf Schiffe von Raumschiff Erde stellten jedes für sich eine Art kosmische Zivilisation dar, keine richtige, denn sie waren alle von einer Art, nämlich Menschen, und einander damit sehr nah. Doch selbst in diesem Fall entstanden zwischen ihnen Zweifelsketten. In der kosmischen Zivilisation könnten die biologischen Unterschiede zwischen den verschiedenen Gruppen gewaltig sein und die kulturellen Unterschiede jenseits allen Fassungsvermögens. Wenn du jetzt noch die riesigen Entfernung hinzunimmst, bekommst du Zweifelsketten, die praktisch unauflösbar sind.«

»Was bedeutet, dass es auf ein und dasselbe hinausläuft, ob wir nun gutmütige oder bösartige Zivilisationen sind, richtig?«

»Genauso ist es. Das ist der wichtigste Aspekt von Zweifelsketten, sie haben nichts mit der Moral oder der sozialen Struktur einer Zivilisation zu tun. Es genügt, sich jede Zivilisation als den Punkt am Ende der Kette zu denken. Unabhängig davon, ob eine Zivilisation als solche gutmütig oder bösartig ist, sobald sie sich als letztes Glied an die Zweifelskette hängen, sind sie alle gleich.«

»Wenn du aber viel schwächer bist als ich, stellst du keine

Bedrohung dar. Dann könnte ich doch getrost mit dir kommunizieren, oder?«

»Auch das funktioniert nicht. Damit kommen wir zu einem zweiten wichtigen Konzept: der technologischen Explosion. Auch dieser Begriff wurde mir nicht erklärt, aber seine Bedeutung lag deutlicher auf der Hand als bei der Zweifelskette. Die menschliche Zivilisation blickt auf eine ungefähr fünftausendjährige Geschichte zurück, und das Leben auf der Erde ist einige Milliarden Jahre alt. Die moderne Technik jedoch hat sich innerhalb von nur dreihundert Jahren entwickelt. Das ist mit den Maßstäben des Universums gemessen keine Entwicklung. Das ist eine Explosion! Das Potenzial für sprunghafte technische Fortschritte ist der Sprengstoff, der jeder Zivilisation innewohnt. Wird er durch äußere oder innere Faktoren gezündet, geht er mit einem Knall los. Es dauerte dreihundert Jahre auf der Erde, aber es gibt keinen Grund anzunehmen, dass die Menschheit damit unter allen kosmischen Zivilisationen die flotteste ist. Vielleicht gibt es andere, bei denen es noch schneller ging. Ich bin schwächer als du, doch sobald ich deine Nachricht erhalten habe und von deiner Existenz weiß, entsteht zwischen uns eine Zweifelskette. Wenn ich dann eine plötzliche technologische Explosion erfahre, die mich dir überlegen macht, bin ich stärker als du. Aus der Sicht des Universums sind ein paar hundert Jahre bloß ein Wimpernschlag. Und möglicherweise war die Kenntnis von deiner Existenz und was ich aus unserer Kommunikation gelernt habe, der Funke, der die Explosion ausgelöst hat. Was bedeutet, dass ich selbst als ganz junge oder noch wachsende Zivilisation eine Gefahr für dich sein kann.«

Da Shi beobachtete das Licht von Luo Jis Zigarette im Dunkeln und dachte einen Augenblick nach. »Also halte ich besser still.«

»Meinst du, das funktioniert?«

Sie rauchten. Ihre Gesichter wurden von der Glut erhellt, als wären sie zwei nachdenkliche Götter in ihrem kleinen Universum.

»Nein, es funktioniert nicht«, sagte Da Shi. »Wenn du stärker bist als ich, wirst du mich eines Tages finden, so wie ich dich gefunden habe. Und schon haben wir die Zweifelskette. Wenn du schwächer bist als ich, könntest du jederzeit eine technische Explosion durchmachen, womit wir wieder beim ersten Szenario wären. Zusammengefasst hieße das: Erstens, dich wissen zu lassen, dass ich existiere und zweitens, dich weiter existieren zu lassen, wäre gleichermaßen gefährlich für mich und ein Verstoß gegen das erste Axiom.«

»Du hast wirklich einen klaren Verstand, Da Shi.«

»So weit kann ich mit dir mithalten, aber jetzt geht es doch gerade erst los.«

Luo Ji schwieg für eine ganze Weile, während der die Zigarettenglut zwei bis drei Mal sein Gesicht beleuchtete. »Das ist nicht der Anfang, Da Shi. Wir sind schon beim Ergebnis unseres Gedankengangs angelangt.«

»Ergebnis? Wir haben doch noch gar nichts klargestellt! Wo ist das versprochene Bild der kosmischen Zivilisationen, das du mir versprochen hast?«

»Wenn weder Kommunikation noch Schweigen zielführend sind, sobald du von meiner Existenz erfahren hast, bleibt dir nur eine einzige Wahl.«

In der darauf folgenden Stille erloschen die beiden Lichtpunkte. Nicht der leiseste Windhauch war zu spüren, und die Dunkelheit schien so undurchdringlich wie Teer. Himmel und Erde waren ein einziges, finsteres Loch.

»Verdammt!« stieß Da Shi plötzlich aus.

»Wenn du diese Option als die einzig mögliche für die Abermillionen von Zivilisationen anerkennst, die zwischen den vielen Milliarden Sternen dort draußen existieren, hast du dein allumfassendes Bild.«

»Das … ist verflucht düster.«

»So düster wie das Universum nun einmal ist.« Luo Lis Hand fuhr durch die Dunkelheit, als streichelte sie über Samt. »Das Universum ist ein dunkler Wald. Jede Zivilisation ist ein bewaffneter Jäger, der wie ein Geist zwischen den Bäumen umherstreift, vorsichtig störende Zweige aus dem Weg schiebt und versucht, geräuschlos aufzutreten und so leise wie möglich zu atmen. Der Jäger muss vorsichtig sein, denn überall im Wald lauern andere Jäger wie er. Stößt er auf anderes Leben, egal ob es sich dabei um einen anderen Jäger, einen Engel oder einen Teufel, ein neugeborenes Baby oder einen alten Tattergreis, eine Fee oder einen Waldgeist handelt, bleibt ihm nichts anderes übrig, als es auszuschalten. In diesem Wald sind die Hölle die anderen Lebewesen. Es herrscht das ungeschriebene Gesetz, dass jedes Leben, das sich einem anderen offenbart, umgehend eliminiert werden muss. Das ist das Bild der kosmischen Zivilisationen. Das erklärt das Fermi-Paradox.«

Da Shi zündete sich eine neue Zigarette an, auch, um ein bisschen Licht zu haben.

»Aber in diesem dunklen Wald gibt es ein dummes Kind mit

Namen Menschheit, das ein großer Feuer entfacht hat und schreit: Hallo, hier bin ich! Hört mich jemand?‹«

»Und, hat es jemand gehört?«

»Ganz bestimmt. Doch die Schreie allein genügen nicht, um seinen Standort festzustellen. Die Menschheit hat die genauen Koordinaten der Erde und des Sonnensystems dem Universum noch nicht preisgegeben. Bislang verrät die Information lediglich die Distanz zwischen der Erde und Trisolaris und die generelle Lage in der Galaxis. Die genaue Lage der beiden Welten ist noch ein Rätsel. Da wir in der Wildnis am Rande der Milchstraßen-Galaxis leben, sind wir einigermaßen sicher.«

»Und was war das jetzt mit dem Fluch?«

»Mithilfe der Sonne habe ich drei Bilder in den Weltraum geschickt. Jedes bestand aus dreißig Punkten, die planare Projektion eines dreidimensionalen Koordinatensystems mit der Position von dreißig Sternen. Kombiniert man diese drei Bilder zu dreidimensionalen Koordinaten, erhält man einen kubischen Raum, in dem diese dreißig Punkte liegen. Dieser repräsentiert die relative Position von 187J3X1 und den neunundzwanzig Sternen seiner Umgebung. 187J3X1 wird zusätzlich mit einem Pfeil markiert. Du kannst dir sicher selbst ausrechnen, was dann passiert. Ein Jäger stapft keuchend durch den dunklen Wald und bemerkt plötzlich, dass am Baum vor ihm ein Stück Rinde fehlt. Auf dem auffälligen Stück blankem Holz ist eine bestimmte Stelle im Wald dargestellt, auf eine Weise, die jeder Jäger lesen kann. Was wird er über die markierte Stelle denken? Vermutlich nicht, dass dort jemand Vorräte für ihn angelegt hat. Die naheliegendste Schlussfolgerung wäre, dass die Markierung jeden darauf hinweisen soll, dass es dort Leben gibt, das es auszulöschen gilt. Die Motive hinter der Markierung spielen dabei keine Rolle. Wichtig ist allein, dass die unbekannte Macht die Nerven aller im dunklen Wald bis zum Zerreißen gespannt hält, und der Jäger mit den schwächsten Nerven wird der Erste sein, der etwas unternimmt. Nehmen wir an, es gibt eine Million Jäger im Wald, die Zahl der Zivilisationen könnte angesichts der Abermilliarden von Sternen in der Milchstraße noch um ein Vielfaches höher sein. Davon werden vielleicht neunhunderttausend die Markierung ignorieren. Von den übrigen hunderttausend werden vielleicht neunzigtausend die Stelle überprüfen und sich, nachdem sie festgestellt haben, dass es dort kein Leben gibt, nicht weiter darum kümmern. Doch einer, wenigstens ein einziger der verbliebenen zehntausend Jäger wird die Entscheidung treffen, in diese Richtung zu schießen, weil einer Zivilisation auf einem bestimmten technischen Niveau ein Angriff sinnvoller und sicherer erscheint als eine Überprüfung. Es gibt ja nichts zu verlieren. Und dieser Jäger hat nun zugeschlagen.«

»So einen Fluch wie damals kannst du seit heute nicht mehr senden, oder?«, fragte Da Shi.

»Stimmt. Der Fluch muss ins ganze Universum übertragen werden, aber dazu braucht man die Sonne, und die ist jetzt blockiert worden.«

»War die Menschheit also einfach zu spät dran?« Da Shi warf seine Zigarette weg, die wie ein kleiner Komet im hohen Bogen durch die Nacht schoss und glimmend im Sand landete.

»Nein. Überlege mal, was geschehen wäre, wenn ich Trisolaris damit gedroht hätte, einen Fluch gegen sie in den Weltraum zu senden?«

»Dann wärst du gesteinigt worden wie dieser Rey Diaz. Und dann wäre sofort ein Gesetz erlassen worden, das jeden Gedanken in diese Richtung verboten hätte.«

»Damit liegst du vollkommen richtig. Bislang haben wir bereits den Abstand zwischen unserem Sonnensystem und Trisolaris sowie unseren generellen Standort in der Milchstraße preisgegeben. Wenn wir nun die genaue Position von Trisolaris enthüllten, würden wir damit auch verraten, wo unser eigenes Sonnensystem zu finden ist. Das wäre Selbstmord. Dieser Schritt verbietet sich mittlerweile von selbst.«

»Du hättest Trisolaris schon damals damit drohen sollen.«

»Die Idee schien einfach zu absonderlich. Ich war mir noch nicht sicher und musste erst den Beweis haben, dass es funktioniert. Schließlich blieb noch ausreichend Zeit. Doch wenn ich ehrlich bin – der wahre Grund war, dass ich tief in mir drin nicht dazu bereit war. Das wäre wahrscheinlich jedem so gegangen.«

»Wenn ich es mir recht überlege, hätten wir heute nicht zum Bürgermeister gehen sollen. Wenn die Welt von dieser Situation erfährt, dann gute Nacht. Denk nur daran, wie es den ersten beiden Wandschauern ergangen ist.«

»Stimmt. So würde es mir wohl auch ergehen. Deshalb sollten wir beide kein Wort darüber verlieren. Aber wenn du möchtest, kann du es natürlich erzählen. Wie sagte doch gleich noch mal jemand zu mir? ›In jedem Fall habe ich meine Pflicht erfüllt‹.«

»Wie käme ich dazu, mein Junge. Das bleibt unter uns.«

»So oder so gibt es keine Hoffnung mehr.«

Sie spazierten die Böschung entlang und über die Landstraße, wo es nicht ganz so finster war. Die wenigen Lichter der Siedlung kamen ihnen nach der vollkommenen Dunkelheit von gerade eben sehr grell vor.

»Eine Sache noch. Wer ist die Person, von der du gesprochen hast?«

Luo Ji zögerte. »Ach, nicht so wichtig. Es reicht, wenn du weißt, dass die Axiome der Kosmosoziologie und die Dunkler-Wald-Theorie nicht von mir stammen.«

»Morgen ziehe ich in die Stadt um und arbeite von jetzt an für die Regierung. Wenn du mich brauchst – ein Wort genügt.«

»Du hast mir schon mehr als genug geholfen, Da Shi. Ich fahre morgen auch in die Untergrundstadt, ins Kälteschlafzentrum. Ich will meine Familie wiedererwecken lassen.«

Im Kälteschlafzentrum hieß es jedoch, dass die Wiederweckung von Zhuang Yan und Xia Xia noch immer behördlich untersagt sei. Auch Luo Jis besondere Rechte als Wandschauer halfen ihm in diesem Fall nichts. Er suchte Hines und Jonathan auf, die mit seiner Situation zwar nicht in allen Einzelheiten vertraut waren, ihn jedoch darüber aufklärten, dass das Wandschauergesetz verändert worden war. Nun war es der Wandschauerkommission möglich, sämtliche erforderlichen Maßnahmen zu ergreifen, damit der Wandschauer auf seine Arbeit konzentriert blieb. Was bedeutete, dass die UNO Luo Ji erneut mit seiner Familie erpresste.

Luo Ji verlangte, dass seine von Kälteschläfern bewohnte Siedlung von sämtlichen Belästigungen abgeschirmt werden sollte. Diesem Wunsch wurde sofort entsprochen. Sowohl den Medien als auch den Pilgern wurde der Zugang verwehrt, und nachdem in *Neues Leben Nr. 5* wieder Ruhe eingekehrt war, ging dort alles seinen gewohnten Gang.

Am übernächsten Tag nahm Luo Ji an der ersten Anhörung der wiederaufgenommenen Operation Wandschauer teil. Er reiste dafür nicht bis zum UN-Hauptquartier in der Untergrundstadt in Nordamerika, sondern schaltete sich von seiner technisch rückständigen Siedlung aus per Videokonferenz zu. Die Bilder von der Sondersitzung verfolgte er auf dem Fernsehbildschirm in seinem Zimmer.

»Wir waren darauf vorbereitet, Sie wütend zu sehen, Wandschauer Luo Ji«, sagte der Vorsitzende der Kommission.

»Für Zorn habe ich mittlerweile keine Kraft mehr«, sagte Luo Ji und lehnte sich auf dem Sofa zurück.

»Eine vernünftige Haltung«, sagte der Vorsitzende und nickte. »Dennoch ist die Kommission der Meinung, dass Sie Ihre Siedlung verlassen sollten. Dieser bescheidene Ort ist keine angemessene Kommandozentrale für die Verteidigung des Sonnensystems.«

»Kennen Sie den Ort Xibaipo? Das ist eine noch viel kleinere Siedlung unweit von hier. Vor mehr als zweihundert Jahren haben die Gründerväter meiner Nation von dort aus eine der größten Offensiven der Geschichte gestartet.«

Der Vorsitzende schüttelte den Kopf. »Sie sind immer noch der Alte. Nun gut. Die Kommission respektiert Ihre Wahl und Ihre Gewohnheiten. Es wird Zeit, dass Sie Ihre Arbeit aufnehmen. Aber es wird nicht mehr so laufen wie damals, als Sie behaupteten, Ihr Müßiggang sei Teil des Plans, oder?«

»Ich kann nicht arbeiten. Mir fehlen jetzt die notwendigen Voraussetzungen zum Arbeiten. Oder schaffen Sie es etwa, mich mit genügend Sonnenenergie zu versorgen, damit ich meinen Fluch in den Weltraum senden kann?«

Der Sprecher der Asiatischen Flotte meldete sich zu Wort. »Sie wissen selbst, dass das unmöglich ist. Der Tropfen blockiert die Sendefähigkeit der Sonne nach wie vor. Wir glauben auch nicht, dass er in den nächsten zwei oder drei Jahren damit aufhören wird. Und bis dahin werden bereits die nächsten neun Tropfen das Sonnensystem erreicht haben.«

»Dann kann ich nichts tun.«

»Doch, Wandschauer Luo Ji«, sagte der Vorsitzende. »Es gibt eine wichtige Sache, die noch aussteht: Sie haben der UNO und der SFJC das Geheimnis Ihres Fluchs noch nicht erklärt. Wie konnten Sie damit einen Stern zerstören?«

»Das kann ich Ihnen nicht sagen.«

»Und wenn das die Bedingung für die Wiedererweckung Ihrer Frau und Ihres Kindes wäre?«

»Sie widern mich an.«

»Wir befinden uns in einer geheimen Anhörung. Abgesehen davon ist Operation Wandschauer keine Erfindung der modernen Gesellschaft. Alle Entscheidungen, die im einundzwanzigsten Jahrhundert von der UN-Wandschauerkommission getroffen wurden, gelten noch immer. Und die damalige Resolution lautete, dass Ihre Familie bis zur entscheidenden Schlacht im Kälteschlaf bleibt.«

»Haben wir diese Schlacht nicht schon hinter uns?«

»Die beiden Internationalen sind sich einig, dass das erst mit dem Eintreffen der Trisolaris-Flotte der Fall ist.«

»Das Geheimnis des Fluchs für mich zu behalten, gehört zu meinen Pflichten als Wandschauer. Sonst wäre die letzte

Hoffnung der Menschheit verloren, wenn sie das nicht längst ist.«

In den darauffolgenden Tagen verließ Luo Ji kaum je das Haus und betrank sich hemmungslos. Die meiste Zeit verbrachte er vollkommen zugedröhnt. Er vernachlässigte sein Äußeres, trug immer dieselben Sachen und rasierte sich nicht, bis er aussah wie ein Landstreicher.

An der nächsten Anhörung nahm er wieder von zu Hause aus teil.

»Ihr Zustand bereitet uns Sorge, Wandschauer Luo Ji«, sagte der Vorsitzende, als er ihn sah. Er ließ die Kamera einen Schwenk durch Luo Jis Zimmer vollführen, und die ganze Versammlung sah die Haufen leerer, im Raum verstreuter Flaschen.

»Nehmen Sie bitte umgehend Ihre Arbeit auf«, sagte der Sprecher der Vereinigten Republik Europa. »Wir brauchen Sie zumindest nüchtern und bei klarem Verstand.«

»Sie wissen, wie Sie mich dazu bekommen.«

»Das Wiedererwecken Ihrer Familie ist nicht der Punkt«, sagte der Vorsitzende. »Wir wollen Sie damit nicht unter Druck setzen. Das können wir ohnehin nicht. Es handelt sich um einen Beschluss, der von unseren Vorvorgängern gefasst wurde, der lässt sich nicht so einfach widerrufen. Das geht nur unter einer einzigen Bedingung.«

»Ich lehne Ihre Bedingung ab.«

»Sachte, Dr. Luo. Es ist eine neue Bedingung.«

Luo Ji setzte sich mit leuchtenden Augen auf seinem Sofa auf. »Wie lautet Ihre Bedingung?«

»Sie ist ganz simpel, einfacher geht es gar nicht. Sie müssen nur irgendetwas tun.«

»Wenn ich keinen Fluch in den Weltraum senden kann, bleibt mir nichts zu tun.«

»Dann überlegen Sie sich etwas anderes.«

»Meinen Sie damit irgendetwas vollkommen Sinnloses?«

»Solange es für die Öffentlichkeit sinnvoll wirkt, ja. Für die Massen sind Sie entweder der Vertreter einer kosmischen Macht oder ein himmlischer Engel der Gerechtigkeit. Diese Fantasievorstellungen von Ihnen sollten reichen, um die Lage stabil zu halten. Wenn Sie aber gar nichts tun, werden die Leute den Glauben an Sie verlieren.«

»Ziemlich gefährlich, auf diese Weise für stabile Verhältnisse sorgen zu wollen. Das wird nicht gut gehen.«

»Mag sein, aber im Moment müssen wir vor allem weltweit für stabile Verhältnisse sorgen. In drei Jahren treffen die neun Tropfen im Sonnensystem ein, und wir müssen uns dafür wappnen.«

»Ich möchte nicht unnötig Mittel vergeuden.«

»Wenn das so ist, dann stellt die Kommission Ihnen eine Aufgabe, bei der keine Mittel vergeudet werden. Ich bitte hiermit den Vorsitzenden der SFJC, sie Ihnen zu erläutern.« Er machte eine Geste in Richtung des Vorsitzenden der SFJC, der ebenfalls per Video zugeschaltet war. Er war offenbar irgendwo im Weltraum stationiert, denn das Fenster hinter ihm zeigte vorbeiziehende Sterne.

»Unsere Prognose, wann die neun Tropfen im Sonnensystem eintreffen werden, fußt auf der geschätzten Geschwindigkeit und Beschleunigung, mit der sie vor vier Jahren die letzte interstellare Staubwolke durchquert haben«, begann er. »Im Unterschied zu dem Tropfen, der bereits hier ist, leuchtet ihr Antrieb nicht. Sie senden auch keine andere Art elektromagnetischer Hochfrequenzwellen aus, die uns erlauben würden, ihre Position festzustellen. Wahrscheinlich handelt es sich dabei um eine bewusste Veränderung, nachdem wir den ersten Tropfen erfolgreich orten konnten. Derart kleine und dunkle Objekte im Weltraum aufzuspüren ist unglaublich schwierig, und nachdem wir nun ihre Spur verloren haben, können wir nicht mehr sagen, wann genau sie das Sonnensystem erreichen werden. Wir wissen nicht einmal, ob wir sie entdecken, wenn sie erst mal da sind.«

»Und was kann ich dabei tun?«

»Wir möchten, dass Sie das Schneeprojekt leiten.«

»Was soll das sein?«

»Dabei werden wir mit stellaren Wasserstoffbomben und dem Ölfilm vom Neptun Weltraumstaubwolken produzieren, in denen die Tropfen ihre Spuren hinterlassen.«

»Soll das ein Witz sein? Sie wissen schon, dass ich kein absoluter Laie bin, was Astronomie angeht?«

»Doch, wir wissen, dass Sie einmal Astrophysik studiert haben. Damit Sie sind umso mehr für dieses Projekt qualifiziert.«

»Beim letzten Mal hat das mit der künstlichen Staubwolke funktioniert, weil man eine ungefähre Vorstellung vom Kurs des Objekts hatte. Jetzt aber sind wir vollkommen ahnungslos. Wenn die neun Tropfen im Dunkeln beschleunigen oder den Kurs ändern, nähern sie sich dem Sonnensystem womöglich aus einer ganz anderen Richtung. Wo sollen wir dann die Staubwolken verteilen?«

»In allen Richtungen.«

»Soll das heißen, Sie wollen das gesamte Sonnensystem in

eine geballte Staubwolke hüllen? Wenn das so ist, dann trete ich meinen Ruf als Bote des Himmels an Sie ab.«

»Das wird nicht möglich sein, aber wir können einen Staubring auf die Ekliptikebene legen, zwischen dem Asteroidengürtel und Jupiter.«

»Und wenn die Tropfen von außerhalb der Ekliptikebene zu uns kommen?«

»Dann ist nichts zu machen. Aber wenn die Tropfen sämtliche Planeten des Sonnensystems passieren wollen, werden sie wahrscheinlich über die Ekliptikebene kommen. Aus astrodynamischer Sicht ergibt das am meisten Sinn, und das war auch der Weg, den der erste Tropfen genommen hat. Dabei werden sie ihre Spuren im Schneefeld der Staubwolke hinterlassen. Und wenn wir sie entdeckt haben, wird das Ringier-Fitzroy-Teleskop an ihnen dranbleiben.«

»Wozu soll das nun wieder gut sein?«

»Dann wissen wir wenigstens, dass sie das Sonnensystem erreicht haben. Eventuell wollen sie zivile Ziele im Weltraum angreifen. Also müssen wir rechtzeitig alle Schiffe zurückrufen, oder zumindest diejenigen, die in der Flugbahn der Tropfen unterwegs sind. Und die Bewohner der Weltraumstädte müssen zur Erde evakuiert werden. Sie sind zu verwundbar.«

»Noch wichtiger ist ein weiterer Aspekt«, fügte der Vorsitzende der Wandschauerkommission hinzu. »Wir müssen sichere Routen festlegen, auf denen sich Raumschiffe in die Tiefen des Weltraums zurückziehen können.«

»In die Tiefen des Weltraums? Reden Sie etwa von Eskapismus?«

»Wenn Sie unbedingt diesen Begriff benutzen wollen.«

»Warum beginnen wir dann nicht gleich mit der Flucht?«

»Die gegenwärtigen politischen Bedingungen gestatten es nicht. Doch sobald die Tropfen vor unserer Haustür auftauchen, wird die Weltöffentlichkeit die Evakuierung von Teilen der Menschheit vielleicht akzeptieren. Natürlich ist das rein hypothetisch, aber die UNO und die SFJC müssen sich rechtzeitig darauf einstellen.«

»Ich verstehe. Aber das Schneeprojekt kommt auch ohne mich aus.«

»Nein, ohne Sie wird es nicht gehen. Die Erzeugung dieser Staubwolke ist ein gigantisches Unterfangen, selbst im Orbit des Jupiter. Dazu benötigen wir etwa zehntausend stellare Wasserstoffbomben und mehr als zehn Millionen Tonnen Ölfilm. Außerdem müssen wir eine riesige Weltraumflotte aufstellen. Damit wir das alles innerhalb von drei Jahren hinbekommen, müssen wir uns auf Ihren Status und Ihr Ansehen berufen. Denn nur dann werden uns die beiden Internationalen die notwendigen Mittel zur Verfügung stellen.«

»Wenn ich zusage, werden Sie sie dann aufwecken lassen?«

»Sobald das Projekt in die Gänge kommt. Was, wie gesagt, kein Problem sein wird.«

Doch das Schneeprojekt kam nicht richtig in die Gänge, da sich die beiden Internationalen nicht dafür interessierten. Wonach die Öffentlichkeit verlangte, war eine Strategie, wie die Welt gerettet werden konnte. Die Aussicht auf ein Projekt, bei dem lediglich die Ankunftszeit der Gegner bestimmt und Fluchtpläne erstellt werden sollten, würde niemanden begeistern. Hinzu kam, dass die Idee ganz offensichtlich nicht von

Wandschauer Luo Ji stammte, sondern von der UNO und der SFJC, die sich seinen Status zunutze machen wollten. Würde das Schneeprojekt tatsächlich umgesetzt werden, käme die Wirtschaft sowohl auf der Erde als auch in der Flotte zum Stillstand. Entgegen der Erwartungen der UNO, betrachtete die Weltöffentlichkeit den Eskapismus im Licht der näherkommenden Tropfen sogar als noch verabscheuungswürdiger als zuvor. Die beiden Internationalen lehnten es daher ab, einen so hohen Preis für ein derart unbeliebtes Projekt zu zahlen. Folgerichtig kam der Bau der Flotte, die den Ölfilm am Neptun abbauen sollte, nur schleppend voran. Das Gleiche galt für die Aufstockung des Wasserstoffbombenarsenals, das während des Tiefen Tals auf weniger als tausend Stück zusammengeschrumpft war.

Doch Luo Ji engagierte sich mit Leib und Seele für das Projekt. Die UNO und die SFJC hatten zwar zunächst nur sein hohes Ansehen nutzen wollen, um die aufwendigen finanziellen Mittel zu mobilisieren, aber Luo Ji beschäftigte sich eingehend mit jedem Detail, verbrachte schlaflose Nächte an der Seite der Wissenschaftler und Ingenieure der technischen Task Force und brachte eigene Ideen ein. So schlug er zum Beispiel vor, jede der Bomben mit einem kleinen stellaren Ionenantrieb zu versehen. Damit waren sie eingeschränkt manövrierbar und konnten je nach Dichte der Staubwolke vor ihrer Detonation kurzfristig an andere Stellen im Orbit versetzt werden. Vor allem aber konnten die Bomben so auch aktiv zum Angriff eingesetzt werden. Luo Ji nannte sie »Weltraumminen«. Obwohl sie den Tropfen nichts anhaben konnten, würden sie sich, so sein Argument, auf lange Sicht im Kampf gegen die Trisolaris-

Flotte vielleicht doch noch als nützlich erweisen. Man wusste schließlich nicht, ob auch die Flotte aus Materie mit starker Wechselwirkung bestand. Die verschiedenen Umlaufbahnen für die Wassestoffbomben legte er persönlich fest. Obwohl seine Vorschläge aus Sicht der modernen Technik von der Naivität und Ignoranz des einundzwanzigsten Jahrhunderts zeugten, wurden die meisten wegen seines Wandschauerstatus und seines hohen Ansehens umgesetzt.

Doch je stärker sich Luo Ji für das Projekt einsetzte, umso mehr litt dadurch sein Ansehen. Für jedermann war klar, dass er nur deshalb so viel Energie in ein weitgehend sinnloses Projekt steckte, weil er so bald wie möglich mit seiner Frau und seinem Kind vereint sein wollte. Die Welt wartete derweil auf einen Plan, der nie wahr wurde. Luo Ji selbst ließ die Medien wieder und wieder wissen, dass er ohne die Sonne als Verstärker nicht dazu in der Lage sei, einen weiteren Fluch in den Weltraum zu schicken. Er war machtlos.

Nach anderthalb Jahren wurde das Schneeprojekt eingestellt. Bis dahin waren am Neptun nur eins Komma fünf Millionen Tonnen Ölfilm abgebaut worden, und selbst wenn man die sechshunderttausend Tonnen, die für den Nebelschirm gesammelt worden waren, mit einbezog, war das noch immer weit unter den Erfordernissen des Projekts. Letztendlich wurden dreitausendsechshundertvierzehn jeweils mit Ölfilm-Material bepackte stellare Wasserstoffbomben in einem Orbit in zwei AE Entfernung von der Sonne verteilt. Das war nicht einmal ein Fünftel der angestrebten Menge. Ihre Detonation würde zwar zu zahlreichen vereinzelten Staubwolken am äußeren Rand des Sonnensystems führen, aber nicht zu einem geschlossen Ring, womit sie ihren Zweck nur bedingt erfüllten.

Die Enttäuschung stellte sich so schnell ein, wie die Hoffnung aufgekeimt war. Nach anderthalb Jahren enttäuschter Erwartungen verlor die Öffentlichkeit ihren Glauben an Luo Ji den Wandschauer, den Engel der Gerechtigkeit, die kosmische Macht.

Bei der folgenden Generalversammlung der Internationalen Astronomischen Union IAU, die zuletzt im Jahr 2006 aufgefallen war, als sie Pluto den Rang eines Planeten aberkannt hatte, vertraten zahlreiche Astronomen die Auffassung, die Explosion von 187J3X1 sei ein Zufall gewesen. Durch seine astronomischen Kenntnisse habe Luo Ji möglicherweise Anzeichen für eine kommende Explosion entdeckt. Diese Unterstellung ließ sich in keiner Weise wissenschaftlich untermauern, aber sie genügte, um Luo Jis Ruf nachhaltig zu beschädigen. Eben noch als Erlöser gefeiert, war er in den Augen der Leute bald wieder ein gewöhnlicher Mensch, sogar ein Betrüger. Seinen Wandschauerstatus büßte er zwar dennoch nicht ein und auch das Wandschauergesetz blieb weiterhin in Kraft, nur wirkliche Macht hatte er nicht mehr.

Jahr 208 der Krise

Abstand der Trisolaris-Flotte zum Sonnensystem:
2,07 Lichtjahre

An einem kalten, regnerischen Herbstnachmittag fasste das Nachbarschaftskomitee von *Neues Leben Nr. 5* folgenden Beschluss: Luo Ji solle von der Siedlung ausgeschlossen werden, weil er das tägliche Leben der Bewohner störe. Während des Schneeprojekts hatte Luo Ji zwar häufig an irgendwelchen Konferenzen teilgenommen, aber die meiste Zeit war er in der Gegend geblieben und hatte von zu Hause aus mit den Gremien Kontakt gehalten. Während des Niedergangs des Projekts kam es dann aber zu unschönen Zwischenfällen, weil sich bisweilen Menschen vor seinem Haus zusammenrotteten, um ihn auszubuhen und die Fenster mit Steinen einzuwerfen. Die Medien stürzten sich sofort auf das Spektakel, sodass sich vor dem Haus am Ende ebenso viele Journalisten wie Demonstranten tummelten. Der wahre Grund für seinen Ausschluss war jedoch ein anderer: Die übrigen Kälteschläfer verziehen ihm ebenso wenig wie der Rest der Gesellschaft, dass er, Luo Ji, nicht der Erlöser war.

Als die Versammlung sich aufgelöst hatte, ging die Direktorin des Nachbarschaftskomitees zu Luo Ji nach Hause, um ihm den Beschluss mitzuteilen. Nachdem sie mehrmals vergeblich geklingelt hatte, stieß sie die angelehnte Tür auf und erstickte fast an dem Schwall von Alkoholdunst, abgestandenem Zigarettenrauch und Schweißgeruch, der ihr entgegenschlug. Ihr fiel auf, dass die Wände zu den in der Untergrundstadt üblichen Funktionsoberflächen umgebaut worden waren, bei denen man durch Antippen überall Informationsdisplays aufrufen konnte. Sie waren voll von verwirrenden Bildern, zumeist komplexen Daten und Datenkurven, das größte zeigte eine im Weltraum hängende Kugel: eine stellare, mit Ölfilm bepackte Wasserstoffbombe. Der durchsichtige Film ließ deutlich die langsam rotierende Bombe darunter erkennen. Sie sah aus wie eine der Murmeln, mit denen Leute wie sie und Luo Ji als Kinder gespielt hatten. An einer Stelle war ein kleiner Vorsprung, der Ionenantrieb, und auf der glatten Oberfläche der Kugel spiegelte sich eine winzige Sonne. Die vielen bunten Displays verwandelten den Raum in eine Wundertüte. Sie waren die einzige Lichtquelle und flimmerten so wild durcheinander, dass man kaum erkennen konnte, was real war und was Projektion.

Der Raum sah, wenn man sich an das allgegenwärtige Flimmern gewöhnt hatte, wie die Höhle eines Drogenabhängigen aus, überall leere Flaschen und Zigarettenkippen, die Kleider achtlos wie Lumpen in eine Ecke geworfen. Inmitten des Mülls entdeckte sie Luo Ji. Er saß zusammengekauert in einer Ecke, ein dunkler Umriss vor all den bunten Bildern. Zuerst dachte sie, er schliefe, aber dann bemerkte sie, dass er nur geistesabwesend auf die Müllberge vor ihm starrte. Seine Augen waren blutunterlaufen, sein Gesicht und der Körper ausgezehrt, und er war kaum in der Lage, sich aufrecht zu halten. Den Gruß der Direktorin erwiderte er mit einem stummen Nicken. Immerhin war er noch am Leben. Doch die zweihundert quälenden Jahre hatten ihn nun endgültig geschafft.

Die Direktorin zeigte kein bisschen Mitleid mit der heruntergekommenen Gestalt. Sie war eine typische Veteranin des einundzwanzigsten Jahrhunderts. Menschen von damals glaubten noch daran, dass am Ende der finstersten Zeit ein Funken Hoffnung und Gerechtigkeit auf sie alle wartete. Gerade Luo Ji hatte sie in diesem Glauben zuletzt bestärkt, doch mittlerweile hatte er alles kaputtgemacht. Zuerst war sie nur enttäuscht von ihm gewesen, dann beschämt und schließlich wütend. Kühl erläuterte sie ihm den Beschluss.

Luo Ji nickte abermals. »Morgen gehe ich«, brachte er mühsam hervor. »Es wird Zeit, dass ich verschwinde. Bitte verzeiht mir meine Fehler.«

Erst zwei Tage später verstand die Direktorin, wie seine letzten Worte gemeint waren.

Luo Ji hatte ohnehin vorgehabt, in derselben Nacht die Siedlung zu verlassen. Als sich die Direktorin verabschiedet hatte, rappelte er sich auf und suchte im Schlafzimmer nach seiner Reisetasche. Unter den wenigen Habseligkeiten, die er einpackte, war auch eine kurze Schaufel, die er in der Kammer gefunden hatte. Der dreieckige Griff der Schaufel lugte aus der Reisetasche hervor. Dann zog er sich eine abgewetzte Jacke an, hängte sich die Tasche über die Schulter und ging. Hinter ihm blinkten weiter die schillernden Displays an den Wänden.

Das Treppenhaus war leer, doch auf dem Treppenabsatz stieß

er fast mit einem kleinen Jungen zusammen, der wohl gerade aus der Schule gekommen war und Luo Ji mit einem schwer zu deutenden Gesichtsausdruck anstarrte. Draußen regnete es noch immer, aber er hatte keine Lust, umzukehren und einen Schirm zu holen.

Um nicht die Aufmerksamkeit der Wachen zu erregen, die zum Schutz vor ungebetenen Gästen aufgestellt worden waren, ließ er den Wagen stehen und lief, ohne jemandem zu begegnen, die Straße entlang. Dann durchquerte er den Wald, der ihre Siedlung umgab, und ging in die Wüste hinaus. Der Nieselregen fühlte sich an, als würden kalte Hände sein Gesicht streicheln. Wüste und Himmel waren dunstverhangen, die gleichförmige Leere erinnerte an traditionelle chinesische Malerei. Er stellte sich als winzigen Punkt in diesem leeren Raum vor, wie auf dem Bild, das Zhuang Yan für ihn zurückgelassen hatte.

Er erreichte die Landstraße und hatte nach wenigen Minuten ein Auto mit einer dreiköpfigen Familie angehalten, die ihn sehr herzlich aufnahm. Sie waren Kälteschläfer auf dem Weg zurück in die Stadt. Das Mädchen war noch klein und saß auf dem Schoß der jungen Mutter auf dem Beifahrersitz. Sie wisperten untereinander, und manchmal vergrub das Mädchen seinen Kopf an der Brust der Mutter, und alle drei lachten. Luo Ji konnte seinen Blick nicht von ihnen lösen. Er hörte nicht, was sie sagten, weil im Auto Musik lief, alte Lieder aus dem zwanzigsten Jahrhundert, russische Schlager wie *Katjusha* oder *Schwarze Augen*. Jetzt fehlte nur noch *Rjabinuschka*. Sehnsüchtig wartete er auf dieses Lied, das er damals für seine Romanfigur auf der Bühne des kleinen Dorfs gesungen hatte und später zusammen mit Zhuang Yan am Ufer des Sees, in dem sich die Schneegipfel spiegelten.

Die Scheinwerfer eines entgegenkommenden Autos erhellten den Rücksitz, und das Mädchen sah nach hinten. Dann rief es: »Mama, der sieht aus wie dieser Wandschauer!« Seine Eltern drehten sich nach ihm um, und er musste gestehen, ja, das sei er.

Da setzte die Melodie von *Rjabinuschka* ein.

Der Mann hielt den Wagen an. »Raus!«, sagte er barsch. Nun waren die Blicke der gesamten Familie kalt wie der Herbstregen.

Luo Ji rührte sich nicht. Er wollte unbedingt *Rjabinuschka* hören.

»Steigen Sie bitte sofort aus.« Luo Ji las den Vorwurf in ihren Augen: *Es mag nicht dein Fehler sein, dass du die Welt nicht retten kannst, aber uns erst Hoffnung zu machen, nur, um sie dann wieder zu zerschmettern, das war eine unverzeihliche Gemeinheit.*

Er musste wohl oder übel aussteigen. Der Mann warf ihm die Reisetasche hinterher. Als der Wagen anfuhr, versuchte er noch einen Moment lang, mit ihm Schritt zu halten, nur um noch ein paar Töne von *Rjabinuschka* mitzubekommen.

Nun stand er am Rand der alten Stadt. Von fern sah er die alten Wolkenkratzer von damals, die wenigen Lichter in ihren dunklen Fassaden starrten wie einsame Augen in die Nacht. Eine ganze Weile hockte er unter dem Dach einer Bushaltestelle, bis endlich ein selbstfahrender Bus stoppte, der in die richtige Richtung fuhr. Er war weitgehend leer, und die wenigen Fahrgäste sahen alle nach Kälteschläfern aus. Niemand sagte ein Wort. Die Fahrt verlief ohne Zwischenfälle, bis nach etwa einer

Stunde jemand zustieg, der ihn erkannte. Er solle sich davonscheren, riefen nun alle Fahrgäste. Er wies darauf hin, dass er eine Fahrkarte gekauft und wie jeder andere das Recht habe, sitzen zu bleiben, aber ein alter Mann zog ein paar Münzen aus der Tasche, eine Seltenheit in diesem Zeitalter und warf sie nach ihm. Da gab er auf und stieg aus.

Als der Bus wieder anfuhr, streckte einer der Fahrgäste den Kopf zum Fenster heraus. »He Wandschauer«, rief er, »was hast du eigentlich mit der Schaufel vor?«

»Ich will mir mein eigenes Grab graben« sagte er.

Lautes Gelächter. Die Leute im Bus wussten nicht, dass es ihm ernst damit war.

Es regnete immer noch, und es würde schwierig sein, jetzt noch eine Mitfahrgelegenheit aufzutreiben, aber zum Glück hatte er es nicht mehr weit. Er schulterte die Reisetasche und marschierte los. Nach einer halben Stunde bog er von der Landstraße auf einen Feldweg ab. Abseits der Straßenlaternen wurde es rasch stockdunkel, und er zog eine Taschenlampe aus seinem Rucksack, um den Weg vor sich zu beleuchten. Der Untergrund wurde immer unebener, und seine durchnässten Schuhe platschten mit jedem Schritt laut auf den weichen Boden. Hin und wieder rutschte er aus, fiel in den Matsch und musste schließlich die Schaufel aus seinem Rucksack holen und als Wanderstock zu Hilfe nehmen. Alles, was er vor sich sah, war eine Wand aus Nebel und Regen, doch er wusste, dass die Richtung stimmte.

Nach einer Stunde Fußmarsch erreichte er den Friedhof. Er lag halb unter Sanddünen begraben, nur die Gräber weiter oben waren noch zu sehen. Mit der Taschenlampe suchte er die

Grabsteine ab, überging die großen Monumente und konzentrierte seine Suche auf die kleineren Steine. Das über die Steine rinnende Regenwasser warf den Schein der Taschenlampe auf ihn zurück. So gut wie alle Grabsteine waren Ende des zwanzigsten und Anfang des einundzwanzigsten Jahrhunderts aufgestellt worden. *Die Glücklichen*, dachte er. Immerhin konnten sie in ihrer Todesstunde davon ausgehen, dass die Welt für immer so bleiben würde, wie sie sie kannten.

Er machte sich keine allzu großen Hoffnungen, den Stein, nach dem er suchte, wirklich zu finden. Doch er entdeckte ihn überraschend schnell. Seltsamerweise erkannte er ihn, trotz der langen Zeit, die seither vergangen war, noch bevor er die Inschrift gelesen hatte. Es mochte am Regen liegen, aber der Grabstein zeigte keine Anzeichen von Zerfall.

Hier ruht Yang Dong.

Die Inschrift sah aus, als sei sie erst gestern eingemeißelt worden. Ye Wenjies Grab lag gleich neben dem ihrer Tochter, abgesehen von der Inschrift waren es zwei völlig identische Grabsteine. Auf Ye Wenjies Stein standen lediglich ihr Name und ihre Lebensdaten, was ihn an die kleine Gedenktafel für die Vergessenen in den Ruinen der Basis Rotes Ufer erinnerte. Stumm standen die beiden Grabsteine im Regen, als hätten sie dort auf Luo Ji gewartet.

Er war müde und setzte sich neben Ye Wenjies Grab, doch bald begann er vor Kälte zu zittern. Er stand auf und griff zur Schaufel. Er würde sich neben den Gräbern von Mutter und Tochter ein eigenes ausheben.

Zuerst leistete das feuchte Erdreich nur wenig Widerstand, doch ein Stück tiefer fühlte sich der Boden so hart an wie Felsgestein. Unwillkürlich durchzuckte ihn der Gedanke an die Macht der Zeit: Nur eine dünne Schicht Sand hatte sich über diese zwei Jahrhunderte gelegt, doch das lange geologische Erdzeitalter vor dem Auftauchen der ersten Menschen hatte den Berg entstehen lassen, in dem diese beiden Gräber lagen. Er grub und grub und musste immer wieder Pausen einlegen, während unbemerkt die Nacht verrann.

Irgendwann nach Mitternacht hörte der Regen auf, die Wolken teilten sich und gaben den Blick auf ein Stück Sternenhimmel frei. Seit seiner Ankunft in diesem Zeitalter hatte er keine so hellen Sterne mehr gesehen. Vor zweihundert Jahren hatte er mit Ye Wenjie hier unter denselben Sternen gestanden. Jetzt gab es außer ihnen nur die Grabsteine, und die einen wie die anderen waren Symbole für die Ewigkeit.

Er konnte nicht mehr. Das Loch, das er gegraben hatte, war noch ein wenig zu flach für ein Grab, aber das musste reichen. Es sollte die Nachwelt ohnehin nur darauf hinweisen, dass er an dieser Stelle sein Grab wünschte. Sonst würde er höchstwahrscheinlich im Krematorium landen, wo sie ihn zu Asche verbrannten, die dann irgendwo an unbekanntem Ort verstreut werden würde. Aber was machte das schon. Es galt ja ohnehin als ausgemacht, dass die Welt nicht lange nach seinem Tod mitsamt seinen sterblichen Überresten in Flammen aufgehen und zu winzigen Molekülen werden würde.

An Ye Wenjies Grabstein gelehnt döste er ein. Vermutlich war es die Kälte, die ihn noch einmal von der schneebedeckten Fläche träumen ließ, auf der Zhuang Yan mit Xia Xia im Arm stand, ihr roter Schal wie eine Flamme. Tonlos riefen sie ihm etwas zu. Verzweifelt schrie er zurück, sie sollten fliehen, denn gleich würde der Tropfen hier einschlagen, doch kein Laut drang aus seiner Kehle. So als sei die ganze Welt verstummt und vollkommen still. Aber Zhuang Yan schien ihn zu verstehen und ging mit dem Kind im Arm davon, wobei sie schwache Spuren im Schnee hinterließ, wie zarte Tuschetupfen auf einem traditionellen Gemälde. Der Schnee war eine einzige weiße Fläche, und nur die Tupfen verrieten, dass es sich um eine Landschaft handelte, dass die Welt existierte. Die drohende Zerstörung war allumfassend, doch sie hatte nichts mit dem Tropfen zu tun.

Luo Ji zerriss es das Herz. Vergeblich griffen seine Hände ins Leere. Auf dem weiten Schneefeld gab es nichts als Zhuang Yans Gestalt, die zu einem Punkt geschrumpft war. Er sah sich um, auf der Suche nach irgendetwas in dieser leeren Welt, was fassbar war. Und er fand es; zwei schwarze Grabsteine, die nebeneinander im Schnee standen. Zuerst ragten sie deutlich aus all dem Weiß heraus, doch dann veränderten sie ihre Gestalt, wurden zu Spiegeln wie die Oberfläche des Tropfens, und ihre Inschriften verschwanden. Er bückte sich zu ihnen hinab, um sich selbst in diesem Spiegel zu sehen, doch was er sah, war nicht er. Auch die ferne Gestalt Zhuang Yans war dort nicht zu sehen, nur die Linie mit den schwachen Fußstapfen. Er fuhr herum, doch hinter ihm waren gar keine Fußabdrücke, lediglich eine weiße Ebene. Wieder sah er auf die Grabsteine, die jetzt nur noch das Weiß spiegelten und im Schnee unsichtbar wurden. Als er die Hand ausstreckte, spürte er jedoch ihre kalte, glatte Oberfläche …

Bei Tagesanbruch erwachte er. Im frühen Licht der Dämmerung lag der Friedhof nun deutlicher vor ihm, und von seiner erhöhten Position aus betrachtet erinnerten die Grabsteine an eine prähistorische Megalithformation. Er hatte hohes Fieber und klapperte vor Kälte mit den Zähnen. Die letzte Glut in ihm war erloschen. Es war an der Zeit.

Auf Ye Wenjies Grabstein gestützt, versuchte er aufzustehen, dabei fiel sein Blick auf einen kleinen schwarzen Punkt. Zu dieser Jahreszeit sah man kaum mehr Ameisen, aber hier auf dem Stein war eine. Wie ihre Artgenossin vor zwei Jahrhunderten genoss auch sie es, durch die Inschrift zu krabbeln und die rätselhaften Schriftzeichen zu erkunden. Luo Ji fühlte sich schmerzlich verantwortlich für alles Leben auf dieser Erde.

»Tut mir leid. Ich habe alles vermasselt«, sagte er zur Ameise.

Zitternd erhob er sich. Mit einer Hand stützte er sich immer noch auf den Grabstein, mit der anderen strich er sich erst die durchnässte, verdreckte Kleidung glatt, dann fuhr er sich durchs Haar und tastete in seiner Jackentasche nach einem metallenen Gegenstand.

Mit dem Blick gen Osten und der geladenen Pistole in der Hand wappnete er sich für das letzte Duell zwischen der menschlichen Zivilisation und Trisolaris.

»Trisolaris! Ich rede mit euch.«

Luo Ji sprach nicht besonders laut. Erst wollte er den Satz wiederholen, doch er wusste, dass sie ihm zuhörten.

Nichts geschah. Die Grabsteine standen stumm in der Morgendämmerung. Wasserpfützen reflektierten den sich lichtenden Himmel wie unzählige kleine Spiegel, als wäre die Erde selbst ein Spiegel und die ganze Welt nur eine schmutzige

Kruste auf seiner Oberfläche, die vom Regen stellenweise bloßgelegt worden war.

Die Welt war noch nicht erwacht und ahnte nicht, dass sie als Einsatz auf einem kosmischen Spieltisch lag.

Luo Ji hob die rechte Hand, an deren Handgelenk etwas baumelte, das wie eine Uhr aussah. »Das Gerät hier misst meine Lebenszeichen, und es ist über einen Sender mit einer Wiege verbunden. Ihr erinnert euch sicher noch an Wandschauer Rey Diaz, also wisst ihr, was mit der Wiege gemeint ist. Das Signal, das von diesem Messgerät gesendet wird, läuft über die Schaltstellen des Wiegensystems bis zu den dreitausendsechshundertvierzehn Bomben, die im Orbit verteilt sind. Das Signal wird im Sekundentakt gesendet, damit bleiben die Bombenzündungen gesichert. Wenn ich sterbe, wird das Signal versiegen und alle Bomben werden detonieren, und dreitausendsechshundertvierzehn Staubwolken werden einen Ring um die Sonne bilden. Aus der Distanz werden das sichtbare Licht der Sonne und andere hochfrequente Strahlung durch die Staubwolken räumlich moduliert. Jede Bombe ist mit Bedacht im Orbit platziert worden, und zwar so, dass die Wolke ein Signal produziert, das drei Bilder von derselben Art sendet, die ich vor zwei Jahrhunderten in den Weltraum geschickt habe. Jedes Bild stellt eine Anordnung von dreißig Punkten dar, von denen einer gekennzeichnet ist. Zusammen ergeben sie die Lage des Punkts in einem dreidimensionalen Koordinatensystem. Aber anders als beim letzten Mal werden die Bilder diesmal die Position von Trisolaris relativ zu seinen neunundzwanzig Nachbarsternen markieren. Die Sonne wird wie ein galaktischer Leuchtturm diesen Fluch aussenden und dabei natürlich auch die Lage des Sonnensystems und der Erde offenbaren. Es wird lange dauern, bis das Bild an die gesamte Galaxie übermittelt wurde, doch es sollte mehr als eine Zivilisation geben, die die Sonne von unterschiedlichen Standpunkten aus observieren kann. In diesem Fall brauchen sie vielleicht nur ein paar Tage oder sogar nur Stunden, um alle nötigen Informationen zu erhalten.«

Mit dem Sonnenaufgang erloschen die Sterne einer nach dem anderen. Die Ameise krabbelte weiter durch den Irrgarten von Ye Wenjies Namen auf dem Grabstein. Ihre Art hatte bereits hundert Millionen Jahre auf der Erde gelebt, bevor zweibeinige Wesen wie dieser Spieler aufgetaucht waren, der hier am Grabstein lehnte. Sie war Teil dieser Welt, aber was gerade um sie herum geschah, scherte sie wenig.

Luo Ji entfernte sich ein Stück vom Grabstein und stand jetzt neben dem Loch, das er gegraben hatte. Er setzte sich die Pistole auf die Brust und sagte: »Ich werde jetzt mein Herz zum Stillstand bringen. Damit werde ich das größte Verbrechen in der Geschichte unserer beide Welten begehen. Ich bitte unsere beiden Welten um Verzeihung für das, was ich tue, aber ich bereue nichts. Mir bleibt keine Wahl. Ich weiß, dass die Sophonen nicht weit sind, aber sie haben den Ruf der Menschheit nicht vernommen. Schweigen ist das stärkste Zeichen von Verachtung, und schon zwei Jahrhunderte haben wir diese Verachtung ertragen müssen. Schweigt weiter, wenn ihr wollt. Ich gebe euch dreißig Sekunden.«

Er maß die Zeit an seinem Herzschlag und zählte je zwei Schläge als eine Sekunde, weil sein Puls so raste. In seiner Panik verzählte er sich, begann wieder von vorn und war nicht mehr sicher, wie viel Zeit genau verstrichen war, als die Sophonen auftauchten.

Vielleicht dauerte es nur zehn Sekunden, für ihn war eine Ewigkeit verstrichen. Die Welt spaltete sich vor seinen Augen in vier Teile. Eine war die wirkliche Welt, in der er sich befand. Die anderen drei waren verzerrte Bilder in drei Sphären, die plötzlich über ihm auftauchten, mit spiegelnden Oberflächen wie die Grabsteine aus seinem Traum. Er konnte nicht sagen, zu welcher Dimension sich die Sophonen aufgefaltet hatten, doch die drei Sphären waren groß genug, um die Hälfte des Himmels über ihm zu bedecken und die aufgehende Sonne im Osten zu blockieren. Da, wo sich der westliche Himmel auf den Sphären spiegelte, waren noch Sterne zu erkennen. Auf ihrer Unterseite zeigte sich ein verzerrter Friedhof mit seiner eigenen Gestalt darin. Er hätte zu gern gewusst, warum es drei waren. Sein erster Gedanke war, dass sie Trisolaris symbolisierten, so wie das Kunstwerk, das Ye Wenjie beim letzten Treffen der ETO gesehen hatte. Doch beim Anblick dessen, was die Sphären widerspiegelten – ein außerordentlich klares, wenngleich verzerrtes Bild der Wirklichkeit –, kam es ihm eher so vor, als seien sie das Tor zu drei parallelen Welten, die für drei mögliche Optionen standen.

Doch was er dann sah, widerlegte seine Annahme. Denn auf allen drei Sphären erschien das gleiche Wort:

Halt!

»Können wir über die Bedingungen reden?«

Zuerst die Waffe runter, dann verhandeln wir.

Die Worte erschienen simultan und in leuchtend roter Schrift. Die Buchstaben waren völlig unverzerrt und schienen sowohl auf als auch in die Sphären geschrieben zu sein. Er rief sich ins Gedächtnis, dass er einen höherdimensionalen Raum sah, der in eine dreidimensionale Welt projiziert wurde.

»Das ist keine Verhandlung. Wenn ich am Leben bleibe, knüpfe ich das an Bedingungen. Ich will wissen, ob ihr sie akzeptiert.«

Nenne deine Bedingungen.

»Der Tropfen, oder besser gesagt die Sonde, soll sofort seine Blockade der Sonne einstellen.«

Ist erledigt.

Die Antwort kam viel schneller als erwartet. Er konnte das natürlich nicht überprüfen, aber er spürte geringfügige Veränderungen in seiner Umgebung, als sei ein stetes Hintergrundgeräusch verschwunden, das man wegen seiner dauerhaften Präsenz schon nicht mehr wahrgenommen hatte. Es konnte sich aber auch um eine Illusion handeln, da Menschen elektromagnetische Wellen nicht spürten.

»Die neun Tropfen, die auf dem Weg ins Sonnensystem sind, sollen sofort umkehren.«

Diesmal dauerte es ein paar Sekunden bis zur Antwort.

Ist erledigt.

»Gebt der Menschheit die Möglichkeit, das zu überprüfen.«

Die neun Sonden werden sichtbares Licht aussenden. Das Ringier-Fitzroy-Teleskop wird sie entdecken.

Das konnte er von hier nicht überprüfen, doch er glaubte Trisolaris.

»Und nun die letzte Bedingung. Die Trisolaris-Flotte darf die Oort'sche Wolke nicht durchqueren.«

Die Flotte hat ihren Antrieb jetzt auf maximale Drosselung geschaltet. Es wird nicht möglich sein, ihre relative Geschwindigkeit zur Sonne vor dem Erreichen der Oort'schen Wolke auf null zu bringen.

»Dann ändert die Richtung, weg vom Sonnensystem, wie bei den Sonden.«

Ein Richtungswechsel in jede beliebige Richtung wäre tödlich. Die Flotte würde am Sonnensystem vorbei in die Einsamkeit des Weltraums fliegen. Das Lebenserhaltungssystem der Flotte funktioniert nicht lange genug, um nach Trisolaris zurückzukehren oder nach einem anderen bewohnbaren Planetensystem zu suchen.

»Es muss nicht tödlich verlaufen. Raumschiffe von Trisolaris oder der Menschheit könnten sie einholen und retten.«

Dazu brauchen wir einen Befehl des Hohen Konsuls.

»Der Richtungswechsel wird viel Zeit beanspruchen, also beginnt jetzt damit. Damit hätten ich und die anderen eine Überlebenschance.«

Drei Minuten Schweigen.

Die Flotte wird in zehn Erdminuten den Richtungswechsel einleiten. In zwei Jahren werden die Observierungssysteme der Menschheit im Weltraum in der Lage sein, den Richtungswechsel zu beobachten.

»Gut.«

Er ließ die Pistole sinken und musste sich wieder auf den Grabstein stützen, um nicht umzufallen. »Wusstet ihr, dass das Universum ein dunkler Wald ist?«

Ja. Das wussten wir schon lange. Seltsam, dass es dir erst so spät in den Sinn gekommen ist ... Dein Gesundheitszustand beunruhigt uns. Wir hoffen, dass das nicht zu einer ungeplanten Unterbrechung des Wiegensystems führt.

»Nein. Dieses Gerät ist viel fortschrittlicher als das von Rey Diaz. Solange ich am Leben bin, wird das Signal nicht unterbrochen.«

Du solltest dich setzen. Das ist besser in diesem Zustand.

»Danke.« Er setzte sich hin, den Kopf an den Grabstein gelehnt. »Keine Sorge, ich sterbe schon nicht.«

Wir stehen gerade mit den höchsten Instanzen der beiden Internationalen in Verbindung. Sollen wir einen Krankenwagen kommen lassen?

Er lächelte und schüttelte den Kopf. »Nein, ich will nicht als Erlöser gefeiert werden. Ich will von hier fortgehen wie ein gewöhnlicher Mensch, und dann nach Hause. Ich muss mich nur einen Augenblick lang ausruhen.«

Zwei der drei Sphären verschwanden. Der Text auf der verbliebenen war viel schwächer und glanzloser.

Am Ende sind wir doch am strategischen Denken gescheitert.

»Es war nicht meine Erfindung, die Sonne in Staubwolken zu hüllen, um interstellare Nachrichten zu verschicken. Die Idee hatten einige Astronomen bereits im zwanzigsten Jahrhundert. Und ihr hättet mich sehr leicht durchschauen können. Zum Beispiel wegen der bestimmten Anordnung der Bomben im Orbit, um die ich mich während des Schneeprojekts bemüht habe.«

Du hast ganze zwei Monate im Kontrollraum verbracht, um per Fernsteuerung der Ionenantriebe ihre genaue Position einzustellen. Wir haben uns nicht darum gekümmert, weil wir dachten, du widmest dich dieser sinnlosen Aufgabe nur, um der Realität zu entfliehen. Was hinter der Anordnung der Bomben stand, haben wir nicht verstanden.

»Und dann, als ich eine Gruppe von Physikern befragt habe, wie sich ein Sophon im Weltraum auffaltet. Gäbe es die ETO noch, hätten die mich längst durchschaut.«

Ja. Es war ein Fehler, sie aufzugeben.

»Schließlich noch meine Bitte an das Schneeprojekt, dieses besondere Wiegensystem für mich zu installieren.«

Das erinnerte uns an Rey Diaz, aber wir haben uns keine weiteren Gedanken darüber gemacht. Rey Diaz war vor zwei Jahrhunderten keine Bedrohung für uns, genauso wenig wie die anderen Wandschauer. Wir haben unsere Verachtung für sie auf dich übertragen.

»Diese Verachtung war unfair. Alle drei waren große Strategen. Ihnen war deutlich bewusst, dass die Menschheit in der entscheidenden Schlacht eine Niederlage erleiden würde.«

Vielleicht sollten wir hier die Verhandlungen aufnehmen.

»Das ist nicht meine Sache.«

Er stieß einen langgezogenen Seufzer aus. Die ganze Anspannung war von ihm gewichen, und mit einem Mal fühlte er sich wie neugeboren.

Ja, du hast deine Wandschauermission erfüllt.
Aber du musst doch ein paar Ideen haben.

»Die Verhandlungskommission der Menschheit wird sicher als Erstes vorschlagen, dass ihr uns beim Aufbau verbesserter Signalübertragungssysteme helft, damit wir jederzeit in der Lage sind, einen Fluch ins Universum zu schicken. Selbst wenn der Tropfen die Sonne jetzt freigegeben hat, ist das derzeitige System zu primitiv.«

Wir können euch helfen, ein Neutrino-Übertragungssystem zu installieren.

»Sie sind, soweit ich es verstehe, wohl eher an Gravitationswellen interessiert. Das ist der Bereich, in dem die Physik auf der Erde nach Ankunft der Sophonen die meisten Fortschritte gemacht hat. Sie brauchen natürlich ein System, dessen Prinzipien sie verstehen.«

Die Antennen für Gravitationswellen sind gigantisch.

»Das müsst ihr mit denen klären. Seltsam. Ich fühle mich gerade gar nicht mehr der Menschheit angehörig. Mein größter Wunsch ist es, sie sobald wie möglich loszuwerden.«

Als Nächstes werden sie von uns verlangen, das Sophonenprojekt einzustellen und ihnen im großen Stil Wissenschaft und Technik zu vermitteln.

»Das kommt aber auch euch zugute. Auf Trisolaris verlief die technische Entwicklung mit konstanter Geschwindigkeit, und trotzdem habt ihr nach zwei Jahrhunderten keine schnellere Nachhut-Flotte hinterhergeschickt. Um die umgeleitete Trisolaris-Flotte zu retten, seid ihr auf die Hilfe der Menschheit angewiesen.«

Ich muss gehen. Schaffst du es wirklich allein zurück? Das Überleben zweier Zivilisationen hängt von dir ab.

»Das geht schon. Ich fühle mich viel besser. Sobald ich zurück bin, übergebe ich das Wiegensystem, und dann habe ich nichts mehr mit alldem zu tun. Zu guter Letzt möchte ich mich aber noch bei euch bedanken.«

Wofür?

»Dass ihr mich am Leben gelassen habt. Aber man könnte auch sagen, dass ihr uns beide am Leben gelassen habt.«

Die Sphären vollzogen den Übergang zurück zu ihrem mikroskopischen elfdimensionalen Zustand und verschwanden. Die Sonne lugte inzwischen über den Horizont und tauchte die Welt, die soeben der Zerstörung entgangen war, in goldenes Licht.

Luo Ji erhob sich langsam. Nach einem letzten Blick auf die Grabsteine von Yen Wenjie und ihrer Tochter Yang Dong trat er stolpernd den Rückweg an.

Die Ameise war ganz oben auf dem Grabstein angekommen und winkte stolz mit ihren Fühlern der Sonne zu. Unter allen Lebewesen der Erde war sie der einzige Zeuge dessen, was sich gerade zugetragen hatte.

Fünf Jahre später

Schon von weitem sahen Luo Ji und seine Familie die Gravitationswellenantenne, obwohl sie bis dahin noch eine halbe Stunde mit dem Auto unterwegs sein würden. Doch erst bei ihrer Ankunft wurden ihnen die gigantischen Ausmaße der Antenne bewusst. Sie war ein horizontaler Zylinder von anderthalb Kilometern Länge und fünfzig Metern Durchmesser, der durchweg in einer Höhe von zwei Metern über dem Boden schwebte. Ihre spiegelglatte Oberfläche reflektierte je zur Hälfte den Himmel und die nordchinesische Ebene. Die Antenne weckte vielerlei Assoziationen: Die einen ließ sie an das gigantische Pendel in *Three Body* denken, die anderen an die niederdimensionalen Ausformungen der Sophonen oder den Tropfen. In jedem Fall stand dieses Objekt für die Welt der Trisolarier, die der Menschheit noch immer ein Rätsel war. Ein geflügeltes Wort der Trisolarier lautete: *Der einzige Weg zur Ewigkeit ist, das Selbst hinter einem getreuen Abbild des Universums zu verstecken.*

Um die Antenne herum dehnten sich grüne Wiesen aus, eine Oase in der hiesigen Wüste. Sie war jedoch nicht etwa künstlich angelegt worden. Kaum war das Gravitationswellensystem in Betrieb genommen worden, sendete es kontinuierliche, parallele Emissionen, die nicht von Gravitationswellen zu unterscheiden waren, wie Supernovae, Neutronensterne oder Schwarze Löcher sie erzeugten. Die besondere Strahlendichte wirkte sich nachhaltig auf die Atmosphäre über der Antenne aus. Regelmäßig sammelte sich Wasserdampf in der Luft, der in kleinstem Radius wieder herunterregnete. Manchmal nur drei bis vier Kilometer um sie herum, aus einer kleinen, runden Regenwolke, die wie eine fliegende Untertasse über ihr hing. Dann konnte man durch die Tropfen schillernde Regenbogen sehen, die der strahlende Sonnenschein in die Umgebung malte. Dadurch gedieh die Vegetation hier wild und üppig. Heute war für Luo Jis Familie nichts von diesem Schauspiel zu sehen. Nur ein paar weiße Wölkchen schwebten über der Antenne, die der Wind gleich nach ihrer Entstehung wieder fortwehte, woraufhin sich jedoch gleich darauf an derselben Stelle wieder neue Wolken bildeten. Für Luo Ji sahen sie am ansonsten klaren Himmel wie ein Wurmloch aus, das durch Raum und Zeit zu einem außerweltlichen Wolkenuniversum führte.

Xia Xia fand, die Wolken sähen aus wie die weißen Haare eines Riesen. Das Kind rannte über das Gras bis zur Antenne, und Luo Ji und Zhuang Yan spazierten ihr hinterher. Die ersten beiden Gravitationswellenantennen waren in Europa und Nordamerika eingerichtet worden und hielten sich mittels Magnetschwebetechnik in der Luft. Diese hier dagegen wurde von Antigravitation angehoben und konnte bei Bedarf bis in den Weltraum aufsteigen.

Sie standen jetzt unter der riesenhaften Antenne und sahen zu ihr hinauf. Wegen seines enormen Durchmessers schien der Zylinder kaum gekrümmt. Dadurch wirkte das Spiegelbild der Welt fast unverzerrt. Die rotgoldene Sonne ging bereits unter, und Zhuang Yan, deren Haar und weißes Kleid im Wind flatterten, wurde im Spiegel der Antenne zu einem Engel, der von oben auf sie alle herabsah.

Luo Ji hob die Kleine hoch, damit sie die Antenne berühren konnte. »Kann man die drehen?«, fragte Xia Xia, während sie fest dagegendrückte.

»Wenn du lange genug drückst, schon«, sagte Zhuang Yan. Dann drehte sie sich lächelnd zu Luo Ji um. »Oder?«

Er nickte. »Mit ausreichend Zeit kann sie sogar die Welt bewegen.«

Wie so oft trafen sich ihre Blicke und ließen einander nicht mehr los. Genau wie zwei Jahrhunderte zuvor im Louvre vor der *Mona Lisa*. Sie hatten entdeckt, dass sie mittlerweile wirklich mit Blicken kommunizieren konnten. Zhuang Yans Fantasie war tatsächlich wahr geworden. Aber vielleicht hatten Menschen, die sich von Herzen liebten, diese Sprache schon immer gekannt. Wie die Wölkchen, die permanent aus dem Wolkenwirbel über der Antenne sprangen, floss ein kontinuierlicher Gedankenstrom zwischen ihnen hin und her. Ihre Sprache war nicht von dieser Welt. Stattdessen schuf sie eine eigene, rosige Welt, in der alles, was sie vermittelte, eine Bedeutung hatte. In dieser Welt war jeder ein Gott und in der Lage, mit einem einzigen Blick die Anzahl aller Sandkörner der Wüste zu erfassen oder die Sterne am Himmel zu einer Kette aufzufädeln, die man dem geliebten Menschen um den Hals legte.

Ist das Liebe?

Die Frage war plötzlich in schriftlicher Form neben ihnen aufgetaucht, auf der niederdimensionalen Ausformung eines Sophons. Es war, als sei er wie ein Wassertropfen von der Antenne gefallen. Luo Ji kannte nicht viele Trisolarier und wusste nie, wer gerade zu ihm sprach. Er hatte auch keine Ahnung, ob dieser hier sich von Trisolaris oder von der Flotte aus an ihn wandte, die sich immer weiter vom Sonnensystem entfernte.

»Das muss es sein.«

Ich möchte protestieren, Dr. Luo.

»Wogegen?«

In Ihrer Rede gestern Abend haben Sie behauptet, die Menschheit hätte nicht deshalb erst so spät das Prinzip des dunklen Walds erkannt, weil sie eine unreife Zivilisation ist, die sich der Bedeutung des Universums noch nicht bewusst war, sondern weil die Menschheit die Liebe kenne.

»Und? Stimmt das etwa nicht?«

Es stimmt schon, auch wenn der Begriff Liebe in einem wissenschaftlichen Zusammenhang doch etwas unpräzise ist. Doch Ihr nächster Satz war falsch. Sie sagten, die Menschheit sei wahrscheinlich die einzige Art im Universum, die die Liebe kenne, und allein der Liebe wegen hätten Sie selbst während der schwersten Phase ihrer Wandschauermission durchhalten können.

»Na gut, das sagt man eben so. Es ist einfach eine … Metapher, die man nicht mit so strengen Maßstäben messen darf.«

Sie ist falsch. Ich weiß, dass zumindest Trisolaris die Liebe kennt. Doch weil sie sich für das Überleben unserer Zivilisation als unvorteilhaft erwies, wurde sie im Keim erstickt. Doch der Keim ist da. Und er ist zäh und wird wachsen.

»Darf ich fragen, mit wem ich spreche?«

Wir kennen uns nicht. Ich bin der Lauscher, der vor zweieinhalb Jahrhunderten die Warnung an die Erde gesendet hat.

»Gütiger Gott! Sie leben noch?«

Nicht mehr lange. Ich bin dehydriert, aber über die Jahrhunderte altert auch ein dehydrierter Körper. Doch mir war vergönnt, die Zukunft zu erleben, die ich mir gewünscht habe, und das macht mich glücklich.

»Ich verneige mich vor Ihnen.«

Über eins würde ich gerne noch mit Ihnen reden. Vielleicht keimt die Liebe auch an anderen Stellen des Universums. Wir sollten dafür sorgen, dass sie wächst und gedeiht.

»Das wäre die Sache wert.«

Ja, ganz bestimmt.

»Ich träume davon, dass eines Tages heller Sonnenschein den dunklen Wald erleuchtet.«

Die Sonne ging unter, nur noch ein kleiner Lichtbogen hielt sich hinter den Bergen und verwandelte die Schneegipfel in glitzernde Diamanten. Wie das Gras, auf dem sie in der Ferne lief, war seine Tochter in goldenes Licht getaucht.

Gleich geht die Sonne unter. Hat Ihre Tochter denn keine Angst?

»Natürlich hat sie keine Angst. Sie weiß doch, dass morgen die Sonne wieder aufgeht.«

Das Abenteuer um die
Begegnung zweier Zivilisationen
geht weiter in:

Cixin Liu

JENSEITS DER ZEIT

ANHANG

Erläuterungen zu Schreibweise und Aussprache

Auf einer Handvoll Seiten die Besonderheiten der chinesischen Sprache und Schrift erklären zu wollen, grenzt an Vermessenheit. Hier geht es also lediglich darum, eine Hilfestellung zur Aussprache der in Liu Cixins Romanen vorkommenden Namen und Begriffe zu geben. Einen umfassenderen Überblick über das Chinesische bieten die unten genannten Bücher.

Die chinesische Schrift

Die Ursprünge der chinesischen Schriftzeichen lassen sich bis in die Zeit der Shang-Dynastie zurückverfolgen, also bis etwa ins 12. Jahrhundert v. Chr. Auf Knochenplatten und Schildkrötenpanzern fand man Einritzungen in einer Zeichenschrift, mit der Orakelsprüche protokolliert worden sind. Diese Schrift bestand aus in senkrechten Spalten angeordneten Piktogrammen, bildhaften Strichzeichen, die bereits als Vorläufer der heutigen chinesischen Schrift erkennbar sind: eine ideogrammatische Schrift, deren Zeichen auf vereinfachten und oft zusammengesetzten Bildsymbolen basierten und die Silben und Sinnzusammenhänge transportierten – im Gegensatz zu unserem phonetischen Alphabet, dessen Buchstaben jeweils einzelne Laute repräsentieren.

Die Jahrtausende alte Kulturgeschichte Chinas ist auch dafür verantwortlich, dass aufgrund einer viele Dynastien dominierenden zentralistischen Herrschaftsform sich die chinesische Schrift über all die Jahrhunderte erhalten hat, während die Aussprache je nach Region unterschiedlich war. Das ist noch heute so: Ein Deutscher heißt beispielsweise auf Hochchinesisch (auch »Mandarin« genannt) *déguórén*, während man in Shanghai *dagoni* sagt und in Taiwan *digolang*. Geschrieben lesen aber alle das gleiche, nämlich 德國人. Insgesamt gibt es acht dieser chinesischen Sprachen und Dialekte.

Wer heute Chinesisch lernt, fängt meist mit dem Hochchinesischen an, da es die im chinesischen Sprachraum gängige Verkehrssprache ist. Alle chinesischen Dialekte und Teilsprachen zeichnen sich durch die Besonderheit aus, dass eine vergleichsweise geringe Anzahl von Silben durch vier unterschiedliche Tonlagen in der Aussprache differenziert wird – dadurch entsteht der charakteristische »Singsang« in der Sprachmelodie des Chinesischen. Wer das nicht beachtet, bestellt schon mal Zucker 糖 (*táng*) statt Suppe 湯 (*tāng*). Die Schrift bietet also keinen verlässlichen Hinweis auf die Aussprache.

Schon ein erster Blick auf diese und die wenigen anderen im Buch verteilten Ideogramme zeigt den besonderen Aufbau der chinesischen Schriftzeichen. Oft werden zwei oder mehrere aus einzelnen Grundstrichen zusammengesetzte Schriftzeichen zusammengefügt, wobei ein Grundzeichen, das Radikal, als Bedeutungsanker dient und ein ergänzendes Zeichen, das Phonetikum, als Aussprachehilfe. Diese Kombinationen aus zwei oder mehreren Zeichen können zu den weitläufigsten, mal mehr und mal weniger sinnfälligen Bedeutungsnuancen des Zeichens führen. Dass aus dem Zeichen für Mensch 人 (*rén*) und der Zahl Zwei 二 (*èr*) das Ideogramm 仁 (*rén*), »Güte«, wird, ist als versteckter ethischer Fingerzeig noch nachvollziehbar. Die Kombination aus 青 (*qīng*) für »blau/grün/jung« und 米 (*mǐ*) für »Reis« zum Zeichen 精 (*jīng*) mit der Bedeutung »Essenz« erschließt sich einem schon weniger. Es verwundert daher nicht, dass zur Lektüre normaler Texte die Kenntnis einer großen Anzahl von Schriftzeichen notwendig ist: Erst ab achthundert ist man offiziell kein Analphabet mehr, und um wenigstens neunzig Prozent aller Texte lesen zu können, sollte man mindestens dreitausendfünfhundert Zeichen beherrschen (»gebildet« gilt man ab etwa sechstausend Zeichen). Mehrere Zeichen nebeneinander von links nach rechts (oder klassisch von oben nach unten) ergeben dann ein Wort oder einen Satz. Im Chinesischen erhalten Zeichen erst im Zusammenhang ihre grammatische Funktion und ihre Bedeutung.

Transkriptionssysteme

Seit vielen Jahrhunderten wurde versucht, dieses komplexe System aus Schriftzeichen und Aussprache für westliche Kulturen durch Umschriften in lateinische Buchstaben zugänglich zu machen. Die im 19. Jahrhundert von Thomas Wade und Herbert Giles entwickelte Transkription, das Wade-Giles-System, wurde zum weit verbreiteten Standard, neben dem deutschen Rüdenberg-Stange-System und der Chinese Postal Map Romanization. Die Vielzahl der existierenden Umschriften erklärt zum Beispiel auch die unterschiedlichen Schreibweisen chinesischer Städtenamen: Peking und Beijing ist einigermaßen verständlich. Wer aber ein Zugticket von Guangzhou nach Kanton buchen will, wird nur schief angeschaut – es ist nämlich dieselbe Stadt beziehungsweise Provinz.

Der heutige Standard ist inzwischen jedoch das 1957 in China offiziell eingeführte *Hanyu Pinyin*, oder kurz: Pinyin. Es wurde auch für die vorliegende Übersetzung verwendet. Wie das Chinesische selbst ist auch die Pinyin-Transkription silbenbasiert, das heißt für jedes Schriftzeichen wird eine Silbe notiert. Die vier Tonlagen werden zusätzlich durch diakritische Zeichen angegeben – in dieser Übersetzung wurde der Einfachheit halber jedoch darauf verzichtet. Nicht alle lateinischen Buchstaben klingen allerdings im Pinyin so, wie unser deutscher Sprachinstinkt vermuten lässt. Hier sind die wichtigsten Abweichungen zur »deutschen« Aussprache:

Pinyin	**Aussprache**
an	*ann* wie in »Mann«, nach i, u, y: *än* wie in »kennt«
ao	*au* wie in »Baum«
c	*ts* wie in »stets«
ch	*tsch* wie in »deutsch« (aspiriert)
e	*ö* (kurz) wie in »Wörter«, nach i, u, y: *ä* wie in »hätte«
ei	*äi* wie in »Hey«
en	*ön* wie in »können« (nur länger)
eng	*öng* (kurz, nasal)
h	*h* wie etwas zwischen »h« und *ch* in »Bach«
i	*i* am Wortende, wie »nie«, in der Wortmitte kurz, nach c, ch, r, s, sh, z, zh: ein sehr kurzes *ö*
j	*dj* wie in »Windjacke«

ong	*ung* wie in »Leitung«
q	*tj* wie in »Tja!« (aspiriert)
r	*r* wie in »Quark«
s	*ß* stimmlos wie in »Bus«
sh	*sch* stimmlos wie in »Schiff«
u	*u* wie in »gut«, nach j, q, x, y: *ü* wie in »müde«, nach i: *ow* wie in »Knowhow«
ui	*uäi* wird als *u-äi* ausgesprochen
w	*u* wie das dt. »u«
x	*ch* wie in »kichern«
z	*ds* wie »d« und »s« hintereinander
zh	*dsch* wie in »Dschungel«

Darüber hinaus variiert die Aussprache vieler Vokale noch, je nachdem, ob sie sich im Anlaut, in der Mitte oder im Auslaut der Silbe befinden. Ye Wenjie wird demzufolge wie »Jö Uendje« ausgesprochen.

Weiterführende Lektüre zum Chinesischen

Wer sich weiter mit der chinesischen Sprache und Schrift vertraut machen möchte, dem seien diese Werke empfohlen: Kai Vogelsangs *Kleine Geschichte Chinas* (Reclam), *Gebrauchsanweisung Chinesisch* (Reclam) von Françoise Hauser und *Die chinesische Schrift* (C.H. Beck) von Thomas O. Höllmann. Oder man fängt am besten gleich damit an, Chinesisch zu lernen.

Anmerkungen

Seite 15 **Xiao Luo – Luo Ji**

In China steht der Familienname an erster Stelle. Es ist unter Freunden und Bekannten üblich, sich mit dem Nachnamen plus Vorsilbe *lao* (»alt«, meist für Männer) oder *xiao* (»klein«, meist für Frauen) anzureden. Liu Cixin hat seinen Protagonisten durchweg »sprechende« Namen gegeben, und die Schriftzeichen für Vornamen haben fast immer eine zusätzliche Bedeutung. Luo Ji zum Beispiel ist ein ungewöhnlicher Name, der aus dem häufigen Familiennamen Luo und dem Vornamen Ji (»zusammenstellen«, »harmonisieren«) besteht. In der Kombination *luo ji* entsprechen die beiden Schriftzeichen 逻辑 jedoch dem chinesischen Wort für Logik, das lautmalerisch aus dem Englischen in den chinesischen Wortschatz übernommen wurde.

Seite 15 **Yang Dong**

Yang Dong war theoretische Physikerin und die Tochter der Astrophysikerin Ye Wenjie. In *Die drei Sonnen* beging sie Selbstmord, nachdem die Sophonen die Messergebnisse von Teilchenbeschleunigern auf der ganzen Welt manipuliert hatten und dadurch Yang Dongs Weltbild ins Wanken gekommen war. Davor war sie mit Ding Yi befreundet.

Seite 35 **Wu Yue**

Familienname Wu, Vorname Yue (»Berggipfel«), Aussprache etwa: »u yüe«

Seite 35 **Zhang Beihai**
Nachname Zhang, Vorname Beihai. Aussprache etwa »dschang be-i-hai« (Vokale werden nicht wie im Deutschen zusammengezogen). *Beihai* bedeutet »nördliches Meer« oder »nördlich des Meeres« und ist der Name einer der wichtigsten Hafen- und Werftstädte der VR China.

Seite 37 **Politkommissar**
Politkommissare waren in den sozialistischen Staaten Offiziere des Militärs mit einem besonderen politischen Auftrag. Sie sollten Soldaten und andere Offiziere nicht nur in der marxistisch-leninistischen Doktrin unterrichten, sondern auch deren Verhalten und Gesinnung überprüfen. Oft durften Befehlshaber ihre Entscheidungen nur mit Einverständnis der Politkommissare treffen.

Seite 42 **Die Sophon**
Wörtlich bedeuten die beiden Schriftzeichen 智子 *zhizi* »Kind des Wissens«, also der oder die Wissende. In Japan werden diese Schriftzeichen für den häufigen Frauennamen Tomoko verwendet.

Seite 49 **Ding Yi**
Familienname Ding, Vorname Yi (»Haltung« oder »Ritus«)

Seite 56 **Die Geschichte von den drei Reichen**
Die drei Reiche (三国演义) von Luo Guanzhong ist der älteste Roman Chinas. Es geht darin im Wesentlichen um ein historisches Sittenbild Chinas im 3. Jahrhundert, als die drei Reiche Wei, Wu und Shu um die Vorherrschaft nach dem Niedergang der Han-Dynastie kämpften. Dabei entfalteten alle drei Seiten eine Fülle einfallsreicher Kriegslisten und politischer Intrigen, die bis heute in China sprichwört-

lich sind. Die Erwähnung des Romans dient dem Hinweis auf den entscheidenden Nachteil von Trisolaris: Die Sophonen können alles ausspionieren außer den menschlichen Gedanken und sind selbst nicht fähig, ihre eigenen Strategien zu verbergen.

Seite 56 **Operation Wandschauer**

Bodhidharma, der als Begründer des Chan- (japanisch: Zen) Buddhismus gilt, wird auch als der »wandschauende Brahmane« bezeichnet. Nach ungesicherten buddhistischen Quellen kam er um 480 n. Chr. von Indien nach China und ließ sich in einer Höhle im Norden der Provinz Henan nieder, wo sich noch heute das der Sage nach von ihm begründete Shaolin-Kloster befindet. Dort saß er angeblich neun Jahre lang ununterbrochen meditierend einer Wand gegenüber, bis er erleuchtet wurde. Bis heute wird im Soto-Zen-Buddhismus das Meditieren gegenüber einer Wand praktiziert, um den Meditierenden nicht durch äußere Einflüsse abzulenken.

Seite 60 **Pyramide, UN-Gebäude, Pendel**

Hier spielt der Autor auf Szenen aus dem Spiel *Three Body* an, die sich in *Die drei Sonnen* ereignet haben.

Seite 60 **König Wen von Zhou**

Laut Überlieferung war Wen von Zhou der erste König der Zhou-Dynastie, die vom 12. bis ins 8. Jahrhundert v. Chr. andauerte. Er besiegte Zhou Xin, den letzten König der Shang-Dynastie. Es heißt, Wen habe als erster damit begonnen, die vierundsechzig Hexagramme des *Yijing* (veraltet: *I Ging*) mit konkreten Handlungsanweisungen zu versehen. König Wen von Zhou tritt bereits in *Die drei Sonnen* als Figur in dem Spiel *Three Body* auf.

Seite 61 **Stabiles Zeitalter, chaotisches Zeitalter**

Der Planet im Spiel *Three Body* ist aufgrund der Konstellation mit den drei Sonnen völlig erratischen meteorologischen Bedingungen unterworfen, die als stabile respektive chaotische Zeitalter bezeichnet werden. Liu Cixin schreibt für stabiles Zeitalter wortwörtlich »Sternzeit«. Das chaotische Zeitalter heißt im chinesischen Text »Ran-Zeit«, und mit dem sinojapanischen Wort spielt Liu Cixin offenbar auf den gleichnamigen Film *Ran* (1985) von Akira Kurosawa an. In dieser Fassung des King-Lear-Stoffes, die im Japan des 15. Jahrhunderts spielt, bringen die Erbfolgestreitigkeiten unter den Söhnen eines Generals heilloses Chaos über das ganze Land. Die beiden Begriffe der deutschen Übersetzung lassen das noch ein wenig anklingen.

Seite 61 **Schriftzeichen für die Ziffern Acht und Eins**

Dem fünfzackigen roten Stern des Wappens der chinesischen Volksbefreiungsarmee sind die Schriftzeichen Acht 八 und Eins 一 eingeschrieben. Sie stehen für das Datum des Nanchang-Aufstands am 1. August 1927, der ersten großen militärischen Auseinandersetzung zwischen der nationalistischen Armee und der kommunistischen Armee, die darin ihr Gründungsdatum sieht.

Seite 61 **Chang Weisi**

Familienname Chang, Vorname Weisi (»gedankenmächtig«), Aussprache etwa: »tschang we-i-su«

Seite 70 **Shi Qiang**

Familienname Shi (»Stein«) und Vorname Qiang (»stark«). Sein Spitzname Da Shi bedeutet wörtlich »großer Stein«.

Seite 73 **Kuipergürtel**

Der Kuipergürtel ist eine ringförmige Region des Sonnensystems jenseits der Neptun-Umlaufbahn in einer Entfernung von 30–50 Astronomischen Einheiten (AE). Aus dem Kuipergürtel stammen viele Kometen mit mittleren Perioden, und zu den größeren *Kuiper Belt Objects* (KBOs, Kuipergürtel-Objekten) gehören beispielsweise Pluto und Charon.

Seite 76 **Qing-Dynastie**

Die Qing-Dynastie (1644–1912) war die letzte Dynastie des chinesischen Kaiserreichs und wurde von den Mandschu begründet. Sie endete mit der Abdankung des letzten Kaisers Puyi und der Ausrufung der ersten chinesischen Republik am 1. Januar 1912.

Seite 77 **Shenzhou-Raumschiff**

Shenzhou (神舟), auf Deutsch »Götterschiff«, bezeichnet das Programm für die bemannte Raumfahrt der China National Space Administration sowie auch die einzelnen Raumkapseln. Die Bauart ist an die russische Sojus-Kapsel angelehnt. Seit 1999 sind bislang elf Shenzhou-Raumschiffe gestartet, darunter Shenzhou 5 (15. Oktober 2003) mit dem ersten, Taikonaut (太空人 *taikong ren*) genannten, chinesischen Raumfahrer Yang Liwei.

Seite 80 **Erster Kaiser der Qin-Dynastie**

Im dritten Jahrhundert gelang es Qin Shihuangdi, die Zeit der Streitenden Reiche zu beenden, die sieben rivalisierenden Königreiche zu einen und 221 v. Chr. das erste chinesische Kaiserreich zu gründen. Seine Dynastie währte allerdings nur zwölf Jahre.

Seite 84 **Die driftende Stadt**

Liang Xiaocheng ist wie Wang Xiaobo ein Autor, den in China jeder kennt, der außerhalb Chinas jedoch kaum übersetzt und veröffentlicht wurde. Er gehört wie die Protagonistin Ye Wenjie aus *Die drei Sonnen* zur Generation der »intellektuellen Stadtjugend«, die während der Kulturrevolution aufs Land verschickt wurde. Sein apokalyptischer Roman *Die driftende Stadt* (1992) ist eine Gesellschaftssatire, in der eine Stadt, die von materieller Gier und Gewalt beherrscht wird, sich eines Nachts vom Festland löst und davontreibt.

Seite 85 **Ming-Dynastie**

Die Ming-Dynastie (1368–1644) wurde begründet von dem Rebellen Zhu Yuanchang, der 1368 die Herrschaft der Mongolen beendete. Der vom ersten Ming-Kaiser Hongwu konzipierte Staatsapparat hatte im Großen und Ganzen bis zur Abdankung des letzten Kaisers 1912 Bestand.

Seite 92 **Vierhunderttausend Yuan**

Das entspricht etwa 51.000 Euro (Stand 2018).

Seite 99 **Riesenvogel Peng**

Zu Beginn des Buches *Zhuangzi*, neben dem *Daodejing* (veraltet: *Tao te King*) das bedeutendste Werk des Daoismus, erzählt der Autor die Parabel vom Riesenvogel Peng (鵬), in den sich der Fisch Kun verwandelt und dessen Flügel den ganzen Himmel bedecken. Mit einem Flügelschlag ruft er Stürme hervor und legt Tausende Meilen zurück. Im Sprichwort *Peng cheng wan li* (鵬程萬里), »Der Vogel Peng fliegt zehntausend Meilen«, ist er noch heute im Sprachgebrauch; es bedeutet so viel wie: »Verheißungsvolle Zukunft«.

Seite 100 **»Grabt tiefe Tunnel, legt Getreidevorräte an, strebt nicht nach Hegemonie.«**

Aufgrund der angespannten weltpolitischen Lage hatte man

in den späten 1960er Jahren überall in China begonnen, Tunnelsysteme und Bunker zu bauen. 1973 gab Mao Zedong die Neujahrsdevise »Grabt tiefe Tunnel, legt Getreidevorräte an, strebt nicht nach Hegemonie« heraus. Sie greift einen Spruch auf, der dem Begründer der Ming-Dynastie als Ratschlag gegeben worden war.

Seite 100 **Westberge**

Etwa 20 Kilometer außerhalb von Peking liegen die bewaldeten Westberge, ein beliebtes Naherholungsgebiet. Hier befinden sich auch die Acht Großen Stätten, acht in einem Tal der Westberge gelegene Tempel.

Seite 114 **Da Shi**

Da (»groß«) als Rufname gilt im Chinesischen als eine Respekts- und Ehrenbezeichnung.

Seite 125 **Wang Xiaobo**

Der Mathematiker Wang Xiaobo (1952–1997) war ein in den 1990er Jahren extrem populärer Schriftsteller in China. In nur fünf Jahren schrieb er neun Romane und mehrere Kurzgeschichten, die oft von absurden und exzentrischen Liebesbeziehungen handeln.

Seite 127 **Das Uniwohnheim**

In der VR China leben in der Regel nicht nur Studenten auf ihrem jeweiligen Campus in Wohnheimen, genannt *sushe* (宿舍), sondern auch Dozenten und Professoren. Das staatliche Einkommen von Universitätsmitarbeiten ist wesentlich niedriger als in Deutschland. Es ist daher nicht ungewöhnlich, dass Luo Ji ein Zimmer in einem Wohnheim bewohnt.

Seite 191 **Newton, Von Neumann, Aristoteles, Mozi, Konfuzius, Einstein, Qin Shihuangdi**

Dies sind historische Personen, die bereits in *Die drei Sonnen* als Figuren im Spiel *Three Body* auftreten: Isaac Newton war ein berühmter Mathematiker und Physiker des 17. Jahrhunderts. John von Neumann (1903–1957) war Mathematiker und gilt als einer der Väter der Informatik und der Computertechnologie. Aristoteles war ein griechischer Philosoph des 4. Jahrhunderts v. Chr. Mozi war ein chinesischer Philosoph im 5. Jahrhundert v. Chr., der nach Konfuzius eine eigene Schule und Denkrichtung begründete, den Mohismus. Albert Einstein (1879–1955) war ein berühmter Physiker, dessen Allgemeine und Spezielle Relativitätstheorie die Physik des 20. Jahrhunderts revolutionierte. Qin Shihuangdi, »Erster Gottkaiser von Qin« (259–210 v. Chr.), beendete als König von Qin die Zeit der Streitenden Reiche und erklärte sich anschließend zum ersten Kaiser von China.

Seite 199 **Die dritte kosmische Geschwindigkeit**

Der Begriff »kosmische Geschwindigkeit« wurde im 19. Jahrhundert von dem italienischen Astronomen Giovanni Schiaparelli geprägt. Die erste kosmische Geschwindigkeit ist die Geschwindigkeit, auf die ein Objekt von der Planetenoberfläche aus beschleunigt werden muss, um eine stabile, kreisförmige Umlaufbahn um den Planeten zu erreichen. Die zweite kosmische Geschwindigkeit, Fluchtgeschwindigkeit genannt, wird benötigt, um die Gravitation des Planeten zu verlassen. Mit der dritten kosmischen Geschwindigkeit ist es möglich, das Sonnensystem zu verlassen.

Seite 199 **Astronomische Einheit**

Mit Astronomische Einheit (AE) wird in der Astronomie der mittlere Abstand der Erde zur Sonne bezeichnet. 2012 wurde dieses Längenmaß als exakt 149 597 870 700 Meter definiert und ist neben dem Lichtjahr (der Strecke, die Licht im Vakuum innerhalb eines Jahres zurücklegt) und der Parsek (der parallaxen Verschiebung von Himmelsobjekten über eine Bogensekunde und einem imaginären Drehpunkt im Abstand von 1 AE) die wichtigste astronomische Längeneinheit.

Seite 200 **Oort'sche Wolke**

Der Begriff wurde 1950 von dem niederländischen Astronomen Jan Hendrik Oort geprägt. Die Oort'sche Wolke umschließt das Sonnensystem wie eine Kugel im Abstand von bis zu 100.000 AE, das heißt bis etwa 1,6 Lichtjahre und wird als Ursprungsregion der langperiodischen Kometen angenommen.

Seite 213 **Geta**

Geta (下駄) sind japanische Holzsandalen, die aus einem hölzernen Fußbett bestehen, das durch Riemen zwischen den Zehen am Fuß gehalten wird (ähnlich wie bei Flip-Flops), sowie aus einer meist zweigeteilten hölzernen Sohle. Heute werden Geta nur noch bei festlichen Anlässen zum Kimono getragen, oder von Geishas und Sumo-Ringern.

Seite 222 **Yun-Yan-Zigaretten**

In China ist das Rauchen weit verbreitet, und Zigaretten sind beliebte Gastgeschenke. Es gibt große Preisunterschiede bei den Marken. Manche sind typische »Arbeiter-Zigaretten«, während die Marke Yun Yan zu den teureren Zigaretten gehört.

Seite 224 **Klipper**

Die Frachtsegler, mit denen Mitte des 19. Jahrhunderts vor

allem Tee aus Südostasien nach Europa importiert und Güter von der amerikanischen Ost- zur Westküste verschifft wurden, nannte man Klipper. Der Name leitet sich vom englischen *to clip* für »abschneiden« oder »abkürzen« ab und bezieht sich auf die Zeitersparnis, die diese schnellen Segelschiffe auf den Handelsrouten erreichten.

Seite 228 **Yang Wenli**
Yang Wenli ist der Protagonist der zehnbändigen japanischen Science-Fiction-Romanserie *Ginga Eiyu Densetsu* (銀河英雄伝説), auf Englisch *Legends of the Galactic Heroes*, von Yoshiki Tanaka, die 1982–1987 erschienen ist und später auch als Manga und Anime-Verfilmung veröffentlicht wurde.

Seite 231 **Australopithecus**
Der anhand von Fossilfunden in Afrika rekonstruierte *Homo australopithecus* gilt als einer der frühesten Vorfahren des Menschen und hat vor etwa vier bis zwei Millionen Jahren gelebt.

Seite 247 **Zhuang Yan**
Familienname Zhuang, Vorname Yan (»Farbe«), Aussprache etwa: »dschuang yen«

Seite 257 **Drei große Vergehen gegen das Gebot des Respekts gegenüber den Eltern**
Der Respekt der Kinder vor den Eltern (孝 *xiao*) gehört zu den Geboten des Konfuzianismus. Die konfuzianische Ethik fußt auf den fünf Tugenden Menschlichkeit, Gerechtigkeit, (ritueller) Anstand, Weisheit und Aufrichtigkeit, und auf den drei sozialen Verpflichtungen: Loyalität gegenüber dem Herrscher, Respekt der Kinder gegenüber den

Eltern und Ahnen und die Ausübung der Riten. Zu den Pflichten der Kinder gehört auch, die Riten gegenüber den Ahnen aufrecht zu erhalten, weshalb Kinderlosigkeit als schlimmer Verstoß gegen die guten Sitten gilt.

Seite 266 **Dass Sie Ihre Organisation nach diesen Romanen benannt haben**

Im Chinesischen wird Al Qaida wörtlich als *jidi zuzhi* (基地组织), »Die Organisation«, übersetzt. Denselben Titel trägt im Chinesischen auch Isaac Asimovs berühmteste Science-Fiction-Saga, der *Foundation*-Zyklus.

Seite 266 **Hari Seldon**

In Isaac Asimovs *Foundation*-Zyklus spielt Hari Seldon eine wichtige Rolle. Er entwickelt den Wissenschaftszweig der Psychohistorik, die ihm erlaubt, die politischen und soziologischen Entwicklungen der galaktischen Bevölkerung für die kommenden Jahrtausende zu berechnen und damit auch nach seinen Vorstellungen zu beeinflussen.

Seite 276 **Wang Yuanlu**

Wang Yuanlu (1849?–1931) lebte als daoistischer Mönch im berühmten westchinesischen Höhlenkloster Mogao bei Dunhuang, als er dort eine versiegelte Höhle mit einer der ältesten Bibliotheken des Buddhismus entdeckte. Da er viele der wertvollen Schriftrollen, u. a. die älteste Druckfassung der Diamant-Sutra von 868, für einen lächerlichen Preis an europäische und japanische Forscher verhökerte, ist er bis heute eine umstrittene historische Figur. Das erworbene Geld steckte er jedoch in die Restaurierung der Höhlen.

Seite 285 **Radiale Sternbewegung**

Sterne haben (neben der scheinbaren Bewegung aufgrund

der Erdrotation) auch eine reale Eigenbewegung und aufgrund der Rotation der Galaxie. Eine Komponente dieser Sternbewegung in Bezug zur Sonne ist die tangentiale Bewegung quer zur Sichtachse. Die andere, die Radialgeschwindigkeit, ist die Bewegung eines Sterns zur Sonne hin bzw. von ihr weg. Sie wird mittels Absorptionslinien im Lichtspektrum des Sterns gemessen. Wenn ein Stern sich von uns wegbewegt, zeigt das Spektrum eine Rotverschiebung, bewegt er sich dagegen auf uns zu, eine Blauverschiebung.

Seite 294 **Ekliptikebene**

Als Ekliptik bezeichnet man die Ebene der Erdumlaufbahn um die Sonne. Die Umlaufbahnen der anderen Planeten und Objekte des Sonnensystems sind zu dieser Ekliptikebene mehr oder weniger stark geneigt; der Zwergplanet Pluto etwa hat eine deutliche Bahnneigung von 17 Grad zur Ekliptik.

Seite 312 **Quantenzustand**

Die Quantenmechanik unterscheidet sich dadurch von der klassischen Mechanik, dass sich die Messung von bestimmten Eigenschaften eines Systems nicht mehr von der Rolle des Beobachters trennen lässt. Deshalb kann in der Quantenmechanik der Zustand eines Systems nur in Wahrscheinlichkeitswerten dargestellt werden – ein Umstand, den der Physiker Erwin Schrödinger mithilfe seines berühmten Katzengleichnisses illustriert hat.

Seite 330 **Kader**

Von französisch *cadre,* Geviert (milit.), bzw. russisch кадры *(kadry).* In den kommunistischen Staaten und Parteiorganisationen wurden Führungskräfte so bezeichnet, die für besondere Aufgaben ausgewählt und geschult wurden, sowie die obersten Führungsriegen in Partei und Militär.

Seite 340 **Fluktuation der Quantenzahl**

In der Quantenphysik wird der Eigenzustand eines Systems, zum Beispiel eines Wasserstoffatoms, mithilfe von sogenannten Quantenzahlen beschrieben. Quantenzahlen geben Auskunft darüber, welche Werte sich in diesem System genau messen lassen können, ohne dass sie aufgrund der Heisenberg'schen Unschärferelation im Widerspruch zu anderen Eigenschaften bzw. Messwerten stehen.

Seite 350 **Orionarm**

Unsere Galaxie, die Milchstraße, ist eine Spiralgalaxie und besteht demzufolge aus mehreren Armen, die sich spiralförmig um das Zentrum der Galaxie herum winden. Unsere Sonne befindet sich im Orionarm, der als kleinerer Nebenarm zwischen dem Sagittarius- und dem Perseusarm liegt und eine Länge von etwa 20.000 Lichtjahren hat.

Seite 353 **Weitere Planetensysteme**

Am 6. Oktober 1995 konnte mit 51 Pegasi b erstmalig die Existenz eines Exoplaneten, also eines Planeten in einem anderen Sternsystem, nachgewiesen werden. Seitdem ist die Suche nach Exoplaneten ein reges Forschungsfeld und hat bislang zur Entdeckung von vielen Tausend Planeten geführt.

Seite 375 **Industrieproduktmarken**

Bereits in den frühen 1950er Jahren wurden in China Lebensmittelmarken für Getreide und Speiseöl verteilt. 1961 wurden auch Marken für Industrieprodukte wie zum Beispiel Schuhe, Scheren oder auch Elektrogeräte eingeführt, die bis in die 1990er Jahre, als China den Übergang zu einer Sozialistischen Marktwirtschaft vollzog, in Gebrauch waren.

Seite 380 **Tokamak-Methode**

Ein Tokamak ist ein bestimmter Typ Fusionsreaktor, bei dem heißes Plasma in einem Torus erzeugt wird. 1952 von sowjetischen Forschern entwickelt, erzeugt das Tokamak-Prinzip durch Magnetspulen um den Torus herum sowie durch einen Stromfluss im Plasma selbst eine Umgebung, in der Wasserstoffionen und -elektronen auf bis zu 100 Millionen Grad Celsius erhitzt werden, sodass Kernfusionen wie im Inneren eines Sterns stattfinden.

Seite 381 **Nuklearer Pulsantrieb**

Der nukleare Pulsantrieb ist ein Antriebskonzept für Raumschiffe, bei dem durch kontrollierte Atomexplosionen ein Schub erzeugt wird. Das Konzept wurde in den 1940er und 1950er Jahren entwickelt und ist bereits mit heutiger Technologie umsetzbar.

Seite 381 **Hilfsmittelarmer Fusionsantrieb**

Bei diesem Konzept für einen Raumschiffantrieb wird Kernfusion eingesetzt, wodurch Plasma mit einer Geschwindigkeit von bis zu 30 Metern pro Sekunde aus der Düse geschleudert wird. Diese Technologie ist mit dem Konzept von Fusionsreaktoren nicht vergleichbar und befindet sich noch in der Entwicklungsphase.

Seite 381 **Weihaiwei**

Weihaiwei ist eine Hafenstadt in der östlichen chinesischen Provinz Shandong. Dort wurde 1895 die letzte und entscheidende Schlacht im Ersten Sino-Japanischen Krieg ausgetragen. Die Beiyang-Flotte der Qing-Dynastie lag dort vermeintlich sicher in ihrem Heimathafen. Bei einem koordinierten Angriff der Land- und Seestreitkräfte Japans wurde sie jedoch zum überwiegenden Teil versenkt und das chinesische Kaiserreich dadurch zur Kapitulation gezwungen. Weihaiwei steht seither für das Trauma der militärischen Demütigung des großen chinesischen Reichs durch den kleinen Inselstaat Japan.

Seite 383 **Pekinger Hutong**

Hutongs (胡同) sind in Peking bis ins 20. Jahrhundert weitverbreitete Gassen, die aus einer Reihe von traditionell gebauten Häusern mit einem zentralen Wohnhof bestehen. Der Begriff Hutong leitet sich von dem mongolischen Wort für Brunnen ab, da diese Vierkanthöfe oft in der Nähe eines Brunnens gebaut wurden.

Seite 387 **Anatas, Ataxit, Kamacit, Taenit**

Anatas ist ein farbloser bis schwarzgrauer Kristall aus Titandioxid, der in der Natur meist in Form eines Oktaeders auftritt. Ein Ataxit ist ein Nickel-Eisenmeteorit mit hohem Nickelanteil. Kamacit ist ein nickelhaltiges Eisenmineral, dessen graue, balkenartige Anordnung im Meteoriten für die Widmanstätten-Struktur charakteristisch ist. Taenit ist ein besonders nickelreiches Mineral, das von Natur aus nur in Meteoriten vorkommt.

Seite 387 **Widmanstätten-Struktur**

In vielen eisenhaltigen Meteoriten tritt nach dem Anschleifen, Polieren und Behandeln mit Säure eine charakteristische Balkenstruktur zutage. Sie entsteht während des extrem langsamen Abkühlens der Eisen-Nickellegierung von etwa 100 Grad Kelvin pro 1 Million Jahre. Benannt wurde die Struktur nach dem österreichischen Naturforscher Alois Beckh von Widmanstätten.

Seite 387 **Neumann'sche Linien**

In Eisenmeteoriten, die nur das nickelarme Mineral Kamacit enthalten, treten oft parallele, sich teilweise kreuzende Linien zutage, die wahrscheinlich durch den starken Aufprall bei Meteoriteneinschlägen entstehen.

Seite 421 **Uhrwerk Orange**

1962 veröffentlichte Anthony Burgess seinen Roman *Uhrwerk Orange*, der als einer der bedeutendsten britischen Romane des 20. Jahrhunderts gilt. In dieser Dystopie erzählt der Jugendliche Alex, wie er als Außenseiter der Gewalt frönt, im Gefängnis durch Gehirnwäsche umerzogen wird, letztendlich aber an der Gleichgültigkeit des Systems scheitert. Der Roman wurde 1971 von Stanley Kubrick verfilmt.

Seite 449 **Spektralklasse G2**

Sterne werden anhand ihres Lichtspektrums charakterisiert, da die Absorptionslinien bestimmter chemischer Elemente Aufschluss über die Zusammensetzung, Größe und Entstehung des Sterns geben. Das MK-System ordnet die sogenannten Hauptreihensterne in sieben Klassen ein: O, B, A, F, G, K und M. Die Sonne gehört zur Klasse G, das sind gelbe Sterne mit einer Temperatur von 5000–5900 Kelvin und 1–1,1 Sonnenmassen wie auch Tau Ceti oder Alpha Centauri A. Daneben gibt es noch Klassen für Braune Zwerge und für Rote Riesen.

Seite 449 **Absolute Helligkeit von 4,3**

Die absolute Helligkeit von Sternen wird in mag (Magnitude) angegeben und bezieht im Gegensatz zur relativen, d. h. fotografischen, Helligkeit auch die Entfernung des Sterns mit ein. Ein großer positiver Wert bedeutet hierbei eine geringe absolute Helligkeit, ein negativer Wert dagegen deutet auf große Leuchtkraft hin.

Seite 454 **Fluchtgeschwindigkeit**
Siehe Anmerkung zur dritten kosmischen Geschwindigkeit von Seite 199.

Seite 473 **Pfirsichblütenland**
Hier spielt der Autor auf die *Aufzeichnungen vom Pfirsichblütenquell* an, ein berühmtes Werk der klassischen chinesischen Literatur. Tao Yuanming (365 – 427) war ein chinesischer Dichter zur Zeit der östlichen Jin-Dynastie, dessen Gedichte die Zurückgezogenheit in der Natur priesen. Die *Aufzeichnungen vom Pfirsichblütenquell* sind sein berühmtestes Werk.

Seite 521 **Chinesischer Urheiliger Pangu**
In der chinesischen Mythologie war Pangu (auch 盤古氏 Pangushi, »Ehrwürdiger Pangu«) das erste Lebewesen auf der Erde. Er entsprang dem Weltenei und reichte von der Erde bis zum Himmel, und nach seinem Tod entstanden aus seinem Körper die Elemente des Kosmos.

Seite 542 **Kampfstern Galactica**
Kampfstern Galactica ist eine von Glen A. Larson entwickelte Science-Fiction-TV-Serie, die 1978 – 1980 ausgestrahlt wurde. Sie handelt vom Kampf der letzten Überlebenden der Menschheit gegen die Zylonen, eine Roboterzivilisation.

Seite 554 **Deng Shichang und Liu Buchan**
Im Sino-Japanischen Krieg von 1895 war Deng Shichang Kommandeur der *Zhiyuan* und Liu Buchan Kommandeur der *Dingyuan*, des Flaggschiffs der Beiyang-Flotte. Beide verteidigten den Hafen von Weihaiwei bis zur Niederlage und wurden posthum zu Nationalhelden Chinas erklärt.

Seite 560 **Dongfang Yanxu**

Dongfang bedeutet »Osten« und ist ein Phantasiename, kein im China der Gegenwart üblicher Familienname. Den Vornamen Yanxu könnte man mit »verzögerte Entscheidung« übersetzen, Aussprache etwa: »yen-hsu«.

Seite 576 **Beschleunigung von bis zu 120 g**

Im Schwerefeld der Erde beträgt die Fallbeschleunigung eines Körpers etwa 9,81 m/s^2. Starke Beschleunigungen, etwa in der Luft- oder der Raumfahrt, werden als ein Vielfaches der Erdbeschleunigung g angegeben.

Seite 609 **Meister Dongguo**

Die Geschichte von Meister Dongguo stammt aus den Lehren des Philosophen Mozi. Dongguo begegnete eines Tages einem verwundeten Wolf, den er als Anhänger der Lehre von universeller Liebe vor den Jägern in einem Sack versteckte. Den Jägern sagte er, er habe keinen Wolf gesehen. Nachdem Dongguo den Wolf aus dem Sack entließ, erklärte der ihm frech, er sei beinahe in dem Sack erstickt, habe nun großen Hunger und müsse Meister Dongguo leider fressen. Ein Bauer bekam die Diskussion mit und sagte, er könne gar nicht glauben, dass der große Wolf in dem Sack gesteckt habe, er solle doch noch einmal hineinklettern, um zu beweisen, wie sehr er dort gelitten habe. Kaum war der Wolf wieder im Sack, riet der Bauer Meister Dongguo, ihn totzuschlagen, was dieser dann auch tat. Die Geschichte gilt als Beispiel für falsch verstandene Nächstenliebe. Meister Dongguo steht für einen Pedanten und der Wolf von Zhongshan für einen undankbaren Zeitgenossen.

Seite 620 **Entdecker des Makroatoms**

Hier bezieht sich Liu Cixin auf *Kugelblitz,* seinen noch vor der Trisolaris-Trilogie veröffentlichten Roman, in dem die Figur Ding Yi bereits auftritt und die sogenannten Makroatome entdeckt. *Kugelblitz* ist bislang nur auf Chinesisch erschienen.

Seite 622 **Xizi**

Auch das ist ein ungewöhnlicher Name (»Westkind«), Aussprache »hsi-dse«. Hier fehlt ein Familienname, doch jeder Chinese denkt bei den Schriftzeichen 西子 sofort an Xi Shi, eine der legendären vier Schönheiten des klassischen Chinas. Vielleicht hatte der Autor bei Xizis fataler Mission im Roman das Sprichwort *Xi shi chen yu* im Sinn, »Xi Shi lässt die Fische sterben« (weil sie, von ihrer Schönheit geblendet, das Schwimmen vergessen).

Seite 638 **»Und wenn ich dich lieb habe, was geht's dich an?«**

Hier zitiert Ding Yi aus Johann Wolfgang von Goethe, *Wilhelm Meisters Lehrjahre*, Buch IV, Kapitel 9.

Seite 644 **Starke Wechselwirkung**

Die starke Wechselwirkung ist eine der vier Grundkräfte der Physik. Daneben gibt es noch die Gravitation, den Elektromagnetismus und die schwache Wechselwirkung. Die starke Wechselwirkung erklärt die Anziehungskraft zwischen Quarks, den Teilchen, aus denen Neutronen und Protonen bestehen.

Seite 701 **Wenn du nicht zur Hölle fährst, wer sonst?**

Dies ist ein Zitat des Schwurs von Bodhisattva Kshitigarbha, chinesisch Dizang Pusa (地藏菩萨). Er gelobte, nicht eher den Zustand des Buddha zu erreichen, bis nicht alle in der Hölle gefangenen Seelen ebenfalls Erleuchtung erlangt haben.

Seite 723 **Lagrange-Punkt**

Als Lagrange-Punkte werden die fünf sogenannten Gleichgewichtspunkte bezeichnet, die in einem physikalischen System mit zwei massereichen Körpern auftreten, beispielsweise einer Sonne und einem Planeten. An diesen Punkten heben sich die Anziehungskräfte der beiden Körper auf, sodass ein Objekt mit sehr geringer Masse, etwa ein Satellit, hier antriebslos und mit derselben Geschwindigkeit wie der kleinere der beiden Körper um den größeren kreisen kann.

Seite 745 **Fermi-Paradoxon**

1950 stellte der italienische Physiker Enrico Fermi seinen Kollegen im Los Alamos National Laboratory beiläufig eine Frage zum Thema Außerirdische: *Where is everybody?* (»Wo sind sie denn alle?«). Der Widerspruch einerseits zwischen der großen Anzahl von Sternen im Universum und der langen Zeit, in der sich neben der Menschheit noch andere intelligente Zivilisationen entwickelt haben könnten, und andererseits der Tatsache, dass diese bislang noch nicht entdeckt wurden, wird seitdem als Fermi-Paradoxon bezeichnet.

Seite 750 **Xibaipo**

Es handelt sich um ein kleines Dorf am Fuß des Taihang-Gebirges im Norden Chinas. Dort etablierte die kommunistische Volksbefreiungsarmee 1947 ihre Basis, nachdem die nationalistischen Truppen sie von ihrem Stützpunkt in Yan'an vertrieben hatte. Von Xibaipo aus dirigierten die Kommunisten die entscheidenden Offensiven wie die ebenfalls im Roman erwähnte Huaihai-Schlacht, die zu ihrem Sieg im Bürgerkrieg führten.